Roman Graf

Leben ohne Folgen

Roman Graf

Leben ohne Folgen

Roman

WALLSTEIN VERLAG

Die Figuren und Ereignisse in diesem Roman sind fiktiv und frei erfunden – auch die Kohlmeise auf Seite 444. Allfällige Ähnlichkeiten mit lebenden Tieren, Personen oder tatsächlichen Ereignissen sind nicht beabsichtigt und entweder Zufall oder »Produkt Ihrer eigenen krankhaften Phantasie« (David Foster Wallace).

für Cosimo

Ich

1

Zeit meines Lebens versuchte ich, meinem Dasein einen Inhalt zu geben – hierin unterschied ich mich nicht von anderen Menschen, deren Streben es war, ihr Leben mit Dingen zu füllen, als wäre es ein Koffer oder ein Kühlschrank. Man konnte dagegen einwenden, die Form, nach der man lebte, sei der Inhalt. Doch ich zog es vor, konkret zu werden, zu handeln und einhundert Schritte von meiner Wohnung zum Supermarkt zurückzulegen, wo ich grüne Bio-Bananen, einen laktosefreien Joghurt und sündhaft teure Himbeeren erwarb.

Von den meisten Menschen unterschied ich mich darin, dass ich keiner Arbeit nachging. Früh – kurz nachdem ich volljährig geworden war – hatte ich Paul Lafargues *Das Recht auf Faulheit* gelesen und seither lehnte ich Lohnarbeit ab, ja, ich verachtete sie. Während andere, zumindest jene, die einer Lohnarbeit nachgingen, ihrem Dasein mit dieser Tätigkeit einen Inhalt gaben, hatte ich keine solche Tätigkeit; sie war nicht von jener Art, mit der ich die Minuten, Stunden und Tage meines Lebens füllen wollte. Wie soll ich sagen, es war kompliziert. Es gab Inhalte, und es gab Inhalte. Die Freude an jeder Tätigkeit wurde getrübt, sobald man mir Geld anbot; sie erhielt den Ruch der Prostitution – ich aber wollte frei sein, frei, frei, frei!

Nichts wollte ich tun, was eine Erwartung erfüllte, sich in eine Form einfügte. Zum Beispiel der Gang zum Supermarkt, die grünen Bio-Bananen, der laktosefreie Joghurt, die sündhaft teuren Himbeeren: Meine Frau, die gelbe Bananen mit faulen Stellen den heilen grünen vorzog, blickte mich unfreundlich an, Streit lag in der Luft; der laktosefreie Joghurt entglitt meiner Hand, der Plastikbecher fiel zu Boden, platzte und der Inhalt ergoss sich auf eine lahme, perverse Weise über die Küchenfliesen; die sündhaft teuren Himbeeren – sie schimmelten – flogen in den Biomüll. Hatte ich damit meinem Leben an jenem Tag einen Inhalt geben wollen? Nun … Ja!

Ich habe einmal gelesen, beim Schreiben eines Romans solle man mit der Charakterisierung der Hauptfigur beginnen; ich kann, was meine Person angeht, etwas Handfestes, wissenschaftlich Fundiertes anbieten: meine DNA, zumindest einen DNA-Test zu meiner ethnischen Herkunft. Mit dem Gedanken, eigens für ein literarisches Vorhaben einen solchen Test zu machen, schlug ich mich einige Zeit herum. Ich war klar dagegen. Ein Professor vom Max-Planck-Institut sagte in einem Interview, man sei nachher genau so schlau wie vorher. Ich fand, solche Tests befriedigten dasselbe Bedürfnis wie Esoterik, und für mein Horoskop interessierte ich mich schließlich auch nicht. Dann dachte ich: Dieser Professor vom Max-Planck-Institut ist ein Mensch, der am Tag den Sinn solcher Tests in Zweifel zieht und erklärt, dass sich Identität durch Dinge wie Erfahrungen, Eltern und Freundeskreis bilde und nicht durch prozentuale Angaben, die offen ließen, was geschehen und ob es vor fünfhundert oder vor zweitausend Jahren geschehen war; ein Uhr nachts jedoch, wenn er nicht mehr arbeiten und noch nicht einschlafen kann, fragt sich der Professor, weshalb die Menschen massenweise solche DNA-Tests bestellen, obwohl sie wissen, dass sie nachher nicht schlauer sind, und beschließt, spielerisch vorzugehen und selbst einen Test zu machen, aus wissenschaftlicher Neugier, damit er weiß, wovon er spricht – so formuliert er es in seinen Gedanken –, und außerdem wäre es doch interessant, zu wissen, ob die Spur seiner Herkunft beispielsweise nach Asien oder Afrika führt, auch wenn dieses Wissen keinerlei Relevanz hat. Ich dachte: Ein solcher Mensch muss der Professor sein, am Tag zieht er den Test in Zweifel, in der Nacht bestellt er einen Test. Es war wie mit den Ärzten, die vor dem Missbrauch von Medikamenten warnten, aber selber medikamentenabhängig waren, dem Lungenspezialisten, der rauchte, dem Juristen, der illegal eine Putzfrau beschäftigte.

Bald darauf bekam ich Post aus London, sandte ich meine DNA-Probe nach New York, las ich, dass die Firma angeblich in Israel residierte, und ich begann mich zu fragen, ob meine DNA in guten Händen war. Wie konnte ich ausschließen, dass mit ihr Unfug betrieben wurde? Zuerst stellte ich mir vor, wie durch eine Verwechslung auf einmal bewiesen war, dass es sich bei meiner Person um einen seit Jahren gesuchten Mehrfachmörder handelte, dann phantasierte ich, dass ich geklont wurde und mein Klon – so wäre es in der griechischen Mythologie – als Erstes mich umzubringen versuchen würde.

Einige Wochen vergingen, in denen ich hoffte, das Testergebnis würde auch anzeigen, wie viele Neandertaleranteile ich besaß, denn der Neandertaler, so hatte ich einmal gelesen, war verspielter und kreativer als der Homo sapiens gewesen, Eigenschaften, auf die ich Wert legte. Leider machte das Testergebnis diesbezüglich keine Angaben. Ich war: 44,8 % Italiener, 26,1 % Skandinavier, 25,5 % Nord- und Westeuropäer, 2,4 % Iberer, 1,2 % aschkenasischer Jude. Ich war ein einfacher Europäer.

Meine Enttäuschung darüber, dass ich mich von den meisten Europäern nicht unterschied, war so groß, dass ich mir gleich ein Jackett von Brunello Cucinelli kaufte, das sich die meisten Europäer nicht leisten konnten oder wollten. Auch ich konnte es mir nicht leisten, aber ich wollte es.

Ich lebte von den Mieteinnahmen der Eigentumswohnung meiner Großmama, die zusammen mit Großpapa auf einem Friedhof in Zürich unweit der Wohnung ruhte, und ich lebte von meiner Frau. Sie war verbeamtet und vermögend und sagte: »Lorenz, wir führen eine emanzipierte Ehe. Es macht mir nichts aus, wenn du nicht so viel wie ich verdienst, mein Lohn reicht für uns beide.« Sie forderte von mir lediglich, dass ich ein guter Ehemann war, was auch immer das hieß.

Meine Frau hatte, wie man gemeinhin sagte, die Hosen an. Natürlich ging sie einer Lohnarbeit nach; dagegen hatte ich nichts einzuwenden, sie musste selber wissen, womit sie ihre Lebenszeit vertat, und sie schien sich nicht wie ich mit bestimmten Fragen zu quälen, die den Inhalt des Lebens betrafen.

Diese Fragen löcherten mich. Wie konnte ich eine Tätigkeit ausführen und ganz bei mir selbst bleiben, ohne das Leben eines Anderen zu beginnen? Ich kaufte, um ein Beispiel zu nennen, eine Pflanze, ich kaufte sie mit Leidenschaft und vollkommener Harmonie mit mir selbst, zu Hause goss ich sie, ohne an etwas anderes als die Pflanze und das Gießen zu denken; einige Tage später jedoch wurde das Gießen zu einer Arbeit, die ich verrichtete, obwohl ich in diesem Moment bereits auf dem Sofa liegen und lesen wollte, das Gießen war ein mechanischer Ablauf ohne inneres Geschehen. In solchen Momenten fühlte ich mich, als ließe ich mein Leben in einer Ecke liegen und führte dasjenige eines Anderen. Ich ärgerte mich. Ich setzte mich auf das Sofa; ich sammelte mich und ging mögliche, zu meinem Wesen passende Tätigkeiten durch, ohne auch nur eine zu finden, die auf Dauer dafür taugte. Während meine Frau an jedem Werktag zur Arbeit in ihr Büro ging, verharrte ich in einem abwägenden, essentiellen Nichtstun – je weniger ich tat, desto schlechter fühlte ich mich. Das Nichtstun führte mich nicht zu mir selbst, es löste mich auf; wie ein Muskel war ich, der ohne Bewegung schwand. In solchen Momenten zog ich los und kaufte etwas. Manchmal dachte ich: Meine ganze Würde hängt an den Jacketts.

2

An jenem Tag, als eine unvorhergesehene Wendung eintrat, warfen die Sonne und der Baum vor meinem Zimmerfenster ein filigranes Schattenspiel auf einen hellen Teil der Wand. Es entstand durch die Äste und einige Blätter und bewegte sich wellenartig, wippend, als wollten die grauen Striche und Flächen fort von der hellen Bühne, dann tänzelten sie zurück. Es waren Minuten vollkommenen Einklangs mit mir selbst; dies wurde mir gerade bewusst, als jemand jäh an meine Zimmertür klopfte.

»Lorenz, wie lange willst du so weitermachen? Suche dir eine Arbeit, verdiene ein wenig Geld; mir wäre das sehr recht.«

»Ich ar-bei-te!«, rief ich und wirbelte meinen linken Arm durch die Luft.

Was war bloß in meine Frau gefahren? Sie wusste, dass ich ein Befürworter des bedingungslosen Grundeinkommens war; niemand sollte für Geld arbeiten müssen, wenn er nicht wollte. Um sie wissen zu lassen, dass ich verärgert war, zog ich mich im Schlafzimmer straßentauglich um, ich nahm das Jackett von Brunello Cucinelli und ging. Dieses Jackett besaß eine besondere Stoffmischung aus Wolle, Leinen und Seide, die genau zu mir passte.

Die Relativitätstheorie hatte ich nie verstanden, jedoch in diesem Zusammenhang von einem Vergleich gelesen, bei dem ein Teelöffel durch einen Schokoladenpudding gezogen wurde, wobei der Löffel ein Subjekt, der Pudding den Raum darstellte: Bewegte sich ein Mensch, ging er wie ich von seinem Zuhause in ein Café, verformte er den Raum, durch den er ging. Wenn ich wie zuvor, als ich wütend geworden war, den linken Arm hob, verformte ich die Welt und veränderte sie. So gesehen war allein die Bewegung des Brustkorbs beim Atmen ein Beitrag zur Weltveränderung, und was war dies anderes als Arbeit!

Im Treppenhaus unten angekommen, öffnete ich die Haustür und stieg über die Frau, die seit einigen Tagen in der wettergeschützten Ecke vor der Tür hauste. Sie saß an die Wand gelehnt und mit ausgestreckten Beinen da, ihr Kopf war direkt unterhalb der Klingeln, sodass man sie ansehen musste, wenn man die Klingeln betätigte. Ihr Gesicht war sepiabraun, die Augen tiefschwarz; ich wusste nicht, woher sie kam, niemals blickte sie mich an, sodass ich mich nicht zu fragen traute.

Auf der anderen Straßenseite lungerten wie so oft einige Männer herum; zwei lagen mit entblößten Oberkörpern in Löffelchenstellung, jedoch einen Unterarm weit voneinander entfernt, auf der kleinen erdigen Fläche unter einem Baum, wo sonst Hunde koteten und pinkelten. Ich dachte an einen autoaggressiven Akt; der nur einen Meter entfernte Plattenboden war sauberer, und in Deutschland, auch in Berlin, auch in Neukölln, gab es Unterkünfte, niemand musste obdachlos sein.

Wieder einmal wurde mir klar, dass es vorbei war mit der Realität und man das Wort nur noch in Anführungszeichen verwenden durfte. Heute trug ich ein Jackett von Brunello Cucinelli, doch schon morgen konnte ich da liegen, den Boden nur nachlässig von Hundekot befreit, liegen beim Baum, an den Hunde und Männer pinkelten. In unserem Viertel pinkelten die Männer überall hin; auf einmal blieb einer stehen, zog schamlos seinen Penis aus der Hose und pinkelte.

Die »Realität« gab es natürlich noch; sie erhielt die Anführungszeichen durch die Vielzahl ihrer sich widersprechenden Erscheinungsformen. Mein Jackett war real. Das Zahlenspiel meiner Kontostände, wenn ich Geld von dort nach hier verschob, sah ich nur auf dem Bildschirm eines Computers, der abbildete, was im Internet geschah, das wiederum ein Werkzeug war, um Zugriff auf meine Konten zu erhalten; es war verwirrend. Ein Kontostand war zudem allein durch seine Exaktheit eine Beleidigung: Du besitzt so und so viel und keinen Cent mehr. Wenn ein reicher Mensch erfuhr, dass er genau neun Millionen Euro und neununddreißig Cent besaß, musste er sich degradiert fühlen; er hatte keine zehn Millionen, war sehr weit davon entfernt, Milliardär zu sein, und musste sogar fürchten, unter die Grenze von neun Millionen zu fallen, von der ihn lächerliche vierzig Cent – ein Brötchen aus dem Supermarkt – trennten. Was fehlte, war die Nachlässigkeit, eine Autorität, die sagte: Wir sprechen nicht mehr von Cents und Euros, du hast so viel, dass wir nicht mehr zählen, dein Vermögen ist unendlich. Auch die Höhe meines Vermögens war schmerzhaft penibel dokumentiert und blieb doch irreal wie ein Gedankenspiel oder ein Traum.

Die großen Veränderungen, die der Menschheit bevorstanden, waren real. Früher war jemand wie ich als Schweizer geboren worden und er starb als Schweizer, er besaß ein Geschlecht und gehörte einer Klasse an; heute war ich Deutscher und hatte keine Gewissheit, als Mann und Angehöriger meiner Klasse zu sterben. Vielleicht würde ich irgendwann eine Frau. Meine Wohnung in Zürich war nicht sicher. Es musste nur ein Krieg ausbrechen, jemand sie besetzen, einige Papiere vernichten. Vieles sprach dafür, das Geld auszugeben für Dinge, die man am Körper tragen konnte: Schuhe, Schmuck, Jacketts.

Unruhe herrschte. Es gab Demonstrationen, Rechtsradikale, das Mittelmeer war voller Ertrunkener. Es war klar, dass Europa afrikanisch wurde; ich fand das nicht schlecht, obwohl ich mir die Konsequenzen nicht ausmalen konnte. Es gab den Klimawandel, Fragen zur künstlichen Intelligenz, Fragen, die Frau und Mann betrafen. Die Veränderungen waren so groß, dass ich meine ganze Zeit brauchte, diese zu verdauen. Ich arbeitete. Meine Frau hatte keine Ahnung.

Das Café Rayuela: Himmel-und-Hölle, das ich manchmal Rayuela, manchmal Himmel-und-Hölle nannte, befand sich nur wenige Schritte entfernt; hier war der Kaffee gut, aber teuer. Die Baristi kamen zumeist aus dem Ausland, aus England, Ungarn oder sonst woher, und wenn sie nicht Deutsch sprachen, dann Englisch. Ich setzte mich stets an den Tischtennistisch in der Mitte des Raumes, auf dem einige große, alte Kakteen standen, die vor noch nicht langer Zeit neu angeschafft worden waren und zum reduzierten industriellen Charakter der Einrichtung passten. Heute stand der große dünne Kaktus gefährlich schief; er hatte sein saftiges Grün verloren, geblieben war ihm ein unscheinbarer Grauton, vielleicht bekam er zu wenig Licht. Auch der Feigenkaktus hatte schlapp gemacht; er ließ seine Ovale bis auf die Tischplatte hängen, die Baristi gaben wohl zu viel Wasser. Zu wenig Licht, zu viel Wasser: Es dauerte gewiss nicht mehr lange, bis die Kakteen entsorgt und durch neue ersetzt wurden.

Wenn ich im Himmel-und-Hölle saß und die Frauen sah, die hierher kamen, um für das Studium zu arbeiten, dachte ich daran, mit ihnen Sex zu haben. Nicht mit allen, doch vier-fünf waren immer dabei, manchmal auch ein Mann. Ich wusste nicht, woher das kam, ich hatte meine Frau noch nie betrogen und gedachte es auch nicht zu tun. Im Übrigen war sie schwanger, meine Frau. Ich fürchtete mich nicht davor, Vater zu werden, obwohl ein Kind meine Freiheit raubte und ich für das Vatersein wahrlich nicht gemacht war; ich sah jedoch etwas anderes: Noch ein Mensch, der seinem Leben einen Inhalt geben musste. Ich wollte ihm dabei helfen, zu gegebener Zeit von den inneren Anstrengungen erzählen, die es bedurfte, um das eigene Leben und nicht dasjenige eines anderen zu leben. Vermutlich gähnte er in diesem Moment, falls er schon gähnen konnte. Oder er trat gegen den Bauch meiner Frau.

Ihr Vorwurf war berechtigt. Nichts sprach gegen Einnahmen von einer vermieteten Eigentumswohnung; alles sprach gegen Ausgaben, die höher waren als die Einnahmen. Geld musste her, unser Kind brauchte einen Vater, auf den es stolz sein konnte, und deshalb durfte ich weder meinen Körper noch meine Seele verkaufen. Was ich tat, musste ein inneres Geschehen sein, im Einklang mit meinem Wesen, und dennoch Geld einbringen. Leider war ich weder Künstler noch Schriftsteller; vielleicht schlummerte in mir ein Talent, ich hatte es jedoch versäumt, in jungen Jahren künstlerische oder literarische Fertigkeiten zu erwerben. Was sollte aus mir werden, nun, da in Kürze nicht mehr ich selbst im Mittelpunkt meiner Anstrengungen stand, sondern mein Kind? Im schlimmsten Fall starb ich als einer, dessen wahres Potenzial nie zur Entfaltung gekommen war. Dieser Gedanke war grausam. Einen Moment lang dachte ich an Suizid; eine Selbsttötung war aber genau das Gegenteil von dem, was ich eigentlich wollte.

Rasch schlug ich mein Notizbuch auf. Ich hatte gelesen, dass heute für Kinder oft möglichst kurze, leicht aussprechbare Namen gewählt wurden; solche Namen galten in der Berufswelt als vorteilhaft. In meinem Notizbuch war folgende Liste: Geneviève, Aikaterini, Guglielmina, Bartholomea, Evstathia; Desiderio, Arcadius, Rocamadour, Isidor, Zephyrinus.

Diese Namen waren gute Arbeit. Leider war sie unbezahlt. Ich fügte einen Namen hinzu: Gauthier. Ich war für eine gewagte Entscheidung. Alles oder nichts.

Mehrmals schon hatte mich der Verdacht beschlichen, dass die Leute im Rayuela mein Jackett nicht wahrnahmen oder sich zumindest nichts anmerken ließen; dabei musste es ihnen doch auffallen. Ich ging. Als ich bei einem Sofa vorbeikam, auf dem eine der Frauen saß, mit der ich vorhin in Gedanken Sex gehabt hatte, verlangsamte ich meine Schritte und zog mein Jackett zurecht; sie blickte mich nicht einmal an. Als ich jedoch die Theke passierte und sah, wie viel ein Smoothie kostete, wusste ich, dass die jungen Leute mein Leben lebten: Einnahmen und Ausgaben hingen an einem Glücksrad, das sich unaufhörlich drehte.

Der kurze Weg zur Sonnenallee führte mich an einem deponierten alten Sofa aus zerrissenem Kunstleder vorbei, einem umgekippten Einkaufswagen, dessen in Müllbeutel verpackte Last – Speiseabfälle, verdreckte Kleider, ein Haartrockner – sich auf die Straße ergossen hatte, und einem demolierten Kühlschrank. Gerade wollte ich die Sonnenallee überqueren, als ein junger Mann meinen Weg kreuzte, einen Blick auf mein Jackett warf und mich anspuckte. Ich wischte den Speichel aus dem Gesicht und vom Ärmel des Jacketts und blickte ihn fragend an.

»Was willst du?«, rief er und spreizte die Finger seiner Hand, die mich sofort an den Stern einer Waffe erinnerten.

Warum er mich angespuckt habe, wollte ich wissen.

»Warum? Warum? Bist du dumm? Ich spucke dich an, sooft ich will!«

Er möge dies unterlassen, bat ich und fügte ein wenig didaktisch hinzu, dass andere anzuspucken einem friedlichen Miteinander im Viertel nicht förderlich sei. Weder er noch ich könne wollen, dass dies ein Fall für die Polizei werde.

»Polizei? Hier!«

Erneut flog Spucke in mein Gesicht. Als ich mich wegdrehte, um sie mit dem Handrücken abzuwischen, ohne dass sie dabei den Ärmel des Jacketts beschmutzte, erhielt ich einen Tritt.

Er hatte mit dem Schuh mein Jackett getroffen. Den Schwung des Stoßes nutzend, ging ich gleich über die Straße, ohne mich noch einmal nach dem Mann umzudrehen. Ich lächelte in mich hinein. Dieser Vorfall war besser als die sündhaft teuren schimmeligen Himbeeren und der verschüttete Joghurt zusammen, besser als der Ärger meiner Frau über die grünen Bio-Bananen und besser als ihr Vorwurf wegen meiner angeblichen Untätigkeit.

3

Ich lag auf dem Sofa in meinem Zimmer; durch die geschlossene Balkontür drang der Verkehrslärm der Sonnenallee. Mein linkes Bein fühlte sich schwerer an als das rechte. Der Unterschied war minimal, und doch war er da; es kam mir so vor, als wäre ich nicht im Lot. Je länger ich darüber nachsann, desto klarer wurde mir, dass ich mich oft unausgeglichen fühlte; womöglich war ich seit langem krank, ohne es zu wissen.

»Lorenz?«

»Ja?«

Meine Frau trat ein. »Hast du dir überlegt, was du unternehmen willst? Womit willst du Geld verdienen?«

»Nein!«, rief ich. »Du machst alles kaputt.«

»Was?«

»Alles! Ich war soeben dabei, in Stimmung zu kommen. Ich muss in der richtigen Stimmung sein, um Ideen zu entwickeln.«

»Welche Ideen?« Sie lachte. »Früher hattest du Ideen, doch heute, seit deiner verfrühten Midlifecrisis …«

Sie schwieg eine Weile. Dann sagte sie:

»Lorenz, du gehst jetzt in die Welt hinaus; du machst eine Reise und überlegst dir, was aus dir werden soll, und in drei Monaten, bevor mein Mutterschutz beginnt, kommst du zurück und wirst deinen Beitrag zur Familie leisten und deine Rolle als baldiger Vater ausfüllen.«

Die Formulierungen »Beitrag leisten« und »Rolle ausfüllen« gefielen mir nicht.

»Leo, wie kannst du das sagen? Niemals werde ich eine Rolle ausfüllen, die man mir gibt; niemals einen Beitrag leisten, den man von mir verlangt. Ich werde mein wahres Ich finden und so sein wie ich bin; ich werde geben, was mein Wesen zu geben bereit ist.«

»Nenne es wie du willst. Am Ende zählen die Fakten.«

Ich wirbelte den linken Arm durch die Luft. »Du bist unpoetisch, du bist eine Maschine, du! Wen habe ich da geheiratet? Du … du willst mich nur … zerdrücken!«

»Lorenz, mein Schatz, gib mir einen Kuss und packe deine Sachen. In drei Monaten sehen wir uns wieder.«

Es war ihr Ernst. Sie ging. Ich legte eine Decke über meine Beine und versank in einem melancholischen Schlummer.

Mir träumte, dass ich auf einem Spaziergang in den Alpen einer Ziege begegnete, die unter einem Baum stand und mich ansah. Melke mich!, schien sie zu sagen, nimm mich mit, wir werden ein gutes Team. Ich dachte: Warum nicht? Ziegen sind interessante Tiere, und diese scheint besonders sanftmütig zu sein, sie wird mich begleiten wie ein Hund. Ich dachte: Wo immer ich bin, biete ich Ziegenmilch an; frische Bio-Ziegenmilch, werde ich sagen, hilft bei allem, bei einem schwachen Immunsystem, einem Burnout, bei Kinderwunsch. Doch noch während ich mich mit der Ziege in Richtung Berlin reisen sah, wo ich einen kleinen Laden mit Bio-Ziegenmilchprodukten zu eröffnen gedachte, hörte ich das perfide Gelächter eines unsichtbaren Publikums: Lorenz, wir haben dich veräppelt! Wir haben die Ziege allein deshalb in deinen Traum gezaubert, damit du hereinfällst. Wir hätten auch einen Schimpansen oder einen alten Mähdrescher an den Wegesrand stellen können – in deiner Verzweiflung hättest du aus allem ein Geschäft zu machen versucht.

Ich erwachte mit dem dummen Gefühl, sogar im Traum gescheitert zu sein. Nein, nicht scheitern, aus mir musste etwas werden. Nur was? Das Nachdenken fiel mir schwer; ich hatte einen Kater wie nach einer durchzechten Nacht. Obwohl ich nur selten und nur wenig Alkohol trank, fühlte ich mich oft verkatert; ich wusste nicht, ob ich mehr Ruhe brauchte oder ob der Kater nicht das Resultat von zu viel Ruhe war. Arbeitete ich zu viel oder zu wenig? Zweifelsfrei machte ich mir oft Sorgen, es stand nicht gut um unseren Planeten und mir fehlte zwar nicht der Wille, wohl aber das Werkzeug, ihn zu retten. Ich besaß auch ein schlechtes Gewissen; es war schwierig, meine inneren Bemühungen nach außen sichtbar zu machen.

Was also tun, wo beginnen, was werden? Meine zahlreichen angefangenen, aber nicht zu Ende gebrachten Studien hatten dazu geführt, dass ich ein ziemlich breites Halbwissen besaß, jedoch kein spezifisches Wissen. Ich konnte alles halb und nichts richtig. Vielleicht hätte aus mir ein guter Hausmann werden können, wäre eine Neigung dazu vorhanden gewesen. Ich wusste, dass Leonie diese Lösung nicht schlecht gefunden hätte, ein klassischer Rollentausch: Sie hatte ihre Arbeit im Finanzamt und verdiente das Geld; ich kochte, putzte, kaufte ein, machte die Wäsche, betreute unser Kind, fuhr es in die Kita, holte es von dort ab und verbrachte die späten Nachmittage mit ihm in einem Café, wo ich andere Mütter und Väter mit ihren Kindern traf, die wie ich mit dem Geld des arbeitenden Partners einen Latte macchiato tranken.

Allein ich wollte es nicht, wollte kein Hausmann werden. Gewisse Dinge gehörten abgeschafft: Hausfrauen und Hausmänner, die Arbeiterklasse, das Patriarchat; ersatzlos gestrichen gehörte all das.

Ich erhob mich vom Sofa, trat auf den Balkon und atmete die frische Luft ein. Dies, das Leben hier draußen, war für die nächsten Wochen mein Schicksal.

Auf der Straße unter dem Balkon zog eine Menschenmenge vorbei, eine Demonstration, von der das Radio berichtet hatte; sie nannten sich besorgte Bürger, waren jedoch Rechtsradikale. Ich sah ihnen dabei zu, wie sie vorbeizogen. Dann ging ich in den Flur, nahm ein Stück Pappe, das zur Entsorgung bereitlag, und beschriftete es mit einem breiten grünen Stift: München den Marokkanern! Aleppo den Berlinern! Neukölln den Schweden!

Ich stieg das Treppenhaus hinunter. Die Frau im Hauseingang war verschwunden, ebenso die unter den Bäumen und auf den Gehsteigen liegenden Männer. Ich stellte mich auf der

Straße an den Rand des Menschenzuges, hielt den Pappkarton in die Luft und rief: »München den Marokkanern! Aleppo den Berlinern! Neukölln den Schweden!«

Ich rief auch »Paris den Belarussen!«, »Leipzig den Senegalesen!«, »Teheran den Katalanen!« – bis ein Mann durch die Menschenmenge hindurch auf mich zu kam.

Eine flache Hand traf meine Wange mit einer Wucht, dass es laut klatschte. Vor das glattrasierte Gesicht des Mannes schob sich seine behaarte Faust, die er mir entgegenhielt.

»Bitte bedenken Sie«, sagte ich, »dass ich durch Ihren Faustschlag sterben könnte. Ist es das wert?«

»Fresse!«

Ich nickte.

Die Ohrfeige schmerzte. Ich ging zurück in die Wohnung, um mich zu behandeln. Meine Verwunderung war groß, als ich in den Spiegel blickte: Nicht einmal rot war die Wange, und doch war da dieser brennende Schmerz.

Ich behandelte die Wange mit einem Kühlelement aus dem Gefrierfach, legte mich auf das Sofa und dachte darüber nach, wohin ich gehen wollte; weit weg musste ich gehen, weiter, als Leonie für möglich hielt, sodass sie mich wirklich vermisste: nach Südamerika, Afrika oder in den Fernen Osten.

4

Ich konnte nicht abreisen, ohne mich von Jean Mason zu verabschieden, einem Freund, der ein richtiger Schriftsteller war, und ich konnte mich nicht von Jean verabschieden, ohne noch einmal bei Brunello Cucinelli hineingesehen zu haben. Mir schien, dass Jean Wert auf gute Kleidung legte – in seinen Büchern trugen die Figuren oft exklusive Kleider –; bei meiner Hose jedoch löste sich allmählich der Stoff auf.

Ich fuhr zum Kurfürstendamm, ging zu Brunello Cucinelli und sah gleich diesen Pullover mit Rundhalsausschnitt, aus Kaschmir, mit Rippenstrick; er kostete so viel, wie Lohnarbeiter in einem Monat verdienten. Ich dachte an den Mann, der mich geohrfeigt hatte. Ich wollte ihm begegnen – mit Pullover und Jackett von Brunello Cucinelli – und an ihm vorbeigehen, nichts weiter. Nichts sagen, nichts tun. Ganz auf die stille Wirkung der Kleider vertrauen. War ich fertig? Nun, nicht eines Pullovers, einer Hose wegen war ich hier, und es gab eine schicke Hose mit doppelten Bundfalten aus Wollflanell in Nadelstreifenbouclé, die perfekt zum Pullover passte.

Hose und Pullover zusammen waren sehr teuer. Meine Kreditkarte regelte das – doch irgendwann würde sie solche Dinge nicht mehr regeln können. Die Vorräte auf meinem Konto schwanden langsam, aber unaufhörlich dahin wie das Eis der Antarktis. Monat für Monat waren meine Ausgaben höher als die Einnahmen, ich beutete mich auf ähnliche Weise aus wie die Menschen die Natur; die Menschheit und ich gingen sehenden Auges auf den eigenen Untergang zu.

Als ich aus dem Laden heraus und wieder auf die Straße trat, wurde mir klar, dass ich Pullover und Hose in Wahrheit nicht wegen Jean oder des rechtsradikalen Demonstranten gekauft hatte, sondern aus Protest gegen meine drohende Verarmung. Dieser Protest war teuer und verschnellerte die Verarmung, ein Teufelskreis, in den ich da geraten war. Ich wollte zu Jean, der Rat wusste und mich zudem auf andere Gedanken bringen würde. Aber die neue Hose hatte ich im Laden gelassen, sie musste noch zum Schneider, der die Beine kürzte, und ohne die neue Hose wollte ich nicht zu Jean. Also sandte ich ihm eine Kurznachricht mit der Frage, ob wir uns statt heute auch übermorgen treffen konnten – Das passe ihm, antwortete er. Bestimmt war er froh. Er saß immer an der Arbeit, und alles, was von außen kam, störte ihn.

Wir verstanden uns gut. Immer wieder spürte ich, dass auch mich alles störte, was von außen kam; mein Inneres war unaufhörlich bedroht, dieses filigrane Innere, in dem ich den Funken meiner Leidenschaft suchte, der mich antreiben und etwas Großes erschaffen lassen würde. Das Problem war, dass das Innen und das Außen nicht klar getrennt werden konnten; manches lag außen, ich zählte es aber zu meinem Inneren, das Schattenspiel an meiner Zimmerwand etwa, anderes war in meinem Inneren, störte jedoch, beispielsweise der Drang zu Übersprungshandlungen, also der Kleiderkauf, das Herunterwirtschaften.

Im Herunterwirtschaften war ich grandios. »Gib mir ein Unternehmen, und ich wirtschafte es herunter!«, konnte ich jedem Firmenbesitzer sagen, der keine Lust mehr hatte, die an ihn herangetragenen Erwartungen von Aktionären, Mitarbeitern und Kunden zu erfüllen. Der Grund hierfür war mein Hang zum Idealismus: Bei mir erhielte jeder Mitarbeiter ein bedingungsloses Grundeinkommen, freie Wahl, was Arbeitszeit und -weise betraf, und einen Kündigungsschutz auf Lebenszeit. Ich wusste, dass dann alle bei meiner Firma arbeiten wollten, aber niemand in sie investieren oder ihre Produkte kaufen würde. Die Firma ginge also Pleite, doch die Idee bliebe bestehen – und das war es doch, was zählte.

Am übernächsten Tag fuhr ich mit der neuen Hose und dem neuen Pullover zu Jean, der am anderen Stadtende wohnte, gut zu erreichen mit der Ringbahn. Bei jedem Schritt spürte ich die Qualität der Kleidung; ich hatte ein neues, erhabenes Lebensgefühl und eine Einsicht: Wenn alle Menschen, auch die ärmsten, solche Kleider trügen, wäre die Welt besser.

Jean begrüßte mich in einem Jogginganzug, der aussah, als trüge er ihn schon lange am Schreibtisch und im Bett. Sein inzwischen alter Windhund blieb im Körbchen; er blickte mich kurz an und gähnte. Jean war, was man einen Nerd nannte; soviel ich wusste, verließ er die Wohnung nur selten. Er verbrachte die Zeit vor dem Computer, einem kleinen Notebook, das nicht gut für die Augen war, im Lesesessel oder im Bett, wo er mit Bleistift seine Manuskripte mit Anmerkungen versah.

Als ich durch die winzige Wohnung ging – ein Zimmer, der Schreibtisch neben dem Bett, das Bett neben dem Lesesessel, der Lesesessel neben dem Esstisch, der an die Küchenzeile grenzte –, sah ich auf einer Kommode verschiedene weiße Stapel: Manuskripte.

Er könne mir nur Wasser oder Milch anbieten, sagte Jean.

»Wasser ist prima. Arbeitest du gerade viel?«

Er machte eine nachlässige Handbewegung.

»Immer. Man muss dem Leben etwas abringen.«

»Erzähle!«

»Na ja. Es geht bergab.«

»Wie?«

»Das erste Buch ist das erfolgreichste. Dann geht es bergab.«

Er brachte ein Glas mit Wasser und fuhr fort:

»Das ist hart, aber ich glaube nicht an unendliches Wachstum. Wir müssen uns einschränken, in allem.«

»Ja.«

»Jede Generation wird es schwerer haben als die vorherige, jeder Mensch wird es mit zunehmendem Alter schwerer haben.«

Wir schwiegen beide. Dann sagte er:

»Meine Literatur dokumentiert meinen Niedergang.«

»Immerhin.«

»Ich bin nun vierzig Jahre alt, so alt wie du. Seit zwanzig

Jahren befindet sich mein Körper in seinem Niedergang, und ich habe, wenn ich weit komme, noch vierzig Jahre vor mir.«

»Ich spüre diese Zersetzung auch. Am schlimmsten ist, dass ich, wie ich fürchte, meinem Leben nie einen Inhalt gegeben habe; es ist sozusagen nichts da, was zersetzt werden könnte, und dennoch spüre ich die Zersetzung.«

»Andere zeugen Kinder.«

»Wie?«

»Die Leute sehen keine Zukunft, deshalb zeugen sie Kinder.«

»Aber du hast doch auch zwei?«

»Ja – im Grunde sind sie eine Irritation. Mein Leben braucht Irritationen, genau so wie meine Literatur.«

»Wo leben sie?«

»Hier. Wir schlafen alle in diesem Bett. Zwischen meinen Büchern sind ihre Bücher, zwischen meinen Manuskripten liegen ihre Zeichnungen … Gerade sind sie in der Kita.«

»Übrigens: Leonie ist schwanger.«

Er hielt inne.

»Es ist vermutlich ein Junge. Was ich dich fragen wollte …«

Plötzlich sagte er:

»Er wird vielleicht den Beginn des zweiundzwanzigsten Jahrhunderts miterleben, kommt wahrscheinlich in einen Krieg; Hochwasser, Stürme, extreme Dürren, Hungersnot – das alles droht ihm. Ihr solltet ihm Schokolade geben. Hast du gewusst, dass es in zwanzig oder dreißig Jahren keine Schokolade mehr geben wird? Ich habe da was gelesen, ich glaube, man kann sie nicht ökologisch produzieren.«

»Was ich dich fragen wollte, also …«

»Er hat die größten Überlebenschancen, wenn er viele Sprachen kann. Wer weiß, wo er in fünfzig Jahren leben wird.«

»Eine multilinguale Kita wäre das Beste.«

»Da ist etwas, ein Schreibimpuls. Verzeih … Ich muss …«

Ich trank das Glas Wasser aus und wandte mich zur Tür.

»Jean«, sagte ich, »eigentlich bin ich gekommen, um mich zu verabschieden. Ich werde für einige Wochen verreisen, ich muss herausfinden, was aus mir werden soll. Leonie will, dass ich Geld verdiene und ein guter Vater werde.«

»Du hättest nicht heiraten sollen. Ich könnte keine Frau oder eine Freundin mehr haben; ich kann nur arbeiten, wenn ich allein bin.«

»Wie hältst du das aus? Nein, ich würde nicht allein sein wollen. Ich freue mich auf das Kind. Ich fürchte nur, dass ich kein guter Vater sein werde.«

»Weshalb?«

»Ich sitze da und denke nach, komme aber zu nichts; was wird nur mein Sohn einmal von mir halten? Er wird sagen, ich sei bloß eine Last, eine Last für alle.«

»Du kannst deinem Kind ein bestimmtes Lebensgefühl vermitteln, eines, das frei ist von Zwängen. Du weißt schon: Karriere, Geld … Wenn ich dich sehe, denke ich, du bist der geborene Bohemien.«

»Aber das ist doch das Problem.«

»Du musst akzeptieren, dass du ein Bohemien bist und es als ein Geschenk begreifen. Du kannst dein Kind lehren, ein freier Mensch zu werden. Ein Mensch, der so frei ist wie nur möglich, der genießen kann und gleichzeitig versucht, weder Mensch noch Natur zu schädigen. Als Bohemien bist du ein großes Vorbild für dein Kind, nicht viele Kinder haben ein solches Vorbild als Mutter oder Vater.«

5

Ich war also für das Schöne, Gute und Freie zuständig und meine Frau für das Geld, das Praktische und Pragmatische.

Diese Losung, so gut sie sich anhörte, wollte mir nicht recht gefallen. Sie war zu einfach. Ich hatte Jean zu fragen vergessen, wie ich den Teufelskreis durchbrechen könnte, in den ich geraten war und der dazu führte, dass mein Vermögen immer schneller schwand, wie das Eis in der Antarktis, und der Pegel meiner Sorgen immer schneller stieg, irgendwann bis an meinen Hals.

Aus einem Trotz heraus, endlich etwas erschaffen zu müssen, setzte ich mich hin und schrieb vier Seiten, denen ich den Titel *Vier Seiten* gab. Mir wurde klar, dass mir etwas Bedeutendes gelungen war, die vier Seiten waren nämlich nicht beschrieben, lediglich der Titel stand auf der ersten. Die Augen eines Lesers aber würden den unsichtbaren, ungeschriebenen Zeilen folgen, im Bewusstsein, dass der Text fehlte und dass er, da er fehlte, existieren musste, so, als wäre er geschrieben und anschließend vom Blatt entfernt worden oder als hätte ihn jemand gestohlen.

Dieses kleine Werk war existenziell und zugleich schwerelos, es war pointiert und zugleich offen. Die Offenheit, also die Freiheit gefiel mir am besten daran. Es war vollendet und gehörte veröffentlicht; ich fragte mich, wie viel Geld ich dafür verlangen konnte, wie viel Ruhm es mir einbrächte und, im Anschluss daran, wie viel Geld zusätzlich durch eine weltweite Verbreitung und unzählige Würdigungen hereinkäme.

Dies nun, obwohl ich Geld erhielt, war keine Prostitution. Ich hatte das Werk aus freien Stücken erschaffen, bevor mir jemand Geld anbot, deshalb war es keine Lohnarbeit; Ruhm und Reichtum kamen erst danach, sozusagen ungewollt. Dieser Ablauf, und das war wichtig, musste ein Leben lang beibehalten werden.

Ich suhlte mich noch ein wenig in diesen Vorstellungen, wie

Jean es nach Fertigstellung eines Werkes vielleicht auch tat, bis ich müde wurde und mich schlafen legte. Ich träumte heftig. Irgendetwas mit einer Kuh; sie sah mich an als wollte sie sagen, nimm mich mit.

Ich wachte auf, schlief wieder ein, wachte auf. So ging es einige Tage. Die Sonne schien unvermindert; unvermindert unterhielt mich das Schattenspiel an der Wand. In diesem Jahr war es ab Anfang April mit dem feuchten Wetter zu Ende gewesen, seither schien die Sonne, abgesehen von einigen bewölkten Tagen ohne Regen und kurzen, heftigen Gewittern, die zwar etwas Wasser brachten, viel zu wenig jedoch, und dieses Wenige floss über die ausgetrocknete Erde, erreichte Straßen und verschwand durch Kanaldeckel, statt die Pflanzen zu wässern. Bereits im Juni hatten die Bäume die Blätter hängen lassen, seltsame Verfärbungen waren zu sehen gewesen, die sich von den üblichen Verfärbungen im Herbst unterschieden, und an manchen Orten waren die Symptome noch deutlicher: Dort sahen die Bäume aus wie Zimmerpflanzen, die man nicht gegossen hatte, sie waren verdurstet. Auch Kiefern, die mit Trockenheit gut zurechtkamen und sonst ihre Nadeln selbst über den Winter behielten, standen bis auf einige letzte braune nackt da. Die Bewohner wurden von der Stadt angewiesen, die Bäume vor dem Haus zu wässern.

Inzwischen war Herbst, aber das Sommerwetter hielt an; noch immer kein Regen, dafür blauer Himmel und Sonnenschein. Ich begriff, dass wir nicht länger von der Zukunft sprechen sollten; das, wovor viele sich fürchteten, war schon da, die neue Zeit hatte begonnen.

Was konnte ein Mensch tun, ohne dabei Schaden anzurichten? Ein Blick in die Geschichte der Menschheit genügte mir, um zu sagen: Nichts; nichts durfte der Mensch tun. Er war dazu veranlagt, alles zu unterwerfen. Tiere waren ausgerottet oder verjagt, sie fürchteten sich vor den Menschen und versteckten sich; aus der Natur war eine Kulturlandschaft geworden.

Weshalb wollte ich meinem Leben einen Inhalt geben, wenn es doch vielleicht besser war, nur der Form nach zu leben, ohne etwas zu tun, was einen Schaden verursachte? Ich schrieb vier Seiten, ohne sie zu beschreiben; ich zeigte den Weg für ein Leben auf, das keine Spuren hinterließ.

6

Der Abschied stand bevor. Da ich Reisen ohne viel Gepäck bevorzugte (und es mochte, kurz vor Mitternacht bei einem Hotel nach einem Zimmer und einer Einwegzahnbürste zu fragen), hatte ich lediglich einen kleinen, handlichen Koffer gepackt, der sich dank seiner vier Räder so leicht transportieren ließ, dass er, sobald ich ihn nicht mehr festhielt, von selbst weiterreiste und mir, hätte ich einen Sinn für solche Launen gehabt, den Weg wies. Der Koffer enthielt Unterwäsche, zwei Hemden, Hose und Pullover von Brunello Cucinelli (achtsam zusammengefaltet), ein dünnes Notebook, keine Zahnbürste, dafür Bücher (Gogol, Svevo, Nabokov, Roberto Cotti und das neueste Werk meines Freundes Jean), weshalb er doch recht schwer war.

Der Abschied. »Mein Froschkönig«, sagte Leonie, »pass auf dich auf!« Sie warf mich hinaus.

Ich hatte keine Lust, mit der S-Bahn auf direktem Wege zum Hauptbahnhof zu fahren und von dort meine Reise anzutreten (hatte ich ein Ticket?, wusste ich wohin?), sondern schlenderte, den Koffer vor mir her schiebend, am Kanal entlang Richtung Kreuzberg. Wie im Herbst üblich, stand die Sonne tief und strahlte mir direkt ins Gesicht; die heruntergefallenen Blätter waren von der Sonne goldig und rostig gefärbt und knackten, wenn ich auf sie trat; ein beachtlicher Haufen Hundekot entfaltete einen warmen Geruch, der dem hochsommerlichen aus der Kanalisation in nichts nachstand. In Sichtweite lagen ein metallenes Bettgestell und aufgeschlitzt die dazugehörende Matratze, linkerseits Müllbeutel, an denen eine Krähe pickte, und auf einem niedrigen Geländer, an das sonst Hunde pinkelten, trocknete eine Familie frisch gewaschene T-Shirts und Hosen. Das knorrige Geäst der Bäume, die weltlich und träge auf die winterliche Erstarrung warteten, fest mit dem Stamm im Boden verankert, verwandelte sich in unaufhörlich und frech den Himmel kitzelnde Krallen, und darunter ging ich mit meinem vorauseilenden Koffer. Ich fühlte mich glücklich, frei wie ein kleines Tier, ein Käfer, der nicht an das Morgen dachte und auf wundersame Weise von den Krallen verschont blieb. Ja, das war ich in diesem Moment, ein Unbeschwerter, ein glücklicher Niemand, der nichts zu tun und nichts zu sein hatte.

7

Wer hatte einen Menschen, eine Frau oder einen Mann, der einen von allen Pflichten entband und gehen ließ, gehen ließ mit einer Bank- und einer Kreditkarte, gehen ließ trotz der Erwartung eines Kindes, gerade deswegen gehen ließ, der einen vor diesem einschneidenden Ereignis großzügig mit einer bedingungslosen Freiheit beschenkte? Ich hatte einen solchen Menschen. Ich wusste, dass mich fast alle auf der Welt darum beneideten, weshalb mich eine Schwermut ergriff: Konnte ich das mir zugefallene Glück in seiner ganzen Dimension fassen, es genießen und damit umgehen? War das Glück, eine Frau wie Leonie zu haben, war ein solches Glück, dessen ich mir Tag für Tag bewusst sein würde, denn auszuhalten?

Die vage Ahnung, dass es sich nicht um Glück handelte, sondern um einen goldenen Käfig, der seine Stäbe um mich zu schließen begann, bedrückte mich. Ich setzte mich, noch immer am Kanal, auf eine Bank, auf die freie Fläche zwischen einem kleinen und einem großen Stück Vogelkot. Geschah mir Gutes oder war ich in eine unheilvolle Falle getappt? Es war richtig, wegzugehen, eine Reise zu machen. Eine Last lag auf mir, die daraus bestand, dass man mir die Last abgenommen hatte, ohne dass sie dadurch verschwand, im Gegenteil, durch ihr Fehlen wog sie noch schwerer; ich konnte sie nur abwerfen, indem ich ging. Fühlte ich mich Leonie gegenüber schuldig? Vielleicht. Doch sogar die Einnahmen aus meiner vermieteten Eigentumswohnung, die ich zu Beginn als ein unverhofftes Geschenk begriffen hatte, das mich von finanziellen Sorgen weitgehend befreite, empfand ich inzwischen als Last. Die Regelmäßigkeit, mit der das Geld Monat für Monat eintraf, ohne dass ich einen Finger rührte, ermüdete, beschämte, verärgerte mich. Die unendliche Wiederkehr des Monat für Monat gespendeten Geldsegens machte mich zornig. Dabei war ich für das bedingungslose Grundeinkommen; dies nun war mein Grundeinkommen. Es war erniedrigend. Das junge Pärchen mit dem Baby, das in der Wohnung lebte, ahnte nicht, dass die Mieteinnahmen nicht ein kleiner Teil meines steigenden Reichtums waren, sondern meine gesamten Einkünfte bildeten, und ich in Wirklichkeit weit stärker von dem Pärchen abhängig war als es von mir. Dies also war die Last – dass ich von den Brosamen anderer lebte, die mir Monat für Monat mit einer Zuverlässigkeit zugeworfen wurden, die für mich nicht länger hinnehmbar war.

Die eigentliche Beleidigung, unter der ich litt, war natürlich das Geld an sich. Das Geld als Zahlungsmittel, als ein Wert, von dem ich abhängig war, der Angaben über mein Leben, über mich als Menschen machte. Es kränkte mein empfindsames Ich. Aus diesem Grund verachtete ich es; ich wollte es loswerden.

Als ich auf der Bank saß, zwischen den weißen Hinterlassenschaften der Vögel, umgeben von Müll und Hundekot, und auf einen Altbau aus der Gründerzeit blickte, dessen trübe Fassade von der Sonne in ein helles und warmes Gelb verwandelt war, dachte ich, dass eine Reise in den nahe liegenden Süden, vielleicht nach Italien, mir guttäte und Leonie von einem Aufenthalt im Fernen Osten oder in Afrika zu schreiben genügte; klüger allerdings schien es mir, mich gar nicht zu melden.

Da ich der langen Wege in Berlin müde war, nahm ich ein wenige Schritte entferntes Hotel in Kreuzberg, kein richtiges Hotel, gab es doch nicht einmal Frühstück; das Zimmer war winzig und das einzige Fenster besaß keine Aussicht: Die heruntergekommene Fassade des Nachbargebäudes war so nah, dass ich sie beinahe berühren konnte. Aber das Zimmer hatte einen Fernseher und eine kostenlose Internetverbindung. Das Nachttischchen, ein klappriges Ding aus Blech, vielleicht aus den Fünfzigern, brachte mich auf eine Idee.

8

Wenig später lockten mich im Internet Bilder eines schlichten Beistelltisches von Marcel Breuer aus Stahlrohr und Tischlerplatte, deren grüner Lack abblätterte, wie es bei bald hundertjährigem Gebrauch nicht verwunderte, und der achthundert Euro kostete. Dies war viel Geld für ein Tischchen, das mit etwas Glück bei einem unwissenden Trödler für zwanzig Euro zu haben war; doch gerade die Höhe des Preises wirkte unwiderstehlich. Wie konnte jemand ein Tischchen entwerfen, das aus nicht mehr als zwei gebogenen Stahlrohren und einem Brett bestand und nach hundert Jahren und völlig abgeranzt diesen Wert besaß, obwohl ein ganzes Volk von Möbeldesignern seit Jahrzehnten neue Tischchen in allen möglichen Formen erschuf?

So kam es, dass ich mich am nächsten Tag, nach einem kleinen Frühstück im nahegelegenen Café, mit einem freundlichen Herrn in dessen Laden traf, der alle Zeit der Welt zu haben schien und mir gleich mehrere Breuer-Tischchen präsentierte, ein kleines mit einer schwarz gebeizten Oberfläche, ein größeres orange lackiertes, ein längliches in Weiß und auch ein grün lackiertes. Am meisten gefiel mir, dass sie sich nicht in den Vordergrund drängten, sondern jene angenehme Beiläufigkeit besaßen, die wahre Größe auszeichnete. Das grüne gab es auch noch mit anderen Maßen, so, dass man das größere im rechten Winkel über das kleinere stellen konnte. Hatte es Sinn, gleich beide zu kaufen? Wurde der Preis dann besser? Um die Eindrücke sacken zu lassen, ging ich ein wenig im Ladengeschäft umher, alle Gedanken fielen von mir ab, ich versuchte zu schauen, ohne etwas zu sehen, um dann ganz frisch und frei das richtige Tischchen auszuwählen oder beide zu nehmen, ich tat also nichts, ging nur umher, folgte sozusagen meinen Füßen, die mich zu einem Sofa führten und stehenblieben. Vor mir leuchtete eine leichte, schmale, mit gelbem Stoff bezogene

Stahlrohrcouch, die auch als Tagesbett in Gebrauch genommen werden konnte, ein wirklich originelles Sofa. Als ich mich darauf setzte, war es genau so wie erwartet: nicht zu weich, der Rücken gut gestützt, ideal als Arbeitssofa. Ein Gefühl sagte mir, dass mich auf diesem Sofa jene Inspiration erfassen würde, auf die ich so lange schon wartete und die meinem Leben einen Sinn gab; ja, ich musste die Inspiration einfangen oder, genauer, mich von ihr fangen lassen, und dazu brauchte ich dieses Sofa. Sofa und Beistelltisch passten so gut zusammen, dass ich mir das eine ohne das andere nicht mehr vorstellen konnte.

»Herr Sankiewitz«, sagte ich zu dem freundlichen Mann, »dieses Sofa, ist es noch zu haben? Ich überlege mir, welcher Breuer-Tisch am besten dazu passt.«

Ich ging weiter durch den Laden in einem Taumel aus Glück und Entsetzen über meine eigene Unvernunft. Wie viel Geld besaß ich noch? Sicherlich genug, auch wenn es im Schwinden war wie das Eis in der Antarktis. Aber wollte ich es nicht eigentlich loswerden? War es anmaßend, in Leonies Wohnung, die ich für Monate verließ, ungefragt neue Möbel zu stellen? Wie viel Platz war noch? Unser Zuhause war bereits vollgestellt, irgendeine Ecke, irgendeine Lücke jedoch fand sich immer, und ein Baby brauchte nicht viel Platz.

Als ich auf diese Weise nachdenkend durch den Laden ging, bogen meine Füße auf einmal nach links ab und blieben stehen. Ich sah einen kleinen Kleiderschrank, einen sogenannten Kabinettschrank aus den Dreißigerjahren, dessen gebogene Stahlrohrfüße geradezu nach den gebogenen Stahlrohren von Beistelltisch und Sofa verlangten. Nein! Der Schrank kostete über dreitausend Euro, fast so viel wie das Sofa. Nein, nein, nein – aber es musste sein! Von allem gefiel mir der Schrank am besten, in ihm konnte ich meine Arbeit aufbewahren – und ich würde wieder arbeiten, so wie früher –, aufbewahren mit Stil, so wie es ihr, meiner Arbeit, entsprach.

»Guter Mann«, sagte ich zu dem freundlichen Herrn, »ich

werde nicht mehr weiter durch Ihren Laden gehen. Ich nehme diesen Schrank hier und das Sofa dort und diese beiden, nein, nicht jene … diese Beistelltische. Hier, meine Kreditkarte, bitte liefern Sie schnell, ich brauche die Stücke dringend.«

Gerade wollte ich das Ladengeschäft verlassen, als mir etwas Ockerfarbenes auffiel, eine kleine Kommode mit abgerundeten Seitenkanten. Ich drehte mich nach dem Mann um und fragte, von wem sie sei.

»Das ist ein hoch seltenes Sideboard von einem tschechischen Möbeldesigner. Sein Name ist Jindřich Halabala. Kennen Sie ihn?«

Ich war wie verzaubert. Halabala. Das klang erlesen, artistisch, spielerisch. Ich wusste gleich: Ein Ästhet mit Leidenschaft besaß zwar etwas von Breuer, sein Herz jedoch schlug für Halabala.

»Nein, ich kenne ihn nicht, das heißt, ich lerne ihn gerade kennen. Sagen Sie mir, was für ein Holz ist das?« Der Ockerton wies dunkle Reste von Jahresringen auf, wie mit Tusche gezeichnet.

»Geflammte Birke.«

Geflammte Birke. Allein der Begriff hatte es in sich. Und die wie mit Tusche gezeichneten Reste von Jahresringen sahen tatsächlich aus wie Flammen. Mit einem Schlag wusste ich ohne jeden Zweifel, dass ich nicht glücklich würde, wenn ich ohne Halabala ginge. Ich musste ihn haben.

Mit Schrecken sah ich, dass dieses kleine Sideboard noch teurer als das Sofa war – doch was blieb mir anderes übrig, als die Kreditkarte erneut zu zücken und mit einem Gefühl beginnender Ohnmacht zu zahlen, was zu zahlen war. Nachdem ich dies erledigt hatte, beschloss ich, in ein Café zu gehen und gründlich über meine fatale Vorliebe für sündhaft Teures nachzudenken. Ich trank einen Espresso, damit die Gedanken klar wurden, und bestellte ein Glas Gewürztraminer, der für die nötige Ruhe und Sinnlichkeit sorgte. Ich verachtete Geld; Geld auf dem Konto war kalt, ein hundert Jahre altes

Tischchen hingegen war warm. Trotzdem war meine Neigung ruinös und toxisch wie jene eines Drogenabhängigen. Obendrein war sie dekadent und – ich sah, wie hinter der Fensterfront auf der Straße eine Frau um Geld bettelte, vielleicht war sie aus Syrien geflohen – gegenüber dem weit überwiegenden Teil der Menschheit respektlos.

Am schlimmsten aber war nicht ihre frivole, gefährliche, dionysische Tendenz, ihr verderbter, autoaggressiver Zug, ihr chimärenhaftes Wesen – nein, am schlimmsten war, dass dieses Phantasma meine ganze kreative Energie auf sich zog und verhinderte, dass ich mich um meine Arbeit kümmerte, statt sie mit Konsumverhalten zu kompromittieren. Denn sie für ein paar Möbel links liegen zu lassen, das war kompromittierend.

Als ich den Gewürztraminer trank, ein Schluck davon meinen Gaumen hinunterfloss, ließ ich den Blick durch das Café schweifen und sah eine sonderbare junge Frau, eine Dame mit einem schwarzen Hut und schwarzen Handschuhen, die auf der Bank an der Wand saß, allein an einem kleinen Zweiertisch. Der Hut war extraordinär; er erinnerte von der Form her an einen Suppenteller mit niedrigem Rand (den sie mit dem Rand nach oben trug), war aus locker geflochtenem Bast, der ein zartes Schachbrettmuster auf ihr Gesicht warf; er balancierte schräg auf ihrem Kopf und wurde von einer Schnur gehalten. Als sie sich nach der Tasche umdrehte, sah ich, dass auf dem Hutteller drei rote Origamiblüten lagen. Spitzenhandschuhe waren es, die diese Dame, kaum fünfundzwanzig Jahre alt, trug; als sie mit ihren eleganten schwarzen Fingern nach der Kaffeetasse griff, rutschte ich auf meinem Stuhl nach vorn bis zur Kante, als wäre ich gerade aufgewacht.

Weniger Hut und Handschuhe jedoch, vielmehr der zarte Hals und die ebenmäßige Rundung des Kinns zogen mich in ihren Bann. Die Form der unteren Wangenpartie war von höchster Vollendung und ließ mich – obwohl dieser Vergleich unpassend war – an die Bauhausmöbel denken, deren Biegungen derjenigen der Dame doch sehr ähnlich waren. Auch schien die Frau ganz dieser Zeit zu entstammen. Ich musste sie ansprechen.

»Gnädige Dame«, sagte ich wie ein Schauspieler in einem historischen Film, als ich vor ihr stand, froh, dass ich das Jackett von Brunello Cucinelli trug, »es ist nicht schön, Damen mit Blumen zu vergleichen, denn Blumen gibt es von der gleichen Sorte viele; falls es jedoch eine Blume geben sollte, deren Schönheit atemberaubend ist und die nur ein einziges Mal vorkommt, dann müsste sie Ihren Namen tragen.«

Ich hatte mich entschieden, sie zu siezen, obwohl sie noch sehr jung und es in Berlin üblich war, sich zu duzen. Sie gab mir ihren warmen, braunen Blick.

»Dichter«, sagte ich, als wollte ich erklären, wie ich auf meine wortreiche Anrede gekommen war. »Ich hoffe, Sie langweilen sich hier nicht?«

»Nun nicht mehr, Herr Dichter. Mein Name ist Charlotte Raven. Wollen Sie mir Gesellschaft leisten?«

Ich verstand dies als Aufforderung, mich zu setzen.

»Dichter bin ich von Beruf. Mein Name ist Lorenz Zweifel.«

»Ach, Sie haben einen … Beruf. Was schreiben Sie denn?«

»Ich drücke es so aus, tatsächlich handelt es sich weniger um einen Beruf als um eine Berufung. Sie müssen wissen, dass ich Lohnarbeit verachte. Was schreibe ich? Nun ja, zur Zeit … Ein großer Teil meiner Arbeit besteht darin, mich inspirieren zu lassen.«

»Wie schön! Ich finde Menschen langweilig, die einen Beruf ausüben. Sie lassen sich also inspirieren. Sehr schön ist das. Ich tue das auch, ich male.«

»Was für ein Glück für Sie. Malen wollte ich auch immer, leider fehlt mir dafür jedes Talent. Was verwenden Sie, Öl?«

»Aquarell.«

Ich konnte sie mir nicht bei der Arbeit an einem Bild vorstellen, was zweifelsfrei an ihrer Kleidung lag; hätte sie jedoch mit einem Arbeitsoverall vor mir gesessen, das voluminöse dunkle Haar zusammengebunden, hätte ich sie mit etwas Phantasie sogar bei der Gartenarbeit sehen können.

»Ach, die Zeit«, sagte sie bedauernd. »Wollen Sie mich nicht besuchen kommen? Ich wohne außerhalb Berlins auf Schloss Raven. Hier …«

Ich hielt eine Visitenkarte in den Händen, sah sie zur Tür hinausgehen und in einen kleinen, gelben Rennwagen steigen. War das etwa ein alter Lamborghini?

Sie fuhr los. Das Kastanienbraun ihres Haars flatterte über dem Gelb des Rennwagens – so wehte sie davon. Wer wusste, ob ich sie jemals wiedersah. Die Lücke, die sie hinterließ, wurde vom Ladengeschäft auf der anderen Straßenseite geschlossen, bei dem ich die Möbel gekauft hatte und vor dem nun ein Lieferwagen mit offenen Türen parkte. Herr Sankiewitz bugsierte eigenhändig einige gut verpackte Stücke hinein. Es schien zu laufen.

9

Mich trennten erst wenige hundert Meter, wenige Stunden von Leonie, und ich dachte bereits an eine andere Frau. Was war ich nur für ein Mensch. Besaß ich keine Haltung, war ich nicht zu Treue und Aufrichtigkeit fähig? Was für ein Vater würde ich werden?

Ich war im Hotelzimmer und lag zugedeckt im Bett, obwohl es erst zwanzig Uhr war. Welches Bein war schwerer? Wog der linke Arm mehr als der rechte? Je stärker ich mich auf mein Gleichgewicht konzentrierte, desto unsicherer schien mir die Matratze, auf der ich lag wie auf einem Schwimmbrett; ich drohte zu kentern, meine linke Körperhälfte zog nach unten, kippte in den Abgrund schwarzen Meerwassers – oder entglitt ich in den Schlaf? Gegen einen guten Traum hatte ich nichts einzuwenden, meine aber waren nicht gut, sie waren voller Ziegen und Kühe, die von einer unsichtbaren Macht hereingezaubert worden waren, um mich vom Weg abzubringen und zu erniedrigen.

Morgen wollte ich ausschlafen, bis die Putzfrau an die Tür klopfte. Seltsam, dass die meisten Menschen sich im Bett am sichersten fühlten; solange ich im Bett lag, träumte ich zwar schlecht und schlug mich mit meiner Empfindsamkeit herum, konnte jedoch nichts Verhängnisvolles tun, weder Möbel kaufen noch meine Frau betrügen. Allerdings wusste ich, dass ich sie ohnehin nicht betrügen würde.

Ich wusste es, weil mein Vater meine Mutter und somit auch mich betrogen hatte. Er betrog sie bereits, als ich in ihrem Bauch erste Purzelbäume schlug. Noch vor meiner Geburt machte er sich davon, er wanderte in die USA aus und ließ Mutter und einen Schuldenberg zurück. Die Gedanken daran waren mir unerträglich, und dennoch kamen sie im Laufe meines Lebens immer wieder, sie begleiteten es, sie bestimmten es; oft lag ich stundenlang auf dem Sofa oder auf dem Bett nur für diese Gedanken, statt zu arbeiten, wie Leonie es gerne gesehen hätte.

Vater starb früh, noch bevor ich die Möglichkeit gehabt hätte, ihn in Alaska aufzusuchen und kennenzulernen. Er hatte, wie ich später erfuhr, den Winter fernab der Zivilisation in einer Hütte verbracht; ein Einheimischer, der mit einem kleinen Flugzeug anreiste und auf dem zugefrorenen See vor der Hütte landete, versorgte ihn mit Lebensmitteln. Der Mann hatte einen Verkehrsunfall; als er wieder zu sich kam und sagen konnte, dass da draußen noch ein Schweizer war und wartete, war es zu spät.

Immer war es zu spät. Oder zu früh. Ich war zu jung gewesen, um jene abenteuerlichen Reisen zu unternehmen, die mir vorschwebten und mich aus der Schweizer Arbeiterstadt wegführten, in der Mutter und ich lebten. Es war zu spät, um eine Schwester oder einen Bruder zu bekommen; es war zu spät, um eine glückliche Kindheit zu verleben; es war zu spät, um Vater noch kennenlernen zu können.

Früher, als ich noch Ideen gehabt hatte, wie Leonie sagte, war es mir aus Gründen, die ich nicht mehr nachvollziehen konnte, ein Anliegen gewesen, meinem Vater ein neues, aber völlig anderes Leben einzuhauchen. Es ging dabei nämlich, und dies verlieh meinem Vorhaben etwas Unehrenhaftes, in keiner Weise um meinen Vater, sondern allein um mich, der ich einen Vater haben wollte, einen liebevollen, besorgten, gebildeten Vater. Ein Mädchen, in das ich mit zwölf Jahren verliebt gewesen war, hatte einen einfühlsamen, harmlosen, vielleicht sogar tölpelhaften, vor allem aber liebevollen Vater gehabt. Ich hatte ihn sehr gemocht.

Vater und Sohn

q)

Der alleinstehende Reisende, dessen Leben kinderlos geblieben war, der als Einziger im leeren, unaufhaltsam nach Westen rasenden Waggon saß und sich im richtigen Zug wähnte, war niemand anderer als Eugen Niggli.

In glückliche Gedanken versunken, sah er auf den ersten Blick nicht schlecht aus: Sein Gesicht leuchtete erwartungsfroh, das bereits ergraute Haar war zu einem ordentlichen Scheitel gekämmt und der dünnlippige Mund unterhalb des Schnauzes schien zu lächeln. Die beige Manchesterstoffhose war jedoch aus der Mode gekommen und von der Art, wie sie von alten Männern getragen wurde; sie entblößte ein Stück milchweißes, abgeledertes Schienbein, das in einer dicken Wollsocke verschwand, deren Farbkombination einem Risotto mit Erbsen glich.

Traf man Niggli stehend an, verschwand die Socke unter der Hose, doch nun war offensichtlich, dass er höchstens einen Meter fünfundsechzig groß war; außerdem wog er, was er jedoch für sich behielt, lediglich siebenundvierzig Kilogramm.

Dr. Eugen Niggli, Schweizer, genauer: geboren in Bern, aufgewachsen im Umland, abgesehen von einem zwei Jahre dauernden Abstecher nach Zürich und dem jetzigen, Leipziger Ankerplatz sein ganzes Leben wohnhaft in Bern, Studium der Linguistik und der Germanistik, Verfasser einiger wissenschaftlicher Arbeiten sowie des Rechtschreibhandbuchs *Berndeutsch heute* aus dem Jahre 1997, weniger aus praktischen als aus idealistischen Gründen als einer der Letzten eines aussterbenden Völkchens promoviert in Schweizer Literatur, war bis zum heutigen Tag über den Doktortitel nicht hinausgekommen: Um den vakant gewordenen Lehrstuhl für Schweizer Literatur, der ihm die Würden eines Professorentitels eingebracht hätte, hatte er sich gerade bewerben wollen, als er erfuhr, dass dieser nicht mehr besetzt wurde – und andere Bewerbungen waren erfolglos geblieben. Zuletzt war er längere Zeit arbeitslos gewesen. Unter dem Druck des Arbeitsamtes gezwungen, in zwei mögliche Richtungen flexibler zu werden, entweder sich beruflich neu zu orientieren oder seine Suche auf den gesamten deutschsprachigen Raum, ja, sogar auf fremdsprachige Länder auszudehnen, hatte er, W. G. Sebald folgend, sich in England beworben; zunehmend verzweifelt, hatte er über eine überarbeitete Neuauflage seines geliebten, in versteckter Weise revolutionären, jedoch seit geraumer Zeit vergriffenen, also verramschten *Berndeutsch heute* nachgedacht, aber da er den Druck selber hätte finanzieren oder ein entsprechendes Gesuch um einen Druckkostenzuschuss bei Stadt oder Kanton stellen müssen und die finanziellen Einnahmen durch die erste Ausgabe keineswegs ergiebig gewesen waren, hatte er die Idee wieder verworfen. Dank eines Wunders, wie er es nannte, lebte er seit sechs Monaten in Leipzig, wo er an der Universität im Rahmen einer Schwangerschaftsvertretung ein zweisemestriges Seminar zum Thema Schweizer Literaturgeschichte halten durfte.

Eugen Niggli war auf dem Weg von Leipzig nach Berlin – es war Februar, die Semesterferien hatten begonnen, ein idealer Zeitpunkt für sein Vorhaben –, um bei einer Pflegestelle den Hund abzuholen, für den er sich entschieden hatte. Nach und nach war ihm bewusst geworden, dass er gerne ein Kind gehabt hätte und ein Hund dieses Fehlen vielleicht ein Stück weit kompensieren konnte.

So weit fort von der Heimat, in der ihn allerdings nicht mehr viel gehalten hatte, sollte der Hund sein treuer Begleiter werden. Es handelte sich um einen Galgo aus Spanien, der von einer Hilfsorganisation für Galgos nach Deutschland gebracht worden war: ein sandfarbener Rüde mit weißen Füßen, einer weißen Spitze am Ende der Rute und einer schwarzen Maske, als hätte er die Nase zu tief in einen Topf mit schwarzer Tinte gesteckt. Er war zwei Jahre alt und in Spanien für die Jagd untauglich gewesen, weshalb der Besitzer ihn zusammen mit anderen untauglichen oder zu alten Hunden in den Wald gebracht hatte, um ihn an einem Baum zu erhängen. Irgendwie schaffte er es zu entwischen; er wurde auf einer Straße umherirrend aufgelesen. Gemäß Angabe der Hilfsorganisation besaß der Hund ein ruhiges und liebevolles Wesen; er hatte keine der sonst üblichen Mittelmeerkrankheiten.

Niggli hatte keinen jungen Hund gewollt, schon gar keinen Welpen, ein solcher hätte ihn, wie er fürchtete, überfordert. Allerdings schien das Bild, das er besaß und das den Hund mit einem leicht zur Seite gekippten, neugierig in die Kamera blickenden Kopf zeigte, zu verraten, dass es sich um ein jung gebliebenes Schlitzohr handelte. Schaute Niggli das Bild an, stieg seine Laune. Letzte Nacht hatte er kaum einschlafen können, so sehr hatte er sich auf den neuen Mitbewohner gefreut.

Um Geld zu sparen, schließlich brauchte er für die Rückfahrt neben seiner eigenen auch eine Fahrkarte für den Hund, hatte er nicht einen Intercity-Express genommen, sondern eine günstigere Verbindung mit Regionalbahnen herausgesucht, was jedoch zur Folge hatte, dass die Strecke nicht eine Stunde und zwanzig Minuten dauerte, sondern fast drei Stunden. Durch den Umweg würde er allerdings mehr von Deutschland sehen, und Zeit hatte er genug.

Nach zwanzig Minuten Reise erklärte ein hilfsbereiter Schaffner dem armen, verwirrten Niggli, dass er im falschen Zug saß: Er fuhr nach Halle.

»Abär …«, fragte Niggli mit schweizerischem Akzent, »ich komme trotzdäm nach Bärlin, odär?«

Er erhielt zur Antwort, dass ihn dieser Zug in die falsche Richtung bringe: nach Westen statt nach Norden. Von Halle aus könne er nach Berlin fahren. Aber er brauche eine neue Fahrkarte, die jetzige sei in jenem Zug nicht gültig.

»Ein neues Billet?«

Er begann zu ahnen, dass er nun mehr Geld verlor, als wenn er gleich mit dem Intercity-Express gefahren wäre, und fing wie immer bei Aufregung oder Verwirrung, einer Gogol'schen

Figur verwandt, damit an, ohne auf den Punkt zu kommen, Umstandswörter aneinanderzureihen: »Abär im Grunde … das ist ja eigäntlich … sozusagen … also wirklich! Ich wollte … ich dachte …«

Ob er ab Halle den ICE nehme, wollte der Schaffner wissen.

Niggli fragte, wie viel der ICE und wie viel die Regionalbahn koste.

Da er rechtzeitig ankommen musste, entschied er sich für den ICE. Das Portemonnaie nahm er mit Vorsicht heraus, darin befand sich das Geld für den Hund, lediglich eine Schutzgebühr und doch ein paar hundert Euro, die er in bar mitbringen musste, eine für ihn hohe Summe, die er jedoch ohne lange zu überlegen für seinen Hund auszugeben bereit war und vom Sparkonto bei der Berner Kantonalbank auf sein neues deutsches Konto überwiesen hatte. Er bezahlte den Fahrschein und verstaute das Portemonnaie wieder an seinem sicheren Platz.

In Halle musste er zwanzig Minuten warten. Kurz nachdem er sich auf eine Bank gesetzt hatte, klingelte das »Natel«, wie er als Schweizer sein Handy nannte; etwas Außergewöhnliches musste geschehen sein, denn das Natel klingelte sonst nie. Er fingerte es aus der Innentasche des Mantels, und als er das klingelnde, vibrierende und orange blinkende Gerät, das ihm, wie jedes technische Ding, schon immer fremd gewesen war, in der Hand hielt, war er vor Aufregung wie paralysiert und wusste auf einmal nicht mehr, welchen der vielen Knöpfe er drücken musste. Es blieb keine Zeit, er drückte auf den erstbesten Knopf, legte den Lautsprecher ans Ohr, sagte »Niggli« und erhielt als Antwort eine in ihrer Vollkommenheit faszinierende Stille.

Er fluchte leise und studierte die Tastatur. Die Zahlen und Zeichen auf den Knöpfen erschienen ihm wie eine komplizierte mathematische Gleichung. Auf zwei Knöpfen war ein Telefonhörer abgebildet. Bei dem einen Hörer befand sich zwischen den beiden Muscheln ein kleines Rechteck, beim anderen fehlte das Rechteck. Aha, dachte Niggli, in dessen

Kopf soeben ein Gedanke in einem zweifachen Rückwärtssalto eine andere Ebene erreicht hatte: Er musste den linken Knopf drücken.

In diesem Moment klingelte das Gerät erneut, Niggli drückte besonnen den linken Knopf und sprach mit der Frau von der Pflegestelle, die ihn mit »Herr Nicklii« ansprach, wie alle Deutschen, denen er noch nicht erklärt hatte, dass er Niggli hieß, »mit Betonung auf dem ersten i«, wie er sagte und worauf er meistens noch anfügen musste: »Nein, kein ck, zwei g, kurz und hart ausgesprochen: Niggli«, und ihm mitteilte, dass sich der Hund am Morgen beim Spielen auf der gefrorenen Erde eine Kralle abgerissen habe, er beim Tierarzt gewesen sei und einige Tage einen Verband werde tragen müssen. Sie wolle fragen, ob er bereits unterwegs sei und, falls noch nicht, ob man die Übergabe eine Woche später machen könne. Für den Hund sei es nicht ideal, in dieser Hektik in ein neues Zuhause umzuziehen.

Er sei noch so gut wie zu Hause, sagte Niggli. Er wünschte gute Besserung, betonte, wie sehr er sich auf den heutigen Tag gefreut habe, dass er jedoch eine Woche warten und den Hund dann, falls nötig, weiter pflegen werde.

Kaum hatte er das Natel verstaut, kaum dachte er an den schelmischen Blick seines, noch immer nicht seines Hundes, sank er in sich zusammen. Und er war nicht zu Hause, sondern in Halle, was für ihn gleichbedeutend war mit irgendeinem Kaff.

Er musste die eben gekaufte ICE-Fahrkarte stornieren. Er dachte an eine nicht vorhandene Frau, ein nicht vorhandenes Kind und einen nicht vorhandenen Hund, die sich wie auf einem Karussell langsam drehten und ihn schwindelig machten.

r)

Auf der Rückfahrt zog er in Gedanken das Bild des Hundes, das er ausgedruckt hatte, aus der Schublade des Nachttischchens, und nachdem er sich die schelmisch geknickten Ohren, die professorale Sorgenfalte und die neugierigen, braunen Augen vergegenwärtigt hatte, dachte er, dass es diesem Wesen wie einem kleinen Kind unmöglich sein musste, etwas Böses zu wollen, dass es die Unschuld, die Reinheit geradezu verkörperte. Gewiss, auch er konnte wenig Unheil anrichten, hielt er sich doch vorwiegend in der Wohnung auf, wo er Bücher las und Vorlesungen vorbereitete. War er unzufrieden, sagte er seine Meinung nur in Gedanken; selten widersprach er. Einmal hatte er in einem Leipziger Restaurant, in dem das Fleisch nach Fischmehl gerochen hatte, in einem freundlichen schweizerischen Tonfall eine Reklamation vorgebracht, worauf der Kellner frech erwiderte, dies sei Geschmackssache, statt ihm als Entschädigung einen Kaffee oder ein Dessert zu offerieren. Ihm war nichts anderes übriggeblieben, als sich energischer zu wehren, aber mehr als »Ich muss schon sagen … Im Grunde ist das … Ich als Gast … als Kunde … sozusagen … wirklich …« war nicht aus seinem Mund gekommen.

War die Stadt, in der er seit September vergangenen Jahres lebte und in der eine leere Wohnung auf ihn wartete, ihm inzwischen näher? Waren ihm die Menschen näher? Ein Bild tauchte vor seinem inneren Auge auf, die erste Wohnung, die er in Leipzig besichtigt hatte, eine für ihn zu große Dreiraumwohnung an einer mehrspurigen Straße, auf der Autos, Lastwagen und Straßenbahnen mit Gehupe und Geklingel um ihre Spuren kämpften. Erschöpft fragte er, wo die Küche sei, den Blick auf das trostlose Eisfeld einer gefliesten Fläche gerichtet. Eine Küche müsse er selber kaufen, hieß es – weder in Bern noch in Zürich hatte er je eine Wohnung ohne Einbauküche gesehen! In der zweiten besichtigten Wohnung war zwar auch keine Einbauküche vorhanden, jedoch ein Herd und eine Spüle. Weil er sich zu fragen schämte, lief er mit der Ahnungslosigkeit eines Außerirdischen auf der Suche nach der Dusche hin und her – bis er doch fragte und man ihm zeigte, dass im Bad neben der Toilettenschüssel an einem Haken ein Duschschlauch hing und am Boden ein Abfluss war. Noch immer hörte er den höhnisch klingenden Satz des Maklers, dass beim Duschen Waschbecken und Toilette gleich mit gereinigt würden.

Er hatte die Unterschiede zwischen Bern und Leipzig unterschätzt, obwohl er mit der Geschichte dieser Stadt seit dem Zweiten Weltkrieg und ihrer heutigen Situation vertraut war; obwohl er von der DDR, er war nie in diesem Land gewesen, aber er hatte Jurek Becker und Christoph Hein gelesen, eine Vorstellung besaß. Leipzig, so hatte er geglaubt, gehörte inzwischen zu einem Deutschland, das sich von der Schweiz nicht so sehr unterschied, zumal man auch durch die Sprache verbunden war. Doch dann hatte er Häuser mit schwarzen Fassaden gesehen, mit herausgeschlagenen Fenstern, die aussahen wie Höhleneingänge; Häuser, auf deren Dächern Birken und andere Pionierbaumarten wuchsen und die noch bewohnt waren. Und das vierzehn Jahre nach dem Mauerfall.

Als Niggli die Unterschiede zwischen Leipzig und Bern durchging, erinnerte er sich an seine Empörung, als man Zugriff auf sein neues, deutsches Bankkonto haben wollte. Nie war es ihm bisher in den Sinn gekommen, eine Rechnung mit Bankeinzug zu begleichen; er war ein Mensch mit Prinzipien, und dass der Staat oder private Firmen Geld von seinem Bankkonto abbuchen konnten, also Zugriff auf das Vermögen der Menschen hatten, empfand er als eine Form der Entmündigung.

Bei der Krankenkasse hatte er auf Wunsch per Rechnung zahlen können, man wies ihn jedoch darauf hin, dass dies für ihn aufwendiger sei. Komplizierter war es beim Telefonanschluss gewesen: Er wollte einen Vertrag bei Kabel Deutschland unterschreiben, da die Firma das günstigste Angebot machte; doch dieses »Produkt«, wie der Telefon- und Internetanschluss beim enervierenden Gespräch in der Filiale genannt wurde, gab es nur mit Bankeinzug. Man versuchte ihn davon zu überzeugen, dass es auf dasselbe herauskomme, er müsse ja so oder so zahlen, bloß habe er weniger Aufwand.

Nein, sagte er höflich, und mit schweizerischer defensiver Gebärde fügte er hinzu, er sehe sich leider gezwungen, eine Alternative zu prüfen.

Mit inzwischen schmerzenden Füßen irrte er durch die noch unbekannte Innenstadt, wurde endlich fündig und betrat eine Filiale der Deutschen Telekom. Wieder wollte man, dass er mit Bankeinzug zahlte.

Er könne auch mit Rechnung zahlen, sagte man schließlich, nur werde es dann teurer.

»Teurer? Ich bezahle nicht nur für das Telefon, sondern auch noch für die Rechnung? Das ist kein guter Service«, sagte er und unterschrieb.

Tage später erhielt er die erste Mahnung seit ... wie vielen Jahren? Womöglich war es die erste Mahnung überhaupt, denn er zahlte seit Jahrzehnten konsequent alle Rechnungen Ende des Monats. Wie er nun feststellte, musste man in Deutschland die meisten Rechnungen in zehn Tagen begleichen. Wenn jemand zwei oder drei Wochen in den Urlaub fuhr, verfügte er nicht über die Möglichkeit, fristgerecht zu zahlen.

»Nicht praktikabel«, sagte er am Telefon.

Sie habe ihm doch angeraten, mit Bankeinzug zu zahlen, erwiderte die Frau der Krankenkasse, so würden die Rechnungen auch beglichen werden, wenn er im Urlaub sei.

Aber sein Start an der Universität war erfolgreich verlaufen. Als er zum ersten Mal im überfüllten Lehrsaal gestanden hatte, der, wie er später herausfinden sollte, nicht deswegen überfüllt war, weil sich die Studenten für Schweizer Literatur interessierten, sondern wegen des ungenügenden Angebots der Universität, hatte ihn die Menge so glücklich gemacht, dass er eine seiner besten Vorlesungen hielt.

Er sagte mit leuchtendem Gesicht: »Mein Name ist Niggli. Niggli mit zwei g und Betonung auf dem ersten i. Es freut mich, dass so viele von Ihnen ein Interesse an Schweizer Literatur haben.« Nachdem er noch einmal mit gerührtem Blick die riesige Schar überflogen hatte, von der jeder und jede sein Kind hätte sein können, begannen seine Augen feucht zu werden. Er hielt dem Druck stand und fuhr fort: »Wie Sie wissen, ist die Schweiz leider ein abgekapseltes Land. Die Schweiz liegt im Herzen Europas, aber sie ist nicht in der EU. Alle großen Schweizer Schriftsteller jedoch«, nun hob seine Stimme an und gewann an Dramatik, »waren lange Zeit im Ausland! Gottfried Keller war in München, Jeremias Gotthelf studierte in Göttingen, Robert Walser lebte in Berlin, Friedrich Glauser war in Frankreich und in Italien, Max Frisch in Rom und in New York, Paul Nizon in Paris und Roberto Cotti überall, nur nicht in der Schweiz. Es gibt aber noch eine andere Entwicklungslinie: Eine Reihe nicht unbedeutender Schriftsteller lebte in der Schweiz, zurückgezogen, oft an einem abgeschiedenen Ort. Hier wären Gerhard Meier und Hermann Burger zu nennen, aber auch Adelheid Duvanel, die wir gemeinsam entdecken werden.« Während er weitersprach, hielt er seinen bohrenden Blick auf die Studenten gerichtet, als wollte er in sie eindringen und festhaken.

»Vor allem jedoch«, rief er Minuten später, nun war er in Fahrt, gestikulierte wild mit den Armen und hatte Schaum in den Mundwinkeln, »vor allem jedoch ist die Schweizer Literaturgeschichte eine Geschichte des Scheiterns, auch eines Scheiterns an der deutschen Sprache. Wir werden dieses Scheitern untersuchen. Es ist die Geschichte einer zweitklassigen Literatur, die versucht, erstklassig zu sein, und dieses Ziel, wie man sagen muss, manchmal, wenn auch selten, erreicht. Sie verstehen? Gut! Es ist auch die Geschichte ungenutzter Möglichkeiten. In den 1930er- und 1940er-Jahren, als Thomas Mann, Robert Musil und viele andere deutsche und österreichische Schriftsteller in der Schweiz waren und die mittelmäßigen

Schweizer Schriftsteller und – ich betone – die Schweizer Literaturkritiker von einem Kontakt hätten profitieren können, fand leider kein Austausch statt.«

Eine halbe Stunde später war Nigglis Gesicht rot angelaufen; sein Gehirn wurde in bester Weise mit Sauerstoff versorgt.

»Vor dem Hintergrund«, donnerte er und hob den Finger, »dass bis in die Achtzigerjahre ein wesentlicher Teil der Schweizer Literatur klein blieb, weil auf ihrem Rücken politische Debatten …«, er streckte beide Arme in die Höhe, als wollte er das Gewicht optisch darstellen, »… müssen wir konstatieren, dass die bedeutendsten Schweizer Schriftsteller, mit großem Abstand!, Robert Walser und Roberto Cotti sind, jeder auf seine Weise, weil ihre Werke – und jetzt kommt, was ich sagen will –, weil ihre Werke jene mit der größten inneren Freiheit sind!«

Dann sagte er mit ruhiger, beinahe zärtlicher Stimme etwas, das die Studenten berührte, weil sie es an der Universität noch nie gehört hatten, zumindest nicht in dieser Länge und einer dem Schweizerischen eigenen Langsamkeit: »Ich danke Ihnen für Ihre Aufmerksamkeit und wünsche Ihnen einen schönen Nachmittag.«

Die Studenten packten ihre Sachen zusammen, auf den Gesichtern lag ein seltsames Schmunzeln. Kurz darauf hörte er im Flur Geflüster, einige laute Ausrufe und wie über seinen Namen debattiert wurde: »Nicklii?« – »Nein, Niglii!« – »Nickli!« – »Aber er sagte doch Niigli.« – »Nii-g-g-li!«

Niggli, der mit übereinandergeschlagenen Beinen und geschlossenen Augen im Zug saß, auf dem Gesicht eine konzentrierte Entspannung, hätte glücklich sein können, doch wie so oft dachte er daran, dass er nicht verheiratet war, keine Freundin, nicht einmal eine Liebhaberin hatte und kein Kind. Er war ein Einsiedler, war immer schon einer gewesen und würde einer bleiben. Der rasch herbeigezogene Gedanke an seinen Hund heiterte ihn auf; er sah den Hund und sich auf dem Sofa, der Hund döste und er las in einem Buch.

Als er in Leipzig den Bahnhof verließ und durch den kalten Wind zur Straßenbahnhaltestelle schritt, hätte er beinahe vergessen aufzupassen, wo er ging und wo er stehenblieb. Die große Haltestelle am Bahnhof besaß nämlich keine Perrons, weshalb man leicht von einer Straßenbahn überfahren werden konnte. Als seine Linie kam, sah er, dass es wieder einmal das älteste Modell war.

Wie er herausgefunden hatte, war es zu Zeiten des Kalten Krieges in der Tschechoslowakei produziert worden und heute in einer nur geringfügig anderen Version auch im ukrainischen Lemberg noch im Einsatz. Bei der ersten Stadtbesichtigung nach dem Zuzug aus Bern war er mit ebendiesem Modell gefahren. Er war über die hohe, für alte Menschen kaum zu bewältigende Stufe hineingeklettert und hatte sich auf einen der ungefederten Kunststoffschalensitze gesetzt, der auf dem holprigen Schienennetz sogleich seine Wirbelsäule mit winzigen, fies vibrierenden Schlägen zu traktieren begann und nach fünf Minuten einen giftigen Schmerz verursachte. Am Ziel stieg er aus, gefühlt um zehn Jahre gealtert, streckte sein Rückgrat durch und unternahm einen jener Niggli'schen Erkundungsgänge, die nicht an Sehenswürdigkeiten vorbeiführten, sondern ihn dorthin brachten, wo es außer kleinen Einkaufsläden sowie Wohnblöcken nichts zu sehen gab, schlechte oder normale Viertel, die das Leben so zeigten, wie es war. Diese Niggli'schen Erkundungsgänge endeten meistens mit schmerzenden Füßen, einem hungrigen Magen und einem Gefühl des Unbefriedigtseins. Er war jedoch davon überzeugt, dass man solche Viertel besichtigen musste, wenn man einen Ort kennenlernen wollte, denn die sogenannten Sehenswürdigkeiten waren Pomp, eine hergerichtete Fassade, die das wahre Gesicht einer Stadt verbarg.

Mit schmerzendem Rücken in der Straßenbahn, die ihn zur Holbeinstraße brachte, drei Fußminuten von seiner Wohnung entfernt, entschied er der Schmerzen wegen, zwei Haltestellen früher auszusteigen und durch den Clara-Zetkin-Park nach

Hause zu gehen. Der Wind schlug ihm eisig entgegen, doch er spazierte, in seinen Mantel gehüllt, auf einem Weg, den er in Zukunft mit dem Hund oft gehen würde. Seit Wochen lag Schnee, nicht viel, es hatte kaum Niederschläge gegeben; dabei war es kalt, ein härterer Winter als jene in Bern. Das Schlimmste war der Wind, der hier weit stärker wehte als in der Schweiz, geradezu sibirisch kam ihm Leipzig vor.

Als er durch den Park ging, in dem er sich Goethe gut vorstellen konnte (tatsächlich war der Park lange nach Goethes Tod angelegt worden), begann er zu ahnen, weshalb ihm diese weite, flache Landschaft um Leipzig herum, die er vorhin im Zug hatte sehen können, Schwierigkeiten bereitete: Es war das Gefühl einer unbestimmten Härte, eines Realismus, der dem Lebensraum innewohnte. Das Land war flach wie eine Platte aus Metall, der Wind riss einen fast um und man sah bis zum Horizont eine einzige Ödnis. Manchem Deutschen oder Holländer erging es in der Schweiz umgekehrt: In den Bergen fühlten sie sich eingeengt. Er hingegen fühlte sich im Leipziger Flachland unbehaust. Hier fehlten die bewaldeten Hügel, hinter denen neue Dörfer und Städte auftauchten; Hügel, Wald, Dorf und die Ungewissheit, was hinter dem nächsten Hügel kam – die Schweizer Topographie besaß etwas Verträumtes, das sich auch in der weichen Sprache und der Literatur spiegelte, in der früher die Berge verklärt, zu Schauplätzen von Märchen gemacht worden waren.

Im Wissen, dass es keine endgültigen Wahrheiten gab, nur halb zufrieden mit seiner Erkenntnis, bog Niggli in einen Weg ein, der umsäumt von zwei Baumreihen war; diese Alleen mochte er. Bei seiner Ankunft im September hatten sich auf den Wiesen noch Studenten gesonnt, manche lagen unter Kastanien im Schatten; bald darauf waren die Blätter heruntergefallen, so viele, dass man sie mit den Füßen hochwirbeln konnte. Jetzt bildete der Schnee eine weiße Schicht, und die Baumkronen bestanden aus braunen Strichen, die ein riesiges, schwarzes Geschwür trugen. Dann erhob es sich mit Geschrei, löste sich auf in eine Wolke, die aus unzähligen Krähen bestand, und mit den Krähen der anderen Bäume vereint, flog eine riesige, dunkel schreiende Scheibe davon, die einen Moment lang die Sonne verdeckte und einen unheimlichen Schatten warf. Schon war der Spuk vorbei. Die Sonne schien, der Schnee reflektierte das Licht und Niggli setzte seinen winterlichen Spaziergang fort.

Ein Eichhörnchen rannte einen Baumstamm herunter, blieb am Boden auf den Hinterbeinen stehen und blickte ihn an. Trotz der Kälte kniete Niggli nieder. Er streckte die rechte Hand aus und rieb Daumen und Zeigefinger aneinander, als wäre dazwischen eine Haselnuss. Das Eichhörnchen machte zwei-drei nervöse Sprünge und blieb einen halben Meter vor ihm stehen. Dann kam es vorsichtig näher. Als es bei ihm war, löste er Daumen- und Zeigefingerspitze voneinander und hielt dem kleinen Tier den Zeigefinger hin. Mit beiden Vorderpfötchen umfasste es den Finger, die Krallen waren erstaunlich kräftig, aber sie stachen nur wenig, dann schnupperte es an der Fingerspitze und biss zu.

»Aua!«

Er war vor Schreck aufgesprungen. Das Eichhörnchen befand sich schon wieder auf dem Baum, wo es laut zu schimpfen anfing. Versöhnlich blickte er nach oben und hörte dem Eichhörnchen zu; da es keine Ruhe gab, ging er weiter. Der Finger blutete. Er nahm ihn in den Mund und saugte das Blut aus der Wunde.

Als er zu Hause den Briefkasten öffnete, entdeckte er zwischen anderer Post einen Umschlag, der farblich und haptisch auffiel. Er verkniff es sich, die Absenderadresse abzulesen; er wollte die Überraschung hinauszögern, ging das Treppenhaus hoch, legte in der Wohnung die Post auf den Schreibtisch und bereitete einen Tee zu.

Während der Glücksstern-Tee zog (es handelte sich um einen Kräutertee mit Kakaoschalen, Rooibos und Vanille, den er in einem Geschäft namens Rossmann gefunden hatte), saß Niggli auf dem drehbaren Bürostuhl, betrachtete den leeren, weich gepolsterten Hundekorb und nahm das Stoffwiesel heraus, das für den Hund als Spielzeug gedacht war. Seit einer Woche lag es im Korb. Er streichelte es.

Er trank einige Schlucke des Glücksstern-Tees und betrachtete den Zeigefinger, der nicht mehr blutete, aber ein kleines Loch hatte; und wie er mit den Augen seinen verletzten Finger untersuchte, dessen Löchlein im Grunde recht harmlos aussah, kam ihm ein Gedanke, der höchst beunruhigend war.

Mit der Ruhe eines Todgeweihten, der sein Schicksal mit Würde trug, nahm er den Telefonhörer in die Hand, rief die Auskunft an und ließ sich mit der entsprechenden Stelle bei der Stadt verbinden; man gab ihm eine weitere, auswärtige Nummer; er wählte sie und erzählte, was ihm widerfahren war. Er hörte, was ihm die Dame antwortete.

»Und es ist sicher«, fragte er, »dass Eichhörnchen in Leipzig keine Tollwut haben können?« – »In Leipzig der letzte Fall vor dreißig Jahren? In Ordnung!«

Niggli klebte ein Pflaster auf den Finger, trank vom Glücksstern-Tee und beschloss, den dünnen Stapel Post und den von Hand beschrifteten Umschlag nicht anzurühren.

Den Umschlag vor Augen, verfiel er in eine halb romantische, halb melancholische Nachdenklichkeit – er erinnerte ihn an früher. Brieffreundschaften unterhielt er nämlich seit Jahrzehnten nicht mehr. Als Jugendlicher hatte er einige Zeit mit einem Mädchen Briefe getauscht, das auf dem Gymnasium in seiner Klasse gewesen und weggezogen war; ein Brief von ihr war ausgeschlossen. Seine Eltern waren verstorben, der Vater schon lange, die Mutter vor einem Jahr, und von Balthasar, mit dem er seit dem Studium befreundet gewesen war, hatte er vor mehr als zehn Jahren das letzte Mal gehört. Hier in Leipzig fiel ihm niemand ein, der ihm einen Brief geschrieben haben könnte. Rainer würde ihn, wenn er sprechen wollte, in den Gängen der Uni abfangen und mit ihm einen Kaffee trinken gehen; wäre Abend oder Wochenende oder wäre er einige Tage abwesend, würde er eine E-Mail schreiben, niemals jedoch einen Brief.

Niggli trank einige Schlucke vom Tee, drehte sich mit dem Bürostuhl einmal um dreihundertsechzig Grad, dachte dabei an einen allwissenden Erzähler, drehte sich in die entgegengesetzte Richtung und streichelte das Stoffwiesel, bevor er es behutsam in den Hundekorb zurücklegte.

Gedanklich mit dem Briefschreiber oder der Briefschreiberin beschäftigt, rieb er mit Daumen und Zeigefinger der rechten Hand das Kinn, dessen Bartstoppeln er trotz morgendlicher Rasur spürte, dann strich er mit kurzen Bewegungen seinen Schnauz glatt. Hatte ihm eine verliebte Studentin geschrieben? Er hielt es für unwahrscheinlich, doch er wusste, dass solches vorkam.

5)

Nach dem Mittagessen und einem zwanzigminütigen Mittagsschlaf brach Niggli bei bewölktem Himmel auf, ausgestattet mit Handschuhen und einer zu großen Fellmütze, die über die Augenbrauen rutschte, mit der er sich jedoch wie ein russischer Gutsbesitzer bei Puschkin, Gogol oder Tolstoi fühlte. Wie so häufig, war auch heute das Wetter am Nachmittag schlechter geworden, eine Eigenart dieser Region, mit der er sich nicht anfreunden wollte. Auf dem Gehsteig schritt er dahin, dachte an den Hund, der noch einen passenden Namen brauchte, stolperte über eine hervorstehende Bodenplatte, nahm unwillkürlich, den Flug ausbalancierend, für eine Zehntelsekunde die Haltung des Flugzeugs ein und landete günstig mit mehreren kleinen Schritten am Rande eines Gebüschs, das ihm einen dünnen, gefrorenen Zweig in den Hals bohrte.

»Mörderisch«, schimpfte er, vergegenwärtigte sich jedoch, dass man hier nicht über die finanziellen Möglichkeiten verfügte, die Gehsteige so eben wie in der Schweiz zu machen. Er konnte sich nur nicht erklären, wie alte Leute, die nicht mehr gut auf den Beinen waren, hier zurechtkamen.

Wollte er nicht ins Krankenhaus kommen, musste er beim Gehen die Füße stärker anheben. Allerdings war er in den ersten Wochen in Leipzig noch häufiger gestolpert; vielleicht stolperten die Leute von hier nicht, auch alte und gebrechliche nicht, da sie die unebenen Böden seit jeher gewohnt waren.

Niggli ging vorsichtig weiter. Der Weg zum Supermarkt betrug fünfzehn Minuten; da er kein Fahrrad besaß, war der Rückweg, auf dem er jeweils eine schwere Coop-Einkaufstüte trug, von denen er welche aus der Schweiz mitgenommen hatte, da sie praktisch waren und für ihn Schweizer Qualität geradezu verkörperten, eine Schlepperei, die er sich in seinem Alter nicht mehr antun sollte.

Er kam an einem Kindergarten, einer Kirche mit parkähnlichem Rasen und einem ehemaligen DDR-Mädchenhaus vorbei und hatte noch immer keine Idee, von wem der Brief sein könnte. Er sah sich schon aufgeben, den Umschlag in die Hand nehmen, den Absender (oder die Absenderin, was ihm lieber gewesen wäre) ablesen oder, falls keine Absenderadresse angegeben war, den Umschlag öffnen und nachsehen; er sah sich lustvoll kapitulieren im Wissen, dass er den farbigen Umschlag nur aus dem Stapel zu ziehen brauchte und eine freudige Überraschung erleben würde, als er vor sich auf dem Gehsteig die unverwechselbare Gestalt Katharina Kalischewskis erkannte: gleich groß wie er, langes, braunes Haar, eine schmale, zierliche Figur, zu der die großen Brüste nicht passten, die alle Blicke auf sich zogen. Katharina (in Gedanken duzte er sie) war eine seiner Studentinnen. Bereits mehrmals hatte Niggli beobachtet, wie jemand ein Gespräch mit ihr begann, ohne vermeiden zu können, wenigstens einen Moment auf ihren Busen zu starren. Offensichtlich wusste sie es; kaum senkte jemand den Blick, schoss ihr die Röte ins Gesicht. Sie hätte ihre Eigenheit zum eigenen Vorteil nutzen oder wenigstens genießen können; vermutlich jedoch fühlte sie sich gestraft. Manchmal wurde sie bereits rot, wenn eine Begegnung bevorstand. Niggli erinnerte sich an den Moment, als er sie zum ersten Mal gesehen hatte: Er sprach noch mit einem Studenten, Katharina stand wartend dahinter, nervös abwechselnd zum Boden und zur Decke blickend. Schließlich starrte sie nur noch zu Boden. Als er sich ihr zuwandte und sie den Kopf hob, war ihr Gesicht glühend rot.

Heute trug Katharina, die ihm auf dem Gehsteig entgegenkam, eine schwarze, voluminöse Winterjacke, dazu geeignet, das Weibliche einer Figur zum Verschwinden zu bringen; doch auf Brusthöhe wurde mehr Stoff als vorgesehen benötigt. In diesem Moment kam Niggli der Gedanke, dass vielleicht Katharina ihm den Brief geschrieben haben könnte. Anhaltspunkte dafür, einen längeren (oder kürzeren) Blickkontakt, ein gegenseitiges Zulächeln, Gespräche in den Pausen, Provokationen während der Vorlesungen wie spitzfindige oder gar mehrdeutige Fragen oder Antworten, gab es nicht. Aber er mochte Katharina von allen Studentinnen am liebsten.

Er mochte die Röte in ihrem Gesicht. Im Gegensatz zu jenen Frauen, die sich ihrer Schönheit allzu bewusst waren und in den Gängen der Universität einen Perfektionismus zur Schau stellten, der abschreckend wirkte, war sie durch das Erröten so nahbar, so menschlich, dass sogar er sich nicht völlig chancenlos sah. Nein, er bildete sich etwas ein: Jemand in seinem Alter, mit seinem Aussehen und seiner Reputation, die lediglich auf einem Doktortitel, einigen Veröffentlichungen und einer Schwangerschaftsvertretung, womöglich noch ein wenig auf seiner Schweizer Staatsbürgerschaft begründet war, brauchte sich nicht viele Hoffnungen zu machen, vor allem nicht, wenn er nicht mit Frauen zu sprechen wusste, was bei ihm der Fall war.

Ihm war bekannt, dass geredet wurde, manche junge Frauen bevorzugten ältere Männer; er hielt dies jedoch für ein Klischee, das in der Realität nicht oft vorkam, und falls doch eine an Fünfzigjährigen Gefallen fand, bestimmt nicht an ihm.

»Hallo Herr Nicklii«, sagte Katharina, als sie bei ihm war.

»Hallo Frau Kalischewski.«

Die Idee, durch ein kurzes Gespräch herauszubekommen, ob sie ihm den Brief geschrieben hatte, ließ ihn verstummen. Er blieb stehen, als würde ihm, wenn er einmal stillstand, schon eine Frage oder eine Bemerkung einfallen; stattdessen erinnerte er sich an den Kratzer am Hals und versuchte, ihn zu verbergen, indem er den Schal verschob.

Auf einmal fiel ihm auf, dass sein Blick auf Katharinas Oberkörper ruhte. Er sah in ihr rotes Gesicht und wollte sich entschuldigen; dies aber hätte alles nur noch schlimmer gemacht. Auch er wurde rot.

»Sie bluten ein wenig«, sagte sie und zeigte auf seinen Hals, »was haben Sie gemacht?«

Er tastete die Stelle ab. »Nichts … nicht der Rede wert.«

Er verbarg die Stelle unter dem Schal, diesmal richtig. Die

Röte war aus ihrem Gesicht verschwunden; er begann, in der Betrachtung ihrer ebenmäßig geformten Stirn zu versinken, dann sagte er rasch:

»Kommen Sie mit Schwarzenbach voran?«

Sie blickte ihn an. Dachte sie an den Brief?

Ja, es gehe, antwortete sie.

»Falls Sie eine Frage haben: Sprechen Sie mich an oder schreiben Sie mir eine E-Mail.«

»Das mache ich. Tschüss.«

Er sah sie davongehen. Dann schritt auch er weiter, die Hände in den Taschen, obwohl er Handschuhe trug; aber es war kalt und hier begannen die Abende früher als in Bern, mindestens eine Stunde früher wurde es dunkel. Obwohl es Nachmittag war, kam es ihm vor, als hätte der Ausklang des Tages begonnen.

Hatte Katharina seine mit einer Floskel getarnte Aufforderung, sich bei ihm zu melden, bemerkt? Vielleicht hätte er sie direkt fragen sollen, ob sie mit ihm etwas trinken komme; doch er hatte wie immer Angst gehabt, aufdringlich zu wirken.

Er wusste nicht, weshalb Katharina für ihre Arbeit ausgerechnet Annemarie Schwarzenbach ausgesucht hatte, hätte es doch zuhauf Schweizer Schriftsteller anderen Formats gegeben, Walser oder Cotti, und falls es eine Frau sein musste, Duvanel. In seiner Promotion über Schweizer Literatur nach 1945 hatte er dem jungen und noch wenig bekannten Cotti besonders viel Raum gegeben, was kritisiert worden wäre, hätte er mit seiner profunden Begründung nicht im Voraus sämtlichen Einwänden die Grundlage genommen. Auf die Idee, über Schwarzenbach zu schreiben, wäre er nie gekommen, da seiner Meinung nach ihre Bekanntheit weniger von der literarischen Qualität ihrer Texte rührte, als von ihrem fotogenen Äußeren, ihrem Hang zur lesbischen Liebe, ihren spektakulären Reisen, der Drogensucht, den Suizidabsichten und dem Konflikt mit ihrer Familie, die einem Clan angehörte, über den Meienberg in *Die Welt als Wille & Wahn* ausführlich geschrieben hatte.

Als er beim Supermarkt ankam, dachte er, dass Katharina nur über Annemarie Schwarzenbach schreiben konnte, wenn sie weniger über ihr literarisches Werk als über ihre Biografie und das Verhältnis zur Familie schrieb, was zwar auch zum Arbeitsbereich einer Germanistin gehörte, ihm jedoch missfiel. Er knurrte innerlich, nahm im Laden die Fellmütze vom Kopf und ließ sie in der Tasche verschwinden. Ausreden wollte er ihr dieses Thema nicht, das hätte gegen seine Grundsätze verstoßen, den Studenten die Freiheit zu geben, selber zu entscheiden, eigene Erfahrungen zu machen, auch jene, sich zu irren, da dies seiner Meinung nach zu den wichtigsten Elementen eines Studiums gehörte, das doch vor allem ein Ziel hatte: einen eigenständigen, kritisch denkenden Menschen hervorzubringen.

Niggli war nicht im Supermarkt, weil er zwingend Lebensmittel brauchte – er hatte in den Tagen zuvor genug eingekauft, um den Hund eine Woche lang nicht allein lassen zu müssen –, sondern um der Wohnung zu entfliehen, die unerwartet ohne den neuen Mitbewohner geblieben war. Inzwischen stand er vor dem Regal mit den Sojaschokodrinks, die nun seit zwei Wochen ausverkauft waren; also nahm er einen Sojadrink ohne Schokoladengeschmack. In der Schweiz war er nicht gewohnt gewesen, dass Produkte nicht lieferbar waren; dies war höchstens vor Ostern zwei-drei Stunden vor Ladenschluss vorgekommen. Beschämt wurde ihm klar, dass er den Überfluss brauchte, den er von früher kannte. Er vermied beispielsweise, bei Aldi einkaufen zu gehen, da dort die Produkte nicht in Regalen, sondern in Kartons standen. Dies kam ihm so ärmlich vor, dass er sich wie in einem Entwicklungsland fühlte. Er hatte dann das Gefühl, selber abgestiegen, verarmt zu sein. Das Umfeld wirkte wie ein Spiegel: Nicht mehr in Bern zu leben, unweit vom Bundeshaus durch die Straßen zu spazieren, den Wohlstand vor Augen, und sich ab und an ein Törtchen oder eine andere Patisserie zu gönnen, sondern in einer Gegend mit zwanzig Prozent Arbeitslosigkeit zu wohnen, mit unsanierten, halb zerfallenen Häusern und Supermärkten, in denen die Produkte wie in Lagerhallen herumstanden, drückte auf die Stimmung.

Er stand bei der Metzgerei an – »Fleischer«, sagte man hier, als ginge es um Töten, Fressen und Überleben.

»Vom Hackepeter?«, hörte er die Verkäuferin fragen. Er sah, wie sich die Frau vor ihm, eine wohlgenährte Einheimische in seinem Alter, mit den Fingern rohes Hackfleisch in den Mund schob.

»Vor der Wende war es anders gewürzt«, klagte sie.

Er griff nicht ein, um sie vor Unannehmlichkeiten zu bewahren, indem er sie darüber aufklärte, dass man Hackfleisch niemals roh essen durfte, bei Hackfleisch musste man aufpassen: schnell nach Hause bringen, dann gleich in den Kühlschrank, später gut durchbraten. Nein, diese Wilden aßen Hackfleisch roh.

»Bitte«, sagte die Verkäuferin, ohne den Kopf zu heben. Sie sah gar nicht, wer vor ihr stand.

Er sagte freundlich, dass er gerne siebzig Gramm Hackfleisch vom Rind hätte. Die Verkäuferin wog vierundsiebzig Gramm ab, packte das Fleisch ein und sagte mit dumpfer, gelangweilter Stimme: »Außerdem.«

»Bitte?«

»Außerdem.«

»Wie?«

»Na, ob es außerdem noch etwas sein darf.«

»Ach so … Nein, danke. Ich wünsche Ihnen einen schönen Nachmittag.«

»Ebenso.«

Eingeschüchtert ging er weiter, an den Kühltruhen und dem Regal mit den Gewürzen vorbei, legte je eine Packung Teigwaren und Reis in den Einkaufswagen und stellte sich vor, wie er in Bern vor einer Theke stand und eine Frau herzlich, beinahe mütterlich »Grüezi, was hetted Sii gèèrn?« sagte. In Leipzig war die Sprache durch und durch ökonomisiert:

Betrat jemand ein Geschäft, sagte der Verkäufer hinter der Theke »Bitte«, nachdem der Kunde etwas ausgewählt hatte, sagte er »Außerdem«, nachdem der Kunde ihm einen schönen Tag gewünscht hatte, »Ebenso« – effizienter ging es nicht, es sei denn, man wollte ganz auf Kommunikation verzichten.

Das Schema »Bitte. – Außerdem. – Ebenso.« ließ jeden Kunden wie einen Bittsteller aussehen. Doch die herzlichen Sätze in Frankreich und in der Schweiz legten auch nur einen schönen Schein über das, was in jedem Land dasselbe war. Und die Neigung der Südländer, alles schönzureden, zu übertreiben und einem Honig um den Bart zu schmieren, war auch nicht die beste Art. Waren am Ende die sprachlichen Codes in Leipzig nicht nur ökonomischer, sondern auch ehrlicher? Aber wann wurde Ehrlichkeit zur Unhöflichkeit und wann Höflichkeit zur Lüge?

Verwirrt schüttelte Niggli, an der Kasse stehend, die Gedanken ab, die mehr Fragen als Antworten ergaben. Er bezahlte, verließ den Supermarkt und trat in die Kälte hinaus.

Er wollte seinen Geist mit Schönerem beschäftigen und dachte daran, den Hund Emil zu nennen. Das war ein seriös klingender Name, einer Aura voll des Menschlichen, aber er zweifelte, ob der Name zu diesem Hund passte. Entscheiden konnte er erst, nachdem der Hund einige Tage bei ihm gewohnt haben würde. Doch ein Gefühl sagte ihm schon jetzt, dass dies nicht der richtige Name war; eher Gogol, ja, Gogol würde vielleicht passen.

In diesem Moment begann Niggli, wie in Rollschuhen zu fahren, allerdings seitwärts; ihm blieb nichts anderes, als mit den Armen ausbalancierende Bewegungen zu machen, wobei die Einkaufstüte das Kunststück erheblich erschwerte, und auf die näher kommende eisfreie Fläche des Gehsteigs zu warten. Er erreichte das rettende Ufer mit der Erkenntnis, dass hier alte Leute, einerlei, ob sie beim Gehen die Füße richtig anhoben oder nicht, im Winter in ständiger Gefahr waren und man das

Geld für die Heilung von Oberschenkelhalsbrüchen und anderen Verletzungen besser für den Straßenunterhalt verwenden würde.

Er gab acht, nicht mehr auf vereiste Stellen zu treten, ging vorsichtig an einem Haus mit freihängenden Kabeln vorbei, bei dem Dachziegel und Teile des Mauerwerks am Boden lagen und eine Absperrung fehlte, und nahm die Überlegungen wieder auf, wer ihm den Brief geschrieben haben könnte. Katharina Kalischewski hatte sich nichts anmerken lassen. An ihrem Blick, den Gesichtszügen, den Bewegungen ihrer Augenbrauen war nichts außergewöhnlich gewesen; nichts hatte darauf hingedeutet, dass sie die Briefschreiberin war.

Vielleicht ist die Gewöhnlichkeit das Zeichen, dachte er, aber diese Idee kam ihm so weit hergeholt und ohne jegliche Grundlage vor wie manche Verschwörungstheorien.

Die Einsicht, dass es im Grunde niemanden gab, der ihm einen Brief schreiben würde, ließ Niggli, als er im Treppenhaus stand, für einen Moment trübsinnig werden. Oben in der Wohnung empfand er jedoch wieder Glück; er wollte es noch einmal verlängern wie jemand, der ein Geschenk nicht sofort auspackt, es stattdessen schüttelt und dreht und es einfach nicht öffnet. Er ging lächelnd am Brief vorbei und umgarnte ihn in Gedanken wie eine Angebetete. Die Schraube eine letzte Windung drehend, die Spannung kühn weiter steigernd, fing er an, die Einkaufstüte auszupacken. Er verstaute das Hackfleisch ordnungsgemäß im Kühlschrank, ebenso die Sojamilch, legte die gekauften Äpfel und Bananen auf den Früchteteller und stellte die Packungen mit Teigwaren und Reis in den Vorratsschrank. Schließlich wandte er sich dem dünnen Stapel Post zu. Der Brief war an seine alte Adresse in Bern geschickt und per Nachsendeauftrag weitergeleitet worden. Er war von Mia.

t)

Es war ein kurzer Brief, in dem Mia ihn zuerst fragte, ob er sich an sie erinnere, und dann versicherte, wie leid ihr alles tue, zumal das Folgende eine große Zumutung für ihn sei. Sie habe sich damals nicht mehr gemeldet, weil sie einen Mann kennengelernt habe, ihre große Liebe, mit dem sie heute noch zusammen sei, aber diese eine Nacht, er wisse schon, welche sie meine, sei nicht folgenlos geblieben. Weiter unten schrieb sie, dass Claudio sich nun doch entschieden habe, seinen biologischen Vater kennenlernen zu wollen. Beiliegend einige Zeilen von Claudio und ein Foto.

Ja, dies war eine Zumutung. Niggli musste dennoch lächeln, die Mundwinkel zogen immer mehr zu den Ohren, sein ganzes Gesicht war Freude. Er nahm das Foto und setzte sich mit Claudio auf das Sofa. Er hatte schwarzes Haar, das steckengerade bis auf Kinnhöhe fiel, ein bleiches, schmales Gesicht und eine große Adlernase. Zwei kleine dunkle Augen sahen ihn an. Auch der Mund war klein. Der Junge, der nun schon dreiundzwanzig Jahre alt war, wirkte schweigsam, in sich gekehrt. Aber ein Foto verriet nicht alles. Niggli konnte nicht ruhig sitzen auf dem Sofa, er stand auf, drehte eine Runde durch die Wohnung, setzte sich wieder hin. Es waren sowohl eine Telefonnummer als auch eine E-Mail-Adresse angegeben, zusätzlich die E-Mail-Adresse von Claudio persönlich. Sollte er ihm gleich schreiben? Welches Buch von Roberto Cotti würde er ihm als erstes schenken? Er wollte ihm außerdem eine Jeans und einen Fußball kaufen.

Aber nein, Niggli wollte sich Mühe geben, vernünftig zu sein. Seine grenzenlose Freude würde den Jungen erschlagen. Noch hielt sie die Fragen, die sich ihm nach und nach stellten, klein. Wann hatte Mia dem Jungen von ihm, seinem biologischen Vater, erzählt? Weshalb hatte sie ihn damals nicht darüber informiert, dass er Vater wurde? War es überhaupt legal gewesen, es nicht zu tun? Hatte er nicht ein Recht ...? Hätte Claudio nicht das Recht gehabt ...? Was war mit den gemeinsamen Jahren, die ihnen gestohlen ...? Er hatte ihn nie als Baby auf dem Arm gehalten, ihm nie die Windel gewechselt, ihn nie ins Bett gebracht, war nie mit ihm zusammen im Bett aufgewacht, hatte nie mit ihm Fußball gespielt, nie, nie ... Es gab nur diese unzähligen Nies.

Doch solche Gedanken verdrängte Niggli gleich wieder. Er war froh, dass ihn keine Schuld traf. Er dachte zum ersten Mal seit langem wieder daran, wie er damals die Fahrertür geöffnet und sein Vater im Wagen gesessen hatte, leblos. Seither hatte er bis auf eine Ausnahme – Mia – sein Leben auf eine passive, zurückhaltende Weise geführt. Er war meistens in der Wohnung, manchmal in einem Hörsaal der Universität, er hielt Vorlesungen und las Bücher, mehr tat er nicht.

Lange hatte er versucht, dem verstorbenen Vater nahe zu sein. In der Erinnerung sah er durch das Küchenfenster den in der Kälte aufsteigenden Atem des Nachhausekommenden, den grauen Haarkranz, den nach vorn geneigten Oberkörper, die Ledermappe, die eine Vorlesung enthielt und ein-zwei Bücher; er hörte die Stimme, die unermüdlich wiedergab, was im Grimm'schen Märchenbuch geschrieben stand, bewunderte das geheimnisvolle Arbeitszimmer mit den unzähligen Büchern und dem schweren, dunklen Tisch aus massivem Mahagoni, war wie verzaubert, als Vater ihn bei seinem ersten Gang zur Dorfbibliothek begleitete, wurde Jahre später noch einmal verzaubert, als ihm die Berner Stadtbibliothek und somit die Welt gezeigt wurde, sah Tag für Tag den grauen Haarkranz, der dünner und schöner wurde, und hörte, dass Vater mit Arbeiten über Robert Walser zu dessen stetig wachsender Anerkennung durch die Fachwelt beitrug, sah ihn beharrlich vor der Schreibmaschine sitzen und arbeiten und vergaß nie den Moment, wenige Monate vor dessen Tod, als die grau behaarte Hand ihm ein Buch überreichte. Das werde bleiben, sagte Vater. In den kommenden Wochen wiederholte er oft: Dieser Cotti, dieser Cotti, gerade einmal zwanzig Jahre alt …

Er war kein Mann der körperlichen Arbeit, und die im zwanzigsten Jahrhundert zunehmende Verbreitung verschiedener Volkssportarten sah er, vor dem Ersten Weltkrieg geboren, mit den amüsierten Augen von jemandem, der im Jahrhundert davor zur Welt gekommen war. Er lebte in dieser und doch nicht in dieser Zeit, lebte in der früheren genauso wie in der zukünftigen; mit dem distanzierten Blick des Wissenschaftlers bewegte er sich über Geschichtsepochen wie über Textpassagen.

Bei der Wahl des Studiums überließ Vater ihm alle Freiheiten, doch er wusste, dass Vater ihn gerne in der Literaturwissenschaft gesehen hätte. Um sich abzugrenzen, entschied er sich für Linguistik, eine junge Wissenschaft, die Vater mit Skepsis betrachtete. Dessen Meinung nach wurde in diesem Fach die Sprache auf eine geradezu mathematische Weise systematisiert, durch die Entzweiung von Sprache und Leben wurde der Sprache die Seele entrissen; übrig blieb ein totes Gebilde, das von den Linguisten seziert wurde, die sich anschließend genüsslich an Einzelteilen, Buchstabenfolgen ohne Ästhetik, vergingen. Vater hielt dies für die Fortsetzung jener fatalen, von Nietzsche beschriebenen Entwicklung, bei der Wissenschaft und Kunst sich auseinanderdividiert hatten.

In jenem verhängnisvollen Februar, als das Unglück geschah, hatte er erst ein Semester Linguistik studiert, aber bereits zu ahnen begonnen, was Vater meinte und dass er vielleicht recht hatte. Niemals jedoch hätte er einen möglichen Irrtum zugegeben. Stattdessen verbiss er sich in die Entscheidung, gemeinsam mit Jürg und Thomas, die er im Studium kennengelernt hatte, zu einer Skitour aufzubrechen, obwohl Vater sich sorgte und ihm das Abenteuer am liebsten verboten hätte, weil für andere Berghänge Lawinenwarnungen ausgesprochen worden waren. Doch im Gegensatz zu Vater glaubte er nicht an ein Bauchgefühl, das zur Vorsicht mahnte; er mochte die Tour auch nicht in Zusammenhang mit der Geschichte der Berge sehen, die früher Ort von Katastrophen, Mysterien und bösen Geistern gewesen waren. Als Vater auf seinen Hinweis, für ihren Berghang gebe es keine Warnung, erwiderte, Wettervorhersagen seien stets problematisch, die Naturwissenschaften gaukelten mittels Mathematik eine Genauigkeit vor, eine Wahrheit, wo keine sei, musste er lächeln. In der Fiktion würde bei dieser Ausgangslage ein Unglück geschehen, sagte Vater, die Fiktion sei im übertragenen Sinne am wahrsten, gute Romane einer Zeit seien genauer als Geschichtsbücher. Als er meinte, man müsse im Leben wie beim Lesen auf sein Bauchgefühl hören und den Verstand dazu nutzen, das Bauchgefühl zu prüfen und es bei positivem Befund mit einer Begründung rational zu untermauern, aufklärerisches Denken sei längst nicht mehr Bildung, sondern die kritische Hinterfragung der Bildungseinrichtung – als Vater diese Dinge sagte, fragte er sich, ob dieser senil zu werden begann. Er warf ihm vor, in der ersten Hälfte des Jahrhunderts oder gar im letzten Jahrhundert stecken geblieben zu sein, wo doch längst die Siebzigerjahre begonnen hätten. Heute, argumentierte er, könne man die Dinge endlich nüchtern betrachten, und die Natur habe man so oder so längst bezwungen.

Er war naiv und neunmalklug gewesen, beeinflusst von einem jungen Professor, den anderen Studenten, den Medien, und viel zu unerfahren, um zu reflektieren oder auch nur zu merken, was oder dass etwas mit ihm geschah.

Bei einem Mittagessen erreichte die Stimmung ihren Tiefpunkt. Nach dem Essen machten Mutter und Vater den Abwasch; sein Amt in dieser Woche war, den Vorplatz zu schaufeln, ein schlechtes Los, in den Tagen fielen große Mengen Schnee. Das Amt mochte er auch deshalb nicht, weil er, wenn er einmal zu Hause war und in Ruhe in einem Buch lesen konnte, nicht noch einmal Winterjacke, Stiefel, Mütze und Handschuhe anziehen wollte; lieber wusch oder trocknete er das Geschirr ab. Um den Vorplatz zu schaufeln, der oben an der Straße lag und vom Haus über eine steil aufsteigende Treppe zu erreichen war, benötigte er normalerweise zwanzig Minuten; heute jedoch war viel Schnee gefallen. Da es noch immer schneite, ging er in sein Zimmer, um in *Antons Wünsche* zu lesen, Cottis Debüt; er las den halben Nachmittag, dann musste er Schaufeln gehen, wenn er vor der Abenddämmerung fertig sein wollte. Es schneite wie in den Stunden davor – wenn er aber bis zum nächsten Tag wartete, war die Schneemenge so groß, dass die Arbeit noch anstrengender wurde, zumal die unterste Schicht rasch am Boden festfror.

Kaum hatte er oben auf dem Vorplatz angefangen, sah er, als er trotz der Flocken, die ihm ins Gesicht fielen, den Kopf hob, Vater die Treppe hochkommen, wie immer ohne Mütze, aber mit einer Schaufel in der Hand. Als der Platz bereits nach einer Viertelstunde freigelegt war und sie in einiger Entfernung zueinander stehen blieben, nannte Vater seinen Namen. Durch den lautlosen Schneefall hindurch klang die Stimme verändert. »Eugen«, sagte Vater. Er sprach den Namen zärtlich aus; in seinem Gesicht war kein Ärger mehr, trotz der Kälte wirkte es milde, beinahe hilflos, als wäre er bereit, sich dem Schicksal zu fügen und alles zu tragen, was man ihm aufbürdete, wenn nur sein Sohn glücklich war.

Er sagte: »Wenn du willst, dann mach die Tour. Aber lass mich euch mit dem Auto hinfahren und wieder abholen. Den Tag verbringe ich im Dorf.«

Ohne eine Antwort abzuwarten, entfernte er sich und stieg die Treppe hinunter; mit jedem Schritt sank der sich entfernende graue Haarkranz ein Stück tiefer, bis er hinter den Schneeflocken verschwand.

Hatte er etwas Unrechtes getan, zum ersten Mal in seinem kurzen Leben als Erwachsener? War es etwas Außergewöhnliches, eine Skitour zu unternehmen, obwohl die Eltern sich sorgten? Und als Mutter ihn beiseite nahm und sagte, er habe recht, wenn er mit seiner Volljährigkeit argumentiere, er könne tun, was er wolle, aber er solle bedenken, dass sie nur ein Kind hätten und wie unglücklich sie wären, wenn sie ihn verlieren würden; als Mutter ihn auf diese Weise ermahnte und er gelassen antwortete: »Niemand wird mich verlieren.«, das Buch nahm, in sein Zimmer ging und die Tür hinter sich schloss – hatte er in diesem Moment eine Grenze überschritten?

Dunkel und kalt war es gewesen, als sie losfuhren; sie versuchten, im Wagen noch einmal zu schlafen. Der Opel war voll, alle Sitze belegt, auf dem Dach befanden sich die Skier und im Kofferraum die Rucksäcke, die Skischuhe und die Felle. Eine Stunde später bemerkten sie im Halbschlaf, dass Vater anhielt und die Schneeketten allein montierte; er wollte sie nicht wecken. Danach war leise die Stimme des Radiosprechers zu hören, der die neusten Lawinenwarnungen durchgab. Dann lief Musik, die wenig später von der scheuen Stimme Vaters übertönt wurde, die sagte, es gebe eine Warnung.

»Die ist für den Hang gegenüber«, sagte er, der genervte Sohn. Er wollte weiterschlafen.

Der Motor heulte auf; Vater hatte den falschen Gang eingelegt.

»Ihr müsst es selber wissen«, klagte er und schaute zum Berg hoch, der sich in der Morgendämmerung vor ihnen auftürmte.

Dann wurde es hell, endlich; sie benötigten nur noch wenige Minuten bis zum Ziel, und in der Dunkelheit hätten sie nicht losziehen können. Sie stiegen aus; es war eiskalt, das Atmen fiel schwer, mit jedem Atemzug sog man den Tod ein, der den beinahe zwanzig Grad minus innewohnte. Doch er nahm wie die anderen beiden seine Skier vom Dach und montierte die Felle. Sobald die Sonne höher war, würde es wärmer werden.

»Um fünfzehn Uhr bin ich wieder hier«, sagte Vater, obwohl die Zeit schon lange feststand; plötzlich, sodass kein Entweichen möglich war, umarmte er ihn. Vater zitterte. Aus Mitleid machte er sich nicht sofort frei.

Sie gingen los, schräg den Hang hinauf, dann in einer Spitzkehre schräg in die andere Richtung und so im Zickzack immer weiter.

Als er zehn Minuten später hinunterblickte, sah er, dass Vater trotz der Kälte noch immer neben dem Wagen stand. Er winkte ihnen zu. Er winkte zurück. Aus dieser Entfernung war eine solche Herzlichkeit möglich. Eine Weile noch hatte Vater ihnen zugesehen, dann hörte er den Motor und sah, wie der Wagen sich langsam in Richtung Tal entfernte.

Was eigentlich mit seinem Vater los sei, wollte Jürg wissen, als sie an einer windgeschützten Stelle pausierten.

»Er glaubt, dass wir in eine Lawine kommen«, sagte er. Um klar zu machen, was er davon hielt, fügte er hinzu: »Er hat den Verstand verloren.«

»Ach komm«, widersprach Thomas, »er ist doch ganz okay, immerhin fährt er uns mit dem Auto.« Er schraubte den leergetrunkenen Plastikbecher auf die Thermosflasche.

Ohne Wind, umgeben von Schnee, der die Sonnenstrahlen reflektierte, war es angenehm warm gewesen. Sie hatten dagesessen, sich gesonnt und die Zeit verstreichen lassen.

Wieder sah Niggli in seinen Gedanken den grauen, inzwischen silbrig, schöner als je gewordenen Haarkranz, der im Schneegestöber verschwand, sah das langsame Abtauchen des Vaters. Hatte er etwas Schlimmes getan, den Blick und das hämische Grinsen des Bösen gehabt? Verachtung schwang mit, wenn er mit Thomas, Jürg und anderen von der Uni abends in Bern umherzog und an die Eltern dachte, die zu Hause lasen und strickten und früh zu Bett gingen – wenn er an das Zuhause dachte, dessen seit Jahrzehnten währende Ordnung einen Mief ausstrahlte. Die Ordnung gehörte endlich gegen den Strich gebürstet, auf den Kopf gestellt, aufgebrochen. Mit Genugtuung feierte er, wenn Vater für einmal nicht recht gehabt, er sich nicht durchgesetzt hatte; er war ein kluger Mann, aber nicht göttlich; und das von ihm geschaffene Zuhause war im Vergleich zu seinen glänzenden Aufsätzen über Robert Walser eher dürftig, keinesfalls schäbig, aber die massiven, handgearbeiteten Möbel aus Kirschbaum waren eine Qual für jedes junge Auge, ein großväterliches Relikt, das ihn, den Sohn und Enkel, mit den Jahren so anödete, dass er am liebsten zu einer schweren Axt gegriffen und dem Dasein der Möbel ein Ende gemacht hätte.

Er sah ihn in der Stube stehen, vor der rötlichen Schrankwand aus Kirschholz, sah das stets rasierte Gesicht eines Mannes, der mit sechzig fast kein Haar mehr, dafür einen leicht hervorstehenden, aber ebenmäßigen Bauch hatte und über dem Hemd eine Alte-Herren-Weste trug, ein Mann, der alt und langweilig hätte wirken können, wäre da nicht ein Ausdruck in seinem Gesicht gewesen, ein Leuchten wie von einem Blitz, die Botschaft, dass mit ihm noch zu rechnen sei und hinter der faltigen Hülle seine alten Eigenschaften quicklebendig waren. Er sah seinen souveränen, brillanten, unvergänglichen Vater in der Stube stehen und ihm zugewandt etwas sagen, eine Erkenntnis, die ihm bei der wiederholten Cotti-Lektüre gekommen war; und er sah den dünnen Haarkranz sich im Schneefall entfernen.

All die Jahre über war Niggli das Gefühl nie losgeworden, seinen Vater vernichtet zu haben. Diesen intelligenten, charakterstarken Mann vernichtet mit dem Wimpernschlag eines bösen Blicks. Er hatte ihn schwächen, ihn kleiner machen, ihn in Richtung Schrottplatz mit dem alten Eisen schieben wollen, um selber mehr Platz zu haben; er hatte erwachsen werden, auch eine Chance haben wollen. Während einer kurzen Zeit – einige Wochen vielleicht – war er bereit gewesen, zu brechen ohne Rücksicht; bereit, zur Axt zu greifen und zu wüten, sich zu befreien und in die Freiheit loszuziehen; bereit, nur an sich zu denken und die Eltern sich selbst zu überlassen.

Mit der Lässigkeit einer jugendlichen Provokation, dachte Niggli, den Vater tödlich getroffen.

Vermutlich war er unten im Nebel den ganzen Tag nervös gewesen – mit rasendem Herzen. Er war wohl in ein Café gegangen, wo er einen Milchkaffee und ein Croissant bestellte und Zeitung las, vielleicht saß er auf einer Eckbank aus Kiefernholz und las im Buch, das er mitgenommen hatte; aber es war anzunehmen, dass er weder bei der Zeitungs- noch bei der

Buchlektüre auch nur einen Satz verstanden hatte, zu nervös muss er gewesen sein: Er blickte aus dem Fenster, sah den dichten Nebel und glaubte, den größten Fehler seines Lebens begangen zu haben.

Bekannt war, dass er in der Pizzeria Don Camillo zu Mittag gegessen hatte, eine einfache Pizza Margherita, der Kassenbeleg wurde später in seinem Portemonnaie gefunden. Ebenso wusste man, dass er danach – viel zu früh, vermutlich bereits um halb zwei – zur vereinbarten Stelle gefahren war. Um zwei hatte ein Wirt mit ihm gesprochen. Zu diesem Zeitpunkt war der Nebel bereits hochgewandert; Vater hatte den ganzen Nachmittag im Nebel gewartet. Da er nicht stundenlang den Motor und die Heizung laufen lassen konnte, schritt er vielleicht über den Parkplatz, hin und her, man wusste es nicht. Oder er hatte eine Decke aus dem Kofferraum geholt und sich damit, eingehüllt wie eine Mumie, ins Auto gesetzt – dagegen sprach jedoch, dass die Decke später nicht bei ihm, sondern ordentlich zusammengefaltet im Kofferraum gefunden worden war.

Der Wirt war zweimal am Wagen vorbeigefahren, wie er später zu Protokoll gab, um zwei Uhr und um halb sechs, in der Dunkelheit. Bereits um zwei hatte er Vater erzählt, dass eine Lawine eine Gruppe mit sich gerissen habe. Dieser habe ihn ruhig angesehen, aber tief in die Augen.

Später stellte sich heraus, dass das Unglück nicht an ihrem Hang, sondern am gegenüberliegenden geschehen war, was Vater hätte klar sein müssen, da die Lawinenwarnung für jenen Hang gegolten hatte. Aber die Sorgen mussten so groß gewesen sein, dass er sofort glaubte, sein Sohn sei verschüttet worden. Dabei hatte für sie keine Gefahr bestanden, sie hatten lediglich zu Beginn in der Sonne getrödelt und sich bei der Zeit verschätzt. Später war der Nebel aufgestiegen, sie sahen nichts mehr und mussten mehrere Stunden pausieren, bis er wieder abgezogen war.

Als der Wirt um halb sechs vorbeikam, brannte im Wagen das Licht. Vater gab ihm mit der Hand ein Zeichen; er fragte verstört, ob man Genaueres über das Lawinenunglück wisse. Aber es gab nichts zu erzählen, nur, dass man die Verschütteten noch nicht gefunden hatte. Vater kratzte sich mehrmals an den Handgelenken; er sah fiebrig aus, wollte aber weiter warten und nicht in das Restaurant kommen, das zehn Minuten entfernt lag. Es war tatsächlich zu weit weg, sie hätten gar nicht gewusst, wo ihn suchen, als sie gegen sieben beim Parkplatz ankamen.

Müde waren sie und übermütig, vom Lawinenunglück wussten sie noch nichts. Im Wagen brannte Licht, offenbar hatte Vater gelesen, doch nun schlief er. Sie kamen auf die Idee, ihn mit Schneebällen zu wecken, und bewarfen den Wagen. Verwundert, dass Vater vom Klopfen der Schneebälle nicht wach wurde, ging er, der Sohn, zum Wagen, öffnete die Fahrertür, legte die Hand auf die Schulter des Vaters und rüttelte an einem leblosen Körper.

Die Erinnerung, wie der Wagen mit brennendem Innenlicht im Schnee gestanden hatte, der Verstorbene schwach beleuchtet, ließ Niggli nie wieder los. Dennoch glaubte er, dass sie ihn nicht mehr belastete. Sie kommt mir vor wie aus einem anderen Leben, dachte er, nach so langer Zeit kann sie mir nichts mehr anhaben.

Er ging in die Küche und setzte Wasser für einen Glücksstern-Tee auf. Seine Bewegungen waren langsam, ruhig, als hätte er Fieber. Es ist vorbei, sagte er in Gedanken, seit Jahren vorbei.

u)

Er saß Mutter gegenüber, die ihre Hände an einer Tasse Tee wärmte und auf das Tischtuch starrte; die leergegessenen Teller standen gestapelt zwischen ihnen. Damit sie nicht wortlos blieben, wollte er erzählen, wie in der Stadt eine Tram in ein Auto gekracht war, da erhob Mutter sich, nahm Gläser, Tasse und Teller und ging in die Küche, wo sie ein Papiertaschentuch aus dem Ärmel des Jäckchens zog und die Augen trocknete.

»Wäre es dir lieber«, sagte er mit der leisen Ahnung, dass er Unsinn sprach, »wenn ich ausziehe? Ich könnte es verstehen. Ich weiß, dass alles meine Schuld ist.«

Mutter steckte den Verschluss auf das Abflussrohr und ließ Wasser einlaufen. Vorsichtig legte sie die Gläser ins Wasser, reinigte sie und stellte sie verkehrt herum auf das ausgebreitete Tuch. Es war Zeit, dass er aufstand und mit Abtrocknen anfing.

»Es ist nicht deine Schuld. Wenn es nicht jetzt passiert wäre, dann ein halbes Jahr später. Außerdem werden wir beide ausziehen müssen.«

»Warum?«

»Weil ich in diesem Haus nicht bleiben kann.«

Das Besteck und die Teller plumpsten unsanft ins Wasser; es spritzte. Er nahm den Lappen und wusch die Pfütze auf, die sich auf dem Küchenboden gebildet hatte. Er sagte:

»Wenn du hierbleiben möchtest, gehe ich neben dem Studium arbeiten. Und wenn das nicht reicht, gebe ich das Studium auf und arbeite voll.«

Sogleich gestand er sich im Geheimen ein, dass sein Vorschlag nicht ernst gemeint war: Er würde nicht den nötigen Willen aufbringen, neben dem Studium so viel zu arbeiten, und schon gar nicht würde er es für einen Job aufgeben; außerdem würde Mutter ohnehin nicht darauf eingehen.

»Es ist keine Geldfrage«, erwiderte sie. »Wenn du willst, dann geh lesen; heute mache ich den Abwasch alleine.«

Niggli schaute regungslos auf den Hundekorb, als er den Glücksstern-Tee in den Händen hielt. Er erinnerte sich, wie sie fast ohne fremde Hilfe den Umzug hatten stemmen müssen. Wenn er später am Haus seiner Kindheit vorbeikam, fühlte es sich an, als wäre dies noch immer sein Zuhause; er redete sich ein, dass der Kaufvertrag nicht rechtens sei, man sie enteignet, das Haus gestohlen, es während der Wirren eines Krieges besetzt und neu verkauft habe. Mehrmals kam ihm der Gedanke, an der Tür zu klingeln, sich vorzustellen und zu fragen, ob er einen Blick hineinwerfen dürfe.

Mutter hätte es halten können, doch sie hatte aus dem Haus gewollt, weil es auf schmerzhafte Weise mit Vater verbunden war. Sogar die Möbel hatte sie weggegeben, die handgefertigte Kirschbaumschrankwand, Vaters schweren Mahagonitisch. Sie waren in eine Wohnung in der Stadt gezogen; Mutter schienen die vielen Leute und das Leben in Bern gut zu tun, und er brauchte weniger lange zur Uni. Mit Jürg und Thomas hatte er seit der Skitour kaum noch Kontakt. Sie hatten manchmal ein paar Worte gewechselt, er wurde gefragt, wie es ihm gehe und ob er am Abend etwas vorhabe; solche Einladungen lehnte er ab mit der Begründung, er müsse nun bei Mutter sein. Bereits nach wenigen Wochen wurden die Einladungen seltener und blieben schließlich ganz aus. Er war nicht mehr der Student, der seit kurzem öfter ausging, sich vermehrt mit Studentinnen unterhielt und irgendwann eine Freundin finden würde. Wie früher, als er noch ein Kind gewesen war, scheute er sich, das Zuhause zu verlassen. Gleichzeitig wollte er fort. Manchmal irrte er ohne Ziel allein durch die Stadt, am Tag oder in der Nacht. Er mochte nicht auf dem kleinen Sofa neben Mutter sitzen, die strickte und dabei fernsah. Der einzige, der sprach, war der Mann im Bildschirm, ein Schweizer in einem grauen Anzug, der in einem gestelzten Deutsch Neuigkeiten aus der Welt verkündete. Nicht auf dem Sofa bei Mutter wollte er sitzen, aber auch nicht in seinem kleinen Zimmer auf dem Bett liegen und lesen und dabei den Fernseher hören. Die Familie war zerstört. Er wollte nicht auf einem Trümmerfeld hausen. Ein neues Leben – für ihn gab es eines, für Mutter wohl nicht.

Er irrte durch die Gänge der Uni wie er durch die Stadt irrte. Kamen ihm Studentengrüppchen entgegen, blieb er stehen, unschlüssig, ob er sie ansprechen sollte; er konnte ja nicht immer allein bleiben. Er überlegte, das Studium abzubrechen und in einem anderen Fach neu zu beginnen, tat es Vater zuliebe aber nicht; ein Abbruch hätte Vater nicht gutgeheißen. Schließlich zog er von zu Hause aus und nahm sich eine Einraumwohnung.

Und dann fand er doch eine Freundin. Esther war ein drei Jahre jüngeres, vorsichtiges Mädchen, das er aus der Zeit am Gymnasium kannte und dem er zufällig bei einem einsamen Kinobesuch begegnete: Der Saal war schlecht belegt, er saß in einer der vorderen Reihen, drehte sich nach hinten, um zu sehen, ob der Saal sich füllte, entdeckte Esther, die ebenfalls allein war, und grüßte sie. Nach der Vorstellung wartete sie im Foyer neben dem Eingang zum Café auf ihn. Sie wechselten ein paar Worte. Da er gegenüber Esther, im Gegensatz zu jenen Mädchen, die von allen begehrt wurden, keine Unsicherheit empfand, auch, weil er an der Uni, sie hingegen noch am Gymnasium war, lud er sie ins Café ein. Esther war ein unscheinbares Mädchen, aber durchaus hübsch.

Niggli, seit einigen Minuten mit geschlossenen Augen auf dem Sofa, den Unterarm auf die Stirn gelegt, musste lächeln; zweifelsfrei war er kein Don Juan, eher ein Don Quijote, der zwar statt von Ritterromanen zu schwärmen über bleibende Literatur referierte, aber beim Träumen von der Liebe dem echten Don Quijote zum Verwechseln ähnelte. Ob er tatsächlich über bleibende Literatur sprach, war allerdings unsicher; die Beschränkung auf jene des eigenen Landes kam ihm manchmal wie ein Gefängnis vor: Durch die Gitterstäbe hindurch sah er Flaubert, Svevo und Joyce, Nabokov, Borges und Cortázar vorbeiziehen. Gewiss, Cotti wog vieles auf, aber durfte man ihn noch als Schweizer Schriftsteller bezeichnen, war er inzwischen nicht ein europäischer von Weltrang?

Die Beziehung mit Esther dauerte ein Jahr, als sie sich von ihm trennte. Danach sah er sie manchmal in Begleitung eines dicklichen, mindestens zehn Jahre älteren Mannes, der, wie er sagen hörte, bei einer Bank arbeitete. Er vergrub sich in sein Studium. Cotti, den er seit langem nicht mehr gelesen hatte, vergaß er fast ganz; er bewohnte sein Zimmer und arbeitete nachts bei der Post. Dieser Zustand hielt drei Jahre an, dann wechselte er an die Universität in Zürich.

In einer denkwürdigen Stunde – er hatte sich in ein Seminar der Germanisten gesetzt, in dem ein noch junger Dozent über die neue deutsche Literatur referierte und behauptete, Literatur müsse die Realität, den Alltag abbilden und auf diese Weise die Missstände der Zeit sichtbar machen, und es zudem als erwiesen erachtete, dass ein Großteil der sogenannten Klassiker, vor allem der Moderne, heute nicht mehr lesbar und in der neuen Gesellschaft unnütz sei – geschah es, dass ein Student sich zu Wort meldete, der sachte beginnend argumentierte, Literatur dürfe keinesfalls nur die Realität protokollieren, sich zunehmend erhitzte und behauptete, der Dozent könne unmöglich ein intrinsischer Leser sein – er sagte tatsächlich »intrinsischer Leser« – und habe die Wirkung großer Literatur, etwa jener eines Roberto Cotti, noch nie erfahren, und, kaum hatte der Dozent eingeworfen, es gebe keine große Literatur, sondern nur nützliche, derart in Rage geriet, dass er den Dozenten beschimpfte und fluchend den Seminarraum verließ. Geistesgegenwärtig, weil ihm keine Zeit blieb, seinen Geist zu fragen, erhob er sich und verließ den Raum, der hochgewachsenen, schlaksigen Gestalt des schäumenden Balthasars hinterher.

Dies war der Beginn einer langen Freundschaft. Sie unterhielten sich fortwährend über Cotti, und nach kurzer Zeit fingen beide an, Aufsätze über *Antons Wünsche* und *Majestät*, Cottis zweiten, soeben erschienenen umfangreichen Roman, zu verfassen. Cotti war der Grund, weshalb er doch in die Germanistik wechselte. Balthasar und er gehörten zu den Ersten, die wenige Jahre später, Anfang der Achtziger, in wissenschaftlichen Zeitschriften Aufsätze über Cotti publizierten. Damals war er noch weitgehend unbekannt, obwohl *Antons Wünsche* zwei Jahre nach Erscheinen, trotz schleppenden Verkaufs, auch als Taschenbuch und ein Jahr später in Frankreich erschien, glücklicherweise in einer von zwei-drei Zeitungen gelobten Übersetzung, und obwohl *Majestät* ins Französische, Italienische und Spanische übersetzt worden war.

Zwei Jahre nach Beginn ihrer Freundschaft, die Achtzigerjahre hatten begonnen, besuchte er eines Abends mit Balthasar eine der seltenen Lesungen Cottis, die in einer Buchhandlung im Kreis 4 vor einer Handvoll Leuten stattfand. Sie unternahmen kaum solche Dinge, öfter redeten sie in einem Café oder zu Hause. Nach der Beziehung mit Esther führte er wieder jenes Leben, das er im Grunde immer geführt hatte: Er las viel, kümmerte sich um das Studium und schrieb Aufsätze – wissenschaftliches Arbeiten war zweifelsfrei die für ihn passende berufliche Tätigkeit. Nur wenn er spät abends im Bett wegen eines unerbittlichen Dranges die Lektüre unterbrechen musste, einige Kerzen anzündete und sich Zeit nahm für seine romantische, einsame Vergnügung, nach deren Beendigung er die literarische Lektüre fortsetzte, fragte er sich manchmal, ob es ihm in seinem Leben nur gestattet war, zu lesen, oder ob er das, was er las, auch selbst erleben durfte. Er ahnte, dass er nie ein sogenannter Lebemensch sein, nie von Abenteuer zu Abenteuer eilen würde, sein Leben, wie von geheimer Hand gelenkt, eine andere Vorbestimmung hatte: Er sollte lesen und über seine Lektüre schreiben und sprechen. So war es. Er warf sein Leben weg, weil er es nicht lebte; aber das Leben zu leben gelang ihm nicht, er wäre dabei nicht er selbst gewesen. Einmal, als er mit einem Buch im Bett lag, war er der Tatsache wegen, dass er die Abende nicht mit einer Frau verbrachte, sondern immer und immer mit einem geliebten, gehassten Buch, so verzweifelt, dass er in die Küche ging und aus Kummer in die hölzerne Rückenlehne eines Stuhls biss.

Nach der Lesung verließen Balthasar und er die Buchhandlung im Kreis 4 und spazierten, in ein Gespräch über Cotti'sche Themen versunken (die langsame Auflösung des Ichs in Cottis Werk, die zur Frage führte, wer eigentlich erzählte; das Spezifische der Bilder, die zu Erzählinstanzen wurden und griechischen Göttern ähnlich über den Text wachten ...), zum nächstbesten Italiener, wo sie Wein tranken und Pizza aßen. Er trank nur selten Wein; wenn er es tat, war er bereits nach einem Glas angeheitert, was auf ihn eine befreiende Wirkung hatte, sodass er jede Vorsicht verlor.

Sie zogen weiter, in eine heftige Debatte über den Grad der Fiktionalisierung in *Formen der Neuzeit* verstrickt, Cottis erstem Versuch, die Totalität der Welt im Roman zu fassen, und sahen in einer Gasse vor den trüben Lichtern einer Kneipe zwei Mädchen aus ihrem Seminar stehen, Judith und Iris.

»Wir gehen noch auf eine Party«, sagte Iris zu Balthasar, »kommt ihr mit?«

Wenig später fand er sich in einer abgedunkelten Wohnung wieder, in der laute Musik lief, die er nicht kannte. Es handelte sich um eine Wohngemeinschaft von fünf Studenten, entsprechend groß war die Wohnung. In allen Zimmern wurde gefeiert; bald verlor er im Gewühl Balthasar, der mit Iris Getränke holen gegangen und nicht zurückgekommen war. Er wusste nicht, wohin mit sich. Jeder sieht, dass niemand mit mir spricht, dass ich allein bin, dachte er. Um den Eindruck zu erwecken, er sei beschäftigt, holte er ein Glas Rotwein, an dem er in einer Ecke stehend nippte. Auf einem Sofa zwischen zwei Studenten, die sich mit anderen unterhielten, saß ein schwarzhaariges Mädchen; von Menschen umringt, saß sie allein da. Dann stand der eine Student auf, der Platz wurde frei und das Mädchen fragte mit einem Handzeichen, ob er sich zu ihr setzen wolle.

Wie es ihm hier gehe, fragte sie. »Findest du die Leute auch seltsam?«

Mia fühlte sich auf der Party ebenso unwohl wie er. Sie wollte spazieren gehen, an die frische Luft, unter dem städtischen Nachthimmel sein. Sie war kleiner als er, alles an ihr war dunkel, das Haar, die Augen, sogar ihr Gesicht war braun wie jenes einer Südländerin. Sie sprach nur wenig, blieb an einer Ecke stehen und begann, einen Joint zu rauchen. Sie forderte ihn auf, einen Zug zu nehmen; widerwillig tat er es. Sie gehe nach Hause, sagte sie auf einmal, als wäre die Nacht zu Ende. Dann fragte sie, ob er noch ein Glas Wein trinken wolle.

Am nächsten Morgen gab er Mia, wie es sich seiner Meinung nach gehörte, Telefonnummer und Adresse seiner neuen Wohnung in Bern und bat sie, sich bei ihm zu melden. Ihr Ja machte ihm wenig Hoffnung; es klang gut gemeint, beinahe scheu, wenig zuverlässig.

Eine Woche später zog er nach Bern, wo er nichts anderes tat, als an seiner Promotion zu arbeiten und zu lehren. Dieser Zustand hielt sieben Jahre an, weit länger als ihm lieb gewesen war.

Wie konnte es sein, dass andere Leute ausgelassene Feste bis in den Sonnenaufgang feierten, mehrmals im Jahr die Liebe wechselten, ihren Partner oder ihre Partnerin betrogen oder gar an dionysischen Orgien teilnahmen, ohne dass der Spaß das ernste Leben störte? Die anderen konnten es tun, doch wenn er sich gehen ließ, den väterlichen Rat missachtete und eine Skitour unternahm, im Rahmen des normalen Zürcher Nachtlebens mit einem unbekannten Mädchen nach Hause ging, hatte das Folgen.

Er dachte daran, wie Frédéric Moreau seine Affären verwaltete, doch was Flaubert mit *L'Éducation sentimentale* betitelte, erhielte bei ihm einen anderen, weniger glamourösen Namen. Auf einmal fiel ihm ein, dass auch bei Frédéric aus einem Verhältnis ein Sohn entsprungen war, der jedoch nach einigen Jahren verstarb, womit für Frédéric wieder der Weg frei gewesen wäre, jene junge Frau zu heiraten, die ihn liebte.

Diese Frau, die ihn liebte, fehlte in seiner Geschichte. In Bern hatte er sich in die Arbeit an der Uni versenkt; er hatte seine Aufgabe so gut wie möglich zu erfüllen versucht und die Jahre fließen lassen.

Diese sieben Jahre dauernde Zeit, in der er nichts von Claudios Existenz wusste, stattdessen allein blieb und sich in dunklen Momenten fragte, ob er nur zurückgezogen leben konnte, diese Zeit endete, als er sich schließlich, dreiunddreißig Jahre jung, vor Einsamkeit in die offenen Arme einer Mittvierzigerin flüchtete, die er zufällig auf einer Cotti-Tagung kennengelernt hatte und die bald auf die Bücher, in denen er stetig las, eifersüchtig war und so viel Negativität ausstrahlte, dass er halb krank wurde.

v)

Er dachte an Vater und Mutter und an das Leid, das er zugefügt hatte, wollte kein neues verursachen und ließ die Vorwürfe und Nörgeleien über sich ergehen, ohne daran zu denken, sich zu trennen, bis er eines Tages verlassen wurde.

Die Blätter fielen von den Bäumen. Er fühlte sich befreit, wirbelte beim Gehen das am Boden liegende Laub auf. Dann fiel in Deutschland die Mauer und die Freiheit von Millionen verband sich mit seiner; im Fernsehen sah er jubelnde Menschen, in Gedanken übertrat er mit ihnen die Grenze, doch als er aus dem Fenster schaute und später durch die Stadt ging, stellte er fest, dass die Schweiz so ruhig war wie immer.

In Basel fand eine weitere Cotti-Tagung statt, die bisher dritte, aber die erste, an der auch zwei deutsche Wissenschaftler und eine österreichische Wissenschaftlerin teilnahmen. Er fuhr mit Balthasar hin. Sie wussten, dass sie unter den noch wenigen Cotti-Forschern eine herausragende Stellung innehatten; aus seiner Dissertation und seinen Aufsätzen und auch aus Balthasars Aufsätzen wurde regelmäßig zitiert. Bei der Tagung stellte sich heraus, dass die deutschen Wissenschaftler eine erste internationale Cotti-Tagung auf der nächsten Frankfurter Buchmesse planten und dabei auf Unterstützung aus der Schweiz angewiesen waren. Balthasar und er erklärten sich bereit, in einem Jahr in Frankfurt aufzutreten.

Doch dazu kam es für ihn nicht. Während Balthasar mit ihren beiden Referaten im Gepäck und dem Versprechen, jenes seines Freundes vorzulesen, nach Frankfurt fuhr, stand er, der Freund, am Krankenbett der Mutter, die mit einem Oberschenkelhalsbruch ins Spital eingeliefert worden war. Er hörte Mutter zu, die, noch keine siebzig, das schon weiß gewordene Haar wie viele Frauen ihrer Generation trug, nach hinten gekämmt, kurz und praktisch, jedoch mit Volumen, so als trüge sie auf dem Kopf eine Schäfchenwolke; er hörte Mutter zu, die an der vollständigen Genesung zweifelte und fürchtete, in ein Altersheim abgeschoben zu werden.

»Aber Mami«, sagte er, »davon spricht doch niemand. Du wirst gesund und kommst wieder nach Hause. Und ich werde da sein, wann immer du mich brauchst.«

Sie blickte ihn an, als wäre er nicht ihr Sohn; doch sie ließ es zu, dass er mit dem Finger zärtlich über ihre Wange strich.

»Das sagen sie alle«, sagte sie hoffnungslos.

»Alle? Wer ist alle?«

»Na, alle.«

Er sprach ihr zu, während Balthasar die Tagung eröffnete und Claudio, sein verlorener Sohn, einen Schultag von unzähligen hatte, des Lehrers und der Hausaufgaben vermutlich seit langem überdrüssig; er strich liebevoll über Mutters Haar, als die Referate und die Gespräche in den Pausen ihre Wirkung entfachten und Cotti-Kenner und interessierte Germanisten gleichermaßen zu Cottianern wurden; ertrug einen endlosen Monolog der Mutter, als Balthasar aufgrund von Zeitknappheit entschied, das Referat seines Freundes nicht zu präsentieren; ließ Mutter an den Blumen riechen, die er mitgebracht hatte, und versuchte ihr klarzumachen, dass sie die Anweisungen des Arztes befolgen musste, als Balthasar sich mit Professoren deutscher Universitäten und vor allem mit der jungen, aufstrebenden österreichischen Forscherin anfreundete. Er half Mutter Wochen später bei den ersten Schritten statt mit Claudio Fußball zu spielen, half Mutter, als Roberto Cotti kein Gegenstand Schweizer Literaturwissenschaftler mehr war, sondern, ihnen entrissen, in Deutschland zur interessantesten Entdeckung avancierte.

Cotti war produktiv gewesen. Nach *Formen der Neuzeit*, ein Roman, der inzwischen zum Hauptwerk des jungen Cotti gezählt wurde, erschienen in den Jahren 1986 bis neunzig die drei eigenständigen, aber eine Trilogie bildenden Romane *Archaische Tage* (1986), *Reiters Erbe* (1988) und *Die Arche der Hunde* (1990). Erst nach der Wende wurde klar, dass

Archaische Tage auf einer Metaebene die Ereignisse im Herbst neunundachtzig vorweggenommen hatte und neu gelesen werden musste; *Reiters Erbe* hingegen handelte von einem modernen Don Quijote, der zwischen Stockholm, Berlin, Rom und einem Weiler namens Les Baux in der französischen Provinz pendelte; *Die Arche der Hunde* wiederum war wie *Archaische Tage* und *Formen der Neuzeit* breiter angelegt und schilderte die Flucht einiger Spekulanten und Bankenmanager aus dem Europa um 2010, das sie in den Jahren davor finanziell zugrunde gerichtet hatten.

Diese Produktivität war nur möglich gewesen, indem Cotti ab 1985 konsequent vermied, Lesungen zu halten, öffentlich aufzutreten und Interviews zu geben. Niemand schien zu wissen, wo er lebte und schrieb. Oft hatte er mit Balthasar über den möglichen Aufenthaltsort Cottis gesprochen; schließlich kontaktierte er Cottis Verlag in Deutschland, doch der Lektor, mit dem er nach mehreren Versuchen sprechen konnte, sagte, er sei selber ratlos. Lachend verriet er, bekannt sei lediglich die Nummer des Schweizer Bankkontos, auf das sie Cottis Honorar überwiesen. Eine Planung sei unmöglich. Ihnen bleibe nichts als zu warten, bis die Post ein neues Manuskript liefere. Ein Lektorat gebe es nicht, was auch nicht nötig sei; die Manuskripte seien bis zum letzten Semikolon vollendet.

Mehr noch als Balthasar war er der Überzeugung, Cotti gehöre wie Nabokov zu jenen Schriftstellern, die für die Arbeit ihre unmittelbare Umgebung brauchten, weshalb für seinen Aufenthaltsort Berlin, Rom, Stockholm und der Weiler in Frankreich infrage kamen. Die drei Städte waren zu groß für ein leichtes Auffinden, und das Studium diverser französischer Landkarten führte zum Ergebnis, dass es unzählige Weiler und kleine Dörfer mit dem Namen Les Baux gab.

Wiederholt las er *Reiters Erbe* in der Hoffnung, weitere Hinweise zu finden, doch er kam von Mal zu Mal lediglich zur Erkenntnis, dass das Buch noch besser war, als er es in Erinnerung gehabt hatte.

Als die Cotti-Forschung nach der Frankfurter Buchmesse weiterging und ihm das Gefühl vermittelte, ihn nicht zu brauchen, versank er in Zweifel an sich und seiner Zukunft als Wissenschaftler. Mutter fühlte sich nicht mehr so sicher auf den Beinen wie früher und klagte Tag für Tag. Sie schien depressiv zu sein, Hilfe zu brauchen; er verwandte viel Zeit für die Suche nach einer Therapeutin, die von Mutter, die weder eine Hilfe haben noch depressiv sein wollte, akzeptiert wurde. Als Balthasar eine Professur in Mannheim angeboten bekam, kostete es ihn Überwindung, sich für seinen alten Freund zu freuen. Er bemerkte, dass es inzwischen Dissertationen gab, die sich ausschließlich mit Cotti befassten und öfter zitiert wurden als seine Dissertation über Schweizer Literatur nach 1945, in der Cotti lediglich ein Schwerpunkt im hinteren Teil war, der die neusten Entwicklungen behandelte.

So nahmen die Dinge ihren Lauf: Nach einigen Arbeiten über Cotti, die in Deutschland weitgehend unbeachtet blieben, tendierte er ohne Lust, auf der abgegrasten Fläche der Cotti-Forschung weiterzumachen, wieder stärker zur Schweizer Literatur im Allgemeinen und zur Linguistik. Weil er es für sinnvoll hielt, etwas für die Bevölkerung Hilfreiches zu schaffen, führte er eine Arbeit fort, mit der er vor Jahren nebenbei, aus Spaß, begonnen hatte, jene am Rechtschreibhandbuch *Berndeutsch heute* – nicht zuletzt deshalb, weil Cotti immer wieder Helvetismen in seine Texte flocht. Nachdem das Buch 1997 in einem kleinen Berner Verlag erschienen war, der Bücher in Mundart publizierte, bewarb er sich an der Freien Universität Berlin um einen Lehrstuhl für deutsche Literatur, ohne Erfolg, da er zu sehr auf die schweizerische spezialisiert war.

Er besuchte Mutter wöchentlich in ihrer Wohnung in der zweiten Etage eines Hauses aus den Fünfzigerjahren, das über keinen Fahrstuhl verfügte und hätte saniert werden sollen; ließ sich jedes Mal den Balkon zeigen, auf dem sie regelrecht einen Garten kultivierte; hörte zu, wenn sie von ihren neusten

Beschwerden erzählte, und aß vom Kuchen, der Wähe, den Keksen, die sie gebacken hatte; riss sich zusammen, als er erfuhr, dass sie soeben Kartons mit Fotos von seinen Großeltern und von Vater in den Müll geworfen hatte. »Es geht ja alles zugrunde«, sagte sie, »ich muss aufräumen.«

Er erklärte ihr, dass sie ihn in Zukunft vorher fragen solle, bevor sie etwas wegwerfe, die Familie sei ihm wichtig.

»Dann musst du eine gründen«, sagte sie. »Hast du eine Freundin?«

Als er verneinte, fuhr sie fort: »Die Vergangenheit ist vorbei. Deine Großeltern und dein Vater sind nicht mehr, und ich werde auch bald sterben. Du musst jetzt weitermachen!«

Er musste weitermachen, hätte weitermachen müssen. Wie so oft suchte er in der Welt der Literatur Trost, dachte an Stendhal, dessen Liebhaberinnen man an den Fingern einer Hand abzählen konnte. Aber aus Stendhal war ein großer Schriftsteller geworden, während ihm, halb freischaffend, halb arbeitslos, nur noch ein ferner Sichtkontakt zu Roberto Cotti blieb.

Er machte sich Vorwürfe. Nicht nur jenen, den Anschluss an die Cotti-Forschung verpasst, sondern auch, die Veröffentlichung von Robert Walsers Mikrogrammen nicht begleitet zu haben. Nach Erscheinen des Räuber-Romans 1972 hatte Vater, eineinhalb Jahre vor seinem Tod, mit einer ausführlichen Arbeit über diesen Roman viel zur Walser-Forschung beigetragen; ab den späten Achtzigern wäre es seine Pflicht gewesen, sich in Walsers Bleistiftgebiet zu begeben und Vaters Arbeit fortzuführen. Aber er hatte nur Cotti im Kopf gehabt. Und er war nun einmal kein Walser-, sondern ein Cotti-Forscher, falls er sich noch so nennen durfte, versuchte er inzwischen doch, sein Geld mit Kritiken und anderen Arbeiten für das Feuilleton zu verdienen, wofür Balthasar ihn nur abschätzig angeschaut hätte; hätte er ihn denn angeschaut.

Als im Jahr 2000, nach zehnjähriger Pause, *Fallende Flieger* erschien, eine schmale Erzählung von weniger als hundertfünfzig Seiten, reagierte die Fachwelt enttäuscht. Das Gerücht ging um, Cotti sei ausgebrannt, habe eine Schreibkrise – aber nachdem er das Buch dreimal gelesen hatte, wusste er, dass dem nicht so war. Allein der poetisch klingende Titel, in dem viele nichts weiter als eine schöne Alliteration sahen, ein verträumtes, an die Kindheit, an Papierflieger erinnerndes Bild, kündigte von einem gigantischen, grausamen Ereignis.

Er war arbeitslos, hatte weder eine Frau noch ein Kind, hatte alles verloren – so sah er es –, bis auf den Doktortitel. Er schrieb und veröffentlichte einen wissenschaftlichen Aufsatz, den er immerhin mit Dr. Eugen Niggli zeichnen durfte, ein Aufsatz über das neue Buch, das er mit einem roten Pünktchen am Sternenhimmel verglich, einem harmlosen Pünktchen, aus dem ein zum Anfassen naher, riesiger Planet wurde, ein in seiner Ehrlichkeit furchtbarer Spiegel des menschlichen Lebens auf der Erde.

Seine Arbeit wurde als Bereicherung zur Kenntnis genommen, auch wenn man den Vergleich mit dem riesigen Planeten für übertrieben, ja, für lächerlich hielt.

Als jedoch Anfang 2002, ohne richtige, vorausgehende Ankündigung durch den Verlag, *999* erschien, ein Werk von über tausendfünfhundert dicht beschriebenen Seiten, sprachen alle von einem Ereignis, dessen Größenordnung noch nicht abzusehen sei. Zaghaft begann man, aus seinem Aufsatz über *Fallende Flieger* zu zitieren; mehr billigte man jemandem, der lediglich einen Doktortitel besaß, nicht zu. Später musste er verbittert feststellen, dass aus seinem Aufsatz bestimmte Erkenntnisse, die kleine Türen zu großen Räumen in Cottis Werk aufstießen, sowie einmal sogar eine kurze Passage ohne Quellenangabe übernommen worden waren.

Im Herbst 2002 wurde Roberto Cotti vom PEN-Club Schweiz für den Literaturnobelpreis vorgeschlagen, eine aussichtslose, wenn nicht naive Aktion, doch obwohl er den Preis nicht erhielt, wurden die Auslandslizenzen von *999* an über dreißig Verlage in Europa, Lateinamerika, in den USA, im asiatischen Raum und im Rest der Welt verkauft, die über das

Geld, den Willen und die Geduld verfügten, ein so umfangreiches Werk übersetzen zu lassen.

Voller Freude über Cottis Erfolg, in großer Aufbruchsstimmung verfasste er weitere Aufsätze und arbeitete an Bewerbungsschreiben, die er, wie ihm schien, in die ganze Welt schickte, unter anderem nach Chambéry und nach Greifswald. Er besuchte Mutter im Pflegeheim, in dem sie seit zwei Jahren wohnte, seit ihrem Unfall im Treppenhaus, als sie hatte einkaufen gehen wollen, auf der Treppe plötzlich die Kraft oder das Bewusstsein verlor (sie konnte sich nicht erinnern) und einige Stufen hinunterstürzte. Jedes Mal ging er mit ihr, die je nach Verfassung mit einem Gehwagen lief oder im Rollstuhl saß, in das Café im Erdgeschoss des Pflegeheims, wo sie ihn zum Tee einlud.

»Du solltest keinen Kaffee trinken«, wiederholte sie wöchentlich. »Dein Vater hat keinen Kaffee getrunken; wegen dem Herz.«

Mutter, die längst nicht mehr der Mutter seiner Kindheit und Jugend glich, entfernte sich von Jahr zu Jahr mehr von ihm – oder er sich von ihr. Ernüchtert stellte er eines Tages fest, dass es abgesehen von der Tatsache, dass sie seine Mutter war, keine Verbindung mehr zwischen ihnen gab. Während Mutter ihm früher nah war, kam sie ihm nun weiter entfernt vor als der Weltliterat Cotti. Er sehnte sich in die Lesung des jungen, noch greifbaren Schriftstellers in der Buchhandlung im Kreis 4 zurück, die er gemeinsam mit Balthasar besucht hatte.

999 machte wie ein riesiger, an die kleine Erde andockender Planet das irdische Leben nebensächlich. Schrieb er Bewerbungen, tat er seine Arbeit, spürte er die Größe dieses Planeten, sodass ihm jedes Vorhaben sinnlos erschien; wandte er sich dem Himmel zu, um Cotti und seine Romane, seinen Forschungsgegenstand!, zu sehen, ging vor ihm die unendliche Fläche von *999* auf: die Morde, die Vergewaltigungen, die Betrügereien und Ungerechtigkeiten, die Gelder, die Schulden, die ärmlichen Arbeiter, die Gehängten und Gefolterten, die Verratenen und die Massengräber, die Verlassenen, die Deportierten, die Verhungerten und Vollgefressenen, das verseuchte, verstrahlte Land, der Hunger, die Spekulanten, die Zahlen, die unzähligen Nullen, der aufgeblasene Luxus und der Fall in den Abgrund, aber auch die Liebe, die Sehnsucht, die Hoffnung. Wandte er sich ab und seinem Leben zu, fand er nicht genug vor, um sagen zu können: Soll die Welt machen, was sie will, ich habe genug.

Durch die negativen Antworten entmutigt, sandte er ohne richtige Hoffnung eine weitere Bewerbung nach Canterbury in England, eine nach Rijeka in Kroatien, eine nach Leipzig und eine an eine private Schule in Winterthur, die ein Seminar anbot, bei dem lesende Hausfrauen, Großväter und andere mit freien Kapazitäten sich unter fachlicher Anleitung über Bücher jedes Genres unterhielten. Das Laub des Vorjahres steckte in flachen Eisschollen oder bildete braune Klumpen, das gestreute Salz fraß an den Schuhen und das Wetter lud nicht ein zum Weitermachen, als er die Bewerbungsschreiben zur Post brachte und sich fragte, ob er weitermachen wollte. Zweifelsfrei riet das Wetter davon ab. Irgendwann würde es wieder wechseln – und dann? Er hatte die Sonne bereits unendlich viele Male gesehen und fühlte sich zu alt, um ein Kind zu bekommen oder beruflich eine annehmbare Entwicklung zu machen. Er beschloss, bevor er sich das Leben nahm, noch einmal *Formen der Neuzeit* zu lesen. Die Lektüre beglückte ihn in einem Maße, dass allein solche ästhetischen Vergnügen das Leben lohnten. Als er Tage später in der Stadt umherspazierte und sich trotz Geldmangels eine Patisserie gönnte, kam er auf die Idee, spontan zum Pflegeheim zu fahren.

»Es geht zu Ende«, sagte Mutter im Café, als er sie im Rollstuhl zu einem der Tische kurvte.

»Aber nein«, sagte er, »du brauchst Geduld. Es wird dir wieder besser gehen.«

»Geduld habe ich genug gehabt, und jetzt bist du auch schon alt.«

»Ich fühle mich noch jung.«

»Wo stehst du heute? Dein Vater war Professor und hatte eine Familie. Bald wirst du fünfzig. Du bist erwachsen. Ich kann dir nicht mehr helfen.«

»Mami«, sagte er, »die Welt ist heute eine andere.«

»Nein. Die Welt ist immer gleich.«

Er widersprach nicht. Er rührte den Tee um und wusste nicht, ob er über ihren Satz nachdenken sollte.

»Die Welt ist immer gleich«, murmelte Mutter. »Ich kann sterben.«

Roberto Cotti

Anton

Mit sechzehn Jahren begann Anton eine Ausbildung zum Forstwart; der Lehrbetrieb gehörte zu einer kleinen, ländlichen Gemeinde. Er stand jeden Morgen um Viertel vor sechs auf; nachdem er zum Werkhof geradelt war, stieg er an der Rückseite des Traktors auf den Schild, der ihn hochhob, und krallte sich am Schutzgitter hinter der Kabine fest, um während der holprigen Fahrt nicht hinunterzufallen – obwohl er bald nichts dagegen gehabt hätte, auf dem Weg in den Wald verloren zu gehen.

Die schwere Motorsäge schlug jedes Mal, wenn er am Griff zog, um den Motor zu starten, gegen seine Knie, die inzwischen so blau und empfindlich waren, dass er nicht mehr wusste, wie er die Motorsäge zum Laufen bringen sollte.

Einmal kniete er auf dem feuchten Boden in einem jungen, dichten, dunklen Tannenwäldchen und schnitt mit der Motorsäge jene Bäumchen ab, auf die sein Ausbilder, der hinter ihm stand, für ihn kaum sichtbar mit der Hand zeigte. Reto war ein rothaariger, nicht sehr kräftig gebauter junger Mann, Mitte zwanzig, aber mit der Ungeduld und dem Jähzorn eines wütenden Kindes. Von hinten, von oben schrie er durch den Lärm der Motorsäge auf ihn ein, er solle endlich weitermachen, dieser Baum, nein, dieser. Fluchend zog Reto das abgeschnittene Bäumchen heraus und warf es auf die anderen, um sie, von der Seilwinde festgehalten, mit dem Traktor wegzuschleppen.

Anton sägte, im Dreck kauernd, mit kratzenden Tannennadeln im Nacken. Die Angst, dass die Kette der Motorsäge aus der Rille springen und ihm die Arme aufreißen könnte, wurde von der Angst vor Reto verdrängt, der ihn von hinten beschimpfte.

In der Pause saßen sie im Mannschaftswagen. Reto fragte ihn höhnisch, ob er ein Weib zum Vögeln habe, wie viele Weiber er gevögelt habe und wie. Er fragte, ob er es in der

Missionarsstellung mache und ob er die Weiber so sehr auf Touren bringe, dass sie schrien.

Oder er sprach von der Arbeit, schärfte ihm ein, sich anzustrengen, damit aus ihm einmal etwas werde und er nach der Lehre eine Stelle in einem Forstbetrieb finde; dies sei das Einzige, was ihm bleibe, alles andere sei schlechter: Beim Straßenbau arbeite man zu einem noch mieseren Lohn und an der prallen Sonne, als Maschinist vereinsame man und zur Straßenreinigung könne jeder Depp gehen.

Legte Reto sich für den Mittagsschlaf auf den Tisch, der die breiteste Liegefläche bot, blieben Anton und dem anderen Waldarbeiter die schmale Bank links und rechts des Tisches. Sie behielten die Arbeitsschuhe an; der Dreck wurde mit dem Unterarm weggewischt, meistens erst vor dem Mittagessen am nächsten Tag, wenn überhaupt.

Anton hätte in der Pause lesen können, er las gerne und hatte zu Hause einige Bücher, doch er wollte kein Buch mit seinen schmutzigen, mit Öl verschmierten Händen aufschlagen; vor allem wollte er kein Buch in sein Arbeitsleben mitnehmen. Im Halbschlaf dachte er an ein Mädchen vom Gymnasium, mit dem er vor Beginn der Lehre zusammengewesen war, dachte an ihre die Zeit ausfüllenden Küsse auf Sitzbänken im stadtnahen Wald und an den Ufern von Seen und Flüssen, an die gemeinsam verbrachten Stunden auf dem Rasen des Freibads – sie hatten versucht, sich unter Wasser zu küssen – und an ihre zärtlichen, langen Briefe; er hatte sie leichtfertig verlassen. Nun, da es in der Berufsschule in seiner Klasse kein einziges Mädchen gab, geschweige denn im Lehrbetrieb, nicht einmal eine alte, krummbeinige Frau, die den Platz wischte, schien das weibliche Geschlecht so weit entfernt zu sein wie die Bewohner eines fernen Planeten.

Einzig wenn er bei der Arbeit die Hufe eines Pferdes hörte, stand die Chance gut, dass eine Frau es ritt – oft aber ging das Pferd so weit von ihm entfernt vorbei, dass vom Menschen darauf nicht viel mehr als ein senkrechter Strich auszumachen war.

Die Berufsschule, einziger Lichtblick in der Woche, war ein Rückschritt in die sechste Klasse. Seine Kollegen konnten weder die einfachsten Wörter fehlerfrei schreiben noch ein Zehntel als Dezimalzahl darstellen; stattdessen schauten ihn runde, bäurische und mit Eiterpickel übersäte Gesichter an, prüfend, ob auch er den Witz, bei dem es ums Vögeln ging, verstanden hatte. Ansonsten sprachen sie über Motorsägen und Traktoren, wobei die Übergänge von den Frauen zu den Motorsägen und von den Traktoren zu den Frauen nahtlos waren, als wäre im Grunde alles dasselbe.

In den ersten Monaten der Lehre ging Anton jeden Abend gegen neun ins Bett, so müde war er von der körperlichen Arbeit. Immerzu aß er; sein Hunger schien unstillbar. Er beschwerte sich zu Hause, sagte, der Lehrbetrieb sei schlecht, aber die Mutter, die seit der frühen Scheidung als Kellnerin arbeitete, erwiderte nur, er solle dankbar sein und die Lehre ordentlich zu Ende machen.

Die Arbeit war so langweilig, dass er alle fünf Minuten auf die Uhr schaute und den Tag nur überstand, indem er in Tagträumereien versank. Er wurde stärker, physisch, aber auch psychisch: Er begriff, dass in diesem Handwerkermilieu so etwas wie ein verbales Faustrecht galt. Wenn Reto ihn am Montag fragte, ob er am Wochenende gevögelt habe, bejahte er und stellte die Gegenfrage, wie oft er in den vergangenen Tagen seine Alte habe bürsten müssen, ob er jetzt, am Montagmorgen, fit sei und einen klaren Kopf habe.

Reto begann, sich mit ihm zu verbünden und den anderen Waldarbeiter, der auf einem Bauernhof wohnte, morgens vom Stall kam und entsprechend roch, auf die Schippe zu nehmen. Doch Anton hielt sich da heraus; er lachte nicht, als Reto ihm erzählte, wie er ein Stück Banane in den Arbeitsschuh des anderen gelegt hatte, der mit dem Schuh tagelang herumgelaufen war, ohne etwas zu bemerken.

In einem Alter, in dem die Dauer der Lehre noch als eine Ewigkeit erschien, übte Anton sich in Geduld, trainierte

Stunde um Stunde, Tag für Tag, Woche für Woche seine Ausdauer, seinen Willen; in der Mitte der Lehrzeit stellte er fest, dass die Zeit für ihn arbeitete. Zur Mutter sagte er, dass ihn nichts mehr aufhalten könne, er einfach weiter arbeiten müsse, bis die Lehre geschafft sei.

Abends hängte er die schmutzigen, Öl getränkten Arbeitskleider im Flur auf und ging ins Bad, wo er sich den Schweiß und die Tannennadeln abduschte; er aß, was Mutter gekocht hatte, half beim Abwasch und las in seinem Zimmer, bis er einschlief. Je mehr er tat, sich ablenkte, desto schneller verging die Zeit.

Wie eine Maschine fuhr er morgens zur Arbeit. Er verfluchte den Tag, aber mit einem zynischen Lächeln sagte er am Abend zu dem imaginierten gottähnlichen Regisseur, der sein Leben lenkte, dass er einen Tag weniger habe, mit dem er ihn quälen könne.

Er stand im Wald, die gefällte Fichte vor sich, die er noch zu entasten hatte, schaute auf die Uhr und stellte fest, dass lediglich sieben Minuten vergangen waren, seitdem er das letzte Mal auf die Uhr geschaut hatte. Er tröstete sich damit, dass der vor ihm liegende Baum nicht länger seinem zukünftigen Leben, sondern nach dem Entasten dem vergangenen angehörte.

Er musste durchhalten bis zum Ende der Lehre, danach war er der Regisseur seines Lebens. Doch die Zeit zog sich hin; jeder Tag war einzeln zu überstehen. Am langweiligsten waren jene Phasen, in denen sie Kahlschläge von liegengebliebenen Ästen befreien mussten. Tage, Wochen verbrachten sie damit, mit Heugabeln Tannäste auf Haufen zu werfen und anzuzünden. Die langen und schweren Tannäste mit der Heugabel auf Haufen zu werfen, war gleichermaßen sinnlos wie anstrengend, zumal die Arbeit endlos andauerte; eine idiotische, den eigenen Geist verhöhnende Tätigkeit.

Im Sommer standen sie mit langstieligen Sicheln oder mit Zweihändern im Jungwuchs, der voller Brombeeren und Waldreben war, welche die Bäumchen herunterdrückten. Sie mussten sie freimachen und wurden selber von Mücken zerstochen, die in den Augen kleben blieben. Sie standen ganze Tage in der prallen Sonne. Dennoch war ihm diese Arbeit ohne Maschinen noch am liebsten.

Doch bereits gegen Ende August musste er wieder die schwere, laute Motorsäge in die Hand nehmen und Bäume fällen. Die Arbeit blieb immer dieselbe; Reto wollte nicht, dass er den Traktor fuhr.

Dann fiel eine mächtige, alte Buche, die der andere, dusselige Waldarbeiter fällte und die mittels Seilwinde und einer Rolle hangaufwärts gezogen werden sollte, nicht in die gewünschte Richtung, sondern genau dorthin, wo mit dem Funkgerät für die Seilwinde des Traktors Reto stand, der noch wegzulaufen versuchte, aber begraben wurde.

Anton konnte mit ihm sprechen, er sägte ihn frei, aber Reto blieb verletzt liegen, während der andere Waldarbeiter sich vor Schreck hatte hinsetzen müssen, nun wie gelähmt war und stumm dasaß. Anton sagte, da er nicht wisse, wie mit dem Traktor zu fahren sei, gehe er zu Fuß Hilfe holen. Er machte sich auf den Weg, flott, aber er rannte erst, als man ihn vom Werkhof aus sehen konnte. Reto kehrte nicht mehr in den Betrieb zurück, da er bis auf Weiteres auf einen Rollstuhl angewiesen war.

Diese Veränderung war für Anton nicht eine Erlösung; sie beunruhigte ihn. Gewiss, sein Wille war unbeugsam, aber ein physischer Schlag konnte alle Anstrengungen zunichte machen. Was für einen Sinn hatte es, die Lehre unbedingt beenden zu wollen, nur um einen Abschluss zu haben und nicht als Versager dazustehen, wenn er vielleicht wie Reto im Rollstuhl endete oder gar im Grab?

Die folgenden Monate arbeitete er mit der leisen, stetigen Sorge, das Leben zu verlieren. Er warf einen wütenden Blick zum Himmel hinauf, zu Gott, zum Schicksal, diesem Regisseur, der sein Leben lenkte und dem offenbar immer wieder neue Gemeinheiten einfielen.

Die Lehrabschlussprüfung im Fach Holzhauerei fand während eines Sturms statt, der zu den stärksten der vergangenen

Jahrzehnte gehörte. Die Lehrlinge und die Prüfungsexperten standen im Wald auf einer überdachten Brücke, die über einen schmalen Fluss führte; die Experten berieten, was zu tun sei. Auf beiden Seiten des Flusses, nur wenige Meter von ihnen entfernt, wurden Fichten abgeknickt oder entwurzelt; alle paar Minuten hörten sie es krachen. Schließlich wurde entschieden, die Prüfung zu vertagen. Mit den Autos rasten sie auf den Kieswegen durch den Wald, während die Tannen sich beinahe zu ihnen herunterbeugten, ein Fahrer steuerte seinen Wagen vor Aufregung in einen Graben und kam nur mit Mühe wieder heraus, dann hatten sie endlich den Wald verlassen.

Als Anton die Prüfung absolvierte, waren die Sturmschäden noch überall zu sehen. Er fühlte sich am Ende. Er dachte nicht daran, die geforderten Arbeiten so zu verrichten, dass er die Prüfung möglichst gut bestand; er wusste: Nach vier Stunden, so viel Zeit blieb den Prüflingen, war alles vorbei und überstanden. Die Zeit arbeitete für ihn; er brauchte nur vier Stunden lang mit Motorsäge, Kehrhaken, Spalthammer und Keilen zu hantieren.

Als ein Prüfungsexperte zu ihm kam und ihm mitteilte, dass die Zeit um sei, wischte er sich erleichtert mit dem Ärmel die nass geschwitzten Haare aus der Stirn. Er nahm das Werkzeug und trug es zum Mannschaftswagen; auf einmal wich die Kraft aus seinem Körper, er war kaum noch in der Lage, den Kehrhaken zurückzutragen.

Nachdem er das Diplom erhalten hatte, traf man sich an einem Freitagabend im Anschluss an die Arbeit bei einer Waldhütte. Auf eine Finnenkerze oder ein Feuer verzichtete man, da so viel Zeit nicht war, man setzte sich einfach auf die Bänke, trank Bier und redete. Reto, der extra herantransportiert worden war, saß im Rollstuhl und lächelte verschmitzt, ein wenig stolz auf seinen Lehrling. Anton hätte ihn am liebsten gefragt, wie es nun, seitdem er im Rollstuhl sitze, mit dem Vögeln gehe, wie oft er es mache und welche Position er bevorzuge, unterließ solche Fragen aber.

Gemäß Lehrvertrag musste er, obwohl er die Lehrabschlussprüfung bestanden und das Diplom erhalten hatte, noch zwei Monate im Betrieb arbeiten; er aber wollte nur fort, weshalb er unbezahlten Urlaub beantragte. Der Sommer war so oder so jene Jahreszeit, in der der Forstbetrieb sich nicht rentierte. Doch der Förster, der in den vergangenen Jahren jeden Morgen mit einem griesgrämigen Gesicht im Werkhof gestanden, die Arbeiter begrüßt und ihnen nichts weiter zu sagen gehabt hatte als die immergleichen unmotiviert dahergesagten Floskeln: »Ein Scheißwetter heute, hä. Macht trotzdem dort weiter, wo ihr gestern aufgehört habt.«, »Jetzt haben wir den Winter, hä. Dann macht weiter.«, »Nutzt das schöne Frühlingswetter und macht jetzt mal vorwärts.«, »Eine Affenhitze, hä. Dann macht weiter.«, der Förster, der jedes Mal, wenn ein Arbeiter in den Urlaub fuhr, auf seine missgünstige Art schöne Tage wünschte, als hätte dieser freie Tage nicht verdient, der Förster wollte ihm den unbezahlten Urlaub nicht geben.

Anton sprach mit ihm, erklärte, dass er an seine Reise noch einen Sprachaufenthalt anhängen wolle, der bis Weihnachten dauere, er dann aber zurückkommen müsse, um mit seiner Mutter, die allein lebte, zu feiern; doch der Förster erwiderte, dass unbezahlter Urlaub nicht infrage komme.

So ging es hin und her, bis er eines Abends zum Gemeinderat fuhr, der für die Landwirtschaft und das Forstwesen zuständig war, ein alter Bauer, dessen O-Beine so ausgeprägt waren, dass er sich kaum noch auf ihnen halten konnte. Er fand ihn in Arbeitskleidung im Stall und fragte freundlich, ob er ihn sprechen dürfe. Als sie in der kleinen Küche saßen, in der die Fliegen mit einer Klatsche erschlagen und auf den Boden gewischt wurden, erklärte Anton die Angelegenheit und wies darauf hin, dass die Arbeiter im Sommer nur kosten würden und es auch im Sinne der Gemeinde sei, wenn er unbezahlten Urlaub nehme. Doch der Alte gab sich wenig gesprächig, sagte, dass sie so etwas nicht gerne hätten, es nicht möglich sei.

Anton erwiderte, dass er dies anders sehe, nämlich als keine große Sache, ein kleiner Goodwill, der allen nütze. Er auf jeden Fall sei gewillt, die Reise anzutreten; er werde noch mit dem Gemeindepräsidenten sprechen. Er blickte dem Bäuerchen in die Augen und sagte, an dem genannten Datum werde er gehen, mit oder ohne Einverständnis der Gemeinde.

Auf der Rückfahrt wurde ihm klar, dass er genau das tun musste. Einfach wegfahren, egal, was der Lehrmeister dazu sagte, schließlich hatte er das Diplom. Und was kümmerte ihn das Arbeitszeugnis, wenn er mit dieser Branche nichts mehr zu tun haben wollte? In den folgenden Tagen zementierte er diese Ansicht. Als er jedoch wieder einmal mit dem Förster allein im Wagen saß, sagte dieser mit dumpfer Stimme, die Augen unter der knüppelhaften Stirn starr auf den Waldweg gerichtet, dass die Gemeinde die Bewilligung für den unbezahlten Urlaub erteilt habe – aber er sei nach wie vor dagegen. Verärgert stieg der Förster aus dem Wagen; Anton unterdrückte ein Lächeln.

Am Ende der letzten Arbeitswoche sah er auf einem Dorffest die Tochter des Försters, die ihn, kaum hatte sie ihn erblickt, mit ihren hellblauen Augen ansah. Er sprach mit ihr, erzählte vom Wald, was ihr gut gefiel; also begann er, von den Farben der Herbstblätter zu schwärmen, dem Klang, wenn man mit dem Spalthammer auf den Keil schlug, von all dem glücklich machenden Hellgrün im Frühling, dem Duft des frisch gespaltenen Brennholzes.

Die Tochter des Försters, sechzehn Jahre alt, in wenigen Wochen Lehrling beim örtlichen Coiffeur, fragte, ob er zum Müliberg mit hoch komme, dort habe man einen schönen Blick auf die Lichter des Dorfes und sehe den Sternenhimmel.

Weniger als eine Stunde später schlief er im vom Tau nassen Gras mit ihr, worauf sie ihn fragte, ob er ihr seine Telefonnummer gebe.

Er antwortete, dass er morgen fortfahre und sie ihn nie wieder sehen werde. Er ließ sie mit dem Sternenhimmel allein, ging nach Hause und sogleich schlafen.

Tatsächlich wollte er nicht wieder kommen. Er hatte sich ein Interrailticket gekauft; zuerst wollte er ins Tessin, dann weiter nach Italien. Wohin es anschließend ging, entschied er am Mittelmeer. Er hatte nur einen Monat Zeit, wollte sich einerseits in den südlichen Ländern erholen, andererseits aber Abstecher nach London und nach Wien machen. Auch Griechenland war auf dem Plan. Danach begann sein Sprachaufenthalt in Paris. Er ahnte, dass diese Vorhaben bloß dazu da waren, ihn wegzubringen und offene Zukunftsfragen zu verdrängen.

Als er am nächsten Morgen wach im Bett lag, tat ihm leid, wie er sich gegenüber der Tochter des Försters verhalten hatte. Nun unterschied er sich nicht mehr von Reto, dem Förster und den anderen im Forstbetrieb und in der Berufsschule. Er dachte an das Mädchen zurück, mit dem er vor Beginn der Lehre gegangen war, Mali, früh mit ihren Eltern aus Jugoslawien eingewandert; heute musste sie eine adrette junge Frau sein, die bald studieren würde.

Was aber wurde aus ihm? Er besaß den Abschluss einer Berufslehre. Ansonsten war sein Beruf, in dem er nicht arbeiten wollte, ihm zu nichts nutze, war Vergangenheit, ebenso wie sein bisheriges Leben: Es war wie tot. Und er, Anton, am Tag zuvor noch im Wald, saß nun in einem Zug der SBB und fuhr quer durch die Schweiz ins Tessin; danach ging es weiter nach Mailand, Genua, Rom und Neapel. Er glaubte, dass er nicht nur nie zurückkehren würde, sondern an einem neuen Ort ankäme wie ein Mensch ohne Vergangenheit.

Aus dem Fenster schauend, begann er, sich Dinge zu wünschen. Das Leben im dunklen Tannenwald, im Wirrwarr der stechenden Brombeeren, im lehmigen Steilhang wurde abgelöst von einem Leben in einer Millionenstadt mit jungen, gebildeten Menschen, von einem Bistro, in dem er mit Zeitung und Kaffee saß, von Kino und der Lektüre avantgardistischer Bücher. Er hatte eine Freundin, eine Künstlerin oder eine Musikerin; sie bekamen ein Kind.

Rupert Konradi

Als kleines Schulmädchen verließ Marisa Gamper mit ihrer Familie die Heimat, Meran in Südtirol, weil der Vater die »Option« wahrnahm, die das Umsiedlungsabkommen beinhaltete, und an der Seite von Hitler kämpfen wollte. In Stuttgart wurde die Familie ausgebombt und in einem Keller verschüttet, wobei Grit, Marisas behinderte Schwester, das Leben verlor. Nach Kriegsende wollte die Familie nach Südtirol zurückkehren; dies wurde ihnen, den Kriegsverlierern, nur ermöglicht, wenn sie einen italienischen Namen annahmen. Fortan hieß die Familie Bazzanella.

Marisa Bazzanella, die in der Schule als Verräterin beschimpft wurde und die Mädchen und Jungen der Bauernfamilien beneidete, die in den Pausen Brote mit einer dicken Schicht Butter aßen, während sie selbst hungerte, war über Mann und Frau noch unaufgeklärt, als sie mit siebzehn schwanger wurde. 1951 kam Rupert Bazzanella zur Welt; er war nicht besonders groß, aber gesund. Zehn Monate später, noch bevor er die ersten Schritte machte, ging Marisa, so gut wie kein Geld in der Tasche, als Hausmädchen zu einer Familie am Pfäffikersee in die Schweiz. Sie lernte Wilhelm Konradi kennen, heiratete ihn und ließ den inzwischen dreijährigen Rupert nachkommen, der von Wilhelm adoptiert wurde. Von nun an hießen sie Marisa und Rupert Konradi.

Der Junge wuchs heran, blieb gesund, aber konnte seine Hände nicht sauber halten. Er baute Mausefallen und hängte die erlegten Tiere auf dem Schulweg auf Sichthöhe an Sträuchern und Zäunen auf, jagte mit Freunden streunende Katzen, die sie im Wald am Lagerfeuer brieten. Er beging kleine Diebstähle, Äpfel, Käse, Brote, die er nach Hause brachte, obwohl sie genug zu essen hatten. Jahre später klaute er ein Moped, das er frisierte und mit dem er ein Mädchen im Viertel umherfuhr, die Straße auf und ab, als wollte er seine Eroberung präsentieren, bis er das Mädchen in die Natur hinaus brachte, wo er mit ihr schlief. Drei Wochen später raste er mit einem anderen Mädchen die Straße auf und ab. Er erzählte ihr, dass in den Kriegsjahren die Frauen das Sperma der Männer schluckten, weil es satt machte und Vitamine enthielt, worauf sie, Brigitte, sein Sperma zu schlucken begann.

Er fing eine Lehre als Automechaniker an, die er kurz nach der Hälfte der Ausbildungszeit abbrach, lernte Anja kennen, eine Prostituierte, die bereit war, für ihn anzuschaffen, was er Brigitte erzählte, die sich einverstanden erklärte, dasselbe zu tun. Dann nahmen Marisa und Wilhelm sich gemeinsam das Leben.

Rupert schickte seinen beiden Freundinnen eine Mitteilung und fuhr mit dem Moped über die Grenze nach Deutschland, tankte es noch einmal auf und fuhr so weit in Richtung Stuttgart, wie ihn die Tankfüllung brachte. Allein in der Natur, kletterte er auf einen Apfelbaum, den mitgenommenen Strick wie einen Gurt um die Hüfte gebunden, und blieb vor dem Sterben eine Weile auf einem Ast sitzen, den Blick auf das gelbe Rapsfeld gerichtet, das er mit seinen Gedanken wie ein Blatt Papier beschrieb. Stunden später sank die Sonne nieder, doch er war mit den Gedanken noch nicht zu Ende, er kam an kein Ende, ein Gedanke ergab den nächsten, zum ersten Mal dachte er über das Leben nach. Als ihn die Stimme des Bauern aufschreckte, der ihn fragte, was er hier mache, sagte er ohne zu überlegen, er suche Arbeit.

Rupert Konradis Leben bricht nicht ab, sondern nimmt eine Kurve und seinen Lauf. Er wird auf dem Feld und im Stall arbeiten, die Maschinen des Bauern pflegen und reparieren, mit der Motorsäge eine zugewachsene Fläche von Weiden befreien, damit eine Wiese entstehen kann; dabei wird er sich so sehr langweilen, dass er weiter nachdenkt, sich im Kopf die Gedankenfetzen in Sätze verwandeln, in Geschichten mit Figuren. Abends im Zimmer wird er in der Bibel lesen, dem einzigen Buch, das er hier findet. Er fühlt, beobachtet, untersucht die Sprache, interpretiert das Geschehen – ohne an Gott zu glauben, denn er ist kein religiöser Mensch.

Muss man weiter erzählen, zusammenfassen, seine Entwicklung aufzeigen? Längst ist klar (unsereins; Rupert noch nicht), wohin die Reise geht. Gewiss, der junge Konradi ist kein Sympathieträger, geschweige denn eine Identifikationsfigur; abstoßend wirkt dieser Egoist, der junge Mädchen dazu bringt, für ihn anzuschaffen. Kann uns eine Figur, abgesehen von einem Mörder oder einem Kinderschänder, noch stärker anwidern?

Das scheint der Trick zu sein: eine nuancierte Diskrepanz zwischen dem jungen und dem in die Jahre gekommenen Konradi, die Interesse weckt, die Ritze in der Mauer, die uns die Welt sehen lässt, den Menschen, den echten Menschen, dargestellt als literarische Figur.

Selbstverständlich ist der Fünfzigjährige weder gutaussehend noch eloquent, noch das reine Gewissen in Person. Wir haben einen wortkargen Menschen vor uns, gewohnt, sich schriftlich auszudrücken. Wie er sich die fehlende Bildung angeeignet hat, muss erahnt werden: jahrelange Arbeit in verschiedensten Berufen einerseits, eine dauerhafte, intensive Lektüre literarischer, geschichtlicher und philosophischer Bücher andererseits. Er fängt als schwieriges, destruktives Kind an, entwickelt sich fortwährend als Autodidakt, dessen Wissen immer nur ein Halbwissen ist, und endet als Gelehrter. Was ist der Tribut?

Der Fünfzigjährige, der nach Jahren in Italien und im französischen Les Baux in einer winzigen Einraumwohnung in Cottbus lebt, verdient mit seinen Büchern so viel, dass er besser davon leben, vielleicht sogar eine Familie ernähren könnte, doch dazu sieht er sich nicht fähig. Er sitzt am Küchentisch und stellt fest, dass er im Laufe der Jahrzehnte, die in mönchischer Disziplin aus Bücherlesen und Bücherschreiben bestanden hatten, zu einem denkenden Sprachrohr geworden ist, das in beide Richtungen funktioniert: lesen (herein) und schreiben (hinaus). Gewohnt, die Welt aus der Distanz eines sich im

Weltraum befindenden Astronauts betrachten zu müssen, um schreiben zu können, kann er nicht mehr zurück. Spontane Empfindungen, Gefühlsausbrüche fallen ihm schwer. Er leidet unter seiner Beziehungslosigkeit. Er fragt sich: Bin ich noch ein freier Mensch oder bereits ein Werkzeug der Impulse, die aus meinem Innern Dinge hervorbringen, die geformt werden wollen? Sieht er auf der Straße eine Frau, überlegt er sich, wie sie anhand weniger Sätze treffend zu beschreiben wäre, sie weckt jedoch nicht sein Interesse, geschweige denn ein Verlangen. Sieht er Menschen, regt sich in ihm entweder nichts oder er empfindet Abscheu. Für ihn gibt es Frauen, Männer, Kinder nur noch in der Literatur; Figuren, die zum Leben erwachen, hält er für stärker als reale Menschen. In der Realität ist alles verwischt, vernebelt. Die großen Tragödien, die Komik: in der Realität unscharf, bestenfalls Material als Grundlage für künstlerische Vollendung.

Aus Angst, die während langen Jahren mühsam erarbeitete Distanz zu verlieren, die es ihm ermöglicht, zu sublimieren, Gegenstände zu formen, sein Werk voranzutreiben, lässt er die Finger vom Leben. Den Nachbarn gegenüber verhält er sich freundlich, lehnt jedoch dankend ab, als er zu einer Party eingeladen wird. Klopft die Frau, der er beim Bäcker häufig begegnet, oder jene, die ihn beim Spielplatz, wo sie ihr kleines Mädchen spielen lässt, jedesmal anlächelt, wenn er daran vorbei geht, oder jene, die oft in seiner Tür steht, weil er ein Paket für sie angenommen hat, und sich länger als üblich mit ihm unterhält, klopfen Frauen an sein Leben, bleibt er ratlos tatenlos – bis sie verunsichert, irritiert oder beleidigt weiterziehen wie eine Karawane.

Er denkt an seine Zeit als Jugendlicher zurück, hat das Gefühl, aus einem Schlaf aufgeweckt werden zu müssen, weiß jedoch nicht, ob das möglich ist. Er beschließt, zu einer Prostituierten zu gehen. Er will herausfinden, ob er zum Geschlechtsakt noch fähig ist, ob er etwas empfindet, wenn die Frau ihn anlächelt, ob es ihm gut tut.

Was ist Rupert Konradi? Das Klischee eines Schriftstellers? Die Wahrheit über den »echten« Schriftsteller? Lediglich ein Einzelschicksal? Das Alter Ego Roberto Cottis? Letzteres ist zu verneinen, wäre genau so falsch wie die Flaubert'sche Aussage, er sei alle seine Figuren, in ihrer Allgemeinheit wahr ist.

Roland Erbe

I

Roland Erbe, 1948 in West-Berlin geboren, besaß eine prächtige Altbauwohnung in Charlottenburg – breite, helle Dielen, große Doppelkastenfenster, ein Erker nach Südosten, in dem er frühstücken konnte, ein Balkon nach Südwesten; auf hundertvierzig Quadratmetern vier Zimmer mit Deckenhöhe drei Meter dreißig, die mit Büchern gefüllt waren – all das in der hellen vierten Etage.

Die Wohnung hatte er im Alter von vierundzwanzig Jahren geerbt, als seine Eltern bei einem Autounfall ums Leben gekommen waren. Er entschied damals, in der Wohnung zu bleiben und sie neu einzurichten. Um dies gewissenhaft tun zu können – die Eltern hatten ein Vierteljahrhundert darin gelebt und so manches angeschafft –, brach er sein Romanistik-Studium ab; er lebte vom Vermögen der Eltern, dessen Höhe er nicht nennen konnte oder wollte (er mochte keine Zahlen). Wenn er doch einmal darüber nachdachte, sagte er leise »acht«, weil die Zahl acht Stellen hatte. Dann war Schluss, weitere Überlegungen stellte er nicht zu einem Thema an, das ihn nicht interessierte; es war ihm auch egal, ob »die Zahl« kleiner oder größer wurde. Er glaubte, dass das Geld bis zu seinem Tod reichte. Eine andere Möglichkeit war in seinem Vorstellungsvermögen nicht existent, was durchaus für seine geistige Gesundheit sprach, lag er damit doch richtig.

Als er achtundzwanzig Jahre alt war, zog seine Freundin, Veronika, eine junge Studentin der Kunstgeschichte ohne Geld, bei ihm ein und bereits nach vier Monaten wieder aus mit der Begründung, sie wolle nicht mit einem Mann ihr Leben verbringen, der mit seinen Büchern verheiratet sei. Roland Erbe konnte ihre Überlegung nachvollziehen und hatte für ihre Entscheidung Verständnis. Er wollte ihr eine Wohnung kaufen, in der sie gemeinsam mit ihrem neuen Partner leben konnte, doch da sie sich vehement gegen die Idee stemmte, machte er dieses Abschiedsgeschenk nicht, was ihm noch lange leid tat. Es hätte ihr Leben erleichtert.

Das Alleinsein wirkte sich vorteilhaft auf seine Lektüregewohnheit aus; er las nun öfter, länger, ungestörter. Drei Zimmer der Wohnung richtete er mit Regalen als Raumteiler so ein, dass wie in einer Bibliothek oder einem Antiquariat möglichst viele Bücher angesammelt werden konnten; im vierten Zimmer, jenem mit dem Erker, fanden neben Büchern ein kleiner Schreibtisch sowie ein Lesesessel und eine Lampe Platz, die ihm in der Nacht Licht zum Lesen gab. Auf dem Balkon spannte er eine Wäscheleine und hängte jene Bücher auf, die er gelesen und die ihm gefallen hatten, eine Idee, die von Duchamp war und für die seine Nachbarn bei einer ordentlichen Eigentümerversammlung wenig Verständnis äußerten.

Während der zunehmenden Bedrohung durch den Kalten Krieg, die er trotz seiner Versunkenheit in den Büchern spürte, sich seiner West-Berliner Insel stetig unsicherer fühlend, und der beginnenden geistigen Verflachung im Wohnhaus, vor der er sich in seinem bibliothekarischen Reduit zu schützen versuchte, stellte er eines Tages fest, dass ihm keine andere Wahl blieb, als mit einem genialen Schlag in die Offensive zu gehen.

Im Sinne Goethes entschloss er sich zu einer Reise in den Süden, die ihn in die Provence führte, wo er bei einem Weiler namens Les Baux nicht widerstehen konnte und ein kleines Ferienhaus kaufte, anschließend nach Rom, wo er aufgrund der Espressi und der Geschichte einmal leben wollte und ihn, der Zufall wollte es, eine urbane Zweiraumwohnung anlachte, die er sogleich kaufte, und zuletzt in ein regnerisches Stockholm, das auch seinen Charme hatte und nicht unberücksichtigt bleiben durfte, zumal er nicht wusste, Nachbarn welcher Art er in Rom erhielt und ob ihm die provenzalische Abgeschiedenheit bekam.

Ausgestattet mit drei Alternativen, falls ihm der aktuelle Ort nicht behagte, und einer beachtlichen Vergrößerung des

Biblioraumes, begann ein wahres Bücherkauf- und Lesefest, ein einsames dionysisches Treiben, das einherging mit einer apollinischen Mäßigung: Hatte er früher häufig in der Nacht gelesen, las er nun bis elf Uhr abends, schlief danach zufrieden ein, die Nacht durch und las morgens um sieben eine Dreiviertelstunde, bevor er sich Espresso und Brötchen gönnte. Am Vormittag widmete er sich der erquickenden Lektüre, nahm mittags ein Süppchen ein und legte sich für eine halbe Stunde hin. Am Nachmittag las er in demselben Buch weiter, eine aufgrund der Tageszeit kräftige, vitale Lektüre, tat dann die unnützen Erledigungen, denen kein Mensch ohne Angestellte entkam, hantierte mit dem Staubsauger, bearbeitete Post und ging einkaufen, aß zu Abend und fiel anschließend in eine besonnene Lektüre, die bis elf Uhr dauerte.

Die Wäscheklammern im provenzalischen Ferienhaus waren aufgrund der Sonneneinstrahlung brüchig; er kaufte ein robustes Klebeband, das er Schlängchen nannte und mit dem er die bevorzugten Bücher an den Wäscheleinen befestigte, die er im Garten gespannt hatte.

Kam er von einem mehrmonatigen Aufenthalt in Stockholm, Berlin oder Rom zurück, fand er die aufgehängten Bücher, deren Fiktionen so überzeugend und selbstverständlich wie das Leben in der Natur waren, mit jener vereint vor. Die Sonne hatte in den Büchern gelesen, der Wind hatte die Seiten gewendet. Wenn wegen Dauerregens oder eines Sturms, der die gebundenen Seiten vom aufgehängten Umschlagkarton abgerissen hatte, ein Werk am Boden lag, sah er dies als eine fruchtbare Vereinigung von Fiktion und Realität. Er ließ es liegen und steckte, wie in botanischen Gärten üblich, ein Schild in den Boden: mit Verfasser und Buchtitel.

Niemals hängte er, wie von Duchamp gefordert, ein Buch über Geometrie auf; dies hielt er für einen Denkfehler Duchamps, den er ihm nur schwer verzieh. Aber kein neuer Gedanke, kein neues Werk ohne Mängel und Fehler. Die Wissenschaft aber war, seit ihrer Trennung von der Kunst, zu einer auf falschen Grundannahmen basierenden eindimensionalen, linear fortschreitenden Idiotie geworden, kultiviert von staatlich und von der Wirtschaft geförderten Idioten, die in ihren Studien das herausfanden, was die Geldgeber hören wollten, die also nicht einmal Idioten waren, sondern charakterlose, korrupte und sich selbst überschätzende Einfaltspinsel. Tatsächlichen Fortschritt leisteten die schönen Künste, die mit der Freiheit, an keine Regeln gebunden zu sein, sich stetig neu entwickelten, die das Leben in einer Zeit am besten erfassten, weil sie es nicht erklärten, sondern darstellten, vor allem jedoch, weil sie sich nicht festlegen ließen, sondern über sich hinauswuchsen, weil sie mit der Wucht schöpferischer Genialität den rezipierenden menschlichen Wurm fluteten und ihn erst zum Menschen machten.

Die einzigen nicht literarischen Bücher, die Roland Erbe an Wäscheleinen hängte, waren philosophische, etwa von Nietzsche oder Kierkegaard, wobei diese philosophischen Bücher im Grunde genommen auch literarischer Natur waren.

Las er ein misslungenes Buch, verschlechterte sich seine Laune. In lauten Selbstgesprächen beschimpfte er den Verfasser; solche Bücher, es gab Unmengen davon, verwendete er gestapelt als Tischbeine oder als erhöhten Sitzplatz für einen kleinen, vorbildlich in sich ruhenden Kaktus. Fand er in solchen Phasen kein Buch, das ihn besänftigte, reiste er in eine seiner drei Alternativen, etwa nach Rom, wo auf der Terrasse die aufgehängten Bücher in der abgasgeschwängerten Luft wie vollkommene, bewegliche Skulpturen der Zeit trotzten.

In Rom fing er an, weniger zu lesen und mehr mit den Leuten in den Geschäften und auf der Straße zu reden. Er erzählte ihnen von seinem abenteuerlichen Leben und freundete sich mit einem übelriechenden, halb auf der Straße lebenden älteren Mann an. In der Provence fasste er auf einem Straßenfest nach der Hand der Frau des wichtigsten Hoteliers im Ort. Sie entzog ihm die Hand, worauf er unter dem Tisch noch einmal nach ihr griff, diesmal bestimmter, besitzergreifender, und sie kraftvoll festhielt, bis der Widerstand erlosch. Noch am selben Abend verführte er die Frau in einem freien Zimmer des Hotels; tags darauf fuhr er nach Avignon in eine Klinik für Geisteskranke, wo er behauptete, seine Schwester besuchen zu wollen, und er sich in eine abgemagerte Bewohnerin mit strähnigen Haaren verliebte.

II

Der übelriechende ältere Mann, der von Roland Erbe liebevoll Lorenzo genannt wurde, obwohl er Carlo hieß, tippte in der urbanen Zweiraumwohnung auf einer zehn Kilogramm schweren Schreibmaschine Buchstaben auf ein Blatt: die ersten beiden, manchmal noch der dritte von dem Wort, das diktiert wurde. Roland Erbe las laut vor, ein Buch in der Hand; wenn er das buchstabenübersäte Blatt aus der Maschine zog, sagte er »Gut, Lorenzo« und warf einen Blick zu Léontine, die mager und mit strähnigem Haar seit Stunden regungslos im Türrahmen stand. Kaum je zeigte sie eine Reaktion, selbst wenn er ihr aus den besten Büchern vorlas.

Lorenzo tippte wie betrunken, aber er musste tippen, als Lohn erhielt er ein Dach über dem Kopf und von der Suppe, die Léontine Tag für Tag vom frühen Morgen an auf dem Herd stehen hatte. Roland Erbe gab Anweisung, dass es genug sei, man essen müsse, worauf Léontine in die Küche schlurfte, wo im großen Topf noch ein Rest nicht verdampftes Wasser kochte sowie eine Karotte und eine Kartoffel lagen. Die Teller füllten sich schlecht, aber die Suppe war warm.

Roland Erbe entschied, dass die Kartoffel ihm zustand und Léontine und Lorenzo sich die Karotte teilen sollten. Doch die Kartoffel wollte nicht schmecken; trotz ihrer Größe war sie zerkocht und zudem an der unteren Seite verkohlt.

»Fertig?«, fragte er. »Dann geht's ans Aufhängen!«

Wie jeden Nachmittag zogen sie durch die Straßen und hängten Manuskriptseiten auf, wo sich eine Möglichkeit bot.

Die Idee war, den Roman in der Stadt zu verteilen und sie auf diese Weise zu infiltrieren, bis dessen Wirklichkeit die ihre verblassen ließ.

Roland Erbe war überzeugt, dass die besten Literaturwissenschaftler Italiens ihre Büros verlassen hatten und auf der Suche nach dem Roman durch die Stadt schwärmten. Die Blätter trugen keine Seitenzahlen. Man durfte es den Sekundärliteraten nie zu einfach machen; da guter Literatur das Zwingende innewohnte, ergab sich die Fortsetzung ohnehin von selbst. Die Blätter konnten nur in einer Reihenfolge angeordnet werden; jeder mit Verstand musste das merken, auch wenn die Buchstabengrüppchen auf den ersten Blick kryptisch anmuteten; selber Schuld, wer sich nicht tief und ausdauernd genug mit ihnen befasste.

Als er sich umdrehte, sah er die magere Gestalt Léontines, Lorenzo hingegen war verschwunden. Ihr Mund stand offen, als würde sogleich ein Zahnarzt ans Werk gehen; ihre Augen starrten zur Metropolitana.

»Ging er zur Metro?«, fragte er, ohne eine Antwort zu erhalten, was ihn nicht wunderte: Léontine hatte seit Verlassen der Klinik noch kein Wort gesagt. Seltsam war, dass sie den Mund nicht mehr schloss. Die Mundwinkel orange verfärbt, roch ihr Atem nach Karotte.

»Léontine«, fragte er, »wohin ist Lorenzo gegangen? Willst du es mir nicht sagen; etwas sagen, ausnahmsweise?«

In diesem Moment sah er, wie sich die Tür eines Tabakladens öffnete und Lorenzo greisenhaft zitterig einen Schritt zur Seite trat, damit die Tür zufallen konnte, eine Plastiktüte, in der wohl eine Flasche mit hochprozentigem Alkohol lag, unter seine Jacke zu packen versuchte – ein idiotisches Vorhaben, so idiotisch wie die Tatsache, dass er bei diesen hochsommerlichen Temperaturen stets ein Jäckchen trug –, dabei etwas anderes zum Vorschein kam, sein Bierbauch und darauf liegend etwas, das nach einer ahornhölzernen Schatulle aussah: Es rutschte hinunter und wurde durch einen verzweifelt schnellen Griff danach, der es wie ein Faustschlag traf, weggeschleudert, flog einige Meter durch die Luft und landete auf dem Gehsteig.

Es war die Schatulle. Sie lag offen da. Der Wind wehte die ersten Banknoten heraus, Fünfhunderttausend-Lira-Scheine; die Schatulle beinhaltete eine Reserve von zweihundert Scheinen, also einhundert Millionen Lira. Das war nicht viel, die Zweiraumwohnung war weit mehr wert, aber genug, falls er einen antiken Schrank, ein Sofa aus Anilinleder oder falls er sich einen neuen Wagen kaufen wollte.

Die Scheine davonpurzeln zu sehen, erinnerte an dadaistische Aktionen: Sie rutschten über den Gehsteig, flatterten wie Papiervögel, krümmten sich wie eingespannte Metallplättchen; sie schreckten hoch wie Tauben, die auf einem Platz nach Krümeln suchten. Im Kontext mit ihrer Erstarrung – Lorenzo verhielt sich vor Angst wie ein Tier, das sich tot stellte, Léontine blickte abwesend ins Ungefähre und er selbst wollte das Schauspiel nicht zerstören –, im Kontext mit ihrer Dalí'schen Erstarrung schien es, als würden die Fünfhunderttausenderscheine geradezu weglaufen, als rebellierten sie gegen den Zwang ihres Werts, als wollten sie frei sein wie weißes Papier. Sie wussten nicht, dass sie mit ihrer kleinen Revolution im Begriff waren, die Welt zu verändern und den Niedergang des Papiergeldes, des Geldes überhaupt einzuleiten. Was waren bedruckte Scheine gegen die ersten frühlingshaften Sonnenstrahlen, gegen das verspielte Flattern eines bunten Schmetterlings, gegen das Plätschern des Wassers?

Die ersten Passanten bückten sich nach den Geldscheinen, zuerst verschämt und in der Hoffnung, nicht gesehen zu werden, dann fingen sie hastig an, möglichst viele Scheine einzusammeln; eine Horde Kinder schoss spatzengleich ins Gewimmel, raubte so viel wie nur möglich und rannte davon. Roland Erbe rief: »Was für ein Schauspiel!«, griff nach den Blättern mit den Buchstaben des Romans und warf sie hinzu.

Erst schien es, als würden die Passanten auch nach den Blättern greifen. Sie blickten verwirrt. Dann war die Irritation so stark, dass sie kapitulierten und sich davonmachten.

»Lorenzo«, sagte er, »das war eine schöne Idee. Nun hab dich nicht so, komm her und lass dir auf die Schulter klopfen.«

Lorenzo schaute wie paralysiert, nahm die Hände von der Jacke, sodass die Flasche zu Boden fiel und zerbrach, und rannte humpelnd davon.

Es war anzunehmen, dass er nicht zurückkam. Léontine stand noch immer mit offenem Mund da. Die schöne, ahornhölzerne Schatulle in der Hand, den letzten im Wind tanzenden, bereits zu Abfall gewordenen Scheinen den Rücken zugewandt, versuchte Roland Erbe, Léontine zum Gehen zu bewegen, doch sie blieb erstarrt. Erst wollte er sie wie eine Schaufensterpuppe nach Hause tragen; dann entschied er, sie auf dem Gehsteig stehen zu lassen.

III

Nach einem mehrmonatigen, regenreichen Leseaufenthalt in Stockholm fuhr Roland Erbe mit seinem großen, eckigen Volvo Kombi zurück nach Berlin, Rückbank und Kofferraum voll mit Büchern und einem grauen Schaukelesel, den er Rosi nannte und auf dem er jeden Morgen als Frühsport einen zwanzigminütigen Ausritt unternahm, wobei er an Ort und Stelle blieb, das Auf und Ab der Bücherreihen um ihn herum jedoch das Gefühl eines stürmischen Höllenritts verlieh.

Ab dem mittleren Alter wurde regelmäßige Bewegung empfohlen; der Schaukelesel schien dafür geeignet, außerdem war er gut fürs Gemüt, besaß er doch eine sockenhaft runde Nase, die treuherzigsten erloschenen Stoffaugen, die es geben konnte, sowie zwei langgezogene Löffelohren. Neben täglichem Sport hatte Roland Erbe sich in Stockholm mehr Gelassenheit auferlegt, mehr apollinische Bedachtsamkeit, hatte einige Klassiker herausgesucht und tausende Seiten gelesen. Ein schönes Vergnügen, das ganze Tage ausfüllte – was ihm jedoch trotz Büchern und Esel fehlte, war Veronika, seine Jugendliebe, der er eine Wohnung hatte kaufen wollen.

Nachforschungen hatten ergeben, dass sie noch in Charlottenburg wohnte, nicht mehr in jener Straße, in die sie damals gezogen war, aber noch immer in Charlottenburg; wie die meisten Menschen sperrten auch die Berliner sich hartnäckig gegen Veränderungen. Veronika wegen war er zwei Wochen früher als geplant aus Stockholm abgereist.

In der Berliner Wohnung angekommen, trat er zuerst auf den Balkon, um die aufgehängten Bücher zu begutachten, die sich zufriedenstellend entwickelt hatten. An Cortázars *Rayuela* setzte sogar Moos an. Vor der Abreise hatte er zum ersten Mal Bücher eingetopft, von denen sich manche auf dem Balkon, andere in der Wohnung wie Kakteen etwas steif, aber farbig erhoben; er gab ihnen Wasser. Rosi positionierte er zwischen zwei Büchergestellen so, dass er beim Schaukeln nicht gegen jene stieß, was aufgrund der Platzverhältnisse nicht einfach war. Er hatte Hunger, brachte in der Bratpfanne Butter zum Schmelzen, schüttete Zucker hinzu und briet, mit einem Ei und etwas Mehl, einen dünnen Gedichtband, eine Köstlichkeit, die er höchstens einmal in der Woche genießen konnte, da er sie schlecht vertrug.

Danach öffnete er den Koffer, der tausende Satzschnipsel enthielt; mit dieser Arbeit wollte er hier fortfahren: Er hatte zehn Romane der Moderne doppelt gekauft, da die Seiten hinten und vorn bedruckt waren, und mit der Schere in mühseliger Arbeit die einzelnen Sätze ausgeschnitten, die er zu einem neuen sinnvollen Ganzen zusammenfügen wollte. Die verschiedenen Vokabulare, Tonlagen, Rhythmen und so weiter mussten zu einer Vielschichtigkeit führen, einer Fortschreibung des bereits Geschriebenen, einer Metafiktion, womöglich gar zu einer hypercodierten totalen Parodie, war der neue Roman doch aus den zehn bestehenden gemacht; jeder seiner Sätze, den bisherigen entrissen und neuen gegenübergestellt, war Ironie.

Gedanklich mit diesem großen Werk beschäftigt, seinem Vermächtnis an die Welt, machte er sich auf, um Veronika einen spontanen Besuch abzustatten, ihr von seiner Arbeit zu erzählen und sie davon zu überzeugen, mit ihm zu kommen und bei der Vollendung zu helfen.

Der Frühling hatte soeben auch die Knospen der langsameren Pflanzen geöffnet, es war jene besondere Woche im Mai, die es beinahe jedes Jahr gab, in der die Sonne mit frischer Wärme schien und das Licht von den farbigen Blüten wiedergegeben wurde. Mücken, Bienen, Käfer und anderes Kleintier flog fröhlich und trunken dahin; ein Mann mit kühn geschnittenem Bart ging mit seinem Baby spazieren, das an seinem Körper in einer Tragehilfe schlief, eine junge Mutter schob einen Kinderwagen, ein anderer Mann schob einen Buggy, aus dem ein kleiner Junge herausblickte, als wäre er auf einer Safari, und ihm zuwinkte. Roland Erbe, einen Blumenstrauß in der Hand, drückte Veronikas Klingel in heiterer Sorglosigkeit.

Die Stimme aus der Gegensprechanlage erkannte er sofort. Hier sei Roland Erbe, sagte er und fragte, ob sie sich an ihn erinnere. Die Stimme pausierte und lud ihn schließlich ein, heraufzukommen.

Entschlossen stieg er, mit seinen langen Beinen zwei Stufen auf einmal nehmend, die Treppe hoch, den riesigen Blumenstrauß mit beiden Händen haltend, rote Rosen der größten Sorte, vierzig an der Zahl, so alt war seine frühe Liebe dieses Jahr geworden. Als sie die Tür öffnete, stellte er fest, dass sie noch aussah wie mit zwanzig. Er drückte ihr die Rosen in die Hände, fiel auf die Knie, gestand ihr seine Liebe und bat um ein gemeinsames Kind.

Sie fragte, ob er sie noch alle habe, was er hier tue und überhaupt: Wie er aussehe! Hager, unrasiert und mit eingefallenen Wangen!

Er rutschte auf den Knien über den Fußabtreter und wollte gerade die Türschwelle übersteigen, als sie plötzlich angriff und mit dem Rosenstrauß auf ihn einstach, den Strauß über seinen Kopf stülpte. Da kniete er nun vor verschlossener Tür, umwölkt von Rosenduft, behutet mit hohen, grünen Stielen. Die Dornen hatten Kopfhaut und Wange gereizt; Blut floss.

Les Baux

Eine Asiatische Riesenhornisse näherte sich einem kleinen Ferienhäuschen, auf der Suche nach einem Bienennest, das sie markieren und später bei einem Massenangriff plündern konnte, suchte vergeblich unter dem Dach und kam durch die offene Terrassentür ins Haus hinein. Sie drehte einige Runden, flog zu einem Kinderbett und setzte sich auf den Bauch eines Babys.

Desiderio schlief. Seine feinen Härchen waren zu einem Scheitel gekämmt; eine Kette mit einem Stück Veilchenwurzel, das er gerne in den Mund nahm, um darauf zu kauen, lag neben dem Kopf. Im dunklen, kühlen Haus schlief es sich gut. Die Füße steckten in Söckchen, die Beine in einer leichten Leinenhose und der Oberkörper in einem Leinenhemd; der Sonnenhut, den er im Haus nicht brauchte, hing am Geländer des Bettes. Hätte Desiderio die Augen geöffnet, wäre ihm aufgefallen, dass er nicht alleine war, direkt über ihm am Geländer ein Tier umherkletterte, ohne herunterzufallen. Doch die Augen gingen nicht auf; er schlief, jetzt, nachdem er mit der Flasche gestillt worden war.

Die Asiatische Riesenhornisse war es müde, zu klettern, und flog mit Gebrumme los, nahm eine Kurve und setzte sich abermals auf den Bauch des Babys. Auf dem grünen, kurzärmeligen Hemd krabbelte sie hoch, hielt inne, um einen Knopf zu untersuchen, der aufgrund der Wärme an diesem Tag nicht geschlossen worden war, und betrat die feine, weiße Babyhaut, lief über das Brustbein in Richtung Hals, wo sie abermals innehielt.

Einige Meter entfernt, saß im kleinen, leicht abfallenden Garten Roberto Cotti in einem Liegestuhl, den er im Schatten einer strauchartigen Eiche platziert hatte, und las in seinem Tagebuch. Er tat dies, um die Fähigkeit zur Selbstironie zu prüfen. Der Eintrag stammte aus dem Jahr 1976, als er an

Majestät geschrieben und nicht gewusst hatte, ob er die Arbeit rechtzeitig beenden können oder in Geldnot geraten würde. Heute wirkten die sich ständig wiederholenden Selbstermahnungen, dass er mehr arbeiten müsse, der Roman auf keinen Fall halbfertig veröffentlicht werden dürfe, einzig die Qualität zähle, die erst erreicht sei, wenn an keiner Stelle, in keinem Satz, an keinem Wort eine Verbesserung noch möglich war, und dass er notfalls eine andere Arbeit annehmen müsse, um die Zeit zu haben, dieses Werk gewissenhaft fertigzustellen, ja, dass gerade dieser Anspruch nützlich sei, müsse es sich doch bei der Schöpfung eines Romans um ein existenzielles Ereignis handeln – heute wirkten diese Selbstermahnungen und Vorsätze rührend, hilflos, ein wenig komisch; sie konnten, wie Cotti vermutete, nur ernst genommen werden, wenn man das so entstandene Buch kannte.

Zwölf Jahre später hatte er dieses Häuschen kaufen können; die finanziellen Sorgen waren abgefallen und erst Jahre danach zurückgekommen. Heute war er weit über sechzig und lebte bescheiden, aber in einer gewissen Sicherheit; die Rente, die er bald erhielt, war klein, aber ausreichend. Dachte er über sein Leben nach, war er mit dessen Verlauf zufrieden. Desiderio war zur richtigen Zeit gekommen; zwar war er zu alt für die Belastungen, die ein kleines Kind mit sich brachten, doch er konnte auf seine Frau, Muriel, zählen.

Der Sommer ließ allmählich nach, seit einigen Tagen überstiegen die weiterhin hohen Temperaturen nicht mehr ein für die Arbeit erträgliches Maß. Dabei arbeitete er nicht, er dachte nur nach, auf dem Liegestuhl oder auf Spaziergängen mit Desiderio, und las in alten Tagebüchern. Wie die meisten Schriftsteller schrieb er, weil er trotz seiner Schweigsamkeit mit der Welt kommunizieren, sichtbar sein, existieren wollte. Lange Zeiten seines Lebens war er ein einsamer Mensch gewesen; in alten Tagebüchern hatte er sich gewünscht, ein renommierter Schriftsteller zu werden, nicht nur, um vom Schreiben leben, den nächsten Roman, der künstlerisch vollendet sein wollte und deshalb viel Zeit brauchte, schreiben zu können, um den Gegenentwurf, den er vor seine enge, beschränkte Vergangenheit im Tessin gestellt hatte und in dem er seither wie in einer Fiktion lebte, aufrechtzuerhalten, sondern auch weil er glaubte, seine Einsamkeit auf diese Weise überwinden zu können. In jungen Jahren hatte er gedacht, einmal in Künstler- und Schriftstellerkreisen zu leben, mit häufigen Zusammentreffen in Cafés, mit Besuchen vom Lektor, Gesprächen nach Lesungen; in Wirklichkeit hatte er sich für die Arbeit zurückziehen müssen, bestand sein Leben aus einsamer Arbeit, spätestens seit er an *Formen der Neuzeit* und einige Jahre danach, noch länger, an *Reiters Erbe* gesessen hatte. Wie in einem Tagebucheintrag dokumentiert, hatte er da schon geahnt, dass die eigene Kompromisslosigkeit, die hohen Ansprüche an seine und an fremde Literatur ihn geradewegs in eine neue Einsamkeit führten. Da war niemand mehr. Nabokov, Joyce und Flaubert, mit denen er sich hätte unterhalten können, waren längst verstorben. Mit diesen drei hätte er seine Manuskripte gerne besprochen; mit am Tisch hätten auch noch Italo Svevo und Jorge Luis Borges Platz nehmen können. Und wenn sich ihm einmal die Möglichkeit eröffnet hätte, hier gemütlich mit Jean Paul zu sitzen, hätte er ebenfalls nicht Nein gesagt. Ein Briefwechsel mit Kleist oder Schiller wäre auch interessant gewesen.

Es gab in der Gegenwart nur einen Wissenschaftler, mit dem er gerne ein Gespräch geführt hätte, ein im Leben Gescheiterter, wie er vom Verlag wusste, der jedoch über alle seine Bücher geschrieben hatte. An dessen Arbeiten war etwas anders als an den Aufsätzen der vielen, in denen brav analysiert, aber nicht verstanden wurde, was das Faszinierende, Bewegende, das Ureigene an einem Buch war.

Schon lange wollte er dem armen Kerl schreiben und sich bedanken. Dass jemand sein Leben dafür verwendete, sich mit seinem Werk zu befassen, rührte ihn, er fragte sich aber auch, was für ein Mensch das war, der diese Selbstlosigkeit besaß.

Er mit seinem Gestaltungswillen war zu einer solchen Selbstlosigkeit nicht in der Lage. Aber vielleicht gelang es ihm, über den gescheiterten Wissenschaftler zu schreiben und diesem unermüdlichen, echten Leser ein kleines Denkmal zu schaffen? Er konnte im neuen Roman als eine schwache, Pnin'sche Figur auftreten, über die alle lachten, die im Laufe der Geschichte jedoch an Tiefe und an Souveränität hinzugewann, immer plastischer, stärker und liebenswerter wurde.

Cotti fand es albern, dass Figuren eine Entwicklung durchmachen sollten, da drang doch die Pädagogik aus allen Poren! Interessanter war, wenn lächerliche Figuren sich zwar nicht veränderten, aber vom Leser gegen Ende des Textes nicht mehr als lächerlich wahrgenommen wurden.

Der Gedanke an Arbeit, an einen neuen Prozess, bei dem er sich eine weitere Dimension seiner Selbst abrang, was ihm alle Kraft rauben würde, lockte ihn nicht gerade aus dem Liegestuhl heraus. Er hob den Oberkörper an, blickte den Berg hinunter und sah oberhalb von Les Baux, dieser Häuseransammlung, den roten Wagen von Muriel.

Ihm fiel auf, dass die Musik verstummt war. Er hatte leise Alban Berg gehört, wie immer auf Schallplatte, hörte er doch alles auf Schallplatte, Bach, Schönberg, Weinberg und Berg, einziger Nachteil war, dass Schallplatten schnell zu Ende waren und man sie umdrehen musste. Er überlegte, aufzustehen und hineinzugehen, damit er Bergs zweite Seite hören konnte, doch Desiderio schlief so schön; er wollte ihn nicht wecken.

Ja, Desiderio war zur richtigen Zeit gekommen. Früher war er zu sehr mit sich selbst beschäftigt und seine finanzielle Situation zu unsicher gewesen. Ein Kind mit dreißig hätte ihn zurück in einen bürgerlichen Lebensentwurf gestoßen; heute saß er an seinem Alterswerk und der kleine Desiderio half ihm dabei, die Welt noch einmal als Kind wahrnehmen, noch einmal alle Stationen passieren zu können. Sein müdes, weises Alter und der neue, unverstellte Blick des Kindes: Es war seine Pflicht, diese Mischung in die Arbeit hineinzutragen.

Pflicht. In einem frühen Tagebucheintrag hatte er sich dieses Wort verboten. Nichts war Pflicht; er schuftete nicht als Sklave seines Werkes. Er war sein Werk. Bis heute schien ihm diese Auffassung schlüssig; es gab keine Trennung. Und deswegen hatte er bei der Arbeit an seinem ersten Roman das Richtige getan, als er beschloss, so lange daran zu arbeiten, bis er nichts mehr fand, das ihn nicht überzeugte oder bei dem er unsicher war, und dabei so ehrlich wie möglich gegenüber sich selbst zu sein: Der Roman war dann fertig, wenn Roberto Cotti alle seine Fähigkeiten ausgeschöpft hatte, wenn ein Mehr nicht möglich war. Betrachte den Roman nicht als Arbeit, die du abschließt, hatte er zu sich gesagt, sondern als Teil von dir, nein, mehr noch, als ein Heteronym. Als würde dein altes Ich nachher nicht mehr existieren, würdest du nur noch in Form dieses Romans weiterleben. Strenge dich an! Bist du dir gut genug, willst du so weiterleben? Vervollkommne dich, stecke alles hinein, was du hast, in deinem alten Ich soll nichts zurückbleiben, es wäre verloren.

Und doch blieb – selbstverständlich – sein altes Ich bestehen. Schwach wie nach einer langen Krankheit; er musste sich neu konstituieren, wieder ein Mensch werden. Er erholte sich, bekam neue Ideen und sah seinem anderen Ich, dem Roman, dabei zu, wie es in die Welt hinausging.

Diesen Prozess der Zweiteilung und der anschließenden Erholung hatte er inzwischen viele Male durchgemacht. Heute noch konnte er in den alten Büchern lesen, ohne enttäuscht zu sein; sie lebten.

Doch hatte der Prozess der Zweiteilung auch bei den umfangreichen Werken stattgefunden? Diese Werke waren als eine Überforderung angelegt: für den Leser, den Lektor, vor allem für ihn, den Verfasser. Denn erst die Überforderung machte die Sache für alle Beteiligten spannend, die Größe des Lesers und des Verfassers sichtbar; nur die Überforderung ermöglichte ihm, Roberto Cotti, über sich selbst hinauszuwachsen.

Er legte die flache Hand auf die Augen. In der Dunkelheit konnte er schärfer denken. »Vollkommene Unvollkommenheit«, fiel ihm ein, doch das traf es nicht, denn ein Konzept der Unvollkommenheit konnte man in seinen umfangreichen Romanen nur schwer entdecken. Für 999 hatte er seine Mietwohnung aufgeben müssen, war hierher gekommen, obwohl Winter war, lebte und arbeitete mehrere Monate mit ein bis zwei Mahlzeiten am Tag. Der Prozess der Zweiteilung hatte stattgefunden.

Der gescheiterte Wissenschaftler hatte seine Werke in zwei Gruppen eingeteilt, jene mit einer geschlossenen und jene mit einer offenen Form, wobei die offene Form am ehesten dem entsprach, was er in den Tagebucheinträgen als Überforderung bezeichnete. Ihm fiel ein, dass die sogenannte offene Form, wie er gelesen hatte, bei vielen Schriftstellern gerade in Mode war, eine Tatsache, die ihn anwiderte, was das Nachdenken wiederum erschwerte. Möglicherweise handelte es sich um einen großen, kollektiven Irrtum: Die geschlossene Form besaß keineswegs etwas Harmonisches, stand sie doch für etwas, das weder geschlossen noch harmonisch war. Es bestand die Möglichkeit, dass die geschlossene Form in Wahrheit die offene und die offene die geschlossene war.

Vielleicht konnte der gescheiterte Wissenschaftler, gerade weil er gescheitert war, eine hilfreiche Antwort geben. Er wollte diesem Mann, der nie eine Professur erhalten hatte, einen Brief schreiben, einen kurzen: wenige, feine Sätze, die wie hingeworfen aussahen und doch vollkommen waren; bei denen jedes Wort abgewogen war und wie nur für ihn, den selbstlosen Empfänger, existierte. Seit Flaubert wusste man, dass es für einen Schriftsteller nichts Schwierigeres gab als das Schreiben von Geburtstagskarten, Gute-Besserungs-Karten, Trauerkarten.

Er hörte, wie hinter dem Haus der Wagen auf dem Kiesweg vorbeifuhr, um zur Abzweigung zu gelangen, die zum vorderen Teil des Hauses mit dem Parkplatz führte; der Motorlärm verschwand und schwoll kurz darauf wieder an; der Motor wurde abgestellt. Er liebte Muriel, aber dass sie ausgerechnet jetzt, da seine Gedanken dabei waren, etwas zu formen …

Vielleicht war ein einfacher, klassischer Briefanfang am besten: »Lieber Herr …« Desiderio begann zu schreien, als wäre er aufgespießt worden; hinter dem Haus wurde die Autotür zugeschlagen.

»Was ist denn los?« Muriel lief auf ihn zu. »Wie lange schreit er schon?«

Roberto Cotti erhob sich aus dem Liegestuhl. Er wisse nicht, was los sei, antwortete er und gab ihr einen Kuss. Doch er streifte nur ihre Wange; sie eilte bereits ins Haus hinein.

»O Gott!«, rief sie. »Merde! Hilf mir doch!«

Er lief zur Terrassentür und sah, dass Muriel, bewaffnet mit einem Besen, im Begriff war, den Kampf mit einer Hornisse aufzunehmen. Schon klatschte der Besen auf die Wand, direkt neben einen Strauß getrockneten Lavendels, der da nur hing, weil solches in der Provence üblich war, die Hornisse fiel tot zu Boden, wo sie vom Besen noch mindestens fünf weitere Male getötet wurde.

»Die hat ihn gestochen! Schau nur – die Wange!«

Sie schlug noch immer auf die Hornisse ein, als er Desiderio, der vor Schmerz schrie, aus dem Bett nahm. Er hielt ihn im Arm, wog ihn hin und her und überlegte, ob die Wange wohl noch mehr anschwoll. Vielleicht war es klug, einen Eisbeutel darauf zu legen?

»Immerhin wissen wir, dass er nicht allergisch ist«, sagte er. Der kleine Junge war vor einigen Wochen bereits von einer Biene gestochen worden, in den Fuß. »Soll ich Eis holen gehen?«

»Eis?«, kreischte Muriel. »Er muss ins Krankenhaus! Sieben Hornissen können ein Pferd oder einen Menschen töten, und Desiderio ist noch ganz klein.«

»Nein, nein«, sagte er, »das mit den sieben Hornissen ist ein Märchen.«

»Er ist erst acht Monate alt«, erwiderte sie. Plötzlich, als hätte sie vorher vor Schreck nicht daran gedacht, nahm sie ihm das Baby aus dem Arm, um es selber zu trösten. »Hast du denn gar nicht aufgepasst?«

Er zuckte mit der Schulter und musterte die geschwollene Wange. Auf dem Weg ins Krankenhaus würde Muriel sich beruhigen; das bisschen Gift, so schmerzhaft es war, machte das Kind widerstandsfähiger. Armer Desiderio, das Leben war ein einziger großer Schmerz.

Die Ästhetik des Scheiterns

In Cottis *Formen der Neuzeit* verkörpert Adalbert Zöbeli eine Form des Scheiterns, eine völlig andere als Radek Weinberg in demselben Roman. Dass dessen Name die gleichen Initialen aufweist wie derjenige Robert Walsers, ist, wie alles bei Cotti, kein Zufall; zudem spielt der Nachname auf den russischen Komponisten Mieczysław Weinberg an, mit dem Cotti sich Anfang der Achtzigerjahre in Moskau angefreundet hat und dessen Klassizismus ihn bis heute fasziniert. Zuerst jedoch wird der Blick auf Adalbert Zöbeli gerichtet.

Dieser Adalbert Zöbeli erlebt, wie seine Initialen es andeuten, von A bis Z alles, was man erleben kann. Von der noch jugendlichen, deutschsprachigen Mutter, die in Italien den Zweiten Weltkrieg nur mit Glück überlebt hat, in einem Flüchtlingslager zur Welt gebracht und bei erstbester Gelegenheit (was so schnell nicht war) auf genannten Vornamen getauft, der das Resultat eines Kriegstraumas sowie eines konservativen Verlangens nach einer kindlichen Märchenwelt war, gelangte er auf ihrem Schoß in die Schweiz, wo sie sich nach den Hungerjahren ein besseres Leben in Sicherheit erhoffte und bald Walter Zöbeli, Walti gerufen, heiratete.

Adalberts Kindheit und Jugend bestanden neben Schule und Arbeit aus Volksmusik hören und sich im Fernsehen Sportsendungen sowie Heimatfilme ansehen. Diese Zeit verlebte er nicht nur in Wald im Kanton Zürich, wo sie einen Hausteil besaßen, sondern auch in Gonten im Appenzellerland, wo sie mehrmals im Jahr dasselbe kleine Ferienhaus mieteten. In beiden Häusern hingen Rehgeweihe, manche auf schräg abgeschnittenen Birkenholzscheiben, sowie kleine Kuhglocken, von denen die Mutter in Wald mit der einen, wenn das Essen fertig war, tatsächlich bimmelte.

Walter Zöbeli, der bei Metter arbeitete, einer Telegraphendraht- und Kabelfabrik, aber sein Geld hauptsächlich geerbt hatte (und dieses konservativ verwaltete, was sich in jener Zeit als sinnvoll erwies), war in seiner Freizeit Jäger. Er nahm Adalbert häufig mit, was für diesen langweilig war, geschah doch in den langen und kalten Nächten kaum etwas: Stunden musste er warten, bis ein Schuss fiel; oft genug wartete er vergebens.

Adalbert wusste nicht, was besser war, die Nächte im Wald oder die Sport- und Volksmusiksendungen im Fernsehen; wohl Letzteres, an das er sich gewöhnt hatte wie an die Heimatfilme, in denen immerhin hübsche Frauen zu sehen waren und der Traum von der großen Liebe in Erfüllung ging.

Angelica, Adalberts Mutter, tat ihr Möglichstes für den Sohn: Sie nahm ihn in Schutz vor der fremdenfeindlichen Nachbarschaft, arbeitete, da ohne Ausbildung, in niedriger Stellung bei Metter allein deshalb, um ihm dieses und jenes kaufen, später ein Studium oder Ähnliches finanzieren und noch später einen ordentlichen Geldbetrag schenken oder vererben zu können. Walti, der den Jungen adoptiert hatte, und sie verzichteten auf ein zweites, gemeinsames Kind, angeblich, um Adalbert nicht zu benachteiligen. Sie brachte dem Jungen, nachdem sie es gelernt hatte, das Skifahren bei, bezahlte teure Nachhilfestunden bei einer Privatschule, kaufte ihm ein neues Fahrrad und ein Moped; da ihr nicht zu helfen war, musste es wenigstens dem Kind gut gehen. Noch immer schlief sie schlecht; sie träumte vom Krieg. Roch sie Rauch, weil es irgendwo brannte, befiel sie Panik; Bilder von der zerbombten, brennenden Stadt schoben sich vor die heutige Realität und sie spürte den Impuls, zu fliehen. Sie musste sich dann für einen Moment hinsetzen. Gab es keine Sitzgelegenheit, hielt sie sich an Waltis Schulter fest oder an jener von Adalbert, der sie ihr schimpfend wieder entzog: Von Mutter berührt zu werden, war ihm peinlich.

Das Sicherheitsdenken der Eltern nervte ihn schon früh. Bald konnte er die harmonischen, scheinheiligen Heimatfilme und Volksmusiksendungen nicht mehr sehen, und auf

Wanderungen im Appenzellerland, mit einer gemütlichen Einkehr bei einer Bergbeiz, hatte er schon lange keine Lust mehr.

Adalbert war kein guter Schüler, er wurde, nach einigem Hin und Her, statt in die Sekundar- nur in die Realschule eingeteilt, konnte später zwar in die Sek wechseln, doch da der Lehrer ihn nicht mochte, weil er ein Zöbeli war, musste er bald wieder in die Real.

Vater riet ihm, nach der Schule eine Ausbildung bei einer Bank zu beginnen; da sei man auf der sicheren Seite, erhalte einen guten Lohn, werde so schnell nicht entlassen und könne die beruflichen Kenntnisse für die eigene Vermögensplanung nutzen. Nun wäre es von Vorteil, wenn er einen Sekundarschulabschluss hätte, sagte Vater tadelnd und ermahnte ihn, in Zukunft konzentrierter zu lernen.

Durch die Bemühungen des Vaters, der mehrere Gespräche mit einem Verwandten führte, dessen Funktion bei der Schweizerischen Bankgesellschaft nicht ohne Einfluss war, fand er trotz des Realschulabschlusses in einer naheliegenden Filiale der Bank eine Lehrstelle als Kaufmann. Die ersten Wochen verliefen nicht schlecht.

Vielleicht lag es daran, dass er die Lehre auf Drängen seiner Eltern begonnen hatte; Adalbert war schon bald unwohl. Der Lehrmeister behandelte ihn unwirsch, obwohl er nicht öfter zu spät kam als andere Lehrlinge. Mit dem Lohn, der nicht eben hoch war, kaufte er sich modische Jeans und ging jedes Wochenende Freitag-, Samstag- und Sonntagabend aus, wobei er die Mädchen beeindruckte, indem er ihnen ausgefallene Getränke spendierte und erzählte, wie er an der Börse in kurzer Zeit viel Geld verdienen konnte.

Ein- oder zweimal erschien er montags nicht zur Arbeit; das konnte es geben, jeder war mal krank. Immer öfter hatte er auf die neue Woche keine Lust; er empfand die Lehrlingsarbeit als stumpfsinnig, Mülleimer leeren konnte schließlich jeder. Auch in der Berufsschule lief es nicht gut; seine Noten waren mangelhaft. Noch im ersten Lehrjahr schmiss er hin, was ihm von Anfang an unsympathisch gewesen war, zeigte dem Lehrmeister den Stinkefinger und entschied sich für eine bessere Zukunft.

Die Eltern waren verärgert und hielten vorwurfsvolle Reden, die ihm besserwisserisch, langweilig und wie von gestern vorkamen. Dabei hatten sie keine Ahnung: Wer es so wie sie machte, arbeitete ein Leben lang für andere und bekam finanziell nur einen Teil von dem, was ihm zustand. Er jedoch, Adalbert, war klüger.

Er bat Mutter um fünftausend Franken, damit er sich als Finanzberater selbstständig machen konnte. Sie lehnte ab mit der Begründung, er habe keine Ahnung vom Geschäft; also ging er zu Vater, der ihm noch nie eine Bitte hatte abschlagen können.

Walti, übergewichtig und die Gutmütigkeit in Person, dachte nach und kam zum Schluss, dass sein Sohn eine Chance verdient hatte, vielleicht einer jener genialen jungen Männer war, die ohne Ausbildung, aber mit einer guten Geschäftsidee eine große Firma aufbauten. Er gab ihm das Geld und wünschte viel Glück.

Adalbert schaltete Inserate in verschiedenen Zeitungen, in denen er sich als unabhängiger Finanzberater mit Insiderwissen anpries. Als er das Geld ausgegeben hatte, wartete er.

Es meldeten sich einige Personen, für die er die Steuererklärung ausfüllen sollte, was er widerwillig tat; Anfragen von Firmen blieben jedoch aus. Mit den Steuererklärungen verdiente er nur mäßig, zudem benötigten nur wenige Kunden seine Hilfe. Alles in allem kamen in den ersten Monaten knapp tausendfünfhundert Franken zusammen; er musste einsehen, dass für sein Geschäftsmodell in der Schweiz kein Markt vorhanden war.

Nun ging ihm Mutter auf den Wecker, die ihn daran erinnerte, dass er nicht gratis zu Hause wohnen konnte, sondern pro Monat hundertfünfzig Franken zu zahlen hatte. In einem ernsten Gespräch legte er Vater dar, dass sein Geschäftsmodell in den USA ein Erfolg wäre, aber in der Schweiz zum Scheitern verurteilt war, konnte in der Schweiz doch alles, was nicht der

Norm entsprach, nur scheitern. Schweiz und Scheitern – das klang ja schon ähnlich.

Auf Drängen der Mutter, vor allem aber wegen der garantierten finanziellen Unterstützung des Vaters begann er die Handelsschule. Das lief gut, musste gut laufen, denn er bekam nur so lange Geld, wie er mit genügenden Noten an der Schule blieb. Wenn er den Abschluss schaffte, bekam er noch etwas obendrauf.

Trotzdem kämpfte er im zweiten Jahr mit einer Krise. Er hatte schlechte Freunde, wie Mutter ihm vorwarf, doch er glaubte ihnen, als sie sagten, dass man nur zu etwas komme, wenn man es sich nehme. Niemand werde sie erwischen. Also machte er bei dem Einbruch in das kleine Radio- und Fernsehgeschäft an der Zürcherstraße mit.

Er war nur Mitläufer. Hätte er das Ganze geplant, wäre es nicht schief gegangen, so aber stimmten weder Zusammenarbeit noch Kommunikation: Während seine Freunde draußen die Waren in den VW Bus luden, stand er im Ladengeschäft und überlegte, welches der verschiedenen Fernsehgeräte er hinaustragen sollte; als er durch das eingeschlagene Schaufenster nach draußen stieg, fand er dort nicht seine Freunde vor, sondern die Polizei. Die Freunde waren, als sie den nahenden Polizeiwagen bemerkten, ohne ihm etwas zu sagen weggelaufen. Der VW Bus stand noch da.

Er war ein Ersttäter und bereit, mit der Polizei zu kooperieren, also kam er glimpflich davon. Mutter jammerte er vor, dass er darunter leide, seinen richtigen Vater nie kennengelernt zu haben, bis sie sich Vorwürfe machte. Im Grunde war er ein braver junger Mann, aber labil; mit den falschen Leuten an der Seite konnte er leicht ausgenutzt werden.

Doch dann lief es auf einmal gut: Er schloss die Handelsschule mit zufriedenstellenden Noten ab, lernte Anita kennen, seine große Liebe, und fand eine Anstellung bei der Schweizerischen Kreditanstalt; endlich hatte er mit der Börse zu tun und Aussicht auf regelmäßige Lohnerhöhungen. Einen Mercedes würde er in nur zwei Jahren abbezahlt haben, also besorgte er sich einen. Anita staunte nicht schlecht, als er sie damit herumkutschierte; richtig Gefallen schien sie daran jedoch nicht zu finden. Dabei war dieser Luxus genau das Richtige für sie: Sie war schwanger.

Zwei Monate später gab er die Stelle auf, aus moralischen Gründen, denn eigentlich war das Börsengeschäft eine Sauerei. Wegen des Wagens blieb er auf einem beachtlichen Schuldenberg sitzen, doch echte Moral erforderte konsequentes Handeln.

Eine Weile lang war er arbeitslos. Er heiratete Anita, die als Büroangestellte arbeitete, zog jedoch für einige Monate nach Davos, weil er dort aushilfsweise eine Anstellung bei einer kleinen Schreinerei fand, die ein alter Schulkollege betrieb. Die Arbeit machte ihm Freude, auch wenn er nur wenig verdiente; er war handwerklich talentiert.

Alles in allem lebte er auf großem Fuß; den alten, sportlichen Mercedes besaß er nicht mehr, dafür einen neuen, der für eine Familie mit Kind geeigneter war. Anita war nun im siebten Monat. Er hatte wieder Arbeit in Zürich aufgenommen, ein Volltreffer: Nun war er Unternehmensberater und konnte Karriere machen. Seine Aufgabe bestand darin, neue geeignete Mitarbeiter für Firmen zu akquirieren; mit seiner Menschenkenntnis fiel ihm das leicht. Der Lohn war ordentlich, sodass sie in eine größere und komfortablere Wohnung ziehen konnten, die allerdings nicht wenig kostete. Doch alle, die er kannte und die erfolgreich waren, wohnten so.

Abends ging er mit diesen Leuten aus, ohne Anita mitzunehmen; er musste sein Beziehungsnetz pflegen. In Kneipen gabelte er gerne junge Frauen auf, die bereit für eine Ausfahrt mit dem Mercedes waren.

Anita, die bereits einen großen Bauch hatte, schlief, wenn er morgens um drei oder vier ins Schlafzimmer trat. Oft wachte sie dann doch auf und fragte, wo er gewesen sei. Manchmal sah er, dass sie geweint hatte. Außerdem konnte er bei ihrem linken Mundwinkel ein nervöses Zucken beobachten. Doch in zwei Monaten sollte das Kind kommen, dann würde alles besser werden.

Ohne Bedauern gab er seine Stelle auf. Die Art, wie Firmen mit alten Mitarbeitern umgingen und wie sie nach neuen suchten, als bestellten sie Maschinen, missfiel ihm. Nun saßen Anita und er nicht nur auf einem großen Schuldenberg, sondern lebten auch in einer Wohnung, die sie nicht mehr bezahlen konnten. Er rief Vater an und sagte, sie seien bald eine richtige Familie mit einem Kind, die Wohnung gefalle ihnen nach wie vor, sie bräuchten aber endlich ordentliche Möbel: Ob er ihnen nicht unter die Arme greifen könne?

Waltis Freude auf die Geburt des Enkels war unermesslich; er gab einen Erbvorbezug von zwanzigtausend Franken. Zu Anitas Verärgerung verwendeten sie dieses Geld nicht, um einerseits die Wohnung zu zahlen und andererseits einen Teil der Schulden zu begleichen; mit dem Geld wollte Adalbert tatsächlich Möbel kaufen, schöne neue bei einem exklusiven Geschäft.

Anitas nervöse Zuckungen nahmen zu. Die Schwangerschaft schien ihr nicht zu bekommen. Immer öfter sprach sie in einem vorwurfsvollen Tonfall, schimpfte oder forderte, er müsse anders mit Geld umgehen und dürfe seine Arbeitsstellen nicht so schnell wieder aufgeben.

Sie hatte ja recht. Bald kam das Kind und Geld war kaum noch da. Er musste sich etwas einfallen lassen, dachte gründlich über ihre finanzielle Situation nach und kam zum Schluss, dass nur noch Glück helfen konnte. Er nahm tausend Franken und kaufte Glückslose in der Hoffnung auf den großen Gewinn, der sie von ihren finanziellen Sorgen befreien und ihnen eine glückliche Zukunft ermöglichen würde, investierte das wenige gewonnene Geld in neue Glückslose und das von diesen Losen gewonnene Geld, noch weniger, wiederum in neue. Zweifelsfrei musste er irgendwann, vielleicht erst am Schluss, wenn er mit dem letzten Geld den letzten Kauf machte, das große Los ziehen!

Er hatte wieder Pech. Der Sorgen wegen trank er in einer Kneipe eins über den Durst, er blieb auch wegen der Kellnerin länger, die sich ihm gegenüber gefällig verhielt, zu seinem Ärger jedoch nicht wollte, dass er sie nach Hause begleitete, obwohl er bis zum Ende ihrer Schicht gewartet hatte. Wütend raste er nach Hause, sah, dass er geblitzt wurde, ahnte, dass eine Geschwindigkeitsübersteigung dieses Ausmaßes mit einer hohen Buße, wenn nicht mit Führerscheinentzug geahndet wurde, was ihn noch wütender machte, und touchierte prompt einen Baum.

Als er blutverschmiert aus dem Wagen stieg, sah er, dass dieser mit den Rädern nach oben auf einem Acker lag – Totalschaden. Nun hatten sie keinen Wagen mehr; Geld für einen neuen war nicht vorhanden.

Als das Kind zur Welt kam, ging er, den einen Arm im Gips, zu Fuß zum Krankenhaus und hieß den Kleinen auf der Welt willkommen. Er versprach ihm im Beisein von Anita, dass er etwas Richtiges aus ihm machen werde; er, der Kleine, könne viel von ihm lernen.

Zur Freude von allen fand er eine neue Stelle, eine seltsame allerdings, nämlich als Computerprogrammierer. Weder Anita noch seine Eltern konnten sich vorstellen, was er dort genau tat; keiner von ihnen hatte bisher einen Personal Computer benutzt, sie kannten nur Schreibmaschinen.

An dieser Stelle hebt sich Cottis Roman von der Wirklichkeit ab, bildet er ein eigenes Zeitfenster, was einige Kritiker bei Erscheinen des Buches verwirrt hat. Der erste Teil des Romans wurde 1978, der zweite 1984 veröffentlicht, die erzählte Zeit von Adalberts Leben erstreckt sich jedoch von Ende der Vierziger- bis Ende der Neunzigerjahre, ohne dass nach Anfang der Achtziger noch Jahreszahlen genannt werden. Ein Kritiker warf Cotti, als er seine Rezension im Dezember 1984 schrieb, zeitliche Ungenauigkeiten vor, weil er davon ausging, der Roman könne nicht über die Gegenwart hinausreichen.

Für Cotti war klar, dass ein Roman eine eigene Wirklichkeit darstellt und eine solche Verwirrung nur einen Leser in den Achtzigerjahren, nicht jedoch nach der Jahrtausendwende befallen konnte. Schreibt Cotti für die Ewigkeit? Eine Frage, die an falsche Allgemeinplätze führt; Cotti schreibt bloß Romane, die unabhängig von der sogenannten »Realität« sind, die eine eigene Welt entwerfen. Nebenbei sei erwähnt, dass Cotti Anfang der Achtzigerjahre, als er den zweiten Teil der *Formen der Neuzeit* schrieb, Qualitäten eines Visionärs besaß: Hätte Adalbert Zöbeli weiter als Unternehmensberater oder als Computerprogrammierer gearbeitet, wäre er zwanzig Jahre später wohl nicht nur erfolgreich, sondern auch vermögend gewesen. Waltis Gedanke, dass sein Sohn womöglich zu jenen jungen Menschen gehört, die ohne entsprechende Ausbildung eine Idee realisieren, Großes erschaffen und reich werden, ist nicht ganz falsch. Adalbert besitzt Talent und Intelligenz, kann jedoch eine Sache nicht bis zum Ende durchziehen und ist zudem auf kindliche Weise naiv. Wenn ein Leser glaubt, nun komme Besserung und Adalberts Leben auf eine sichere Bahn, irrt er; das Abenteuer beginnt erst.

Bei der Namenswahl für das Kind setzte Adalbert sich durch; der Junge hieß Romek. Niemand wusste, wie Adalbert auf diesen außergewöhnlichen Namen gekommen war. Er war der Überzeugung, dass Romek nicht ohne Tiere aufwachsen sollte, weshalb er zwei Husky-Welpen kaufte, deren weiches Fell der kleine Romek mochte. Anita hatte nun viel zu tun, denn wenn Adalbert auf Arbeit war, musste sie sich nicht nur um das Baby, sondern auch um die beiden Welpen kümmern. Die Zuckungen im linken Mundwinkel nahmen zu; sie begannen auch auf der rechten Seite.

Adalbert, der manchmal zwei-drei Nächte wegblieb, brachte für die Hunde teures Fleisch vom Metzger mit, wenn Anita ihm etwas von ihrem Ersparten für Babynahrung geliehen hatte; so war er nun einmal, er liebte seine Hunde. Die gesamte Familie fand Platz im neuen Mercedes Kombi, den er geleast hatte und der sich gut fuhr. Als Computerprogrammierer arbeitete er nun ein halbes Jahr, der Job schien eine sichere Sache zu sein, nur ein Garten fehlte noch für ein schönes Zuhause, fehlte Romek und den Hunden.

Nach Gesprächen, die aus Beteuerungen und Versprechungen bestanden, erhielt er von Vater hunderttausend Franken, um eine Doppelhaushälfte anzuzahlen. Beim dritten Anlauf bekam er bei einer Bank einen Kredit; nun konnte er sich stolzer Eigenheimbesitzer nennen, hatte einen Garten und war hoch verschuldet.

Diesen Erfolg, der seiner in den letzten Jahren gebeutelten Ehre gut tat, genoss er in vollen Zügen: Vor Anita, der Mutter, die trotz ständiger Skepsis ein wenig stolz auf ihn war, und dem Vater gab er an, die Zügel fest in Händen zu halten. Wie andere erfolgreiche Männer glänzte er auf verschiedenen Schauplätzen, hatte eine Liebhaberin und ging mit Arbeitskollegen aus, gerne in Lokale, die nur Männer besuchten, denn ein Bier und ein Gespräch unter Männern konnten am besten genossen werden, wenn nebenan eine schöne Frau die Hüllen fallen ließ.

Zwei Freunde, die bei einem anderen Unternehmen arbeiteten, weihten ihn in einen Plan ein. Sie wollten eine eigene Firma gründen, am liebsten mit ihm zusammen. Allerdings ging das nur, wenn er von seinem Arbeitgeber einige Informationen mitbrachte. Adalbert war klar, dass dies gegen das Geschäftsgeheimnis verstieß, doch die Gefahr, erwischt zu werden, schien ihm klein. Außerdem war er hoch verschuldet; die Aussicht, eine eigene gut gehende Firma und einen entsprechenden Lohn zu haben, endlich nicht mehr für andere, sondern für sich selbst zu arbeiten, war wie eine Erlösung.

Seit einiger Zeit hatte er ein neues Hobby, das ihn von seinem nicht eben glücklichen Eheleben mit Anita ablenkte, die mit ihren Zuckungen eher ein nervliches Wrack als eine attraktive Frau war: Er interessierte sich für Survival, das Überleben in der Wildnis, und kaufte Bücher von Rüdiger Nehberg, so viele, dass er nicht alle lesen konnte; außerdem musste eine Survivalausrüstung her. Mit den Huskys unternahm er im Oberengadin stundenlange Winterwanderungen und übernachtete in menschenverlassenen Höhen im Zelt; vielleicht war die Beschäftigung mit dem Überleben in der Wildnis im Grunde eine Beschäftigung mit dem Überleben in der Zivilisation oder mit dem Überleben generell.

Der Aufbau der eigenen Firma scheiterte; er wurde von seinem alten Arbeitgeber angeklagt, geheime, für das Unternehmen wichtige strategische Dokumente entwendet und der Konkurrenz zugespielt zu haben. Auf einmal arbeitslos, konnte er den Hauskredit nicht weiter abbezahlen, nicht einmal die Raten für den Mercedes – und nun wollte Anita, die seit einiger Zeit in psychologischer Behandlung war, die Scheidung. Dabei hatten sie vor wenigen Tagen noch gemeinsam Romeks ersten Geburtstag gefeiert.

Er war wütend und gekränkt und willigte sofort ein. Sollte sie sehen, wie sie ohne ihn zurechtkam! Das Haus wurde ihm von der Bank weggenommen, Anita begann, als Kellnerin zu arbeiten, und lebte mit Romek in einer kleinen Mietwohnung in einem grauen Betonblock. Alimente zahlte er ihr keine, hatte er doch genug eigene Sorgen, zudem hatte sie die Scheidung gewollt.

Er begann, seine Auswanderung nach Amerika zu planen; in der Schweiz gab es für ihn keine Zukunft. Mit diesem Schuldenberg auf dem Buckel würde er bis zum Lebensende nicht mehr aufrecht gehen können.

Ohne Arbeitsbewilligung war er in den USA gezwungen, schwarz zu arbeiten. Dies tat er zuerst in der Küche einer Kneipe in einem Nest irgendwo in Colorado, später reparierte er Motoren von Autos und kleinen Flugzeugen, danach half er beim Bau einer Ölpipeline nach Alaska mit. Als Schwarzarbeiter erhielt er nur einen kleinen Lohn, dennoch konnte er in Alaska einige Schlittenhunde kaufen. Mit ihnen unternahm er lange Touren durch die Wildnis. In einem Brief an die Eltern berichtete er, dass er neulich vom Schlitten gefallen sei, sich nur mit Mühe habe festhalten können und zwanzig Kilometer durch den Schnee gezogen worden sei, bis die Hunde endlich angehalten hätten. Er war nur knapp dem Tod entronnen; fiel man vom Schlitten, rannten die Hunde ohne einen weiter, stundenlang, und man blieb fernab der Zivilisation allein.

Vier Jahre später, wieder in Colorado, bat er die Eltern um Geld, damit er sich ein Häuschen kaufen konnte; das Geld bekam er, kaufte das Haus aber nicht. Er wollte heiraten, eine Köchin, die ihn mochte und ihm zur amerikanischen Staatsbürgerschaft verhelfen wollte, unter der Bedingung, dass er ihr eine gewisse Summe zahlte. Dies tat er mit dem Geld der Eltern, sie heirateten, er hieß nun Adalbert Brown, und nach einigen Monaten stellte er fest, dass Sheryl ihn liebte, was ihn beunruhigte.

Nach der Scheidung und einem langen Hickhack mit Sheryl, die Geld von ihm forderte, schrieb er an seine Eltern sowie an Anita und Romek, dass es ihm nicht schlecht gehe, die wirtschaftliche Situation schwierig sei, er aber die amerikanische Staatsbürgerschaft besitze und eine Anstellung als Busfahrer gefunden habe. Er entschuldigte sich bei den Eltern dafür, dass er das Geld für die Staatsbürgerschaft verwendet hatte, aber es sei unmöglich gewesen, ihnen dies vorher zu schreiben; nun jedoch, nun wolle er sich einen einfachen Bungalow in Colorado kaufen. Er bat Vater noch einmal um Geld.

Mutter gab ihre Ersparnisse her, die sie durch jahrzehntelange Arbeit hatte machen können und die ohnehin für ihn bestimmt gewesen waren, sowie das Geld aus ihrer Pensionskasse. Auch Walti ließ ihm einiges zukommen, zusammen mit einem Brief, in dem er ihm mitteilte, dass dies das letzte Mal sei; in Zukunft solle er es mit Arbeiten versuchen.

Dieser Satz verletzte Adalbert. Seine Ehre, sein Stolz waren gekränkt. Er beschloss, sich nicht mehr zu melden, keine Briefe zu beantworten, weder von den Eltern noch von Anita. In den Schreiben, die er Monate und noch Jahre später von den Eltern und Anita erhielt, zeigten sie sich beunruhigt; sie wussten nicht, ob ihm in der Wildnis oder sonst wo etwas zugestoßen, ob er noch am Leben war. Sie versprachen, ihn in Ruhe zu lassen, baten jedoch um ein Lebenszeichen.

Adalbert dachte nicht daran. Sollten sie sich nur Sorgen um ihn machen.

Zwanzig Jahre lang tauchte er ab, dann wurde ihm bewusst, dass seine Eltern schon recht alt waren und man ihn vielleicht für tot erklärt hatte. Aus Sorge um sein Erbe schrieb er Mutter, dass es ihm gut gehe, auch wenn das Leben hart sei, und er sie gerne sehen würde.

Angelica antwortete nur kurz. Sie war alt, hatte Schmerzen und war von den Jahren der Ungewissheit, ob ihr Sohn noch am Leben oder längst tot war, zerrieben worden. Sie schrieb, dass sie sich über ein Wiedersehen freuen würde.

Wegen der nicht bezahlten Alimente hatte Adalbert hohe Staatsschulden, die nicht verjährten, doch dank der amerikanischen Staatsbürgerschaft und des neuen Nachnamens musste er bei der Einreise in die Schweiz keine Angst vor Konsequenzen haben. Er bat Mutter um Geld für den Flug.

In der Eigentumswohnung der Eltern angekommen – das Haus hatten sie verkauft –, gab ihm Mutter zweihundert Franken, damit er Bahn fahren und auch mal einen Kaffee trinken gehen konnte. Er traf Anita, die er kaum wiedererkannte, schimpfte über seine Eltern und sagte, dass er gerne Romek sehen würde. Anita fragte, ob er ihr nicht einen Gefallen tun, eine hochwertige Orchidee kaufen und in ihrem Namen seiner Mutter geben könne, sie habe doch gerade Geburtstag gehabt, und gab ihm achtzig Franken.

Adalbert kaufte die Orchidee und tat Mutter gegenüber so, als wäre sie von ihm. Zwei Tage später traf er Romek. Er sagte zu ihm, dass Anita früher besser ausgesehen habe, als wäre ihr das Leben ohne ihn nicht gut bekommen, und fügte an, er solle nicht glauben, was man an Unwahrheiten über ihn verbreite. Er erzählte dem Sohn seine Lebensgeschichte, alle Abenteuer, und mit Stolz erklärte er, dass er nichts bereue und im Grunde mehr aus dem Leben gemacht habe als seine Eltern und alle anderen in der Schweiz.

Romek, der still zugehört hatte, schaute ihn mit müden Augen an.

So endet der Erzählstrang des Romans, in dem Adalbert Zöbeli (später Brown) als Hauptfigur auftritt. Das Leben und das Scheitern Adalberts charakterisiert sich durch Narzissmus; er stellt sich über alles und jeden, besitzt kein Verantwortungsgefühl gegenüber seinem Sohn Romek, seiner Frau Anita, seinen Hunden, die er einfach weggibt, wenn sie nicht mehr in sein Leben passen, und er lässt seine Eltern jahrzehntelang im Ungewissen, ob er noch lebt. Kann man den Eltern Schlimmeres antun?

Das Scheitern folgt dem Muster dieses (gekränkten) Narzissmus, der von einer infantilen Naivität begleitet wird, etwa, wenn Adalbert glaubt, eine Verletzung des Geschäftsgeheimnisses würde folgenlos bleiben oder nur noch Glückslose würden ihn retten können. Nach der Auswanderung in die USA lässt sich aus seiner Haltung, Mimik und Gestik, von der Art, wie er spricht, eine gewisse Resignation ableiten; er scheint zu ahnen, dass er sich verrannt hat. Als Vater eines inzwischen erwachsenen Sohnes, den er früh verlassen hat, den er nicht kennt, mit dem er folglich keine gemeinsame Geschichte, geschweige denn eine tiefe, vertrauensvolle Beziehung hat, als Vater eines verlorenen Sohnes und mit sechzig Jahren noch immer ohne Geld, in einer kleinen Wohnung, die er sich mit einem anderen Arbeiter teilt, kann er selber nicht mehr an seine Entscheidungen glauben. Dennoch lernt er nichts hinzu, prahlt beim Besuch in der Schweiz mit derselben naiven Begeisterung wie früher damit, dass er zwei Goldminen gekauft habe, genauer: das Recht, in diesen Minen Gold abzubauen. Die Goldminen sollen in einigen Jahren, wenn er zu alt für die anstrengende Arbeit auf Baustellen oder als Lastwagenfahrer ist, sein Leben finanzieren, zudem liest er Bücher über den Börsenhandel, in den er wieder einsteigen möchte. Mit kleinen Beträgen, zweihundert Dollar hier, dreihundert Dollar da, und einer klugen Strategie will er so viel verdienen, dass dies zusammen mit dem Ertrag von den Goldminen sein Leben sichert, eine Rente bildet.

Es verwundert nicht, dass Romek, nachdem er lange zugehört hat, den Vater mit müden Augen anschaut. Goldminen, Börse … Romek ahnt, dass es sich nicht nur um Naivität handelt, sondern um Schwachsinn. Er spürt, dass sein Vater ein gebrochener Mann ist, der wortwörtlich verloren in der Welt steht, in einem System, das er nicht versteht und das ihn nicht versteht. Der Blick des Vaters wirkt ängstlich, als befürchtete er, aus heiterem Himmel könne ein neues Gewitter heranziehen, könnten neue Probleme kommen, neue Bedrohungen.

Nachdem Romek den Vater verabschiedet hat, weiß er, dass diesem Menschen nicht zu helfen ist. Er ist froh, ihn los zu sein. Doch als er in seiner Wohnung steht, weint er; den Vater in einem solchen Zustand angetroffen zu haben, nimmt ihn mit. Und gleichzeitig ist ihm bewusst, dass Mitleid jene Falle ist, in die die Großeltern immer wieder tappten.

Adalberts Scheitern kann so erklärt werden, dass er nicht mit der Gesellschaft kompatibel ist, was als eine Form der Rebellion gegen jene gesehen werden könnte. Problematisch ist sein inkonsistentes Verhalten. Er weiß nicht, was er will, fängt Dinge an, bricht sie wieder ab, denkt nicht langfristig und das Glück, ein Kind zu haben, übersieht er einfach – spätestens hier gerät eine mögliche Verteidigung seines Scheiterns ins Wanken: Adalberts Leben steht nicht für ein alternatives Lebenskonzept in einem westlichen, kapitalistischen, unfreien System, zumal er durchaus Erfolg haben und das große Geld machen will (er stellt dies sogar regelmäßig über alles andere), sondern lässt überhaupt kein Konzept erkennen: Sein Leben bleibt ohne eine Idee, ohne eine dahinterstehende Philosophie. Adalberts Scheitern ist einfaches, banales Scheitern; in ihm steckt schlicht die Weigerung, erwachsen zu werden, und ist alles in allem ein Ärgernis.

Doch wie lebt und scheitert Radek Weinberg? Der aufmerksame Leser stellt die Ähnlichkeit der von Cotti gewählten Vornamen Radek und Romek fest. Vielleicht wird Romek einmal Radeks Weg einschlagen; nach der Begegnung mit dem Vater ist es nicht unwahrscheinlich, dass sein Scheitern ein besseres sein wird.

Radek kam im Alter von drei Jahren mit den Eltern in die Schweiz, Russen jüdischer Abstammung, die während der Oktoberrevolution aus Petrograd, dem heutigen Sankt Petersburg, nach Berlin geflohen waren, von wo sie in den Dreißigerjahren nach Frankreich flohen und von dort wenige Jahre später in die Schweiz. Somit ist Radeks Situation in den ersten Lebensjahren vergleichbar mit jener Adalberts.

In der Schweiz angekommen, waren die Geldvorräte der kleinen Familie fast aufgebraucht, also verkauften die Eltern den geerbten Schmuck, den sie aus Petrograd hatten retten können. Radeks Vater, ein Rechtsanwalt, eröffnete mit dem Geld eine Kanzlei in Zürich, die vor allem von anderen Exilrussen in Anspruch genommen wurde. Die Mutter war Malerin und hatte in Berlin einen Großteil ihrer Bilder einem jüdischen Freund und Förderer anvertraut, der in der Stadt ausharren wollte. Nun begann sie wieder mit der Arbeit, übermalte alte Leinwände, da kein Geld für neue vorhanden war, und konnte das eine oder andere Bild an wohlhabende Schweizer Familien verkaufen. Dies waren jedoch Einzelfälle; Geld verdiente sie mit ihrer Arbeit kaum.

Die finanziellen Probleme blieben bestehen, zumal die Schweizer Behörden aufgrund der jüdischen Abstammung der Familie zu verhindern versuchten, dass der Vater die Kanzlei weiter betrieb; immerhin wurde kein Berufsverbot erlassen. Trotz dieser Probleme, die nur wenig kleiner wurden, als die Kanzlei nach und nach besser lief, schenkten die Eltern Radek eine Violine und ermöglichten ihm den Unterricht bei einem befreundeten jüdischen Violinenlehrer. Die Eltern hofften, dass die Musik den Jungen, der kaum sprach, aber bei jedem sirenenhaften Geräusch zu zittern anfing, von seinem Kriegstrauma erlöste, er eine innere Ruhe fand und offener für die Welt wurde.

Radek liebte seine Violine; beim Spiel sahen sie, dass er glücklich war. Doch die Hoffnung, dass er sich öffnete, erfüllte sich nur in Verbindung mit der Musik. Er blieb schweigsam. Kam Besuch, rannte er ins Schlafzimmer, das die Eltern mit ihm teilten, und verkroch sich dort. In der Schule waren seine Leistungen recht gut, allein jedoch wegen des Schriftlichen; mündlich beteiligte er sich kaum.

Die Eltern begannen, sich zu fragen, ob der Violinenunterricht eine gute Idee oder nicht eher kontraproduktiv war. In Radek steckte zwar Lebensfreude, doch diese bezog sich nur auf die Musik.

Einmal versuchten sie, in einem Gespräch den Jungen davon zu überzeugen, mit dem Violinenunterricht aufzuhören; dies hätten sie besser unterlassen: Radek reagierte panisch, aggressiv; er sagte, dass dies nicht infrage komme, und drohte damit, von zu Hause abzuhauen. Als befürchtete er das Schlimmste, sagte er mit Nachdruck, dass er, wenn man ihm die Violine wegnähme, wohl nicht mehr lange lebe. Er war zwölf Jahre alt.

Die beunruhigten Eltern berieten sich und kamen zum Schluss, dass der Sohn sein Metier gefunden hatte. Sie erklärten ihm, dass er, wenn er Violinist werden wolle, einen anderen, besseren Lehrer brauche.

Dieser Lehrerwechsel war, obwohl Herr Lüthi die Gutmütigkeit in Person darstellte, nicht einfach; Radek, der wusste, dass er ohne Lehrerwechsel nicht weiterkam, gab sich alle Mühe. Doch das Eis brach erst, als Herr Lüthi den Jungen aufforderte, selber ein Stück zu komponieren, was dieser mit einem Eifer und einer Begeisterung tat, als wäre es eine Erleuchtung.

Einige Jahre vergingen, in denen Radek musikalisch vorwärts kam und in der Schule so gut wie keine Freunde hatte.

Als er die Matura bestand, hatte Herr Lüthi ihn so weit gebracht, dass er in Karlsruhe das Studium der Komposition und der Violine aufnehmen konnte.

Dies war ein erster Durchbruch; alle freuten sich, denn niemand konnte sich den jungen Mann in einem anderen Feld als in der Musik vorstellen. Nun hieß es, Geld zusammenkratzen: Alle Einnahmen aus Vaters Kanzlei und dem Verkauf von Mutters Bildern, die nicht anderweitig gebraucht wurden, erhielt Radek für das Studium und ein neues Instrument, das, um seinem Spiel zu genügen, von hoher Qualität sein musste und entsprechend teuer war.

Für Radek gehörte die Zeit in Karlsruhe zu den besten in seinem Leben; zum ersten Mal fand er sich unter jungen Menschen wieder, die in derselben Situation waren, ähnlich dachten und ähnliche Ziele hatten. Er fand Freunde, mit denen er ausging, und sogar eine Freundin. Und dennoch blieb er fremd, blieb er einer, der von außen dazu kam wie zu Besuch und wieder ging; die aufkeimende Geselligkeit währte nur kurz, war eine Auszeit von der Einsamkeit. Als müsste ein inneres Muster bestätigt werden, gab es ein Zerwürfnis mit seiner Freundin, das die Trennung zur Folge hatte.

Radek sah nun seine Freunde weniger oft; vielleicht war die Trennung von Anne auch eine von den Freunden und sogar von Karlsruhe. Die Geselligkeit der Musiker, das Feiern nach einem Konzert bis in den frühen Morgen hinein war ihm stets fremd geblieben; auf einmal wurde ihm bewusst, dass bei Musikern nichts ging ohne Kontakte. Wie sollte jemand wie er genügend Anfragen für Konzerte und Mitarbeit in Ensembles erhalten, wenn er nicht ständig unter Leuten war?

Doch dies beunruhigte Radek nur kurz. In seinem Studium hatte sich der Schwerpunkt immer weiter weg vom Violinspiel hin zur Komposition verlagert; seit längerem war es so, dass das Violinspiel nur noch dazu diente, die eigenen Kompositionen hörbar zu machen und zu testen, ob sie den Ansprüchen genügten.

In dieser Phase begann Radek, sich mit der Zweiten Wiener Schule zu beschäftigen, eine Auseinandersetzung, die ein Leben lang anhalten sollte; vor allem Alban Berg verehrte er, dessen Stücke er immer wieder neu bearbeitete. Nach dem Staatsexamen in Komposition und Musiktheorie folgten Studien in Köln bei Karlheinz Stockhausen sowie in Freiburg bei Klaus Huber und Hans Heinrich Eggebrecht; danach begann er sein Leben als freier Komponist.

Ohne Geld der Eltern gezwungen, selber welches zu verdienen, arbeitete er als Parkplatzaufseher, was ihn zum ersten Stück nach dem Studium, dem Kammerstück *Der Geschmack von 268 Reifenpaaren und die Ästhetik zweier Barrieren* verleitete, ein umständlicher Titel, der jedoch Interesse weckte, nicht nur bei den Musikern selbst, sondern auch beim Publikum, das ausschließlich aus Leuten der Musikszene Berlin bestand, wo Radek seit kurzem wohnte.

Rasch sprach sich der Name dieses wortkargen Unbekannten, der kaum anzutreffen war, weil er stets, wie einige vermuteten, in einem winzigen Zimmer schrieb, in der Berliner Szene herum. Er erhielt eine Anfrage vom Ensemble *Frequenzen,* ein Stück zu komponieren. In seinem Inneren lag es schon bereit, er schrieb *Die bellenden Türklinken*, ein gleichermaßen bestechend einfaches wie geniales Stück, das viel Beifall und Anerkennung fand und nicht nur vom Ensemble bei fast jedem Konzert gespielt, sondern auch auf die neue Platte genommen wurde.

Die bellenden Türklinken sollte für lange Zeit Radeks erfolgreichstes Stück bleiben; selbst Jahre später wurde es auch von anderen Ensembles immer wieder neu interpretiert, vielleicht, weil es gleichermaßen den Ansprüchen Neuer Musik genügte wie bei normalen Musikliebhabern auf Akzeptanz stieß, was bei Neuer Musik außergewöhnlich war.

Leider brachte dieser Erfolg weniger Geld ein, als Radek gehofft hatte, wenn auch bedeutend mehr als die anderen Stücke, die überhaupt nichts abwarfen. Er wusste, was er zu tun hatte, wenn er nicht ein Leben lang als Parkplatzwächter arbeiten wollte: unterrichten, am besten als fester Dozent oder gar als Professor an einer Universität. Doch vor Menschen sprechen wollte er nicht. Außerdem war er zur Überzeugung gekommen, dass er sich für eine längere Zeit, am besten für immer, zurückziehen musste, um ein großes Werk zu erschaffen. Ablenkungen, egal welcher Art, unterbrachen eine bestimmte innere Bewegung, die ihn von der Alltäglichkeit fort in andere, musikalische Welten brachte, wo künstlerische Klarheit möglich war.

Er entwarf ein Verfahren mit dem Namen *Musik-Musik*, bei dem ein Stück gespielt wurde, während auf Schallplatte ein anderes Stück lief, oft ein Popsong, was beim Publikum und bei den Musikern auf wenig Akzeptanz stieß, vermutlich, weil niemand im Saal Musik von der Schallplatte hören wollte.

Hier ist anzumerken, dass in Cottis Roman dieses Verfahren Jahrzehnte später (lange nach Radeks Zeit) etabliert wurde, in der Regel jedoch ohne den Namen Radek Weinberg zu erwähnen, was als Resultat einer Mischung aus Inkompetenz und Ignoranz der Musikszene angesehen werden muss.

Da der Gebrauch von Plattenspielern und dergleichen auf Ablehnung stieß, entwickelte Radek sein Verfahren weiter; so entstand *Musikkisum*. Zur Hälfte Palindrom, erklärt der Name das Konzept jedoch nur im Ansatz: Die einen Musiker spielen das Stück im herkömmlichen Sinn, die anderen spielen es rückwärts, was natürlich nicht, wie der Name es andeutet, gleich klingt. Die beiden Musikergruppen spielen sogar gleichzeitig, sodass die einen gegen die anderen spielen und es wirkt, als wollte das Stück sich selbst rückgängig machen: als wollte es sein und nicht sein.

Somit durfte es sich beim ursprünglichen Stück um ein harmonisches handeln, wurde es doch, indem es gleichzeitig rückwärts gespielt wurde, disharmonisch genug, um von den Vertretern der Neuen Musik ernst genommen zu werden. Dieses Verfahren leitete bei Radek eine neue Entwicklungsphase ein; er ließ nun auch bei anderen Verfahren mehr Harmonie zu. Er versuchte, vorurteilsfrei mit allem zu arbeiten, was die Musikgeschichte zu bieten hatte.

Das Stück *Der Kleptomane und Frau Martens* ist nicht narrativ, wie der Titel es andeutet, erzählt keine Geschichte, obwohl, wie es scheint, immer mehr Noten fehlen, Noten, die wohl gestohlen worden sind. Vielleicht gehört es zu den komischsten und klassischsten Stücken Radek Weinbergs.

Er blieb in seinem Zimmerchen wohnen, wo er im Stillen komponierte, frei von Überlegungen, wie viel Geld und Ansehen ihm seine Stücke einbringen würden. Er erhielt keine Preise, da er sich nicht um sie bewarb, und versuchte nie, eine Filmmusik zu schreiben: Seiner Ansicht nach sollte Musik mit offenen Ohren und geschlossenen Augen gehört werden. Sah man Bilder, gar noch welche aus einem konventionellen Film, wurde der Zauber der Musik gebrochen und sie verkam zu bloßem Beiwerk; der Zuschauer im Kino oder im Wohnzimmer wollte wissen, wie es weiterging, und ließ sich von der Musik berieseln.

Dies widersprach Radeks künstlerischen Vorstellungen fundamental. Er wollte weder einen Parkplatz bewachen noch unterrichten, noch einen Abenteuerfilm musikalisch begleiten, sondern komponieren – nichts weiter. Doch er hatte sich für verschiedene Ensembles mit kurzen Stücken verzettelt, die zwar seinen Namen im Gespräch hielten, ihm aber nicht zum großen Durchbruch verhalfen.

Es war an der Zeit, eine große Symphonie zu komponieren, sein Lebenswerk in Angriff zu nehmen. Dies wollte er mit einem Ortswechsel verbinden: Er war in der zweiten Lebenshälfte und hatte sich, so kam es ihm vor, in Berlin nicht richtig etablieren können. Gewiss, er bekam Anfragen, man kannte ihn, aber stets hatte er das Gefühl, nach Luft schnappen und aufpassen zu müssen, nicht unterzugehen.

Im Nachhinein kann gesagt werden, dass dies eine Fehleinschätzung war, er mit dem Erreichten hätte zufriedener sein und in Berlin bleiben sollen. Stattdessen ging er zurück in die Schweiz, nach Zürich, wo ihn viel provinzielle, bürgerliche und konservative Kleingeistigkeit und wenig Kunstverständnis erwarteten.

Von Roberto Cotti wurde die Parallelität zu Robert Walser bewusst gewählt, der mehr als ein halbes Jahrhundert zuvor in Berlin gelebt hatte, wo er künstlerisch am erfolgreichsten gewesen war, und ebenso zurück in die Schweiz ging, wo sein Abstieg begann und er in einer Klinik endete. Im Werk Cottis scheint immer wieder durch, dass die Schweiz keinen guten Lebensraum für Künstler bietet, wenn sie nicht gar eine Gefahr oder eine lebens- und kunstbedrohliche Falle darstellt; zweifelsfrei bezieht Cotti sich auf Paul Nizons *Diskurs in der Enge*. In seinem Essayband *Der Sturm, der mich trägt* kommt er an einer Stelle zum Schluss, dass »das kunstfeindliche Klima in der Schweiz mehr mit der Winzigkeit des Landes als mit den Menschen an sich zu tun hat«, verhindere diese doch großes Denken und Nischen, in denen Lebensräume für Künstler entstehen könnten.

Außerhalb von Zürich in einem Zimmer untergebracht, erhielt Radek Weinberg, so weit von Berlin entfernt, bald keine neuen Anfragen für Stücke mehr, was ihm recht war, wollte er doch die große Symphonie komponieren. Der kleine Geldvorrat indes war schnell aufgebraucht, zumal die Lebenskosten in der Schweiz bedeutend höher als in Berlin waren. Er begann, privat Violine zu unterrichten, eine Tätigkeit, die ihn beinahe wahnsinnig machte, weil die Schüler bei Weitem nicht genug übten, was den Eltern egal zu sein schien. Insgesamt arbeitete er vier Jahre an dem, was sein Lebenswerk werden sollte; im Laufe dieser Zeit wurde ihm klar, dass er nicht mehr komponieren würde: Niemand spielte seine Stücke, er verdiente kein Geld, war also Hobbykomponist. Er sah keine Möglichkeit, vom Komponieren zu leben; entweder würde er vermehrt unterrichten oder sich eine andere Arbeit suchen müssen.

Er stellte die große Symphonie fertig, die er *Das Stechen der Vögel im Nachtwind* nannte. Fünf Tage später, am frühen Morgen des 17. August 1985, fand eine Frau, die mit ihrem Hund spazieren ging, die Leiche Radek Weinbergs im ufernahen Wasser des Zürichsees.

Einige seiner Berliner Bekannten erinnerten sich an ihn. Ein halbes Jahr später führte das Ensemble *Frequenzen* eine Bearbeitung von *Das Stechen der Vögel im Nachtwind* auf, die auf große Zustimmung stieß. Vierzehn Jahre vergingen, bis der Name Radek Weinberg plötzlich überall zu hören war und die Berliner Philharmonie seine große Symphonie in voller Länge aufführte, ein zweistündiges Ereignis, das später auf CD gebrannt wurde und seither in Musikerkreisen zu den Klassikern der Neuen Musik zählte, genau so wie einige seiner früheren Stücke, etwa das gerne als freches und eigensinniges Jugendwerk bezeichnete *Der Geschmack von 268 Reifenpaaren und die Ästhetik zweier Barrieren* oder – inzwischen allbekannt – *Die bellenden Türklinken* sowie das reifere und gediegenere *Der Kleptomane und Frau Martens*, das Stück, dem die Noten gestohlen werden.

Die Frage stellt sich, ob Radek Weinberg wirklich gescheitert ist oder ob er, in einem an Heinrich von Kleist erinnernden Sinne, nicht einer der ganz Großen war. Von Radeks Perspektive aus betrachtet, ist die Sache klar, sonst wäre er nicht ins Wasser gegangen. Für ihn war kein Platz mehr in der Gesellschaft; sein Lebenswerk konnte an diesem Punkt enden und brauchte ihn nicht mehr, und ein Kind hatte er nicht.

Doch einmal angenommen, er hätte zu Lebzeiten von der Gesellschaft jene Anerkennung erfahren, die seiner Leistung angemessen gewesen wäre: Er hätte ohne finanzielle Sorgen weiter komponieren können und dies auch getan. Als einer der bekanntesten Menschen in der Schweiz wäre jedem neuen Stück von ihm große Aufmerksamkeit gewiss gewesen; er hätte sein Leben mit einem anderen Selbstbild geführt, mit einer wesentlich besseren Lebensqualität, hätte vielleicht eine Frau kennengelernt und ein Kind bekommen.

Radek Weinberg ist gescheitert, weil die Gesellschaft an ihm gescheitert ist. Anders als bei Adalbert Zöbeli war sein Scheitern jedoch auch ein Tribut, um künstlerische Vollendung zu erlangen. Er wollte erschaffen, und das Erschaffene musste – als wäre es ein letzter Test – auch ohne ihn bestehen können. Radeks Tun war einer Ästhetik, einer Ethik verpflichtet; er ließ sich nicht korrumpieren: Er ging konsequent seinen Weg, der ihn, da er keine Kompromisse eingehen wollte, in den eigenen Untergang führte. Dadurch konnte seine Kunst später in Freiheit wiederauferstehen, war sie doch sogar von ihrem Schöpfer befreit.

Gemäß Cottis Auffassung muss ein Künstler in der »unfreien Wirklichkeit«, wie er es nennt, nicht scheitern, um seiner Idee, seinem künstlerischen Werk jene Autarkie zu ermöglichen, die es für eine möglichst lange Haltbarkeit braucht – doch ein Künstler muss sterben, um erschaffen zu können, so Cottis vielleicht altmodisch anmutende Haltung.

Der Rote Milan

Zehn

Quitzow wog eine Textpassage von Roberto Cotti gegen eine von Jean Mason ab, die er für die *Berlin-Zeit* verwenden wollte, als deren fester freier Mitarbeiter er für eine halbe Seite zuständig war, als er vom Tod seiner Mutter erfuhr. Während des kurzen Telefongesprächs mit einer Mitarbeiterin des Heims bedankte er sich für die »einfühlsame, menschliche« Pflege, erwähnte den Therapiehund, den Mutter stets lange gestreichelt hatte, und einen Tanzabend, von dem es ein Foto gab, auf dem sie beim Tanzen mit einem anderen Heimbewohner vergnügt lachte; jene Momente erwähnte er, die ihn daran zweifeln ließen, ob sie tatsächlich keine Lebensqualität mehr gehabt hatte, und die von der Mitarbeiterin des Heims als Wertschätzung ihrer Arbeit verstanden wurden.

In den letzten zwei-drei Jahren hatte es zwei auffällige Verhaltensweisen der Mutter gegeben: Entweder verzog sie den Mund zu einem stummen Schrei, zeigte mit den Fingern auf die eigene Stirn und sagte: »Alles weg! Alles weg! Alles weg!«, oder sie steuerte im Café des Heims auf ein soeben entdecktes kleines Kind zu, das die Großmutter oder den Großvater besuchte, und streichelte es ungefragt an der Schulter oder am Kopf, worauf dieses sich wegduckte oder zu weinen anfing.

Quitzow legte das Mobiltelefon auf den Schreibtisch und blickte zum riesigen Fenster hinaus, dessen Format mit dem großen stehenden Rechteck in der Mitte und den beiden schmalen Flügeln er entworfen und dessen weiße Eichenholzrahmen er ausgesucht hatte. Es war Mitte Mai, aber so heiß wie im Hochsommer; seit Februar war kein Regen gefallen. Zum Glück bildete der heutige Tag eine Ausnahme; es war nicht ganz so warm. Im Garten des Nachbarn, den Quitzow von seinem Zimmer im Dachgeschoss aus sah, ließen einige Sträucher die Blätter hängen. Die Nadeln einer großen Tanne waren braun.

Nach kurzem Zögern rief er Estelle an und erzählte vom Tod der Mutter. Das tue ihr leid, sagte sie, ohne zu fragen, wie er sich fühle. »Ich bin traurig«, sagte er, »aber auch erleichtert. Vor allem erleichtert.« Sie wusste, dass das Leben im Heim seiner Mutter unwürdig gewesen war, weil sie nie ins Heim gewollt hatte. In den vergangenen drei Jahren hatte sie, wenn sie nach ihren Wünschen gefragt worden war, stets gesagt, sie wolle sterben. »Ist es in Ordnung, wenn ich gleich fahre? Kommst du mit Isidor zurecht?« Estelle bejahte. Der Junge war erst eineinhalb Jahre alt.

Unten im Schlafzimmer nahm Quitzow ein Jackett aus einer Wolle-Leinen-Seide-Mischung, das Estelle einmal in Italien für ihn gekauft hatte, ein dunkles Hemd, das ebenfalls von ihr war, sowie eine Jeans aus dem Schrank. Nachdem er sich angekleidet hatte, steckte er den Computer, das Buch von Cotti und jenes von Mason sowie Ersatzwäsche und seine Zahnbürste in eine lederne Reisetasche, beförderte die drei Windhunde – Galgos vom Tierschutz – in den Van und fuhr los, nicht auf die Autobahn, erst einmal in die Stadt hinein.

Wilhelmsruhe hatte im Gegensatz zu Berlin nicht viele Cafés, die Quitzow zusagten, doch das Café Tante Sontag mochte er. Da es heute nicht sehr warm war, konnte er die Hunde im Wagen lassen. Er parkte ihn im Schatten, öffnete die Fenster zur Hälfte und betrat das Café. Man musste an der Theke bestellen und das Getränk mit zum Tisch nehmen.

»Einen Kakao?«, fragte die junge Frau hinter der Theke, als sie ihn sah. »Einen Kakao«, bestätigte Quitzow, »und ein Stück Orangenkuchen.«

Er zahlte und ging in den hinteren Bereich, wo verschiedene alte Sofas und Sessel standen. Sein Lieblingssofa war noch frei, es war aus lindgrünem Samt und hatte in der Mitte einen großen Riss. Er mochte dieses Café, weil es ihn an Berlin und an seine Zeit in Leipzig erinnerte, wo er studiert hatte.

Er warf das Jackett über die Armlehne, setzte sich und begann, vom Kuchen zu essen. Den Kakao rührte er nicht an; er wollte sich nicht die Lippen verbrennen, weshalb er stets erst vom Kuchen aß, mindestens die Hälfte. Doch nach zwei Bissen hielt Quitzow inne. Er zog ein altes Schwarzweiß-Passfoto aus dem Portemonnaie, das eine junge Frau mit schwarzem, zu einem Pferdeschwanz zusammengebundenen Haar und müdem Blick zeigte, der vom Kiffen kam. Seit Isidors Geburt zog er das Bild heraus und sprach mit ihm, als wäre das Mädchen darauf seine verstorbene Frau. Auch jetzt begann er mit ihr zu sprechen, jedoch, da er im Café saß, nur in Gedanken: Laura, meine Mutter ist gestorben, meine Ehe ist noch immer unglücklich und wird durch den Tod meiner Mutter nicht glücklicher werden. Und meine Mutter, die, obwohl ich mit ihr längst nicht mehr wie früher sprechen konnte, weil sich ihr Gehirn auflöste, meine schwachsinnig gewordene Mutter war trotz allem noch ein Halt für mich, ein Mensch, so bildete ich mir ein, der auf unerschütterliche Weise für mich da war. Doch nun ist sie tot und ich bin allein mit meiner Frau, die mich vielleicht nicht mehr liebt. Sie hat damit gedroht, mich vor die Tür zu setzen, musst du wissen, und sie beschimpft mich mit Arschloch und ähnlichen Ausdrücken. Sie ist sehr temperamentvoll und sagt diese Dinge nur, wenn sie vor Wut schäumt, weshalb ich ihnen bis jetzt keine besondere Bedeutung beigemessen habe. Inzwischen bin ich mir jedoch unsicher, ob sie es nicht doch ernst meint. Was denkst du? Seit einiger Zeit weiß ich nicht, wie ich damit umgehen soll. Ich mag mir das nicht mehr anhören.

Er legte das Passfoto neben den Teller und aß weiter. Nun konnte er auch vom Kakao trinken, ohne sich die Lippen zu verbrennen. Er überlegte, ob er Wagenhofer von der *Berlin-Zeit* Bescheid geben sollte, dass er für ein paar Tage in die Schweiz fuhr. Da er ohnehin nur etwa alle zwei Monate oder wenn er gerade in Berlin war, die Redaktion aufsuchte und ansonsten in seinem Zimmer im Dachgeschoss oder im Café Tante Sontag arbeitete, gab es keinen Grund, Wagenhofer zu informieren; Internet hatte er schließlich auch in der

Schweiz und konnte seine Beiträge der Redaktion genau so gut zukommen lassen wie von Wilhelmsruhe aus. Vielleicht jedoch war in der Redaktion gerade etwas Thema, das mit der Schweiz zu tun hatte; vielleicht traf es sich glücklich, wenn ein freier Mitarbeiter zufällig in der Schweiz war? Er schrieb Wagenhofer auf dem Mobiltelefon eine Mitteilung und bat um Rückmeldung, falls es für ihn in der Schweiz etwas zu tun gab, etwas im Bereich Kultur selbstverständlich, war er doch Kulturjournalist mit dem Fachgebiet Literatur, er hatte eine Doktorarbeit über Spannung, Entspannung und Brüche bei Roberto Cotti und Jean Mason geschrieben, aber er konnte auch in die Oper oder in eine Kunstausstellung gehen, es schadete nicht, wenn Wagenhofer und die anderen in der Redaktion sahen, dass er als fester freier Mitarbeiter unverzichtbar war.

Quitzow aß den Rest des Kuchens auf, trank vom Kakao und nahm wieder das Foto der jungen Frau in die Hand. Was ist wohl aus dir geworden?, fragte er sie in Gedanken. Bist du allein? Hast du einen Mann, vielleicht sogar Kinder? Ich hoffe, du bist noch am Leben? Wie immer gab Laura keine Antwort, sie lächelte ihn jedoch an, so schien es, denn das Lächeln war nur angedeutet, der Mund war eher zu einem Kuss geformt, genauer: so geformt, dass er bereit war für einen Kuss.

Wagenhofer hatte noch nicht geantwortet, was ungewöhnlich war, er war jemand, der Nachrichten sofort las und gleich zurückschrieb, zumindest ihm, Quitzow, war er doch unverzichtbar für die Kulturseite der *Berlin-Zeit*; Wagenhofer hatte ihn sogar einmal als Redakteur einstellen wollen, was er abgelehnt hatte: »Mein Platz ist nicht in der Redaktion«, hatte er gesagt, »sondern draußen, ich muss unterwegs sein, ich muss herumstromern können, um gute Ideen zu bekommen und Gedanken zu entwickeln.« Tatsächlich lag ihm weniger daran, unterwegs zu sein, als zu Hause zu bleiben und zu lesen, damals noch in seiner kleinen, unsanierten Berliner Wohnung, in der er sich pudelwohl gefühlt hatte. Er las die Erzählungen,

Romane und Gedichte des inzwischen verstorbenen Cotti und von Mason, von dem zum Glück weiterhin neue Bücher erschienen, und wenn er genug gelesen hatte, stellte er etwas für die Kulturseite der *Berlin-Zeit* zusammen, oft abends vor dem Schlafengehen. Die Zeitung erschien donnerstags.

Etwa seit einem Jahr, seitdem er in Wilhelmsruhe wohnte, meldete Wagenhofer sich nicht mehr unmittelbar zurück. Vielleicht hatte er viel zu tun, vielleicht gab es Spannungen mit dem Verleger, es ging ja immer um die Auflage, also ums Geld, immer nur darum, und auch deshalb wollte Quitzow nicht öfter als nötig die Redaktion betreten: um sich diese profanen Dinge nicht anhören zu müssen. Er war Kulturjournalist mit einem Doktortitel, er durfte von sich behaupten, Cotti- und Mason-Spezialist zu sein, seine Aufgabe war es, sich mit Fragen des Geistes, der Literatur, der schönen Künste, der Hochkultur im Allgemeinen auseinanderzusetzen, es war eine Verschwendung seiner Kompetenz, wenn er sich mit Abonnentenzahlen herumärgern musste.

Er betrachtete Lauras Bild. Du stimmst mir doch zu? Oder denkst du, ich sollte mich öfter in der Redaktion blicken lassen? Mach dir keinen Kopf, antwortete sie in seinen Gedanken, du leistest großartige Arbeit, und Wagenhofer wird wissen, was er an dir hat, einen echten Cotti- und Mason-Kenner wie es unter den Kulturjournalisten und Literaturkritikern keinen anderen gibt, und zudem jemanden mit einem eigenen Schreibstil, du müsstest deine Beiträge nicht zeichnen, die Leser erkennen dich allein deiner Sprache wegen, wo gibt es das heute noch? Laura lächelte andeutungsweise, der Mund bereit zu einem Kuss. Du bist wirklich charmant, antwortete er ihr, so charmant wie früher, du kannst mir dieses großartige Gefühl vermitteln, dass du überzeugt bist von dem, was ich tue.

Damit beendete er das Gespräch mit Laura. Er steckte das Bild ins Portemonnaie zurück, erhob sich und ging nach vorn. Die Fahrt von Wilhelmsruhe nach Winterthur dauerte sieben Stunden, ohne Pausen, ihm grauste davor. Links war die Tür, rechts die Theke. »Noch einen Kakao«, sagte er zur Frau hinter der Theke, »und noch ein Stück Orangenkuchen.«

Das Café Tante Sontag war wie eine kleine Berliner Insel in Wilhelmsruhe, dieser katholischen, biederen, langweiligen Provinzstadt, die nur deshalb offiziell eine Großstadt war, weil in den letzten fünfzig, sechzig Jahren die umliegenden Orte eingemeindet worden waren. Wilhelmsruhe war ein Witz, doch Estelle hatte ausgerechnet hier ihre Stelle als Senior Managerin bei PricewaterhouseCoopers erhalten, und diese Stelle bedeutete für sie beide materielle Sicherheit, obwohl Estelle reichlich Vermögen besaß. Sein Einkommen stand in keinem Verhältnis zu jenem von Estelle, das sich nun vielleicht verdoppelt oder verdreifacht hatte, so genau wusste er das nicht, da sie kaum über Geld sprachen. Inzwischen zahlte sie auch für ihn, und sie hatten beide je eine Familienbankkarte für tägliche Einkäufe. Auf das Konto zahlte jedoch nur Estelle ein, jeden Monat füllte sie es von Neuem mit Geld auf.

Da es in Wilhelmsruhe kaum ein Angebot an Wohnungen und Häusern gab, egal, ob zur Miete oder zum Kauf, die Preise fast so hoch wie in Frankfurt und Stuttgart waren und immer weiter stiegen, hatten sie beschlossen, ein Haus zu kaufen; mit etwas Glück konnten sie es in einigen Jahren, wenn sie zur Einschulung Isidors zurück nach Berlin gingen und Estelle zwischen Berlin und Wilhelmsruhe zu pendeln anfinge oder sich in Berlin eine Stelle suchte, so gut verkaufen, dass sie gratis gelebt haben würden. Quitzow hatte viel Zeit investiert, das Haus zu finden, es umzubauen – vor allem das Dachgeschoss, für das er die Pläne gezeichnet hatte – und den Garten neu zu gestalten, nebenbei hatte er Isidor betreut, mit ihm die Kita-Eingewöhnung gemacht und die Beiträge für die *Berlin-Zeit* abgeliefert.

Seitdem das Haus fertig umgebaut war, arbeitete er in seinem luxuriösen Büro im Dachgeschoss, das größer als seine alte Wohnung in Berlin war. Dieses Büro mit den beiden riesigen Gauben und dem Balkon war eines Nobelpreisträgers würdig.

Quitzow war überzeugt, dass es nicht viele Nobelpreisträger gab, die ein solches Büro besaßen. Wenn er sich in seinem Büro an die Arbeit setzte, um die halbe Seite Kultur in der *Berlin-Zeit* zu füllen, für die er freie Hand hatte, war er stolz und fühlte gleichzeitig ein Unwohlsein, weshalb er immer öfter zum Arbeiten ins Café ging.

Neun

Die Hunde schliefen, wie immer im Wagen, und Quitzow hörte Piazzolla, als er auf der Autobahn ein erstes Stück geschafft hatte. Lust, Deutschlandfunk zu hören, hatte er nicht, denn schlechte Nachrichten brauchte er nicht. Jeden Morgen, wenn er das Radio anmachte, wurde sein Gemüt mit schlechten Nachrichten traktiert, die eine ähnliche Wirkung wie Gehirnwäsche hatten und aus einem positiven Menschen einen negativen oder gar depressiven machten. Die schlechten Nachrichten aus aller Welt, die Quitzow sich täglich anhörte, warfen die Frage auf, in welche Welt Isidor hineingeboren worden war, welches Leben ihn erwartete und, damit verbunden, was seine Eltern sich gedacht hatten, als sie ihn zeugten, ohne einen Plan, wie er vor dem Unheil der Welt bewahrt werden konnte.

Die Sonne warf ihr Licht in den Wagen, der sich dank der Klimaanlage nicht aufheizte; bald war Mittag, Quitzow würde spät in Winterthur ankommen. Er hatte ein Zimmer in jenem Hotel gebucht, in dem er immer war, ein eher teures Hotel in der Nähe des Sulzer Areals, das jedoch gegen einen happigen Aufpreis bereit war, auch die Hunde im Zimmer übernachten zu lassen. Eine Hotelsuche mit drei Hunden war kein einfaches Unterfangen.

Nun, da er Piazzolla hörte und sich in einem Zustand der inspirierten Ruhe befand, kam er zur Einsicht, dass eine unveröffentlichte Erzählung von Jean Mason geeigneter für die *Berlin-Zeit* war als eine des bereits verstorbenen Cotti, die keine Erstveröffentlichung wäre. Mit Mason unterhielt er losen Kontakt; er konnte ihn jederzeit um eine unveröffentlichte Erzählung bitten, das war besser als ein Auszug aus seinem neusten Buch, aber nicht selbstverständlich, Mason konnte seine Erzählungen auch anderen Zeitungen anbieten. Wenn eine unveröffentlichte Erzählung Masons in der *Berlin-Zeit* erschien, konnte Wagenhofer sich darüber ebenso freuen wie die Leser, auch wenn er, Quitzow, es sich einfach machte, indem er eine Erzählung über mehrere Ausgaben abdruckte, statt den Platz mit Buchrezensionen, Interviews oder Essays zu füllen. Als er jedoch einmal einen eigenen Essay mit dem Titel *Inspirierend und transformierend – die zwei Formen der Langeweile bei Cotti und Mason* abgeliefert hatte, der unter dem nicht autorisierten Titel *Die doppelte Langeweile* erschien, schrieb ihm Wagenhofer nach der Veröffentlichung: »Wir waren bei der Blattkritik ratlos. Welche Leser spricht dieser etwas gar anspruchsvolle Essay an? Welche Abonnenten ermuntert dieser Essay, ihr Abonnement zu verlängern?« Quitzows Antwort war kurz ausgefallen und hatte folgendermaßen geendet: »Früher auf jeden Fall, zugegeben: ein Vierteljahrhundert ist es schon her, wäre es kaum jemandem in den Sinn gekommen, solche Fragen zu stellen. Mit kapitalistischen Grüßen, Quitzow«. Er war überzeugt gewesen, dass Wagenhofer, mit dem ihn eine knuffige Freundschaft verband, die Grußformel nicht einfach als Provokation aufnahm, sondern den Verweis auf »Mit sozialistischen Grüßen« erkannte und begriff, dass sie dreißig Jahre nach dem Mauerfall in der angeblich freien westlichen Welt zunehmend in Gefangenschaft eines Systems lebten, das Parallelen zum sozialistischen aufwies. Wagenhofer hatte jedoch nicht geantwortet und somit war Quitzow im Unklaren geblieben, welche Gedanken er bei ihm ausgelöst hatte.

Nach über zwei Stunden im Wagen war es Zeit für eine Pause. Bei der nächsten Tankstelle fuhr Quitzow von der Autobahn ab und zum Restaurant, wo er die Toilette aufsuchte und sich bei der Theke ans hintere Ende einer Reihe stellte. In der Vitrine vor ihm lagen Sandwiches; auf einer großen Tafel an der Wand standen die Preise für Kaffee, Espresso, Cappuccino und Kaltgetränke. Er sollte etwas Gesundes trinken und essen, in seinem Alter musste man darauf achten, was man in sich hineinstopfte, das zahlte sich in einigen Jahren aus, doch die in Plastikgefäße abgepackten Salate sahen unappetitlich aus.

Quitzow nahm einen Kakao und einen Schokoladenmuffin. Er ging zu einem Tisch mit gepolsterter Sitzbank und aß die Hälfte des Muffins, worauf er die Temperatur des Kakaos testete.

Vorhin noch hatte er sich gefreut, dass ihm ein paar ruhige Nächte bevorstanden, Nächte, in denen er ungestört schlafen konnte. Da Isidor zahnte, wachte er vor Schmerzen oft mitten in der Nacht auf, schrie laut und herzzerreißend und konnte erst wieder einschlafen, wenn das Schmerzmittel wirkte, während Quitzow oft noch lange wachlag. Allein am Tisch, vermisste er seinen Sohn. Ihn zu betreuen war anstrengend, weil er in jeder Sekunde nach Aufmerksamkeit verlangte, gleichzeitig machte es geradezu süchtig: War er nicht da, fehlte auf einmal etwas.

Dabei musste er Schlaf nachholen. Estelle und er wechselten sich bei den Nächten ab, eine ganze Nacht war sie für den Kleinen zuständig, die andere er; sie glaubten, dass sie sich besser erholten, wenn sie im Wissen einschlafen konnten, dass in dieser Nacht bis zum Morgen der andere für Isidor da war, ganz egal, wie oft er aufwachte. Aus diesem Grund war Estelle ins Gästezimmer umgezogen. Dennoch hörte Quitzow auch in seinen freien Nächten Isidor schreien; er hörte, wie Estelle die Tür des Gästezimmers öffnete, wie sie durch den Flur schritt und mit Isidor sprach, wie sie zurück ins Gästezimmer ging und, wenn er fünf oder zehn Minuten später von neuem zu schreien anfing, ihn wieder tröstete und so weiter und so fort eine halbe, eine ganze, eineinhalb Stunden lang. Estelle wiederum hörte Isidor und ihn, wenn er an der Reihe war und sie wach lag.

Obwohl er jede zweite Nacht von Aufgaben entbunden war und Estelle im anderen Zimmer schlief, hatte er Schlafprobleme. Wenn er nicht wieder einschlafen konnte, fragte er sich manchmal, ob es klug war, die Anstrengungen nicht gemeinsam zu bewältigen, sondern sie aufzuteilen und zu Einzelkämpfern zu werden. Doch sie klammerten sich an diese

Lösung. Schlafentzug machte jeden fertig; vermutlich redeten sie beide sich vor jeder freien Nacht ein, dass sie endlich wieder einmal durchschlafen konnten.

Vor der Geburt hatte Quitzow, damals noch in Berlin, einen Vater-Crash-Kurs besucht, in dem der Leiter, ein etwa vierzig Jahre alter Mann, zeigte, wie man als Vater eine gute Beziehung zu seinem Kind aufbaute. Er hatte eine Puppe, mit der er demonstrierte, wie man einen Säugling korrekt hochhob und wie man die Windeln wechselte.

An einem Abend wies der Leiter auf die körperliche und seelische Belastung der Geburt hin und dass die Mutter Zeit brauche, sich zu erholen, bevor Sex wieder möglich sei. »Es kann leicht geschehen, dass keine Nähe mehr entsteht. Es ist wichtig, dass ihr nach einer gewissen Zeit auf eure Frau zugeht, dass ihr, falls nötig, den ersten Schritt macht, sonst entfremdet ihr euch immer mehr, bis das Thema Sex vorbei ist, und dann ist auch das Ende der Beziehung nah.«

An diese Worte musste Quitzow denken, als er den Rest des Muffins aß, die Gabel mehr auf den Teller knallte als legte und den ihm bekannten Druck am Hinterkopf spürte, wie von einer unsichtbaren Klammer. Estelle und er hatten seit der Schwangerschaft keinen Sex mehr. Sie waren beide zu sehr mit Isidor beschäftigt und schlicht zu müde.

Als Isidor eine Woche alt gewesen war, hatte Quitzow damit begonnen, gleich am frühen Morgen mit ihm im Tragetuch loszuziehen, die drei Hunde an der Leine; er kam zurück, fütterte, den schlafenden Isidor noch immer im Tragetuch, die Hunde und übergab ihn, als er sich zu bewegen anfing, Estelle, die ihn stillte. Danach machte er die Windel und ging ohne die Hunde wieder mit ihm los. Er spazierte in ein Café, wo er Cotti oder Mason las oder einen Beitrag für *Berlin-Zeit* schrieb, während Isidor im Tragetuch schlief. Bevor der Kleine hungrig wurde, ging er zurück. Er hatte es gut im Gefühl; wenn Isidor sich zu bewegen anfing, war es Zeit zu zahlen und nach Hause zu gehen, wo Estelle ihn stillte.

Dann begann eine lange Phase mit immer neuen Brustentzündungen. Estelle saß auf dem Sofa, pumpte die Milch ab, während er bereits abgepumpte Milch aus dem Kühlschrank nahm, erwärmte und Isidor mit der Flasche stillte; in der Küche, nicht bei Estelle auf dem Sofa.

Quitzow zog Lauras Bild aus dem Portemonnaie. Denkst du, eine Paartherapie könnte uns helfen? Ich möchte, dass Isidor mit glücklichen, sich liebenden Eltern aufwächst. Was meinst du? Laura blickte müde und dunkel und lächelte geduldig. Zwei Mal habe ich versucht, Estelle wieder nahe zu kommen, das letzte Mal neulich im Urlaub. Wir lagen auf dem Bett, ich streichelte sie und merkte, dass sie erregt war – doch dann sagte sie plötzlich: Lass das, ich will nicht. Es kam mir so vor, als ob sie zwar Lust gehabt hätte, aber ihr Kopf nicht wollte, als hätte sie einen Entschluss gefasst, den sie nun nicht mehr zu hinterfragen bereit ist. Und das, liebe Laura, macht mir Sorgen.

Er hob die leere Tasse hoch, kippte sie über dem Mund und ergatterte einen letzten Tropfen Kakao.

Acht

Die Sonne brannte durch das rechte Seitenfenster herein, als Quitzow wieder auf der Autobahn war und mit einem stillen Schmerz an Isidor dachte, der ihn entdeckte und ihm mit einem Lachen im Gesicht auf dem Boden entgegenkroch. Isidor stand mit einem Strahlen im Gesicht beim Sofa, sich daran festhaltend, machte selbstständig einige Schritte auf ihn zu und fiel ihm in die Arme. Am liebsten hielt er Isidor auf dem Arm, der Junge schlug dann die Ärmchen um seinen Nacken und schmiegte die Wange an seinen Bart. Oder Isidor saß auf seinen Beinen, ihm zugewandt, vergrub die Finger in seinem Bart, zog daran, spielte mit den borstigen Haaren, die ihn zu faszinieren schienen.

Quitzow wusste, dass ihm ruhige Nächte guttaten, und doch zerriss es ihm das Herz, ohne Isidor wegzufahren. Noch konnte er nicht abschätzen, wie lange er in Winterthur bleiben würde; Mutter wollte kein öffentliches Begräbnis, das hatte sie bereits vor Jahren mit ihm besprochen. Sie wollte, dass er ihre Asche an einer bestimmten Stelle am Goldenberg verstreute und danach einige Freundinnen und Bekannte brieflich über ihren Tod informierte. Ihre Wohnung war bereits vor Jahren, wenige Wochen nach dem Umzug ins Heim, geräumt worden; er musste lediglich die Sachen in ihrem Zimmer im Heim, das sie sich mit einer anderen Frau geteilt hatte, durchgehen: einige Fotos, die sie aufgehängt hatte, ein kleiner Schrank und ein Spiegel. Diesen holzumrahmten Spiegel wollte er mitnehmen.

Im Grunde hatte er seit langem keinen echten Kontakt mehr mit Mutter gehabt, Gespräche, die nicht einem Herunterleiern von Phrasen glichen, waren nicht mehr möglich gewesen. Mutter hatte im Café des Heims nur jedes Mal gefragt, was er trinken wolle, die immer gleiche Geschichte von ihrer frühen Scheidung erzählt und erklärt, dass sie, sobald es ihr besser gehe, ihre Sachen packen und zurück in die Wohnung ziehen wolle. In diesen Momenten hatte er nicht gewusst, ob er klarstellen sollte, dass die Wohnung längst wieder vermietet war, was er ihr allerdings schon unzählige Male gesagt hatte, oder ob es klüger war, einfach abzunicken, was sie vor sich hin plauderte. Wenn er bei Mutter gewesen war, hatte er sich allein gefühlt, auf eine grausame Weise allein, denn schlimmer als der schrittweise Verlust der Mutter war dieser andere Mensch, der von Mutter Besitz ergriffen hatte und damit die Erinnerungen an früher verdrängte. Sie war nicht einfach ein Schatten ihrer selbst, wie es hieß, sie war ein anderer Mensch geworden – einmal hatte sie ihre Pflegerin verprügelt.

Aus Mutter war ein Mensch geworden, der sich prügelte, der auf sein kaputtes Gehirn zeigte und rief: »Alles weg! Alles weg! Alles weg!«, der sich auf jedes Kind stürzte und über seinen Vater lästerte, der sie und ihr Baby sitzen gelassen habe, einfach nach Australien ausgewandert und einfach gestorben sei, ohne sich um seinen Sohn zu kümmern. Dann erzählte sie, dass hier im Heim vor allem die Damen wie die Raben klauten, sie sich in ihr Zimmer schlichen und vor nichts Halt machten, nicht einmal vor einem Waschlappen. Einige der Damen hier hätten ihr nicht nur die Halskette gestohlen, sondern auch wiederholt den Pyjama und den Waschlappen. Sogar den Pyjama und den Waschlappen, und das sei doch wirklich unterste Schublade.

Jedes Mal hatte er sich Mutters Geschichten eine Stunde, eine Dreiviertelstunde, eine halbe Stunde lang anhören müssen, die Besuche waren stets kürzer geworden, da Mutter mit Fortschreiten der Krankheit schneller müde geworden war und wieder ihre Ruhe haben wollte. Sie hatte ihn immer gleich erkannt, die Gespräche indes und auch schweigsames Beisammensitzen hatten ihn um den Verstand gebracht; er konnte Mutter nicht ertragen, und das tat weh. Dies mochte mit ein Grund sein, weshalb ihr Tod ihn erleichterte. Nun konnte er die vergangenen Jahre aus der Erinnerung tilgen und Platz machen für die Jahrzehnte davor, als Mutter noch sie selbst gewesen war.

Quitzow spürte, dass etwas an dieser Vorstellung nicht stimmte, sie womöglich von nicht genügender Reife zeugte, war die Krankheit doch ein Teil der Mutter und ihrer Geschichte gewesen. Reif wäre es, dachte Quitzow, wenn ich mich mit der Krankheit und dem Wesen meiner Mutter in ihren letzten Jahren versöhnte. Er wusste das; er wollte es trotzdem nicht.

Er sah, dass Estelle sich gemeldet hatte, machte die Musik aus und spielte die Sprachnachricht ab: »Hallo. Ich hoffe, dass du eine gute Fahrt hast, in Winterthur alles erledigen kannst und Zeit findest, Abschied zu nehmen. Falls du ein paar Tage länger bleiben möchtest, ist das in Ordnung. Meine Mutter hat sich bereit erklärt … Mach's gut, tschüss.« Wozu ihre Mutter sich bereit erklärt hatte, war unverständlich. Früher hätte Estelle am Ende der Nachricht »Ich liebe dich« gesagt und ihm einen gut hörbaren Kuss gegeben.

Quitzow wischte den Nachrichtenverlauf weg, worauf der Bildschirm des Mobiltelefons wieder das Hintergrundbild mit Isidor zeigte, dann öffnete er die Karte des Navigationsprogramms. Er spürte einen leisen Ärger. Wieder hatte sie mit einer klaren, fast metallischen Stimme gesprochen, so wie sie vermutlich auch in einem Meeting bei PricewaterhouseCoopers sprach.

Dass Estelles Stimme sich verändert hatte, beunruhigte ihn noch mehr als der fehlende Sex. Er warf einen Blick auf den Beifahrersitz, auf dem seine Tasche mit dem Portemonnaie lag. Was sagst du dazu?, fragte er Laura. Obwohl wir uns seit über zwanzig Jahren nicht mehr gesprochen haben, erinnere ich deine Stimme. Das Schweizerdeutsch, das ohnehin weicher als Deutsch ist, klang bei dir noch weicher als bei anderen Schweizern. Wenn du mit mir gesprochen hast, fühlte sich das an wie zärtliches Küssen. Die Stimme seiner Frau sollte man lieben, nicht wahr? Zu Beginn war mein Verhältnis zu Estelles Stimme neutral gewesen, obwohl sie sich schon damals eher hart angehört hatte; allerdings gab es die Momente, in denen sie sanft sprach, häufiger. Ich glaube, meine Abneigung hat sich nach und nach entwickelt, begünstigt durch die Wutausbrüche, die sie seit Beginn unserer Beziehung gehabt hatte. Manchmal kann ich ihre Stimme nicht mehr hören. Das ist doch ein Problem, oder? Und wenn sie etwas auf ihre temperamentvolle Art erzählt, fühlt sich mein Kopf nach kurzem voll an, alles dreht sich in ihm, als wäre er eine überfüllte Waschmaschine. Es scheint mir, als spräche sie nur noch in einer latenten Unzufriedenheit, in einer vorwurfsvollen Grundhaltung zu mir. Und deshalb ist es mir am liebsten, wenn sie schweigt oder auf Arbeit ist. Ich verbringe viel Zeit im Café, musst du wissen, wesentlich mehr Zeit verbringe ich arbeitend im Café als in meinem nobelpreisträgerwürdigen Büro, mit Isidor fahre ich an einen See oder zu einem Gehege mit Ziegen und Eseln; oft zögere ich den Moment hinaus, nach Hause zurückzugehen. Laura, wir konnten früher so gut über Gefühle, über Liebe, Frauen, Männer und über Sex reden, die Gespräche mit dir waren ein nicht endender Genuss, du wirst mir doch etwas zu meiner Ehe sagen können, nicht wahr?

Sieben

Es war Abend, als Quitzow im Hotel ankam. In Winterthur war es am Tag heiß gewesen; es sollte eine für Mai ungewöhnlich warme Nacht folgen.

Er ließ sich den Schlüssel geben, brachte die Tasche in sein Zimmer und drehte mit den Hunden eine Runde um das Gebäude. Pablo war nun zehn Jahre alt; er war stark abgemagert auf einem Feld gefunden worden, wo er verzweifelt nach Nahrung gesucht hatte, mit einer offenen Wunde am Hinterlauf. Nando war acht Jahre alt; ihm hatte man ein Bein gebrochen, damit er nicht hinterherrennen konnte, und ihn bei voller Fahrt vom Lieferwagen auf die Straße geworfen, weshalb es fast zwei Jahre gedauert hatte, bis er bei Quitzow angstfrei ins Auto steigen konnte. Serval war fünf Jahre alt; ihn hatte man im Straßengraben gefunden, so abgemagert, dass er sich nicht mehr auf den Beinen halten konnte, kurz vor dem Hungertod. Seine bis heute anhaltende Angst vor fremden Männern ließ erahnen, dass ihm Schlimmes angetan worden war. Alle drei Hunde kamen aus Spanien.

Quitzow hatte keine Hundekörbchen mitgenommen, da die Hunde, wenn er sie allein im Zimmer ließ, ja doch auf das Doppelbett sprangen und dort schliefen. Er gab den Hunden zu trinken und zu essen, legte sich auf das Bett und tätschelte mit der Hand neben sich auf die Matratze, worauf die Hunde, eins, zwei, drei, auf das Bett sprangen und sich zu ihm legten, zwei Schnauzen waren auf seinem linken Oberschenkel, eine auf der rechten Brust. Er ruhte sich ein wenig aus. Der Druck am Hinterkopf war während der Fahrt stärker geworden; nun hatte er Kopfschmerzen.

Wenn drei spanische Windhunde halb auf einem lagen, war es nicht leicht, sich zu erheben. Quitzow quälte sich hoch, worauf die drei Köpfe auf die Matratze plumpsten; später würde er die Hunde zu einem Knäuel vereint vorfinden, so schliefen sie am liebsten.

Es war noch immer drückend heiß. Quitzow glaubte, dass ein warmer Kakao den Körper auf eine ähnliche Weise abkühlte wie der Tee der Beduinen. Also ging er in die Hotellobby und trank einen Kakao, den er mit der Familienbankkarte zahlte und mit dem er eine Kopfschmerztablette schluckte. Sobald er die Wirkung der Tablette spürte, wollte er in der Altstadt eine Pizza essen gehen.

Er schrieb an Estelle, dass er gut angekommen sei und sie und Isidor küsse, trank den Kakao aus und aß den Keks, der auf der Untertasse lag; er konnte essen, was er wollte, er nahm nicht zu. Auch Mutter war bis zum Ende schlank gewesen, geradezu mager; sie hätte zunehmen sollen, doch das war ihr nie gelungen. Sie hatte stets mit geringen Reserven gelebt, im Wissen, dass sie bei einer schweren Erkrankung bereits nach wenigen Tagen ernsthaft geschwächt sein würde.

Quitzow zog Lauras Bild aus dem Portemonnaie. Du …, flüsterte er. Er wollte mit ihr darüber sprechen, dass sie vor zwanzig Jahren nur nach vorn geblickt hatten, dass heute der Blick nicht wusste, ob er sich zurück oder nach vorn oder auf die Gegenwart richten sollte, dass er vor lauter Wenden und Hin und Her nur noch Bruchstücke wahrnahm, Fetzen, die sich nicht wie ein Puzzle zusammensetzten, und der Verstand ohne einen Schimmer vom großen Ganzen blieb, zu Entscheidungen unfähig war oder welche traf, die wie blinde Verzweiflungstaten wirkten.

Schau mal, sagte Quitzow zu Laura und fischte das Mobiltelefon aus der Tasche. Vor Wochen hatte er sich gefragt, ob ihre Nummer noch abgespeichert war, nachgesehen und bei seinen Kontakten ihren Namen und die Nummer eines Mobiltelefons gefunden.

Wie würdest du reagieren, wenn du eine Nachricht von mir bekämest? Er dachte, dass es nicht gut war, in der Vergangenheit zu wühlen, die er nicht mehr heranholen konnte; vor ihm lag die Zukunft, nur die Zukunft.

Quitzow zog los. Er kannte eine Pizzeria am Anfang der Steinberggasse, die gar nichts Edles besaß, so einfach wie eine Kneipe war, und die er früher manchmal mit Mutter besucht hatte. Er fand einen Platz auf der Sitzbank in der Nähe des Ofens und bestellte eine Pizza Margherita mit Büffelmozzarella. Er fragte, ob es heiße Schokolade gebe. Es war nicht gut, Alkohol zu trinken, wenn man eine Kopfschmerztablette genommen hatte, also trank er lieber noch einen Kakao. Eigentlich wollte er sich, was die Kakaos anbetraf, mäßigen. Spätestens ab seiner Rückkehr nach Wilhelmsruhe wollte er sich gesund ernähren und nur noch einen Kakao, vielleicht zwei pro Tag trinken. Oder drei, über die Obergrenze musste er noch nachdenken.

Das Mobiltelefon lag vor ihm auf dem Tisch. Laura würde sich und vielleicht ihm die Frage stellen, weshalb er ausgerechnet jetzt, nach ziemlich genau zwanzig Jahren, Kontakt aufnahm. Quitzow beschloss, ehrlich zu sein. Ich habe dich in den zwanzig Jahren nie vergessen, immer wieder warst du Teil meiner Gedanken. Und jetzt … Und jetzt? Nun spüre ich, dass mein Leben an einem Wendepunkt ist, heute weiß ich, wie es sich anfühlt, beschimpft zu werden. Ich möchte mich bei dir entschuldigen, weil ich dich damals beschimpft habe.

Die Pizza kam. Den Kakao hatte er bereits zur Hälfte ausgetrunken. Quitzow begann mit einem Eifer zu essen, als hätte er seit Tagen gehungert; die Schmerzen waren wie weggeblasen und der Kopf war klar, endlich, seit dem frühen Morgen hatte er dieses kaum wahrnehmbare Klammergefühl am Hinterkopf gehabt, minimale Schmerzen, die zu einer gewissen Trägheit seiner Gedanken geführt hatten. Und dies, die Verkrampfung seines Gehirns, machte ihm noch größere Sorgen als die Schmerzen an sich. In seinem Beruf konnte das katastrophale Folgen haben. Er war ein Mann der Kultur und des Geistes, er hatte über Cotti und Mason promoviert, war also ein Mann der Literatur, und was war er noch, wenn sich in seinem Kopf, gepeinigt von Schmerzen, Gedankengrüppchen träge hin und her schoben und sich in Nichts auflösten? Oder wenn er gar wie seine Mutter … Als fester freier Mitarbeiter, wobei »fest« rein symbolischer und nicht vertraglicher Natur war, konnte man ihn leichter als eine Putzfrau loswerden.

Er aß auch den Rand der Pizza, der schön rund und goldbraun war. Er ließ den letzten Tropfen Kakao den Gaumen hinuntergleiten. Er blickte auf das Mobiltelefon. Sie hätte sich auch melden können, irgendwann in den vergangenen zwanzig Jahren. Allerdings hatte er sie beschimpft, am Ende, das war der Bruch gewesen.

»Liebe Laura«, schrieb er, »erinnerst du dich an mich? In den vergangenen Monaten habe ich oft an dich gedacht; es tut mir heute noch leid, dass ich dich damals beschimpft habe. Wie geht es dir? Was tust du im Leben? Ich habe einen kleinen Sohn.«

Quitzow sandte die Nachricht ab und wartete. Um das Warten erträglicher zu machen, bestellte er noch einen Kakao. Nachdem er diesen erhalten hatte, aß er zuerst den Keks, der auf der Untertasse lag, dann nahm er das Mobiltelefon und ging ins Internet, um die Zeit zu überbrücken, bis er sich am Kakao nicht mehr die Lippen verbrannte. Er besuchte die Website von Masons Verlag und sah, dass Mason am nächsten Tag in Zürich eine Lesung hatte. In diesem Moment machte das Mobiltelefon ein Geräusch. Laura schrieb, dass sein Lebenszeichen eine Riesenüberraschung sei, sie sich an keine Beschimpfung erinnern könne und er ein bisschen von sich erzählen solle. Sie schrieben hin und her, er sagte, dass er in Deutschland, in Wilhelmsruhe wohne, aber gerade für ein paar Tage in Winterthur sei. Sie antwortete, dass sie längst nicht mehr in Zürich lebe, sondern mit ihrem Freund und den drei Kindern in Bauma, im Tösstal, wo es günstiger sei, und schlug vor, gemeinsam einen Kaffee zu trinken.

Als er das Hotelzimmer betrat, lagen die Hunde zu einem Knäuel vereint auf dem Bett. Er schoss ein Foto und sandte es Laura. »Rückt mal ein Stück zur Seite«, sagte er und legte sich hin.

Sechs

Am nächsten Morgen, noch bevor es heiß wurde, führte Quitzow die Hunde aus; danach schrieb er Wagenhofer eine Nachricht. Er teilte ihm mit, dass Mason eine Veranstaltung in Zürich habe, über die er berichten wolle. Dies sei ein schöner Aufhänger, und die Eindrücke von der Veranstaltung ergäben einen passenden Begleittext zur unveröffentlichten Erzählung, um die er Mason bitten werde.

Anschließend fuhr Quitzow zum Heim, in dem Mutter gelebt hatte. Als er es betrat, erinnerte er sich, wie er Mutter jedesmal seltsam abwesend vorgefunden hatte; sie kam ihm abwesend vor, obwohl sie mit einer Pflegerin durch den Garten spazierte, den Therapiehund streichelte, mit einem Ball spielte, sich im Flur mit jemandem unterhielt, den er nicht kannte, mit einer Frau, mit einem Mann. War das eine neue Freundschaft? Es war, als würde er Mutter noch einmal kennenlernen, einen Teil ihrer Persönlichkeit kennenlernen, der stets verborgen geblieben war, als sie ihn früher in ihrer Wohnung empfangen hatte, in der es nach frisch gebackenem Kuchen roch, oder, in seiner Kindheit, als sie mit dem Fahrrad von der Arbeit nach Hause geeilt war, damit er, das siebenjährige Schlüsselkind, nicht zu lange allein in der Wohnung auf sie warten musste. Arm in Arm mit einer Pflegerin spazieren gehen, sich mit neuen Bekanntschaften unterhalten, lachend Ball spielen, mit einem seligen Lächeln gedankenverloren einen fremden Hund streicheln – diese Dinge gehörten für Quitzow so wenig zu seiner Mutter wie irgendwelche Geschehnisse in ihrer Kindheit. In gewisser Weise kam es ihm vor, als ginge Mutter fremd. Als würde sie jetzt, noch nicht im hohen Alter, aber mit fortgeschrittener tödlicher Krankheit, ein neues Leben beginnen, sich neu erfinden und ihn, den Sohn, verlassen. Es erinnerte ihn an die Kitaeingewöhnung von Isidor. Damals sah er unbemerkt durch die Glastür, dass sein kleiner Sohn, der gerade zu sitzen gelernt und bisher kein Leben ohne die Eltern gehabt hatte, die alles wussten, wann und wie er gelächelt hatte und wie sein Stuhlgang gewesen war, er sah, dass sein Sohn mit einem Mädchen interagierte, dass er sie anlächelte, es um etwas ging, sie irgendwie miteinander zugange waren – und mit einem Mal war ihm bewusst geworden, dass Isidor nun auch ein Leben ohne die Eltern hatte und sie nicht mehr alles über ihn wussten. Heute noch war er leicht irritiert, wenn er ihn von der Kita abholte, ihn auf dem Außengelände mit dem Spielplatz nach einigem Suchen entdeckte, wenn er sah, wie er einfach nur dastand und plötzlich etwas tat oder etwas sagte, was darauf schließen ließ, dass es die Fortsetzung von etwas war, das sich vorhin abgespielt hatte und von dem er, der Vater, nichts wusste.

So ähnlich hatte es sich angefühlt, wenn er seine Mutter beim Ballspielen oder Spazierengehen gesehen hatte; ein Hauch von Irrealität war durch die Luft geschwebt. Auch jetzt, da er das Heim betrat, war er von einem Gefühl der Irrealität durchdrungen: Mutter fehlte, ihre Sachen waren noch da. Nach einigen Formalitäten würde das Heim in Bedeutungslosigkeit versinken, dann war es nicht mehr Teil seines Lebens. Wenn er einmal zufällig daran vorbeifahren sollte, würde es hinter dem Seitenfenster als ein nicht besonders gelungener, sogar hässlicher Bau vorbeiziehen und er würde daran denken, dass Mutter hier noch einige Jahre gelebt hatte, doch im Gegensatz zu ihrer alten Wohnung, die für ihn mit angenehmen Erinnerungen verbunden war, die Mutter sich einmal ausgesucht und die etwas mit ihr zu tun hatte, im Gegensatz zu dieser Wohnung blieb das Heim so austauschbar wie ein Spitalbett.

Vielleicht aber täuschte er sich. War Mutter nicht, obwohl sie nie in ein Heim hatte gehen wollen, hier aufgeblüht? Hatte sie ihn verlassen, weil er sich nicht kümmerte, das Personal hingegen nett war und es einen Therapiehund, Bälle, neue Freundschaften und manchmal kleine Kinder gab? Oder war sie glücklich gewesen, weil die Krankheit, die Verblödung, sie vor den Forderungen der Gesellschaft an einen anständigen Menschen, denen sie bisher ein Leben lang hatte entsprechen müssen, befreite, aus ihr eine Unregelmäßigkeit in einem durchgetakteten System machte, die nicht nur geduldet war, sondern sogar Anteilnahme auslöste; glücklich gewesen, weil sie wieder ein kleines Kind hatte sein dürfen?

Da die wichtigsten Dinge bereits geregelt waren, gab es keine Unklarheiten; Mutter wurde eingeäschert und er konnte die Urne in einigen Tagen abholen. Quitzow nahm zwei Fotos sowie den holzumrahmten Spiegel mit. Das eine Foto zeigte in verblassten Farben die Mutter als junge, etwa dreißig Jahre alte Frau an einem See, Schilf wuchs, eine Weide ließ ihre Zweige hängen, Mutter stand breitbeinig auf einem Kiesweg, einen kleinen Lederrucksack an den zarten Schultern, zwischen ihren Beinen kauernd ein etwa fünf Jahre alter Junge, das war er, Quitzow. Die Mutter lächelte. Dünn wie sie war, mit ihrer leicht buckeligen, wegen des Rucksacks eingefallenen Haltung, dem unsicheren Lächeln, das nur deswegen vorhanden war, weil jemand ein Foto schoss, wirkte sie fragil und sich selbst fremd, als wäre sie vor kurzem in ein neues Leben gestoßen worden, das ihr noch nicht richtig behagte.

Das zweite Bild war etwa ein Jahr nach seinem Auszug aufgenommen worden: Mutter Mitte vierzig, noch immer schön, mit einem Anflug von Jugendlichkeit. Ein buntes Tuch um den Kopf gebunden, saß sie draußen in einem Café in der Bretagne; hinter ihr, unterhalb der Terrasse, war ihr damaliger Wagen zu erkennen, ein kleiner roter Renault. Die Urlaube hatten sie schon lange nicht mehr zusammen verbracht; seit einigen Jahren fuhr Mutter in den Ferien allein durch die Bretagne, übernachtete in günstigen Hotels und auf Campingplätzen. Der Kellner in diesem Café, ein Mann in ihrem Alter mit schulterlangem Haar und einem Bart, hatte sie wiedererkannt, sie war vor einem Jahr bereits hier gewesen. Dies hatte sie ihm nach dem Urlaub erzählt, ihre Stimme war plötzlich höher und schneller geworden, weil der Kellner sich ausgerechnet an sie hatte erinnern können. Er hatte das Foto geschossen, auf dem ihr Gesicht ohne die latente Anspannung zu sehen war, die es zu Hause in Winterthur stets aufwies; ihr Blick wirkte leicht und frei, geradezu erlöst und sogar ein wenig vergnügt.

Quitzow verließ das Heim, trat in die Hitze hinaus und fuhr los. Seine Augen waren weit aufgerissen, damit die Tränen nicht heraustraten und über die Wangen rollten.

Später ging er mit den Hunden im Wald spazieren.

Fünf

Wagenhofer hatte noch nicht geantwortet, als Quitzow am Abend nach Zürich zu Masons Lesung fuhr. Erst als er durch die Tür trat, begriff er, dass es sich um eine Literaturshow mit Lesung handelte. Er setzte sich in der hintersten Reihe ans eine Ende, halb in Gedanken an Mutter.

»Heute begrüße ich einen besonderen Schriftsteller«, sagte der Moderator, ein kleiner Mann in einem rosafarbenen Anzug, mit gelber Krawatte und einem karierten Hut; alles an ihm war reißerisch, als ginge es darum, einen Boxkampf anzukündigen, was Quitzow missfiel.

»Sein letzter Roman war ein stiller Skandal«, sagte der Moderator, »aus Angst vor Repressionen wollte kein Literaturkritiker über das Buch schreiben, kein Veranstalter wollte Lesungen machen, kein Mensch wollte das Buch kaufen und als Geschenk unter den Weihnachtsbaum legen. Das Buch hat seinen Verfasser erledigt; kein Verlag wollte danach etwas von ihm drucken, niemand auch nur seinen Namen in den Mund nehmen. Aber jetzt ist er hier, wiederauferstanden und in bester Verfassung: Jean Mason.«

Das Publikum applaudierte, während Quitzow sich wie in einer anderen, absurden Welt wähnte. Jean Mason trat in einem Jogginganzug auf die Bühne.

Moderator: Jean, dieses Buch hat dich ruiniert, du bist pleitegegangen, deine Frau hat dich verlassen, deine Freunde haben sich abgewendet, dein Verlag hat dich hinausgeschmissen – wie hast du überlebt?

Mason: Aber nein, das Buch hat hervorragende Kritiken erhalten.

Moderator: Du meinst die drei-vier Rezensionen, die Frauen geschrieben haben? Aber fast alle Literaturkritiker sind Männer, und diese haben geschwiegen. Welcher geistesgesunde

Mann schreibt schon positiv über ein Buch, dessen Ich-Erzähler ein pädophiler Psychopath ist?

Mason: Mein Buch ist etwa sechzig Jahre nach *Lolita* erschienen.

Moderator: Damals war das Thema ein Skandal gewesen. Wenn es schon damals schwierig war, wie konntest du dann davon ausgehen, dass heute jemand es wagt, über das Buch zu sprechen?

Mason: Weil es literarisch relevant ist?

Moderator: Du bist so komisch wie früher. Weshalb hast du dieses Buch geschrieben?

Mason: Durch Zufall lernte ich einen Mann kennen, der bei einem Verkehrsunfall seinen Sohn verloren hatte und daraufhin pädophile Phantasien entwickelte. Eines Abends, im trüben Licht der Leselampe, besuchte er mich als eine ausgereifte, fertige Figur, ich musste sie nur noch niederschreiben. Ich dachte, dass die unzähligen missbrauchten Kinder eigentlich ein großes gesellschaftliches Thema sein müssten. Theoretisch kann jedes Kind einen scheinbar netten Onkel oder Freund der Familie haben. Unsere Kinder erleiden Gewalt; fast immer im Verborgenen.

Moderator: Die Gewalt ist allgegenwärtig, aber im Verborgenen. Du warst so wahnsinnig, deinen Roman nicht im Verborgenen zu lassen. Die Veröffentlichung dieses Buches hat dich beinahe vernichtet – daher noch einmal: Wie hast du das überlebt?

Mason: Ich habe einfach weiter geschrieben, im Jogginganzug. Außerdem …

Moderator: Und nun bist du hier. Im Jogginganzug, direkt aus der Schreibstube. Wo arbeitest du eigentlich?

Mason: Im Keller. Ich bewohne mit meiner Tochter und meinem Sohn eine kleine Souterrainwohnung, daneben ist gleich der Kellerraum.

Moderator: Eine romantische, französische Souterrainwohnung. Und in diesem Dunkel entsteht die vielleicht klarste Prosa unserer Zeit. Wovon lebst du?

Mason: Da ich ins Ausland gegangen bin, hatte ich die Möglichkeit, Gelder aus meiner Altersvorsorge zu beziehen. Ich muss ja auch die Kinder durchbringen. Außerdem habe ich die Briefmarkensammlung meiner Großeltern verkauft.

Moderator: War sie wertvoll?

Mason: Meine Großeltern haben in den Siebziger-, Achtziger- und Neunzigerjahren gesammelt, also dreißig Jahre lang, dabei haben sie niemals viel Geld ausgegeben, um eine seltene Marke zu erstehen, sondern das gekauft, was in großen Mengen im Umlauf und günstig zu haben war, und einfach die Marken erhaltener Briefe ausgeschnitten. Ich habe die drei prall gefüllten Bananenschachteln zu insgesamt fünf Experten an den verschiedensten Orten der Schweiz geschleppt. Alle sagten, dass es sich nicht um eine Sammlung handle, sondern um eine Ansammlung; nur einer wollte etwas dafür zahlen, dreihundert Franken für das eine Album. Die anderen fünfundzwanzig Alben, sagte er, könne ich mit gutem Gewissen entsorgen. Mit dem Geld kaufte ich meinem Sohn das lang gewünschte Woom-Fahrrad, gebraucht, versteht sich.

Moderator: Liebes, verwöhntes Publikum. Hier ist einer der letzten echten Schriftsteller. Er haust im Keller, ist von der Welt vergessen, er verkauft die dreißig Jahre umfassende Briefmarkensammlung seiner Großeltern, um seinem Sohn ein Woom-Fahrrad zu schenken, er plündert seine Altersvorsorge, um sein nächstes Buch zu schreiben, das ihn und seinen Verleger in den Abgrund reißen wird.

Mason: Aber nein, ich schreibe darin über Frauen, starke Frauen, eine Bestandsaufnahme unserer Gegenwart …

Moderator: Das ist Jean Mason, der Schriftsteller, der nicht aufgibt. Er arbeitet sich an den Frauen, an der Gegenwart ab, er kritisiert die Gegenwart, das ist die harte, selbstquälerische Tour, weil sich die Gegenwart im Unterschied zur Vergangenheit und zur Zukunft rächen kann. Jean Mason beleidigt die Gegenwart und die Menschen, die in ihr leben, und dafür wird man ihn schlagen wie einen Hund.

Mason: Ich glaube, die Menschen werden mein neues Buch mögen.

Moderator: Er ist der komischste Schriftsteller unserer Zeit. Jean, dein neuer Verleger hat seine Räume in einer undichten Scheune in einem deutschsprachigen Nest in Rumänien und ist schon dreimal pleitegegangen. Was erhoffst du dir von dieser Zusammenarbeit?

Mason: Einen Welterfolg. Mein Verleger ist übrigens nach Breest gezogen.

Moderator: Liebes Publikum, wir werden in diesem Moment Zeuge eines märchenhaften Aufstiegs, ein deutschrumänischer Verleger schafft es nach Frankreich. Noch ist er in Brest, aber vielleicht bald in Paris.

Mason: Nein, Breest. Breest in Mecklenburg-Vorpommern.

Moderator: Wenn mich nicht alles täuscht, ist das näher bei Berlin als Brest bei Paris, nicht wahr?

Mason: Meinen Sie die räumliche oder geistige Distanz?

Moderator: Danke für deine Selbstironie. Ich meine … beides. Aber im Ernst: Wovon wird jemand wie du im Alter leben?

Mason: Wir leben im Kapitalismus. Vermutlich endet im totalen Kapitalismus das Leben automatisch, wenn das Geld alle ist.

Moderator: Nachdenkliche Worte zum Schluss. Verehrtes, verwöhntes Publikum. Hören Sie nun Jean Mason, der in jener Jogginghose, in der er Literatur für die Ewigkeit schreibt, direkt aus seinem Schreibkeller zu uns gekommen ist. Übrigens: Jean erhält heute kein Honorar, deshalb applaudieren Sie bitte tosend und legen Sie am Ende Geld in den Hut, der gesamte Betrag geht ans örtliche Tierheim.

Mason setzte sich in einen eilig herbeigeschobenen Sessel, richtete den Blick auf die losen Blätter in seinen Händen und sagte: »Diese Erzählung habe ich für mein Frau geschrieben, die vor drei Jahren gestorben ist.« Er begann zu lesen. Quitzow glaubte zu erkennen, wie das Gesicht des Moderators, der am Rand neben der Bühne Platz genommen hatte, feuerrot wurde, als wäre ihm seine gekünstelte Show selber peinlich. Mason las eine gute halbe Stunde, dann endete er mit dem Wort »beginnen«.

Quitzow musste Texte lesen, beim Zuhören drifteten seine Gedanken ab; soeben hatte er sich gefragt, ob Isidor heute gut eingeschlafen war. Wenn er sich nicht irrte, lautete Masons letzter Satz: »Von nun an hieß Sorge zu tragen, nichts zu beginnen.«

Der Moderator betrat wieder die Bühne und stellte sich neben den Schriftsteller.

Moderator: Er schreibt von der Liebe, vom Tod, von der inneren Emigration in Zeiten des Kapitalismus und endet mit der Aufforderung, das Leben zu beginnen. Gibt es Fragen aus dem Publikum? Einstweilen stelle ich eine: Wen willst du mit dieser Erzählung ansprechen?

Mason: Die urbane, erfolgreiche Frau mit einer gewissen Lebenserfahrung ebenso wie den literaturaffinen Eigenbrötler.

Moderator: Der erste Teil der Antwort war richtig gut, das hätte selbst Vanessa Wendler nicht besser hingekriegt. Was ist mit der jungen Studentin?

Mason: Wenn sie will, warum nicht?

Moderator: Wenn sie will, warum nicht. Ja, warum eigentlich nicht? Diesen Satz müssen wir uns merken. Gibt es Fragen aus dem Publikum?

Mann mit glattem Haar: Bedeutet der letzte Satz Verzicht auf Sex?

Mason: Nein.

Frau mit Mütze: Vanessa Wendler hat einen Roman über ein altes Haus in Deutschland geschrieben, in dem die Menschen automatisch ... leidenschaftlich werden. Das Buch wurde ein Bestseller. Nur so als Hinweis.

Junge Frau mit blauem Haar: Sind die beiden sapiosexuell?

Mason: Wie? Ich weiß nicht.

Älterer Mann: Symbolisiert das ständige Geficktwerden den Kapitalismus?

Mason: Das ist eine wuchtige Formulierung. Darüber müsste ich erst einmal nachdenken.

Ältere Dame: Es gibt keinen Sex in Ihrer Erzählung, dennoch ist der nicht dargestellte Sex antiquiert. Ich bin mir sicher, dass die Frau in Wahrheit lesbisch ist. Was sagen Sie dazu?

Mason: Ich habe beim Schreiben nicht an Sex gedacht, auch nicht an lesbischen.

Junger Mann mit Schnauz: Weshalb schließen Sie aus, dass die Frau lesbisch ist? Damit wird der Frau die Möglichkeit genommen, selbstbestimmt zu sein. Dass sie ausschließlich mit Männern Sex haben will, ist doch eine Männerphantasie, nicht wahr?

Mason: Aber ich schließe doch nicht aus … Diese Frage ist einfach nicht Gegenstand …

Frau mit Brille: Ich finde, dieses Gespräch gestaltet sich sexistisch, urteilend und verletzend. Der Grund dafür mag sein, dass Herrn Masons Erzählung sexistisch, urteilend und verletzend ist. Ich möchte Herrn Mason fragen, was er dazu sagt.

Mason: In dieser Erzählung geht es um den Verlust eines geliebten Menschen.

Frau mit Brille: Aber auch um den Verlust der Sexualität. Und ich meine, es geht dem Mann in der Erzählung vor allem darum. Er verliert nicht nur die Frau, sondern eben auch den Sex mit ihr.

Junge Frau mit blauem Haar: Diese Beobachtung finde ich scharfsinnig.

Mason: Aber welche Anhaltspunkte gibt es dafür? Sex spielt in der Erzählung gar kein Rolle.

Junge Frau mit blauem Haar: Ein Wort hat doch eine besondere Bedeutung: Beginnen. Ich muss sagen, dass dieses Wort für mich etwas explizit Maskulines hat. Der Mann als ein Wesen, das aktiv sein muss. Der Mann beginnt Kriege, erobert Frauen, als wären sie feindliche Staaten. Beim Wort ›Beginnen‹ muss ich an einen Mann denken, der sich über sein Essen hermacht, ein endloser Tisch mit Fleischgerichten, aber es könnten auch nackte Frauen sein, nicht wahr? Beim Wort ›Beginnen‹ muss ich auch an einen Penis denken, der erigiert und … leider auch ejakuliert. Ich finde diese Erzählung abscheulich.

Mason: Ihre Phantasie kann ich Ihnen nicht nehmen. Aber wir sollten über das sprechen, was in der Erzählung steht.

Junger Mann mit kurzem Haar: Weshalb finanzieren wir mit unseren Steuergeldern dieses Zeug, wenn wir mit dem Geld auch Pralinen kaufen könnten?

Mason: Das ist eine Frage, die ich beantworten kann: Die Pralinen sind schlecht für Ihren Magen, meine Bücher sind gut für Ihr Gehirn.

Älterer Mann: Er beleidigt uns.

Frau mit Mütze: Er soll erst einmal richtig arbeiten, bevor er sich über unsere Schweizer Pralinen lustig macht.

Moderator: Verehrtes Publikum, Applaus für Jean Mason, der zuverlässig für Skandale sorgt. Vergessen Sie nicht, einen Batzen in den Hut zu stecken, es geht alles ans örtliche Tierheim. Das letzte Wort soll unser Gast haben. Jean – ein letztes Wort?

Mason: Danke, Scheißpublikum.

Moderator: Falls es jemand nicht verstanden hat: Das war eine Liebeserklärung.

Zögerlich begann ein sanfter Applaus, der rasch endete. Leute erhoben sich und verließen den Raum, einzig eine junge Frau und ein junger Mann gingen mit Büchern in den Händen nach vorn, um sie von Mason signieren zu lassen.

Quitzow entschied, Mason nicht jetzt anzusprechen, sondern ihm später eine Nachricht zu schicken. Er fuhr nach Winterthur zurück und fand im Bett ein Knäuel vor, aus dem sich drei Köpfe lösten und ihn müde ansahen. Nach der Gassirunde schrieb er über das Mobiltelefon an Mason und teilte ihm mit, dass er die heutige Veranstaltung besucht habe und seinen Auftritt eindrucksvoll in Erinnerung behalten werde. Er würde sich freuen, wenn die *Berlin-Zeit* die heute vorgetragene

Erzählung abdrucken dürfe, gerne über mehrere Nummern und selbstverständlich zu einem angemessenen Honorar. In der ersten Nummer würde zudem ein Bericht über die Veranstaltung begleitend erscheinen, in den folgenden Nummern Beiträge über sein Gesamtwerk und sein Leben.

Kaum hatte er die Nachricht losgeschickt, sah er, dass Mason sie bereits gelesen hatte und an einer Antwort schrieb. Kurz darauf hatte er die Zusage mit der genauen Längenangabe der Erzählung.

Vier

Es war drei Uhr in der Nacht, als Quitzow aufwachte, schweißgebadet und durchdrungen von Bildern und Sorgen: Er stand mit der ledernen Reisetasche vor Estelle, gab ihr seinen Haustürschlüssel, nahm die Hunde und ging. Wohin? In ein günstiges Hotel. Es gab keine günstigen Hotels in Wilhelmsruhe; also auf einen Campingplatz. Er hatte kein Zelt. Er musste eine Wohnung finden, eine Dreiraumwohnung, denn Isidor benötigte auch ein Zimmer. Unter tausend Euro war eine solche in Wilhelmsruhe nicht zu kriegen. In Leipzig, wo er studiert hatte, hätte er eine Wohnung zum halben Preis mieten können, in diesem irrwitzigen Wilhelmsruhe reichten seine Einnahmen jedoch höchstens für ein Zimmer in einer Wohngemeinschaft, für eine winzige Studentenwohnung, für ein Zehnquadratmeterzimmer ohne Küche und mit Außentoilette, die er sich mit Fremden teilte. Er legte sich unweit des Hauses, das doch auch sein Haus war, auf eine Parkbank. Morgen wollte er in eine Unterkunft für Obdachlose. Was geschah mit Isidor und den Hunden?

Quitzow lag im Bett, auf dem Rücken, und wurde diese Gedanken nicht los. Er fühlte seltsame Schwingungen, eine unsichtbare Bedrohung. Auch um fünf schlief er noch nicht.

Als er aufwachte, stellte er fest, dass er noch einmal eingeschlafen war. Eine halbe Stunde später nahm er beim Frühstücksbuffet drei Croissants, Butter und Marmelade und setzte sich an einen Tisch im Außenbereich. Wieder schien die Sonne; es war schon warm. Ein Kellner eilte herbei und fragte, ob er einen Kaffee oder einen Espresso wünsche. Nach dieser Nacht kam es nicht infrage, etwas anderes als einen Kakao zu bestellen. Als der Kakao gebracht wurde, hatte er zwei Croissants bereits aufgegessen; gemächlich aß er das dritte, ohne den Kakao anzurühren, er wollte sich nicht die Lippen verbrennen. Dann fiel ihm ein, dass sich die Möglichkeit, ein

Croissant zu einem Kakao zu essen, schon länger nicht mehr geboten hatte; er holte ein viertes, tunkte das eine Ende in den Kakao und biss es ab. »Bitte noch einen Kakao«, sagte er, als der Kellner ihn fragte, ob er bedient sei. Er wollte nicht mehr an die vergangene Nacht denken.

Nach dem Frühstück fuhr er mit den Hunden zum Goldenberg hinauf und machte einen Spaziergang durch den Wald. Vor Mutters Erkrankung war er hier oft mit ihr spazieren gegangen; sie hatte einen weißen Kleinpudel gehabt. Im angenehm kühlen Wald, in der frischen Morgenluft fühlte er sich seltsam leicht; die Sonne schien zwischen dem Hellgrün der Blätter hindurch, die schlaff an den Zweigen hingen.

Er setzte sich auf eine Bank, atmete die Luft ein und hörte dem Wald zu. Diesen Moment konnte ihm niemand nehmen. Vielleicht zerbrachen nur Dinge, dachte Quitzow, mit denen man sein Leben aufzuwerten, zu schmücken glaubte; vollkommene Minuten auf einer Wiese oder im Wald hingegen waren immer da, wenn man sich Zeit für sie nahm.

Mit Laura hatte er inzwischen mehrere Nachrichten ausgetauscht. Sie wollte wissen, wie er sie damals beschimpft hatte; er wollte es nicht verraten, weil er sich dafür schämte und es ihm vorgekommen wäre, als würde er sie noch einmal beschimpfen. Sie fanden heraus, dass der damalige Bruch und wie es dazu gekommen war zumindest im Moment keine Rolle für sie spielte und sie über andere Dinge sprechen konnten. Er schrieb von Isidor und erzählte, dass er seine Ehe in einer beunruhigenden Situation sehe und einen Weg suche, wieder mehr Nähe herzustellen. Er glaube daran, dass Estelle und er die Krise meistern würden, es gehe schließlich nicht nur um sie, sondern auch um Isidor, allein Isidor sei doch eine Verpflichtung, er habe ein Recht auf eine glückliche Familie.

Quitzow traf Laura auf einem Parkplatz in der Nähe von Bauma. Es war drückend heiß geworden, und er ließ die Tür des Wagens offen, in dem die angebundenen Hunde noch waren, um Laura in Ruhe zu begrüßen.

Sie trug ein weißes T-Shirt und einen Sonnenhut und stand einige Meter entfernt bei ihrem Wagen. Die Hitze schlug ihm entgegen, ihm schwindelte; er hätte vorher noch einen Kakao trinken sollen. Als er Laura näher kommen sah, fremd und vertraut zugleich, hatte er kurz ein Flimmern vor den Augen. Dann umarmten sie sich.

Quitzow holte die Hunde, die sie stürmisch begrüßten. Sie spazierten einen Weg hoch. Die Wege im Tösstal waren steil; er begann, noch mehr zu schwitzen.

Laura erzählte von ihren drei Kindern. Es waren zwei Mädchen, sechs und vier Jahre alt, und ein einjähriger Junge. Beat war im Homeoffice und arbeitete oft abends; jetzt waren die Kinder bei ihm, da sie sich eine Kita nicht leisten konnten. Obwohl Laura von den Kindern und der Arbeit vereinnahmt und vielleicht sogar ausgelaugt war, wirkte sie auf Quitzow nicht müde. Sie warf ihr Haar über die Schulter.

»Der Wind ist ganz schön heftig. Sind das Gewitterwolken dort hinten?«

»Ach«, sagte Quitzow. Sein Oberkörper fühlte sich an, als würde er im Schweiß schwimmen, aber nicht schwerfällig, eher leicht und frei wie im Meer. »Ich denke, es zieht an uns vorbei.«

Laura lachte.

»Wann bist du das letzte Mal nass bis auf die Unterhose durch den Wald gerannt?«

»Vor über dreißig Jahren. Das sollte ich mal wieder tun.«

Als eine Viertelstunde später die ersten Tropfen fielen, entdeckten sie eine jener Waldhütten, die nicht viel mehr als Unterstände waren, auf einer Seite offen, mit einer Feuerstelle davor. Sie saßen auf der Bank, die Hunde vor sich, und blickten in den nun strömenden Regen hinaus. Es blitzte. Fünf Sekunden später donnerte es. Beim nächsten Mal betrug der Abstand zwischen Blitz und Donner acht Sekunden, dann zwölf. Das Gewitter zog zwar ab, doch der Regen blieb.

Laura fragte, ob er ihr mehr von seiner Ehe erzählen wolle.

Am liebsten hätte er nun einen Kakao getrunken. Er blickte weiter in den Regen hinaus, der noch stärker geworden und – er wusste zuerst nicht, weshalb – wohltuend war. Anders als Kakao war Regen leicht und frisch. Er war gesund. Quitzow begann, von Anfang an alles zu erzählen, von Estelles Wutausbrüchen, die sie auch mit Isidor auf dem Arm hatte, den Beleidigungen und den Drohungen.

Laura schwieg, sah ihn nur an, mit besorgtem Gesicht.

»Früher dachte ich«, sagte Quitzow, »sie ist der Typ Südländerin, der in der Wut ein Glas gegen die Tür wirft, und dass ich darüberstehe.«

Dann sagte er, das Gesicht zum Regen gewandt:

»Sie hat mir auch zwei Mal eine Ohrfeige gegeben, das ist bereits länger her. Ich wusste damals nicht, wie ich das einordnen soll, weil die Ohrfeigen kaum wehtaten. Ich fragte mich, ob das ein Scherz war – war es aber nicht, es geschah ja im Streit. Auch hier dachte ich, dass ich über der Sache stehe, dass Estelle im Grunde hilflos, überfordert ist und ich diese Reaktion von ihr auf mich nehmen kann. Aber es hat mich nie losgelassen, immer wieder habe ich mich gefragt: Weshalb hat sie mir eine Ohrfeige gegeben? Weshalb hat sie gesagt, dass sie mich hasst, wenn sie mich doch heiraten will? Beides ist inzwischen länger her, zwei oder drei Jahre, aber es beschäftigt mich noch immer.«

Laura legte den Arm um seine Schulter.

»Nun kommt noch das Finanzielle hinzu«, fuhr er fort, als wollte er das Erzählen hinter sich bringen. »Seit sie ihre neue Stelle hat und wir in diesem Haus leben, ist eine Hierarchie entstanden, die es vorher nicht gegeben hatte. Sie verwaltet alles, das Geld, das Haus, unsere Krankenversicherung, einfach alles. Wenn wir in den Urlaub wollen, bucht sie das Hotel; während des Urlaubs zahlt sie und ich bin so etwas wie eine trottelige Begleitung. Als wir früher auswärts essen gingen, zahlte einmal sie, einmal ich. Heute zahlt nur noch sie oder sie gibt mir ihr Portemonnaie, mit dem ich zahlen kann. Zuerst fand ich es witzig, wenn ich wie ein Kind ihr riesiges Portemonnaie bekam und damit zahlen ging, es war ein wenig skurril und das mochte ich. Ich dachte nicht, dass mir das gefährlich werden könnte. Heute komme ich mir minderwertig vor; ich erhalte sogar ein Taschengeld.«

»Nennt sie es Taschengeld oder du?«

»Irgendwann sagte sie: Du erhältst nun ein Taschengeld.«

Der Regen war weiterhin strömend, jedoch nicht mehr so heftig. Nach einer Weile sagte er:

»Ich fühle mich ohnmächtig. Als würde mein Leben die Farben verlieren, verblassen und sich auflösen.«

»Glaubst du, Estelle würde mit dir in eine Paartherapie gehen?«

Er hatte schon mehrmals den Gedanken gehabt, bei der Familienberatungsstelle anzurufen. In Wilhelmsruhe hingen Plakate mit Frauen, die weinten und deren Münder zugeklebt waren, und mit Männern, die hilflos zu Boden blickten, die Stirn auf die Hand gestützt.

»So etwas in der Art schwebt mir vor«, sagte er, »das wird uns helfen.«

»Weißt du was, ich glaube, etwas zu essen würde uns gut tun. Hast du auch Hunger? Es gibt hier in der Nähe ein Restaurant. Etwas weiter vorn kommt man aus dem Wald heraus, dort ist es.«

Der Regen hatte aufgehört. Quitzow fand den Vorschlag gut und erhob sich. »Apropos Essen und Trinken: Früher hast du ziemlich viel geraucht, gekifft und getrunken. Ist das noch immer so?«

Laura lachte und sagte, sie trinke manchmal ein Glas Wein. Mit Rauchen habe sie vor der ersten Schwangerschaft aufgehört.

Sie verließen die Hütte und gingen durch den Wald. Es fielen nur wenige Tropfen von den Bäumen, diese waren jedoch groß und drangen durch die Kleider bis auf die Haut.

Sie kamen in einen kleinen Ort und näherten sich dem Restaurant, vor dem eine Tafel mit der Aufschrift »Rivella« stand und das über eine traditionelle, gemauerte Außentreppe betreten wurde; innen war es mit Holz verkleidet, die wenigen Fenster und die niedrige Decke machten den Raum dunkel. Einige der schweren, massiven Holztische standen an Wandbänken; auf eine solche Bank setzten sie sich, um die Ecke. Die Kellnerin, eine rundliche Frau um die sechzig mit kurzen Haaren, gab ihnen die Speisekarten und fragte, ob sie bereits etwas bringen dürfe. Nach dem heftigen Regen und der Abkühlung durch das Gewitter hatte Quitzow noch mehr als vorher Lust auf einen Kakao.

»Für mich eine heiße Schokolade«, sagte er.

Laura musste lachen. Sie bestellte einen Kräutertee. Als die Kellnerin gegangen war, fragte sie:

»Trinkst du immer noch heiße Schokolade? Das hast du doch früher gerne getrunken.«

»Seit meiner Kindheit. Kannst du dich wirklich erinnern, dass ich heiße Schokolade getrunken habe? Wir haben doch oft einen Wein bestellt.«

Die Kellnerin brachte die Getränke und nahm die Bestellung auf. Sie wollten beide Spaghetti Carbonara.

»Es ist unglaublich«, sagte Quitzow leise, nachdem die Kellnerin gegangen war, »in der Schweiz haben sich die Speisekarten in vierzig Jahren kaum verändert.«

»Und du trinkst seit vierzig Jahren heiße Schokolade. Klar, mir fiel das damals auf; ich fand es urkomisch und auch süß.« Sie prostete ihm zu, ohne zu trinken; sie hatte den Teebeutel eben erst ins Wasser getaucht.

Quitzow dachte an das Wort »süß«, griff nach der Tasse und verbrannte sich die Lippen. Er zuckte zurück.

Er hatte leichte Kopfschmerzen und begann, Laura von der Klammer zu erzählen, die sich jeden Tag an seinem Hinterkopf zu schaffen machte.

»Wie oft denkst du an deine Probleme mit Estelle?«

»Morgens, wenn ich im Bett liege, habe ich Gedanken daran, noch bevor mir bewusst wird, dass ich wach bin. Wenn ich mit den Hunden spazieren gehe, kreisen meine Gedanken nur darum. Sogar bei der Arbeit habe ich Schwierigkeiten, mich zu konzentrieren; es fällt mir immer schwerer, einen Text zu schreiben, weshalb ich nun entschieden habe, eine unveröffentlichte Erzählung von Jean Mason abzudrucken.«

Das Essen kam. Sie hatten beide Appetit.

»Hast du das Gefühl, dass du krank bist?«

»Nein, wieso?«

Sie legte das Besteck auf den Tisch.

»Wenn du täglich diese Schmerzen hast, dann bist du krank.«

Er schwieg. Er dachte an die vielen Schmerztabletten, die er zu sich nahm, und dass er ohne eine Tablette kaum noch einen klaren Kopf hatte.

Laura legte die Hand auf seinen Unterarm. Sie sah ihn eindringlich an.

»Denkst du, sie tut dir gut?«

»Wie?«

»Ganz einfach: Fühlst du dich in ihrer Gegenwart geborgen? Kommst du runter, kannst du dich fallenlassen? Wenn du beispielsweise gerade mit den Nerven am Ende bist, weil etwas nicht klappt: Suchst du dann ihre Nähe oder eher Distanz zu ihr?«

Quitzow drehte Spaghetti auf die Gabel und schob sie sich in den Mund. Er kaute. Schließlich sagte er:

»Ich liebe sie. Aber sie hat mich immer gestresst, vom ersten Tag an. Alles, was du aufgezählt hast, muss ich verneinen, obwohl es Momente gab, etwa Arm in Arm vor dem Einschlafen, in denen ich mich fallenlassen konnte. Sonst ist es eher so, dass sie eine Herausforderung ist, emotional und geistig. Früher dachte ich, das sei interessant.«

Quitzow blickte ziellos durch den Raum. An der gegenüberliegenden Wand stand ein alter grüner Kachelofen. Er sah wieder in Lauras Augen. »Es gibt da noch etwas, was ich erzählen muss.«

Drei

Die Erinnerung hatte einen Film daraus gemacht.

Verlor Quitzow nun den Verstand? Statt des Wagens war da ein Mann mit zwei Windhunden, der ihm ähnelte, ein nicht sehr großer, dünner Mann mit einem diabolisch aussehenden Bart. Den eigenen fand er nicht diabolisch, doch jener dieses verzerrten Doppelgängers wirkte so. Im Wagen befanden sich Isidor, seine Hunde und Estelle, mit der er bis eben gestritten hatte, gestritten, bis Isidor zu schreien anfing, Estelle in ein Schweigen verfiel und er mit den Worten, er wolle den Wagen volltanken und, um die nächsten drei Stunden Fahrt zu schaffen, einen Kakao trinken, die Ausfahrt zur Autobahnraststätte nahm.

Der Wagen war weg. Der diabolische Mann zog mit der Leine am großen Windhund, ein Barsoi, während der kleine Windhund, ein Windspiel, ebenfalls an der Leine zog, der Mann stand zwischen dem kleinen und dem großen, dessen Rücken bereits gekrümmt war – der Vorgang an dieser ungeeigneten Stelle ließ sich nicht mehr aufhalten, dies sah auch der Mann ein, der beschämt umherblickte, einen rosafarbenen Hundekotbeutel aus der Tasche zog, die Hand in den Beutel steckte und nach der Hinterlassenschaft des Hundes griff.

Der Wagen, dachte Quitzow.

Der Mann knotete den Beutel zu, näherte sich ihm, als wollte er ihm den Beutel übergeben, obwohl eine Fensterwand sie voneinander trennte, und warf das transparente, nun dunkel gefleckte rosa Tütchen in einen Mülleimer. Er musste in Quitzows Alter sein, wirkte jedoch fünfzehn Jahre jünger. Er hob den Kopf und sah ihn belustigt, vielleicht sogar schadenfroh an; dann drehte er sich ab und schritt mit den Hunden, die ihm gelangweilt folgten, über den Platz, hielt bei einem Wagen an und ließ den Barsoi in den Kofferraum springen; das Windspiel nahm er auf den Arm. Es war Quitzows Wagen. Ein roter

Van, dies war sein Wagen, genau genommen jener von Estelle. Dann wurde der Kofferraum geschlossen, und Quitzow sah das Berliner Nummernschild.

Er war erleichtert. Er stand noch immer vor einem schwarzen Sofa, ein Tablett in den Händen, auf dem der Kakao und ein Fruchtmuffin waren, mit dem er Estelle nachher im Auto versöhnlich stimmen wollte. Sie liebte Fruchtmuffins. Wo aber war sie? Aus welchem Grund hatte sie den Wagen umgeparkt?

Quitzow wollte sich nicht zu früh Sorgen machen, schon gar nicht wollte er den Verstand verlieren. Er setzte sich auf das schwarze Kunstledersofa, er missbilligte solche Materialien wie er überhaupt alles Unzerstörbare missbilligte, und erhielt Aussicht auf eine Familie neuer Holzstühle, deren grässlich glänzende Stoffpolster eine Zumutung waren. Diese Stoffpolster bestanden nicht aus einer natürlichen Faser, sondern aus einer Kunstfaser, die leicht zu reinigen und ähnlich unzerstörbar wie das Kunstleder war. Alles Gute, Schöne, Singuläre aber war zerstörbar. Es war leicht zu beschädigen, es war empfindlich und in ständiger Gefahr.

Auch Quitzow war empfindlich, vielleicht sogar bedroht. Er gehörte einem Menschenschlag an, der bedroht war. Er fühlte es, ohne dass er genau hätte sagen können, weshalb. Jene Menschen, die nicht seinem Schlag angehörten, hätten es sagen können; denn diese Menschen glaubten stets zu wissen, was Sache war, und sie waren vor allem gut darin, Erfolg zu haben.

War Quitzow erfolgreich? Wenn er über eine Sache nachzudenken anfing, verwischte sie zu etwas Undeutlichem, das sie im Grunde auch war. Alles war undeutlich, unentschieden, konnte so oder anders betrachtet werden – und wer konnte wissen, wie die Menschheit in fünfhundert Jahren über eine bestimmte Frage dachte? Quitzows verschwommene Sicht auf die Dinge war die richtige. Sie war ehrlich. Aber sie war nicht erfolgversprechend.

Er nahm einen kleinen Schluck vom Kakao und guckte nach rechts zur Stelle, wo der Wagen und nachher der Mann mit den Hunden gestanden hatten und die nun freie Sicht auf eine Hecke und die eine Hälfte der Tankstelle bot. Solche Hecken auf Raststätten erhielten nicht die Aufmerksamkeit, die sie verdienten. Sie wurden als ein grünes Band wahrgenommen, kaum eines Blickes wert; dabei bildeten sie eine Grenze zur Autobahn, sie schirmten die Menschen vor den vorbeiflitzenden Wagen ab und ermöglichten ein Gefühl der Ruhe. Die Hecken waren unterschätzt. Man müsste zumindest hingehen, dachte Quitzow, und nachsehen, um welche Pflanze es sich handelte.

Das Bild, das sich ihm bot – die trübgrüne Hecke, die eine Hälfte der Tankstelle mit ihren senkrecht aufragenden Säulen und dem Dach, der verlassene Platz –, wies eine gewisse Ästhetik auf, eine Melancholie, die mit dem Fehlen des Wagens zu tun hatte. Quitzow nahm einen weiteren Schluck vom Kakao, ließ den Fruchtmuffin aber unangetastet, der schließlich für Estelle war. Er durfte sie nicht zu lange warten lassen. Sie hatten sich eben heftig gestritten, da konnte er nicht auf Geduld hoffen, von der sie ohnehin nicht viel besaß.

Worüber nur hatten sie sich gestritten? Es wollte ihm nicht mehr einfallen. Bei jedem Streit kam er durcheinander, weil Estelle ihm ins Wort fiel, eine Lawine an Vorwürfen über ihn niedergehen ließ, von denen die meisten inhaltlich falsch oder zumindest eine Übertreibung waren, Vorwürfe, die er, da zu zahlreich, nicht alle entkräften konnte, weshalb sie unwidersprochen stehenblieben und, je öfter sie wiederholt wurden, zu einer Geschichtsschreibung beitrugen, die seiner Meinung nach wenig mit der Wirklichkeit zu tun hatte. Vorhin war sie der Meinung gewesen, dass er ein Arschloch sei. Zuerst hatte er geschwiegen. Wörter wie dieses gehörten nicht seinem Vokabular, gehörten nicht der Welt an, die er von früher kannte. Auch stellte es eine Erniedrigung für ihn dar, wenn Estelle wie vorhin im Wagen damit drohte, ihn bei der Tankstelle stehen zu lassen und ohne ihn weiterzufahren.

Er spürte, wie sich der Druck an seinem Hinterkopf verstärkte. Schließlich hatte er sein Schweigen gebrochen und gesagt, dass er kein Arschloch sei und nicht möchte, dass sie so mit ihm spreche. Er bat sie, das Wort zurückzunehmen. Sie nahm es nicht zurück. Sie hatte trotzig geschwiegen. Nun saß er da und hatte Kopfschmerzen. Er war ramponiert. Seine Gesundheit, seine Ehe, sein Leben waren ramponiert. Doch es gab dieses ästhetische Bild, das sich ihm bot und das vom Ankommen und Aufbrechen erzählte, davon, dass die Menschen in Bewegung, auf einer Reise waren und Veränderung immer stattfand, sogar auf diesem statischen Bild mit einem verlassenen Platz, der Hälfte einer Tankstelle und einer trübgrünen Hecke.

Veränderung? Er war nicht für Veränderungen gerüstet. Er benötigte Ruhe, Gewissheit, Harmonie; einen einfühlsamen Menschen, der ihn verstand – doch das Bild faszinierte ihn. So sehr, dass er zwar das Mobiltelefon aus der Tasche zog und die Nachricht von Estelle las, sich davon aber nicht beunruhigen ließ. Ohnehin hatte er nun keine Eile mehr. Er konnte, nein, er musste diesen Moment sogar genießen, war er doch einmalig, so etwas kam, wenn überhaupt, nur einmal im Leben vor. Er begann, den Fruchtmuffin aufzuessen. Wie viel Geld besaß er noch? Seine dezent karierte Wollhose, das Hemd in erfrischenden Blautönen und das Jackett, das ihm mit der auserwählten Wolle-Leinen-Seide-Mischung besonders ans Herz gewachsen war, ließen nicht darauf schließen, dass er nur noch zwanzig Euro in der Tasche hatte. Doch es gab in seinem Portemonnaie zwei Bankkarten, mit denen er bargeldlos zahlen konnte, jene von seinem eigenen Konto, auf dem aktuell lediglich ein niedriger vierstelliger Betrag war, und jene vom Familienkonto, auf das Estelle jeden Monatsanfang tausend Euro einzahlte. Heute war der einundzwanzigste.

Quitzow beschloss, sich keine Sorgen zu machen. Bleiben wir bei diesem Moment, dachte er, als wäre er zwei Menschen, eine Figur, die dies alles erlebte, und ein Beobachter, der mit einer gewissen Distanz auf das Geschehen blickte und der

Figur dazu riet, sich nicht aus der Ruhe bringen zu lassen und diese einmalig skurrile Situation zu genießen.

Er erhob sich, ging zur Theke und kam mit einem weiteren Kakao zurück, den er mit der Familienbankkarte bezahlt hatte. Der Kakao würde ihn entspannen und die Kopfschmerzen vertreiben, während er mit Muße auf das Bild blickte: verlassener Platz, Hälfte der Tankstelle, trübgrüne Hecke.

Dann wollen wir mal sehen, dachte er als Beobachter seiner Situation, wie eine Fortsetzung des Geschehens sich gestalten könnte. Er würde Estelle anrufen, vermutlich würde sie das Telefon nicht abnehmen. Er würde ein Taxi bestellen und sich in ein Hotel fahren lassen. Was war mit Isidor? Sie hatte ihn mitgenommen ohne sein Einverständnis. Und die Entwendung der Hunde? Es waren seine Hunde. Er nahm eine Kopfschmerztablette und spülte sie mit dem Kakao hinunter.

Später, als man ihn rief, hatte er den dritten Kakao gerade leergetrunken. Er erhob sich. Ein freundlicher Türke öffnete ihm die Beifahrertür und fragte, wohin es gehen solle. Wo überhaupt sie sich befänden, wollte Quitzow wissen, und welches die nächste größere Stadt sei. Frankfurt. Das ging in Ordnung. Ja – irgendein günstiges, aber solides Hotel.

Wenn man etwas dringend benötigte, etwa ein Taxi, war es klug, gewisse Fragen erst am Ende zu stellen. Quitzows Frage war, ob er mit Karte zahlen konnte. Er hoffte es so sehr, dass er den leisesten Zweifel unterdrückte und mit einer Selbstverständlichkeit davon ausging, die ihn von jedem Schuldgefühl befreite.

Ob der Wagen stehengeblieben sei, wollte der Fahrer wissen, der einen dichten, schwarzen Bart trug, imposanter als jener von Quitzow, der ebenfalls ziemlich dicht, allerdings nicht ganz so dunkel war.

»Ja … ja. Alte …« Er wollte »Mühle« sagen, doch ein Auto war keine Mühle. »Karre« schien ihm zu plakativ, es klang unecht und würde ihn verraten.

»Müde Ente«, sagte Quitzow.

»In welche Werkstatt haben Sie den Wagen bringen lassen? Ich kenne eine gute, in Frankfurt, in der Nähe Ihres Hotels. Eine richtige Werkstatt, verstehen Sie, die Mechaniker dort haben Ahnung, die machen Ihre müde Ente wieder fit. Für wenig Geld. Ich kann einen Abschleppdienst für Sie rufen, falls Sie es wünschen. Soll ich?«

»Danke. Aber nein … nein.« Quitzow wandte das Gesicht ab und blickte verbittert zum Fenster hinaus. »Um ehrlich zu sein, der Wagen wurde gestohlen.«

Der Fahrer schlug sachte auf das Lenkrad. »Weshalb sagen Sie das nicht gleich? Wenn der Wagen gestohlen wurde, müssen Sie zur Polizei. Ich fahre Sie hin.«

Das alles hatte ihm doch zugesetzt, er war müde und wollte ins Hotelzimmer, am besten gleich ins Bett.

»Der Wagen wurde von meiner Frau gestohlen.«

Der Fahrer blickte zu ihm herüber, blickte ihn länger an, als es beim Fahren gestattet war.

»Früher«, sagte Quitzow, »hat man seinen Hund an der Autobahnraststätte festgebunden und ist ohne ihn weitergefahren.« Er lächelte. »Meine Frau ist temperamentvoll, müssen Sie wissen, impulsiv; da kann so was schon mal passieren. Dafür ist das Leben an ihrer Seite nie langweilig. Ich mache mir nun einen schönen Abend, gehe gut essen, schlafe im Hotel … Und bezahle alles mit der Karte meiner Frau.«

Zwei

»Verehrter Quitzow«, schrieb Wagenhofer ironisch, »wie wäre es, wenn wir von diesem Jean Mason nicht zu oft etwas in unserer bunten Zeitung hätten? Wir müssen an unsere Abonnenten denken.«

Quitzow saß unten in der Hotellobby und trank vor dem Schlafengehen einen wohltuend warmen Kakao. Der Sessel knarzte, als er sich nach vorn beugte, um eine Antwort zu verfassen. Wagenhofer hatte ihn schon lange nicht mehr Quitzy genannt, weshalb er wie früher »Wogenhafer« schrieb.

»Deine Überlegungen, lieber Wogenhafer, auch wenn sie wirtschaftlicher und nicht journalistischer Natur sind, werde ich zukünftig gerne berücksichtigen; im aktuellen Fall ist allerdings schon alles organisiert, ich habe Herrn Mason angefragt, er hat mir zugesagt und ich habe ihm wiederum seine Zusage bestätigt. Er hat mir die Erzählung bereits geliefert: Sie kann es mit den besten der Welt aufnehmen, erinnert mich an Nabokov und Cotti. Du wirst sie mögen. Aber die Abonnenten werden begeistert sein. Mit kapitalistischem Gruß, Quitzow.«

Kaum hatte er sie losgeschickt, sah er, dass Wagenhofer die Nachricht gelesen hatte, und entdeckte, dass im zweitletzten Satz ein Fehler unterlaufen war: »Aber die Abonnenten Enten werden begeistert sein.«

Quitzow schrieb: »PS: Die Enten kommen nicht von mir, sondern von diesem bescheuerten Eingabehilfeprogramm.«

Dann verfasste er einen Gruß an Estelle, die ihm auf seine letzte Nachricht noch nicht geantwortet hatte. Er fragte, wie es gehe, und fügte an, dass er sie und Isidor vermisse und sie beide küsse.

Am nächsten Tag holte er die Asche seiner Mutter ab. Bereits am frühen Morgen brannte die Sonne wie an Hitzetagen, weshalb er die Hunde im Hotelzimmer ließ; er konnte sie nicht im Auto warten lassen, wenn er die Urne entgegennahm, da er nicht wusste, wie lange es dauern und wie heiß es im Auto werden würde.

Als er ankam, las er zuerst eine Nachricht von Estelle: Dass es ihr und Isidor gut gehe und er die Zeit in seiner Heimat genießen solle.

Das war alles. Es war nun mehr als zwei Jahre her, seit sie das letzte Mal »Ich liebe dich« gesagt hatte. An seinem Geburtstag vor zwei Jahren hatten auf der Karte von ihr zum ersten Mal diese drei Worte gefehlt. Damals war sie schwanger gewesen, war emotional durcheinander und angespannt, war zudem mitten in den Verhandlungen mit PricewaterhouseCoopers. Er dachte, sie habe es ihm mündlich sagen wollen und dann vergessen. Als auch auf der Weihnachtskarte die drei Worte fehlten, sprach er sie darauf an. Sie wich ihm aus. Später am Abend sagte sie, gerade als sie in einen anderen Raum gehen wollte, gehemmt »Ich li …«, brach dann jedoch ab. Ein Jahr danach erhielt er zu Weihnachten eine Karte, auf die ein Schneemann sowie der Schriftzug »Ich liebe dich« gedruckt waren, auf der Rückseite der Karte hatte Estelle jedoch weder etwas geschrieben noch unterschrieben, sie war einfach leer. Verärgert und verletzt hatte er die Karte zurück auf den Salontisch zum Geschenkpapier gelegt.

Er nahm die Urne entgegen, stellte sie auf den Beifahrersitz und fuhr los. Manchmal hielt er sie in den Kurven fest. Auf einmal hatte er Verständnis für die Menschen, die in ihren Schlafzimmern die Urne des verstorbenen Lebensgefährten stehen hatten.

Beim Hotel angekommen, ließ er Mutter im Wagen und holte die Hunde aus dem Zimmer sowie einen Brief, den er nach dem Verstreuen der Asche lesen sollte, so wie Mutter es vor Jahren mit ihm abgesprochen hatte. Er fuhr zum Restaurant Goldenberg hinauf und ließ den Wagen bei den Parkplätzen im schattigen Wald stehen. Hier in der Nähe war die von der Mutter ausgewählte Stelle. Um kein Aufsehen zu erregen, steckte er die Urne in eine mitgenommene Tüte. Er nahm die Tüte und die Hunde und ging zur Aussichtsterrasse in der Nähe des Restaurants, wo er sich auf eine Mauer setzte, unter der steil abfallend der Rebberg lag und von der aus man die Stadt überblickte. Oft saßen hier junge Verliebte. Auch er hatte einmal hier gesessen, vor mehr als dreißig Jahren, mit Estelle jedoch war er nie hier gewesen.

Ein Roter Milan flog über den Rebberg, Quitzow sah ihn von oben, dann von unten und konnte deutlich den gegabelten, rötlichen Schwanz und die weißen Abzeichen erkennen. Er flog ruhig und stolz wie ein schöner König. Auf einmal tauchten zwei Krähen auf und vertrieben den Rotmilan. Als er verschwunden war, flogen auch die Krähen davon.

Quitzow hatte nun, ohne Ablenkungen aus der Luft, freien Blick auf die Stadt seiner Kindheit, in der Mutter ihr Leben verbracht hatte. Sie lag eingebettet zwischen sanften Hügeln wie manche norditalienische Stadt. Auch kam Quitzow, seitdem er in Deutschland lebte, die Architektur mediterran vor. Was die Schönheit anbetraf, war Wilhelmsruhe kein Vergleich zu Winterthur. Wilhelmsruhe lag auf einem trostlos langweiligen Stück Flachland, so eintönig, dass jede beliebige Hecke, jede noch so kleine Waldfläche für den umherirrenden Blick ein Ereignis war. Die kleinbürgerlichen Häuser waren mit roten Ziegelsteinen gebaut, ideenlos normal, provinziell, Bungalows in ganzen Siedlungen erhoben sich wie Ansammlungen von Bunkern. Winterthur hingegen war voll von alten, verträumten Häusern, bewachsen mit hohen Kletterrosen und Glyzinien, es gab kleine Parks und plätschernde Brunnen.

Der Rote Milan war wieder da. Auf einmal. Er flog über dem Rebberg, nahm an Höhe zu, ging wieder nach unten, kam wieder hoch und segelte direkt auf Quitzow zu. In diesem Moment sah er den gelben Schnabel und das gelbe Auge. Er erkannte es tatsächlich. Weil der Rotmilan ihn ansah, ihn für einen ewig währenden Augenblick fixierte. Als hätte der gelbe Blick eine Botschaft für ihn. Dann war der Vogel an ihm vorbeigeflogen; er drehte weiter unten einen Kreis, direkt über dem Rebberg, über Winterthur.

Quitzow wandte sich ab. Er ging los, die Tüte mit der Urne in der einen, die Hunde in der anderen Hand; inzwischen war es wieder so heiß geworden, dass der Schweiß an seinem Oberkörper hinunterglitt. Die Hunde hechelten. Er musste keine fünf Minuten gehen, bis er zu einer Sitzbank am Waldrand kam, der von Mutter auserwählten Stelle. Die Sitzbank befand sich etwas unterhalb des Waldwegs und bot einen guten Blick über die Stadt. Einige Meter neben der Bank befand sich eine Feuerstelle, Steine lagen im Kreis, darin waren verkohltes Holz und Asche.

Wo genau?, dachte Quitzow. Doch Mutter hatte keine genaueren Anweisungen gegeben. Direkt vor der Bank, wo die Leute mit den Füßen auf dem Boden standen, konnte er die Asche ebenso schlecht verteilen wie auf der Feuerstelle. Er band die Hunde fest und sah sich um.

Unterhalb der Bank fiel der erdige, mit einzelnen mickrigen Grasbüscheln bewachsene Boden ab, es folgte ein Drahtzaun, dahinter eine abfallende Wiese ohne Kühe. Eigentlich müsste es hier sein, dachte Quitzow, etwa drei Meter vor der Bank. Er stellte sich eine Sitzbank auf einer Bergwanderung vor, ein der Länge nach halbierter Baumstamm, davor der schmale Fußpfad und eine in die Tiefe führende traumhaft blühende Blumenwiese. Über einer solchen Blumenwiese hätte er die Asche gerne verstreut. Hier aber war nur diese trockene, harte Erde, auf der einzelne Blätter, Samen und Zweige lagen: alles, was von den Bäumen herunterfiel. Die Wiese war uneben, ohne Blumen und von den Hufen der Tiere verunstaltet. Quitzow prüfte die Fläche hinter der Bank, dort wuchs überhaupt kein Gras, dafür lag Abfall, den er vorhin nicht bemerkt hatte. Je genauer er hinsah, desto mehr Abfall entdeckte er, kleine Plastikfolien, in die Bonbons oder andere Süßigkeiten eingepackt gewesen waren, bei einem Baum stand sogar eine leere Bierflasche, und neben einer Wurzel lag ein halb mit Erde bedecktes unbenutztes Kondom.

Es war ausgeschlossen, dass er hier Mutters Asche verteilte.

War es erlaubt, die Asche eines Menschen in die freie Natur zu geben?

Diese Frage beschäftigte Quitzow schon länger, er hatte jedoch darauf verzichtet, im Internet nach einer Antwort zu suchen; er wollte die Asche einfach verstreuen, wenn er sicher war, dass ihm niemand dabei zusah. Mit dem Handrücken wischte er den Schweiß von der Stirn. Ihm schwindelte. Er setzte sich auf die Bank, an der die Hunde festgebunden waren, und stellte die Tüte mit der Urne neben sich ab.

Was hast du dir bloß gedacht?, fragte er Mutter in Gedanken. Mir gefällt die Stelle nicht, und ich kann mir nicht vorstellen, dass sie dir gefällt. Weshalb hast du nicht gesagt, ich solle die Asche auf dem Eschenbergturm in den Wind werfen, der sie über den Wald trägt und auf die Bäume niedergehen lässt? Das wäre doch eine schöne Idee gewesen, zuoberst auf dem Eschenbergturm mit Blick auf den darunterliegenden Baumkronenteppich.

Er hätte bloß aufpassen müssen, dass unten am Fuße des Turms keine Menschen standen, auf deren Köpfe die Asche regnen konnte.

Er hätte die Asche auch gerne an einer idyllischen Stelle in die Töss gegeben; das Wasser der Töss hätte die Überreste der Mutter in den Rhein getragen und dieser hätte sie zum Meer gebracht.

Oder aber – Quitzow überlegte – etwas urbaner, im Stadtpark, den Mutter doch sehr gemocht hatte? Bei einer Rose im Stadtpark. Gab es in diesem nicht sehr großen Park überhaupt Rosen?

Allmählich begannen die Hunde ungeduldig zu werden. Auch Quitzow wurde ungeduldig. Er musste sich entscheiden. Vor ihm der Waldboden, der Drahtzaun, die Wiese. Und wenn er den Brief las, bevor er die Asche verstreute? Um sicher zu gehen, dass kein Missverständnis vorlag? Er schluckte. Eigentlich hatte er alles genau so und in genau jener Reihenfolge machen wollen, die von Mutter vorgegeben war. Er musste noch einmal schlucken. Am liebsten hätte er nun einen warmen, beruhigenden Kakao getrunken.

Er zog den Brief, den Mutter zu Beginn ihrer Erkrankung geschrieben hatte, aus der Tasche und las ihn. Sie bedankte sich im Voraus für seine Hilfe, Zugewandtheit und Geduld, auch oder gerade weil er so weit weg wohnte. Sie kam auf ihre Asche und den Ort des Verstreuens zu sprechen. Auf dieser Sitzbank hatte ihr Vater ein Gespräch mit ihr geführt, als sie zwölf Jahre alt gewesen war und auf das Gymnasium hätte gehen können. Sie wollte damals Ärztin werden. Der Vater redete ihr das Gymnasium und den Berufswunsch aus, im Grunde verbot er ihr beides. Quitzow wusste, dass sie später eine kaufmännische Lehre gemacht und ein Leben lang in einem Beruf gearbeitet hatte, der sie langweilte. Nun erfuhr er, dass sie Jahre nach dem Gespräch mit dem Vater auf eben dieser Bank den Heiratsantrag seines Vaters erhalten hatte. Obwohl sie hätte wissen müssen, dass dieser Ort kein gutes Omen war, hatte sie eingewilligt. Später war sie als Alleinerziehende mit ihm, er war drei-vier Jahre alt gewesen, oft zu dieser Bank gekommen. Dies sei die schönste Zeit in ihrem Leben gewesen, schrieb Mutter, und wiege die beiden Erlebnisse davor auf.

Nun hatte Quitzow noch weniger Lust, die Asche an dieser Stelle zu verstreuen. Das Steckenbleiben in einem Leben, das voll unerfüllter Träume gewesen war, gefiel ihm nicht. Er wollte Mutter – sozusagen posthum – einen Traum erfüllen. Wenigstens ihre Asche musste an einem paradiesischen Ort liegen, vielleicht in der Provence, in der Toskana oder in der Bretagne, wo sie doch so gerne gewesen war. Quitzow musste plötzlich lachen, so albern waren seine Gedanken.

Er nahm die Urne und kippte die Asche direkt vor der Bank zu Boden, da, wo die Füße seines Großvaters, jene seines Vaters und seine eigenen gestanden hatten. Sie bildete einen großen, vulgär daliegenden Haufen.

Eins

Quitzow ging zum wenige Minuten entfernten Restaurant, setzte sich mit den Hunden im Außenbereich hin, mit Aussicht über die Stadt, da, wo auf der sonnenbeschienenen Mauer die Eidechsen hin und her liefen, und trank zur Abkühlung – er hatte so sehr geschwitzt, dass das Hemd große nasse Stellen aufwies – einen warmen Kakao.

Zurück im Hotelzimmer, fiel ihm ein, dass er bei der Familienberatungsstelle anrufen wollte. Er zögerte. Wie würde Estelle reagieren? Ein dumpfes Gefühl sagte ihm, dass er etwas lostrat, das er vielleicht nicht würde kontrollieren können. Er wusste, dass der Anruf richtig war; es blieb ihm nichts anderes übrig. Auch Laura hatte ihm dazu geraten.

»Guten Tag. Sie rufen außerhalb …«

Er warf das Mobiltelefon auf den Sessel, da im Bett die Hunde lagen, und ging ins Bad, wo er mit Wasser den Schweiß von der Stirn wusch, sich kaltes Wasser ins Gesicht spritzte. Er dachte daran, dass er nicht nur Mutter verloren hatte, sondern auch seine Heimatstadt, die er nun nicht mehr besuchen würde, nach Mutters Tod gab es keinen Grund mehr herzufahren; er musste an Estelle und an das Haus denken und bekam einen Schweißausbruch. Er liebte Estelle, natürlich liebte er sie.

Quitzow kannte in der Stadt einen guten, aber teuren Italiener. Nachdem er in der Hotellobby einen Kakao getrunken hatte, suchte er diesen Italiener auf. Estelle hatte die Angewohnheit, es sich ab und an gut gehen zu lassen, in Berlin hatte sie ihn an manchen Tagen zu einer Thai-Massage oder einem teuren Essen eingeladen; das war in ihren Augen eine sinnvolle Investition in die eigene Gesundheit. Heute hatte er die Asche seiner Mutter verstreut. Heute war ein solcher Tag.

Quitzow trank beim Italiener einen Kakao, aß Bruschetta, eine Gazpacho, einen kleinen Teller Penne mit Pesto alla Genovese, trank noch einen Kakao, aß als Hauptgang Saltimbocca alla Romana, als Nachspeise Tiramisu und anstatt eines Espresso trank er noch einen Kakao. Nachdem er alles mit der Familienbankkarte bezahlt hatte, schleppte er sich zurück ins Hotel, rief die Hunde, die ihn an der Leine um den Wohnblock und zurück ins Hotelzimmer zogen, und fiel neben den Hunden ins Bett. Er war müde, konnte aber nicht einschlafen. Bald würde er nach Wilhelmsruhe zurückfahren.

Am nächsten Tag erwachte er mit einem diffusen Gefühl von Energie, als erhielte er Rückenwind, wüsste jedoch nicht, wohin mit sich. Er frühstückte ausgiebig: fünf Croissants mit Butter und Marmelade und drei Kakaos. Danach führte er die Hunde aus; zurück im Zimmer, fütterte er die Hunde und nahm, da seine täglichen Kopfschmerzen begannen, eine Tablette. Er schwitzte. Mit den Hunden und Masons Erzählung für die *Berlin-Zeit* im Bett, wartete er, bis die Wirkung der Tablette eintrat; als sein Kopf schmerzfrei und seine Gedanken klar waren, wollte er den Anruf bei der Familienberatungsstelle machen, doch er wusste nicht, wie er beginnen, was er sagen sollte. Er war ein Mann, vielleicht glaubte man ihm nicht.

»Guten Tag.«

»Hier ist Quitzow, ich bin verheiratet … Meine Frau will mich aus dem Haus werfen … Wir haben einen Sohn … Ich habe fast keine Einnahmen … Ich sorge mich um meinen Sohn … Ich habe täglich Kopfschmerzen … Mein Sohn ist eineinhalb Jahre alt … Sie, also meine Frau, beschimpft mich … Sie hat mir zwei Mal eine Ohrfeige gegeben … Ich will nicht, dass sie Arschloch zu mir sagt … Sie droht mir, entweder ich tue, was sie will, oder sie reiche morgen die Scheidung ein … Ich kann nicht mehr klar denken … Sie sagt Sätze wie, sie werfe mich morgen aus dem Haus … Sie legt sich mit Kleidern in die leere Badewanne … Ich habe Angst … Das ist Gewalt, oder? … Ich habe keine Rücklagen … Könnte ich notfalls bei Ihnen in der Familienberatungsstelle schlafen? … Ich habe drei Hunde, die will sie auch hinauswerfen … Sie sagt fuck you zu mir … Sie hat mich neulich auf der Autobahnraststätte stehen lassen und ist ohne mich weitergefahren … Muss ich auf der Straße leben und was geschieht dann mit meinem Sohn? … Sie hat gesagt, dass sie mich hasst, und es nicht zurückgenommen … Sie ist mit unserem Sohn und meinen Hunden ohne mich weitergefahren … Sie hat unseren Sohn auf dem Arm, wenn sie mich anschreit … Das Haus gehört ihr … Meine Gedanken drehen unaufhörlich Kreise … Ich habe jeden Tag Kopfschmerzen … Ich kann nicht mehr schlafen … Die Gedanken sind schon da, bevor ich mitten in der Nacht aufwache … Sie schnauzt mich an wie einen Angestellten … Wenn ich um drei wach bin, kann ich nicht mehr einschlafen … Ich glaube, ich habe Angstzustände … Ich will meine Ehe retten … Ich liebe meine Frau … Inzwischen droht sie fast täglich, mich aus dem Haus …«

»Einen Moment.«

»Ja …?«

»Sie sind verheiratet, oder? Dann kann ich Sie beruhigen: Die Ehe ist eine Fürsorgegemeinschaft, Ihre Frau kann Sie nicht aus dem Haus werfen. Sie haben Anspruch auf eine Eheberatung. Es wäre ideal, wenn Ihre Frau mitkäme. Falls sie nicht teilnehmen will, können Sie alleine kommen.«

Nachdem Quitzow das Gespräch beendet hatte, warf er sich zu den Hunden ins Bett; er war erleichtert. Eine Viertelstunde später erhob er sich und zog sich aus. Die durchgeschwitzten Kleider warf er auf den Sessel. Er ging ins Bad und nahm eine kalte Dusche. Ich habe angerufen, sagte er zu Laura, denkst du, dass nun alles gut wird? Er duschte lange, mit Laura, die angekleidet auf dem Toilettendeckel saß, ihm zuhörte und Antwort gab. Er stellte sich nicht vor, dass Laura sich auszog, gemeinsam mit ihm duschte und Sex mit ihm hatte. Quitzow dachte schon lange nicht mehr an Sex.

Nach dem Duschen zog er ein frisches Hemd an und ging hinunter in den Außenbereich der Hotellobby, wo er im Schatten einen Kakao trank. Sollte er gleich morgen nach Wilhelmsruhe zurückfahren? Er hatte hier nichts mehr zu tun; allerdings ließen ihn die alten, mediterranen, schmucken und von Rosen und Glyzinien umrankten Häuser nicht los, die Straßencafés, die plätschernden Brunnen.

Wie konnte er in der Eheberatung Estelle möglichst schonend erklären, dass er ihr Gesicht manchmal als schön und manchmal als hart oder sogar als kalt empfand, dass ihre Stimme oft etwas Gellendes besaß, das ihm in den Ohren schmerzte? Vielleicht gab es in Wilhelmsruhe einen Kurs für Paare, in dem man einfühlsam und zärtlich sprechen lernte und in dem man trainierte, wie Gesichtszüge weich wurden? Auf Fotos war Estelles Lachen fast immer zu einer Grimasse verzerrt. Er musste ihr sagen, dass er sie liebte.

Er trank vom Kakao und lenkte seine Gedanken auf Isidor. Im Café Tante Sontag gab es eine große Kiste mit Spielsachen und Büchern. Er nippte an einem Kakao, während Isidor mit einem Keks in der Hand neben ihm saß; später kletterte der Junge auf seinen Schoß und sie lasen gemeinsam ein Buch. Isidor schlang oft die Arme um seinen Hals, presste die Wange an seinen Bart, umklammerte mit den Beinen seine Taille. Er trug Isidor ständig so herum. Wenn er ihm auf dem Wickeltisch eine neue Windel anlegte, zog Isidor ihn herunter, bis ihre Wangen aneinander lagen. Was tat er wohl jetzt, in diesem Moment? Quitzow wollte ihn auf sich haben, auf seinem Bauch, seiner Brust; mit ihm einfach nur dasitzen oder umhergehen. Allein mit Isidor.

Hastig trank er den Kakao aus und griff nach dem Mobiltelefon, um Estelle zu schreiben, dass er morgen zurückfahre. Sie brauchten einen Paarabend pro Woche, an dem sie bei einem Glas Wein in Ruhe reden konnten. Sie mussten abends wieder Arm in Arm auf dem Sofa sitzen, gemeinsam lachen und im selben Bett schlafen, nackt. Sie mussten wieder Sex haben.

Als er das Telefon einschaltete, sah er, dass er eine Kurznachricht von Jean Mason bekommen hatte, in der dieser ihn darauf hinwies, dass er gleich eine E-Mail erhalten werde. Quitzow schrieb die Nachricht an Estelle und las die E-Mail. Mason hatte ihm einen weiteren Text für die *Berlin-Zeit* zugesandt. Es war ein Forderungskatalog an die Politik – so etwas sorgte stets für Aufmerksamkeit.

Endlich kam Bewegung in Quitzows Leben: Er würde mit seiner Frau in die Eheberatung gehen und danach eine Paartherapie machen, die ihre Ehe glücklich werden ließ; er würde beruflich einen unerwarteten Erfolg haben, indem er mit einem Jean-Mason-Schwerpunkt die Kulturseite der *Berlin-Zeit* ins Rampenlicht der Öffentlichkeit rückte.

Quitzow widmete sich umgehend Jean Masons Text, der den Titel *21 Forderungen für die nächsten 20 Jahre* trug und in dem der Verfasser es für einen großen Fortschritt ansah, wenn:

alle Staaten der Europäischen Union auf ihre Souveränität verzichteten, die Nationalstaaten faktisch abgeschafft würden, die Menschen einen EU-Pass erhielten und demokratisch eine europäische Regierung wählten;

jeder Mensch in der EU ab dem Tag der Geburt wahlberechtigt wäre, wobei bis zum 14. Lebensjahr beide Elternteile stellvertretend und im Sinne des Kindes mit jeweils einer halben Stimme wählten;

jeder Mensch mit Wohnsitz in der EU ein bedingungsloses Grundeinkommen erhielte, eine Idee, die Quitzow sehr gefiel;

die Einkommenssteuer abgeschafft und stattdessen eine Vermögenssteuer sowie eine Konsumsteuer (Mehrwertsteuer) erhoben würden;

Erbschaften, Erbvorbezüge und Schenkungen von mehr als 30000.– Euro nicht mehr erlaubt wären und stattdessen die gesamte »Erbmasse« der EU gerecht aufgeteilt würde, sodass jeder Mensch beispielsweise zum 20. Geburtstag ein Startkapital erhielte;

die EU bezahlbaren Wohnraum garantierte, was bedeutete, dass ein Großteil der Mietwohnungen nicht mehr als ein Drittel des Grundeinkommens der Bewohner kosten durfte;

sämtliche private und nichtprivate Krankenversicherungen durch eine einzige europäische öffentliche Krankenversicherung ersetzt würden;

die Ehe abgeschafft würde – Quitzow stutzte; er runzelte sogar die Stirn –, wobei sich für die Erziehungsberechtigung eines Kindes maximal zehn Menschen zusammenschließen konnten, um ein Aufwachsen in einer gruppenähnlichen Struktur zu ermöglichen, was Mason »Dorfmodell« nannte, der es für unumgänglich hielt, dass das Wechselmodell neu »Beide-Eltern-Modell« und das Residenzmodell »Ein-Elternteil-Modell« hieß und bei Streit zwischen den Eltern stets das »Beide-Eltern-Modell« gegenüber dem »Ein-Elternteil-Modell« Vorrang hatte;

die Anzahl der Pflichtschuljahre auf zwölf erhöht würde, die Schulzeit mit dem Abitur endete, es keine Prüfungen und statt Schulnoten Entwicklungsberichte gäbe, aus Lehrern einfach Erwachsene würden und Kinder und Erwachsene sich duzten;

die Medienförderung – Fernsehen, Radio, Zeitungs- und Buchverlage – ausgebaut würde, was bei Quitzow große Zustimmung fand;

bauen mit Beton weitestgehend verboten würde und man stattdessen Holz und andere natürliche Materialien verwendete, weshalb, um die riesigen Holzmengen zu produzieren, CO_2 abzubauen und die Böden vor Hitze zu schützen und feucht zu halten, in der gesamten EU in gigantischem Maße mit hitzeverträglichen, vogel- und insektenfreundlichen Bäumen aufgeforstet und hierfür Land enteignet würde, was Quitzow etwas groß gedacht, aber in der Sache richtig schien;

kein Mensch das Recht hätte, Land zu erwerben, Land hingegen demjenigen, der ein möglichst sinnvolles Vorhaben hatte – was mochte dies sein und wer definierte es?, fragte sich Quitzow –, gegen eine Pacht überlassen würde;

jeder Mensch das Recht hätte, in die EU einzuwandern, sich niederzulassen, wo es ihm gefiel, und die EU-Bürgerschaft zu erhalten;

öffentliche Verkehrsmittel gratis wären, Autos und andere Fahrzeuge möglichst leicht, klein, sparsam im Verbrauch und mit einer entsprechend guten Ökobilanz gebaut werden müssten, SUVs verboten wären und es auf Autobahnen ein Tempolimit von 90 km/h gäbe, wobei nur noch Autos zugelassen würden, die über eine automatische Höchstgeschwindigkeitsbegrenzung von 90 km/h verfügten;

die deutsche Sprache sowie andere davon betroffene Sprachen in der EU das grammatikalische Geschlecht abschafften und es folglich kein Maskulinum, Femininum, Neutrum mehr gäbe, »Der Arzt« also nicht mehr männlich wäre und auch eine Frau so genannt werden könnte;

die Sterbehilfe legalisiert – Quitzow fiel ein Stein vom Herzen, denn er dachte an seine Mutter – und die Hürden für einen begleiteten Freitod möglichst tief gehalten würden;

die Rechte der Tiere mit Tieranwälten, jene der Pflanzen mit Pflanzenanwälten gestärkt würden;

alle Gefängnisse und Bestrafungen, auch Geldstrafen, abgeschafft und stattdessen die Anzahl der teils geschlossenen psychiatrischen Kliniken erhöht und mehr Möglichkeiten geschaffen würden, damit sich Verurteilte mit ihrem Vergehen inhaltlich, moralisch, ethisch auseinandersetzen, alternative Verhaltensweisen einüben und selber Vorschläge für eine Wiedergutmachung einbringen könnten;

Prostitution ein anerkannter Beruf mit einer Ausbildung und Weiterbildungsmöglichkeiten würde und Menschen, die sich trotz des bedingungslosen Grundeinkommens für diese Arbeit entschieden, von den üblichen Sozialleistungen betreffend Urlaub, Krankheit und Rente und vom Schutz durch das Gesetz profitierten;

die EU militärisch aufgerüstet würde, auch nuklear, um die Menschen und deren Ideale, die Tiere und Natur in der EU zu schützen, und eine auf Verteidigung und Katastrophenschutz ausgerichtete Armee entstünde, die, um eine »Verselbstständigung« bzw. einen Putsch zu verhindern, keine

Berufsarmee, sondern eine Volksarmee mit einem Milizsystem wäre;

es Ziel der EU wäre, weitere Staaten, insbesondere jene um das Mittelmeer, also auch südlich und östlich, aber auch überall sonst auf der Welt, welche die Voraussetzungen erfüllten, aufzunehmen, wobei in diesem Fall über den Namen der EU neu entschieden werden müsste, weil er nicht geographischer, sondern inhaltlicher Natur zu sein hätte.

Kühn, aber grandios!, dachte Quitzow und legte die *21 Forderungen für die nächsten 20 Jahre* zur Seite.

Er wollte einige Stunden abwarten und danach den Text noch einmal lesen, doch er entschied sich um und griff gleich zum Mobiltelefon. »Ich bin begeistert – das muss in die *Berlin-Zeit*!«, schrieb er an Mason, ohne zu erwähnen, dass er die Abschaffung der Ehe kritisch sah. Er bedankte sich, auch für das Vertrauen, und prophezeite großes Aufsehen, das weit über die deutschen Landesgrenzen hinausreichen werde.

Null

»Das kommt nicht in die *Berlin-Zeit*«, sagte Wagenhofer.

Quitzows Mobiltelefon hatte geklingelt, als er gerade losfahren wollte. Zurück nach Wilhelmsruhe. Zu Isidor und Estelle. Zur Stärkung hatte er eben in der Hotellobby einen Kakao getrunken.

»Aber Wagihofi«, witzelte Quitzow auf Schweizerdeutsch wie zu ihren besten Zeiten in Berlin.

»Ist dir eigentlich klar …«

»Aber ja.«

»Ich frage: Ist dir …«

»Du wirst sehen, das werden alle aufgreifen, die großen deutschen Tageszeitungen und *Der Spiegel*, *Die Zeit*, das Fernsehen; auch im Ausland wird man darüber berichten, und Jean Mason wird in aller Munde sein, verstehst du, so sehr in aller Munde, dass seine ehemaligen Verlage seine Bücher neu auflegen werden, die Bücher werden weggehen wie frische Brötchen, alle Medien werden Jean Mason haben wollen, aber wir haben ihn mit dieser noch nirgendwo sonst abgedruckten Erzählung, wir haben als einzige einen Mason-Schwerpunkt über mehrere Nummern und …«

»Haben wir nicht.«

»Was?«

»Hör mal, ich frage mich eines: Wie sieht es mit Quitzows Gespür aus? Du kennst doch unseren Herausgeber?«

»Aber ja, ich habe einmal beim Weihnachtsapéro mit ihm gesprochen. Er legt Wert auf eine Trennung zwischen Redaktion und Verlag.«

»Wert auf etwas legen bedeutet nicht, dass es keine Grenzen gibt. Ich sage dir was: Wenn diese anarchistischen Forderungen eines Wahnsinnigen erscheinen, die im Grunde zur Revolution aufrufen, dann wird nicht nur unsere Zeitung von aller Welt verspottet, die Abonnenten werden nicht nur reihenweise kündigen, sondern ich werde auch meinen Job los sein. Diese Forderungen sind ein Witz, nicht einmal ihr Verfasser kann sie ernst nehmen. Oder was denkst du, würde geschehen, wenn nur ein Drittel davon Realität würde? Menschen mit Landbesitz enteignen. Eigentum und Vermögen nach dem Tod verstaatlichen. Ein Tempolimit von 90 in Deutschland – stell dir das einmal vor! Das bedeutet Bürgerkrieg.«

»Aber es geht doch …«

»Jeder Mensch kann in die EU einwandern. Hast du eine Vorstellung, was das in Zeiten der Klimaerwärmung und Hungersnöte bedeutet? Es würden hunderte von Millionen kommen, aus Afrika, aus dem Nahen Osten, aus dem Fernen Osten, falls es außerirdische menschliche Wesen gibt, würden sogar sie kommen. Wie soll das gehen?«

»Sie erhalten alle ein bedingungsloses Grundeinkommen.«

»Darf ich die lästige Frage stellen, wer das finanzieren soll?«

»Das steht doch da. Finanziert wird es durch die Vermögenssteuer, das Vermögen der Verstorbenen und die Konsumsteuer. Falls das nicht reicht, kann die EU Geld drucken.«

»Aha.«

»Klar! Theoretisch kann sie unendlich Geld drucken und es an die Menschen verteilen.«

»Dieses Geld wird das Papier nicht wert sein, auf dem es … Egal. Meine Zeit ist knapp. Quitzow, wie lange bist du nun in Wilhelmsruhe – drei Jahre?«

»Ein Jahr. Weshalb?«

»Sicherlich hast du in dieser Zeit deine Fühler ausgestreckt. Wilhelmsruhe hat eine eigene Zeitung, nicht wahr?«

»Du meinst den *Wilhelmsruhener Boten*? Ein Käseblatt. Eine Ansammlung von Anzeigen, Veranstaltungshinweisen, dazwischen das Portrait eines Wirts irgendeiner Dorfkneipe im Umland. Leider ungeeignet für eine Kooperation mit der *Berlin-Zeit*, falls du das meinst.«

»Wer spricht denn davon? Und weshalb so negativ? Auch

beim *Wilhelmsruhener Boten* arbeiten Leute, die ihren Stolz haben und nicht beleidigt werden wollen. Also …«

»Ja?«

»Du hast doch Pläne, oder?«

»Hör auf zu spaßen. Du willst mich in die Redaktion holen, richtig? Du hast das nie aufgegeben, mich in diese dunklen Räume mit dem Kaffeegeruch zu locken, das schmeichelt mir, muss ich zugeben. Aber sag jetzt nicht, dass du früher in Rente gehen und dir ein schönes Leben in Spanien machen willst; wobei, gönnen würde ich es dir ja und deine Funktion würde mich reizen, das stimmt, dafür würde ich vielleicht sogar … Du weißt doch, in der Redaktion herumzusitzen, ist eigentlich nicht meins, ich muss unterwegs sein, um Ideen …«

»Quitzow. Die Sachlage ist … Wie soll ich es dir sagen? Wir sind gezwungen, zu sparen, und du hast nur noch ein kleines Pensum und wohnst weit weg … Nun …«

»Was?«

»Du weißt schon: Das Leben macht Kurven, nimmt Abbiegungen, mal geht es bergab, dann bergauf, manchmal ist der Weg eben, ein andermal steinig. Quitzow, wirklich! Mach es mir nicht so schwer.«

»Ich?«

»Schau, so ist es eben: Blauer Himmel, Wolken. Aber dann wieder blauer Himmel. Möchtest du nicht beim *Wilhelmsruhener Boten* vorstellig werden? Vielleicht hat man dort … Verwendung für dich?«

Quitzow warf das Mobiltelefon in die Tasche. »Biegen Sie rechts ab.« Er zog das Telefon wieder heraus und beendete das Navigationsprogramm. Es war noch kühl im Wagen, die Hunde hatten sich bereits hingelegt und schliefen. Er stieß die Autotür auf, der gewohnte Druck war während des Gesprächs entstanden, immer diese Klammer am Hinterkopf, immer dieser Schmerz.

Wütend ging er zur Hotellobby zurück, setzte sich im Außenbereich neben Pflanzen in den Halbschatten, bestellte einen Kakao und beobachtete, um zur Ruhe zu kommen, das Schattenspiel auf dem Tisch. Als er nicht mehr zu heiß war, trank er vom Kakao und schluckte eine Kopfschmerztablette. Traurig saß er da, bestellte noch einen Kakao und dann noch einen. Finanziell war die Angelegenheit unbedeutend; Estelles Gehalt sorgte für die materielle Sicherheit der ganzen Familie. Vielleicht konnten sie gemeinsam über Wagenhofer und die *Berlin-Zeit* lachen?

Von nun an war er also nur noch Papi, zudem ein bisschen Hausmann und ein bisschen Gärtner. Er hatte mehr Zeit für Estelle, mehr Zeit, sie zu entlasten und sich Gedanken zu machen, wie die Erkenntnisse aus der Paartherapie umzusetzen waren. Vielleicht konnte er später, wenn Isidor größer war, mit Estelles finanzieller Unterstützung etwas aufbauen, das zwar wenig Geld einbrachte, aber Freude machte und eine Bereicherung für Wilhelmsruhe war: eine literarische Buchhandlung mit dem Schwerpunkt Roberto Cotti und Jean Mason eröffnen, die Cotti-Mason-Buchhandlung, die einmal im Monat zu einer literarischen Lesung einlud.

Er hatte in der Stadt ein Buch für Isidor gekauft, ein Bilderbuch mit einem Frosch, einer Maus und einem Spatz; zu Hause würde er als Erstes mit Isidor das Buch anschauen. Solches war doch wichtiger als eine halbe Seite der *Berlin-Zeit*, einer kränkelnden Wochenzeitung am Ende einer Epoche.

Mit langsamen Schlucken trank er den dritten Kakao. Dann fuhr er los. Er hörte im Deutschlandfunk, wie sich die Katastrophen in Deutschland, die Katastrophen in Europa, die Katastrophen überall auf der Welt entwickelten, und jede volle Stunde hörte er sich an, wobei sich dasselbe fast wortgleich wiederholte, wie es um die aktuell dringlichsten Katastrophen stand. Er machte zwei Pausen, in denen er je einen Kakao trank, in der zweiten Pause führte er noch die Hunde aus, danach machte er Piazzolla an, da er keine weiteren Katastrophenmeldungen hören wollte.

Es war später Nachmittag, als er Wilhelmsruhe erreichte. Er fuhr in die Stadt hinein, wo er bei einem Blumenladen parkte und sich von einer Floristin für dreißig Euro einen Frühlingsstrauß zusammenstellen ließ. Es war ja noch Frühling, obwohl die Wochen sich anfühlten wie Hochsommer und die Bäume aussahen wie im Spätsommer. »Ein möglichst natürlich aussehender Frühlingsstrauß«, hatte er gesagt. »Natürlich« war ihm bei Blumensträußen wichtig, so als kämen sie direkt von einer Magerwiese, selbst gepflückt, auch Estelle mochte das. Ein Frühlingsstrauß als Symbol, dachte Quitzow, für den Neuanfang unserer Beziehung. Als die Floristin den Strauß band, entdeckte er eine Heidelbeerpflanze im Topf; diese nahm er für Isidor.

Er fuhr nach Hause, Estelles Wagen stand nicht da, er parkte vor der Tür und schaffte das Gepäck in den Flur, auch den holzumrahmten Spiegel der Mutter. Die Hunde stürmten ins Wohnzimmer, ohne jemanden vorzufinden. Quitzow schlüpfte in die Hausschuhe, stellte den Blumenstrauß in einer Vase auf den Esstisch, Isidors Heidelbeere auf die Terrasse und füllte den Hundenapf mit frischem Wasser, dann fasste er sich an den Kopf, als wäre ihm etwas eingefallen: Er öffnete die Haustür und den Briefkasten. Ein Brief war für ihn, von einer Anwaltskanzlei.

»Sehr geehrter Herr … Ihre Ehefrau hat sich entschieden, mich als ihre Anwältin … betrachtet Ihre Ehe als seit langem zerrüttet … Scheidung unausweichlich, zumal Ihre Ehefrau inzwischen einen neuen Lebenspartner … wichtige Dinge auf diesem Weg außergerichtlich zu klären … Ihr gemeinsamer Sohn, Isidor, ab sofort bei seiner Mutter lebt … haben Sie als Vater das Recht, ihn jedes zweite Wochenende … können Sie ihn am Freitagabend um 17 Uhr bei seiner Mutter abholen und am Sonntagabend um 17 Uhr zurückbringen … bitte ich Sie, binnen einer Woche, bis zum … zuzustimmen, andernfalls wird meine Mandantin vor Gericht im Eilverfahren das Aufenthaltsbestimmungsrecht, das ein Teil des Sorgerechts … sehr gute Chancen für meine Mandantin, da sie sich seit der Geburt überwiegend alleine um Isidor kümmert … zumal auch eine konsultierte Kinderpsychologin es im Sinne der Kontinuität für dringlich hält, dass Isidor ab sofort seinen Lebensmittelpunkt bei der Mutter … Ihre drei Hunde, zur Hasenjagd gezüchtet, eine große Gefahr für Isidor darstellen … Gefahr der Verwechslung von Kind und Hase erheblich … Großzügigerweise räumt Ihnen meine Mandantin zur Räumung des Hauses, das ihr Eigentum ist, sechs Wochen ein … großzügigerweise für das Auto, ebenfalls Eigentum meiner Mandantin, eine Frist von zwei Wochen ein … wird das Familienkonto aufgelöst … Bankkarte noch bis zum … gültig … wird meine Mandantin in Kürze aus gesundheitlichen Gründen ihre Stelle massiv reduzieren … ist deshalb in keiner Weise verpflichtet, Trennungsunterhalt zu zahlen … mögen Sie sich schnellstmöglich eine Vollzeitbeschäftigung jedweder Art suchen und meiner Mandantin Trennungsunterhalt sowie Kindesunterhalt zahlen … ersuche ich Sie, binnen oben erwähnter Frist allem zuzustimmen, ansonsten … eine womöglich jahrelange gerichtliche Auseinandersetzung durch mehrere Instanzen nicht zu Ihrem Vorteil … schwerwiegende Folgen für Sie und Ihr weiteres Leben …«

Quitzow legte das Schreiben auf die Küchenablage, hielt die Hand an seinen Bauch und sah sich um. Der Wasserkocher fehlte. Ihm schwindelte. Langsam ging er ins Wohnzimmer und ließ sich in Estelles alten Ledersessel fallen. Aber, sagte er zu Laura, das stimmt doch alles nicht. Ich habe mich immer um Isidor gekümmert. Und die Hunde … das ist ein Witz.

Blauer Himmel, Wolken. Aber dann wieder blauer Himmel. Quitzow stöhnte.

Auf einmal hatte er den Geschmack von Magensäure im Mund. Er eilte ins Gästebad, riss den Toilettendeckel hoch und erbrach eine dunkelbraune flüssige Masse, es fühlte sich an, als kämen hundert Kakaos heraus. Er wartete. Er kotzte noch einmal tausend Kakaos. Er wartete. Dann würgte er schrecklich und kotzte unendlich viele Kakaos, alle Kakaos, die er in seinem Leben getrunken hatte, sein ganzes Leben kotzte er heraus. Er zitterte überall am Körper, als er sich erhob und auf das Waschbecken abstützte. Er warf einen flüchtigen Blick in den Spiegel und sah den Roten Milan mit dem gelben Auge über Winterthur, den schönen König, dann wusch er sich mit kaltem Wasser das Gesicht.

Taubenstadt

001

Auf einem geraden Stück in der Tempo-30-Zone stoppte Marco Hänny den Wagen und machte den Pannenblinker an, um für sein Kind da zu sein.

Edith Thome hatte er vor fünf Jahren kennengelernt und vor drei Jahren geheiratet; seit einem Dreivierteljahr waren sie getrennt und in spätestens einem Jahr sollten sie voraussichtlich geschieden sein. Würde Hänny heute gefragt, weshalb er sich damals in Edith Thome verliebt hatte, wüsste er keine Antwort. Er war aus einer langjährigen Beziehung mit Julia Böhm gekommen, die ruhig und harmonisch, aber nicht sehr leidenschaftlich, eher eine Freundschaft gewesen war, und hatte sich nur zu gern in Edith Thomes Arme geworfen, die ihn innig umschlang und auf eine ernsthafte, stolze Weise »Ich liebe dich« sagte, im nächsten Moment schmollen und im übernächsten in einem Wutausbruch ins Bad marschieren, die Tür zuschlagen, abschließen und nicht wieder herauskommen konnte, bis er zärtlich mit ihr zu sprechen anfing; die, wenn sie im Freien waren, sich weinend auf den Boden setzte und nicht wieder aufstehen wollte, bevor er sich entschuldigt hatte, und, wie sie ihm in den ersten Wochen anvertraut hatte, die Schwäche besaß, einen Fehler nicht revidieren, auf einem eingeschlagenen Weg nicht umkehren zu können. Seine vorbehaltlose Hinwendung zu Edith Thome ließ sich nur dadurch erklären, dass er, Ende dreißig, aus einem Jetzt-oder-nie-Gefühl heraus entschieden hatte, mit dieser Frau eine Familie zu gründen. Sie hatten die Familie gegründet. Nun lösten sie sie wieder auf.

Marco Hänny war Edith Thome nach Taubenstadt gefolgt, weil sie wieder im Haus ihrer Kindheit leben wollte. Ihre Eltern waren gestorben, die Villa stand seither leer und sie brachte es nicht über sich, sie zu verkaufen oder zu vermieten; auf einmal, sie war noch im Wochenbett gewesen, hatte sie gesagt: »Und wenn wir im Haus wohnen? Lass uns nach Taubenstadt ziehen!«

Zu diesem Zeitpunkt war er erst einmal dort gewesen, zusammen mit Edith Thome, einige Monate nach Beginn ihrer Beziehung und drei Jahre nach dem Absturz des Flugzeugs in Richtung Mallorca, in dem ihre Eltern gesessen hatten. Taubenstadt galt wegen des Taubensees als Idyll, eine hochpreisige Beamtenstadt mit einer kleinen, exklusiven Universität und einem überdurchschnittlich hohen Anteil an Rentnern.

Als Edith Thome im Wochenbett lag und zurück nach Taubenstadt ins Haus ihrer Kindheit wollte, war Marco Hänny seit nunmehr acht Jahren als Bibliothekar an der Stadtbibliothek Friedrichshain-Kreuzberg beschäftigt, mit einem guten, sicheren Gehalt, zuständig unter anderem für Veranstaltungen, Autorenlesungen, die er gerne moderierte. Er fragte sich, was gegen ihren Vorschlag sprach. Nach dem Tod ihrer Eltern hatte sie ein Vermögen geerbt, weshalb sie nie wieder würde arbeiten müssen, während er kaum Vermögen besaß. »Du brauchst dir in Taubenstadt keine Arbeit zu suchen«, hatte sie gesagt. »Wir wohnen im Haus, genießen die Zeit mit Isi und machen uns ein schönes Leben.«

Weshalb war er bereit gewesen, seine Wahlheimat Berlin, die er liebte und in der er eine sichere und interessante Arbeitsstelle hatte, zu verlassen und in eine fünfhundert Kilometer weit entfernte biedere Provinzstadt zu ziehen, in der ihn nichts erwartete, nur weil seine Frau aus einer Laune heraus dorthin zurück und Isi dort aufwachsen sehen wollte? Marco Hänny wusste es nicht. Er hatte seine gut bezahlte Stelle an der Stadtbibliothek Friedrichshain-Kreuzberg gekündigt und seine Bücher in Kartons verpackt. Schiller, Kleist und Jean Paul. Sappho. Puschkin, Gogol und Gotthelf. Flaubert. Karton um Karton hatte er gefüllt: Boccaccio, Borges, Bolaño. Klabund. Gertrude Stein, Gertrud Kolmar und Friederike Mayröcker. Robert Walser. Walter Benjamin, Kierkegaard und Nietzsche. Joyce. Proust. Nabokov. Cortázar und Gombrowicz. Hölderlin und

Helga M. Novak. Italo Svevo. Italo Calvino. Ein Durcheinander aus Butor, Nizon, Modiano, Dag Solstad und Ricardo Piglia, Fernando Pessoa, Antonio Tabucchi und Susan Sontag. In Kartons verpackt: Ilse Aichinger, Adelheid Duvanel und Elke Erb. Arno Schmidt. Roberto Cotti und Jean Mason. Zu den Bücherkartons hinzu kamen ein Lesesessel, den ihm vor langer Zeit seine Mutter geschenkt hatte, ein historischer Kleiderschrank und ein großes String-Regal, das er für die Bücher verwendete, sowie vier einfache Holzstühle aus seiner Kindheit, an denen er hing. Außerdem musste er nicht wenige Kunstwerke sorgfältig einpacken, die er in den vergangenen Jahren erstanden und neu hatte rahmen lassen, mit einem hochwertigen Museumsglas, das die Bilder vor Sonneneinstrahlung schützte. Edith Thome war nämlich Kunstsammlerin, die meisten Werke hatte sie allerdings nicht selbst gekauft, sondern von ihren Eltern erhalten, deren Villa voll von Kunst war. Und so hatte auch Marco Hänny einige nicht allzu teure Werke von deutschen Künstlern aus der zweiten Jahrhunderthälfte erstanden – Rolf Szymanski, Gerhard Altenbourg, Emil Cimiotti, Horst Janssen, Reiner Schwarz –, sein Lohn als Bibliothekar und Ersparnisse hatten dafür gereicht.

Die Villa in Taubenstadt war noch nicht geräumt gewesen. Sie hatten die Sachen von Ediths Eltern in die Kellerräume und in die Gästezimmer schaffen, in den Wohnräumen neu stellen oder entsorgen müssen (die meisten Kunstwerke an den Wänden ließen sie hängen); danach konnten sie ihre Dinge einräumen, eine Aufgabe, mit der sie – ihr halbjähriges Kind hatten sie auch noch zu betreuen – nicht fertig geworden waren. Gerade ein Jahr war seit dem Einzug in die Thome'sche Villa vergangen – ein Teil von Marco Hännys Bücherkartons und anderen Dingen stand noch unausgepackt im Keller, ebenso Umzugskartons seiner Frau –, als Edith Thome eine Ferienwohnung im Stadtzentrum bezog, um Distanz zu haben und nachzudenken, wie sie sagte, und, wie Marco Hänny erst später klar werden sollte, um sich ungestört mit ihrem Liebhaber zu treffen, Lars, ein alter Freund aus der Schulzeit. Zehn Monate war es her, als die beiden Greyhounds Rain und Lou vom Tierschutz zu ihnen gekommen waren, beide groß, sanft und in sich ruhend. Mit eineinhalb Jahren begann Isi, zwischen der neuen Wohnung seiner Mutter und der Villa, in der sein Vater lebte, zu pendeln: die eine Hälfte der Zeit hier, die andere dort; bis auf die Stunde paritätisch aufgeteilt.

Weshalb nur war Marco Hänny, der in Berlin ein glückliches Leben geführt und als Bibliothekar an der Stadtbibliothek Friedrichshain-Kreuzberg eine interessante, sichere und gut bezahlte Arbeitsstelle gehabt hatte, mit einer Frau, die er wohl geheiratet hatte, aber noch nicht lange kannte, in eine Stadt wie Taubenstadt gezogen? Heute war es ihm unmöglich, diese Frage zu beantworten, wie es ihm unmöglich war, zu erklären, weshalb er Edith Thome überhaupt geheiratet hatte. Sie war eine impulsive, aufgewühlte Frau, die in ihrem Innern oft etwas auszufechten schien. Manchmal war ihm aufgefallen, wie sie abwesend, vermeintlich ruhig, dasaß, aber mit der Hand gestikulierte, als würde sie in Gedanken einen Vortrag halten oder an einer Diskussion teilnehmen und mit Handbewegungen ihre Rede begleiten.

Sie hatte einen für ihn unvorstellbar großen Freundeskreis, der sich auf viele Länder ausdehnte; bei Besuchen zeigte sie sich großzügig, mit Geschenken, Einladungen zu Essen, die sie sich ohne Weiteres leisten konnte. Marco Hänny hatte manchmal das Gefühl gehabt, dass sie sich über ihre Freunde auf subtile Weise erhob und sie mit ihrer Großzügigkeit bestach, ohne dass jene es merkten. Auch ihn hatte sie um den Finger gewickelt mit unzähligen guten Essen und Weinen an auserlesenen Orten, mit Reisen nach London, wo sie studiert und danach einige Jahre gelebt hatte, Wochenendtrips nach Barcelona, Rom und Paris. Um den Finger gewickelt mit ihrem Schmuckkästchen, das wertvollen alten Schmuck enthielt und dessen Schlüssel in der oberen Schublade einer antiken Kommode in einer kleinen Schatulle versteckt war, wie er wusste, weil sie es ihm – nur ihm! – gezeigt hatte; um den Finger gewickelt mit der vertraulichen Anleitung, wie der Safe geöffnet werden konnte, der noch Wertvolleres enthielt und mit seinem Gewicht das Sideboard, in dem er stand, fast zum Kippen brachte.

Es war ihm heute schlicht unmöglich zu sagen, weshalb er sich in diese ungeduldige Frau mit einer Neigung zu langen Diskussionen, die erst endeten, wenn ihr Gegenüber aufgab und sie recht bekam, verliebt, sie geheiratet hatte und mit ihr nach Taubenstadt in die Villa ihrer Eltern gezogen war. Er war in der Schweiz in einem Plattenbau bei seiner Mutter aufgewachsen, an einem kleinen Ort nahe der Thur, und hatte eine Prägung erfahren, die ihn Jahrzehnte später Ediths Villa voller Ehrfurcht betreten lassen sollte. Von seiner Familie – er war der Einzige, der die Matura gemacht und studiert hatte, abgesehen von seinem Vater, den er nie kennengelernt hatte – kannte er Erbsenzählereien, den Glauben daran, dass die eigenen Möglichkeiten beschränkt waren, und ein Zweckdenken, das jede kleinste Handlung unterwarf, nur zu gut; er hatte all dies hinter sich gelassen, als er für das Studium fortgegangen und nach Berlin ausgewandert war, wo er nach einigen Jobs eine Anstellung als Bibliothekar fand. Doch obwohl er sein Studium mit guten Noten abgeschlossen hatte, fühlte er sich nie wirklich angekommen in der Welt der Akademiker.

Edith Thome war für ihn wie von einem anderen Stern. Sie hatte eine geistig herausfordernde Arbeit nicht nötig, geschweige denn eine Promotion oder eine Karriere, um mit sich zufrieden zu sein. Studien in London und Cambridge reichten ihr; weshalb sollte sie sich in die Niederungen der Arbeitswelt und der Lohnarbeit begeben, wenn sie Geld genug für ein ganzes Leben hatte, Geld, das sich von allein vermehrte? Dieser Blick auf die Welt hatte Hännys jahrzehntelange Bemühungen, sein Ringen um gute Noten am Gymnasium, seine Studien und seine Bewerbungen, lächerlich aussehen lassen. Wozu das alles? Weshalb tat man sich das an, wenn man das

Leben genießen und nebenher Kunst sammeln konnte? Innerhalb weniger Wochen war ihm klar geworden, wie bieder seine Anstellung als Bibliothekar war. Dass aus ihm, hätte er Edith Thome nicht kennengelernt und seine Arbeitsstelle gekündigt, ein Biedermann geworden wäre. Edith Thome hatte ihm die Augen geöffnet: Wenn er so weitermachte, wurde aus ihm ein Biedermann. Das waren nicht ihre Worte gewesen, sie hatte das Wort »Biedermann« nicht in den Mund genommen. Sie hatte lediglich zwei Mal in verschiedenen Situationen gesagt, dass sein Job nicht zu ihm passe, zu spießig sei, und einmal hatte sie gesagt, dass ihr alles an ihm gefalle, nur seine Arbeit nicht, die seine Attraktivität schwäche. Das waren ihre Worte gewesen. Spießig. Nicht passend. Seine Attraktivität schwächend. Seither war ihm klar, dass sie recht hatte und er nie wieder als Bibliothekar würde arbeiten können.

Taubenstadt war das Ende seines Lebens als Normalbürger gewesen. Fortan konnte er für seinen Sohn da sein und gemeinsam mit ihm und Edith Thome reisen, wann immer sie Lust dazu hatten. Die Villa bot ihm im Dachgeschoss ein großzügiges, komfortables, gemütliches Zimmer mit genügend Platz an den Wänden für die Kunstwerke und direktem Blick auf den Taubensee; ein Zimmer, in das er sich bei Bedarf zurückziehen und einer Aufgabe nachgehen konnte, die sein Inneres berührte: heimlich Gedichte schreiben, ein Tagebuch beginnen, in dem er die Veränderungen der Welt reflektierte und mit persönlichen Erlebnissen verknüpfte, oder die Arbeit seines verstorbenen Vaters fortführen, der ein Cotti-Forscher gewesen war. Ein ausgefallenes, exzentrisches Hobby – wie die Forschung seines Vaters fortzuführen – würde ihm gut stehen, hatte Edith gesagt.

Hatte Marco Hänny das wirklich geglaubt? Dass sie nach Taubenstadt gingen, weil es das Paradies war und er dort, noch nicht einmal Mitte vierzig, keiner Lohnarbeit mehr nachgehen musste, stattdessen mit Isi eine schöne Zeit verbringen, nebenher Tagebuch führen und, wenn ihm danach war, sich mit

Vater und dessen Forschung auseinandersetzen konnte? Mit Roberto Cotti und einem Haufen Skizzen, die Vater anvertraut worden waren? Dass sie als kleine Familie, der es an nichts fehlte, finanziell unabhängig das Leben genießen konnten, Tag für Tag ein ausgiebiges Frühstück im großen Erker einnehmen, Tag für Tag mit Isi spielen würden, dass er Cottis Skizzen untersuchen, Tag für Tag die Anwesenheit Edith Thomes wertschätzen würde, eine Frau, die er geheiratet hatte, aber im Grunde kaum kannte, und mit der er eine Beziehung führte, die, wie sich später in der Eheberatung und in der Paartherapie zeigte, wenig Tiefe besaß, die nicht auf dem Fundament vieler Jahre des vertrauten Beisammenseins stand, die nie gewachsen war?

Heute wusste Marco Hänny nicht einmal die Frage zu beantworten, ob er mit Edith Thome eine Beziehung geführt hatte. Sie waren wohl verheiratet, hatten teilweise leidenschaftlichen Sex gehabt, sich bei guten Weinen nett unterhalten, zuweilen über ernste Themen diskutiert und waren oft verschiedener Meinung gewesen, was zu Streit geführt hatte. Sie hatten viel gestritten und nie herausgefunden, wie sie miteinander umgehen mussten, hatten kein tiefes Verständnis für den anderen entwickelt, keinen Zugang zum Innern, stattdessen hatten sie sich gestritten und anschließend versöhnt, immer wieder sich gestritten und versöhnt. Ihre Verbindung war der gemeinsame Wunsch nach einer lebenslangen Liebe gewesen, dem Eheglück und einem Kind; sie hatten dieselben Ziele gehabt, sich aber nicht eng umschlungen, sondern in einiger Entfernung zueinander auf den Weg dorthin gemacht.

Am besten war die Stimmung gewesen, als sie noch in zwei Wohnungen gelebt und sich jeweils erst nach ein paar Tagen wieder gesehen hatten. Im Wochenbett hatte Edith argumentiert, dass die großzügige Villa, die Platz genug bot, sich aus dem Weg zu gehen, ihrer Beziehung gut täte. Von der Möglichkeit des Rückzugs hatten sie beide bald Gebrauch gemacht, vor allem Hänny, der in seinem Zimmer Ruhe suchte, um es, das Zimmer, zu spüren. Es gab nichts, was er daran aussetzen konnte, sein Arbeitsplatz in der Stadtbibliothek Friedrichshain-Kreuzberg war kein Vergleich dazu gewesen, es war das perfekte Zimmer. Doch in diesem riesigen, fürstlichen Raum, der keine Wünsche offen ließ, fühlte er sich nicht richtig; er spürte ein Unbehagen, und er bekam keinen Gedanken zu fassen. Das Zimmer war zu groß für seine Gedanken. Hier war die Forschung seines Vaters nicht greifbar; weder Vater noch Cotti konnte er sich hier vorstellen. Womit auch immer er sich beschäftigen wollte, es schwebte heran und zerplatzte wie eine Seifenblase, bevor er es festhalten konnte.

Um im neuen Leben anzukommen, was in seinem Zimmer schlecht gelang, und um Edith aus dem Weg zu gehen, die auch ihre Zeit brauchte, sich im elterlichen Zuhause wieder zu akklimatisieren, und ihre Laune ihm gegenüber nur schlecht verbarg, begann er, den Thome'schen Garten umzugraben. Zur Villa gehörte ein riesiger, vor einem halben Jahrhundert angelegter Garten: große Rasenflächen, umsäumt von immergrünen Bäumen und Sträuchern, die zwar wenig Arbeit machten, aber kaum Nahrung für Insekten und Vögel boten, sowie ein großer Swimmingpool. Marco Hänny beschloss, aus dem dreitausend Quadratmeter großen Grundstück einen farbenfrohen, blühenden Lebensraum für Schmetterlinge, Wildbienen und Insekten jeder Art, für Vögel, Igel und andere Tiere zu schaffen, einen Garten, der Isi Schatten spendete und dessen Pflanzen mit der Klimaveränderung zurechtkamen.

Eines Tages suchte er Edith in ihrem Zimmer auf. »Der Swimmingpool«, sagte er. »Wollen wir über den Swimmingpool sprechen? Was machen wir damit?« Edith sah ihn an und sagte, sie schwimme darin. Das wusste er. »Aber die Sommer werden immer trockener, und der Pool benötigt Unmengen von Wasser. Nachhaltig ist er nicht. Im Gegenteil. Wir verbrauchen Wasser, das an anderer Stelle fehlt. Vielleicht könnte man aus dem Pool eine riesige Zisterne bauen – dann hätten wir Wasser für die Toilette und den Garten. Was denkst du? Schwimmen könntest du im Taubensee.«

Der See war fünf Minuten entfernt, zu Fuß. Hänny war bereit, den Umbau des Swimmingpools in die Hand zu nehmen. Er würde die Firma kontaktieren, sich Lösungen überlegen und die Fläche des Pools, unter der fortan eine oder mehrere Zisternen wären, neu bepflanzen. Doch Edith wollte nicht. Sie wollte den Swimmingpool, den sie aus Kindertagen kannte, behalten, wollte ihn immer und immer wieder mit kostbarem, da rar gewordenem Wasser befüllen und darin schwimmen. Alleine. Hänny benutzte ihn nicht. Und Isi war noch zu klein. Da sie nicht wollte, begnügte er sich damit, den Rest des Gartens bienen- und insektenfreundlich, vogel- und igelgerecht, hitze- und trockenheitsresistent zu machen.

Weshalb hatte Marco Hänny im Sommer, Herbst und Frühling ihres ersten Jahres in Taubenstadt in Eigenarbeit den Garten der Thome'schen Villa umgegraben, obwohl er und Edith Thome kaum noch Zeit zu zweit verbrachten, seit der Schwangerschaft nicht wieder Sex gehabt hatten und sie jeden Tag in die Stadt fuhr, um, wie sie sagte, Erledigungen zu machen, ins Fitnessstudio zu gehen und Leute zu treffen? Sie fuhr ins Stadtzentrum, um ihr Fitnesstraining wieder aufzunehmen, in jenem Studio, das sie von früher kannte, sie besaß eine Jahreskarte und ging fast jeden Tag dorthin, wo sie mit Crosstrainer und Hanteln ihre Fitness verbesserte. Genaueres wusste Hänny nicht, so fremd war ihm das, und sie fuhr ins Zentrum, um wieder Kontakt zu Freundinnen und Freunden aus der Schulzeit herzustellen, ohne ihn mitzunehmen. Weshalb ohne ihn? Weil er sich in dieser Zeit um Isi kümmern musste, der noch nicht in die Kita ging. Manchmal brachte Edith Freunde nach Hause, die sie zuvor in der Stadt getroffen hatte, alles in allem jedoch ließ sich sagen, dass sie in Taubenstadt ein eigenes soziales Netz spann, von dem er nicht Teil war. Kam sie von einem Treffen nach Hause, übergab er ihr Isi und ging in den Garten. Aus einem Trotz heraus entzog er sich ihr. Am nächsten Tag ging sie wieder in die Stadt; als sie zurückkam, ging er in den Garten.

Heute konnte Marco Hänny beim besten Willen nicht mehr sagen, ob er mit Edith Thome eine Beziehung geführt hatte. Im Grunde hatten sie sich sogar um Isi seit dessen Geburt getrennt gekümmert, jeder hatte seine Schicht, zuerst, damit Edith sich von der Geburt erholen, später, damit sie beide den Umzug vorbereiten, und danach, damit sie die Villa einrichten konnten. Tag für Tag hatten sie sich Schicht um Schicht getrennt um Isi gekümmert, sodass vor einem Dreivierteljahr, als Edith auszog, der Übergang ins Wechselmodell, wie diese Form der Betreuung hieß, ein natürlicher war und sich für Isi, von Ediths neuer Wohnung abgesehen, kaum etwas änderte. Die wenigen gemeinsamen Ausflüge in die Region und die Restaurantbesuche in Taubenstadt, die sie zuvor unternommen hatten, waren zwar nicht immer konfliktiv gewesen, aber glücklos verlaufen. Spätestens seit Isis Geburt hatten er und Edith ihre gegenseitige Anwesenheit einfach nicht mehr als Glück empfunden.

Marco Hänny und Edith Thome waren also durch den gemeinsamen Wunsch, eine Familie zu gründen, verbunden gewesen, nicht jedoch durch die Beziehung, die sie miteinander führten. Und obwohl er dies hätte sehen können, war Hänny seiner Frau nach Taubenstadt in die Provinz gefolgt, wo es für ihn nichts gab, nur Edith Thome. Er hatte einfach nicht gesehen, was er hätte sehen sollen; nicht gesehen, was so offensichtlich gewesen war, wenn er es nur hätte sehen wollen.

Dabei hatte er der Ehe seit jeher skeptisch gegenübergestanden, sie als eine unzeitgemäße, ungesunde Form des Zusammenlebens bezeichnet. Seine Mutter war nach einer frühen Scheidung alleinerziehend gewesen. Seit seiner Jugend hatte er Familie und Verwandtschaft – niemand teilte sein Interesse für Bücher – als eine zweifelhafte Gemeinschaft empfunden, deren Mitglieder oft wie zusammengewürfelt waren und die nichts miteinander verband. Doch dann verwandelten Edith Thome und ihr gemeinsamer Kinderwunsch seine Haltung in ihr Gegenteil. Nach der gescheiterten Beziehung mit Julia Böhm war sein Wunsch, seine große Liebe zu finden, mit der er ein Leben lang zusammenblieb, groß genug gewesen, um allfällige Zweifel zu verdrängen. Und so hatte er Edith Thome geheiratet, ohne zu sehen, dass sie das, was sie vor der Ehe nicht gewesen war, auch in der Ehe nicht sein würde.

Wie hatte er das nicht sehen können? Oder war der Auslöser für das Jetzt-oder-nie-Gefühl gar nicht der Wunsch nach einer Ehe und lebenslangen Liebe gewesen, den er sich auch noch in drei, fünf oder zehn Jahren hätte erfüllen können, sondern der Wunsch nach einem Kind? Auch diesen Wunsch hätte er sich in zehn Jahren noch erfüllen können, mit einer wesentlich jüngeren Frau. Doch er hatte keine wesentlich jüngere Frau gewollt und war der Meinung gewesen, dass auch ein Mann irgendwann zu alt zum Kinderkriegen war, zumindest wenn er sich an der Betreuung des Kindes, auch in den Nächten, angemessen beteiligen wollte. Tatsächlich war Marco Hänny zu recht der Meinung gewesen, dass die große Entscheidung nicht die war, ob man heiraten, sondern ob man Kinder haben wollte, war es doch nicht die Ehe, die ja geschieden werden konnte, sondern das Kind, das zwei Menschen ein Leben lang aneinander band. Gleichzeitig war er der Meinung gewesen, obwohl er die Ehe kritisch sah, dass zwei, die ein Kind haben wollten, auch heiraten sollten, denn die Ehe war in der heutigen Zeit noch immer die beste Form für eine Familie.

Ihm war also vollständig klar gewesen, dass ein Kind ihn ein Leben lang an Edith Thome binden würde. Und da er sie liebte, wie er glaubte – vermutlich hatte er sie geliebt, auch wenn ihre Beziehung, wollte man von einer sprechen, keine tiefe Verbindung aufwies –, und sie beide einen Kinderwunsch hatten, war die Heirat folgerichtig gewesen. Dies stand außer Frage. Er wusste, weshalb er sie geheiratet hatte. Die Frage, die Hänny sich heute stellen musste, war diejenige, ob es richtig gewesen war, mit einer Frau wie Edith Thome ein Kind zu zeugen, das ihn lebenslang an sie binden würde, doch diese

Frage zu stellen war unmöglich, denn sie bedeutete, an Isi zu zweifeln und vielleicht zu bereuen, dass es ihn gab. Es war gut gewesen, sich mit Edith Thome einzulassen, einer Frau, mit der er keine tragfähige Beziehung geführt hatte, weil es nun Isi gab. Im Grunde war es egal, ob sie eine Ehe, eine Beziehung oder nur eine kurze Affäre gehabt hatten, das Entscheidende war Isi, ihr gemeinsamer Sohn.

Aber weshalb war er dann mit Edith Thome nach Taubenstadt gegangen? Weshalb, wenn doch Isi es war, um den sich alles drehte, hatte er nicht darauf bestanden, in Berlin zu bleiben, als Familie, in einer offenen Ehe, als Getrennte und Geschiedene oder in welcher Form und Zusammensetzung auch immer?

Marco Hänny wusste es nicht. Er kramte im Handschuhfach, wo die CDs lagen, der Wagen stand ja noch immer mit eingeschaltetem Pannenblinker in der Tempo-30-Zone. Isi wollte das Lied *Papa kann nicht kochen* von Sven van Thom hören. »Papa kann nicht kochen«, sagte Hänny. »Hier ist der Papi, der nicht kochen kann.«

002

Marco Hänny hielt also in der Tempo-30-Zone mit eingeschaltetem Pannenblinker an, wenn sein zweijähriger Sohn ein bestimmtes Lied hören wollte und nicht länger warten konnte. An einer günstigen Stelle parkte Hänny den Wagen und suchte im Handschuhfach nach der CD, was er vor einem Jahr während des Fahrens getan hätte, ohne sich etwas dabei zu denken. Seit einiger Zeit jedoch wollte er kein Risiko eingehen. Er wollte weder einen Unfall machen, noch, dass Isi sich bei Edith Thome über ihn beklagte, weil er das gewünschte Lied nicht hören konnte, und nicht mehr gerne zu ihm kam. Deshalb hielt er an. Auch, um auf dem Weg in die Kita eine Pause einzulegen und mit Isi noch ein wenig zu sprechen, bevor er ihn der Erzieherin übergab, die ihn ihrerseits am Nachmittag Edith Thome übergab. Es tat manchmal gut innezuhalten.

Jedes Mal, wenn Marco Hänny sich in der Kita von Isi verabschiedet hatte, hielt er inne. Als müsste er seinen Herzschlag spüren. Auch heute tat er es, nachdem Isi mit der Brotdose zum Tisch im Raum der Igel-Gruppe gegangen war. Nachdem Isi sich zuvor im Auto von Rain und Lou verabschiedet, er ihn über den Parkplatz zur Tür, durch den langen Flur getragen und ihm mit den Kleidern geholfen hatte; nachdem er ihn erneut hochgenommen und noch ein wenig mit ihm geschmust, ihm eine schöne Zeit bei seiner Mami gewünscht und ihn zur Tür der Igel-Gruppe getragen hatte. Isi wollte seit einiger Zeit oft getragen werden.

Marco Hänny hatte innegehalten und bei den Kleiderschränken durch das obere Fenster in den Gruppenraum hineingespäht: Isi stand mit der Brotdose beim Tisch und machte einen zufriedenen Eindruck. Er war bereits in der Welt der Kita, nicht mehr in jener des Vaters. Wenn er, der Vater, nun die Tür des Gruppenraums öffnen und nach Isi rufen würde, wäre das eine Unregelmäßigkeit, eine Störung, die Isi aus der

Welt der Kita hinausriss und ihn durcheinanderbrachte, die vielleicht verhinderte, dass er danach wieder in die Welt der Kita hineinfand, und dazu führte, dass er und somit auch die Erzieherinnen einen anstrengenden Tag hatten. Inzwischen hatte Isi die Brotdose auf den Tisch gestellt, an seinen Platz, da, wo er jeden Tag saß, wie zu vermuten war, und machte noch immer einen zufriedenen Eindruck. Marco Hänny wandte sich ab. Er ging durch den langen Flur, der von der Igel-Gruppe zur Haustür führte, begleitet von Gedanken darüber, wie es weiterging, was auf ihn und vor allem auf Isi zukam, nun, da Edith Thome nicht mehr wollte, was von Beginn an, noch vor der Geburt, für sie beide klar gewesen war: dass sie sich beide in gleichem Maße um Isi kümmerten, fortschrittlich, emanzipiert.

Seit Edith Thome sich zur Scheidung entschlossen hatte, wollte sie das Wechselmodell nicht mehr. Sie hatte es Marco Hänny über ihre Anwältin ausrichten lassen. Es war so gekommen, wie es seine Anwältin, Frau Blumenthal, Monate zuvor für möglich oder gar wahrscheinlich gehalten hatte, als er zu einem Beratungsgespräch bei ihr gewesen war, um zu erfahren, was ihm im schlimmsten Fall drohte. Das war gewesen, als Edith Thome sich eine Ferienwohnung genommen hatte.

Eine alte Freundin aus Berlin hatte ihm geraten, sich bei einer Anwältin zu erkundigen, um auf den schlimmsten Fall vorbereitet zu sein. Frau Blumenthals Büro befand sich am anderen Ende von Taubenstadt in einem kleinen Industrieviertel. Sie war eine erfahrene Anwältin, bezeichnete sich als ausgleichend und bemüht, nach Lösungen zu suchen, die für alle Familienmitglieder gut waren. Sie versuche, schrieb sie in ihrem Internetauftritt, sich mit Empathie in die Situation aller einzufühlen. Das war Marco Hänny sympathisch gewesen, und ein Zitat aus Kleists *Zerbrochenem Krug* hatte ihn vollends überzeugt, sie zu kontaktieren. Nachdem er ihr ausführlich erzählt hatte, fragte er, womit er im schlimmsten Fall zu rechnen habe.

»Im schlimmsten Fall«, sagte Frau Blumenthal, »werden Sie sich bei einer Scheidung eine Vollzeitbeschäftigung suchen müssen, welche auch immer, Kindesunterhalt und Ihrer Frau Unterhalt zahlen müssen. Ihr Kind werden Sie nur noch jedes zweite Wochenende sehen.«

Der Raum, in dem Marco Hänny sich befand, das Büro von Frau Blumenthal, schien sich aufzulösen, die Dinge darin wurden trüber, unschärfer und entglitten. Isi nur noch jedes zweite Wochenende sehen. Zwei Abende, an denen Isi nicht einschlafen konnte, weil er seine Mami vermisste, er zu Papi keine sichere Bindung mehr hatte und er dessen Wohnung kaum kannte. Jedes zweite Wochenende der bemühte Versuch, Natürlichkeit herzustellen. Davor und danach irgendeiner Lohnarbeit nachgehen, um Edith Thome Geld zu überweisen, in einer Stadt, in der er nicht leben wollte. Marco Hänny, von seinem Kind entfremdet, degradiert zu einem Zahlvater, der nur deshalb Vater war, weil er jeden Monat eine bestimmte Summe an die Mutter überwies und jedes zweite Wochenende von Neuem den Versuch unternahm, die Beziehung zu seinem Kind zu pflegen, falls man von einer Beziehung sprechen konnte, verbrachten doch sogar die Erzieherinnen in der Kita mehr Zeit mit Isi.

»Es sei denn«, fuhr Frau Blumenthal fort, »Ihre Frau beantragt und erhält das Aufenthaltsbestimmungsrecht und zieht mit Ihrem Kind nach England, Australien oder sonst wohin, dann können Sie zusehen, wie Sie den Kontakt zu Ihrem Kind aufrechterhalten. Wenn Sie es sich nicht leisten können, ebenfalls dorthin zu ziehen, werden Sie nur noch zahlen und Ihr Kind vielleicht im Urlaub sehen.«

Nun musste Marco Hänny lächeln; es begann, absurd komisch zu werden. Er fragte dennoch, ob das möglich sei, ein Gericht so entscheiden könne.

»Wenn die Eltern sich nicht einig werden, entscheidet der Richter«, sagte Frau Blumenthal. »Voraussetzung für das Wechselmodell ist, dass die Eltern miteinander auskommen.

Das Gericht will, dass Ruhe einkehrt. Das kann bedeuten: Kind zur Mutter.«

Marco Hänny rutschte auf dem Stuhl hin und her. Wie durch ein Guckloch hindurch sah er eine andere Welt, in der alles auf unwirkliche Weise bizarr war und in die er fallen konnte, so wie wenn sich ein normales glückliches Leben plötzlich in die Hölle verwandelte. Das konnte geschehen. Es gab Menschen aus freien Ländern, die bloß Urlaub machen wollten und sich in einem Gefängnis wiederfanden. Man konnte als sorgenloser Mensch zu einer medizinischen Untersuchung gehen und erfahren, dass man unheilbar krank war und bald sterben würde. Dieses Guckloch, das ihn das schlimmste Szenario sehen ließ, ein missglücktes Leben, das ihn an Schicksale der griechischen Mythologie erinnerte, an Sisyphos und Seelen in der Hölle, dieses Guckloch schloss Marco Hänny wieder, indem er sagte, dass es vielleicht gar nicht zur Trennung komme. Und falls doch, würden Edith und er Isi im Wechselmodell betreuen; sie seien emanzipiert und schon immer der Meinung gewesen, dass sich beide Elternteile in gleichem Maße um das Kind kümmern sollten.

»Sind Sie da sicher?«, insistierte Frau Blumenthal. »Weshalb sollte Ihre Frau im Falle einer Scheidung das Wechselmodell weiterhin wollen? Im Residenzmodell hat sie doch nur Vorteile: Sie hat das Kind, hat also das Sagen und keine Scherereien mit Ihnen, und erhält von Ihnen Monat für Monat eine Stange Geld. Ich will Ihnen keine Angst machen, aber weshalb sollte Ihre Frau das nicht wollen?«

Ja, weshalb sollte Edith Thome das nicht wollen? Weshalb sollte sie Hänny, nachdem er mit ihr Isi gezeugt und sich seit der Geburt gemeinsam mit ihr um ihn gekümmert hatte, nun, da Isi aus dem Gröbsten raus war und sie alleine klar kam, nicht in der nächsten Mülltonne entsorgen? In der er arbeiten und jeden Monat Geld für sie ausspucken konnte. Weshalb nicht? Er hatte Edith Thome als einen Menschen kennengelernt, dem Werte wichtig waren. Sie bezeichnete sich als Feministin und war folglich für Gleichberechtigung. Sie nahm die Umweltverschmutzung und die Klimaerwärmung ernst und plädierte für eine nachhaltige Lebensweise, obwohl sie den eigenen Swimmingpool behalten wollte, sie sich kaum einschränkte, lediglich Lebensmittel in Bioqualität einkaufte. Und sie war trotz ihres Reichtums für eine gerechtere Welt, in der die Unterschiede zwischen Arm und Reich verkleinert wurden.

Marco Hänny hatte damals zu Frau Blumenthal gesagt, das schlimmste Szenario zu kennen sei wichtig, dennoch glaube er nicht, dass Edith dieser kalten Logik folge, da ihr gewisse Werte wichtig seien. »Dann ist ja gut«, hatte Frau Blumenthal geantwortet, »Sie können Ihre Frau besser einschätzen als ich. Ich wollte Sie nur warnen.«

Edith Thome einschätzen. Als Marco Hänny im Auto saß und über den Parkplatz der Kita fuhr, fragte er sich, wie er es schon oft getan hatte, ob er sie einschätzen konnte. Edith, mit der er viel gestritten und die er dennoch geheiratet hatte, eines Traumes von einem Kind und der großen Liebe wegen, ohne dass eine tiefe, gewachsene Beziehung sie miteinander verband. Für die er seine Stelle als Bibliothekar aufgegeben hatte und der er nach Taubenstadt in die Villa ihrer Eltern gefolgt war. Hänny hatte Kopfschmerzen, doch er musste nachdenken. Es fühlte sich an, als müssten seine Gedanken sich einen Weg durch die Schmerzen schlagen. Edith Thome einschätzen. »Sie kennen Ihre Frau besser als ich«, hatte Frau Blumenthal damals gesagt, nicht ohne Humor, schließlich hatte sie Edith noch nie gesehen, und ihm angeraten, Belege zu sammeln, die bewiesen, in welchem Umfang er sich seit der Geburt um Isi kümmerte. Falls das schlimmste Szenario eintreten sollte.

»Sie kennen Ihre Frau besser als ich.« Mehrmals hatte Frau Blumenthal diesen Satz gesagt, während des Gesprächs in ihrem Büro und in den darauffolgenden Monaten. Doch Marco Hänny kannte Edith Thome nicht. Bereits als der Satz das erste Mal gefallen war, hatte er Zweifel bekommen. Und danach war ihm der Satz jedes Mal unangenehmer geworden, bis er sagte, dass bei Edith Eigenschaften zum Vorschein kämen, die er sich nie habe vorstellen können, er Edith ja gerade nicht kenne, dass dies die Erkenntnis sei.

Der Satz hatte ihm vom ersten Mal an sogar Schmerzen zugefügt. Zuerst, weil es ihm peinlich war, womöglich zugeben zu müssen, dass er Edith nicht so gut kannte, wie man seine Ehefrau kennen sollte, dann, weil der Satz eine von jenen Beleidigungen darstellte, die manche unverrückbaren Wahrheiten offenbarte: Auch du wirst alt und schwächer werden in allem, was du einmal gut konntest. Leben bedeutet, zu scheitern. Du kannst dir vielleicht einbilden, deine Ehefrau oder deinen Ehemann zu kennen, in Wahrheit jedoch kennst du sie oder ihn nicht.

Marco Hänny kannte Edith Thome nicht gut genug, um sie einschätzen zu können. Er wusste nicht, ob er sich deshalb Vorwürfe machen musste, schließlich hörte man von Ehepaaren, die seit dreißig Jahren verheiratet waren und von denen der eine nicht wusste, dass der andere seit fünfzehn Jahren eine Liebhaberin oder einen Liebhaber hatte. Man hörte von Menschen, die auf einmal die Familie, auch die Kinder, verließen, um einer Sekte beizutreten oder mit der großen Liebe, die plötzlich in ihr Leben getreten war, nach Indien, Japan oder sonst wohin auszuwandern. Marco Hänny wusste, dass es solche Dinge gab und man einen Menschen nie ganz kannte. Dass alles sich ändern konnte, genauer: alles sich änderte, sich unaufhörlich änderte, ob man wollte oder nicht. Er hatte all dies gewusst und war dennoch Edith Thome nach Taubenstadt gefolgt, wo sie nun vor Gericht erzwingen wollte, dass er Isi nicht mehr die Hälfte der Zeit sah, sondern nur noch jedes zweite Wochenende. Wo sie auf seinen Vorschlag, dass sie alle zusammen nach Berlin zurückgehen sollten, weil dort alle drei eine gute Lebensperspektive hätten, einmal verärgert und ein andermal, später, beinahe erfreut reagiert hatte: Sie verstehe gut, dass er nach Berlin zurückgehen und sich dort Arbeit suchen wolle. Er könne ja gehen, aber ohne Isi.

Waren die Kopfschmerzen stärker geworden? Manchmal verschwanden sie nach einiger Zeit wieder, ohne dass er eine Tablette nehmen musste. Als er im Auto saß, vergegenwärtigte er sich, dass er damals nicht begriffen hatte. Weshalb hatte Edith das gesagt? Was stand dahinter? Weshalb forderte sie etwas, was schlecht für Isi war? Er brauchte doch seinen Vater, genau so, wie er seine Mutter brauchte. Marco Hänny begriff nicht. Immer wieder begriff er nicht.

»Ihre Frau will Sie aus dem Leben Ihres Kindes schieben«, hatte Frau Blumenthal gesagt.

Er begriff noch immer nicht. Weshalb sollte Edith ihn aus Isis Leben schieben wollen? Das war doch nicht gut für Isi. Edith musste wollen, dass es Isi gut ging, dass seine Eltern sich aus diesem Grund im Frieden trennten und weiterhin beide in gleichem Maße wie bisher für ihn da waren, sie sich in gegenseitigem Vertrauen und mit gegenseitiger Wertschätzung gemeinsam um ihn kümmerten.

Doch Edith Thome wollte, dass er Isi, wie es beim Residenzmodell üblich war, nur noch jedes zweite Wochenende sah und einige Wochen pro Jahr Urlaub mit ihm hatte. Noch lieber wäre es ihr wohl gewesen, wenn er Taubenstadt, wo es für ihn nichts gab, verließ und nach Berlin zurückging, wo er, wie er selber gesagt hatte, eine Lebensperspektive für sich sah; wenn er aus ihrem Leben und aus dem Leben seines Sohnes verschwand. So wie es im letzten Jahrhundert viele Väter getan hatten und wie es heute noch viele taten. Auch er sollte nun seinen Sohn der Mutter überlassen, die vielleicht glaubte, das Beste für Isi zu tun, tatsächlich jedoch das Beste für sich selbst tat. Marco Hänny sollte Isi verlassen, so wie er von Vater verlassen worden war und dieser von seinem Vater. Denn auch Hännys Vater war von seinem Vater verlassen, genauer: gar nicht erst angenommen worden, in Norditalien, und er hatte ein Leben lang darunter gelitten, den Vater nie kennengelernt zu haben, so wie er, Hänny, darunter litt, seinen inzwischen verstorbenen Vater nie kennengelernt zu haben, weshalb er sich nun mit dessen Cotti-Forschung beschäftigte.

Marco Hänny sollte, was für ihn verständlicherweise das Vernünftigste war, wie Ediths Anwältin sich ausgedrückt hatte, zurück nach Berlin gehen, wo er eine Lebensperspektive hatte. Weit fort von Taubenstadt sollte er gehen, wo es für ihn nichts mehr gab, denn Edith Thome war ausgezogen und würde sich von ihm scheiden lassen. Nichts gab es für ihn in Taubenstadt. Nur Isi. Sein zweijähriger Sohn lebte hier.

Hänny kannte ein kleines Café, das er mochte, weil es ihn an Berlin erinnerte, das Café Taugenichts. Es lag in einem Viertel, das städtisch wirkte und in dem es ein klein wenig rauer zuging (oder zugegangen war) als in den anderen Vierteln Taubenstadts. In den Achtzigerjahren des letzten Jahrhunderts sei hier schon mal ein Fernseher aus dem Fenster geflogen, hieß es. Seit dem Ende des Lockdowns ging Hänny fast täglich ins Café Taugenichts, um unter Menschen zu sein. Es war günstig und wurde von vielen jungen Leuten, zumeist von der Universität, besucht.

Er trank ein kleines stilles Wasser und schluckte eine Kopfschmerztablette. Später wollte er in diesem und in anderen Vierteln Blätter aufhängen: »Netter Akademiker (43 Jahre, NR) mit zweijährigem Sohn, zwei ruhigen Windhunden und vielen Büchern sucht dringend eine kleine Wohnung, gerne alt und unsaniert, dafür geringe Miete. Auch Mithilfe in Haus und Garten ist möglich. Ich freue mich auf Ihren Anruf.«

Noch wusste er nicht, wo er die Blätter überall aufhängen würde. Auf keinen Fall jedoch im Viertel der Thome'schen Villa, obwohl nicht ausgeschlossen war, dass in einer der Villen eine kleine Einliegerwohnung leer stand. Doch hier, wo nur teure, breite Autos durch die schmalen Straßen fuhren, Jaguare, Porsches, Teslas, Mercedes', neulich hatte er sogar einen Ferrari gesehen, hier wäre selbst die kleinste Einliegerwohnung zu teuer. Hier waren Edith und er als das junge, etwas andere Paar aufgefallen, das einen VW Golf und einen Peugeot

Kombi fuhr. Diese beiden Wagen, die für das Viertel eigentlich eine Wertminderung bedeuteten, gingen für die Nachbarn in Ordnung. Man war ja offen. Der Garten allerdings, seitdem Hänny ihn umgegraben hatte, wirkte neben den glatten, von unermüdlichen Mährobotern gepflegten Rasenflächen der Nachbarn fehl am Platz: die Magerwiese, deren Samen in die Nachbargärten flogen und in den Rasenmonokulturen keimten, die zahlreichen Kletterpflanzen, das Unkraut. Vor allem das Unkraut, die fehlende Pflege. Man konnte einen Garten doch nicht sich selbst überlassen.

Es gab in Taubenstadt angeblich zwei soziale Brennpunkte. Diese hatte Hänny sich angesehen. Er hatte ein altes Sofa auf dem Gehsteig und eine aufgeschlitzte Mülltüte entdeckt. Das war alles. Kein Vergleich zu Berlin. Auch hier wollte er seine Zettel aufhängen.

Marco Hänny wollte, obwohl die Wohnungen in Taubenstadt für ihn zu teuer waren, in Taubenstadt bleiben, weil sein Sohn hier lebte. Und nicht nur das. Er wollte, zumal es ohnehin keine offene Stelle als Bibliothekar gab, in einigen Bereichen weiterhin so leben wie bisher: sich um Isi kümmern und die Forschung seines Vaters fortführen. So waren diejenigen, die sich verloren hatten oder verlieren sollten (wenn es nach dem Willen Edith Thomes ging), auf eine gewisse Weise vereint: das Kind, der Vater, der Großvater.

»Dein Großvater«, würde Marco Hänny seinem Sohn schon bald, vielleicht in einem Jahr, erzählen, »war ein Forscher gewesen. Aber nicht einer, der in die Wildnis ging. Er war Cotti-Forscher. Cotti war ein wichtiger Schriftsteller. Na ja, in gewisser Weise ging dein Großvater durchaus in eine Wildnis. Da er gestorben ist, führe ich seine Arbeit fort; ich gehe nun als Cotti-Forscher in die Cotti-Wildnis.«

Zu Beginn des Schwarzweißfilms sind einige Männer in Uniform zu sehen. Sie befinden sich in einer kargen, mit vereinzelten Gräsern und einem Busch bewachsenen Landschaft; im Hintergrund eine helle, nicht asphaltierte Straße und mehrere niedrige Elektrizitätsmasten.

»Bei den schweren Abwehrkämpfen an der Ostfront«, sagt ein Sprecher, »hat sich die Flakartillerie im Erdkampf wieder besonders bewährt. Der Generalleutnant überreicht zwei der Tapfersten seines Flakkorps das Ritterkreuz …«

Ein Mann schreitet mit einer Medaille in der Hand zu einem anderen; er hängt sie ihm um den Hals und schüttelt seine Hand. Dann fällt der Name Zweifel; die Kamera zeigt einen jungen Mann.

»Obergefreiter Zweifel hat als Richtkanonier eines Flakgeschützes in einem Kampf von beispielloser Härte fünfzehn Sowjetpanzer abgeschossen, die meisten im Nahkampf aus nur zehn bis fünfzig Meter Entfernung, weshalb auch ihm das Ritterkreuz des Eisernen Kreuzes verliehen wird.«

Der Mann, der noch wie ein Kind aussieht, tritt aus einer Gruppe uniformierter Männer heraus; etwas zu schnell, übereifrig, mit dem stark nach vorn gebeugten Oberkörper sieht er geschlagen aus, dann richtet er sich auf und marschiert, mit den Armen schlenkernd, mit einem ans Tollpatschige grenzenden Schritt, den etwas zu weit wirkenden Weg auf den Generalleutnant zu. Die Medaille wird ihm umgehängt. Das bleiche Gesicht bleibt starr, nur die Pausbacken werden für einen Moment größer. Der seltsam schlaffe Mund zeigt einen Spalt Dunkelheit, die Augen bleiben unter dem einen Schatten werfenden Helm verborgen. Der Generalleutnant legt als Zeichen der Anerkennung seine Hände auf die Schultern Zweifels und schüttelt ihn, der sichtbar erbebt, vor allem die Kinnpartie und der Mund, als wäre es ihm zu viel, als wollte er zurückweichen. In diesem Moment wird sichtbar, dass Zweifel die Augen geschlossen hält, womöglich sind sie geschlossen, seit er an seinem Platz steht. Die Kamera nimmt wieder größere Distanz ein, zeigt von schräg hinten den beleibten Generalleutnant und den ihm gegenüberstehenden deutlich kleineren Zweifel, der mit dem gekrümmten Rücken und dem eingezogenen behelmten Kopf ganz dem Bild einer kleinen, erschrockenen Schildkröte aus einem Comic entspricht.

»An der Seite des Generalleutnants«, sagt der Sprecher, »schreitet der Obergefreite nun die Front seiner Kameraden ab.«

Zweifel, noch immer schildkrötenhaft unter dem Helm hervorguckend, schreitet die Front ab. Die Arme schlenkern langsamer, das Gesicht ist regungslos den Männern zugewandt, der schlaffe Mund besitzt noch immer hängende Winkel und erinnert an eine gedrehte Klammer, deren Enden nach unten zeigen. Mit entgeistertem Blick sieht Zweifel seine Kameraden an, die ihn ebenso entgeistert ansehen. Noch einmal wendet sich der Generalleutnant ihm zu, schüttelt seine Hand, legt die freie Hand auf seine Schulter, worauf alles an Zweifel zu wackeln anfängt.

Das Ende des Films zeigt ihn lachend, inmitten seiner ihn feiernden Kameraden; der Kopf mit dem zu großen Helm streckt sich allmählich wieder in die Welt hinaus, die Zähne und auch die offenen Augen sind sichtbar. Er wendet den leuchtenden Blick hierhin und dorthin und bedankt sich.

003

»Wenn du ihn jetzt verlierst, wird er sich später nicht mehr an dich erinnern«, hatte ein anderer Vater aus der Kita zu Marco Hänny gesagt, als er während des kurzen Gesprächs erwähnte, dass er auf Wohnungssuche sei und Edith das Wechselmodell nicht mehr wolle. Vielleicht hätte der Satz lauten sollen, »Wenn er dich jetzt verliert, wird er sich später nicht mehr an dich erinnern.«, oder, »Wenn ihr euch jetzt verliert, werdet ihr euch später nicht mehr erkennen.«, wobei Letzteres nicht sicher war.

Marco Hänny besaß keine Erinnerungen an seinen Vater, nicht einmal eine, in der Vater anwesend, aber nicht sichtbar war, wie beispielsweise diejenige eines Herbstspaziergangs, auf dem der Vater hinter dem Kind ging und dieses auf die Idee brachte, den heruntergefallenen Blättern, die der Wind davonwehte, hinterherzurennen. Das erwachsene Kind erinnerte nur eine Landschaft, einen Weg mit Blättern, Blätter von Spitzahornen, alles in Herbstfarben getaucht, vergilbt wie ein altes Foto, und das Wissen um die Anwesenheit Vaters, der von einem Spiel erzählt hatte, bei dem man den Blättern hinterherrannte, die der Wind davonwehte und auf die man treten musste, um sie zu fangen.

Diese Erinnerung zeigte bedauerlicherweise den Vater nicht, doch sie besaß eine Atmosphäre, die eng mit dem Vater verknüpft war. Das war viel wert. Hänny erinnerte nicht einmal eine solche Atmosphäre, er hätte viel darum gegeben, wenigstens eine solche Atmosphäre zu erinnern, doch er hatte nichts, nur den Namen eines Mannes, und dennoch hätte er ihn bei einem Treffen vielleicht erkannt, nicht bei einem zufälligen Zusammentreffen, so sehr glichen sie sich nicht, aber bei einem vereinbarten Kennenlernen. Als dieser längst gestorben war, hatte er Bilder von Vater gesehen, ein Mann mit Scheitel und Schnauz, der ihm nicht glich und doch erkennbar sein Vater war, was Marco Hänny bis heute verwirrte.

Er hatte das von Vater Geschriebene gelesen, die Aufsätze und Bücher über Roberto Cotti; dabei waren ihm manche gedankliche Wendung sowie der feine Humor bekannt vorgekommen. Es war ihm unerklärlich, weshalb sie beide im Schriftlichen oft die Formulierung »Gesetzt den Fall« verwendeten. Vielleicht hatte diese Verbindung, dieses Geheimnis den Ausschlag gegeben, sich weiter mit Vater zu beschäftigen, was bedeutete, sich mit dessen Arbeit zu beschäftigen, mit Roberto Cotti, dessen Leben, Büchern und Skizzen, die sich in seinem Zimmer in der Thome'schen Villa auf den Schreiben von Ediths Anwältin und den Unterlagen für die Wohnungssuche stapelten und ihn davon abhielten, einer Tätigkeit nachzugehen, die jenes Geld einbrachte, das er bald benötigte.

Wenn er sich nicht in Cottis Skizzen vertiefte und nicht Isi betreute, war Marco Hänny noch immer damit beschäftigt, zu begreifen. Er begriff nicht, warum Edith damals auf die Gründe, weshalb er sich an die Familienberatungsstelle gewendet hatte, nicht eingegangen war. Warum sie stattdessen bei der Familienberatungsstelle Taubenstadt Nord zu Beginn der Eheberatung bei Herrn Locke als Erstes gesagt hatte: »Ich möchte hier klären, ob es zur Scheidung kommt.«

Herr Locke hatte sie beide gefragt, weshalb und mit welchen Erwartungen sie eine Eheberatung machen wollten, und Edith hatte nicht geantwortet, dass sie Probleme habe, mit Konflikten umzugehen, und ihrem Mann gegenüber Drohungen ausspreche, weshalb dieser sich aus Angst und Verzweiflung an die Familienberatungsstelle gewendet habe; sie hatte nicht geantwortet, dass sie gemeinsam mit ihrem Mann an ihrer Beziehung arbeiten wolle, sondern gesagt, sie wolle hier klären, ob es zur Scheidung komme.

Für Marco Hänny hatte der Satz wie eine erneute Drohung geklungen: Entweder es läuft, wie ich es mir vorstelle, oder ich lasse mich scheiden. Dabei hatte er Edith vorher wissen lassen, dass er mit ihr in die Eheberatung gehen wollte, um ihre Beziehung zu verbessern. Er wollte nicht die Scheidung; er wollte mit ihr sprechen. Sie konnte nicht das ganze Geld verwalten und ihm nur ein Taschengeld abgeben, so, dass er sich wie ein Kind vorkam. Schließlich war er acht Jahre lang gut bezahlter Bibliothekar an der Stadtbibliothek Friedrichshain-Kreuzberg gewesen. Sie konnte ihn nicht wie einen Angestellten zusammenstauchen, weil die Neugestaltung des Gartens ihrer Meinung nach zu teuer war, während sie sich fast jeden Tag in der Stadt zu einem Mittagessen oder zumindest zu einem Kaffee traf, beinahe täglich ins Fitnesstraining ging, sich einmal in der Woche eine Thai-Massage gönnte, in der Stadt spontan ein E-Bike und ein Lastenrad mit Elektroantrieb gekauft hatte und jeden zweiten Tag leckeres, unverschämt teures Demeter-Brot nach Hause brachte. Vor allem bedeutete der Einzug in die Thome'sche Villa nicht, dass sie ihn nach Belieben anschreien und mit Fluchwörtern überschütten konnte.

Von den Möglichkeiten, die es gebe, sagte Herr Locke, sei auch die Scheidung eine. Und manchmal sei sie die beste.

Marco Hänny war entsetzt. Er war nicht entsetzt, weil er glaubte, dass ihm die Scheidung drohte – tatsächlich glaubte er nicht daran, es gab für ihn nur eine Vorstellung: dass sie es besser machten als seine Eltern und eine glückliche Familie wurden –, nein, entsetzt war Hänny, weil Edith Thome und Herr Locke so schnell und leichtfertig von einer möglichen Scheidung sprachen und weil Edith die Beratung mit dem Satz begonnen hatte, sie wolle hier klären, ob es zur Scheidung komme. Weil man so nicht eine Eheberatung begann. Weil man, wenn man ein kleines Kind hatte, um alles in der Welt konstruktiv sein und die Beziehung zu retten versuchen musste.

Hätte Marco Hänny gewusst, dass Edith Thome zu diesem Zeitpunkt längst einen Liebhaber gehabt hatte, wäre sein Glauben an eine glückliche Zukunft mit ihr zwar nicht in diesem Ausmaß vorhanden gewesen, aber selbst mit diesem Wissen hätte er versucht, die Ehe zu retten. Nicht wegen Edith. Für Isi war es wichtig, dass seine Eltern glücklich zusammenlebten, und was kümmerte es Isi, ob seine Mutter in der ersten Zeit in Taubenstadt eine Affäre gehabt hatte, weil nach der Geburt ihre Beziehung zu seinem Vater noch nicht wieder eingependelt gewesen war, eine kurze Affäre, die sein Vater ihr verzieh und nichts daran änderte, dass Isi in einer glücklichen Familie aufwuchs?

Marco Hänny wünschte sich das, was ihm in seiner Kindheit gefehlt hatte, so sehr für seinen Sohn, dass es für ihn keine andere Vorstellung gab als das gemeinsame Leben mit Edith Thome. Ein Leben, für das er seine Stelle als Bibliothekar an der Stadtbibliothek Friedrichshain-Kreuzberg aufgegeben hatte und nach Taubenstadt in die Thome'sche Villa gezogen war, fortan finanziell und sozial von Edith abhängig. Und nun sprach sie davon, dass sie klären wolle, ob es zur Scheidung komme, nachdem sie bereits in den vergangenen Monaten bei Wutausbrüchen mehrmals gesagt hatte, sie werfe ihn aus dem Haus.

Diesen Drohungen hatte Marco Hänny jedoch aus guten Gründen keinen Glauben geschenkt. Sie schrie sie in der Wut, sozusagen im Affekt. Vor allem aber kam es ihm nicht in den Sinn, diesen Worten Glauben zu schenken, weil man so nicht mit einem geliebten Menschen umging. Weil dann alles zu Ende gewesen wäre. Wenn sie tatsächlich im vollen Ernst damit gedroht hätte, ihn am nächsten Tag vor die Tür zu setzen, dann wäre ihm keine andere Möglichkeit geblieben, als Edith sofort zu verlassen, um nicht das letzte Stückchen Würde, das ihm geblieben war, zu verlieren.

Er hatte also gute Gründe, Edith Thomes Worten nicht zu glauben, die ihm unerklärlicherweise dennoch nach und nach mehr Angst einjagten. Er glaubte oder wollte glauben, dass sie nicht wortwörtlich zu verstehen waren, sondern einfach ihre Überforderung ausdrückten, so wie damals, als Edith sich im Bad einschloss und schmollte oder sich auf den Gehsteig setzte und erst wieder aufstand, nachdem er sich entschuldigt hatte. Den Satz, mit dem sie die Eheberatung begann, hatte sie allerdings nicht in der Wut, sondern ruhig gesagt, kühl. Sie hatte ihn so nüchtern ausgesprochen wie eine Mahnung bei einem Meeting, und Herr Locke und Marco Hänny hatten ihn zur Kenntnis genommen. Herr Locke hatte gesagt, auch die Scheidung sei eine Möglichkeit, eine Möglichkeit, die immer bleibe; manchmal sei eine Scheidung für alle Beteiligten das Beste. Und Hänny hatte gesagt, dass er eine Trennung nicht im Sinn habe, er eine Eheberatung und danach vielleicht eine Paartherapie machen wolle, um ihre Beziehung zu verbessern, um auch sich selbst zu hinterfragen, sich mit eigenen Schwächen und Fehlern auseinanderzusetzen und um zu wachsen. Um langfristig zu einer glücklichen Beziehung zu finden. Weil sie das ihrem Kind, Isi, schuldeten.

Jahre zuvor, als Edith sich weinend mitten auf den Gehsteig gesetzt und auf seine Entschuldigung gewartet hatte, da hatte Marco Hänny, auch wenn es ihm widerstrebte, sich entschuldigt. Er wusste nicht, wofür er sich entschuldigen sollte, doch er hatte es getan. Um die Situation aufzulösen. Damit Edith wieder aufstehen konnte. Er lud sie zu einem Eis ein, damit sie wieder gute Laune hatte. Edith, das Kind, das einen Tobsuchtsanfall hatte, eine Entschuldigung und ein Eis brauchte. Also hatte er sich entschuldigt und ihr ein Eis spendiert. Nun jedoch, in Taubenstadt, wollte er sich nicht mehr entschuldigen, wenn er nicht wusste, wofür. Er wollte nicht mehr nachgeben. Die Wochen und Monate nach der Geburt, der ständige Schlafmangel hatten auch an seinen Kräften gezehrt. Er wollte keine Trennung, doch sie mussten in der Eheberatung beim Herrn Locke über einige Dinge sprechen. Nicht nur über verbale Verletzungen und Drohungen, über die Tatsache, dass er sich im eigenen Zuhause zunehmend wie ein Gast vorkam, sondern auch darüber, dass er sich seit Isis Geburt wie ein Statist fühlte, ein uninteressanter, geradeso geduldeter Statist, während Ediths Zuneigung ausschließlich Isi galt.

Edith Thome saß im Zimmer von Herrn Locke, sie trug neue Stiefel aus dunkelbraunem Leder und eine neue Jeans, die sie an den Beinen hochgekrempelt hatte, sie saß mit übereinandergeschlagenen Beinen und reglosem Gesicht da.

Marco Hänny wiederholte, was Herr Locke in der Sitzung davor gesagt hatte, dass die meisten Paare nach der Geburt eines Kindes zwei Jahre benötigten, um ihre Beziehung wieder ins Gleichgewicht zu bringen. Er sagte, dass sie seit Isis Geburt nichts getan hätten, um ihre Beziehung zu pflegen, und schlug vor, sich ein- oder zweimal in der Woche, wenn Isi in der Kita oder bei der Babysitterin war, bewusst Zeit zu nehmen und zusammen Sport zu machen oder Essen und ins Kino zu gehen: einen Paarabend und einmal gemeinsam Sport machen pro Woche.

Es bringe nichts, erwiderte Edith, wenn er hier wiederhole, was er zu Hause schon mehrmals gesagt habe. »Deine Vorschläge gehen in die falsche Richtung. Weshalb soll ich mit dir joggen oder ins Kino gehen, wenn ich dazu keine Lust habe? Ich habe nicht das Bedürfnis, Zeit mit dir zu verbringen.«

Marco Hänny begriff nicht. Isi war nun eineinhalb Jahre alt, also konnten Edith und er mehr Zeit miteinander verbringen und sich wieder näher kommen, geistig, emotional, sexuell. Doch Edith Thome hatte keinen Bedarf nach gemeinsamer Zeit mit ihm; sie wollte Zeit mit Isi. Weshalb wollte ihm das nicht einleuchten? Er hörte ihr zu und verstand ihre Worte: Sie hatte ein Kind und wollte mit ihm zusammensein, wenn es nicht in der Kita oder bei der Babysitterin war. Aber wozu hatten sie dann die Babysitterin eingearbeitet, und weshalb nutzten sie die Stunden, wenn Isi in der Kita war, nicht für gemeinsamen Sport? Es musste doch auch Edith klar sein, dass sie wieder Dinge zu zweit machen sollten, wenn sie ihre Ehe auf vernünftige Weise fortführen wollten. Die Frage war also: Wann? Und wenn man wusste, dass viele Paare nach der Geburt eines Kindes Gefahr liefen, den Zeitpunkt zu verpassen, um wieder Nähe herzustellen, dann, so argumentierte Hänny, war die Frage nach dem Wann so zu beantworten: Besser heute als morgen. Diese Darlegung löste bei Edith Thome Kopfschütteln aus.

Sie waren sich einig, dass die Eheberatung mit ihrem systemischen Ansatz nicht das Richtige für sie war und sie es mit einer Paartherapie bei einem Psychotherapeuten versuchen sollten.

In der letzten Sitzung bei Herrn Locke erhielten sie je einen Stapel mit Karten, die verschiedene Bilder zeigten. Sie sollten sich ein Bild aussuchen, das für ihre Situation stand. Hänny sah sich die Bilder an, zwei Raubtiere, ein großer Berg, ein kleiner toter Vogel auf dem Gehsteig … Er entschied sich für zwei Schwäne, die nah beieinander waren, die Köpfe im Wasser. Für ihn waren Edith und er zwei Schwäne, die sich nicht mehr in die Augen sahen und nicht mehr miteinander sprachen, stattdessen die Köpfe ins Wasser tauchten. Sie brauchten nur die Köpfe aus dem Wasser zu ziehen, sich wieder anzusehen und miteinander zu sprechen. Sich gegenseitig zuhören, füreinander da sein.

Edith Thome hatte ein Bild ausgewählt, das eine Brücke zeigte. Sie dachte nach. Dann sagte sie wie im Traum, dass sie, wenn sie in sich hineinschaue, eine Brücke sehe und über diese Brücke gehe. Herr Locke fragte: »Wie gehen Sie über die Brücke? Alleine? Mit jemandem? Falls ja, mit wem?« Alleine, sagte sie, also natürlich mit Isi. »Und was ist auf den beiden Seiten der Brücke?« Auf dieser Seite sei ihr jetziges Leben, sagte sie, und auf der anderen ihr neues Leben. »Wer ist da noch, auf der anderen Seite?« Da sei Isi. »Und Marco, Ihr Mann?« Sie schüttelte den Kopf und hob den Blick. »Ich glaube, mir wird in diesem Moment klar, dass ich mir eine Wohnung nehmen sollte. Ich möchte ausziehen, für einige Zeit. Ich möchte in Ruhe nachdenken.«

Die Brücke. Für Marco Hänny hatte die Brücke etwas Verbindendes, weshalb er zuerst an nichts Schlimmes gedacht hatte, als Edith das Bild hochhob und sagte: »Die Brücke.« Die Brücke. Nicht die Brücke. Bloß nicht … »Hier ist eine Weggabelung«, sagte Herr Locke und zeigte auf ein Bild an der Wand, »wo stehen Sie gerade?« Hänny sagte, er stehe einige Schritte vor der Weggabelung. Sie waren in der Eheberatung und sprachen über ihre Beziehung, dabei war die Trennung eine Möglichkeit von vielen. Natürlich stand er vor der Weggabelung. Einige Schritte davor, um genau zu sein. Gemeinsam mit Edith, die mit ihm in der Eheberatung war und demnächst mit ihm eine Paartherapie beginnen würde. »Ich stehe hinter der Weggabelung«, sagte sie. »Wo genau«, fragte Herr Locke, »direkt hinter der Weggabelung, wo eine Umkehr noch möglich ist, oder schon etwas weiter?« Sie zögerte. »Schon etwas weiter.«

Herr Locke wandte sich an Hänny. »Was geht in Ihnen vor, wenn Sie das hören? Wie fühlen Sie sich?«

Ja, wie fühlte er sich? Sollte er antworten, es gehe ihm gut? Wenn Edith Thome, seine Ehefrau, mit der er ein kleines Kind hatte und der er nach Taubenstadt gefolgt war, wo er sein Leben, finanziell und sozial, in ihre Hände gelegt hatte, von einer Brücke sprach, über die sie ohne ihn gehen wollte. Was sah sie, auf der Brücke stehend, auf der anderen Seite? Wie stellte sie es sich vor, ihr neues Leben?

»Ich bin traurig und verärgert«, sagte Hänny, ein Satz, den er später in der Paartherapie noch oft wiederholen sollte. »Ich bin bereit, an unserer Beziehung und an mir zu arbeiten. Ich denke, Isi hat es verdient, dass wir wenigstens einen ernsthaften Versuch unternehmen, als Paar wieder zusammenzufinden. Ich weiß nicht, was ich noch tun kann …«

Herr Locke unterbrach ihn: »Sie können nichts tun.«

Marco Hänny konnte nichts tun. Es war schließlich Edith Thomes freier Wille, ihn zu verlassen. Isis kleine Welt auseinanderzubrechen. Nach einem Trennungsjahr die Scheidung einzureichen. Was konnte er da tun, wenn er Edith mit seinen Worten nicht mehr erreichte?

Hatte er damals begriffen, dass Edith, die seit Wochen nicht mehr im Ehebett schlief, sondern im Bett ihrer Eltern, das im Gästezimmer stand, und sich nun eine Ferienwohnung nahm, die Beziehung mit ihm beendete? Er hatte es nicht glauben wollen, er hatte nichts getan, was einen solchen Schritt rechtfertigte, zu banal erschien es ihm, dass sie ihn verlassen sollte, nachdem er ihren Kinderwunsch erfüllt hatte, mit ihr nach Taubenstadt gezogen und unbequem geworden war, weil er ihre Wutausbrüche und Drohungen nicht mehr hinnehmen wollte. Zu banal. Er hatte nicht begriffen.

Dies war vor nicht einmal einem Jahr gewesen. Nun saß Marco Hänny in seinem Zimmer, hob den Kopf und legte

Cottis Skizzen zur Seite. Es war Zeit für einen Anruf. Zwei Mal in der Woche, jeweils zu Beginn und am Ende, rief er bei einem Verein an, der seinen Mitgliedern bei der Wohnungssuche half. Man hatte dort seine Daten: Ein Erwachsener und ein Kleinkind, zwei Hunde, die maximale Höhe der Miete.

»Ach ja, die Hunde«, sagte die Frau des Vereins. »Nein, leider nichts. Ich habe nur zwei neue Wohnungen, aber deren Eigentümer wollen keine Haustiere. Und die eine davon wäre ohnehin zu teuer.«

Hänny bedankte sich geduldig und verabschiedete sich. Er legte das Mobiltelefon auf den Schreibtisch. Meistens gab es keine neuen Wohnungen und wenn, waren Hunde nicht erlaubt. Er hatte Kopfschmerzen.

Dann hatte Edith Thome vor ihm im Flur gestanden und sich verabschiedet. Sie war einige Meter von ihm entfernt bei der Tür, er wartete am anderen Ende des Flurs, wo das Wohnzimmer begann, bis sie fertig mit Ankleiden war und sich zeigte, ob sie zu ihm kommen und ihn zum Abschied küssen würde. Sie stand bei der Tür, wirkte nicht niedergeschlagen, eher vital, hob die Hand und sagte tschüss. »Lass uns bald mit der Paartherapie beginnen, damit wir in Kontakt bleiben.« Schon war sie gegangen.

Marco Hänny blieb im Flur stehen. Er hörte, wie der Motor ihres Wagens, sie fuhr den VW Golf, gestartet wurde. Wie das Geräusch anschwoll, als sie Gas gab, und wie der Wagen sich entfernte. Hänny blieb stehen. Im Flur der Thome'schen Villa, neben sich ein großes wirres Bild aus Familienbesitz: Walter Stöhrer. In der Villa hingen viele Bilder von Walter Stöhrer. Nun war Hänny allein mit ihnen, den grellen Farben. Allein in Ediths Villa, in der er sich wie ein übriggebliebener Gast fühlte, noch geduldet, vielleicht bereits unerwünscht.

Sie hatte sich bloß für einige Tage, Wochen vielleicht, eine Wohnung genommen. Um nachzudenken. Er hatte noch ihre Drohung im Ohr, ihn aus dem Haus zu werfen. Oder hatte sie sich nur deshalb die Wohnung genommen, weil sie ihn nicht aus dem Haus werfen konnte, die Ehe eine Fürsorgegemeinschaft war? Was war er nun? Ein Gast? Eine Art blinder Passagier? Mieter war er nicht und auch nicht Eigentümer. Juristisch gesehen war er noch immer der Gatte der Eigentümerin. Er war rechtmäßiger Anwohner, aber es fühlte sich nicht so an. Wie sollte er, wenn Edith nicht zurückkam und stattdessen forderte, dass er auszog, in Taubenstadt, dieser Hochpreisinsel, ohne Einnahmen eine Wohnung finden? »Falls es soweit kommt«, hatte Frau Blumenthal gesagt, »bleiben Sie so lange wie möglich im Haus, Sie haben dadurch nur Vorteile.«

Im Flur der Thome'schen Villa, neben dem Bild von Walter Stöhrer, begann Marco Hänny zu ahnen, dass er vielleicht bald eine Art Hausbesetzer war. Denn »so lange wie möglich« bedeutete, dass er, wenn Frau Blumenthal recht hatte, nichts zu befürchten haben musste, bis die Scheidung vollzogen war. Edith würde sich erst von ihm trennen müssen, das Trennungsjahr abwarten und dann die Scheidung einreichen, die womöglich erst ein Dreivierteljahr später vollzogen werden konnte, da die Berechnung des Versorgungsausgleichs Monate dauerte. »Und auch wenn Ihnen nach der Scheidung eine Räumungsklage drohen sollte«, hatte Frau Blumenthal hinzugefügt, »gäbe es noch Möglichkeiten. Machen Sie sich keine Sorgen!«

Im Flur musste Marco Hänny wieder an dieses Wort denken: Räumungsklage. Am liebsten wäre er in den Baumarkt gefahren, hätte Bretter gekauft und sich im Wald eine Hütte gebaut. Er ging ins riesige Wohnzimmer der Thome'schen Villa und machte in der angrenzenden offenen Küche mit Ediths Kaffeemaschine, einer Olympia, die fast viertausend Euro gekostet hatte, einen Espresso. Er wäre gerne aus dem Haus gegangen, ins Café Taugenichts, doch die Pandemie war zurück, und bis auf die Einkaufsläden war alles zu. Der Lockdown, der in diesen Tagen erneut begonnen hatte, würde bis in den Frühling dauern, da machte Hänny sich keine Illusionen.

Er trank den Espresso unten im Wohnzimmer, in Ediths

altem Sessel, der noch von ihren Eltern war, einem Barcelona-Sessel mit Hocker von Mies van der Rohe aus weißem Leder mit viel Patina. Lou und Rain lagen in ihren Körbchen und schliefen, als wenn nichts vorgefallen wäre. Was war mit Ediths Sachen? Die Frage, ob er Möbel von ihr verrücken und einige Räume zu seinen machen sollte, stellte sich nicht, war Edith doch nicht dauerhaft ausgezogen. Vielleicht kam sie in einer Woche zurück und war bereit für einen Neuanfang.

Im Kühlschrank war vieles von ihr, das meiste noch lange haltbar. Da er nicht wusste, ob und wann sie zurückkam, rührte er nichts davon an. Lediglich bei der Garderobe schob er ihre Kleider, darunter einen Wintermantel, den sie nicht mitgenommen hatte, zur Seite, damit mehr Platz war.

Auch aus einem Trotz heraus ließ er ihre Sachen stehen; er wollte nicht für sie aufräumen. Etwa ihre Sonnenliege aus Holz, die sie im Frühling gekauft hatte und mitten im Garten stand, mit einer Tasse auf dem kleinen, an der Armlehne befestigten Tischchen, vermutlich war ein Caffè Macchiato drin gewesen. Kurz nach ihrem Kennenlernen hatte Edith ihm gezeigt, wie er den Espresso mit aufgeschäumter Milch zubereiten musste, dass er ihr am besten schmeckte, worauf er begonnen hatte, sie mit dem Caffè Macchiato am Bett, am Sofa oder wo auch immer zu bedienen. Hänny ließ die Tasse stehen. Mit voller Absicht. Der Behälter mit dem Altglas war bis oben gefüllt; die Entsorgung war Ediths Aufgabe, die sie noch hätte erledigen können, bevor sie ging. Er rührte den Behälter nicht an. Räumte nicht für sie auf.

Am nächsten Tag sah er durch die halboffene Tür ihres Zimmers, dass das Fenster weit offen stand und es hereingeregnet hatte. Er schloss das Fenster.

Erst jetzt fiel ihm auf, wie riesig die Thome'sche Villa war und dass man sich allein oder allein mit einem Kleinkind darin verlieren konnte. Vier Zimmer schloss er ab, damit er sie nicht putzen musste; die Putzfrau kam nicht mehr, die Villa war ihr zu anstrengend und zu weit weg von ihrem Zuhause. Sie war die fünfte Putzfrau in einem Jahr gewesen. Es war schwierig, in Taubenstadt jemanden zu finden, da sich mehr Haushalte Putzfrauen leisten konnten als es Putzfrauen gab. Die Putzfrau war seine Aufgabe. Er wollte keine neue suchen, lieber putzte er selber.

Marco Hänny hatte nun weniger Kopfschmerzen, die zuvor während der Beziehung mit Edith Thome stetig zugenommen hatten. Eine angenehme Ruhe kehrte ein, die er von seiner alten Wohnung in Berlin kannte. Niemanden kümmerte, wann und was er aß, ob er die Tür zum Bad schloss oder offen ließ, wann und wie lange er sich abends mit Cottis Skizzen beschäftigte. Trotzdem hoffte er, dass Edith bald zurückkam.

Wenn Isi bei ihm war, brachte er ihn morgens in die Kita, die während des Lockdowns geöffnet blieb, und holte ihn kurz nach fünfzehn Uhr von dort wieder ab. Er verbrachte die Zeit mit ihm wie früher, als er mit ihm gespielt hatte, bis Edith von der Stadt nach Hause gekommen war und er in den Garten hatte gehen können; nun kam sie nicht mehr nach Hause und er aß allein mit Isi zu Abend, der am Tischende rechts von ihm saß, manchmal auf den frei gebliebenen Stuhl zeigte und »Mami« sagte.

Einmal in der Woche brachte Edith den Jungen zu Hänny. Sie standen jeweils im Flur der Thome'schen Villa, neben dem Bild von Walter Stöhrer, und wechselten nur wenige Worte, dann ging Edith, damit er mit Isi zu Abend essen konnte. Es kam vor, dass Isi mit der einen Hand nach Edith Thomes Hand und mit der anderen nach jener von Marco Hänny griff, damit er wie früher zwischen ihnen stand, von beiden gehalten. Oder dass er, wenn er von Edith getragen wurde, den einen Arm um ihren Hals schlang und den anderen um Hännys Hals zu schlingen versuchte. Manchmal nahm er sie beide an der Hand und zog sie die Treppe hinauf in sein Zimmer oder durch den Flur ins Wohnzimmer oder ins Freie hinaus, damit sie alle zusammen spielen, essen, spazieren gehen konnten. Alle zusammen. Doch die Zeit des Zusammenseins beschränkte sich nun auf die Übergaben, wenige Minuten, in denen das Wichtigste gesagt, ein Pulli oder eine Creme überreicht wurde. Wenn Edith ging, sahen Isis braune Augen fragend aus; er umschlang mit seinen Ärmchen Hännys Hals und hielt sich fest.

Marco Hänny schmuste dann mit ihm und begann, vom leckeren Abendessen zu erzählen, das er vorbereitet hatte. Sie saßen am Tisch mit dem leeren Stuhl, der das Zerbrechen der Familie offenbarte. Hänny war nun allein mit seinem eineinhalbjährigen Sohn und Rain und Lou, ohne dass Edith dazwischenfunken konnte; er ging mit Isi Zähne putzen, schnitt ihm die schnell wachsenden Fingernägel und reinigte, wenn es nötig war, seine Ohren, wartete, bis Isi sich mit dem Waschlappen das Gesicht gewaschen hatte, schaute mit ihm im halb verwaisten Ehebett Bücher an und kuschelte mit ihm, bevor er eine warme Milch machte, ihn in sein Kinderzimmer und ins Bett brachte. Sobald Isi schlief, wandte Hänny sich Roberto Cottis Skizzen zu oder er las noch ein wenig, wenn er zu müde für die Skizzen war; meistens jedoch war er selbst dafür zu müde, er setzte sich in den Sessel seiner Mutter und ruhte aus, worauf ihn Gedanken an die Zukunft überkamen, die voller unfassbarer, abstrakter, nicht lösbarer Probleme war, da sie ihn noch nicht erreicht hatten, aber deutlich erkennbar vor ihm lagen, und die er mit der Hoffnung verdrängte, dass Edith bald zurückkam.

Am späten Abend musste er noch einmal mit Lou und Rain vor die Tür und einige Schritte bis zu einem kleinen Park mit Rasen gehen; sie konnten sich nicht erleichtern, wenn sie nicht ein paar Schritte gingen. Hänny nahm das Babyphon mit, das auf halber Strecke zum Park zu piepen anfing, weil es zu weit von der Villa entfernt und die Verbindung abgebrochen war. Drei Minuten dauerte es, kaum länger als wenn er unter der Dusche gestanden und nichts gehört hätte, bis sich die Hunde auf dem Rasen entleert hatten und er wieder so nah bei der Villa war, dass das Babyphon funktionierte. Isi schlief ruhig. Edith fragte nie, wie er alleine mit Isi und den Hunden zurechtkam, als interessierte es sie nicht oder als bestünde kein Zweifel daran, dass er es gut alleine schaffte.

Jedes zweite Wochenende kümmerte Marco Hänny sich ohne Entlastung durch die Kita um Isi und die beiden Hunde. Sie waren in England nach ihrer Karriere auf der Rennbahn aussortiert worden und in Straßengräben gelandet; Lou war sehr hell, fast weiß, und Rain sandfarben, ergraut an der Schnauze. Ihre Bewegungen waren langsam und würdevoll, an der Leine schritten sie dahin, ohne zu ziehen. Isi schaffte einen ganzen Spaziergang noch nicht, vor allem aber hörte er nicht, wenn er gerufen wurde. Also setzte Hänny ihn in den Kinderwagen, schob mit der einen Hand den Wagen und hielt mit der anderen die beiden Hundeleinen.

Sie gingen zum Taubensee hinunter und dort ein Stück am Wasser entlang, wo sich während des Lockdowns eine der wenigen Möglichkeiten bot, etwas zu unternehmen. Wenn Hänny anhalten und sich um Isi kümmern musste, blieben die Greyhounds stehen, geduldig (sie trugen warme Wintermäntel), ohne sich zu bewegen, wie manchmal im Haus, wenn sie statuenhaft dastanden, als würden sie meditieren; was mochte in solchen Momenten in ihnen vorgehen? Hänny glaubte, dass sich die Ruhe der Greyhounds auf Isi übertrug. Wenn Isi neben Rain stand, der ihn mit dem Kopf noch überragte, die eine Hand auf dessen Rücken, wurde er ebenso statuenhaft ruhig. Weinte er, kam Lou langsam dahergeschritten und legte den Kopf auf seine Beine oder hielt den Kopf neben den seinen, bis er sich beruhigt hatte.

Unbekannte Leute spazierten am See, stets darauf bedacht, anderen nicht zu nahe zu kommen, sich nicht mit dem Virus anzustecken. Es handelte sich vor allem um Rentnerpärchen; jüngere Leute gingen joggen, viele hatten das Laufen neu entdeckt, um wegen der Pandemie ihr Immunsystem zu trainieren, und umrundeten den Taubensee.

Rechts war der See, links ein Hügel mit einem abgestorbenen Fichtenwald. Die Trockenheit der letzten Sommer. Die Bäume ragten braun und kahl in die Höhe, standen dürr und zerbrechlich da. Ein Teil war bereits entfernt worden, dort war der Hügel nackt, mit Baumstümpfen wie Grabsteine. Dieser tote Wald passte nicht zu Taubenstadt, wo so viel Wert darauf gelegt wurde, die Idylle vollkommen, das Vermögen hoch, die Probleme der Welt fern zu halten. Der Tod des Waldes war eine Unverschämtheit, er machte das Stadtbild kaputt, die bekannte, überall präsente Aufnahme, die Ansichtskarte mit dem See, der ligurisch an die Stadt heranreichte, und dem Hügel mit dem Dunkelgrün des Waldes, diese Ansichtskarte war nicht mehr zu verkaufen, die Aufnahme erinnerte auf schmerzhafte Weise an die Vergangenheit und verspottete das Taubenstadt der Gegenwart.

Marco Hänny spürte, dass sich die Körper der Rentner anspannten, wenn sie den Blick vom See zum Hügel wandten, sie sich zu ärgern begannen und vielleicht eine klagende, aggressive Bemerkung in Richtung ihrer Frau oder ihres Mannes würden fallen lassen. Wenn die Stadt nicht rasch handelte und dafür sorgte, dass der Hügel wieder hübsch aussah, würden die Leute nicht mehr am Taubensee spazieren gehen, weil der Anblick nicht zu ertragen war, sie sich nicht jedes Mal von Neuem ärgern wollten. Wo aber konnten sie in Taubenstadt spazieren gehen, wenn der Taubensee tabu war? Solche Gedanken machten sich die Menschen hier, zumindest die älteren, vermutete Marco Hänny.

Er beschloss, umzukehren. Die Hand schmerzte von der Leine, die er um sie gewickelt hatte, um den Kinderwagen mit beiden Händen schieben zu können; er konnte die Hunde nicht von der Leine lassen, sie jagten die Enten. Nun lag der Hügel rechts und der See links.

»Der See«, sagte Hänny auf Schweizerdeutsch zu Isi und zeigte zum See, als suchte er nach einer Bedeutung, die dieser See für sein Leben hatte. »See«, wiederholte Isi auf Schweizerdeutsch. Er sagte von Tag zu Tag mehr Wörter, die Sprachexplosion hatte begonnen. »Ja, das ist der Taubensee«, sagte Hänny und dachte, dass Isi vielleicht an diesem Ort aufwachsen, dies seine Heimat würde. Der See war im Sommer gekippt. Er war zu warm geworden, es hatte zu viele Algen gegeben und man hatte nicht mehr darin baden dürfen. Sie gingen weiter. »Dort ist eine Ente. Und da ein Schwan, siehst du?« Hänny schob den Kinderwagen, schob ihn durch den Tag. Es war Mitte des Herbstes. Es würde noch dauern, bis der Winter überhaupt erst begann.

Dann war der Tag vorbei, Isi war eingeschlafen und Hänny saß in seinem Zimmer, das Babyphon neben sich. An diesen Abenden, als sich abzeichnete, dass Edith Thome sich trennen und scheiden lassen würde, die Trennung aber noch nicht ausgesprochen hatte, weil sie, wie in der Paartherapie gesagt, zwar nur die Trennung sah, aber nicht sicher war, an diesen Abenden schaute Marco Hänny sich zur Ablenkung Filme an. Es waren Filme, die er seit seiner Jugend gesehen und gesammelt hatte. Von Kieślowski der *Dekalog*, aber auch *Blanc*, zweimal schaute er sich *Blanc* an. Es folgten Filme von Roman Polański, darunter *Bitter Moon*. Dann Filme anderer Regisseure. *Deep End* von Jerzy Skolimowski. *Dr. Strangelove*. *Der Swimmingpool* mit Romy Schneider. Buñuel. *Anna und die Wölfe*. *Freaks*. Jacques Rivette. *Il Caimano* von Nanni Moretti, den er sich dreimal ansah. *Stalker*. Haneke. *A Clockwork Orange*. Emmanuel Mouret: *Changement d'adresse*.

Hänny schrieb drei Briefe an Edith, auf dem Papier, das sie ihm einst aus London mitgebracht hatte. Er bat sie, zurückzukommen und einen Neuanfang zu machen. Es war alles so schnell gegangen mit der Heirat, der Geburt, dem Umzug; vielleicht lohnte es sich, wenn sie sich noch einmal neu kennenlernten. Er erhielt keine Antwort.

Die Paartherapie hatte mit einer Analyse ihrer Beziehung begonnen. Edith sagte humorvoll, dass sie ja viele Schwierigkeiten hätten, der Sex aber nicht dazu gehört habe. Hänny fragte, weshalb sie nicht einfach wieder Sex hätten, und erhielt von Edith die Antwort, dass sie im Moment nicht an Sex mit ihm denke. Dann ergab die Auswertung der Fragebögen, dass er mit ihrer Beziehung noch unzufriedener war als sie. In verschiedenen Bereichen. Auch den Sex bewertete er weniger gut als Edith, die betreten guckte, als der Therapeut die Ergebnisse präsentierte. Tatsächlich war es Hänny ein Anliegen, in der Therapie auch über den Sex zu sprechen, den er verändern wollte. Er wollte, dass sie, wenn sie wieder Sex hatten, mehr darüber sprachen, was ihnen gefiel, was ihnen weniger gefiel, und er wollte, dass Edith sich weniger passiv verhielt. Er wünschte sich von ihr, dass sie im Bett nicht einfach nichts tat, sondern aktiv wurde. Er wollte beim Sex auch mehr lachen.

Marco Hänny war also, wie ein ausführlicher Fragebogen zeigte, noch unzufriedener mit ihrer Beziehung als Edith Thome, die, als die Ergebnisse präsentiert worden waren, geschwiegen hatte, jedoch stärker zu atmen begann, wie der blassblaue Pullover verriet, der sich hob und senkte, und sogar mit dem Sex, den sie gut fand, war Hänny nicht ganz glücklich. Er hatte sich ja auch bei der Familienberatungsstelle gemeldet, nicht wegen des Sex, sondern wegen ihres Umgangs mit ihm, dem Anschreien, den Drohungen, der Hierarchie, die sie mit ihrer finanziellen Überlegenheit schuf. Wie sollte er sich da emotional geborgen fühlen? Dennoch dachte er, da sie ein kleines Kind hatten, weiterhin nicht an Trennung, sondern wollte ihre Beziehung verbessern, während sie sagte, sie sehe die Trennung. Sic vermied es, ihm in die Augen zu sehen, und sagte ohne Vorwurf, eher kollegial, aufmunternd, »Ich sehe nur die Trennung«, ohne die Trennung auszusprechen, als würde sie auf seine Zustimmung warten, darauf warten, dass er sagte: Gut, dann trennen wir uns. Dies jedoch wollte Marco Hänny ihr nicht abnehmen. Nicht er wollte es, sondern sie, also musste sie es auch aussprechen. Er wollte nicht, dass sie später gegenüber Isi behaupten konnte, sie beide hätten die Trennung gewollt.

Dieses Herumeiern war würdelos; es war so würdelos, dass es allein schon Schmerzen verursachte. Das begriff Hänny. Er begriff jedoch nicht, was dahinter steckte und weshalb Edith nicht ohne den Therapeuten mit ihm sprach, nicht mit ihm ein persönliches Gespräch über ihre Gefühle und ihre Beziehung führte.

Doch dann, nach einer Bedenkzeit von zwei Wochen, sprach Edith Thome in der Therapie die Trennung aus. Mit niedergeschlagenem Blick.

Hänny wiederholte, was er bereits früher gesagt hatte, dass er traurig und verärgert sei, weil man, wenn ein Kind da war, doch zumindest einen Versuch der Wiederannäherung machen sollte. Er sagte, dass ihm eine kultivierte Trennung wichtig sei, bei der man sich gegenseitig unterstütze, auch bei der hälftigen Betreuung Isis, und dass er vorschlage, gemeinsam zurück nach Berlin zu gehen und zwei Wohnungen zu suchen, die in geeigneter Distanz zueinander lagen.

Edith schwieg. Ihre Augen, die schräg an ihm vorbei zu Boden blickten, waren klein.

Allein das Lesen von Cottis beinahe tausend Skizzen war eine Arbeit, vor allem für einen Vater eines Kleinkindes, die für eine monatelange Beschäftigung sorgte, was Marco Hänny nur recht war. Je länger er beschäftigt war, desto besser. Er erhielt das Gefühl, einer Arbeit nachzugehen, die seinem Leben Stabilität verlieh, ihm einen Boden gab, auf dem er stehen konnte, und einen Sinn, der ihn glücklich machte, wenn er, in Cotti vertieft, alles andere vergaß. Er glaubte sogar, dass die Beschäftigung mit den Skizzen ihm irgendwann finanzielle Einnahmen verschaffte, wenn er sie so zusammenstellen konnte, dass aus ihnen Roberto Cottis letzter, umfangreicher, posthum vollendeter Roman wurde, ein mehr als zweitausend Seiten umfassendes Meisterwerk, das dem, was Cotti sich dabei gedacht hatte, möglichst nahe kam, und wenn es ihm darüber hinaus gelang, von den Erben das Einverständnis zur Veröffentlichung einzuholen. Er wäre mehr als nur der Herausgeber, er wäre eine Art bescheidener Co-Autor, der auf diese Bezeichnung verzichtete und sich lediglich als Herausgeber ausgab, im Nachwort jedoch seinen Einfluss transparent machte.

Die Skizzen glichen in der literarischen Ausgestaltung wenig Cottis zu Lebzeiten veröffentlichten Texten, eher handelte es sich um Notizen, Proben, aus einem Impuls heraus geschrieben wie Tagebucheinträge. Für Marco Hänny bestand gerade darin der Reiz. Er glaubte, hier eine neue, besondere Qualität zu entdecken, etwas Ursprüngliches, Unverfälschtes. Wenn es ihm nur gelang, die Texte so anzuordnen, wie es auch Cotti getan hätte, daraus ein Ganzes zu komponieren, das auch Cotti so komponiert hätte. Doch es waren beinahe tausend Skizzen.

Seit der von Edith Thome ausgesprochenen Trennung waren keine zehn Tage vergangen, als Marco Hänny mit Isi auf dem Parkplatz der Kita stand und ihn fragte, ob er es bei seiner Mami schön gehabt habe. Vorhin, bei der Tür der Igel-

Gruppe, hatte Hänny mitbekommen, wie Susanne zu Isi sagte, er solle mal schauen, wer da sei, worauf Isis Schritte zu hören waren und er, ein kleines Menschenwesen mit großem Kopf, durch die Tür tapste. Sein Gesicht verwandelte sich in ein Lächeln. »Papi!«, rief er überrascht und rannte in Hännys Arme.

Natürlich hatte Isi es bei seiner Mami schön gehabt, daran hatte Hänny keinen Zweifel. Doch nun, auf dem Parkplatz der Kita, sagte Isi ein Wort, das Hänny nicht verstand, »Las« oder »Laas«. Hänny überlegte. »Laas. Ich muss darüber nachdenken, was du damit meinst. Was ist Laas? War das bei deiner Mami?« Isi blickte ihn erfreut an. Hänny fuhr sich mit den Fingern durch den Bart. »Okay. Laas. Was könnte das sein? Oder meinst du Lars?« Auf einmal jubelte Isi. »Ja! Laas!« Hänny öffnete die Autotür. »Dann hattet ihr Besuch von Lars? Ist das ein Junge?« Isi schien enttäuscht. »Ein Erwachsener? Ja? Der Besuch war bestimmt schön. Ist Lars nett? Das freut mich, wenn du dich gut mit Lars verstehst.«

Isi war zufrieden, und Hänny konnte ihn in den Kindersitz heben. Er ahnte, dass Lars vielleicht Ediths neuer Partner war, nicht ihr Liebhaber, diesen hätte sie Isi nicht vorgestellt, sondern ihr Partner, der erst ihr Liebhaber gewesen war und den sie inzwischen lange genug kannte, um ihn Isi vorstellen zu können. Denn einen Menschen, mit dem man erst eine Nacht verbracht hatte, stellte man nicht seinem Kind vor. Vielleicht aber irrte er sich und Lars war der Papa einer Familie, die zu Besuch gewesen war, oder ein alter guter Freund oder der Vater in einem Kinderbuch.

Wenige Tage später erhielt Marco Hänny von Edith Thome die Mitteilung, dass sie nicht länger in ihrer Wohnung bleiben könne, da es sich um eine Ferienwohnung handle. Sie habe für die kommende Zeit, bis sie die mit der Scheidung verbundenen Fragen geklärt haben würden, eine normale, unmöblierte Wohnung gemietet, weshalb sie einige ihrer Dinge aus dem Haus holen müsse.

Der Umzug fand an einem Samstag statt. Hänny wollte nicht dabei sein, stieg in den Wagen und fuhr mit Rain und Lou über zwei Stunden an die Nordsee, um den Tag möglichst weit weg zu verbringen. Wegen des Lockdowns nahm er die Verpflegung mit. Er fuhr und hörte Musik, fuhr zum ersten Mal seit Monaten in die Welt hinaus, so kam es ihm vor, er hörte Lucio Dalla und fuhr davon, als würde er sein altes Leben hinter sich lassen. Dann sah er das Meer. Einen Hafen. Schiffe. Bei einem Spaziergang mit Rain und Lou, vielleicht war es die Meeresluft, öffnete sich sein Körper, alle Gefäße schienen sich zu öffnen, er hatte das Gefühl, zum ersten Mal seit langem wieder frei zu atmen. Hier, wo er nur spazieren gehen, aber kein Restaurant, kein Museum betreten konnte. Es fehlte ihm nichts. Und als er es benötigte, fand er sogar ein Toilettenhäuschen. Am frühen Abend fuhr er langsam zurück. Absichtlich langsam. Mehrmals wurde hinter ihm gehupt, wurde er schnell und aggressiv überholt.

Als er die Thome'sche Villa betrat, sah er, was ihm geblieben war. Edith hatte nur ihre Dinge mitgenommen, dies bedeutete allerdings, dass das riesige Wohnzimmer so gut wie leer war. Seine große grüne Lampe hing auf Schulterhöhe im Leeren, da der Esstisch fehlte. Zwei Holzstühle standen da, seine Stühle; die anderen vier, die nun fehlten, gehörten Edith. Isis Hochstuhl stand verloren im Raum. Ediths Ledersofa – eigentlich eine Sofalandschaft – war verschwunden, ebenso der Barcelona-Sessel, der große Schrank, das Sideboard und … das Klavier. Sie hatte tatsächlich das schwere Klavier mitgenommen. Auch eines der riesigen Bilder von Walter Stöhrer, das Farbe in den Essbereich gebracht hatte, hing nicht mehr an der Wand, stattdessen waren nun zwei beachtliche Bohrlöcher mit Schrauben zu sehen.

Rain und Lou waren gemächlich zu ihren Körbchen gegangen und hatten sich hingelegt. »Ich hole gleich euer Futter«, sagte Hänny, doch statt in die Küche zu gehen, blieb er stehen. Der Raum hallte. Im riesigen Wohnzimmer hallte es wie in einer leerstehenden Wohnung. Wie sollte er hier mit Isi essen und spielen?

Er stieg in die erste Etage hoch, wo die Schlafzimmer waren. Zu seinem Erstaunen hatte Edith weder das Bett im Gästezimmer mitgenommen noch ihre Matratze mitsamt Lattenrost des Ehebetts, was neben Hännys Matratze ein klaffendes Loch zur Folge gehabt und weniger Platz für Isi zum Springen bedeutet hätte. Auch hätten sie beim Bücherlesen und Kuscheln enger zusammenrücken müssen. Doch Ediths Matratze sowie das Gästebett waren noch da; offenbar hatte sie sich ein neues Bett gekauft.

Nachdem Hänny Rain und Lou gefüttert hatte, ging er in den Keller. Er schleppte ein klitzekleines Ikea-Sofa hoch, das im Flur seiner früheren Wohnung in Berlin als Ablage gedient und genau die richtige Größe für Isi und ihn hatte. Er zog einen alten, schweren Salontisch mit Rollen über die Treppenstufen nach oben. Schließlich holte er die beiden anderen Holzstühle aus dem Keller, damit seine vier Stühle wieder vereint waren.

In der Küche fehlte die Kaffeemaschine; Hänny hatte vermutet, dass Edith sie mitnehmen würde. Der kleine hölzerne Wandklapptisch, der bis jetzt dazu gedient hatte, dass die Einkaufstüte auf ihn gestellt und ausgeräumt werden konnte, war noch da. An ihm würden Isi und er nun essen.

Nein – aus einem Trotz heraus und weil er irgendwann ohnehin ausziehen würde, bestellte Hänny einen günstigen Tisch, an dem vier Personen essen konnten und dessen Maße gleichzeitig so bescheiden waren, dass er in eine kleine Mietwohnung passte. Er wollte mit Isi wie gewohnt essen, im Wohnzimmer unter der grünen Lampe.

Er überlegte, ob er einige der Bilder in seinem Zimmer im Wohnzimmer aufhängen sollte, damit es weniger hallte, doch er wollte keine neuen Nägel einschlagen und begnügte sich damit, an den beiden Schrauben, an denen Walter Stöhrer gehangen hatte, zwei Kalender anzubringen. Als er an seine Kunstsammlung dachte, die allein Edith wegen entstanden war und in die er viel Geld investiert hatte, von der er jedoch in einer neuen, kleinen Wohnung nur einen Bruchteil würde aufhängen können, kaufte er, was er ohnehin schon lange hatte tun wollen, nun aber tat er es aus Protest: eine Lithographie von Reiner Schwarz, die angeblich jenen alten Kinderwagen zeigte, in dem der Künstler als kleines Kind im Krieg geflohen war. Dies erschien Hänny zur Situation, in der Isi und er waren, passend, auch wenn sie statt eines Kinderwagens eher einen Wohnwagen brauchten.

Es hallte noch immer, trotz des kleinen Sofas, des Salontischs und der beiden zusätzlichen Stühle. Zum Glück hielt Hänny sich fast nur oben in seinem Zimmer oder mit Isi im Kinderzimmer auf. Im Wohnzimmer, das er nur noch minimal heizte – die Heizkosten der Villa würde er tragen müssen, dies hatte Edith zumindest verlangt –, war er lediglich, um in der daran angrenzenden Küche zu kochen und um zu essen.

Isi war es egal, dass es leergeräumt war und hallte; nun konnten sie sogar mit einem Ball darin spielen. Und Rain und Lou lagen am liebsten bei ihm im Dachgeschoss; abends wollten sie jedoch oft nicht mehr die Treppen hochsteigen und blieben unten. Dann war er alleine in seinem Zimmer, während Isi in der ersten Etage schlief und die Hunde im Erdgeschoss lagen.

Wenn Isi in seinem Zimmer spielte, konnte Hänny ihn nicht allein lassen und unten kochen. In der Thome'schen Villa war man stets weit voneinander entfernt. Ständig stieg Hänny vom Erdgeschoss zwei Etagen hoch ins Dachgeschoss, von dort wieder hinunter in die erste Etage, dann wieder hoch, wieder runter ins Erdgeschoss, von dort wieder ganz nach oben. Er putzte nur alle zwei Wochen, eilte mit Staubwedel und Staubsauger durch die Räume und war in einer guten Stunde fertig.

Felix Zweifel, ausgezeichnet mit dem Eisernen Kreuz des Ritterkreuzes, war als einer der Ersten aus russischer Kriegsgefangenschaft zurückgekehrt, weil er krank war, die Lunge; seitdem half er auf dem elterlichen Bauernhof mit, so gut es ging. Er wurde verehrt, er war ein Kriegsheld, aber das durfte man nicht mehr überall laut sagen. Längst war er wieder angekommen in Meran, ein paar Jahre waren vergangen, als Bauern hatten sie nicht zu hungern; er war angekommen und nicht angekommen. War man im Krieg gewesen, kam man nicht mehr an. Nirgends. Man kam da nicht mehr raus, aus dem Krieg, auch wenn er längst zu Ende war. Inzwischen war Felix Zweifel neunundzwanzig Jahre alt. Sein Leben lag noch vor ihm.

Er war eingeladen von einem Giuliano, ehemals Wenterin, einem Rückkehrer, der einen italienischen Namen hatte annehmen müssen und sich dafür in Grund und Boden schämte. Die Wenterins hatten damals die Option wahrgenommen, waren gegangen, um wie er an Hitlers Seite zu kämpfen, und in Stuttgart ausgebombt worden. Fühlten sich als Österreicher, verabscheuten die Italiener und mussten nun einen italienischen Namen tragen. Hatten kein Land, nicht einmal ein kleines Grundstück mit einem Garten, in dem sie das eine oder andere anpflanzen konnten; sie bewohnten ein winziges Haus in Dorf Tirol. Solche Seelen bekamen immer ganz hungrige Blicke, wenn sie Bauern wie Felix Zweifel Brote mit einer dicken Schicht Butter essen sahen. Giuliano arbeitete inzwischen als Carabinieri, musste seine Frau, einen Sohn und drei oder vier Töchter durchbringen, so genau wusste Zweifel das nicht. Die arme Seele. Hatte ihn neulich angesprochen, väterlich die Hand auf seine Schulter gelegt und von Elisabeth angefangen.

Hübsch waren die Töchter, vor allem Elisabeth, da konnte man nichts sagen: langes Haar, großer Busen, schlanke Beine.

Und jung, noch nicht einmal siebzehn Jahre alt. Er sollte Elisabeth abholen, mit ihr spazieren gehen und danach im elterlichen Zuhause etwas trinken. Das tat Zweifel gerne. Er hatte das Leben vor sich. Und Elisabeth war voller Scheu und Respekt ihm gegenüber, wegen seiner Auszeichnung. »Ranghoch«, sagten die Leute ständig. »Ranghoch.«

Er wollte sie abholen und mit ihr spazieren gehen. Etwas Unterhaltung tat ihm gut. Du hast es auch nicht leicht, würde er zu Elisabeth sagen, lass uns Spaß haben. Aber etwas trinken mit dem alten Giuliano wollte er nicht. Er würde Elisabeth nach Hause bringen und gehen. Er hatte viel zu tun auf dem Hof.

Manchmal fuhr Hänny zu einem der sozialen Brennpunkte und ging mit Rain und Lou in einem nahegelegenen Park spazieren oder suchte mit Isi einen Spielplatz auf; immer öfter fuhr er dorthin, wo er mit Isi vielleicht bald leben würde. Zurück in seinem brüchig gewordenen Zuhause, saß er abends im Sessel und fragte sich, ob er noch einen Monat oder zwei Jahre in der Thome'schen Villa leben würde, deren hallendes Wohnzimmer bei jedem Wort offenbarte, dass nicht nur die Villa, sondern auch sein Leben leer geräumt worden war. Noch lebte er vom Taschengeld, das Edith ihm gab, und vom Familienkonto, das weiterhin bestand.

Wieder einmal begriff Marco Hänny nicht. Er begriff nicht, weshalb Edith Thome die Paartherapie abgebrochen hatte, statt mit ihr die Scheidung zu begleiten, wie der Therapeut es empfohlen hatte, um wichtige Fragen einvernehmlich zu klären und die Beziehung und deren Scheitern so aufzuarbeiten, dass Edith und er mit dem Alten abschließen und sich in den kommenden Jahren im Guten gemeinsam um Isi kümmern konnten. Auf Ediths formelle Nachricht, dass sie die Therapie abbreche, da sie keinen Sinn in einer Fortsetzung sehe, und stattdessen eine Anwältin nehme, nicht ohne für die »professionellen Bemühungen« zu danken, hatte der Therapeut mit Befremden reagiert. Für Marco Hänny war dies ein Beispiel für Ediths Verhalten ihm gegenüber gewesen, das er sowohl in der Eheberatung wie in der Paartherapie hatte besprechen wollen, was ihm jedoch nie gelungen war, da Edith jedesmal auf andere Themen hatte ausweichen können. Nun war sie offensichtlich verärgert. Es schien nicht so zu laufen, wie sie es sich vorgestellt hatte. Sie war womöglich verärgert, weil Marco Hänny nicht gesagt hatte, »Gut, dann trennen wir uns.«, sondern es ihr überließ, die Trennung auszusprechen, die sie, nicht jedoch er wollte; verärgert, weil er von der paritätischen Betreuung Isis gesprochen hatte, als wäre diese auch in Zukunft selbstverständlich, und zurück nach Berlin gehen, Taubenstadt rückgängig machen wollte.

Als Edith Thome ankündigte, sich eine Anwältin zu nehmen, fiel Marco Hänny wieder ein, wie sie vor drei Monaten, nach Abschluss der Eheberatung, als sie in die Ferienwohnung gezogen war, etwas gesagt hatte, eher beiläufig, vielleicht hatte sie es nicht sagen wollen, war es ihr in einem unbedachten Moment herausgerutscht: »Eine andere Frau würde nicht mit in eine Therapie gehen, sondern ihren Mann durch ein Schreiben des Anwalts über die Scheidung informieren.« Damals hatte er diesen Worten wenig Beachtung geschenkt, Edith musste schlecht gelaunt gewesen sein und etwas gesagt haben, das nicht überlegt, nicht ernst gemeint war. Sie hatte womöglich an Filme gedacht, an Krimis, in denen solches vorkam, und für einen Moment vergessen, dass im wirklichen Leben kein normaler Mensch so etwas tat.

Ediths Anwältin hieß Klos. Sie führte gemeinsam mit zwei Kolleginnen eine Fachkanzlei für Familienrecht in Taubenstadt City. So hieß der Ort tatsächlich: Taubenstadt City. Als wäre Taubenstadt modern, urban; zwar nicht riesig, aber dennoch weltweit bekannt wie beispielsweise Zürich oder Luzern. Weltstadt Taubenstadt. In der es eine Familienanwältin mit dem Namen Klos gab.

Hänny schaute sich Frau Klos im Internet an, eine Frau um die sechzig, deren Aussehen ihn erstaunte, weil Edith, so wie er sie kannte, sich sonst für Menschen mit einer anderen Ausstrahlung entschied. Doch nun hatte sie sich, vielleicht auf Anraten eines alten Freundes ihres Vaters, der Unternehmer gewesen war, für Frau Klos entschieden, die wie eine knallharte Geschäftsfrau aussah und nicht wie jemand, der nach guten Lösungen für alle Familienmitglieder suchte und dabei auch an das Kind oder die Kinder dachte.

Er musste wieder mit Frau Blumenthal Kontakt aufnehmen. Dass er es tun musste, bedeutete nicht, dass es ihm unangenehm war, im Gegenteil, er mochte Frau Blumenthal, kannte in Taubenstadt nur Isi sowie Susanne von der Kita, mit der er oft ein paar Worte wechselte, und der Lockdown hielt noch immer an, sodass er wortwörtlich auf sich selbst zurückgeworfen war. Er teilte Frau Blumenthal am Telefon mit, dass er einen Brief mit Forderungen erhalten habe, von denen er nicht wisse, ob sie juristisch vertretbar oder schlicht absurd seien. »Welchen Anwalt hat Ihre Frau?«, fragte sie. Er nannte ihren Namen, worauf es einen Moment lang still wurde. »Schon mal schlecht«, sagte Frau Blumenthal. – »Weshalb?« – »Bis jetzt hatte ich jedes Mal Ärger mit ihr. Sie will keine einvernehmlichen Lösungen, sondern das Maximum für ihre Mandanten herausholen. Können Sie mir den Brief schnellstmöglich zustellen?«

Marco Hänny ließ ihr den Brief zukommen, in dem gefordert wurde, dass er Isi nur noch jedes zweite Wochenende sehen und diesem neuen Betreuungsmodell innerhalb einer Woche zustimmen solle, man ansonsten unverzüglich vor Gericht gehe; man weise darauf hin, dass zweitinstanzlich so gut wie immer gegen das Wechselmodell entschieden werde, zumal Kleinkind und Hund grundsätzlich nicht miteinander vereinbar seien und darüber hinaus im vorliegenden Fall die beiden großen, in England traumatisierten Windhunde eine erhebliche Gefahr für das erst zweijährige Kind darstellten. Weiter wurde gefordert, einzuwilligen, das Haus binnen drei Monaten zu räumen, den Peugeot Kombi, den er fuhr, in zwei Monaten abzugeben und sich umgehend eine Vollzeitbeschäftigung zu suchen und Unterhalt zu zahlen, da Edith Thome sich um Isi kümmere und ihr Gesundheitszustand eine Berufstätigkeit verunmögliche.

Hänny legte das Schreiben, das er noch einmal gelesen hatte, zur Seite und nahm eine Kopfschmerztablette. Dann rief er bei dem Verein für in Not geratene Windhunde an, dessen Mitglied er war, und fragte, ob man eine qualifizierte Person kenne, die für Gerichte Gutachten erstelle und spezielle

Kenntnisse bezüglich Windhunden habe. Er setzte sich in den Sessel und versuchte, in Ruhe nachzudenken, doch die Kopfschmerzen hatten noch nicht nachgelassen.

Marco Hänny, der Edith Thome geheiratet und mit ihr ein Kind gezeugt hatte, das sie ein Leben lang aneinander band, der seine sichere und gut bezahlte Stelle als Bibliothekar an der Stadtbibliothek Friedrichshain-Kreuzberg aufgegeben und seine Wahlheimat Berlin, die er liebte, verlassen hatte, um mit Edith Thome nach Taubenstadt in die Villa ihrer Eltern zu ziehen, war nicht mehr jener Marco Hänny von damals, der in der Stadtbibliothek mit ruhiger Stimme Lesungen von Schriftstellern moderierte, die von überall aus der Welt kamen. Er hatte diese Stellung nicht mehr, die Kollegen und eingeladenen Schriftsteller, die Arbeit an sich und das Gehalt am Ende des Monats. Heute war er ein Nichtstuer ohne Geld, ohne Aufgabe (er hatte es versucht und den Garten umgegraben und neu bepflanzt, auch diesen Garten würde er verlieren), ein im Leben Gescheiterter, der sich aushalten ließ; vielleicht war er bald nicht einmal mehr ein richtiger Vater, sondern einer, den das Kind in seiner ärmlichen Bleibe nicht besuchen wollte, für den es sich schämte und die luxuriöse Villa der Mutter nicht verlassen wollte.

Offenbar hatte er sich finanziell von einem Menschen abhängig gemacht, der ihn nun aus seinem Leben und aus jenem des gemeinsamen Kindes schieben wollte. Der ihm zeigte, wie viel Macht er besaß. Wie er von Edith wusste, war auch ihrem Vater Macht stets wichtig gewesen. Obwohl ihre Mutter, wie ihr Vater, einen Doktortitel hatte – ein nutzloser Schmuck, der auf ihre Abstammung von einer vermögenden Familie hindeuten sollte –, war sie bloß Hausfrau gewesen und hatte in der familieninternen Hierarchie früh unter der vom Vater geliebten Tochter gestanden, die bei Wanderungen bei jeder Kurve vom Vater mit Schokolade bestochen und zum Weiterwandern ermuntert, für Hausarbeiten bezahlt und für gute Schulnoten mit Geld belohnt wurde. In Restaurants und in Hotels bestach der Vater die Kellner, indem er ihnen ein verlockend hohes Trinkgeld zu Beginn und ein wesentlich kleineres am Ende gab. Er musste ein miserables Selbstbild gehabt haben, wenn er glaubte, dass die Menschen nur freundlich zu ihm waren, wenn er ihnen Geld anbot.

Von der Tochter dieses Vaters hatte Marco Hänny sich abhängig gemacht. Inzwischen hatte er wieder so gut wie täglich Kopfschmerzen. Er hatte Zuckungen am rechten Mundwinkel. Als er Frau Blumenthal den Brief von Frau Klos weitergeleitet hatte und ein paar Sätze dazu hatte schreiben wollen, stellte er fest, dass er nicht mehr tastaturschreiben konnte, ohne sich bei jedem Wort zu vertippen.

Kaum war die gesetzte Frist verstrichen, Frau Blumenthal hatte vorher noch eine Antwort verfasst, hatte Edith beim Gericht das Aufenthaltsbestimmungsrecht für Isi beantragt, im Eilverfahren, wegen akuter Gefährdung durch die Hunde; schon stand ein Termin beim Gericht fest, ein Termin für das Hundegutachten, schon hatte Isi eine Verfahrensbeiständin erhalten, Frau Sonne, die zu Hänny in die Villa kam und dabei zusah, wie Isi im Kinderzimmer spielte und, nachdem die Briobahn fertig war, sich in Hännys Schoß fallen ließ und seine Arme um dessen Hals schlang.

Am Abend vor dem Gerichtstermin erhielt Hänny das Hundegutachten, das bestätigte, dass von Rain und Lou keine Gefahr für Isi ausging. Die Richterin war eine Frau in Hännys Alter und schlicht gekleidet. Man setzte sich. Der Pandemie wegen hatten alle Masken auf, weshalb Mund und Nase bedeckt waren. Frau Klos trug Schmuck, ein seltsames schwarzes Oberteil, das an Gewänder von Richtern in Filmen erinnerte, und knallrote Lederstiefel. Frau Blumenthal hatte eine Jeans und einen Pulli an.

Edith Thome hielt einen gut vorbereiteten Vortrag, in dem sie darlegte, dass sie sich seit der Geburt so gut wie alleine um Isi gekümmert habe und sie die Hauptbezugsperson sei. Die beiden großen Windhunde seien in England schwer traumatisiert worden, gefährlich und ungeeignet für ein Zusammenleben mit einem Kleinkind. Hänny weigere sich, Isi mit Sonnencreme einzuschmieren und bei ihm Fieber zu messen, um ihn in die Kita schicken zu können.

»Wir sind der Meinung«, sagte Frau Klos, während sie, wie zu vermuten war, hinter der Frontwand des Tisches mit dem knallroten Lederstiefel wippte, »dass es in hohem Maß kindeswohlgefährdend ist, wenn das Kind, gerade einmal zwei Jahre alt, seinen festen Lebensmittelpunkt nicht bei der Mutter hat.«

Hänny entgegnete, Isi brauche seinen Vater. Er habe eine Mami und einen Papi, und beide seien immer für ihn dagewesen. Er brauche beide und zwar je zu fünfzig Prozent.

Frau Klos schüttelte den Kopf. »Ein Wechselmodell kommt bei einem Kleinkind grundsätzlich nicht infrage, das wird in zweiter Instanz immer wieder so entschieden. Und Frau Thome hat sich seit der Geburt überwiegend um das Kind gekümmert. Sie ist die Hauptbezugsperson.«

Das stimme nicht, sagte Hänny. »In den ersten zwei Wochen nach der Geburt habe nur ich die Windeln gewechselt, da Edith die Windeln nicht anlegen konnte, ich hingegen schon, weil ich vor der Geburt einen Vater-Crash-Kurs besucht hatte. Ich habe Isi sogar gestillt.« Die Richterin hob den Kopf und blickte ihn fragend an. »Edith hatte Brustentzündungen«, sagte er, »eine nach der anderen. Während sie auf dem Sofa saß und Milch abpumpte, habe ich Isi gewickelt, bereits abgepumpte Milch aus dem Kühlschrank genommen oder Kunstmilch zubereitet und ihn in der Küche gestillt. Natürlich auch in den Nächten. Ich habe immer die Babymassage gemacht, auch dafür hatte ich zuvor einen Kurs besucht, und am Tag habe ich ihn stundenlang im Tragetuch gehabt. Wenn Isi abends um elf eine Schreiphase hatte und Edith ihn nicht hat beruhigen können, was oft vorgekommen ist, bin ich mit ihm im Tragetuch durch das Viertel gelaufen, bis er eingeschlafen ist. Wir hatten die Betreuung vom ersten Tag an paritätisch aufgeteilt. Ich habe übrigens die Kita-Eingewöhnung gemacht, was gar nicht möglich gewesen wäre, wenn die Beziehung zwischen Isi und mir nicht …«

Frau Klos unterbrach ihn und sagte, ein kinderpsychologisches Gutachten könne Klarheit bringen; die beiden Elternteile hätten auf jeden Fall erhebliche Differenzen, was durch die gescheiterte Eheberatung und Paartherapie offensichtlich sei, auch die Kommunikation sei massiv gestört, weshalb ein Wechselmodell nicht infrage komme, zudem bestehe die Gefahr durch die Hunde.

Hänny widersprach und erwähnte das Hundegutachten, das er von einer unabhängigen Gutachterin, die für Gerichte tätig sei, habe anfertigen lassen und mitgebracht habe.

Frau Klos warf ein, dass sie dieses Gutachten nicht akzeptieren würden.

Frau Blumenthal sagte, Frau Thome lebe allein von ihrem Vermögen und sei in der Vergangenheit oft auf Reisen im Ausland, auch auf anderen Kontinenten gewesen und habe lange Jahre im Ausland gelebt. Wenn sie das Aufenthaltsbestimmungsrecht erhalte, bestehe die reale Gefahr, dass sie sich mit Isi ins Ausland absetze und auf diese Weise dem Vater das Kind entziehe.

Die Richterin wollte wissen, was Frau Hüller vom Jugendamt und Frau Sonne, die Verfahrensbeiständin, die mit Susanne Stein, der Erzieherin, telefoniert hatte, sagen konnten.

Susanne Stein sei seit dreißig Jahren Erzieherin, sagte Frau Sonne. »Sie bestätigte, dass Herr Hänny die Kita-Eingewöhnung gemacht hat, Isi sich gleichermaßen freut, wenn er abgeholt wird, unabhängig davon, ob die Mutter oder der Vater kommt, und er zu beiden eine gleichwertige Beziehung hat. Außerdem würde die Kommunikation zwischen den Eltern gut funktionieren, das zeige sich etwa darin, dass der eine Isi morgens bringe und der andere, der ihn abhole, wisse, dass er etwas Bestimmtes, wie neue Windeln, mitbringen müsse. Aus Sicht der Kita sei es für Isi wünschenswert, dass beide Elternteile sich wie bisher um ihn kümmern würden.« Nach einer kurzen Pause fügte sie an: »Ich muss Ihnen widersprechen, Frau Thome, es stimmt nicht, dass Sie eine bessere Beziehung zu Isi haben als Herr Hänny. Ich habe selber gesehen, wie Isi beim Spielen mit der Briobahn ganz selbstverständlich zu Herrn Hänny ging, sich auf dessen Beine fallen ließ und mit ihm schmuste. So ähnlich wie er das bei Ihnen auch tut.« Frau Hüller vom Jugendamt bestätigte diese Aussage.

»Sie wollen das Aufenthaltsbestimmungsrecht?«, fragte die Richterin Edith Thome. »Keine Chance.« Frau Klos meldete sich: »Dann ziehen wir zurück.« Die Richterin: »Gut. Die Eltern verpflichten sich zu einer gerichtsnahen Beratung, um sich über die Betreuung von Isi einig zu werden. Bitte geben Sie mir das Hundegutachten, damit ich es lesen kann.«

007

Nun stoppte Marco Hänny also den Wagen, wenn sein Sohn ein bestimmtes Lied hören wollte; er parkte auf einem geraden Stück in der Tempo-30-Zone, machte den Pannenblinker an und suchte im Handschuhfach nach der CD von Sven van Thom, auf der das Lied *Papa kann nicht kochen* war. Er tat dies, um innezuhalten und um keinen Fehler zu machen. Es durfte kein Fehler geschehen, kein Autounfall; allein schon ein aufgeschlagenes Knie konnte zur Frage führen, ob Isi bei seinem Vater gut aufgehoben war, ob jener seine Aufsichtspflicht vernachlässigte und ob eine Schürfung, die weder desinfiziert noch verbunden worden war, darauf hindeutete, dass der Vater nicht fürsorglich genug war, der sich verwundert die Augen rieb und sagte, es sei eher eine Hautrötung als eine Schürfung gewesen, so gut wie nichts, außerdem sei Luftzufuhr gut für die Wundheilung, ein Satz zur Verteidigung, der wie ein Einfallstor wirkte, war es nun eine Hautrötung gewesen oder eine offene Wunde?, und den Verdacht nährte, dass der Vater Isis Verletzung nicht ernst genommen hatte und jetzt noch bagatellisierte, er folglich, wie zu vermuten war, auch Isis psychisches Wohlbefinden oder, genauer, psychisches Unwohlsein nicht wahrhaben wollte, nicht einmal bemerkte und nicht in der Lage war, einzusehen, dass Isi die Mutter fehlte und er als Vater in den ersten Jahren, bis zum Schuleintritt, zurückzutreten hatte, um die Mutter-Kind-Beziehung nicht zu gefährden; dass er ein sturer, uneinsichtiger, zu Empathie unfähiger Vater war, der sein Ego über das Wohl des Kindes stellte. Alles musste also stimmen, die Kleider stets die passende Größe haben, die Finger- und Fußnägel geschnitten sein, vor allem aber durfte nichts geschehen, Isi durfte nicht von der Schaukel fallen und sich den Kopf stoßen, allein die Vorstellung: eine Beule am Kopf. Oder ein blaues Auge. Wurde er womöglich vom Vater geschlagen?

Wohl hatte Marco Hänny vor Gericht einen Sieg gegen Edith Thome errungen, sie war gescheitert und hatte ihren Antrag auf Aufenthaltsbestimmungsrecht zurückziehen müssen, doch er ahnte, dass dies nur der Beginn einer längeren Auseinandersetzung gewesen war und die gerichtsnahe Beratung lediglich eine Verschnaufpause bedeutete. Der Lockdown war zu Ende, der Frühling war da, ein verlorener Frühling, der keine Erholung vom Winter und dem langen Lockdown versprach. Gab es noch Jahreszeiten in Hännys Wahrnehmung? Er war in seinem Zimmer, saß im Sessel, das Babyphon neben sich. Isi murmelte etwas, dann war wieder Stille.

Ein Kribbeln erfasste seine Hände. Was war er? Er war kein Hausbesetzer, der aus jugendlichem Übermut zusammen mit anderen in ein Haus eindrang, seinen Schlafsack ausrollte, Plakate malte, sie aus dem Fenster hängte und, wenn es Ärger gab, jederzeit nach Hause zu seinen Eltern gehen konnte. Zum einen war er allein und nicht Teil einer Gruppe. Er wollte zwar behaupten, dass er nicht allein war, Isi dazuzählen, argumentieren, dass nicht nur er, sondern auch Isi obdachlos werde, Frau Blumenthal jedoch hielt ihn zurück: Die Gegenseite werde sagen, es gebe für Isi sehr wohl eine Unterkunft, jene der Mutter. Zum einen war er also allein, zum anderen lebte er in Taubenstadt, wo kein elterliches Zuhause ihn jederzeit willkommen hieß und es bezahlbaren Wohnraum kaum gab. Zudem war er nie mit Farbe und Plakaten in das Haus eingedrungen, er hatte nichts getan, schon gar nichts Illegales, vielmehr war er übriggeblieben, nachdem seine Frau ausgezogen war und ein neues Leben begonnen hatte.

Marco Hänny war ein einsamer Hausbesetzer, eine Art Steppenwolf-Hausbesetzer, der jedoch einen stolzen Trotz spürte. Wenn Edith Thome, einer der reichsten Menschen Taubenstadts, daran glaubte, dass sie ihn aus dem Leben seines Sohnes schieben und aus der Villa werfen konnte, nachdem sie gewollt hatte, dass er seine Arbeitsstelle kündigte und mit ihr nach Taubenstadt kam, irrte sie sich.

Wenn Edith Thome glaubte, so vorgehen zu können, wie ihr Vater es getan hätte, wie ein Familienpatron es tat, der seine Exfrau nach der Scheidung verstieß und von der Familie fernhielt, nicht ohne ihr vorher die Kinder wegzunehmen, wenn Edith Thome, die früher gegen ihre patriarchale Prägung angekämpft und sich während des Studiums auf Feminismus und Gender konzentriert hatte, nun glaubte, patriarchales Verhalten sei in Ordnung, wenn es von einer Frau ausging, dann irrte sie sich. Marco Hänny wollte sie beim Wort nehmen: Emanzipation, Gleichberechtigung. Auch für Väter bei der Kindererziehung.

Noch immer wendete er alle zwei Wochen lediglich eine Stunde auf, um die Villa zu putzen. Den Garten überließ er noch mehr sich selbst, als er es früher getan hatte, zur Freude der Igel, Weinbergschnecken sowie einiger Ratten und Kaninchen, die vielleicht auf die Idee kamen, im Garten der Thome'schen Villa ihr Höhlensystem zu schaffen, die Villa zu untergraben und letztlich zu gefährden. Hänny, noch immer im Sessel, lächelte schief. Ging er in den Garten, was nicht mehr oft vorkam, zwinkerte er ihnen zu, den Ratten und den grabenden Kaninchen. Zweifelsfrei würde er ausziehen, bevor das Höhlensystem so weit fortgeschritten war, dass für ihn Aufwand entstand.

Inzwischen hatte er sich an die leeren Räume gewöhnt. Die Thome'sche Villa hatte nun etwas von einer alten, verlassenen italienischen Villa, in der Künstler Platz fanden, ihre Werke zu erschaffen und, wenn einer keine andere Möglichkeit hatte, darin zu wohnen. Vielleicht konnten Isi und er hier für einige Jahre bleiben, wenn er trotzig genug war und ausharrte, zum unbeugsamen Hausbesetzer wurde. In einem frühen Gespräch mit Frau Blumenthal hatte er gesagt, dass er möglichst schnell eine Wohnung finden wolle, er es in der riesigen Villa nicht aushalte und hier ein Neuanfang nicht möglich sei. Frau Blumenthal hatte geantwortet: »Ich verstehe Ihre Emotionen. Dennoch ist es am klügsten, wenn Sie im Haus bleiben, das ist die beste und günstigste Lösung. Wenn Ihre Frau will, dass Sie schnell ausziehen, soll sie Ihnen ein Angebot machen. Falls sie Sie aus dem Haus werfen will, stellen wir vor Gericht einen Antrag auf Zuweisung der Ehewohnung, also des Hauses. Sie können ja nirgends hin. Nicht einmal in ein Frauenhaus.«

Marco Hänny konnte nirgends hin. Weshalb konnte er nicht in ein Frauenhaus, nur weil er ein Mann war? Weshalb hieß es nicht Menschenhaus? Wenn es so weit käme, wollte er in ein Frauenhaus gehen und auf seinem Recht beharren, ein Bett zu bekommen. So wie er in öffentlichen Toiletten mit Isi in die Frauentoilette ging, weil es nur dort einen Wickeltisch gab. Er würde zum Frauenhaus gehen und sagen, er sei zwar keine Frau, die von ihrem Mann aus dem Haus geworfen worden sei, sondern ein Mann mit einem Kleinkind, und fragen, ob das einen Unterschied mache, er sei keine Frau, aber ein Mensch, er tue schon niemandem was. Gibt es auch Frühstück? Danke. Und im Auto sind zwei Hunde, die mit ins Zimmer müssen.

Wurde Marco Hänny ein Michael Kohlhaas? Auf jeden Fall war er noch in der Villa, war er irgendwann durch die Straßen gelaufen und hatte Zettel aufgehängt, die, mit dem Mobiltelefon fotografiert, bewiesen, dass er sich aktiv darum bemühte, eine Wohnung zu finden. Zettel aufgehängt im Wissen, dass er keine Wohnung finden würde. Denn wer hatte in Taubenstadt eine freie Wohnung für einen Akademiker ohne Einnahmen, mit einem Kleinkind und zwei großen Hunden?

Andere Leute sahen sich gezwungen, ihren Hund wegzugeben. Rain und Lou jedoch waren bereits einmal abgeschoben, im Straßengraben entsorgt worden, außerdem waren sie Familienmitglieder, und deshalb war es unmöglich, auch nur daran zu denken, sie wegzugeben, um Vorteile bei der Wohnungssuche zu haben. Was würde Isi daraus lernen, wenn sein Vater so mit Familienmitgliedern umging?

Marco Hänny, vor zwei Jahren noch Bibliothekar an der Stadtbibliothek Friedrichshain-Kreuzberg mit einem guten, sicheren Gehalt, war dabei, mit Absicht eine Art Hausbesetzer zu werden, die Möglichkeit in Betracht zu ziehen, sich vom Gericht das Haus für einige Zeit zuteilen zu lassen, denn Edith hatte, wie er argumentieren würde, eine Wohnung, ihm hingegen drohte, wenn er das Haus verlassen musste, Obdachlosigkeit, da er in kein Frauenhaus gehen konnte, und schließlich die Villa zu kapern. Falls es in diese Richtung ginge und er das Haus zugeteilt bekäme, wollte Hänny einige Hühner anschaffen, die im Garten der Thome'schen Villa einen paradiesischen Lebensraum vorfänden, und, allein für die gut betuchte Nachbarschaft, einen krähenden Hahn. Es gab alte, interessante Hühnerrassen, die vom Aussterben bedroht waren. Morgens die Terrassentür öffnen, mit Isi in den Garten gehen und den Hühnern zwei Eier klauen. Isi hätte eine Riesenfreude.

Marco Hänny saß im Sessel und hatte euphorische Gedanken. Villa kapern. Hühner anschaffen. Einen Hahn, um die Nachbarn zu ärgern und aus ihren Villen zu vertreiben. Was war das? Handelte es sich um Betrachtungen von Möglichkeiten, lustige Ideen zur Ablenkung, einen ausgeklügelten Plan? War es Verzweiflung?

Die gerichtsnahe Beratung bei Frau Tanner hatte in einer andeutungsweise versöhnlichen Atmosphäre begonnen. Marco Hänny sagte, er wünsche sich, dass man eine für alle, vor allem für Isi gute Lösung erarbeiten könne, die Isi eine schöne Kindheit ermögliche, und Edith Thome wählte eine ähnliche Formulierung. Als Hänny sie darauf ansprach, dass Isi den Namen Lars genannt habe, und fragte, ob Lars ihr neuer Partner sei, bejahte sie und teilte von sich aus mit, dass sie ihn erst nach der Trennung kennengelernt habe. Das glaubte Hänny zwar nicht, sagte jedoch, dass er sich für sie freue. Als es später um die Frage ging, was die gute Lösung war, die Isi eine schöne Kindheit ermöglichte, vertrat Edith Thome allerdings den Standpunkt, dass Isi nun seine Mutter brauche, er seinen festen Lebensmittelpunkt bei der Mutter haben müsse, das spüre sie deutlich, während Marco Hänny sagte, er brauche beide, Mutter und Vater, in gleichem Umfang wie bisher. Und schon war die Atmosphäre wieder abgekühlt, war man ohne Annäherung aus der Sitzung gegangen und mit nur wenig Hoffnung für die nächste Sitzung in zwei Wochen. Am Ende der dritten Sitzung fragte Edith: »Weshalb erst wieder in zwei Wochen? Ich will endlich vorwärtskommen. In zwei Wochen stehen wir doch wieder am selben Punkt. Ich habe das Gefühl, hier wird versucht, Zeit zu schinden.«

Edith Thome wollte vorwärtskommen, wollte es nicht mehr länger hinnehmen, dass Isi die Hälfte der Zeit bei seinem Vater war. Und Marco Hänny wusste, dass die Zeit für ihn lief, denn je länger das Wechselmodell bereits bestand, desto besser standen die Chancen, dass es blieb, der Kontinuität wegen, die wichtig war für ein Kind.

»Wir wurden zu einer gerichtsnahen Beratung verpflichtet«, sagte er, »und sollten versuchen, hier eine gute Lösung zu erarbeiten. Das kann natürlich mehrere Sitzungen dauern.«

»Ich fasse es nicht! Das geht doch ewig so weiter, ohne dass wir zu einem Ergebnis kommen. Wenn wir uns nicht bald einigen, gehe ich wieder vor Gericht. Dann lassen wir eben ein kinderpsychologisches Gutachten machen.«

Edith Thome atmete heftig.

Marco Hänny sagte: »An einem Gutachten, das eineinhalb oder zwei Jahre dauert, und einem anschließenden jahrelangen Rechtsstreit hat doch nur eine Person Interesse: deine Anwältin. Sie will Geld verdienen; ob Isi dabei unter die Räder kommt, ist ihr egal.« Er erinnerte sich, dass er ruhig und gelassen wirken wollte, und fügte an: »Wir sollten die Sitzungen hier nutzen, um uns anzunähern und zu erkennen, dass wir beide wichtig für Isi sind, auf unterschiedliche Weise, aber beide wichtig. Ich glaube schon, dass wir zu einer Lösung kommen können.«

Das hatte Marco Hänny gesagt. Mit ruhiger Stimme hatte er seinen Glauben an eine gute Lösung kundgetan im Wissen, dass hier mit Edith Thome zu keiner Lösung zu kommen, aber dass für ihn und Isi vielleicht jede zusätzliche Woche entscheidend war. Nein, das war kein Zeitschinden, er glaubte vielmehr, dass die langen Abstände zwischen den Sitzungen kein Zufall waren, sondern den Eltern Zeit verschaffen sollten, die Trennung und die Konsequenzen zu verarbeiten, Einsichten zu erlangen, Distanz zu gewinnen, sich vielleicht auch ein wenig vom Kind zu lösen, gerade wenn es noch sehr klein war.

Marco Hänny hielt die Hoffnung auf eine Lösung aufrecht, die er wollte und die Edith so auf keinen Fall wollte, und hatte dabei selber die Hoffnung, dass Edith einen Prozess durchmachte und zur Einsicht kam, dass er ein liebevoller, bemühter Vater, dass er wichtig für Isi war und die Hälfte der Zeit mit ihm verbringen sollte. Er wusste, dass hier mit Edith zu keiner Lösung zu kommen war, und doch hatte er Hoffnung. Er versuchte, ruhig und besonnen zu sprechen, während er angespannt war, geistig und körperlich, keinen Fehler machen durfte, keine Zugeständnisse, die in seinen Augen schlecht für Isi waren, und musste die Hoffnung auf eine Lösung aufrechterhalten, damit Edith nicht vor Gericht ging, ein kinderpsychologisches Gutachten verlangte, das eine jahrelange, schwer zu ertragende Belastung für alle, vor allem für Isi bedeutete, und es eine Katastrophe gab. Denn das wurde ihnen immer wieder gesagt: »Einigen Sie sich, sonst steuern Sie auf eine Katastrophe zu.«

Einmal hatte Frau Tanner ihn gefragt: »Weshalb kommen Sie Ihrer Frau nicht entgegen?«

Hänny glaubte, nicht richtig zu hören. Dann sagte er, ohne das Gesicht zu verziehen: »Ihre Frage verwundert mich. Edith hat diesen Streit begonnen, nicht ich. Im Gegensatz zu Edith fordere ich nicht, dass Isi mehr als die Hälfte der Zeit bei mir ist, sondern dass er seine Beziehung zu beiden Elternteilen so wie bisher weiterführen kann. In meinen Augen sollten Sie Edith fragen, weshalb sie nicht froh ist, dass Isi einen Papi hat, der sich um ihn kümmert, statt dass sie das zu verhindern versucht, und weshalb sie diesen Streit begonnen hat, unter dem Isi leidet.«

»Ich frage aber Sie: Was spricht dagegen, dass Ihr Sohn bis zum Schuleintritt mehr Zeit bei der Mutter verbringt?«

In den Fünfzigerjahren des letzten Jahrhunderts wohl nur wenig, dachte er im Stillen, heute jedoch spricht alles dagegen.

Von diesem Moment an hatte Hänny sich zu fragen begonnen, was Frau Tanner wirklich dachte. Hatte sie die Frage gestellt, um Ediths Vertrauen zu gewinnen und sie später auf einen Weg zu bringen, der zu Einsicht und Frieden führte? Oder war sie, eine Sozialarbeiterin und Kinder- und Jugendpsychotherapeutin, die stets eine Halskette mit Steinen trug, tatsächlich der Meinung, dass ein Kleinkind zur Mutter gehörte? Lag es daran, dass sie nicht in Berlin, sondern im Westen, in der Provinzstadt Taubenstadt waren? Immer wieder dachte er an den Satz: »Einigen Sie sich, sonst steuern Sie auf eine Katastrophe zu.« Wie aber konnte es zu einer Einigung mit Edith kommen, die, wenn sie einmal einen Weg eingeschlagen hatte, nicht wieder umkehren, die nur nach vorn gehen konnte, unfähig zur Korrektur, immer weiter ins Glück oder ins Verderben, wie war so eine Einigung möglich, ohne dass er das Falsche tat und um des Friedens Willen nachgab? – was er bald bereuen würde, ein Zurück gab es dann nämlich nicht mehr.

Hänny saß im Sessel. Die Katastrophe. Er sah sie in undeutlichen Bildern. Isi, von seinen Eltern zerrissen, die nicht aufhören konnten, um ihn zu streiten, nicht enden wollende Probleme in der Kita, in der Schule, Isi bei einer Psychologin, in der Kinderpsychiatrie, ein Leben wie im Krieg, abends Brot essen mit der Ungewissheit, ob am nächsten Morgen wieder eine schlechte Nachricht eintraf, ein neuer Angriff, Anträge vor Gericht, Eilverfahren, Geld verdienen, um die Anwalts- und Gerichtskosten zu zahlen, Verschuldung, Privatinsolvenz, ein Suizidversuch von Isi als Jugendlicher.

Was hielt Hänny noch in diesem Leben?

Für Isi, seinen zweijährigen Sohn, musste er weitermachen. Er hatte Roberto Cotti und die Skizzen, er besaß einen Wintermantel, den er seit zwölf Jahren trug, eine alte Cordhose, die ihm Julia Böhm einst geschenkt hatte. Dies waren seine Verbindungen in die Vergangenheit. Noch vor zwei Jahren hatte er daran gedacht, sich einen neuen Wintermantel zu kaufen, was nun nicht mehr infrage kam, er wollte den Mantel behalten, diesen Rest von seinem alten, glücklichen Leben, und nun musste er ein neues beginnen, irgendwie musste er beginnen.

»Papi«, sagte Isi. Hänny griff nach dem Babyphon und eilte hinunter.

Die Etagen. Die Wege. Das Leben in Ediths Leben. Es war ihre Villa, und hier wollte er beginnen, an irgendeiner Stelle, mit irgendeinem Ding ein neues Leben beginnen.

Einige Tage später besichtigte Marco Hänny eine Wohnung, die vermutlich nicht infrage kam. Doch vielleicht stellte sich heraus, dass sie die ideale Lösung war. Man konnte nie wissen. Zwar fand er das Neubauprojekt unsympathisch, doch er hatte sich noch keine einzige Wohnung angeschaut. Und wenn kaum Wohnungen frei waren, musste er eben jene besichtigen, die es gab, ob sie ihm gefielen oder nicht.

Für das Neubauprojekt wurde damit geworben, dass die Wohnungen bezahlbar und nach neusten Standards gebaut waren. Tatsächlich war ein Teil der Wohnungen in den beiden eben fertiggestellten großen, bogenförmigen Wohnhäusern, die eine kleine Siedlung bildeten, für Leute mit einem Wohnberechtigungsschein; die restlichen wurden zu einer marktüblichen Miete angeboten. Hänny hatte keinen Wohnberechtigungsschein. Aber er konnte einen beantragen. Voraussetzung dafür war, dass er Angaben über sein Einkommen machte und Edith bestätigte, dass und wie viel Trennungsgeld sie zahlen würde. Was sie nicht tat. Da Hänny keinen Wohnberechtigungsschein hatte und vielleicht nie einen erhielt, kamen für ihn nur diejenigen Wohnungen infrage, die zu teuer waren.

Dennoch wollte er sich eine der Wohnungen ansehen. Obwohl ihm die Grundrisse, die er aus dem Internet kannte, wenig geeignet schienen. So hatte die Zweieinhalbraumwohnung mit gut fünfzig Quadratmetern, die ihn interessierte und deren Miete für ihn vielleicht doch erschwinglich war, lediglich ein kleines Schlafzimmer, ein nicht sehr großes Wohnzimmer mit offener Küche, einen großen, aber ungünstig geschnittenen Flur, dafür jedoch ein riesiges Bad sowie einen großzügigen Balkon.

Bei der Besichtigung sah Hänny, dass der empfindliche Laminatfußboden weder für kleine Kinder noch für Hunde geeignet war. Dennoch ging er durch die Wohnung, als käme sie für ihn infrage. Das Schlafzimmer wäre Isis kleines Kinderzimmer. Hänny würde im Wohnzimmer neben dem Esstisch schlafen. Aber wohin mit dem Kleiderschrank? In diesem Moment wurde ihm klar, dass die Wohnung für eine gut verdienende Einzelperson entworfen worden war. Die sich nach einer anstrengenden Arbeitswoche in der riesigen, dreieckigen Badewanne entspannte. Die im Bad Platz für die Utensilien brauchte, mit denen sie sich für den Abend schön machte; die überhaupt viel Zeit im Bad verbrachte, weshalb es keine beengende Atmosphäre haben durfte. Die ab und an Leute, vielleicht Arbeitskollegen, wichtige Kontakte, zu einem Apéro einlud, wofür sich das Wohnzimmer mit offener Küche und einer großen Ablage für Getränke und Snacks eignete.

Hänny trat auf den Balkon hinaus und sah Taubenstadt und einen Teil des Taubensees von oben, er befand sich in der sechsten Etage, sah die vor Biederkeit triefenden Häuschen und dachte an all die Beamten mit Wohneigentum. Taubenstadt war ja eine Beamtenstadt. Er dachte an die Rentner mit Wohneigentum und an die Studenten mit Wohneigentum. Hier hatten nicht wenige Studenten bereits eine eigene Wohnung; ein erster Erbvorbezug zum Studiumsbeginn. Beamte, Rentner, Studenten – alle mit Wohneigentum, das manche vermieteten, statt selbst darin zu leben. Hänny stellte sich deren Inserate vor: Wir vermieten diese Dreiraumwohnung an eine ruhige, solvente, einzelne Person mittleren Alters mit fester Anstellung, Nichtraucher, ohne Kinder, ohne Haustiere, keine

Instrumente, keine WG, keine Partys, keine Paare. Das Bett könnte ja zu laut quietschen. Oder: Zweieinhalbraumwohnung zu vermieten, Neubau, fünfzig Quadratmeter, offene Küche im Wohnzimmer, kleines Schlafzimmer, kleiner Balkon, großzügiges Bad für entspanntes Scheißen, kein Keller, achthundertzwanzig Euro Kaltmiete, zweihundertfünfundzwanzig Euro Nebenkosten, sechzig Euro Heizkostenvorauszahlung, fünfzig Euro für den Parkplatz, bestehende Designer-Einbauküche muss für zweitausendfünfhundert Euro übernommen werden. Macht tausendeinhundertfünfundfünfzig Euro für fünfzig todlangweilig sterile Quadratmeter. Originelle Bewerbung erwünscht mit Foto und Nachweisen aller Art. Oder: Vermietet wird eine gepflegte Dreiraumwohnung, siebzig Quadratmeter, Altbau, aber lange und ausdauernd saniert, so gut wie ein Neubau, gehobene Ausstattung für den Genießer, repräsentativer Flur, weitläufiges Wohnzimmer mit zwei Kaminen, kleine Küche, zwei kleine Schlafkammern, gigantisches Bad für ausdauerndes Scheißen, prächtiger Balkon, nur für solvente, ordentliche, ruhige Zahlkraft, keine Kinder, keine Haustiere, keine Instrumente, nur für eine einzelne Person, da die Wohnung nicht für Paare geeignet ist, bevorzugt jemand, der nicht laut singt, der nicht zu Hause arbeitet, der Wochenenddienst hat oder anderer Gründe wegen oft abwesend ist, tausendzweihundert Euro Kaltmiete, zweihundertvierzig Euro Nebenkosten, achtzig Euro Heizkostenvorauszahlung, fünfundsechzig Euro für den Parkplatz in der Tiefgarage, bestehende Küche muss für dreitausendfünfhundert Euro übernommen werden. Originelle Bewerbung mit Foto und Nachweisen aller Art erwünscht. Oder: Angeboten werden ein Dach über dem Kopf und eine gigantische Scheißanlage, drei Kamine, im Souterrain, Licht durch stromfressende Halogenlämpchen an der Decke. Nicht ganz so hohe Miete, dafür putzen Sie einmal in der Woche vier Stunden die Maisonettewohnung des Eigentümers. Nur für solvente, alleinstehende, vollständig geimpfte Zahlkraft, deren Anwesenheit nicht auffällt, Nichtraucher, keine

Paare, keine Kinder, keine Haustiere, keine Instrumente, kein Gesang, tausendeinhundertfünfundsiebzig Euro Kaltmiete, zweihundertfünfundsechzig Euro Nebenkosten, fünfundachtzig Euro Heizkostenvorauszahlung, fünfundsiebzig Euro für die Garage, bestehende Küche muss für fünftausendachthundert Euro übernommen werden. Bitte legen Sie Ihrer originellen Bewerbung mit Motivationsschreiben, Foto und allen Nachweisen gleich eine Einzugsermächtigung Ihrer Bank bei.

»Haben Sie noch Fragen?« Der junge Mann, der einen blauen Anzug trug und in der Wohnung geblieben war, schien nicht mehr viel Zeit zu haben. »Falls Sie sich um die Wohnung bewerben wollen, bräuchte ich noch Ihre Unterlagen.«

Er wolle es sich überlegen, sagte Marco Hänny und verabschiedete sich.

Am Abend schrieb er an Edith Thome, dass er mit Isi zehn Tage in den Urlaub fahren wolle, nun, da der Lockdown zu Ende sei. Edith reagierte nicht. Vielleicht war sie verärgert und musste sich beruhigen, vielleicht wollte sie erst mit ihrer Anwältin sprechen. Ihre Antwort, die nach einigen Tagen kam, war ohne Anrede: »Hiermit erteile ich meine Zustimmung … möchte jedoch zwei Mal mit Isi telefonieren.«

Wegen des Urlaubs musste der nächste Termin bei der gerichtsnahen Beratung um zwei Wochen verschoben werden. Ediths Gesicht wurde hart. »Das kann doch nicht sein! Ich möchte jetzt endlich Klarheit haben, ob wir hier zu einer Lösung kommen.« Hänny blieb ruhig. »Ich glaube schon, dass wir zu einer Lösung kommen. Vielleicht können wir beide die Pause nutzen, um nachzudenken. Und nach dem Urlaub können wir in den weiteren Sitzungen die Lösung erarbeiten.«

Zum ersten Mal seit fast einem Jahr fuhr Marco Hänny in die Schweiz, mit Isi, der während der Fahrt im Peugeot schlief oder CDs hörte. *Karneval der Tiere. Rolfs Vogelhochzeit.* Als sie beim Plattenbau an der Thur ankamen, in dem die Mutter noch immer wohnte, war später Nachmittag; in der kleinen

Wohnung roch es nach frisch gebackenem Kuchen. Hänny bezog mit Isi sein ehemaliges Kinderzimmer, die Hundekörbchen kamen ins Wohnzimmer, die Mutter mochte Hunde und freute sich, sie ganze Abende lang zu streicheln.

Sie gingen an die Thur und ins Städtchen, der Frühling war weiter fortgeschritten als in Taubenstadt, überall blühten Sträucher und Bäume und das Gras war von diesem kräftigen Grün, das im Norden fehlte. Die Sonne wärmte. Einmal unternahm Hänny mit Isi einen Ausflug nach Zürich, damit Isi mit dem Zug und der Tram fahren konnte und den Zürichsee sah; sie beobachteten die Schwäne und Enten, die hin und her schwammen, und blickten auf den See hinaus. Hänny sagte, dass hier das Land hügelig sei, aber vor ihnen, hinter dem See, da lägen die Berge. Er zeigte zum Horizont, in eine andere Welt mit den hohen, schneebedeckten Alpen. Mehrmals aß er mit Isi ein Eis, das es nur in der Schweiz gab und in der Mitte eine fingerdicke Schokoladenstange hatte. Wo sie auch spazierten, ging es bergauf und bergab, gab es Rebberge und Wälder, Kurven und Nischen und warme, windgeschützte Stellen. Isi sammelte an der Thur Kieselsteine, runde und zarte, die alle mit ins Auto mussten.

Eines Abends, als Isi schlief und sie im Wohnzimmer saßen, fragte Mutter, ob sie ihm irgendwie helfen könne. Hänny benötigte zwei Dinge: Geld, so viel Geld, um von Edith unabhängig zu sein, das Mutter jedoch nicht besaß, und die Einsicht Ediths, ihn und Isi in Ruhe zu lassen. Genau genommen musste sie nicht einmal einsichtig sein, sondern es einfach tun: ihn und Isi in Ruhe lassen. Auch hier konnte Mutter ihm nicht helfen, die in einem Gespräch mit Edith chancenlos wäre.

»Du könntest Edith umlegen«, sagte Hänny scherzhaft.

Mutters Augen wurden feucht. »Sag sowas nicht. Es muss doch eine Lösung geben. Edith war immer so sympathisch gewesen. Warum tut sie das alles?«

Mutter war alt geworden vor Kummer, hatte wie er Schlafprobleme, seit sie von seiner Situation wusste. Sie weinte auch, weil er in wenigen Tagen in diese Stadt zurück musste, in der er nicht glücklich war und an die Edith ihn band, bis Isi von zu Hause auszog und, um vielleicht ein Studium aufzunehmen, wegging, was in frühestens siebzehn Jahren der Fall sein würde. Und wenn Isi als Erwachsener nicht fort wollte, sondern in Taubenstadt studierte oder eine Arbeit aufnahm? An diese Möglichkeit hatte Hänny noch nicht gedacht. Würde er dann nach Berlin zurückgehen oder bleiben, weil er sich an Taubenstadt gewöhnt hatte und sein Sohn hier lebte?

Am Abend vor der Rückfahrt war das Kribbeln in den Händen wieder da, die Zuckungen am rechten Mundwinkel, die Kopfschmerzen. Nach einer schlaflosen Nacht packte er am Morgen die Sachen ins Auto, während Isi mit Mutter spielte. Dann fuhren sie los.

Sie erreichten die Villa erst am Abend, aßen noch etwas, Isi ging schlafen. Am nächsten Morgen kam er zu Hänny ins Bett, sie kuschelten lange, bevor sie aufstanden und Hänny ihn zur Kita fuhr, wo er am Nachmittag von Edith Thome abgeholt wurde. Beim Abschied klammerte Isi sich an ihn. »Mein Papi«, sagte er mit Betonung auf »mein« und hielt sich fest. Hänny brachte ihn zur Tür des Gruppenraums, sagte aufmunternde Worte, er wollte es nicht schwerer machen als es schon war, und fragte, ob er auf Susannes Arm hinüberfliegen wolle. Als Isi im Gruppenraum und die Tür wieder zu war, taumelte Hänny durch den langen Flur. Innehalten. Ohne Isi sein.

Edith Thome hatte darauf bestanden, dass sie drei Tage tauschten, sodass Isi nach dem Urlaub etwas länger bei ihr war und danach dafür auch etwas länger bei Hänny. Er wollte die Zeit nutzen, mit Cottis Skizzen weiterzukommen.

Als er Tage später zum Spielplatz *Schlösschen* fuhr, um Isi abzuholen, und, auf der Suche nach einem Parkplatz, durch die schmalen Straßen kurvte, war es sonnig und warm. Er hatte die Zeit ohne Isi nicht nur mit Roberto Cotti verbracht, sondern in der Stadt auch ein neues Buch gekauft und es, in Geschenkpapier eingewickelt, auf Isis Bett gelegt: *Noch ein Märchen für das Bärchen*. Beim Vorlesen würde er einige Anpassungen vornehmen. Statt

Das Bärchen half der Mama schnell.
Die Sonne schien noch warm und hell,
die beiden suchten Laub und Ästchen
und bauten sich ein weiches Nestchen.

würde er vorlesen: »Das Bärchen half dem Papi schnell.« Außerdem hieße es bei ihm:

Wie gern es jetzt bei Papi wär …
Es rief: »Wo bist du, Papi Bär?«
Am Waldrand konnt' es ihn entdecken
Und rannte zu den Beerenhecken.

Marco Hänny hatte ein Buch gekauft, bei dem er aus einem Mami-Bär einen Papi-Bär machen würde. Solche Anpassungen war er längst gewohnt. Er vermied die unzähligen Bücher, die ein märchenhaft intaktes Familienleben zeigten, Mutter, Vater, Kind und Hund in einem Haus. Er kannte zwar Pippi Langstrumpf, die ohne Eltern allein im Haus wohnte, Bücher, für die Isi noch zu klein war; doch ein Buch, in dem ein aufgewecktes, glückliches Kind zwischen Mutters und Vaters Zuhause pendelte und das Isis Alter entsprach, fehlte.

Es war genau halb sechs Uhr abends, als Marco Hänny einen Parkplatz fand. Er manövrierte den Wagen in die Lücke hinein, stieg aus, überquerte die Straße und ging zum Spielplatz *Schlösschen*, wo Edith auf einer Bank saß und Isi auf einer Lokomotive zugange war. Nun war es drei Minuten nach halb sechs.

»Hallo Edith«, sagte Hänny, »entschuldige die Verspätung, ich habe keinen Parkplatz gefunden.«

Ohne ihn zu begrüßen, wandte Edith den Kopf zur Lokomotive hinüber und sagte: »Marco ist da.«

Hänny schritt auf die Lokomotive zu, auf der Isi stand, der ihn erblickt hatte, jedoch nicht reagierte. Hänny rief, ein wenig verunsichert, »Hallo mein Schatz«.

In diesem Moment drehte Isi ihm den Rücken zu und verschwand in der Kabine des Lokführers.

Hänny näherte sich. »Hey Isi«, sagte er sanft, »bist du der Lokführer?«

Isi blieb ihm abgewandt stehen. »Ja«, murmelte er kaum hörbar.

»Lokführer«, sagte Hänny. »Diese Arbeit macht sicherlich Spaß. Da schleppt man einen ganzen Zug hinter sich her und muss gut aufpassen, nicht wahr? Bist du hineingegangen, weil du steuern musst?«

»Nein. Wegen dir.«

»Wegen mir? Ja, es ist doof, wenn man so schön spielt und dann gestört wird, das verstehe ich. Möchtest du noch ein bisschen spielen, bevor wir gehen? Weißt du was? Ich habe mir überlegt, dass wir heute dein Lieblingsessen kochen könnten.«

»Penne mit Pesto?«

»Genau. Und du kannst dir überlegen, ob du lieber das rote oder das grüne Pesto hättest.«

Isi bewegte sich, blieb jedoch halb abgewandt stehen. Es schien in ihm zu arbeiten.

Edith war zu ihnen gekommen. »Na, gehst du zu Marco?« Ihre Stimme klang freundlich, aber zu hoch, als machte sie sich Sorgen. »Viel Spaß euch beiden.«

»Mami.«

»Willst du noch einmal kuscheln? Dann komm!«

Sie nahm Isi auf den Arm, der seine Ärmchen um sie schlang und sie nicht mehr losließ. Hänny stand daneben und wartete. Schließlich sagte er: »Vielleicht wäre es besser, den Abschied nicht noch weiter zu verlängern.«

Edith beachtete ihn nicht. »Marco will Abendbrot machen. Gehst du zu ihm?«

Sie versuchte, Isi, der sich am Kragen ihres leichten Frühlingsmantels festhielt, Hänny zu überreichen, der mit offenen Armen dastand und ihn entgegennahm. Isi hielt sich noch immer an Ediths Mantel fest und sagte »Mami«.

»Bist du nun traurig?«, fragte Edith mit hoher, gellender Stimme und fügte an: »Ich weiß. Ich werde dich auch vermissen.«

Sie löste seine Hand von ihrem Mantel. »Tschüss. Ich denke an dich. Ich werde dich vermissen.« Zögernd entfernte sie sich, dann wandte sie sich noch einmal um: »Bis bald. Mami hat dich lieb. Ich werde dich vermissen.«

Isi begann zu weinen. Hänny strich tröstend mit der Hand über seinen Rücken und hielt ihn so auf dem Arm, dass er Edith nicht mehr sah.

»Ach du«, sagte er, »wärst du heute gerne bei Mami geblieben?«

»Ja«, sagte Isi und schluchzte.

»Du wärst gerne bei Mami geblieben, und jetzt bist du bei mir. Weißt du was? Ich habe mich auf dich gefreut. Neulich bei den Ziegen und Hühnern, das war toll, oder? Und im Auto warten Rain und Lou. Die beiden freuen sich bestimmt auch auf dich. Hast du dir schon überlegt, welches Pesto du möchtest?«

»Rote.« Seine Stimme klang versöhnt. Er hatte mit Weinen aufgehört.

»Ah, das rote. Das wird lecker. Wir können zu Hause gucken, ob wir wirklich Penne essen wollen oder ob du lieber andere Teigwaren hättest. Ich glaube, es gibt bestimmt drei verschiedene Sorten.«

Hänny trug Isi zum Peugeot. Als sie ankamen, fuhr ein anderer Wagen an ihnen vorbei, wurde langsamer, die Fenster waren geöffnet, und beschleunigte wieder. Es war ein VW Golf, Ediths Auto, Hänny sah das Nummernschild; statt zur Hauptstraße, wo sie hin musste, fuhr sie in das Viertel hinein. Er setzte Isi in den Kindersitz, dessen Gesichtszüge noch nachdenklich waren. Lou, die im Kofferraum saß, streckte ihm den Kopf entgegen, sie sah ihn mit ihren dunklen Augen an, die auf dem hellen, zarten Kopf wie hingemalt aussahen; ruhig sah sie ihn an, bis Isi lächelte.

Am nächsten Tag rief Hänny seine Anwältin an und erzählte ihr von der Übergabe. Dass Edith ihn vor dem Jungen Marco statt Papi nannte, als wäre er nicht der Vater. Dass die Übergaben nicht mehr gut klappten, sie bereits seit einigen Wochen schwierig waren, wenn Isi direkt von Edith zu ihm kam, die letzte jedoch eine Grenze überschritten hatte. Dass das Isi nicht mehr zuzumuten war, Edith ihre Emotionen auf ihn übertrug. Dass sie mit offenem Fenster langsam vorbeigefahren war, um zu prüfen, ob Isi sich beruhigt hatte. Dass er sich fragte, was vor den Übergaben geschah, ob Edith Isi manipulierte.

»Halten Sie es für möglich«, fragte Frau Blumenthal, »dass Ihre Frau ein PAS hat?«

»Ein was?«

»Ich spreche von einer Eltern-Kind-Entfremdung. Es gibt doch diesen Film, wie heißt er nochmal, *Weil du mir gehörst* oder so ähnlich. Ich kann ihn allerdings nur bedingt empfehlen. Wenn man etwas Gutes im Sinn hat, ist er prima. Will jemand etwas Schlechtes, bietet der Film die perfekte Gebrauchsanleitung dazu. Aber … bitte schauen Sie sich den Film nur an, wenn es Ihnen gut geht.«

Marco Hänny, der inzwischen täglich Kopfschmerzen hatte, dessen rechter Mundwinkel zuckte, der ein Kribbeln in den Händen spürte, der nicht mehr richtig tastaturschreiben, in der Nacht nicht schlafen konnte und der deshalb beruhigende Lavendeltropfen zu sich nahm, schaute sich den Film an. Er konnte sich nicht vorstellen, dass Edith zu Isi sagte, sein Papi komme am Nachmittag, ohne ihn, Hänny zu informieren, der natürlich nicht kam. Dass sie in einigen Jahren Isi ein Mobiltelefon gab, in dem angeblich die Nummer seines Papis abgespeichert war, der sich nie zurückmeldete, weil es sich nicht um Vaters Nummer handelte, sondern um jene von

Ediths zweitem, geheimem Mobiltelefon. Dass Edith bewusst negative Erfahrungen schuf, bis Isi sich von seinem Papi abwandte und ihn zu hassen begann. Das konnte Hänny sich nicht vorstellen. Aber die Atmosphäre im Film stimmte mit der Atmosphäre überein, in der Edith und er lebten. Auch einige der Verhaltensweisen der Frau im Film stimmten mit jenen von Edith überein. Die unbegründeten Vorwürfe ihm gegenüber. Dass sie Dinge, die er tat, negativ auslegte. Das Bücherlesen etwa, bei dem er Isi einmal erzählt hatte, dass er Bibliothekar gewesen war, in einem großen Haus mit vielen Büchern gearbeitet, auf alle Bücher aufgepasst und manche ausgeliehen habe. Worauf Isi sagte, er wolle »Biboka« werden, und Hänny Tage später eine gehässige E-Mail ohne Anrede erhielt, in der Edith ihm vorwarf, er zwinge Isi das Bücherlesen auf und manipuliere ihn dahingehend, dass er, gerade einmal zwei Jahre alt, Bibliothekar werden wolle.

Was war mit Isi? Nach der Übergabe auf dem Spielplatz und dem Abendessen hatten sie, wie immer vor dem Schlafengehen, auf dem verwaisten Ehebett vier-fünf Bücher angeguckt, auch *Noch ein Märchen für das Bärchen*, das Isi gleich zweimal lesen wollte. Wie immer lag Hänny bäuchlings auf dem Bett und Isi saß, lag oder turnte auf seinem Rücken herum. Hänny las mit ruhiger Stimme. Die Geschichte vom Bärchen, das auf einer Wiese seinen Papi wiederfand und auf ihn zuging: *Und als es seinen Papi sah, / da sagte es:* »Bin wieder da!«, rief Isi und drückte sein Gesicht in Hännys Haar.

Dann schauten sie sich das Buch vom Kuckuck an, der im Wald seine Freunde suchte, ein Buch, das Isi seit längerem kannte. Wenn der Kuckuck zur Maus ging, die in einem alten Gummistiefel wohnte, darin jedoch die Maus nicht vorfand, lediglich eine Sardinenbüchse, die das Bett war, einen Holzofen, einen Kamm und einiges mehr, dann musste Hänny aufpassen, dass seine Stimme nicht stockte. Wenn er das Bild vom Zuhause der Maus sah, dachte er, dass Isi und er tatsächlich nicht mehr als einen Gummistiefel brauchten, in dem ein Bett und ein Ofen standen und das Wirrwarr dazwischen Isi gut gefallen würde. Wo aber war er, ihr Gummistiefel? Er legte das Buch zur Seite, wandte sich Isi zu und fragte, ob er noch ein Buch angucken oder kuscheln wolle. Isi drückte das Kinn in seinen Bart, ließ sich auf seinen Oberkörper fallen und nannte ihn Kuschelpapi.

An jenem Abend war alles wieder gut gewesen, vergessen war die Übergabe auf dem Spielplatz, Isi war angekommen. Am nächsten Tag, als Isi in der Kita war, nach dem Telefonat mit Frau Blumenthal, betrat Marco Hänny eine kleine Dachgeschosswohnung, etwas mehr als fünfzig Quadratmeter, kleines Bad, kleiner Flur, dafür zwei große Zimmer sowie eine separate Küche, deren Ausmaße es gerade so zuließen, dass man darin essen und sogar noch ein kleines Sofa platzieren konnte. Die beiden Zimmer boten zwei Möglichkeiten: Entweder erhielt eines Isi und eines Hänny, wobei jenes von Hänny gleichzeitig das Wohnzimmer wäre, oder aber sie schliefen beide in Isis Zimmer, das groß genug für ein zusätzliches Bett war, und hatten dadurch ein Wohnzimmer mit mehr Platz. So oder so lägen nicht mehr wie in der Villa eine Etage und viele Meter zwischen ihnen, sondern lediglich wenige Schritte. Hänny lächelte. Die Wohnung war unsaniert. Der Eichenparkettboden hatte diverse Kratzer, das Linoleum im Flur war schon lange nicht mehr schön, im Bad waren mehrere Fliesen zersprungen. Aber die Fenster besaßen alte Holzrahmen und Rollläden, weshalb Isi auch im Sommer gut würde einschlafen können. Der Balkon ging nach hinten hinaus und bot Sicht auf zwei Bäume, ein Stück Rasen mit einem kleinen Spielplatz und einen anderen Wohnblock.

»Sie wissen, dass die Mietzeit auf eineinhalb Jahre beschränkt ist?«, fragte die Frau, die eine Mappe in der Hand hielt.

»Ja, das weiß ich. Weshalb eigentlich?«

»Es ist ein Abrisshaus. Hier entsteht ein moderner Bau mit Eigentumswohnungen.«

Hänny schwieg.

»Falls Sie die Wohnung haben wollen, bräuchte ich noch Angaben über Ihre Einnahmen.«

»Ich habe aktuell keine«, sagte Hänny. »Ich bin in der Scheidung und habe mich bis jetzt um mein kleines Kind gekümmert. Ich habe aber Rücklagen, ich könnte die gesamte Miete für die eineinhalb Jahre im Voraus zahlen. Käme das für Sie infrage? Ich brauche wirklich dringend eine Wohnung für meinen zweijährigen Sohn und mich und unsere beiden Hunde.«

»Das muss ich abklären. Aber ich kann mir gut vorstellen, dass das geht.«

Schon war der nächste Termin bei der gerichtsnahen Beratung. Es stellte sich heraus, dass die Positionen gleich geblieben waren. Edith Thome war überzeugt, dass Isi nun seine Mutter und ein festes Zuhause brauchte und seinen Vater nur noch jedes zweite Wochenende sehen sollte. Marco Hänny argumentierte, dass ein Kind die Scheidung seiner Eltern ohne Schäden davonzutragen überstehen konnte, wenn die Beziehungen, die es zu Mutter und Vater bis dahin hatte, nach der Trennung gleich blieben. Und deshalb wollte er, dass Isi die Hälfte der Zeit bei ihm war. Nicht mehr, aber auch nicht weniger.

»Weshalb sagen Sie das?«, fragte Frau Tanner. »Das haben Sie Ihrer Frau doch schon mehrmals gesagt. Ihre Frau sieht es anders. Sie will nicht. Das wissen Sie doch. Ich stelle fest, dass Sie beide nicht dazu bereit sind, aufeinander einzugehen und Kompromisse zu machen. Ich erachte die Beratung als gescheitert.«

»Ja, die Beratung ist gescheitert«, sagte Edith.

Weil du von Anfang an gewollt hast, dass sie scheitert, dachte Hänny.

Einen Tag später leitete ihm Frau Blumenthal ein Schreiben von Frau Klos weiter. Vierzig Seiten, offenbar lange vorbereitet, in denen ihm eine Woche gegeben wurde, allem zuzustimmen: der neuen Umgangsregelung, wonach Isi seinen Lebensmittelpunkt bei der Mutter hatte und jedes zweite Wochenende beim Vater verbringen konnte; den Peugeot in einer Woche an Edith abzugeben; das Haus binnen vier Wochen zu räumen. Außerdem sollte er sich einverstanden erklären, dass Edith in keiner Weise verpflichtet war, Trennungsunterhalt zu zahlen. Falls er nicht allem zustimmte, wollte man unverzüglich vor Gericht gehen. Betreffend Isi sei ein psychologisches Gutachten dann unabdingbar. Frau Thome habe bereits mit einer Kinderpsychologin gesprochen, da Isi in der Kita rebellisches Verhalten zeige. Die Kinderpsychologin halte es für dringend ratsam, dass Isi nun hauptsächlich bei seiner Mutter sei. Es folgte eine lange Liste mit Vorwürfen: Isi beklage sich darüber, dass sein Vater nicht gut koche. Hänny sei unzuverlässig bei den Übergaben, so habe er Isi wiederholt erst verspätet zu seiner Mutter gebracht und von ihr abgeholt. Überhaupt seien die Übergaben für Isi nicht weiter zumutbar; Isi wolle nicht mehr zu seinem Vater und weigere sich, mit ihm zu gehen.

Marco Hänny nahm eine Kopfschmerztablette und setzte sich in den Sessel. Er wollte einfach sitzen bleiben, für immer so sitzen bleiben. Auf einmal stand Lou neben ihm. Sie stand da, ohne sich zu rühren. Er legte die Hand auf ihren warmen Rücken, ließ die Fingerkuppen über ihr Fell gleiten. Dann stand er auf, rief bei der Kita an und fragte, ob Isi rebellisches Verhalten zeige.

»Nein«, sagte Susanne, »er ist so wie immer.«

Er rief Frau Blumenthal an und sagte:

»Das Schreiben ist als Ganzes unwahr, voller Verdrehungen, Missverständnissen, einfach nur Quatsch. Isi meint das Kinderlied *Papa kann nicht kochen* von Sven van Thom, und nun wird mir vorgeworfen, ich würde nicht gut kochen. Nachdem Edith in die neue Wohnung gezogen war, kam ich beim ersten Mal sechs oder sieben Minuten zu spät, weil mein Navi in den engen Gassen versagte. Einmal kam ich beim Spielplatz drei Minuten zu spät, um ihn abzuholen. Das ist alles. Edith und ich, wir sind beide zuverlässig.«

»Verstehe«, sagte Frau Blumenthal. »Sie müssen trotzdem jeden einzelnen Punkt widerlegen.«

»Was? Vierzig Seiten mit Unwahrheiten?«

»Genau. Und vor allem brauche ich Beweise, wenn möglich.«

»Und diese Kinderpsychologin?«

»Haben Sie eingewilligt, dass Isi mit zu ihr gehen darf?«

»Nein.«

»Dann war Ihre Frau ohne Ihrem Kind dort. Sie hat der Kinderpsychologin irgendwas erzählt, also, dass Isi in der Kita rebellisch sei. Die Psychologin hat daraufhin etwas gesagt, wohlverstanden ohne das Kind gesehen und Sie angehört zu haben. Und Ihre Frau sagt nun, was die Psychologin angeblich gesagt haben soll.«

Hänny lachte schrill.

»Ich frage mich gerade«, sagte er, »ob Edith krank ist. Das ist doch krank, oder? Und die anderen Dinge, das Haus, der Wagen und das Geld. Sie muss doch Unterhalt zahlen, weshalb will sie sich davor drücken? Sie hat eine eigene Wohnung und ein eigenes Auto. Weshalb eilt es damit so sehr? Ich brauche den Wagen, um Isi in die Kita zu bringen.«

»Hören Sie«, sagte Frau Blumenthal, »ohne Haus, ohne Auto und ohne Geld sind Sie nicht in der Lage, Isi zu betreuen. Genau das will Ihre Frau erreichen. Es geht ihr nicht darum, gute Lösungen zu finden, sondern Sie in eine Situation zu bringen, in der Sie Ihr Kind nicht mehr betreuen können. Ihre Frau übt Ihnen gegenüber ökonomische und psychische Gewalt aus. Die Beweise dafür haben wir. Ich kann nun bei Gericht einen Eilantrag stellen. Sie können ja nicht einmal in ein Frauenhaus. Und deshalb soll das Gericht Ihnen die Ehewohnung, also das Haus, sowie den Wagen zuweisen. Aber selbst wenn das klappt, werden Sie das Haus auf Dauer nicht halten können, schließlich können Sie keine marktübliche Miete dafür zahlen.«

»Vielleicht«, sagte Hänny, »habe ich eine Wohnung.«

949

»Ich wusste nichts«, sagte Elisabeth, »ich war ja nicht aufgeklärt. Mir war nur gesagt worden, wenn man jemanden liebt, dann kommt ein Kind. So war das damals. Aber ich habe ihn nicht geliebt. Es war wie ein paar Jahre zuvor, als ich in der Schule saß und auf einmal bemerkte, dass zwischen meinen Beinen Blut war. Als ich mich aus dem Klassenzimmer schlich, so, dass niemand den Fleck sah, und nach Hause ging, weil ich dachte, ich sei krank. Und meine Mutter nur lachte und sagte, das werde nun jeden Monat kommen. Ich wusste ja nichts, als er mich abholte, um spazieren zu gehen. Mein Vater sagte, ich solle mit ihm gehen. Ranghoch war er gewesen, ein Kriegsheld; in seiner Gegenwart wagte ich kaum zu sprechen. Ich war mit ihm zusammengewesen, aber ich hatte ihn nicht geliebt. Als herauskam, dass ich schwanger war, verpasste mein Vater mir eine Ohrfeige. Das war alles. So war das damals. Während der gesamten Schwangerschaft sah ich nicht ein Mal einen Arzt, nicht ein einziges Mal, erst bei der Geburt. Da war ich siebzehn Jahre alt. Am meisten enttäuscht hat mich, dass mich nicht einmal meine eigene Schwester, die eineinhalb Jahre vor mir schwanger geworden war, gewarnt hat. Nicht einmal sie. Sie wanderte dann nach Kanada aus, ohne ihren Sohn. Und ich ließ meinen Sohn bei Leuten auf einem Bauernhof in Andrian und ging als Hausmädchen in die Schweiz, um Geld zu verdienen. So war das damals. Die Eheleute auf dem Bauernhof wollten meinen Sohn adoptieren, da sie selber keine Kinder hatten, beinahe hätte ich eingewilligt, aber ich brachte es nicht über das Herz. Vielleicht hätte ich es tun sollen, vielleicht wäre es besser gewesen, für meinen Sohn. Ich kam mit nichts in der Schweiz an, ich musste sogar das Geld für eine Fahrt mit der Tram erbetteln. Bei der Tramhaltestelle wurde ich von der Familie abgeholt, bei der ich arbeiten sollte. Das Haus war riesig. Ich musste es putzen und aufräumen, für alle kochen, die fünf Kinder betreuen, mich um die Hühner und Kaninchen kümmern, Einkäufe erledigen … Alles ich alleine. So war das damals. Die Eheleute auf dem Bauernhof fragten erneut, ob ich mein Kind zur Adoption freigebe, und ich war nah dran, es zu tun, nicht gleich, das brachte ich nicht übers Herz, aber nach einer Bedenkzeit vielleicht. Ich wollte nach Frankreich gehen, um Französisch zu lernen, und ich wollte noch einmal zur Schule gehen und eine Ausbildung machen. Ich hatte wegen des Krieges ja viel zu wenige Schuljahre gehabt. Dann nahm mich die Frau des Hauses, in dem ich arbeitete, mit in die Stadt, um eine andere Familie zu besuchen. Als ich ins Wohnzimmer blickte, sah ich einen jungen Mann auf dem Sofa liegen, der Sohn, er schlief. Sein Bauch sah aus wie ein Hügel. Ich wusste gleich, dass er gut war. Er wurde mein Mann. Vielleicht hätte ich nicht heiraten, sondern nach Frankreich gehen sollen. Aber so war das damals; man heiratete. Wir bezogen eine kleine Wohnung in der Stadt. Mein Mann verschaffte mir Arbeit in der Firma, in der er arbeitete. Als mein Sohn drei Jahre alt war, ließ ich ihn nachkommen; mein Mann adoptierte ihn. Niemand mochte uns, das Kind und ich waren ja Fremde. Da ich arbeiten musste, brachte ich es frühmorgens zu einer Frau, bei der es tagsüber sein konnte. Ich bin mit ihm anfangs jeden Morgen eine halbe Stunde durch die eisige Dunkelheit gegangen, um ihn zu dieser Frau zu bringen. Jeden Morgen. Und niemand mochte uns. Vielleicht hätte ich ihn auf dem Bauernhof lassen sollen, vielleicht wäre das besser gewesen. Später sagte er immer, dass ich das hätte tun sollen, ihn auf dem Bauernhof lassen und zur Adoption freigeben, auf dem Bauernhof, da habe er sich wohl gefühlt. Aber ich hatte ihn nachkommen lassen. Als Einzige. Meine ältere Schwester in Kanada hat ihren Sohn nicht nachkommen lassen. Meine jüngere Schwester hat ihr Kind zur Adoption freigegeben. Und meine Halbschwester ist nach Australien ausgewandert, ohne ihr Kind mitzunehmen. Ich bin die Einzige, die ihr Kind hat nachkommen lassen. Vielleicht war es falsch. Vielleicht wäre er auf dem Bauernhof glücklicher gewesen. Aber ich brachte es nicht übers Herz, ihn zur Adoption freizugeben. Es stimmt, dass er in der Schweiz kaum Freunde hatte. Uns mochte ja niemand. Und ich hatte zu wenig Zeit für ihn, das stimmt. Wir mussten eben hart arbeiten. Mein Mann und ich fingen bei Null an und haben uns alles selber aufgebaut. Wir haben unser Haus vollständig abbezahlt. Es hat eine moderne Einbauküche und einen Plattenboden mit Fußbodenheizung. Und mein Sohn konnte jeden Winter mit mir Skifahren gehen. Das haben wir uns alles selber erarbeitet. Die Lebensqualität. Die Menschen heute verstehen das nicht. Sie können es nicht verstehen, weil es ihnen immer gut gegangen ist. Ich verstehe nur nicht, weshalb mein Sohn nichts daraus gemacht hat. Weshalb er sein Leben verpfuscht hat. Auch in den USA. Er lebt in einem Bungalow, kaum besser als ein Wohnwagen, das kann man sich hier nicht vorstellen. Hier hätte er im Haus wohnen können. Wir haben es ja gebaut, damit er einmal mit seiner Frau und seinen Kindern darin leben kann. Aber er wollte weg. Wollte immer nur weg. Und er hat immer das Geld verschleudert, das wir ihm gegeben haben. Immer wieder. Und ich muss mir Vorwürfe von ihm anhören. Immer diese Vorwürfe. Dabei hätte er besser auf uns gehört. Aber er hört ja nicht auf uns. Er hört auf alle, nur nicht auf mich.«

008

Marco Hänny hatte die vierzig Seiten mit unwahren Behauptungen von Frau Klos weggelegt, in einer Schublade verschwinden lassen, die er selten öffnete, im hintersten Winkel seines Zimmers. Er wollte sich darum kümmern, wenn der richtige Moment gekommen war.

Elisabeth und ihr Sohn mussten, glaubte Hänny, mit der Geschichte Rupert Konradis zu tun haben, ebenso mit jener Adalbert Zöbelis. Vielleicht waren Rupert und Adalbert verschiedene Versionen eines Menschen, der sich als Rupert recht passabel, als Adalbert katastrophal entwickelte. Einmal angenommen, dachte Hänny, dieser Mensch wäre nicht wie Adalbert auf dem Schoß der jungen Mutter in die Schweiz gereist, wäre nicht wie Rupert zur Mutter in die Schweiz nachgekommen, nachdem er drei Jahre auf einem Bauernhof in Südtirol verbracht hatte. Wäre zwar wie Elisabeths Sohn auf einem Bauernhof in Andrian bei einem kinderlosen Ehepaar gewesen, allerdings dort geblieben und nicht als Dreijähriger den Pflegeeltern und dem bekannten Ort entrissen und in die Schweiz gebracht worden, wo er der unbeliebte Fremde war und von der Mutter, die arbeiten musste, in andere Hände gegeben wurde. Wäre nicht bei einer Mutter aufgewachsen, die genau zu wissen glaubte, welchen Weg er zu beschreiten hatte, um erfolgreich und glücklich zu werden, und die ihre Liebe ihm gegenüber nur dadurch ausdrücken konnte, dass sie ihm teure Skiausrüstungen kaufte, Privatschulen finanzierte, ihm Geld gab, jedoch nicht in der Lage war, in einem Gespräch auf ihn einzugehen, zuzuhören, herauszufühlen, was ihn beschäftigte, ihm als Drei-, Vier-, Fünfjähriger körperlich nah zu sein, ihn mit zu sich ins Bett zu nehmen, ihn nicht nur auf dem Arm zu halten, sondern innig zu umarmen.

Angenommen, dachte Hänny, Adalbert, der Idiot, der Frauenverachter, der Narzisst, wie er in Rezensionen bezeichnet worden war, hätte vom Tag seiner Geburt an einen Umgang mit Menschen erfahren, der ihn nicht dazu brachte, immer wieder Angst haben, an das eigene Überleben denken, seine Gedanken stets auf sich selbst lenken zu müssen, sondern hätte so viel Zuneigung erlebt, dass er sich nicht gefährdet fühlte und entspannt an andere denken konnte. Hätte so viel Liebe, bedingungslose Liebe, bekommen, dass er nicht krankhaft sich selbst zu lieben beginnen musste, um überhaupt von jemandem geliebt zu werden.

Und angenommen, dachte Hänny, Adalbert hätte nicht ständig das Gefühl erhalten, etwas tun zu müssen, weil es das Richtige war und weil man nur so erfolgreich und glücklich wurde. Hätte sich nicht weigern und das Gegenteil von dem tun müssen, was die Mutter wollte. Was wäre dann gewesen?

Adalbert Zöbeli. Vermutlich nicht überzeugt von dem, was er tat, es allein deshalb tat, weil er das Müssen und die vorgezeichneten Wege satthatte. Der das Richtige nicht tun konnte, weil es von ihm verlangt worden war und somit nicht mehr aus freien Stücken geschähe, sondern ein leerer Ablauf wäre, ohne innere Überzeugung. Der folglich anderes tat, alles Mögliche, nur nicht das Richtige, das von seiner Mutter Geforderte, und immer wieder scheiterte. Der scheiterte und scheiterte. Und wieder scheiterte. Adalbert Zöbeli, der scheiterte. Aus Protest scheiterte. Der sich in die Freiheit hinausscheiterte. Wenn er das Richtige aus freien Stücken hätte tun können, ohne eine Erwartung zu erfüllen: Was wäre dann gewesen?

Marco Hännys Vater hatte in einer ersten Arbeit Adalbert Zöbelis Scheitern untersucht und war zum Schluss gekommen, dass es kein produktives Scheitern und Adalbert ein Narzisst gewesen war. Doch dann hatte er dies in einer zweiten Arbeit hinterfragt. Er stellte die Figur Adalbert Zöbeli auf eine andere Ebene. Adalbert war nun ein Zertrümmerer vermeintlicher Gewissheiten und Werte. Die Figur Adalberts offenbarte, dass die Regeln, nach denen gelebt wurde, von den zehn Geboten in der Bibel bis zu den heutigen Gesetzesbüchern, das Eingeständnis des unmoralischen und unethischen Verhaltens der Menschen, eines tiefen Misstrauens gegenüber der Menschheit waren und Moral und Ethik sogar untergruben.

Wer in der Stadt nur mit Tempo dreißig fuhr, weil es vorgeschrieben war, nicht jedoch aus innerer Überzeugung, weil hier kleine Kinder spielten, würde schneller fahren, wenn das entsprechende Hinweisschild fehlte. Wer nachts einen Menschen mit teuren Kleidern nicht ausraubte, weil die Strafe, die ihn erwartete, zu hoch war, machte bloß eine Kosten-Nutzen-Rechnung. Dasselbe galt für Unternehmen, die nur deshalb giftige Substanzen nicht in die Natur entsorgten, weil es gesetzliche Bestimmungen gab, nicht jedoch aus moralischen Gründen, und die eine Gesetzeslücke ausnutzen würden, es sogar müssten, für den wirtschaftlichen Erfolg des Unternehmens und die Zufriedenheit der Aktionäre. Die Figur Adalbert legte offen, dass die Gesellschaft aus Menschen bestand, von denen niemand sagen konnte, was sie täten, wenn sie nicht mehr kontrolliert wären. Und die Figur Adalbert warf die Frage auf, welche Erfahrungen Kinder machen mussten, um Erwachsene zu werden, die sich nicht aus innerer Überzeugung respektvoll, fürsorglich und empathisch verhielten, sondern rücksichtslos und egoistisch, gezähmt allein durch Gesetzesbücher.

In dieser zweiten Arbeit sah Marco Hännys Vater in Adalbert Zöbeli eine Figur, die in radikaler Weise das von der Gesellschaft vorgegebene Müssen infrage stellte und für eine Befreiung des Menschen eintrat, da, wie der Vater schrieb, »nur so der Mensch zu jenem Wesen reifen kann, das er seit jeher in sich trägt«.

Woher aber kamen Figuren wie Adalbert, Rupert und Elisabeth? Wer war diese Mutter, die ihr Kind hat nachkommen lassen? Was hatte sie, was hatten Adalbert und Rupert mit Roberto Cotti zu tun?

Für Marco Hänny blieb dies ein Geheimnis, es war eine Frage am Rande, die ihn nicht losließ und die hinter einer anderen, noch nicht beantworteten zurückstand: Weshalb Roberto Cotti? Was faszinierte Hänny an dessen Werk, nachdem sein Vater sich ein Leben lang damit beschäftigt hatte? Es war nicht die politische Brisanz, die schwindelerregende Forminnovation, die stilistische Brillanz, die Virtuosität im Erschaffen von bleibenden Charakteren. Dies oder auch nur Einzelnes davon hätte wohl gereicht, um Cotti zu einem bedeutenden Schriftsteller zu machen. Das Faszinierende war etwas anderes, Unsagbares, das zwischen den Zeilen lag. Es hatte mit Cottis Fähigkeit zu tun, sich mit jedem Buch weiterzuentwickeln, sodass man laut rufen konnte, »Was? Dieses Buch ist auch von ihm?«, worauf klar wurde, dass es selbstverständlich von ihm war. Doch auch dieses Chamäleonhafte konnte nicht alleiniger Grund sein.

In diesem Moment dachte Hänny an das Brodeln in Cottis Büchern. Dass er keines von ihnen vergaß. Sie bei jedem Wiederlesen noch besser schienen. Eine Energie in ihnen lag. Manchmal – selten – las Hänny ein Buch, das ein paar Jahrhunderte alt war und noch immer Energie enthielt. In diese Richtung ging es. Das Faszinierende war, dass es ihm mit einem Buch von Roberto Cotti in der Hand egal wäre, wenn fremde Leute seine Sachen aus der Villa räumten und er auf der Straße saß, obdachlos. Er würde einfach weiterlesen.

Marco Hänny allerdings hatte bei einer Stiftung einen Antrag für eine finanzielle Unterstützung gestellt, um die Cotti-Forschung seines Vaters fortzuführen.

009

Vierzig Seiten mit Vorwürfen, die seine Eignung als Vater infrage stellten. Marco Hänny musste sie entkräften; allein er wollte nicht, war müde, wollte sich um Isi kümmern, sich mit Roberto Cotti beschäftigen; für vierzig Seiten mit Vorwürfen war kein Platz in seinem Leben.

»Wenn du ihn jetzt verlierst, wird er sich später nicht mehr an dich erinnern.«

Hänny dachte an diesen Satz, setzte sich hin und arbeitete das Schreiben von Frau Klos ab, Punkt für Punkt. Der Satz trieb ihn an, dieser Satz, der vielleicht nicht wortwörtlich zu verstehen war, sprach doch nichts dagegen, dass Isi seinen Vater selbst im schlimmsten Fall noch jedes zweite Wochenende und im Urlaub sehen würde, eine Vorstellung, die für Hänny jedoch fast so schlimm wie ein Kontaktabbruch war oder noch schlimmer, weil Isi ihn nicht mehr sehen wollen und jedes zweite Wochenende leiden würde, während für ihn, den Vater, diese Demütigung kaum zu ertragen wäre. Durch einen Gerichtsbeschluss vom eigenen Kind getrennt, das fortan nur noch zu Besuch kam. Lange Jahre über sich ergehen lassen, sich in dieses Leben fügen. Oder ein Michael Kohlhaas werden.

Marco Hänny sandte seine Antwort mit Beweisen an Frau Blumenthal, die nun alles besaß, um ihn gegenüber Edith Thome verteidigen zu können, jener Frau, die er einmal geliebt, geheiratet und mit der er ein Kind gezeugt hatte. Manchmal begriff Marco Hänny noch immer nicht.

Er stand an diesem Morgen in seinem Zimmer und blickte auf die Kunstwerke, die er vor wenigen Jahren gekauft und neu hatte rahmen lassen. Falls er die Wohnung erhielt, die Isi und ihm für eineinhalb Jahre ein Zuhause bieten würde, bevor man sie abriss, würde ein Großteil dieser Kunstwerke im Keller verschwinden, der zur neuen Wohnung gehörte und glücklicherweise so groß war, dass darin neben den Bildern auch einige Möbel gelagert werden könnten. Er zögerte, die Dinge zu verkaufen. Wer konnte wissen, ob er irgendwann wieder mehr Platz haben würde und froh wäre, sie noch zu besitzen.

Marco Hänny, der nicht begriff, der einmal Bibliothekar gewesen war, nun einen Rechtsstreit mit seiner Nochehefrau um seinen Sohn führte und von Obdachlosigkeit bedroht war. Der zwischen Villa und Obdachlosigkeit schwebte. Er wollte für einige Stunden ausbrechen und den Tag in der Sauna verbringen, bevor er um halb vier Isi von der Kita abholte. Durch Zufall hatte er entdeckt, dass es in Taubenstadt eine große Sauna mit einem parkähnlichen Garten gab, ein über Jahrzehnte gewachsener Familienbetrieb, und gleich hatte er gewusst, dass ihm die Wärme guttäte. Wegfahren, ausbrechen, und wenn es nur in die Sauna war. Wie damals, als er an die Nordsee gefahren, als er mit Isi in die Schweiz gereist war.

Denn der Blick aus dem Fenster seines Zimmers war ihm unmöglich geworden. Der Blick auf die schweren Wagen der Nachbarn, auf den schwarzen, kolossalen, plumpen Porsche Cayenne, den peinlichen, protzigen, unästhetischen Jaguar F-Pace. Während er, der oben am Fenster stand, am Geldtropf seiner ihn bekämpfenden Nochehefrau hing. In einem der schönsten Zimmer der Thome'schen Villa hockte. Einer, der nicht hierher gehörte. Der bald wie ein lästiges kleines Insekt ausgespuckt würde.

So viel hatten die Nachbarn inzwischen mitbekommen. Dass Edith Thome und Marco Hänny sich scheiden ließen, sie ausgezogen war, aber wieder einziehen würde, nachdem er ausgezogen war. Er hatte es den Nachbarn selber erzählt. Dass er eine kleine, günstige Wohnung suche. Ja, günstig; so günstig wie möglich. Denn er war Bibliothekar gewesen, seine Leidenschaft galt den Büchern, mit denen er sich in Zukunft frei beschäftigen würde. Freie Tätigkeit.

Die Rentner, die eine gewichtige, sichere Rente gewohnt waren, begegneten ihm freundlich und respektvoll, ohne Sorge. Wenn dieser noch recht junge Mann einer freien Tätigkeit nachging, hatte er bestimmt Vermögen. Heute gab es alles, auch freie Tätigkeiten mit Büchern, und es ging allen gut. Zumindest in diesem Viertel von Taubenstadt, eigentlich in ganz Taubenstadt, abgesehen von den beiden kleinen sozialen Brennpunkten, in die von der Stadt viel investiert worden war, schon vor Jahren, die aber dennoch Brennpunkte blieben. Es war schwierig, solchen Leuten zu helfen. Leuten, die sich vielleicht nicht helfen lassen wollten, die mit der Hilfe nichts anzufangen wussten, so genau verstand man das nicht, hier, am anderen Ende von Taubenstadt.

Hänny hätte am liebsten gesagt: »Ich beschäftige mich beruflich mit der Frage, wie man Villen mit kleinen baulichen Maßnahmen so umfunktionieren kann, dass sie von möglichst vielen Menschen bewohnt werden können, nachdem man die Eigentümer enteignet hat.«

Doch das hatte er nicht gesagt und würde er nicht sagen. Er ging in die Sauna, um der Thome'schen Villa zu entfliehen. Damit im Garten die Kaninchen ungestört an ihren Höhlen weitergraben konnten, vielleicht bis zu den Nachbarn hinüber. Er wollte den Schreiben der Anwältinnen entfliehen; jenen, die er erhielt, und jenen, für die er sich Gedanken machen, für die er Erklärungen, Unterlagen, Beweise bereitstellen musste.

Und dann stand Marco Hänny im Garten der Sauna und sah alte Bäume, Rosen, die gerade zu blühen begannen, und Teiche, in denen man schwimmen konnte. Der erste Aufguss des Tages war in der Außensauna. Zwischen japanischen Zierahornen fand Hänny das Häuschen, das bereits gut gefüllt war, und setzte sich in die mittlere Reihe. Ein alter Mann mit zwei Tüchern und einem Eimer betrat den Raum.

»Hallo«, sagte der Mann, der unterhalb des hervorstehenden, behaarten Bauches ein Tuch trug. »Ich bin Siegmund und mache den Latschenkieferaufguss. Ich mache drei Durchgänge. Genießt das Schwitzen.«

Er war wirklich alt, vor Anstrengung atmete er durch den Mund statt durch die Nase. Er sah nicht aus, als käme er aus einem der Villenviertel; er wirkte wie ein Rentner, der sich etwas dazuverdienen wollte. Wie viele Aufgüsse schaffte Siegmund an einem Tag, ohne dass er mit dem Kreislauf Probleme bekam? Vielleicht machte nicht alle er; das würde sich zeigen, dachte Hänny.

Aber um halb vier musste er Isi von der Kita abholen.

Neben einigen jungen waren vor allem ältere Leute da; vorhin waren sie durch den Garten geschlendert, in den Teich gestiegen und geschwommen. Er hatte aufgeblähte Bäuche von Männern und faltige, hängende von Frauen gesehen. Eingefallene Hintern, dicke Oberschenkel, die breitbeiniges Gehen erforderten, dünnes Haar, kleine Busen, die wie verschrumpelte Luftballone hingen, große und schlaffe Männerbrüste, kantige Gesichter, kargen Bartwuchs, hervortretende Blutadern, gelblich-weiße Haut, Dellen im Fleisch, dünne Beine, die große Hintern und Bäuche zu tragen hatten, zwei magere, zittrige Männer, die aussahen wie vertikale Striche. Dies hatte Marco Hänny gesehen, friedliche, zufriedene alte Menschen, deren Gemütlichkeit unerschütterlich schien.

Siegmund schwang das Tuch so gemächlich, als fehlte ihm jede Kraft. Lediglich Andeutungen sanfter Hitzewellen erreichten Hänny. Es war ihm angenehm, beim nächsten Aufguss wollte er sich wieder in die mittlere Reihe setzen. Und um halb vier musste er Isi von der Kita abholen.

Er blickte zu den anderen, als der zweite Durchgang begann. Schweißbeperlt saßen sie da. Diese aus der Form geratenen Körper, die unaufhörlich zu flüstern schienen: Wir sind echt. Die unverhüllte Wahrheit. Wir haben eine Geschichte. Wir sind Menschen. Wir haben unseren Frieden mit dem Leben geschlossen.

Als Marco Hänny vorhin jedoch den Teich verlassen hatte, war ihm eine junge Frau die Treppe herunter entgegengekommen. Mit ihrem weich gepolsterten Gesicht, dem kräftigen blonden Haar, der glatten Haut, der makellos rasierten Scham. Die Vulva war so lang gewesen, dass sie wie ein zu großer

Mund die Aufmerksamkeit auf sich zog. In diesem Moment war Hänny erschrocken. Er hatte genug Vulven in seinem Leben gesehen, um nicht erschrecken zu müssen, und dennoch war er erschrocken, erschrocken beim Gedanken, dass er vielleicht wieder eine Freundin haben würde, möglicherweise eine haben sollte, um ein ausgeglichenes, emotional warmes, sexuell aktives Leben zu führen. Doch dieser weiße, perfekte Körper der Frau, die rasierte Scham hatten befremdend ausgesehen, wie aus Plastik, wie eine Hülle.

Siegmund schwang das Tuch durch die Luft. Inzwischen war es so heiß, dass zusätzliche Hitzewellen, die ihn ohnehin kaum erreichten, nicht nötig waren. Diese, hatte Hänny einmal gelesen, sorgten tatsächlich für Abkühlung, obwohl sie als heiß wahrgenommen wurden – insofern wären sie ihm doch willkommen gewesen. Siegmund lächelte und entblößte dabei seine unregelmäßigen Zähne. Dieser Mann, der zuerst etwas einfach und grobschlächtig gewirkt hatte, ging gefühlvoller vor als erwartet.

»Wer die Sauna vor dem dritten Durchgang verlassen möchte«, sagte Siegmund freundlich, »kann das jetzt tun.«

Als sich niemand erhob, nahm er den Eimer und kippte das restliche Wasser auf die heißen Steine. Er setzte sich hin, während das Wasser verdampfte. Wartete, als brauchte er eine Pause, müsste er nachdenken, in sich gehen, die Hitze wirken lassen. Er erhob sich und begann, mit dem einen Tuch den Schweiß von seinem Körper abzutupfen. Dann hängte er das Tuch ordentlich an den Ofen, nahm das andere und fing an, es sanft durch die Luft zu schwingen.

Marco Hänny, auf dessen Haut sich große Schweißperlen gebildet hatten, fragte sich, wie er wissen konnte, was in der Hülle war. Ob darin eine Edith war. Er sah sich um. Alle schwitzten. Nur wenige der Männer trugen einen Bart, besaßen wie er eine nennenswerte Brustbehaarung; die meisten legten augenscheinlich Wert darauf, sich zu rasieren, auch die Scham, so gut wie alle hatten eine rasierte Scham, Frauen wie Männer, was Hänny auf einmal sonderbar vorkam. Gehörte die Behaarung der Scham nicht zur Würde einer Frau und eines Mannes?

Von Lucio Dalla gab es ein Schwarzweißbild, das ihn von hinten nackt beim Klavier spielen zeigte, Schultern und Rücken stark behaart. Hänny mochte das Bild. Felix Zweifel allerdings, der mit dem Ritterkreuz ausgezeichnete Nazi, war perfekt rasiert gewesen. Fünfzehn Sowjetpanzer. Im Grunde ein Massenmörder. Aber perfekt rasiert, alles Animalische perfekt wegrasiert.

»Das war's«, sagte Siegmund.

Alle klatschten, einige erhoben sich und verließen die Sauna, auch Hänny.

Er taumelte hinaus, nahm eine kalte Dusche und schlüpfte in den Bademantel, spazierte durch den Garten und atmete die Luft ein. Es war ein warmer Tag. Er ging über eine kleine Brücke, unter der Schilf wuchs und kaum sichtbar ein schmaler Bach floss. Auf der anderen Seite blühten pfirsichfarbene Rosen. Weiter hinten Menschen, einzeln oder zu zweit auf dem Weg zu einem der Weiher, zur Liege, in die Sauna.

Die Rentner, dachte Hänny. Mit ihrer Gemütlichkeit. Ihrer Unbeschwertheit. Mit ihrer Rente. Es gefiel ihm hier, er wollte den nächsten Aufguss nicht verpassen, wollte so lange wie möglich bleiben. Doch um halb vier musste er Isi von der Kita abholen.

Dann lag er auf einer Liege mit Blick in den Garten, auf die Bäume mit ihrem Grün in verschiedenen Abstufungen, mehrfarbige Rosen und einen Brunnen. Das Leben konnte gut sein, mit Isi, mit den Skizzen von Roberto Cotti, in der Sauna, mit Rain und Lou, ohne Edith.

Marco Hänny lag mit geschlossenen Augen auf einer Liege und dachte, dass sein Leben sich nicht mehr nach Krieg anfühlen würde, nicht mehr durch Streit, Gerichtsverfahren, Kopfschmerzen, Schlaflosigkeit und nervliche Probleme belastet wäre, wenn es Edith Thome nicht mehr gäbe. Wenn sie aus seinem Leben verschwand, in der Masse der Millionen

Menschen versank, sich buchstäblich in Luft auflöste. Was tat sie als nächstes, wenn sie nicht einmal Skrupel hatte, ihn in die Obdachlosigkeit zu befördern, damit er sein Kind nicht mehr betreuen konnte? Musste er damit rechnen, dass er eines Abends vor der Villa von einer Gruppe Schläger erwartet wurde? Damit er begriff, endlich begriff: Isi gehörte zu Edith Thome. Und er, der Vater, gehörte weit weg, nach Berlin. Er konnte seinem Sohn zu Weihnachten und zum Geburtstag eine Karte und ein kleines Geschenk zusenden. Eine solche Entwicklung drohte ihm, würde jedoch nicht eintreten, wenn Edith sich in Luft auflöste. Weshalb konnte sie nicht einen Autounfall haben? Oder eine schwere Krankheit, die sie in wenigen Wochen unter die Erde brachte? Auf einen solchen Zufall konnte er nicht hoffen. Und wenn wie in manchen Filmen Edith Thomes Auto in die Luft flog? Selbstverständlich wenn Isi nicht bei ihr war. Sie steckte den Schlüssel ins Schloss, drehte ihn um und – bumm!

Dafür fehlte Marco Hänny die Fachkenntnis, und obwohl er Bibliothekar war, wusste er nicht einmal, in welchen Büchern er Informationen zu Autobomben fand. Mit geschlossenen Augen auf der Liege stellte er sich vor, wie er in einen der sozialen Brennpunkte Taubenstadts ging. Er musste zu jenen Menschen gehen, die ganz unten waren, und von jenen Männern, die bei Dunkelheit herumlungerten, musste er sich den armen Kerl aussuchen, der am wenigsten zu verlieren hatte und für Geld alles tat, ein in Taubenstadt aussichtsloses Unterfangen, so weit unten war hier niemand, außerdem war es besser, wenn diese Person nicht aus Taubenstadt, sondern von weit her kam. Für Hänny und sein zukünftiges Leben, das von der Vergangenheit befreit sein sollte, wäre es ungünstig, wenn Edith Thomes Mörder in derselben Stadt lebte und ihm jederzeit zufällig auf der Straße begegnen konnte. Hänny würde für seine Suche also weit fahren müssen, in eine große Stadt, vielleicht nach Frankfurt, wo er in einer U-Bahn-Station jemanden ansprechen konnte. Ein bisschen so wie in *Blanc*, dem Film von

Kieślowski, mit dem Unterschied, dass der Mörder nicht den Auftraggeber umbringen sollte, sondern dessen Nochehefrau. Er benötigte jemanden, der so weit unten war, dass er für dreitausend Euro bereit dazu war, vielleicht für fünftausend, wenn es nicht anders ging, für zehntausend. Mehr konnte Hänny nicht zahlen. Aber wie konnte er diesen Menschen finden? Er besaß weder Kontakte zur Mafia noch zu russischen Killern, noch zu jenen armen Seelen, denen es so schlecht ging, dass sie für wenig Geld eine Frau umbrachten.

Auf der Liege mit geschlossenen Augen wurde Marco Hänny klar, dass Marco Hänny sich in höchstem Maße ungeschickt anstellen würde. Der Ausländer, den er ansprächе, der Mensch mit dunkler Hautfarbe, würde sagen: »Weshalb fragen Sie mich? Ihnen ist doch klar, dass das rassistisch ist? Weshalb fragen Sie nicht einen weißen Banker?« Ja, weshalb fragte er nicht einen hellhäutigen Finanzberater oder, besser, eine hellhäutige Finanzberaterin? Denn weshalb musste ein Auftragsmörder männlich sein?

Marco Hänny würde also eine Bank aufsuchen, nicht seine eigene, sondern beispielsweise die Deutsche Bank, und um einen Termin bei einer Finanzberaterin bitten; ja, es musste zwingend eine Frau sein, da er die Überzeugung vertrat, dass Frauen erfolgreicher als Männer Geld investierten, eine Überzeugung, die wissenschaftlich nur wenig fundiert war, doch er war, wie er sagen würde, ein bisschen abergläubisch, glaubte zumindest, dass eine Frau ihm Glück bringen würde, wie auch immer, eine Frau musste es sein, eine ehrgeizige, kühle Frau. Guten Tag. War das Zimmer verwanzt? Ganz sicher nicht? Oder wollte man ein wenig spazieren gehen? Er durfte nicht davon sprechen, dass es um ein Kind ging; vielleicht war die Finanzberaterin Mutter und würde weniger ihn, den Vater, als die umzubringende Mutter verstehen. »Es geht um eine der reichsten Frauen Taubenstadts, meine Ehefrau. Wenn sie stirbt, werde ich erben. Und diese vielen Millionen würde ich gerne mit jenem Menschen teilen, der dafür gesorgt hat, dass meine Frau von uns gegangen ist.« Das würde er anbieten müssen, die Hälfte, denn eine Finanzberaterin wäre nicht bereit, für drei-, fünf- oder zehntausend Euro zur Mörderin zu werden, es mussten Millionen sein. Weshalb jedoch sollte eine Finanzberaterin, die genug verdiente, um ein glückliches Leben zu führen, ein solches Risiko eingehen? Nein, er, Marco Hänny, würde es selbst tun müssen, was den Vorteil hätte, dass niemand davon wüsste. Es stellten sich allerdings praktische Fragen: Wohin mit der Leiche? Dem Blut? Den DNA-Spuren?

So weit war es also gekommen, dass Marco Hänny als Lösung seiner Probleme Edith Thome, die ihn bekämpfte und in gewisser Weise vernichten wollte, in einen tödlichen Autounfall verwickelt oder ermordet sah. Marco Hänny, Bibliothekar, der für Edith Thome seine Bücher in Umzugskartons verpackt hatte, Jean Paul, Walter Benjamin, Ilse Aichinger, und ein liebevoller, bemühter Vater war, der, um bei seinem kleinen Sohn in Taubenstadt zu bleiben, vielleicht bald eine neue Wohnung bezog und die Bücher abermals in Kartons verpackte, Roberto Cotti, Jean Mason, dieser Marco Hänny, der im Sinne des Kindes eine kultivierte Trennung, bei der man sich gegenseitig unterstützte, gewollt hatte und dem es niemals darum gegangen war, Edith Thome zu schaden, dieser Marco Hänny dachte nun daran, Edith Thome aus dem Weg zu räumen.

Er fuhr früh genug nach Hause, ging mit Rain und Lou spazieren und war um halb vier bei der Kita. Er setzte die Schutzmaske auf, desinfizierte die Hände und schritt den langen Flur entlang, vorbei an den verschiedenen Gruppenräumen, grüßte diese Mutter und jenen Vater und gelangte zur Igel-Gruppe. Er wollte gerade den Schrank öffnen und die Brotdose in Isis kleinen Rucksack packen, als Susanne die Tür öffnete und ihn erstaunt ansah.

»Isi wurde bereits abgeholt.«

»Abgeholt?«

»Von Edith. Ich war erstaunt, weil ich dachte, dass du heute kommst.«

Marco Hännys Hand glitt an der Schranktür entlang, erreichte sein Bein, strich über den Oberschenkel. Kurz schwindelte ihm, dann sagte er: »Isi ist dieses Wochenende bei mir.«

»Das dachte ich auch. Aber ihr habt beide das Recht, ihn abzuholen. Ich wusste nicht, ob es eine neue Absprache zwischen euch gibt.«

»Gibt es nicht. Das ist ein Verstoß gegen die Betreuungsvereinbarung.«

Marco Hänny riss Isis Kleiderschrank auf. Die Brotdose fehlte. Der kleine Rucksack mit dem Rotkehlchenmotiv fehlte. Die grüne Baumwolljacke, die Schuhe fehlten.

»Das kann nicht sein«, sagte er.

»Vielleicht rufst du …«

»Das geht doch nicht … Sie kann doch nicht …«

Wieder blickte Marco Hänny in den Kleiderschrank, in dem nur die Regenhose und Regenjacke hingen. Er drehte sich zur Terrassentür, zum Flur, zur Glastür des Gruppenraums. Er näherte sich dieser Tür, spähte hinein, um die Ecke, dort, wo der Tunnel und das Spielhaus waren. Isi war weg. Rief nicht »Papi!«, lächelte und rannte ihm entgegen, in die Arme.

»Vielleicht rufst du deine Anwältin an«, sagte Susanne, »oder das Jugendamt?«

Marco Hänny eilte durch den langen Flur, riss sich die Schutzmaske vom Gesicht, erreichte den Ausgang, öffnete die stets verschlossene Innentür und rannte durch die offenstehende Außentür auf den kleinen Vorplatz hinaus. Edith Thome hatte es also gewagt, ihre Forderungen ohne sein Einverständnis und ohne Gerichtsbeschluss umzusetzen, sie hatte Isi einfach von der Kita abgeholt, hatte gegen die Betreuungsvereinbarung verstoßen und würde ihn bei sich behalten, vielleicht war sie in diesem Moment dabei, die letzten Sachen einzupacken, um mit Isi in ein anderes Land zu ziehen, nach England, wo sie studiert und einige Jahre gelebt hatte, oder weiter weg, nach

Australien, aber falls dem so war, dachte Hänny, als er über den Parkplatz der Kita rannte und auf einmal stehen blieb, falls dem tatsächlich so war – und nichts sprach dagegen, dass es so war –, dann bedeutete dies, wie Hänny nun in voller Klarheit bewusst wurde, dass Edith einen Fehler gemacht hatte.

Das neue Leben

Nun waren sie an der Reihe. Sergio griff nach der CD, die er vor einigen Minuten auf den Tisch gelegt hatte, gab Sido ein Zeichen, erhob sich und ging durch das große Wohnzimmer; er ahnte, dass ihm die Blicke der erwachsenen Gäste folgten, schob die CD in den dafür vorgesehenen Schlitz der Musikanlage – da war Sido auch schon bei ihm, und sie führten den einstudierten Piratentanz auf.

Sido trug eine schwarze Augenklappe, ein Tuch auf dem Kopf, unter dem auf der linken Seite das inzwischen mehr als schulterlange Haar hervorquoll, ein bemaltes T-Shirt und einen am Schienbein festgebundenen Ast, der das Holzbein darstellte. Sergio hatte sich ein rotes Halstuch locker umgebunden, ein weiteres Tuch befand sich am linken Unterarm, an dem der Ärmel des Hemdes hochgekrempelt war, und eines als Stirnband am Kopf, schief, es fixierte eine Schicht Watte am rechten Ohr, die auf eine Verletzung von einer Schlacht hinwies. Über dem Hemd trug er ein weißes T-Shirt in Größe L, damit er es gut überziehen konnte (seine Größe war XS; im Vergleich zu seinen Verwandten in Norditalien war er jedoch nicht klein) und das Sido und er eine Woche zuvor bemalt hatten: je ein Totenkopf hinten und vorne. Auf seinem T-Shirt hatte Sido vorne ein Piratenschiff und hinten einen Totenkopf gewollt.

In diesem Moment sahen die Gäste, da Vater und Sohn frontal vor ihnen standen, bei Sido das Piratenschiff und bei Sergio den einen Totenkopf; die Gäste saßen einige Meter vor ihnen an zwei Tischen, fünf Kinder aus der Schule, die Sido zu seinem siebten Geburtstag eingeladen hatte, und deren Eltern, von denen einige neben den Tischen standen, auch Victoria, die unzählige Luftballons und Girlanden aufgehängt hatte und nun mit offenem Mund und nach oben gezogenen Augenbrauen dastand, die Hände auf Richards Schultern, der mit dem Rücken zu ihr an einem der Tische saß. Ihre Hände waren unruhig, sie hob sie immer wieder an, als wollte sie bereits mit Klatschen beginnen oder, wenn der Tanz zu Ende war, unbedingt zu den Ersten gehören, die mit Klatschen anfingen; sie legte sie von neuem auf Richards Schultern, der ruhig dasaß und nicht zu bemerken schien, dass ihre Hände nervös waren.

Vorhin bei der Wohnungstür hatte Sergio Sido, der ihm entgegengerannt war, hochgehoben und geküsst, Victoria hatte er umarmt, dann hatte er »Hallo Richard« gesagt und Richard die Hand gereicht, worauf dessen Hand überrascht nach vorne schnellte, als sollte in aller Eile ein Fehler vermieden oder etwas Unangenehmes erledigt werden. Richard sagte »Hallo«, einfach nur »Hallo«, ohne Sergio mit Namen zu begrüßen – vielleicht war er unsicher mit der Aussprache? –, war zu Weiterem unfähig, obwohl er sich auf diesen Moment hatte vorbereiten können, dieser Moment der Begegnung, der ihn dann, wenn er eintrat, vielleicht doch jedes Mal überforderte, wofür Sergio Verständnis aufbrachte, der betont freundlich »Wie geht es dir, Richard?« fragte und ein bodenloses »Ach, gut. Möchtest du einen Kaffee oder einen Tee?« zurück erhielt, eine Frage, deren Hauptzweck es war, den Fragesteller zu erlösen, der sogleich, als hätte er einen Befehl erhalten, in Richtung Küche marschierte, wo seine Schritte, wie Sergio aus der Vergangenheit wusste, nichts Untergebenes mehr besaßen, sondern ein Herumtigern waren.

Wenn Sergio bei Sidos Geburtstagsfeiern in Victorias Wohnung kam, sah er Richard herumtigern. Richard tigerte zu den Gästen, fragte, ob er etwas zu trinken oder zu essen bringen könne, tigerte in die offene Küche, wo er von hier nach dort tigerte und vielleicht an die Zeit dachte, deren Vergehen (an der Wand hing eine runde Küchenuhr mit einem Sekundenzeiger, der Sprünge vollzog) vermutlich auch eine Art Herumtigern war und die sich doch bitte etwas beeilen sollte.

Richard der Wortkarge verschanzte sich in der Küche; seine Situation war unangenehm, war er doch längst Victorias Liebhaber gewesen, als Sergio noch dachte, seine Ehe mit Victoria sei zu retten, Richard hatte ein schlechtes Gewissen, blieb deshalb Sergio gegenüber so gut wie stumm und verkroch sich in die Küche, wo er herumtigerte, als könnte er mit den Bewegungen seiner Beine den Pedalen der Zeit mehr Schwung verleihen. In der Küche war er jedoch in der Falle, denn Sergio ließ es sich nicht nehmen, bei jeder Geburtstagsfeier einmal gemütlich in die Küche zu schlendern und freundlich »Richard, kann ich dir helfen?« zu fragen, worauf dieser erbleichte und verneinte und Sergio, statt die Küche zu verlassen, mit der Schulter gegen den Kühlschrank zu lehnen begann und etwas sagte wie »Diese Viertausend-Euro-Espresso-Maschine ist unschlagbar, nicht wahr?«.

Sergio erhielt meistens eine kurze, phantasielose Antwort und das Gefühl, dass Richard soeben einen Schweißausbruch bekam. Dabei wollte Sergio ihm nichts Böses, hatte sich sein Ärger stets nur gegen Victoria gerichtet, nie jedoch gegen ihn, der vierzehn Jahre älter als sie war und somit nächstes Jahr sechzig wurde, der selber kein Kind hatte und für den es vielleicht ein besonderes Glück war, eine wesentlich jüngere Frau mit einem kleinen Kind gefunden zu haben. Wenn Richard und Victoria glücklich zusammen waren und er – im Gegensatz zu Sergio – an ihrer Seite gesund blieb, war alles gut.

Da Sido im Februar, wenn es im Freien ungemütlich war, Geburtstag hatte, feierten sie oft in Victorias Zuhause, das Platz genug bot und im Zentrum der Stadt lag. Deren Architektur hatte kleinbürgerliche Wohnungen hervorgebracht, kleine Zimmer, niedrige Deckenhöhen, oft drei, maximal vier Räume, zumeist ohne Balkone; deren allgemeine Situation jedoch, vor allem deren politischer Wille hatte während Jahrzehnten dafür gesorgt, dass die Miet- und Kaufpreise in unerschwingliche Höhen gestiegen waren, weshalb nicht mehr viele Leute kaufen konnten und Victoria – damals noch mit Sergio – so gut wie ohne Mitbieter zwei Wohnungen im selben Haus erwerben konnte.

Sie lagen in der vierten und fünften Etage, dem Dachgeschoss, waren zwei für hiesige Verhältnisse komfortable Wohnungen, die Victoria und Sergio durch eine Wendeltreppe miteinander verbinden und so umbauen ließen, dass die Räume nicht nur größer wurden, sondern im Dachgeschoss auch zwei riesige Gauben und eine Terrasse entstanden. Sergio hatte die Pläne für den Umbau gezeichnet, die Materialien ausgewählt, Victoria hatte bezahlt und sie beide hatten die Umbauarbeiten begleitet und darauf geachtet, dass alles korrekt ausgeführt wurde. Am Ende war die Wohnung perfekt gewesen. Zum selben Zeitpunkt hatte Sergio zu begreifen begonnen, dass dies sein Leben nicht besser machte.

Victoria und Richard lebten nun in einer Wohnung, die Sergio gestaltet hatte; den Farbton der Wände im Elternschlafzimmer hatte er ausgewählt, ebenso den Ahorn für die Küchenablage und vieles mehr. Wie er vorhin jedoch gesehen hatte, war das Wohnzimmer neu gestrichen worden, das Altweiß einem sanften Gelb gewichen. Der Kamin, dessen Rohr in der oberen Wohnung durch das Elternschlafzimmer führte, um es gerade so zu wärmen, dass die Heizung nicht benötigt wurde und das Zimmer kühl genug für einen gesunden Schlaf blieb, und den Victoria und Richard heute nicht angemacht hatten aus Sorge, eines der Kinder könnte sich an der heißen Scheibe verbrennen, dieser Kamin war vor zwei Jahren durch einen weiteren, wesentlich kleineren, scheinbar schwebenden (am Rohr befestigten) im Elternschlafzimmer ergänzt worden, dessen einziger Zweck, wie Sergio vermutete, ein romantischer oder erotischer war.

Außerdem hatten sie vor einem Jahr das Linoleum im Flur, für das Sergio sich nach aufwändiger Recherche entschieden hatte, herausnehmen und durch einen gewöhnlichen Fliesenboden ersetzen lassen, auch der Streifen Schachbrettmuster an der Küchenwand war im Laufe der Zeit verschwunden, um Sergios Spuren zu verwischen, die Wohnung nach und nach zu jener des Paares Victoria und Richard zu machen, und so war auch das Bad komplett erneuert worden. Es besaß nun einen Whirlpool. Jedesmal, wenn Sergio in der Toilette war und den in die Lücke zwischen Fenster und Waschmaschine hineingequetschten Whirlpool sah, fasste er sich an die Stirn und wusste nicht, ob er lachen oder weinen sollte. Ähnlich erging es ihm, wenn er Sidos Kinderzimmer sah, das so groß war, dass darin nicht nur die riesige Burg Platz fand, die sein Bett war, mit einer Matratze oben und einer unten, falls ein Freund mit seiner Familie zu Besuch kam und bei ihm übernachtete, und die eine Treppe, eine Rutschbahn und zwei Türme aufwies, sondern neben dem Schreibtisch auch ein Klettergerüst, ein Trampolin (ein zweites, größeres stand im Wohnzimmer), ein farbenfroher begehbarer Kleiderschrank sowie ein Berg mit Spielsachen.

Wenn Sido jeden zweiten Montag für eine Woche zu Sergio kam, verließ er diese Welt des Überflusses, zu der auch eine Frau mit osteuropäischem Namen gehörte, die putzte, aufräumte und die Wäsche machte, parkte sein Fahrrad neben einem der beiden Wohnwagen, betrat jenen, der als Wohnzimmer und Küche fungierte, und half Sergio bei den Pfannkuchen, die es jeweils am Montag seiner Ankunft gab.

Der andere Wohnwagen war nur kurze Zeit allein zum Schlafen da gewesen (Sido im einen Bett, Sergio im anderen, dazwischen Bad und Küchenzeile), weil Sido am liebsten bei Sergio schlief; folglich wurde das unbenutzte Bett in Sitzbank und Tisch verwandelt, der zum Spielen mit Duplo und Briobahn, später Lego, Domino und Schach, gebraucht wurde. In diesem Wohnwagen konnte sich Sido auch aufhalten, wenn er allein sein wollte; im anderen, der ein großes Vorzelt besaß, wurde zusammen gekocht, gegessen, gebastelt, gemalt, geschrieben, gespielt und alles weitere gemacht.

Seit nunmehr vier Jahren, seitdem er drei war, genau genommen, seitdem er zwei Jahre und zehn Monate alt war, lebte Sido in diesen beiden Welten, in einer des Überflusses und in einer bescheideneren, die jedoch, wie Sergio glaubte, vielleicht reichhaltiger war. Als Sido die Wohnwagen zum ersten Mal betreten hatte, waren Mund und Augen weit aufgerissen gewesen, begeistert kletterte er auf sein Bett und rief: »Das ist ja toll! Papi, toller Wohnwagen!«

Im Frühling bepflanzten sie das kleine Grundstück, so wie der Bauer es ihnen erlaubt hatte, bienen-, insekten- und schmetterlingfreundlich mit Sommerflieder, Schottischer Zaunrose, einer Robinie, einem Bienenbaum, mit Himbeere und Heidelbeere, hinzu kam ein kleines Beet mit Erdbeeren. Sie verbrachten viel Zeit im Freien.

In den vergangenen vier Jahren hatte Sergio zu verstehen versucht, was in Sido vorging, wenn er von der einen Welt in die andere pendelte, ohne ihn direkt darauf anzusprechen, da er nicht etwas, das vielleicht keines war, zu einem Problem machen wollte. Er selbst hatte nach dem ersten Schock, hier keine Mietwohnung zu bekommen und mit dem, was Victoria ihm bei der Scheidung nach langen Verhandlungen zu geben bereit gewesen war (obwohl sie Millionen besaß), keine Wohnung kaufen zu können, sich stattdessen zwei Wohnwagen beschaffen zu müssen, für die er nach einiger Suche in Fußnähe zur Stadt bei einem Bauern ein Grundstück gefunden hatte, den sozialen Abstieg bald nicht mehr als solchen wahrgenommen. Vielmehr sah er den vorangegangenen kurzen Abschnitt eines gehobenen Lebens, das Leben mit Victoria, enttarnt und fühlte sich von Ballast befreit: Auch zwei große Gauben und eine Dachterrasse machten das Leben nicht besser. Im Gegenteil, finanzielle Möglichkeiten, die so gut wie jeden Wunsch erfüllen ließen, führten in eine hoffnungslose Situation, denn wer mit einer Frau oder einem Mann in einer billigen Absteige nicht glücklich war, wurde es auch in einem Fünf-Sterne-Hotelzimmer nicht, schlimmer noch, in einer Luxussuite war Ärger vorprogrammiert, weil immer etwas nicht stimmte, für den ausgegebenen Betrag aber keine Enttäuschung, auch nicht die kleinste, hingenommen werden konnte, während eine günstige Absteige ohne nennenswerte Erwartungen betreten wurde, was oft zu positiven Überraschungen führte.

So war es Sergio ergangen, als der Umbau der Wohnung abgeschlossen gewesen war, sogar perfekt abgeschlossen, womit niemals gerechnet werden durfte, er sich vor dem riesigen Fenster der Dachgaube hingesetzt hatte, um den Panoramablick über die Dächer der Stadt zu genießen, und zu begreifen begann, dass alle Ausflüchte verloren, er und Victoria auf sich zurückgeworfen waren. Nun zeigte sich, wie ihre Beziehung wirklich war: Schmeckte das Essen aus der neuen Luxusküche besser als in der mickerigen Küche seiner kleinen Berliner Wohnung, wo er an einem quadratischen Tischchen neben einer schmalen Küchenzeile zum ersten Mal für Victoria gekocht hatte? Waren sie in der frisch sanierten, aufwendig umgebauten Riesenwohnung harmonischer miteinander als in seiner winzigen Einraumwohnung, deren Boden von Doppelbett und Schreibtisch fast ganz ausgefüllt gewesen war? Vermutlich fühlte Victoria ähnlich. Bei ihr kam noch die Frustration hinzu, weil ihr Geld ausgegeben worden war. Wofür eigentlich? Doch nicht, um in einem beliebigen Haus zwei Wohnungen zu einer umzubauen, in der sie anschließend nicht glücklich waren; wozu hatte sie das Geld ausgegeben, wenn ihre Beziehung durch den Umbau, der alle Wünsche erfüllte, nicht besser, sondern schlechter wurde?

Victorias Enttäuschung war so groß gewesen, dass sie Sergio einfach vor die Tür setzte, genauer, es versuchte. Schließlich hatte sie, symbolisch betrachtet, ihr Geld nicht in die Wohnung, sondern in Sergio investiert, was, wie sich bald zeigte, eine Fehlinvestition gewesen war. Dieser Mann, der nach Vollendung der Wohnung dasaß, den Panoramablick über die Stadt genoss und zum Schluss kam, dass sie nun nackt, ihrer Träume beraubt waren, denn auch jeder zukünftige Traum würde sich nach Erfüllung als Enttäuschung erweisen, sodass ihre Lage hoffnungslos war – dieser Mann war eine Fehlinvestition. Nach dem Umbau hatte er zudem wie nach einer langen Nacht mit viel Alkohol Kopfschmerzen gehabt, wobei diese Nacht mit Victoria vier Jahre dauerte, in denen seine Spannungskopfschmerzen immer mehr zugenommen hatten, bis sie sich dauerhaft als ein schmerzendes Tuch über seine Gedanken legten, die erst wieder klar wurden, nachdem er eine Schmerztablette genommen hatte. Was wollte Victoria mit einem Mann, der eine Fehlinvestition war und ständig Kopfschmerzen hatte, anderes anfangen, als ihn vor die Tür zu setzen?

Erst als er den Wohnwagen betrat – er hatte sich nicht darauf gefreut; noch als er die Tür aufschloss und die Minitreppe bestieg, fühlte er sich ruiniert, auf einer Stufe vor der Obdachlosigkeit –, sich am Tisch auf die Sitzbank mit dem altmodischen Muster setzte, während Dunja, sein kleiner Windhund, schon in dem eilig hingestellten Körbchen lag, und auf die Idee kam, mit dem alten Espressokocher von Bialetti, der noch aus seinem Leben vor Victoria stammte, auf dem Herd einen Espresso zu kochen, entspannte sich sein Gesicht.

Er war befreit. Er hatte ein kleines Zuhause, eines, das ihm niemand wegnehmen konnte. Er hatte ein Bett, eine Küche, einen Platz zum Arbeiten, geringe Kosten, einen Weg von wenigen Schritten in die Stadt, wo sein Lieblingscafé lag, und er hatte darüber hinaus mit dem zweiten Wohnwagen Platz genug für seinen Sohn. Was zählte, war die Beziehung zu seinem Sohn. Und die Qualität dieser Beziehung hing nicht von Geld und Wohnung ab, sondern davon, wie er mit ihm umging, wie sie miteinander sprachen und Konflikte lösten.

Als er den Espresso trank, dachte er, dass ihm nichts Besseres hätte geschehen können. Sein Leben war auf das Wesentliche reduziert, alles Unnötige, der ganze Ballast war weg, vor allem war Victoria weg, die Abhängigkeit von ihr. Die beiden Wohnwagen waren die günstige Absteige, die er ohne Erwartungen, vielmehr mit Befürchtungen betreten hatte und die ihn nun positiv überraschte.

Nur wenn Sergio, was selten vorkam, ein- bis zweimal im Jahr, Victorias Wohnung betrat, wurden ihm wieder die Unterschiede bewusst, der Klassenunterschied, der sich auf die materielle Situation, nicht jedoch auf die Bildung, geschweige denn auf die kulturelle Bildung bezog, Victorias stets herausgestellten Progressivismus infrage stellte und ihren Konformismus offenlegte, in dessen Kern Spießigkeit lag und damit einhergehend im Grunde eine Unsicherheit bezüglich der Lebensführung. Was erhoffte man sich von einem Whirlpool oder einem zweiten, kleinen Kamin im Schlafzimmer? Welchen Blick hatte man auf sein eigenes Leben, wie sehr war man bei sich selbst, wenn man glaubte, ein Whirlpool oder ein Kamin verschaffte Besserung in welchem Bereich auch immer? Wenn dann etwas nicht funktionierte, die Espressomaschine nicht mehr ging oder die Terrasse nicht betreten werden durfte, weil es ein Problem mit dem Geländer gab, musste Sergio im Geheimen lächeln; die Abschottung vor den Problemen, mit denen Normalbürger zu tun hatten, die Absicherung gegenüber Unwägbarkeiten funktionierte nicht, Victoria und Richard hatten dasselbe Leben wie alle anderen, nur war es wesentlich teurer.

Auch vorhin, als er mit der CD in der Hand zur Musikanlage gegangen war und die Blicke der Erwachsenen erahnt hatte, war der Klassenunterschied präsent gewesen, wussten die Erwachsenen doch von seiner Wohnsituation, zumindest zwei Elternpaare (und dies bedeutete, dass die anderen es auch wussten, denn die Leute sprachen miteinander und gaben Informationen wie jene, dass ein Vater »unserer« Kita oder Schule mit seinem Kind im Wohnwagen lebte, diskret und nicht ohne Mitgefühl, nicht ohne offenkundiges Bedauern weiter); er war durch das Zimmer gegangen und hatte um die Verwirrung gewusst, die er mit seiner Hose und seinen Schuhen vielleicht auslöste. Er sah selbst als Pirat verkleidet nicht aus wie jemand, der im Wohnwagen lebte; zudem wusste man, dass er Geisteswissenschaftler, ein literarisch gebildeter Mensch war.

Der eine oder andere war vielleicht interessiert oder gar begierig, mehr über diesen Lebensentwurf zu erfahren, der eine oder andere, der in einem überteuerten Reihenhaus lebte mit Möbeln, die fast alle von derselben Marke waren, besser als Ikea, aber keine Designklassiker, das bei weitem nicht, es waren Möbel, die einem Gast auf den ersten Blick verrieten, dass man sich von der unteren Schicht abgrenzen wollte, aber keinen Geschmack besaß, sich stattdessen mit einem Einheitsbrei aus keinesfalls günstigen, aber qualitativ für eine Lebensdauer von lediglich zehn Jahren ausgelegten Möbeln zufrieden gab; der eine oder andere wollte sicherlich mehr erfahren über diesen alternativen Lebensentwurf mit Wohnwagen (oder »Tiny House«, wie es schmeichlerisch aus seinem Mund käme) und würde wie nach einer Filmdokumentation sagen »Interessant, genau richtig; ich bewundere das«, jedoch niemals selber diesen Schritt gehen, aus Angst und wegen des sozialen Abstiegs, der ein Leben im Wohnwagen nun einmal war.

Dies war mit ein Grund, weshalb Sergio Geburtstagsfeiern bei den Wohnwagen nicht vorschlug. Vor zwei Jahren hatten sie im Wald gefeiert, da es Sidos Wunsch gewesen war. Irgendwann vielleicht, dachte Sergio, würde Sido bei den Wohnwagen feiern wollen; dann wollte er dort ein Fest organisieren.

Die Musik verstummte, Sido und Sergio blieben stehen, verbeugten sich und Victoria rief, noch bevor der Applaus begann: »Gut gemacht! Das hast du gut gemacht, mein Schatz! Bravo!«

Sergio beugte sich zu Sido herunter und fragte leise, ob es ihm Spaß gemacht habe. Der Junge blickte ihn an, lächelte und bejahte, worauf auch Sergio zu lächeln anfing.

»Hat es dir auch Spaß gemacht, Papi?«

»Und wie! Zum Glück haben wir den Piratentanz aufgeführt.«

Victoria kam zu ihnen, umarmte Sido, erhob sich, strich mit der Hand über Sergios Oberarm und sagte, der Tanz sei schön gewesen. »Darf ich dir noch etwas bringen, vielleicht ein Stück Kuchen?«

Vor mehr als sieben Jahren, drei Monate vor Sidos Geburt, hatte Sergio sich mit Herrn Brückner getroffen, in einem Berliner Hinterhof, wo angeblich das Lager war, das seit der Schließung des Ladenlokals eine Möglichkeit zur Besichtigung der Raritäten bot, unter anderem tschechisches Wohndesign aus der Zwischen- und Nachkriegszeit des vergangenen Jahrhunderts. Sergio wollte sich ein kleines Tischchen von Marcel Breuer ansehen, einen grünen Kleiderschrank von Robert Slezák im Stil der Bauhaus-Moderne, ein seltenes Sideboard von Jindřich Halabala und eine tschechische Stahlrohr-Couchliege aus den Dreißigerjahren, deren Polster mit dem Bauhaus-Archiv Berlin neu entwickelt worden waren. Finanzielle Voraussetzung für einen Kauf war das Weihnachtsgeld seiner Mutter, das er seit vielen Jahren angespart hatte und das zumindest für das Sofa reichen sollte.

Sein altes Ikea-Sofa, das noch aus der Studienzeit war, hatte er vor einem Jahr entsorgt, als er bei Victoria eingezogen war;

nun wollte er sich mit einem qualitativ hochwertigen Sofa, das seinen Wert behielt, eine Geschichte besaß und dessen zeitloses Design ihm dauerhaft Freude machen würde, einen Traum erfüllen, zumal es mit dem Stahlrohrgestell, dem keilförmigen Polster als Stütze für Kopf und Rücken, den beiden Rollen, die unter Knie und Fußknöchel kamen, und dem reduzierten, aber durchdachten, schlanken, zweckmäßigen, schlicht einzigartigen Design, wie Sergio glaubte, zu seiner Arbeit passte.

Brückner war ein Mann, der schwer atmete und während des Sprechens Pausen einlegen musste, um Luft zu bekommen – das hatte Sergio beim Telefongespräch vor einigen Tagen hören können –, der sich jedoch klar und gewählt ausdrückte. Er war in den Fünfzigern, stand im Hinterhof neben einem in eine Plastikfolie eingepackten Sofa, das einen etwas anderen Stahlrohrrahmen hatte, als Sergio es sich wünschte, und mit Stoff statt mit Leder bezogen war, zweifelsfrei jenes Sofa, von dem Brückner ihm am Telefon erzählt hatte, das demnächst an einen anderen Kunden geliefert wurde und er besichtigen und probesitzen konnte. Es war ein Tag Ende November, ein bewölkter, finsterer Tag, der Boden war an manchen Stellen nass, obwohl es heute nicht oder noch nicht geregnet hatte, und es war zu vermuten, dass bald wieder Regen fallen würde.

»Guten Tag Herr Lemming, ich freue mich sehr, Sie kennenzulernen.«

Brückner reichte ihm die Hand, die sich angenehm anfühlte, und hielt seine ein wenig länger als üblich fest, bevor er sie wieder losließ und Sergio die Augen auffielen, die ihn interessiert ansahen. Schwer atmend öffnete Brückner die Plastikfolie, auf seinem Gesicht bildeten sich Schweißperlen, und bot Sergio an, sich auf das Sofa zu setzen.

»Ziehen Sie nur die Schuhe aus und legen Sie sich hin, es ist ja auch ein Tagesbett.«

Sergio lag auf dem Sofa, das hart gepolstert war, wie er es mochte, und das ihm so sehr gefiel, als wäre es eigens für ihn entworfen worden, das jedoch nicht in einem Lager stand (»Nächstes Jahr wollen wir einen neuen Showroom eröffnen«, hatte Brückner am Telefon gesagt), sondern unter freiem Himmel, das für einige Minuten die schützende Plastikfolie verloren hatte, damit Sergio es probesitzen und -liegen konnte, und vielleicht für immer beschädigt wäre, wenn in diesem Moment ein Vogel aus niedriger oder höchster Höhe, das war einerlei, kotete, zufällig das Sofa traf (Vögel waren darin sehr gut, sehr treffsicher) und den Stoffbezug mit Flecken versah, die sich nicht mehr entfernen ließen. Das Sofa eines Kunden stand ungeschützt unter freiem Himmel, war das noch seriös oder ähnlich unprofessionell, wie wenn ein Kellner einen Teller, in dem eine tote Fliege war, nicht zurücknahm, sondern vor den Augen des Gastes lediglich die Fliege entfernte? Und wo war das Lager?

Sergio sagte, dass er sich gerne noch den grünen Kleiderschrank von Robert Slezák und das Sideboard von Halabala anschauen wolle.

»Die beiden Stücke kann ich Ihnen heute leider nicht präsentieren; ich muss erst nachsehen, wo im Lager sie sind, und sie bereit zur Besichtigung machen.«

Brückner zog ein Taschentuch aus der Hose und begann, seine Stirn zu trocknen.

»Verzeihen Sie bitte. Ich bin am Montag aus dem Krankenhaus entlassen worden.«

»Das tut mir leid. Ist alles in Ordnung? Kann ich Ihnen helfen?«

»Es geht schon, danke. Es handelt sich um ein kardiologisches Problem. Und noch einige andere Dinge. Es steht nicht gut um mich, aber die Geschäfte müssen weiterlaufen.«

»Ich möchte Sie nicht länger …«

»Keine Sorge. Nehmen Sie sich Zeit und lassen Sie die Eindrücke sacken. Jedes dieser Sofas ist ein Unikat und von höchster Qualität. Sie wollen ein Leder, nicht wahr? Falls Sie sich für das Sofa entscheiden, schlage ich vor, dass wir uns in einem

Café treffen und über das Leder sprechen. Ich würde dann einige Muster mitbringen.«

Später, beim Abendessen, erzählte Sergio von seinem Treffen; Victoria hörte ihm zu und lächelte, ohne etwas zu sagen. Vielleicht nahm sie seine Befürchtung, Brückner könnte ein Betrüger sein, dass er das über Jahre angesparte Weihnachtsgeld seiner Mutter an einen Betrüger verlor, nicht ernst. Er setzte sich an den Computer, versuchte, im Internet Genaueres über Brückners Unternehmen herauszufinden, und sah, dass es seit eineinhalb Jahren insolvent war. Brückner hatte also nicht nur das Ladengeschäft schließen, sondern, wie Sergio nun bei genauerem Hinsehen begriff, sein Unternehmen aufgeben und ein neues, das einen nur leicht veränderten Namen hatte, gründen müssen, bei dem nicht mehr er der Geschäftsführer war, sondern eine Frau mit dem Namen Elisa Sandri.

Wo aber war das Lager? Gab es wirklich eines in Berlin Kreuzberg, wo sie sich getroffen hatten, oder war Brückner mit einem Kastenwagen auf den Hinterhof gefahren, hatte das Sofa auf den Ladelift geschoben und von diesem auf den asphaltierten Boden, das Sofa, das für einen anderen Kunden reserviert und vermutlich bereits bezahlt war?

Er sagte zu Victoria: »Ich glaube nicht, dass er ein Betrüger ist, mein Gefühl sagt mir, dass er für diese Möbel brennt, sie seine Leidenschaft sind, vielleicht die einzig wirkliche in seinem Leben, und dass er in jüngster Vergangenheit einfach viel Pech hatte.«

Sie blickte ihn lächelnd an, als wunderte sie sich darüber, dass er sich so lange und intensiv mit diesem Sofa und dem Leder beschäftigte statt in einem normalen Möbelgeschäft ein Sofa auszusuchen, was lediglich eine halbe, vielleicht eine Stunde dauern würde, und danach mit ihr in einem Café auf den Kauf anzustoßen (da sie schwanger war, tranken sie beide keinen Alkohol).

Sergio machte weiter, erzählte, dass nur Brückner diese Sofas mit einem echten tschechischen Stahlrohrgestell aus den

Dreißigerjahren des letzten Jahrhunderts und diesen speziell designten Polstern liefern könne; jedes Sofa sei ein Unikat und von höchster Qualität, ein solches Sofa halte ein Leben lang und könne er irgendwann Sido schenken (obwohl Sido noch in Victorias Bauch war, hatten sie längst seinen Namen bestimmt, der bis nach der Geburt geheim blieb); er wolle unbedingt ein solches Sofa, es sei das richtige für ihn, er spüre es, ein anderes Sofa wäre wie eine Notlösung, doch weshalb sollte er das angesparte Weihnachtsgeld für eine Notlösung ausgeben?, nein, es musste dieses Sofa sein.

Victoria zuckte mit der Schulter. »Du kannst es ja bestellen. Ich würde bei der Vorauszahlung allerdings darauf achten, dass ich abgesichert bin.«

Tage später stand Sergio vor einem Café und wartete auf Brückner, der mit einem großen, schweren Wagen heranfuhr, parkte und ungelenk ausstieg. Wieder wurde Sergio mit einem warmen Händedruck begrüßt, Brückner blickte ihn aufmerksam an und fragte, wie es ihm gehe.

Sie betraten das Café, das Sergio vorgeschlagen hatte. Kaum saßen sie am Tisch, zog Brückner die Ledermuster aus seiner Tasche. Sergio sagte, er hätte gerne ein nachhaltiges, vegetabil gegerbtes Anilinleder, und Brückner antwortete, dass er offen dafür sei, falls er etwas im Blick habe, könne er es ihm mitteilen, er werde sich dann ein Muster besorgen; oft seien die Leder jedoch zu dünn und würden nach fünf oder zehn Jahren reißen, die Sofas in den heute populären Möbelhäusern würden lediglich für eine Lebensdauer von acht bis zehn Jahren hergestellt, sie seien qualitativ minderwertig und viel zu teuer.

Brückner legte den rechten Arm auf den Tisch und drehte sich halb ab, öffnete dann die Körperhaltung, blickte Sergio an und kam mit dem Kopf etwas näher.

»Die andere Sache, die Sie beim Telefonat angesprochen haben … Ich kann Ihnen versichern, dass unsere Firma kerngesund ist. Wir haben mit Frau Sandri eine neue Geschäftsführerin, damit ich mich auf jene Dinge konzentrieren kann, die mich interessieren und bei denen ich kompetent bin. Zahlen sind ja nicht gerade meine Leidenschaft.«

»Aber das Unternehmen davor gibt es nicht mehr.«

»Ja, das alte … Wissen Sie, wir waren damals von Erfolg verwöhnt, hatten ein Ladengeschäft an der Kantstraße, aber mein Kollege, mit dem ich seit vielen Jahren zusammengearbeitet hatte, musste aufgrund einer familiären Katastrophe aussteigen und ich wurde krank und war nicht mehr in der Lage, das Geschäft zu führen. Ich habe alles verloren, was ich mir über Jahrzehnte aufgebaut hatte.«

Brückner erzählte weiter, von seiner Leidenschaft, die begonnen hatte, als er vierzehn Jahre alt gewesen war. Sein lockiges Haar, das Sergio bereits neulich im Hinterhof aufgefallen war, fiel über die Ohren und verlieh seinem Aussehen etwas Jungenhaftes, Unangepasstes, aber auch Nahbares, er war jedoch wie beim ersten Treffen sorgsam rasiert und bot eine optische Erscheinung, die alles in allem schwer einschätzbar war. Jemand mit wichtiger Funktion in einem großen Unternehmen sah nicht so aus, ein einfacher Angestellter auch nicht (und ein Handwerker erst recht nicht), bezüglich Intelligenz und Bildung konnte das Aussehen ohnehin keine Angaben machen; Brückner wirkte wie jemand, der stets seinen eigenen Weg gegangen, der freischaffend oder selbstständig war, sah aus wie jemand, der ein Unternehmen gründete, etwas Genialisches besaß und meistens zwischen Erfolg und Scheitern schwankte.

»Als ich zwanzig war, das war Mitte der Achtzigerjahre, ich erzähle Ihnen das, weil es schon längst verjährt ist, habe ich aus Tschechien Möbel über die Grenze geschmuggelt. Ich hatte das wohl größte Lager, keiner in ganz Deutschland, weder im Westen noch im Osten, hatte eine vergleichbare Sammlung. Vor drei-vier Jahren war ich noch ganz oben. Nun bin ich weit unten, wenn Sie so wollen, und muss neu beginnen, aber ich gebe nicht auf. Ich arbeite mit einer Werkstatt in Prag zusammen, die ich soweit gebracht habe, dass sie meinen Vorstellungen von Qualität entspricht.«

Brückners Mobiltelefon klingelte.

»Hallo Liebling … Ich sitze hier noch mit einem Kunden … Ja? Soll ich etwas mitbringen? … Wirklich nicht? … Gut, Elisa, ich denke an dich … Ja? … Ich dich auch. Bis gleich, tschüss.«

Sergio hob den Kopf, er hatte die Ledermuster betrachtet.

»Das war meine Lebensgefährtin«, sagte Brückner. »Ich habe auch einen erwachsenen Sohn, aus meiner früheren Ehe, er studiert jetzt in Leipzig an der Hochschule für Grafik und Buchkunst.«

»Und ich werde Vater. Meine Frau ist im siebten Monat.«

»Dann beginnt nun eine intensive Zeit für Sie. Es ist vielleicht die schönste Zeit im Leben, abgesehen, wenn sie gut war, von der eigenen Kindheit. Heute denke ich, dass die Beziehung zum Kind das Wertvollste und Wichtigste ist; nichts im Leben ist wichtiger als diese Beziehung. Leider währte sie in meinem Fall nur, bis mein Sohn sechs Jahre alt war; nach der Scheidung sah ich ihn nur noch selten. Heute bereue ich, dass ich damals nichts dagegen unternommen habe; ich glaube, ich bereue nichts so sehr wie das.«

»Was haben Sie gemacht, nachdem Sie Ihr Ladengeschäft schließen mussten? Diese Zeit muss furchtbar für Sie gewesen sein.«

»Viel gelesen. Übrigens auch im Krankenhaus.«

Sergio fragte sich, was jemand wie Brückner las – Fachzeitschriften, Fachbücher, Aufsätze der großen Meister, von Le Corbusier, Mies van der Rohe, Jindřich Halabala, falls es von ihnen Aufsätze gab? Er blickte zum Fenster, in dem im trüben Winterlicht Straße, Gehsteig und ein Fahrrad an einer Straßenlaterne zu sehen waren, und wandte sich wieder Brückner zu.

»Und was haben Sie gelesen?«

»Roberto Cotti. Kennen Sie diesen Schriftsteller? Ich war sechzehn Jahre alt, als ich sein erstes Buch zufällig in einer Buchhandlung entdeckte. Es war wie eine Erleuchtung. In den Achtzigerjahren konnte ich nicht genug von ihm lesen, ich erinnere mich noch genau an diese Jahre. Seine Bücher waren für mich das literarische Pendant zu den Designobjekten von Corbusier, Breuer, Halabala und all den anderen.«

Sergio ließ Brückner sprechen, sagte nur, ja, er kenne Roberto Cotti, ohne zu erwähnen, dass es sich bei ihm um jenen freien Lektor »mit fehlendem Blick auf die Verkäuflichkeit« handelte, auf den Cottis Wahl vor kurzem gefallen war, jener Außenlektor, der zuvor vom Verlag den Auftrag erhalten hatte, Cottis Manuskript zu lektorieren, ohne ein Komma zu ändern, da dies von Cotti nicht gewünscht war, also zu lektorieren, ohne zu korrigieren, gleichzeitig musste am Ende das Buch zumindest der aktuellen deutschen Rechtschreibung entsprechen; er hatte einen Auftrag erhalten, der unmöglich zu erfüllen war, und dies war der Grund gewesen, weshalb er, ein junger Übersetzer, Herausgeber, Lektor, ihn erhalten hatte.

Die Kontaktaufnahme hatte er mit einem Kärtchen versucht, das auf der Vorderseite ein Werk des Künstlers Reiner Schwarz zeigte, einen historischen Kinderwagen mit Rädern, die jenen eines Leiterwagens glichen, und mit dem angeblich der Künstler als kleines Kind im Krieg geflohen war – »Lieber Herr Cotti … habe ich Ihr Manuskript gelesen … stellt sich mir die Frage, ob auf Seite 483, Zeile 25, das gewählte Bild nicht einen Widerspruch darstellt zu jenem auf Seite 215, Zeile 13 … bin ich mir bewusst, dass mir vielleicht etwas entgangen ist, woran Sie vermutlich sehr wohl gedacht haben … bitte ich Sie in diesem Fall die Störung zu entschuldigen.« –, auf das postwendend ein Kärtchen zurückkam: »Lieber Sergio, ich erlaube mir das Du. Offenbar habe ich endlich einen aufmerksamen Lektor gefunden. Lass uns die Tage telefonieren und über Deine Gedanken zum Manuskript sprechen. Dein Roberto.«

Das alles verschwieg Sergio gegenüber Brückner, der frei von seinen Lektüreerlebnissen erzählte, was sofort verdorben und gestoppt worden wäre, wenn Sergio verraten hätte, wer er war; dann hätte Brückner nicht mehr ungehemmt gesprochen, sondern ihn vielleicht auszufragen begonnen, und selbst wenn er ihn nicht ausfragte, was bei einem Menschen wie Brückner möglich, sogar wahrscheinlich war, wäre Brückner nicht mehr in der Lage gewesen, unverstellt von seinen Erlebnissen mit Cottis Literatur zu sprechen.

Am Ende des Treffens sagte Brückner, dass er in einigen Tagen weitere Ledermuster haben werde, die er ihm zeigen wolle, fragte, wo er wohne, und bot an, ihm die Muster vorbeizubringen, da er oft in der Gegend sei. Er wandte den Kopf für einen Moment zur Seite, kam näher und drehte ihn wieder Sergio zu.

»Für die von Ihnen geäußerten Bedenken habe ich Verständnis. Falls Sie sich für ein Sofa entscheiden, könnten wir die Vorauszahlung über einen Zahlungsdienstleister abwickeln, sodass Sie Käuferschutz genießen.«

Sergio wollte Brückner, der noch einen zweiten Kaffee getrunken hatte, einladen; Brückner widersprach nicht, sondern bedankte sich und bot an, nächstes Mal zu zahlen.

Wieder lächelte Victoria verhalten, als er vom Treffen erzählte und sagte, dass er nach dem richtigen Leder suchen wolle, vielleicht finde ja nicht Brückner, sondern er das genau richtige. Das Lächeln schien ihm freundlich geduldig, es kam ihr wohl ein wenig sonderbar vor, dass er sich in eine Sache so vertiefen konnte, dieses Sonderbare an ihm hatte ihr immer gefallen, doch das Lächeln mochte auch eine Spur Herablassung enthalten.

»Weißt du«, sagte er, um ihre Anteilnahme zu fördern, »Brückner ist doch in einer ausweglosen Situation. Im Grunde ist er in seinem Bereich einer der ganz Großen, sein Unternehmen war erfolgreich, verschiedene Zeitschriften haben über sein Ladengeschäft geschrieben, doch dann wurde er schwer krank, arbeitsunfähig, der Laden musste schließen, denn einer wie Brückner ist nicht ersetzbar. Nun versucht er einen Neustart, was einen enormen Arbeitsaufwand bedeutet; er ist aber noch immer krank und sollte sich schonen. In dieser Situation, ohne Ladengeschäft, ohne Lager, merkt jeder Kunde, dass das Unternehmen auf wackeligen Füßen steht, und in einem solchen Fall suchen alle das Weite, nicht wahr? Jemand wie Brückner wird von allen fallengelassen, niemand unterstützt ihn, keiner glaubt an ihn, alle entfernen sich, sobald sie seine Situation erkannt haben. Brückner und seine Geschäftsführerin müssen sich sehr verloren vorkommen.« Sergio hielt inne.

»Aber ich«, fuhr er fort, »ich glaube, dass er für seine Sache brennt, für ihn Qualität an höchster Stelle steht; für ihn ist jedes perfekt gelungene Sofa ein Kunstwerk, gegen ihn können alle diese austauschbaren Angestellten in sämtlichen Möbelhäusern in ganz Deutschland einpacken, und deshalb werde ich ihn nicht fallenlassen. Genau das wäre falsch. Jemanden wie Brückner sollte man unterstützen, man sollte etwas mehr Geduld aufbringen, schließlich ist er krank, aber man sollte zu ihm halten, nicht wahr?«

Victoria lächelte noch immer. Sergio erhob sich und begann, im Internet nach Leder zu suchen.

Nach einer Woche glaubte er, das richtige Leder gefunden zu haben, ein vegetabil gegerbtes Anilinleder einer deutschen Firma, die Leder von Kühen in Deutschland verarbeitete, ein Leder, das in verschiedenen Farben erhältlich war, auch in einer, die dem bei Ledermöbeln oft verwendeten und von ihm gewünschten Cognac ähnelte (ein Hauch mehr Orange, wodurch der Farbton wärmer und gleichzeitig erfrischender wirkte), und bestellte das von der Firma angebotene Paket mit Ledermuster. Von Brückner hatte er nichts mehr gehört. Er rief ihn an, ohne ihn zu erreichen.

Nach zwei Wochen nahm Brückner endlich den Hörer ab.

»Herr Lemming, schön, dass Sie sich melden. Ich wurde gestern aus dem Krankenhaus entlassen.«

Zu dem Zeitpunkt ahnte Sergio nicht, dass sich dieser Satz so oder ähnlich jeweils zu Beginn der Telefonate noch oft wiederholen sollte: Danke, vorgestern wurde ich aus dem Krankenhaus entlassen. Danke, soeben wurde ich … gestern wurde ich … heute Morgen …

Brückner fragte, ob er am frühen Abend zu Hause sei, er könne ihm die Ledermuster vorbeibringen.

Zwei Stunden später stand Sergio auf dem Gehsteig, die Muster des vegetabil gegerbten Anilinleders in der Hand, und sah den großen, schweren Wagen heranfahren, in dem auf dem Beifahrersitz eine zierliche Frau saß. Sie stiegen beide aus. Neben Brückner wirkte die Frau zerbrechlich; Sergio schätzte sie auf Mitte vierzig, zehn Jahre jünger als Brückner.

»Hallo Herr Lemming, ich bin Elisa Sandri«, sagte sie überaus freundlich und reichte ihm die Hand. »Ich freue mich, Sie kennenzulernen.«

»Hier sind die Ledermuster«, sagte Brückner. »Wie ich sehe, haben Sie auch etwas in der Hand.«

Sergio reichte ihm die Muster. Brückner sagte, er werde sie sich ansehen und prüfen, ob die Qualität dieses Leders ausreiche, damit das Sofa viele Jahrzehnte Freude bereite. Dann stiegen Sandri und Brückner wieder in den Wagen, der Motor wurde gestartet, Sandri lächelte Sergio zu, hob die Hand und winkte. Die beiden fuhren davon. Sie wirkten eher wie ein Paar auf dem Nachhauseweg als wie eine Geschäftsführerin mit ihrem Mitarbeiter.

Zu Sergios Überraschung war Brückner von dem vegetabil gegerbten Anilinleder angetan. Er wollte es nicht nur für Sergios Sofa verwenden, »wir ziehen sogar in Betracht«, sagte er, »es in unsere Kollektion aufzunehmen. Ein nachhaltiges, umweltfreundliches Leder, das dennoch qualitativ hochwertig ist, nicht abfärbt und lange nicht ausbleicht, bringt unser Unternehmen in die Zukunft. Danke für Ihre Recherche.«

Kurz darauf wurde als Liefertermin der April vereinbart, Sergio leistete die Anzahlung und hörte nichts mehr von Brückner, bekam weder eine Bestätigung, dass das Geld eingetroffen, noch dass alles auf bestem Wege war. Im März, wenige Wochen nach Sidos Geburt, rief er Brückner an, um sich zu erkundigen, ob das Sofa im April geliefert werde. Er erreichte ihn nicht. Einige Tage später nahm Brückner das Telefon ab.

»Gestern wurde ich aus dem Krankenhaus entlassen … Die Ärzte raten mir, eine längere Auszeit zu nehmen und nicht zu arbeiten, aber das kann ich nicht, die Geschäfte müssen weitergehen. Ich werde mich sofort um Ihr Sofa kümmern.«

Zu Sergios Freude wurde ein Liefertermin Anfang Juni festgelegt. Er war in diesen Wochen oft mit Sido im Tragetuch unterwegs, der Frühling begann, es wurde Mai, Mitte Mai, Ende Mai und spätestens jetzt hätte Brückner sich melden müssen, um das genaue Datum und die Uhrzeit für die Lieferung auszumachen. Die Tage jedoch vergingen, ohne dass Brückner sich meldete, bis Sergio ihn anrief.

»Herr Lemming, schön, dass Sie sich melden, ich wollte Sie auch anrufen; es ist nämlich leider so, dass wir eine Lieferverzögerung haben.«

Es wurde kein neues Datum bestimmt, da das Sofa vielleicht schon bald geliefert werden konnte. Brückner versprach, sich dann zu melden. Wieder hörte Sergio lange nichts mehr. Schließlich schrieb er an Brückner, dass er bald in eine andere Stadt ziehe und es sich nicht mehr lohne, das Sofa nach Berlin zu liefern; er gab die neue Adresse bekannt, die ab September gültig war.

»Das trifft sich gut«, antwortete Brückner, »dieser Liefertermin ist realistisch, das Sofa kommt also pünktlich zu Ihrem Einzug in die neue Wohnung.«

Wenn Sergio Victoria von den neusten Lieferverzögerungen berichtete, lächelte sie wie damals, als er ihr zum ersten Mal von Brückner erzählt hatte. Einmal regte sie an, vom Kauf zurückzutreten. Das sei unmöglich, antwortete er, denn dann komme er erst recht nicht zu seinem Sofa, das vielleicht schon fast fertig sei und auf das er, wenn er vom Kauf zurücktrete, keinen Anspruch mehr habe; in diesem Fall werde sein Sofa im

Internet angeboten, an einen anderen Kunden verkauft und er stehe ohne Sofa da, ein anderes wolle er ja nicht.

Allmählich stellte sich ihm jedoch die Frage, ob es sein Sofa wirklich gab, ob es im Entstehen war. Er bat Brückner um ein Foto. Zehn Tage später erhielt er zwei Fotos, das eine zeigte, leider nicht ganz scharf, einen Teil des Stahlrohrgestells, das andere eine schwarz gebeizte hölzerne Armlehne.

»Das Stahlrohrgestell ist in einem hervorragenden Zustand, mit einer schönen, leichten Patina«, schrieb Brückner, »und wie Sie sehen, ist es uns gelungen, die annähernd schwarz gebeizten Flächen originalgetreu aufzuarbeiten.«

Die Fotos beruhigten Sergio kaum. Es konnte sich um irgendein Stahlrohrgestell handeln, er wusste nicht einmal, von wann das Foto war, vielleicht war es fünf Jahre alt; auch die dunkle Armlehne, die vielversprechend aussah (die Maserung des Holzes war zu erkennen), konnte jene eines anderen Sofas sein. Am schlimmsten war die Ungewissheit. Existierte sein Sofa oder nicht? So war es ihm nicht einmal möglich, die Sache aufzugeben und abzuschließen.

Glücklicherweise wurde das Sofa nicht pünktlich zum Umzug geliefert. Der Umbau war noch lange nicht fertig (der Durchbruch zwischen den beiden Wohnungen, die Wendeltreppe, die beiden Dachgauben …), es wäre schwierig gewesen, einen für das empfindliche Sofa sicheren Platz zu finden, zumal die Zimmer, in denen nicht gebaut wurde, voll mit Umzugskartons und Möbeln waren und auch Sido einen ruhigen und sicheren Ort brauchte.

»Wir liefern noch in diesem Jahr, versprochen!«, sagte Brückner und fügte an: »Das ist auch für uns die Deadline. Wir wollen den Auftrag abschließen.«

»In Ordnung«, sagte Sergio. »Aber dann muss das Sofa wirklich kommen.«

Als er Anfang Dezember noch keinen definitiven Liefertermin hatte, rief er Brückner an, der sogleich abhob:

»Ich bin heute Morgen aus dem Krankenhaus entlassen

worden. Meine Lebensgefährtin und ich hatten auf dem Weg nach Tschechien einen Unfall. Der Wagen vor uns hat seinen Anhänger verloren, es war folglich nicht meine Schuld. Elisa wurde auf die Autobahn geschleudert; es war bereits dunkel und ein Riesenglück, dass sie von keinem anderen Fahrzeug überfahren wurde. Es geht ihr den Umständen entsprechend; sie hat äußerlich kaum Verletzungen, aber der Unfall war psychisch traumatisierend. Ich selbst war nun zwei Wochen im Krankenhaus. Die Ärzte haben uns beiden dringend angeraten, bis Anfang kommenden Jahres nicht mehr zu arbeiten. Herr Lemming, wie verbleiben wir? Wollen wir Ende Januar für die Lieferung ins Auge fassen?«

Am selben Abend erhielt Sergio eine Nachricht von Brückner mit einem Foto, das einen Zeitungsbericht über den Unfall zeigte (der Bericht war in einem regionalen Blatt erschienen), als wollte Brückner beweisen, dass er ihm keine erfundene Geschichte aufgetischt hatte. Auf dem Schwarzweiß-Bild oberhalb der Textspalten war der vordere Teil eines Wagens zu sehen, der jener von Brückner sein konnte; die Fahrbahn oder das, was von ihr zu erkennen war, mochte jene einer Autobahn sein; hinter der seitlichen Front des Wagens, der vom Blitz der Kamera erhellt war, lag alles in dunkle Nacht getaucht.

Mitte Januar sagte Brückner, dass seine Lebensgefährtin noch immer nicht in der Lage sei, ein Auto zu besteigen, ohne Angstzustände zu bekommen; er selber sei soeben wieder eine Woche im Krankenhaus gewesen. Aber das Sofa sei fertig und müsse nur noch geliefert werden.

»Schön, dann liefern Sie es mir bitte.«

»Die Frage ist, wie. Ich muss die Fahrt einmal machen, wenn ich ohnehin in Ihre Gegend komme, ein so weiter Weg für ein einzelnes Sofa ist nicht wirtschaftlich. Und einen Versand durch eine Spedition würde ich Ihnen nicht empfehlen, da geht oft etwas kaputt, bei einer Rarität wie Ihrem Sofa kann ich das nicht verantworten. Ich könnte es als Kunstversand verschicken, aber das käme viel zu teuer.«

Brückner machte eine Pause. Schließlich sagte er:

»Ich muss einige Abklärungen treffen und melde mich dann mit einem Terminvorschlag. Darf ich das so machen?«

Da Sergio daraufhin nichts mehr hörte, rief er Ende Januar erneut an. Frau Sandri nahm ab.

»Herr Lemming, schön, dass wir uns sprechen«, sagte sie mit ihrer sanften, warmen Stimme. »Herr Brückner ist leider einige Tage abwesend. Darf ich Ihnen weiterhelfen?«

»Ich hoffe, er ist nicht im Krankenhaus?«

»Um die Wahrheit zu sagen, er ist leider im Krankenhaus. Aber am Donnerstag sollte er entlassen werden.«

»Das tut mir leid. Es scheint ihm wirklich nicht gut zu gehen. Er müsste wohl einige Monate oder gleich ein ganzes Jahr pausieren und sich um seine Gesundheit kümmern, gleichzeitig sollen die Geschäfte weiterlaufen. Diese Situation muss unerträglich für ihn sein.«

»Sie sprechen mir aus der Seele, Herr Lemming. Ihr Sofa ist übrigens ganz wunderbar geworden.«

Sergio konnte sich an keinen Menschen erinnern, der so sanft und freundlich wie Elisa Sandri sprach.

»Und wann kann ich«, fragte er, nicht ohne zu versuchen, ebenso höflich zu sein, »mit einer Lieferung rechnen?«

»Ja, die Lieferung … Ich müsste hierfür mit Herrn Brückner sprechen, der noch einige Tage im Krankenhaus … Ich verstehe Sie natürlich, Sie haben nun … wirklich … lange genug gewartet. Dafür möchte auch ich mich bei Ihnen entschuldigen.«

»Danke, das ist sehr freundlich. Ich verstehe Ihre Situation.«

Sergio musste lächeln (was Elisa Sandri, da sie telefonierten, nicht sehen konnte), weil sie von »Herrn Brückner« sprach, als wäre ihm nicht klar, dass sie seine Lebensgefährtin war, oder, eher, obwohl sie wusste, was er wusste, sie spielte ihm etwas vor im Wissen, dass er das Spiel längst durchschaut hatte, sie hielt die Professionalität der Form nach aufrecht.

»Ich kann mir jedoch vorstellen, dass auch für Sie die Lieferung des Sofas eine Erleichterung wäre, dann könnten Sie sich anderen Aufträgen zuwenden.«

»Das stimmt«, sagte Sandri leise und nach Luft schnappend – Sergio fragte sich, ob sie nachher weinen würde –, »wir werden alles tun, damit Sie Ihr Sofa schnellstmöglich erhalten.«

Das Gespräch hätte noch lange so weitergehen können, ohne dass sie in der Sache weiterkamen. Elisa Sandri konnte ohne Brückner nichts tun, sie hatte sich so liebevoll entschuldigt, dass Sergio ihr nicht böse sein konnte, obwohl er zu ahnen begann, dass es noch viele Verzögerungen und Vertröstungen geben würde, wenn er nicht deutlicher wurde.

Anfang Februar, wieder hatte er nichts mehr gehört, schrieb er an Brückner, dass er das Sofa bis Ende des Monats haben wolle, sollte das nicht gelingen, werde er vom Kauf zurücktreten.

Am letztmöglichen Tag kam Brückner mit einem Lieferwagen. Er parkte ihn vor der Haustür.

»Herr Lemming, ich bin sehr erfreut, dass es endlich geklappt hat. Das Sofa ist ein Traum, Sie werden es sehen.«

Er öffnete hinten die Türen des Fahrzeugs, und Sergio sah das eingepackte Stahlrohrgestell, die Sitzauflage und die Polster.

»Verfügt Ihr Haus über einen Lift?«

Sergio verneinte. Sie trugen zuerst die Polster in die fünfte Etage in Sergios Arbeitszimmer, was Brückner der vielen Stufen wegen bereits einiges abverlangte (»Geht es oder soll ich einen Nachbarn um Hilfe bitten?« – »Danke, das werden wir gerade noch schaffen.«), dann schleppten sie gemeinsam die Sitzauflage hoch, die so schwer wie eine Latexmatratze eines Einzelbettes war; das unendlich schwere Stahlrohrgestell hievten sie in die erste Etage, wo sie beschlossen, es auseinanderzubauen und die Teile einzeln hochzutragen. Als alles oben war, fiel Sergio auf, wie durchnässt Brückners Hemd war und dass auf seiner Stirn der Schweiß lag.

Brückner fing an, das Stahlrohrgestell zusammenzuschrauben. »Verzeihung, haben Sie vielleicht ein Stück Cellulose für mich? Ich tropfe auf Ihren schönen Boden.«

Wieder bemerkte Sergio Brückners sorgsam gewählte Sprache. Er brachte ihm ein Stück Cellulose, ein Papiertaschentuch, Brückner bedankte sich und tupfte die Stirn trocken. Sie hoben die Sitzauflage auf das Gestell und positionierten die Polster. Brückner trat einige Schritte zurück und sagte, das Sofa sehe in diesem Raum phantastisch aus. Sie gingen nach unten ins Wohnzimmer, Sergio bot Brückner etwas zu trinken an, was dieser ablehnte. Bei der Garderobe klingelte dessen Mobiltelefon.

»Liebling? … Ja, bei Herrn Lemming … Ich glaube schon … Dann lege dich ein wenig hin, und bestelle dir was zu essen … bin am späten Abend zurück … Ich dich auch, sehr … Ja, bis nachher.«

Mehr noch als früher klangen Brückners Worte warm und einfühlsam, nun jedoch fiel Sergio zum ersten Mal die Andersartigkeit im Vergleich zum Umgangston zwischen Victoria und ihm auf, der seit dem Umzug rauer, vorwurfsvoller, härter geworden war.

Sergio sah Brückner, der das Sofa gerade einmal drei Wochen vor Beginn der Pandemie und des ersten Lockdowns geliefert hatte, und Elisa Sandri, dessen Lebensgefährtin, die Geschäftsführerin geworden war, um einen Neuanfang für das Unternehmen zu ermöglichen, nie wieder. Das Sofa war tatsächlich vollendet, und in diesem großen, neu ausgebauten Zimmer kam es perfekt zur Geltung.

Wenige Monate später, als Victoria vorübergehend in eine Mietwohnung gezogen war und der zweite, weitaus längere Lockdown begonnen hatte, nahm Sergio manchmal Sido mit in das Zimmer, in dem dieser sich gerne aufhielt, vielleicht, weil es das Arbeitszimmer seines Papis war, und in dem ihn ausgerechnet das empfindliche Sofa am meisten interessierte. Der gut eineinhalb Jahre alte Junge liebte es, auf dem Sofa herumzukrabbeln, sich so hinzulegen, wie Sergio es tat, oder gemeinsam mit Sergio einfach nur dazusitzen; er liebte das Sofa, auf dessen offenporigem Anilinleder jeder Kratzer eines Fingernagels zu sehen war und nach einiger Zeit wieder verschwand, jedoch jeder Flecken (etwa von der am Hosenbein klebenden Tomatensauce der letzten Mahlzeit oder schlicht von einem Nasenpopel) sichtbar blieb, wenn er sich mit der Zeit auch veränderte, meistens aber auf die eine oder andere Weise erhalten blieb, sich in die Geschichte des Sofas einschrieb und für jene Patina sorgte, die gerne gesehen war und im Idealfall zu einer Wertsteigerung führte.

Sergio ließ Sido auf dem Sofa sitzen, liegen und herumkrabbeln. Irgendwann gehörte es ohnehin Sido, und was konnte es Besseres geben, als wenn dieser einmal schöne Kindheitserinnerungen vom Sofa besaß oder, wenn die Erinnerungen erloschen waren, es mit einem guten Gefühl verband? Als Sergio knapp eineinhalb Jahre später in den Wohnwagen umzog, kam das Sofa in das Lager, das er für die Bücher und alle anderen Dinge, die in den beiden Wohnwagen keinen Platz fanden, angemietet hatte. Oft gingen Sido und er bei Regen ins Lager, wo sie neue Bücher holten, sich mit Knabbereien auf das Sofa setzten und eine Stunde oder zwei blieben, bevor sie zu den Wohnwagen zurückgingen.

Eine Woche nach Sidos siebtem Geburtstag saß Sergio im Zug nach Berlin, ohne Dunja. Sie war sechzehn Jahre alt gewesen, hatte nicht mehr spazieren gehen wollen, seit einigen Tagen hatte sie nur noch im Körbchen gelegen und Sergio müde und traurig angesehen. Sido war in der Woche davor bei Victoria gewesen und hatte, als er zu Sergio gekommen war, erfahren, dass ihm nur noch wenige Tage mit Dunja blieben; jeden Abend hatte er sich von neuem von ihr verabschiedet und dabei geweint, auch am Morgen ihres letzten Tages, als er zur Schule und anschließend zu Victoria ging (und Sergio mit Dunja zum Tierarzt).

»Dunja verlässt uns jetzt«, hatte Sergio gesagt. Auch in Zukunft wollte er nicht die Formulierung verwenden, dass sie gestorben oder dass sie tot war, sondern sagen, sie sei gegangen, so wie man sagte, jemand sei nicht mehr nach Hause gekommen, was zu einem Bergsteiger passte, nicht jedoch zu einem Hund, der einen stets begleitet hatte und folglich nicht nicht nach Hause kommen, sondern nur gehen konnte.

Sergio hatte zu Sido gesagt, wenn er wolle, lasse er ihn einen Moment mit Dunja allein, damit er sich in Ruhe von ihr verabschieden könne. Und in einer Woche, wenn er von Victoria zurückkomme, würden sie gemeinsam bei einem Baum die Asche von Dunjas Körper verstreuen; danach würden sie zu Hause eine kleine Feier machen, nur sie beide, zu Ehren Dunjas, und Kerzen anzünden und Kuchen essen.

Sido nickte und kniete sich zu Dunja hinunter, um sich zu verabschieden. Sergio ging auf die andere Seite des Wohnwagens, jene mit dem Esstisch, ließ jedoch die Tür offen; ein Kind durfte niemals allein mit einem Hund im Raum sein. Er schaltete das Radio ein, damit Sido mit ihr sprechen konnte, ohne dass er jedes Wort verstand. Beim Abschied, beim letzten, endgültigen draußen vor der Tür, winkte Sido Dunja zu und sagte, er wünsche ihr eine gute Reise.

Als Sido in der Schule war, nahm Sergio den gekauften Quark – Dunjas Lieblingsessen – aus dem Kühlschrank und steckte ihn in die Umhängetasche. Dann fuhren sie zum Tierarzt, mit dem Fahrrad und dem Hundeanhänger.

Die Ärztin fragte, nachdem er Dunja auf den Behandlungstisch, auf dem eine Decke lag, gehoben hatte, ob er etwas Leckeres dabei habe und er noch ein paar Minuten allein mit Dunja im Zimmer bleiben wolle. Er blieb mit Dunja allein, wie zuvor Sido, mit dem Unterschied, dass die Tür geschlossen wurde; es war ein kleines Zimmer, in dem es nur harte Gegenstände und kühle Farben gab.

Dunja blickte ihn fragend an. Sie war immer gerne beim Tierarzt gewesen, auch in den letzten Jahren, als manchmal Sido mitgekommen war.

»Dunja«, sagte Sergio, legte die Hände an ihren Hals und hielt die Stirn an ihren Kopf. »Wir nehmen jetzt Abschied. Ich liebe dich.«

Er streichelte ihren Kopf. Einige Zeit verging. Dann klopfte es an der Tür, die Ärztin betrat den Raum und fragte, ob er bereit sei. Er dachte, dass er Dunja zärtlich streicheln musste, dies, da sie seine Worte nicht verstand, die einzige Möglichkeit war, eine besondere Nähe herzustellen.

Die Ärztin nahm die vorbereitete Spritze in die Hand und Sergio öffnete den Quark, Dunja schnupperte und begann zu lecken; er sah, wie die Ärztin die Spritze ansetzte, Dunja nur noch mit Fressen beschäftigt war, obwohl er sie mit der freien Hand am Hals streichelte, dann fielen ihr schon die Augen zu, die Zunge hing reglos aus der Schnauze.

»Ich liebe dich«, sagte er leise.

Dunjas Körper wurde schwer. Er hielt ihn fest, ließ ihn gemeinsam mit der Ärztin sachte auf den Behandlungstisch herunter, auf die weiche Decke.

»Sie atmet bereits nicht mehr«, sagte die Ärztin.

Aber er sah den Pulsschlag an ihrem Hals. Das Herz schlug noch, schlug weiter, schlug und schlug.

Als Dunja vor sechzehn Jahren zu ihm gekommen war, hatte Sergio sich als junger Mann nach der Promotion früh in die Selbstständigkeit begeben, um zu Hause arbeiten zu können, denn nicht jeder Arbeitgeber duldete in seinen Büros Hunde. Erst Jahre später hatte er Victoria kennengelernt und noch später war Sido auf die Welt gekommen; Dunja hatte ihn durch drei Leben begleitet, durch jenes als junger Mann ohne Freundin, jenes seiner Ehe mit Kind und jenes seit der Scheidung.

Das Herz schlug noch immer. Auf einmal spürte er den Impuls, die Ärztin zu fragen, ob sie ein Gegenmittel spritzen, schnell alles rückgängig machen könne, schnell, schnell, noch ein paar Wochen gemeinsam mit Dunja, ein Leben ohne sie war einfach nicht vorstellbar. Doch es war zu spät, sie atmete nicht mehr, es kam kein Sauerstoff mehr ins Blut, das noch durch den Körper pulste. Das Herz indes schlug, es schlug und schlug. Dunja wollte bei ihm bleiben, noch war sie bei ihm, das Herz schlug.

Es schlug nicht mehr.

Die Ärztin und Sergio hievten Dunjas Körper, indem sie die Decke an den Ecken festhielten, vom Tisch auf den Boden. Die

Ärztin deckte Dunja zu und bat ihn, bei der Anmeldung die nötigen Formulare auszufüllen. Er füllte die Formulare aus, er hatte sich vorher erkundigt, in einigen Tagen konnte er die Asche in einer Kartonurne im Hundehimmel abholen. So hieß der Ort. Das klang nach Kitsch, nach harmonisch geformten Urnen aus Keramik, nach Kerzen auf esoterisch anmutenden Ständern; das klang nach Geldmacherei, nach etwas, das Dunja unwürdig war.

Sergio trat ins Freie, ohne Hundeleine in der Hand (er hatte sie in der Umhängetasche verstaut, in der vorher der Quark gewesen war). Nun war er, wenn Sido nicht bei ihm war, allein. Er öffnete das Fahrradschloss und fuhr los, zog den leeren Hundeanhänger nach Hause, der ganz leicht geworden war.

Dies war gestern gewesen. Heute Morgen hatte er einige Dinge gepackt, und nun saß er, um die ersten Tage nicht allein im Wohnwagen verbringen zu müssen, im Zug nach Berlin. Mit dabei war ein Manuskript aus Roberto Cottis Nachlass, wieder ein neues Manuskript, inzwischen das dritte, ein zweihundertfünfzig Seiten langer Roman, nachdem kurz nach Cottis Tod eine hundertseitige Erzählung aufgetaucht war und zwei Jahre darauf ein siebenhundert Seiten umfassender Roman (die Sergio beide lektoriert hatte).

Das schmale Buch mit der Erzählung war ein sensationeller Erfolg geworden, man feierte den verstorbenen Verfasser und war dankbar, dass er der Nachwelt dieses kurze, aber dichte Buch hinterlassen hatte, das passend den Titel *Liebe Grüße aus dem Jenseits* trug und vielleicht Cottis persönlichstes war. Nachdem in seinen letzten Lebensjahren das öffentliche Interesse an ihm und seinen Büchern abgenommen hatte (obwohl es keine Zweifel an seiner Bedeutung gab, seine Zeit jedoch waren die Siebziger-, Achtziger-, Neunziger- und auch noch die Nullerjahre gewesen), war er durch seinen Gruß aus dem Jenseits wieder präsent, und man schätzte dieses dünne Buch umso mehr, als man glaubte, dass nun nichts mehr von Cotti folgen würde, vielleicht noch Tagebücher, Briefwechsel und Notizen, jedoch weder ein Roman noch eine Erzählung.

Dies (dass einerseits nichts Wesentliches mehr folgen würde und andererseits durch den Erfolg des Büchleins die Nachfrage nach seinen früheren Büchern angestiegen war) musste der Grund gewesen sein, weshalb Sergio von Cottis Verlag den Auftrag erhielt, als Herausgeber für die *Edition Cotti* zu fungieren, eine Werkausgabe herauszubringen, die optisch einheitlich gestaltet sein musste (der Wiedererkennbarkeit wegen) und von der gleichzeitig jedes einzelne Buch optisch individuell sein sollte (der Verkäuflichkeit wegen; man bat ihn, Sergio, selber in Kontakt mit der externen Agentur zu treten, die für die Gestaltung zuständig war), und jeden Band mit einem kritischen Aufsatz und einem Nachwort zu versehen, wobei er beides selber zu schreiben hatte.

Doch dann erreichte ihn noch ein Manuskript aus dem Nachlass, der siebenhundert Seiten umfassende Roman *Im Schatten des Windhunds*, der eine Weiterentwicklung in Cottis Werk darstellte, die Sergio bereits beim ersten Lesen aufhorchen ließ, kam es ihm doch vor, als hätte hier ein Verstorbener (oder einer, der »von uns gegangen« war) noch zu Lebzeiten ein Stadium erreicht oder vielmehr vorweggenommen, das er erst als Verstorbener haben konnte. Aber gut, Sergio lektorierte *Im Schatten des Windhunds* (die Erbengemeinschaft hatte ihm bereits bei *Liebe Grüße aus dem Jenseits* ihr Vertrauen ausgesprochen), ein Buch, das noch erfolgreicher wurde als die schmale Erzählung davor und, wie Sergio vermutete, einen Jungen in Sidos Alter, bei dem es sich wohl um den Haupterben handelte, zwar nicht reich machte, aber finanziell so ausstattete, dass er später einmal Geld genug für ein Studium ohne Zeitdruck haben würde.

Die Arbeit als Herausgeber der *Edition Cotti* war ehrenvoll, zeitfressend und miserabel bezahlt, eher für einen Rentner geeignet, der Geld genug zum Leben hatte, jedoch über eine interessante Aufgabe froh war, als für den Vater eines kleinen Jungen, der, auch wenn er im Wohnwagen lebte, gewisse Ausgaben hatte, die zwar nicht hoch, aber doch vorhanden waren (Stellplatz, Strom, Wasser, Kleider, Essen in Bio-Qualität, darauf legte Sergio Wert, sowie Kinderbücher, die nicht ausgeliehen wurden, denn Sido baute eine andere Beziehung zu Büchern auf, wenn sie nicht nach kurzer Zeit wieder aus seinem Leben verschwanden, sondern wenn er sie nach zwei, sechs oder zwölf Monaten wieder hervorholen und sich vorlesen lassen konnte, nun fielen ihm nämlich andere Dinge auf, er sah die Figuren und die Geschichte neu und lernte, dass sich sein Blick auf die Dinge verändern konnte), die Ausgaben, die Ausgaben, immer wieder Ausgaben, folglich benötigte Sergio Einnahmen, auch wenn sie noch so dürftig waren.

Das zweihundertfünfzig Seiten lange Romanmanuskript, das Sergio mit im Gepäck hatte, trug den Titel *Das neue Leben*. Er hatte keine Vorstellung von dem Roman, er hatte noch keine Zeile gelesen, doch der Titel verleitete ihn dazu, an seine Kindheit und an sein jetziges Leben zu denken, seine Kindheit und Jugend, die ohne Internet, wenn auch eine mit einigen wenigen Computerspielen gewesen war, eine andere Epoche, bevor eine des Übergangs und mit Beginn der Zwanzigerjahre eine der Katastrophen gekommen waren.

Sido würde sich später einmal nicht an eine Epoche ohne Internet erinnern, nur an eine der Katastrophen. Im Privaten war die frühe Scheidung seiner Eltern eine, die Streitereien seiner Eltern um ihn, wobei sich zeigte, dass die meisten Katastrophen auch Chancen in sich bargen, das Pendeln zwischen der Welt mit der Mutter und jener mit dem Vater, einem Leben in finanziellem Reichtum und einem im Wohnwagen, dieses Hin- und Herpendeln, das stets relativierte, diese Welt und jene Welt, was Mutter, was Vater sagte. Sido lernte mehr über das Leben und die Welt, wenn seine eigene nicht allzu homogen war, glaubte Sergio. Und es gab jetzt keinen Streit mehr zwischen den Eltern, seitdem jener um die Haare beigelegt war.

»Heute können doch auch Jungen lange Haare tragen«, hatte Sergio vor dreieinhalb Jahren an Victoria geschrieben, »ich sehe jeden Tag, dass er seine langen Haare mag.«

Einige Wochen später waren Sidos Haare wieder kürzer gewesen. In Victorias Vorstellung trugen dreijährige Jungen die Haare kurz, was Sergio unmöglich fand, die Haare der kleinen Mädchen wurden wachsen gelassen, die kleinen Jungen durften ihre Haare nicht behalten und sahen mit ihren normierten Kurzhaarfrisuren wie zukünftige Wirtschaftsheinis oder Soldaten aus, bereits als Dreijährige wurden Mädchen und Jungen so geformt, wie die Gesellschaft sie als Erwachsene haben wollte, so Sergios Meinung, die Mädchen schön, verspielt, romantisch, die Jungen rational (oder zweckdienlich; tatsächlich waren kurze Haare, was die Pflege anging, effizienter als lange), nüchtern (oder gefühlsarm) und sogar kriegerisch. Deshalb beharrte Sergio darauf, dass Sidos Haare so lange wachsen gelassen wurden wie dieser es wollte.

Da Sido als Dreijähriger jedoch so gut wie jede Meinung von seinen Eltern übernahm und Sergio verhindern wollte, dass Victoria den Jungen beeinflusste, schrieb er vorsorglich »Ich sehe jeden Tag, wie er sich über seine Haare freut; er schüttelt den Kopf und wirbelt die Haare durch die Luft«, worauf Victoria entgegnete »Aber die Spitzen sollte man schneiden«, und dann waren die Haare plötzlich wieder kürzer, denn selbstverständlich hatte sie mehr als nur die Spitzen abgeschnitten (oder abschneiden lassen, bestimmt war sie mit Sido zum Friseur gegangen; nach einem solchen Rückschnitt hatte sein schönes, wildes, wirres Haar jedes Mal erschreckend brav, korrekt und perfekt ausgesehen).

Mehrmals schrieb Sergio an Victoria, dass er Sidos Haare wachsen lassen wolle, er sie darum bitte, die Haare vorerst nicht mehr zu schneiden, worauf sie länger wurden und, kaum hatten sie begonnen, wild und schön auszusehen, eines Tages, als er Sido von der Kita abholte, doch wieder zurechtgestutzt waren. Bald stellte sich Sergio eine Frage: Durfte Victoria Sido die Haare schneiden, wenn er, Sergio, nicht damit einverstanden war und wenn Sido es doch auch nicht wollte?

»Hiermit untersage ich dir …«, schrieb Sergio eines Tages an Victoria, als er ahnte, dass bald ein Haarschnitt anstand, worauf sie antwortete, sie schneide ihrem Kind die Haare, wann sie wolle, vermutlich noch heute. Sergio sah diese Nachricht erst am Nachmittag. Er schrieb sogleich: »Wenn du ihm die Haare abschneidest, gehe ich vor Gericht. Ich weiß, dass er seine Haare lang mag; ein Haarschnitt wäre gegen seinen Willen.«

Dann klingelte das Telefon.

»Ich bin's … Ich habe nicht geahnt, dass du deswegen gleich …«

»Was?«

»Ich bin gerade dabei, mit Richards Bartschneider, den er manchmal für seine Haare …«

»Ja?«

»Jetzt gerade … die eine Kopfhälfte …«

»Bitte?«

»Sieht gut aus, Mami«, war aus dem Hintergrund plötzlich zu hören. »Das sieht cool aus!«

»Was?«, fragte Sergio.

»Äh, wirklich?«

»Ja! Sehr schick!«

»Was?«

»Jetzt sind die Haare auf der einen Seite lang und auf der anderen kurz.«

»Was willst du damit sagen? Dass er aussieht wie ein Punk?«

»Ja. Und nun?«

»Es gefällt ihm, oder?«

»Ja.«

»Na dann …«

»Dann … lassen wir es so? Und wirst du nun … was du geschrieben hast … Sido ist bei mir, du weißt schon … Wirst du?«

»Nein; es gefällt ihm ja«, hatte Sergio gesagt. »Aber ich möchte, dass du die Seite mit den langen Haaren nicht anrührst; wir werden die Haare wachsen lassen, so lange Sido es will, und lediglich die Spitzen schneiden.«

Nach jenem Zwischenfall war Sido, dreieinhalb Jahre alt, am nächsten Tag in die Kita gegangen, als wäre er ein Punk, hatte seine neue Frisur präsentiert, mit den Schultern gezuckt und gesagt »Das ist jetzt meine neue Frisur«, worauf die Gruppenleiterin, eine etwas mehr als dreißig Jahre junge Erzieherin, deren Arme mehrere Tätowierungen aufwiesen, zustimmend lächelte und fragte, wie er auf die Idee gekommen sei, und er erneut mit den Schultern zuckte und sagte »Das ist einfach so passiert, aber es sieht schick aus«.

Als er drei Jahre später in die Schule kam, trug er noch immer diesen Haarschnitt, die rechte Seite kurz, die linke lang, inzwischen wesentlich länger als an jenem Tag mit dreieinhalb, als ihm die Haare gerade einmal bis zum Kinn gereicht hatten, nämlich bis Mitte des Oberarms. Er sagte, als die Kinder etwas über sich erzählen sollten, dass er abwechselnd eine Woche bei Mami und eine Woche bei Papi sei, er zwei Zuhause habe, die sehr verschieden seien, das sei in etwa so wie seine Frisur.

Es gab Menschen, dachte Sergio im Zug nach Berlin, die fast jedes Mal, wenn man sie traf, eine neue Frisur hatten, während andere über Jahrzehnte den exakt selben Haarschnitt trugen (selbst wenn das Haar zu ergrauen begann, doch diese unmerkliche farbliche Veränderung zählte nicht, der Schnitt blieb der gleiche), als gehörte er zu ihrer Identität, genauer, als wäre er der Anker, an dem die Identität, die sich im Laufe der Zeit veränderte, hing, etwas, das wie der Name (zumindest der Vorname) ein Leben lang erhalten blieb, selbst wenn das Leben in Turbulenzen geriet, von Veränderungen, Verlusten, Erschütterungen geprägt war.

Sido hielt an seiner Frisur fest. Sergio sagte so wenig wie möglich dazu (»Nun sollten wir wieder einmal die Spitzen schneiden«, »Schau mal, wie füllig dein Haar geworden ist«, »Möchtest du mal einen Haarreifen ausprobieren?«), und Victoria sagte, wie Sergio vermutete, manchmal etwas dazu (vielleicht: »Möchtest du weiterhin diese Frisur oder einmal eine neue ausprobieren?«, »Du kannst die Haare auf der rechten Seite auch etwas wachsen lassen, damit der Kontrast nicht so stark ist.«). Doch Sido hielt unbeirrt an seiner Frisur fest, die rechte Seite blieb kurz und die linke wurde länger; einmal hatte er gegenüber Sergio sogar gesagt: »Ich mag den Unterschied; hier ist es weich und warm und hier ist es stoppelig.«

Sergio war zufrieden damit. Das war sein Sohn. Seine Frisur stand durch einen Zufall (eine Nachricht und einen Anruf im entscheidenden Moment) für sein Leben, die inneren Konflikte und die äußere Situation mit einer Mamiwelt und einer Papiwelt, mit zwei durch eine Wendeltreppe verbundenen luxuriösen Wohnungen und zwei Wohnwagen. Seine Frisur hatte dafür gesorgt, dass Victoria und Sergio sich nicht mehr um ihn stritten, und erinnerte jede Woche den einen beziehungsweise anderen von beiden daran, auch in Zukunft nicht mehr zu streiten. Dass seine Frisur für Frieden sorgte, konnte Sido nicht wissen; er konnte es unmöglich wissen, dachte Sergio, und dennoch hielt er an ihr fest.

Sergio, ohne Dunja im Zug nach Berlin, fühlte sich nicht in der richtigen Stimmung für *Das neue Leben*, las stattdessen im Internet die neusten Nachrichten und sah das Bild eines alten Mannes in Badehose an einem Strand, darüber die Schlagzeile »Verstorbener Schriftsteller am Leben?«. Darunter war von Roberto Cotti die Rede, der angeblich auf der griechischen Insel Thassos gesehen worden war und sich sogleich verraten hatte, indem er sich nicht einfach fotografieren ließ, mit abgewandtem Kopf (manche Touristen waren wirklich unverschämt), sondern offenbar einen Reporter hinter der Kamera des Mobiltelefons vermutete und ihn, wie ein weiteres Bild nahelegte, wild mit den Armen fuchtelnd verscheuchen wollte. Das letzte Bild zeigte, wie er mit einem Jungen an der Hand, der in Sidos Alter sein mochte und ebenfalls eine Badehose trug, das Weite suchte.

Sergio dachte einen Moment lang nach. Konnte es sein, dass Cotti noch lebte? Es hätte zumindest erklärt, weshalb er, Sergio, immer wieder neue Manuskripte »aus dem Nachlass« erhielt. Ein fingierter Tod, um die Auflage zu steigern? Verstorbene erhielten allerdings weder den Georg-Büchner-Preis noch den Literaturnobelpreis; beide Auszeichnungen hatte Cotti nicht erhalten, hätte er jedoch, zumindest den Büchner-Preis, als Lebender durchaus noch erhalten können. Und oft genug war es heutzutage so, dass der Tod eines Schriftstellers keineswegs die Auflage seiner Bücher steigerte, ihn im Gegenteil erst recht in Vergessenheit geraten ließ. Selbst wichtige Schriftsteller wie Cotti: Waren sie tot, wurden sie vergessen, und ihre Bedeutung war fortan nur noch eine auf dem Papier; ihr Name fand in wissenschaftlichen Texten und manchmal, im glücklichen Fall, in populärwissenschaftlichen Sachbüchern zur Literatur einer bestimmten Epoche Erwähnung, im Grunde jedoch waren sie vergessen, ihre Werke wurden weder gekauft noch wurden sie von den Autorinnen und Autoren der jüngeren Generation wahrgenommen, geschweige denn diskutiert oder so aufmerksam gelesen, dass eine Beeinflussung stattfand.

Falls Cotti seinen Tod fingiert hatte, um die Auflage seiner Bücher und seine finanziellen Einnahmen zu steigern, war er ein hohes, unkalkulierbares Risiko eingegangen. Und was war mit seiner Rente, die vielleicht nicht den größten, aber doch einen Teil seiner Einnahmen ausmachte; weshalb sollte er auf sie verzichten? Oder war sein angeblicher Tod ein Versicherungsbetrug?

Sergio stellte sich vor, wie Cotti nach einem Beweis für seinen Tod gesucht hatte. Musste nicht in jedem Fall ein Arzt den Tod feststellen? Dies alles erschien doch recht kompliziert; naheliegender war die Vermutung, dass den Medien bewusst eine Falschinformation zugespielt worden und Roberto Cotti nicht, auch nicht nur offiziell, gestorben war.

Dennoch blieb die Frage: Weshalb? Sergio konnte keine Vorteile erkennen, es sei denn, Cotti war es nicht darum gegangen, im Bewusstsein der Öffentlichkeit zu bleiben, sich Chancen auf den Georg-Büchner-Preis und den Literaturnobelpreis zu erhalten, sondern einzig darum, Ruhe zu haben. Ein Toter, auch ein vermeintlich Toter, hatte seine Ruhe. Allerdings war Cotti nicht so stark im Rampenlicht gewesen, dass er nicht Ruhe genug zum Schreiben gehabt hatte, eher vielleicht war die Formulierung erhellend, dass man von einem Verstorbenen nichts mehr erwartete.

Dies, glaubte Sergio, konnte für Cotti ein Grund gewesen sein. Er wollte, um frei und unbeschwert schreiben zu können, die Erwartungen, die ihm von der Leserschaft, der Literaturkritik und dem Verlag entgegenschlugen, loswerden, auch seine eigenen, vielleicht vor allem die eigenen, denn wenn man sich fühlte wie ein Verstorbener, war vieles einfacher: Schreiben wie ein Niemand. *Liebe Grüße aus dem Jenseits* – war der Titel nicht ein Hinweis darauf, dass er noch lebte?

Falls Roberto Cotti nicht gestorben war, sondern ein Leben im Verborgenen führte, war dies für Sergio eine gute Nachricht. Sie bedeutete, dass auch der zweihundertfünfzig Seiten umfassende Roman *Das neue Leben* nicht der letzte war, sondern dass ihm wahrscheinlich weitere Manuskripte folgen würden. Er hatte weiterhin Arbeit und wurde vom Verlag bezahlt, zwar miserabel bezahlt, doch er hatte Einnahmen, dachte Sergio, als er im Zug nach Berlin saß.

Wenn Sido bei Victoria war und sich bei Sergio zwischen Arbeit, Kochen und Lesen eine Lücke auftat, schrieb er Sido einen Brief, den er weder mit der Post versandte noch persönlich übergab, sondern im Lager in einem Schuhkarton verstaute, der mit »Briefe für Sido« beschriftet war. Auf den Umschlägen dieser Briefe stand das Datum, an dem Sido sie öffnen konnte, etwa »30. März 2059«; wenn Sido sie las, waren sie Botschaften aus der Vergangenheit, die für einen kurzen Moment seine Kindheit und Jugend wieder lebendig machten.

Dieses Spiel, wie Sergio es für sich bezeichnete, war aus einer Laune heraus entstanden; es war weder durchdacht, noch hatte er einen Grund dafür. Er hatte eines Tages, als Sido bei Victoria war und er ihn vermisste, damit begonnen und einen Brief zu seinem fünfzehnten Geburtstag verfasst (dabei hatte er ihm durchaus bereits Kärtchen und kurze Briefe geschrieben, die er ihm vorgelesen und anschließend überlassen hatte, worauf Sido sie in sein Versteck brachte, wo Ansichtskarten, Briefe und Kassenzettel lagen, die er nicht lesen konnte); danach beschloss er, ihm weiterhin zu schreiben und ein Spiel daraus zu machen. Neulich hatte er einen Brief zu Sidos neunzigstem Geburtstag geschrieben:

»Lieber Sido, heute darf ich, Dein Vater, der ich noch nicht einmal fünfzig Jahre alt bin, Dir zu Deinem neunzigsten Geburtstag gratulieren (ich hoffe, Du hast den Hinweis auf dem Umschlag befolgt, dass Du den Brief, falls Du ernsthafte Bedenken betreffend Deiner Lebensdauer hast, auch vorher lesen darfst; in diesem Fall gratuliere ich Dir nicht zum neunzigsten, sondern zum Altern an sich, zu einem hoffentlich höchst vergnügten Altern) …«

Die Briefe enthielten Anekdoten, die bemerkenswert oder erhellend waren, Humorvolles und Albernes, Betrachtungen und Gedanken über das Leben, Erinnerungen und Dinge, die, wie Sergio fand, Sido wissen sollte und nicht in Vergessenheit geraten durften. So würde Sido am 14. April 2044 einen langen Brief zur Scheidung seiner Eltern und, vor allem, über den Streit um ihn lesen, in dem es unter anderem hieß:

»Du warst zwei Jahre alt, lieber Sido, und ich war vom Tag Deiner Geburt an für Dich da gewesen. In den ersten Monaten habe ich die Stunden nicht gezählt (wer tut das schon und wofür soll das gut sein?), niemand kann sagen, ob Deine Mami und ich uns auf die Stunde genau paritätisch um Dich gekümmert haben (wir haben beide viel Zeit mit Dir verbracht, annähernd gleich viel Zeit; wozu soll das Stundenzählen gut sein, wenn nicht für fragwürdige Argumente vor Gericht?), später haben wir Betreuungspläne gemacht (die wiederum für mich vor Gericht vorteilhaft waren). Als Deine Mami auszog, wollte sie noch eine hälftige Betreuung, erst als sie sich zur Scheidung entschloss und Richard hatte, rückte sie davon ab und beharrte darauf, dass Du zu ihr und Richard kommst und wir uns nur noch jedes zweite Wochenende sehen.

Ich wollte immer, dass Du uns beide behältst, sich für Dich in Deiner Beziehung zu Deinen Eltern trotz der Scheidung möglichst wenig ändert; Du solltest uns beide behalten und zwar je zur Hälfte der Zeit. Nicht, weil es »gerecht« war (dies hätte so geklungen, als ginge es um eine Sache, die gerecht aufgeteilt wurde; aber es ging um Dich, unseren Sohn), sondern weil ein Kind für eine gesunde Entwicklung beide Eltern braucht, Dir das Leben in jenem wie im anderen Zuhause, bei Mami wie bei mir, gleich vertraut bleiben und Deine ohnehin nicht einfache Situation nicht noch zusätzlich erschwert werden sollte, indem Du jede zweite Woche von Deinem eigentlichen Zuhause weg musstest zu einer anderen Wohnung, die Du weniger gut kanntest, und einem Elternteil, der Dir weniger nah war.

Immer wieder hatte ich zu Deiner Mami gesagt (in der Eheberatung, der Paartherapie, in zahllosen Briefen, vor Gericht, in der gerichtsnahen Beratung, vor der Güterichterin), dass ich eine Trennung im Frieden möchte, ich eine sichere, vertrauensvolle Elternschaft mit ihr anstrebe. Weshalb Deine Mami diesen Streit um Dich begonnen und damit Deine Gesundheit gefährdet hat, weiß ich bis heute nicht. Glaubte sie wirklich, dass nur sie Verantwortung für Dich übernehmen kann, Du es nur bei ihr gut hast? Oder ging es um andere Dinge: dass Du zu ihr gehörst, sie das Sagen hat, sie sich möglichst wenig mit mir abstimmen muss, sie von mir jeden Monat Geld erhält? Dass sie, Richard und Du eine Familie seid und Richard Dein neuer Papi ist?

Ich weiß es nicht, Sido. Ich weiß nur, dass Deine Mami nicht umkehren kann, wenn sie einmal einen Weg eingeschlagen hat, sie weitermachen muss (ich weiß das, weil sie selbst es mir einmal gesagt hat), und das kann bedeuten: Immer weiter eskalieren bis zum Ende. Aber wie geht man mit jemandem um oder, in unserem Fall, wie verhandelt man mit jemandem, der nicht umkehren, einen Fehler nicht einsehen kann, ohne dass am Ende nicht eine Situation entsteht, die nicht in Ordnung ist?

Ich hatte vor Gericht das gefordert, was ich für richtig hielt, eine paritätische Betreuung. Nach der Logik Deiner Mami war das die Verhandlungsmasse (denn das war es in ihren Augen); es galt nun, einen Kompromiss zu finden zwischen einer hälftigen Betreuung und der Maximalforderung Deiner Mami. Nach der Logik Deiner Mami war meine Forderung nach Parität meine Maximalforderung; das war sie jedoch nicht, denn ich weigerte mich, dieser Logik zu folgen, nach der verhandelt wurde, als ginge es um eine Sache, um Geld oder um Anteile an einem Unternehmen. Für mich ging es darum, dass wir zu einer guten Lösung für unser gemeinsames Kind kamen. Und, das möchte ich nicht verschweigen, ich wollte gegenüber dem Gericht genau das auch zeigen: dass ich nicht eskalierte, sondern konstruktiv war (das ist natürlich meine Sicht auf die Dinge) und nicht auf die Idee kam, mit Maximalforderungen »möglichst viel herauszuholen«.

Diese Streiterei um Dich, die für Dich sicherlich eine hohe Belastung war, dauerte ein Dreivierteljahr. Dann standen wir vor einer Katastrophe, vor einem psychologischen Gutachten nämlich und einem jahrelangen Rechtsstreit, was die Anwältin Deiner Mami ohnehin von Anfang an gewollt hatte, denn je länger der Streit dauerte, desto mehr verdiente sie. Diejenige Person, die von diesem Konflikt am meisten profitiert hatte, war die teure Anwältin Deiner Mami; den größten Schaden davongetragen hast Du, lieber Sido.

In diesen Wochen vor der Katastrophe sagte eine alte Freundin zu mir: »Victoria ist nicht in der Lage, diesen Konflikt zu beenden. Wenn einer dazu in der Lage ist, dann du.«

Das gab mir zu denken. Um die Katastrophe (die Güterichterin war es, die gesagt hatte, »Sie steuern auf eine Katastrophe zu«) für Dich und uns alle, vor allem aber für Dich, zu verhindern, willigte ich ein, dass Du vorerst etwa sechzig Prozent bei Deiner Mami bist und nur noch vierzig bei mir, wir jedoch anstreben (eine verbindlichere Formulierung war vor Gericht nicht möglich), uns nach und nach einer paritätischen Betreuung anzunähern, die wir in drei Jahren vollständig erreichen wollten. Ich sagte damals, dass ich diese Lösung inhaltlich falsch finde, da die Betreuung nicht hälftig war und sie Raum für neue Konflikte schuf, ich ihr jedoch zustimme, um größeren Schaden von Dir abzuwenden.

So betrachtet, war die Lösung sogar sehr gut: Unsere Beziehung, lieber Sido, wurde kaum geschwächt, Deine Mami konnte sich als Siegerin fühlen, ihr bot sich ein Ausweg aus der Situation, in die sie sich verrannt hatte, vor allem aber hatten wir eine Lösung. Sicherlich sieht Deine Mami es anders. Auch sie wird eine Erzählung haben.

Ich möchte Dir sagen, dass ich Dich, wenn Du nicht bei mir warst, schwer vermisst habe, ich Dich gerne öfter bei mir gehabt hätte und ich mir in diesen drei Jahren wie ein Elternteil zweiter Klasse vorgekommen bin. Oft habe ich mir seither überlegt, was ich in diesem Konflikt anders, besser hätte machen können, vor allem, bevor er überhaupt erst entstanden war: Wie hätte ich mich verhalten müssen, dass Deine Mami bei der Scheidung die gemeinsame Betreuung weiterhin für richtig gehalten hätte, es nicht zum Streit um Dich gekommen wäre? Ich kenne die Antwort nicht, es muss jedoch eine geben. Und deshalb möchte ich mich bei Dir entschuldigen, lieber Sido. Dafür, dass auch ich irgendwie zu diesem Konflikt beigetragen habe. Auch muss ich Deiner Mami zugute halten, dass sie mit dem Streit, spätestens nach dem Konflikt um Deine Frisur, abschließen konnte, das Wechselmodell akzeptierte und sich fortan in Frieden mit mir um Dich kümmerte.

Von da an lag es an mir, jenem Menschen, der mein Leben im Grunde hatte vernichten wollen, zwar nicht zu verzeihen, aber ihm unbeschwert und wohlwollend gegenüberzutreten; es war mir nichts anderes übriggeblieben, da dieser Mensch Deine Mami ist; ich musste ein Stück weit so tun und so handeln, als wäre ein Teil der Vergangenheit nicht gewesen, in gewissen Momenten (an Deinen Geburtstagsfeiern etwa) einfach vergessen, was ich mir zu Hause im Wohnwagen wieder in Erinnerung rief. Nach all dem konnte ich Deiner Mami nicht mehr vertrauen und doch musste ich ihr vertrauen (ich glaube, es ist tatsächlich beides gleichzeitig möglich), ich musste ihr gegenüber offen und auch wachsam sein. Ich bin bis heute wachsam, auch wenn ich, wie ich glaube, nichts mehr zu befürchten habe.

Irgendwann begann ich zu ahnen, weshalb Deine Mami so gehandelt hatte; sie war, was die Scheidung und die damit verbundenen Fragen Dich betreffend anging, womöglich unsicher und voller Ängste gewesen, vielleicht hatte sie nie so handeln wollen, sondern war getrieben worden von ihrer Überforderung, von ihrem Bedürfnis nach Kontrolle. Inzwischen halte ich es für möglich, dass Deine Mami diesen Weg gewählt hatte, weil sie schlicht nicht in der Lage war, einen anderen zu gehen. Wenn ich es so betrachte, kann ich ihr sogar verzeihen.«

Dieser Brief, den Sido am 14. April 2044 öffnen würde, war ziemlich lang, vielleicht der bisher längste, es stand auch noch anderes darin, er war ausschweifend, Dinge wurden erwähnt, die nur am Rande von Bedeutung waren wie der Roman *Nicht ohne meinen Sohn* (eine Parodie) des Schriftstellers Jean Mason, den Sergio von früher kannte und den er in Berlin besuchen wollte. Es war das einzige Buch von ihm, das ein Bestseller wurde, was heutzutage nicht mehr viel bedeutete; es blieb nur kurz auf der Bestsellerliste – bis den Buchhändlern klar geworden war, dass es sich um ein hoch literarisches Buch handelte und seine Platzierung auf der Bestsellerliste die Folge einer Täuschung war, eines literarischen Tricks, wenn man so wollte. Es hieß, sogar die Leute von Jean Masons neuem Verlag seien darauf hereingefallen, hatten das Buch aufgrund des Titels und einer flüchtigen Lektüre eingekauft (das erste Kapitel versprach einen gefälligen Roman, in dem ein Vater sich rührend um seinen kleinen Sohn kümmerte; nach den ersten hundert Seiten verwandelte sich das Gefällige in etwas Verstörendes, da die Eignung der Mutter als Hauptbezugsperson des Kindes radikal infrage gestellt wurde, was vielen Buchhändlern, deren Kunden vor allem Frauen waren, Bauchschmerzen bereitete; bald wurde darüber diskutiert, ob es angebracht war, das Buch mit einer Triggerwarnung zu versehen oder ganz aus dem Sortiment zu nehmen, das war etwa zum Zeitpunkt, als jene Kundinnen, die geglaubt hatten, einen Bestseller gekauft zu haben, den Buchhändlern mehr oder weniger sauer von ihren Leseeindrücken erzählten).

Der Brief, den Sido am 14. April 2044 öffnen sollte, enthielt nicht nur Ausschweifendes, war nicht nur weniger klar strukturiert als die anderen, zumeist kürzeren und thematisch weniger komplexen Briefe, seine Existenz war auch in Gefahr, denn Sergio hatte Zweifel an der Richtigkeit, seinem Sohn all dies mitzuteilen, Zweifel daran, ob »all dies« nicht einfach in der Vergangenheit verschwinden, in Vergessenheit geraten sollte. Was gingen Sido Sergios Leiden an, weshalb sollte das erwachsene Kind mit den Konflikten seiner Eltern belästigt werden (von denen Sido nach der Kindheit vermutlich ohnehin genug hatte), und war der Brief zurückhaltend genug, wurde darin vermieden, Victoria anzuklagen, sie schlecht zu machen, als üble Person und zweifelhafte Mutter darzustellen?

Sergio hatte sich beim Schreiben Mühe gegeben, zu sagen, was geschehen war, ohne verärgert zu wirken, ohne Rachegefühle durchschimmern zu lassen; er hatte sogar Verständnis für Victoria geäußert. Konnte Sido mehr von ihm erwarten? War der Brief nicht wichtig, weil »all dies« ein Teil von Sido und seiner Geschichte war und er es wissen musste, um es zu verstehen und irgendwann hinter sich lassen zu können?

Einige Tage vor Sidos siebtem Geburtstag war Sergio mit Cottis Romanmanuskript *Das neue Leben* in einem Café gewesen. Sido und er waren zuvor mit den Fahrrädern am Baumarkt vorbei über den großen Parkplatz gefahren, hatten im hinteren Teil des Areals die Räder abgeschlossen, neben dm, Netto und anderen Läden, es war ein kahles, hässliches Areal, das nur aufgesucht wurde, um Einkäufe zu erledigen, und waren zur gegenüberliegenden Häuserzeile gegangen, wo Sergio unten beim Lift Sido wie immer einen Kuss gab, »Bis nachher« sagte und ihn den Rest des Weges allein zu seinem Kinderpsychotherapeuten gehen ließ, einem Mann Anfang sechzig mit viel Erfahrung, bei dem Sido seit inzwischen mehr als zwei Jahren war.

Die Praxis befand sich im obersten Stockwerk; blickte man aus dem Fenster, wirkte das Areal weit weniger schlimm, die Hässlichkeit aus den Siebziger- oder Achtzigerjahren des vergangenen Jahrhunderts besaß eine vertraute Einfachheit, war ehrlich und unverfälscht wie das nackte Leben, was ein Grund sein mochte, weshalb der Therapeut seine Praxis hier hatte und nicht in der Innenstadt; gleichzeitig schwebte ein Hauch von Nostalgie durch das Areal. Sergio war zur wenige Meter entfernten Bäckerei gegangen, die auch ein großes Café mit zu hellem Licht, aber weich gepolsterten Sitzbänken war. Der Espresso kostete zwei Euro fünfzig, ein Preis, den Sergio sonst nicht zu zahlen bereit war; auch die Kuchen waren viel zu teuer, lediglich ein Croissant war infrage gekommen, doch Sergio hatte darauf verzichtet und sich mit dem Keks begnügt, der zum Espresso gehörte.

Nun saß er im fast leeren Café mit dem Manuskript *Das neue Leben* und wartete, bis Sido von der Therapie zurückkam und sie, wie sie es jedesmal taten, mit den Rädern zur Kletterhalle fuhren, wo Sido kletterte und Sergio ihn mit dem Seil sicherte. Der Eintritt war nicht günstig, doch sie gingen nur ein Mal hin, wenn Sido bei Sergio war, also jede zweite Woche, zwei Mal im Monat, und das war finanziell drin, zumindest im Moment; außerdem förderte Klettern das Selbstvertrauen und den Durchhaltewillen und half beim Stressabbau, weshalb, wie Sergio fand, das Geld keine Rolle spielen durfte.

Er hatte noch nicht mit Lesen begonnen. Wenn Sido kam – erst durch die Tür des Cafés, dann zwischen den Tischen hindurch, schließlich würde er sich neben ihn auf die gepolsterte Bank setzen –, würde Sergio sich wie jedesmal erkundigen, ob alles in Ordnung, es gut gelaufen sei, ohne nach Details zu fragen oder, worum es gegangen sei. Dies war Sidos Sache; es war allein seine Entscheidung, ob er zu Hause etwas davon erzählte, was oft geschah. Sie brachen jedes Mal, nachdem Sido seine Frage mit Ja und einem zufriedenen Lächeln beantwortet hatte, zügig auf, um früh bei der Kletterhalle zu sein und Zeit genug zu haben, bevor sie nach Hause fuhren und Sergio das Abendessen vorbereitete.

Noch immer hatte er im *Neuen Leben* nicht zu lesen begonnen.

Was sein eigenes anbetraf, hatte er bereits kurz nach der Trennung nach vorn zu blicken versucht und über ein Datingportal Frauen kennengelernt; damals war er noch in der Wohnung gewesen, allerdings mit einer vagen Ahnung, dass ihn ein Leben im Wohnwagen erwartete.

In dieser Situation der Ungewissheit hatte er eine Lehrerin getroffen, an deren Namen er sich nicht mehr erinnern konnte, deren Ehe kinderlos geblieben war und die ihm von ihrer Scheidung erzählte. Sie trug ein blasses, rosafarbenes Tuch um den Hals. Während des Spaziergangs erzählte sie, zuerst andeutungsweise, dann anhand konkreter Beispiele, unaufhörlich davon, dass sie alles getan hatte, um sich ihrem Exmann anzupassen und seinen Wünschen zu entsprechen, bis er sie doch einer anderen Frau wegen verlassen hatte. Als sie sich bereits nach einer guten Stunde verabschiedeten, hielt sie einen Moment inne, vielleicht, um ihm die Gelegenheit zu geben, etwas zu sagen wie »Es war schön; sehen wir uns wieder?«, worauf sie, da er sprachlos blieb, sagte, dass sie ihn gerne wiedersehen wolle, er bloß nickte und ihr später, nachdem er nachgedacht hatte, schrieb, dass er ihr alles Gute wünsche.

Er lernte Melek kennen, eine Deutsch-Türkin, deren gesprochene Sätze ihn verblüfften, weil sie wie abgelesen klangen, stets vollständig waren, ohne ein »Hm« oder »Äh« dazwischen; man hätte ihre Sätze ohne Korrektur drucken können, während man bei seinen (»Eigentlich … Nun ja … könnte man denken … also … Ich will es mal so sagen …«) neunzig Prozent hätte streichen müssen.

Melek war seit einem Jahr geschieden und zwanzig Jahre verheiratet gewesen, hatte drei beinahe erwachsene Söhne und war eine umwerfend schöne Frau, mit dunklen Augen, fast schwarzen Haaren und einer markanten Nase, einem Gesicht mit Charakter, wie man sagte. Sie schien sich ihrer Schönheit bewusst zu sein, zumindest ließ sie sich, wie die Bilder auf dem Datingportal nahelegten, gerne fotografieren, so, als würde sie sich wie eine junge Frau gerade selbst entdecken und erforschen, welche Wirkung sie auf Männer hatte. Sie arbeitete im Büro eines Handwerksbetriebs und lebte in einem großzügigen Haus, das ihr bei der Scheidung zugefallen war; ihr Mann (sie sprach noch immer von »meinem Mann«, obwohl sie geschieden war) hatte ein Vermögen mit Kaminen gemacht.

Sergio erzählte ihr, dass seine Trennung noch nicht lange zurücklag und er auf Wohnungssuche war.

»Nimm dir die Zeit, die du brauchst«, sagte Melek, »ich habe Verständnis.«

Beim zweiten Treffen, er war wieder in ihre Nähe gekommen, was zwei Stunden Fahrt mit dem Auto bedeutet hatte, machten sie mit Dunja in hügeligem Gelände einen ausgedehnten Spaziergang durch einen fast ganz abgestorbenen Fichtenwald. Nur noch wenige Baumgrüppchen, die aufgrund der Dürren keine Zukunft hatten, waren übriggeblieben, die anderen Bäume waren längst gefällt und weggeschafft worden, sodass der Fichtenwald lediglich aus Baumstümpfen bestand, die an den ehemaligen Wald erinnerten. Sie umrundeten einen See, an dessen Ufer sie in einem Gartenrestaurant ein Mittagessen einnahmen, das Sergio für sie beide bezahlte – mit dem Geld, das Victoria ihm gab, geben musste, da ihre Finanzen noch nicht getrennt waren –, und wo sie später einige Meter neben dem Restaurant auf einem Baumstumpf saßen und sich küssten.

Es war ein seltsamer, befremdender Kuss gewesen, nicht Melek wegen, sondern weil Sergio, wie so oft in diesen Monaten, wieder das Gefühl überkam, ausgeliefert zu sein, dass sein Leben in diese oder jene Richtung trieb, je nachdem, welcher Mensch es anschubste.

Da er zwei Stunden benötigte, fuhr er kurz darauf nach Hause; er konnte ohnehin nicht über Nacht bleiben, da er für Dunja kein Futter und kein Körbchen mitgenommen hatte. Er hörte nichts mehr von Melek, sah auf dem Mobiltelefon jedoch nach einiger Zeit, dass sie das zu ihrer Telefonnummer gehörende Bild gewechselt hatte, es häufiger wechselte: Melek in Berlin vor dem Brandenburger Tor, Melek in Paris vor dem

Eiffelturm, Melek einfach nur lächelnd mit roten Ohrringen und unbedeckter Schulter.

Sie sah auf jedem dieser Bilder glücklich aus, wie neu geboren, ihre Posen verrieten einen intimen Bezug zum Fotografen, für ihre Freundinnen musste es offensichtlich sein, dass sie frisch verliebt war, in einen Mann, der sie begehrte und sie finanziell auf Händen trug, wie Sergio vermutete.

Dann machte auf dem Datingportal eine gerade einmal fünfundzwanzig Jahre alte Schauspielerin auf sich aufmerksam. Nach einem dreistündigen Telefongespräch fuhr Sergio eineinhalb Stunden mit dem Auto, um Ann-Sophie zu einem Spaziergang im Park zu treffen.

Sie gefiel ihm besser als auf den Bildern, professionelle Aufnahmen, die sie nicht so gezeigt hatten wie sie bei einer persönlichen Begegnung war. Sie waren noch keine fünf Minuten unterwegs, als sie von der Trennung ihrer Eltern zu erzählen begann. Eine Viertelstunde später setzten sie sich auf eine Bank. Es war verblüffend, wie vertraut sie sich fühlten. Da es frisch geworden war und sie eine Jacke holen wollte, zeigte sie ihm ihr in der Nähe liegendes Zimmer, das sie in der Wohnung eines älteren Mannes gemietet hatte, dessen Frau gestorben war. Als er sich ihr Zimmer ansah, sagte sie, »Wie dumm, dass ich morgen so früh nach Köln los muss … Du wohnst doch in … Könnte ich vielleicht bei dir übernachten? Dann hätten wir noch ein bisschen Zeit und ich müsste mich morgen früh nicht so beeilen.«, worauf er sagte, dass Platz genug sei, es auch ein Gästebett gebe, und sie zu ihm fuhren, wo Ann-Sophie auf dem vegetabil gegerbten anilinledernen Sofa beim Musikhören fragte, ob sie sich an ihn kuscheln dürfe.

Am nächsten Morgen verabschiedeten sie sich zärtlich voneinander; fünf Stunden später erhielt er von Ann-Sophie die Nachricht, dass alles zu schnell gegangen sei, sie große Zweifel habe und nun viel Zeit brauche. Zwei Tage später schrieb sie, dass seine Nähe jetzt schön wäre, und fragte, ob sie auf dem Rückweg von Köln nicht bei ihm eine Pause einlegen könne, vielleicht für ein gemeinsames Mittagessen, und dass sie danach aber weiterfahre, worauf sie zwei Nächte bei ihm blieb.

Die Affäre endete nach drei Monaten, als Sergio begriff, dass Ann-Sophie nicht im Sinn hatte, mit ihm auf einer Ebene zu stehen, sondern dass sie einen älteren Mann suchte, mit dem sie Sex haben konnte, einen Vaterersatz, der ihr uneingeschränkt Geborgenheit gab, den sie mit Vorwürfen überschütten, dem sie alles erzählen konnte, was sie beschäftigte, ohne dass sie sich anhören musste, was er ihr zu erzählen hatte.

Sergio traf sich noch mit einigen Frauen, die Anzahl der Treffen nahm ab, bis er das Interesse verlor und feststellte (da wohnte er bereits im Wohnwagen), dass er alleine glücklich war.

Das neue Leben lag noch immer vor Sergio auf dem Tisch, ohne dass er das Manuskript in die Hände genommen, geschweige denn darin gelesen hatte; der Espresso hingegen war ausgetrunken, der Keks gegessen. Er hatte die Zeit nicht für die Arbeit genutzt, sondern um eine Pause zu machen und an eine längst vergangene Phase des Übergangs zu denken, als das alte Leben verloren und ein neues noch nicht da gewesen war.

Auf dem Platz hinter dem Fenster des Cafés schob eine Frau einen Kinderwagen, ein alter Mann ging mithilfe eines Gehwagens, kein Mensch vermutete, dass sich an einem solchen Ort der Lektor und Herausgeber der *Edition Cotti* aufhielt; falls er, Sergio, nicht gefunden werden wollte, war er hier im perfekten Versteck, ein Gedanke, der ihn lächeln ließ. Es war nicht schlecht, so frei zu sein. Dann war die Tür des Cafés aufgegangen und Sido hereingekommen, mit einem gelösten, vergnügten Ausdruck im Gesicht, einer gewissen Lässigkeit in den Bewegungen; Sergio lehnte sich zurück und fragte, wie es gewesen sei.

Vor etwas mehr als dreieinhalb Jahren, zu Beginn des Sommers, war Sergio in Berlin gewesen, um seinen Freund Jean Mason zu treffen. Wie immer war er in einem der günstigsten Hotels abgestiegen, einem unsanierten Gründerzeitbau in Charlottenburg, dessen Einzelzimmer klein und schmal waren, mit einer hohen Decke, einem alten Teppich, den Gäste mit anderen Ansprüchen als schmuddelig bezeichnet hätten, Sergio jedoch mochte, einem massiven Holzbett, einem hohen Fenster zum Hinterhof, in dem Müllcontainer und Fahrräder standen und manchmal Leute zu sehen waren, die nicht zum Hotel gehörten, Mieter, Einwohner Berlins, die Sergio das Gefühl verliehen, zu Hause zu sein.

Der Frühstücksraum befand sich in der Beletage, hatte zwei große Erker, in die morgens die Sonne schien, und Tische und Stühle wie aus einer Mensa; das Frühstücksbuffet war von minderer Qualität, was Sergio gerne hinnahm: der mit Zucker angereicherte Orangensaft aus der Tüte, der billige

Scheibenkäse aus dem Supermarkt, der Kaffee, über den man erst gar nicht nachdenken durfte; dies alles war an jenen Tagen, wenn Sergio sich in Berlin aufhielt und eine jugendliche Unbeschwertheit spüren wollte, genau richtig. Zudem mochte er die anderen Gäste, von denen viele Kinder dabei hatten und vermutlich aus nicht sehr wohlhabenden Ländern angereist kamen oder einfach nicht über das nötige Geld für eine bessere Unterkunft verfügten.

Sergio traf Jean zum Abendessen bei einem Griechen in der Nähe von Jeans Wohnung, ein Restaurant, das Sergio auch kannte. Chefin war eine ältere, rundliche Griechin, die seit dreißig Jahren in Berlin lebte und Hunde mochte, das Essen war preiswert und in Ordnung, manchmal sogar gut, wenn man mit einem Ouzo oder einem harzigen griechischen Landwein begonnen hatte, und die Teller waren stets großzügig gefüllt. Sergio kam mit Dunja und Jean mit Darja, beide stammten aus dem D-Wurf einer Berliner Züchterin; wie Jean hatte Sergio eine kleine Decke mitgenommen, auf die Dunja sich auf der gepolsterten Bank hinlegen konnte. Sie saßen alle nebeneinander auf der Bank. Dies war vielleicht der wahre Grund, weshalb sie immer zu Ariadni gingen, so hieß die Chefin, die Hunde auf den Sitzbänken nicht nur duldete, sondern Gäste sogar dazu aufforderte, den Hunden, wenn sie nicht allzu groß waren, dort einen Platz anzubieten.

Ob es in Ordnung sei, wollte Jean wissen, dass seine Übersetzerin vorbeikomme, was eher eine Erinnerung als eine Frage war, Jean hatte Sergio vor dem Treffen bereits informiert, dass die Übersetzerin, die seine Bücher ins Italienische übertrug und in Berlin lebte, etwas abholen musste, was nicht länger als zwei oder drei Minuten dauern konnte.

Die übersetzten Bücher, bisher waren es drei, waren bei einem kleinen Verlag in Rom erschienen, der für seine »literarischen Perlen«, wie es in den Medien hieß, bekannt war, jedoch nicht über die Möglichkeiten verfügte, für hohe Buchverkäufe zu sorgen, weshalb mit dem Verlag und dessen Büchern oft

Wörter wie »geheim« oder »unentdeckt« in Verbindung gebracht wurden.

Jean hatte Sergio soeben gefragt, ob er ein weiteres Manuskript aus dem Nachlass von Roberto Cotti erhalten habe (Jean glaubte aus Gründen, die Sergio nicht nachvollziehen konnte, dass »bestimmt noch etliche Manuskripte herumliegen, das alles steckt in einer großen Truhe, so ähnlich wie bei Pessoa«; im Gegensatz zu Pessoa hatte Cotti jedoch bereits zu Lebzeiten unaufhörlich publiziert, wann also sollte er die Zeit gehabt haben, noch mehr Manuskripte zu schreiben?, eine Frage, die Jean sich nicht stellen wollte, für den, wie Sergio ahnte, Cottis Literatur Inspiration für seine eigene war, weshalb er auf neue Bücher von Cotti hoffte); er hatte jedoch nach dem Gruß aus dem Jenseits kein neues Manuskript erhalten (*Im Schatten des Windhunds* sollte erst folgen), sondern war mit der Herausgabe der *Edition Cotti* beschäftigt, mit den bisherigen Büchern also, aktuell gerade mit *Formen der Neuzeit*, wie Sergio sagte und worauf Jean antwortete, »Ach ja, die Formen der … Da ist sie!«, und eine Frau vor ihrem Tisch stehen blieb.

»Das ist Sergio«, sagte Jean.

»Bianca«, sagte die Übersetzerin und reichte Sergio die Hand.

»Setz dich für einen Moment«, sagte Jean. »Hast du Hunger?«

»Um ehrlich zu sein, ein bisschen.«

Sie blieb stehen und begann, in ihrer Tasche zu wühlen. Sie wühlte und wühlte; nahm Dinge aus der Tasche und legte sie auf den Tisch, das Mobiltelefon, eine Packung Papiertaschentücher, einen großen Schlüsselbund …

»Ich habe mein Portemonnaie vergessen, ich war zu sehr in Eile, ich werde nach Hause fahren und es holen.«

Jean sagte, sie solle sich setzen, er werde für sie zahlen, worauf sie widerwillig einen Stuhl zurückzog, die Jacke über die Rückenlehne hängte und sagte, sie werde erst essen, aber dann nach Hause fahren und das Portemonnaie holen.

»So machen wir es«, sagte Jean lächelnd und bestellte einen Ouzo für sie.

Bianca saß ihnen gegenüber, die Arme mit den Ellbogen auf den Tisch gestützt, dazwischen das Gläschen mit dem Ouzo. Um einen Blick in die Speisekarte zu werfen, hatte sie sich eine filigrane, metallene Brille aufgesetzt, die sie wenig später wieder in einem abgenutzten dunkelroten Brillenetui verschwinden ließ, das sie in die Tasche steckte. Sie hatte sie nicht auf den freien Stuhl neben sich, sondern auf den Boden gestellt, aus Höflichkeit oder Bescheidenheit, falls jemand nach dem Stuhl fragte, was im Moment unwahrscheinlich war (im Restaurant waren noch nicht viele Gäste). Sollte später jedoch jemand fragen, dachte Sergio, wäre es für ihn eine Erleichterung, wenn auf dem benötigten Stuhl keine Tasche lag; es war, wie Bianca vielleicht meinte, sogar eine Unhöflichkeit, nach einem von einer Tasche besetzten Stuhl zu fragen, war es doch offensichtlich, dass der Stuhl benötigt wurde, für eine Tasche nämlich, folglich war die Frage, ob der Stuhl benötigt werde, im Grunde eine Belehrung, man besetzte keine Stühle mit Taschen und Kleidungsstücken, wenn das Restaurant voll war und alle Stühle gebraucht wurden.

Bianca war ein Mensch, malte Sergio sich aus, der nicht mehr als nötig für sich in Anspruch nahm, während er, Sergio, freien Platz auf der Sitzbank Dunja zur Verfügung stellte. Doch dies war etwas anderes, ein Hund war keine Tasche und zudem hatten Windhunde kein Fett auf den Knochen, sie lägen mit den Knochen direkt auf dem harten, kalten Boden, was ihnen nicht zuzumuten war. In diesem Moment sah Sergio, wie Biancas Blick (sie besaß kräftige, schwarze Augenbrauen) zwischen ihm und Dunja pendelte und Bianca zu lächeln begann, als bestünde eine Ähnlichkeit im Aussehen von Dunja und ihm.

Sie aßen reichlich. Einige der gefallenen Sätze (»In Ordnung, wenn du das bestellst, dann nehme ich ausnahmsweise …«, »Okay, dann hauen wir heute mal rein.«) ließen Sergio vermuten, dass Bianca wie auch Jean aus Geldmangel selten essen gingen, sie sich heute erlaubten, unvernünftig zu sein und, nachdem sie gegessen hatten, noch ein Dessert und ein Glas

Wein zu bestellen, von dem Bianca nur wenig trank, da sie einer plötzlichen U-Bahn-Sperrung wegen mit dem Auto gekommen war. Es stellte sich heraus, dass die Sperrung auch Sergio betraf und Bianca nicht weit von seinem Hotel entfernt in Charlottenburg wohnte. Als Jean für sich und Bianca, zwei Drittel des Gesamtbetrags, zahlen wollte, erfuhren sie, dass Kartenzahlung heute nicht möglich war, weshalb Sergio, dessen Portemonnaie des Berlinbesuchs wegen gut gefüllt war, alles übernahm. Jean würde er morgen noch einmal treffen, dann konnte dieser ihm das Geld zurückgeben, und Bianca bot an, ihn zum Hotel zu fahren, nachdem sie bei sich zu Hause Geld aus dem Portemonnaie geholt hatte.

»Nicht erschrecken«, sagte sie zu Sergio, als sie, nachdem sie Jean noch beim Griechen verabschiedet hatten, bei ihrem Wagen standen. »Ich muss erst den Sitz freiräumen.«

Der alte, kleine Dreitürer war vollgestopft mit Manuskripten, Büchern, Taschen unbekannten Inhalts und einem tragbaren Wäschekorb, der bis über den Rand gefüllt war mit Wäsche, obenauf lagen eine lindgrüne Socke, ein schwarzes Unterhemd mit Spitzen und ein Slip.

»Entschuldige«, sagte sie, »mein Auto ist wirklich eine Zumutung. Das muss ich noch zum Waschsalon bringen, in meiner Wohnung ist kein Platz für eine Waschmaschine.«

Auf der Fahrt erzählte Bianca, wie sie vor zwanzig Jahren für das Studium nach Berlin gekommen und anschließend hier geblieben war. Sie parkte den Wagen vor ihrem Haus in der zweiten Reihe, schaltete den Pannenblinker ein, sagte, dass sie sich beeile (Sergio winkte ab und erwiderte, er habe Zeit, er könne morgen sogar ausschlafen), und verschwand im Haus. Dann kam sie zurück, setzte sich auf den Fahrersitz und gab ihm, indem sie sich zu ihm herüberbeugte, das Geld; sie startete den Motor und fuhr los.

Nachdem er in Berlin mit einer Stunde Verspätung angekommen war, nachdem er sich im altbekannten günstigen Hotelzimmer bei der S-Bahn-Station Charlottenburg eine halbe Stunde ausgeruht und ein Café aufgesucht hatte, befand Sergio sich nun an den Pforten des Botanischen Gartens. Es war Ende Februar, und sie hatten beschlossen, in den Botanischen Garten zu gehen; in den Gewächshäusern fühlte es sich immer an wie Sommer. Sie bevorzugten das Mittelmeerhaus, das sie auch heute als Erstes aufsuchen wollten, nachdem sie den Außenbereich hinter sich gelassen hatten, wo sicherlich bereits einige Pflanzen auszutreiben oder gar zu blühen begannen (eineinhalb Monate früher als üblich; Anfang Januar hatten nach einer viel zu kurzen Winterruhe die Rosen auszutreiben begonnen, aber bald wieder innegehalten, wie Bianca ihm geschrieben hatte).

Die Februarsonne schien kräftiger als in früheren Jahren. Sie hellte den Königin-Luise-Platz auf, der voller fahrender Autos war, die das Licht reflektierten, und der, je nach Blickrichtung, mit etwas Phantasie wie ein Platz im Wald aussah. In einem war Berlin zuverlässig: Die Stadt empfing Sergio jedes Mal so, dass er das Gefühl bekam, hierher zu gehören. Wieder waren es die Bäume, deren Stämme und Kronen, die alten Villen und anderen Häuser, die Menschen, die so unterschiedlich wirkten, dass Entdeckungen welcher Art auch immer nahelagen. Nur Bianca sah er nicht im Gewusel auf den Gehsteigen des Königin-Luise-Platzes.

Auch diesmal hatte sie einen neutralen Ort gewollt. »Lass uns beim Botanischen Garten treffen«, hatte sie gesagt.

Er war zwei Monate nicht mehr in Berlin gewesen. Allerdings war es in den dreieinhalb Jahren noch nie vorgekommen, dass sie nicht einen neutralen Ort gebraucht hatte, auch wenn sie manchmal lediglich zwanzig Minuten später in ihrer Wohnung, nachdem die Tür zugefallen war, sich küssten und miteinander schliefen.

Die Sonne schien unvermindert. Da es Winter war, stand sie tief und blendete. Um zwei, der vereinbarten Zeit, hatte Bianca ihm geschrieben, dass sie sich verspäte, jedoch versuche, so bald wie möglich da zu sein. Nun war es zehn Minuten nach zwei. Blickte er auf der Suche nach Bianca in Richtung Südwesten, blendete ihn die Sonne von schräg oben. Er malte sich aus, wie es wäre, die Menschen nicht erkennen zu können, sodass Bianca wie aus dem Nichts, genauer: wie aus dem Sonnenlicht auf ihn zu träte, doch die Menschen waren zu erkennen, deutlich, trotz des auf ihnen liegenden Schattens. Wandte Sergio sich nach rechts, sah er die Passanten klarer, hell beleuchtet, auch hier konnte er jedoch die kleine Gestalt mit dem voluminösen Haar nicht entdecken. Vielleicht war Bianca um zwei erst bei sich zu Hause aufgebrochen. Als Italienerin kam sie für deutsche Verhältnisse jedes Mal unpünktlich, meistens zwischen zwanzig Minuten und einer Dreiviertelstunde, niemals jedoch zwei oder drei Stunden zu spät, folglich war sie für italienische Verhältnisse pünktlich, um nicht zu sagen, überpünktlich.

Im Zug, im Hotelzimmer und im Café hatte Sergio im Manuskript *Das neue Leben* gelesen. Es ging darin um Hellmut, einen Mann Mitte fünfzig, dessen Name (das war Sergio als Erstes aufgefallen) mit zwei L geschrieben wurde, als sollte nicht der Helm (eine Bedeutung des Namens), sondern die Helligkeit betont werden. Dieser Hellmut wunderte sich andauernd darüber, dass die Zeit so schnell verging und so wenig geschah. An einer Stelle erinnerte er sich an sein Studium der Malerei, wenige Jahre seines Lebens, die voll von Eindrücken, Erfahrungen, neuen Erkenntnissen, von Glück und Dramen gewesen waren, und verglich jene kurze Zeit mit den letzten fünfzehn Jahren, in denen nichts Besonderes geschehen, die einfach so dahingeflossen waren. Fünfzehn Jahre. In der Kindheit bedeuteten fünfzehn Jahre beinahe ein ganzes Leben, vielleicht enthielten Kindheit und Jugend etwa neunzig Prozent des Lebens, danach, stellte Hellmut fest, folgten nur noch Wiederholung, Weiterführung des Begonnenen, das einen in den Sumpf führte, sich Freikämpfen aus dem Sumpf, das Leben aufräumen, vor allem Wiederholung.

Im Grunde, glaubte Hellmut, war es nicht möglich, etwas im Leben zu beginnen und konsequent weiterzuführen, ohne dass es einen früher oder später in den Sumpf führte, in dem man bis zum Hals versank und schließlich erstickte.

Trotz dieser Einsichten oder vermeintlichen Einsichten war Cottis neues Manuskript keine düstere Lektüre. Dieser verschrobene Einzelgänger bot auf fast jeder Seite Anlass zum Schmunzeln, etwa, wenn er bei Heinemann in Düsseldorf einen Mohrenkopf essen ging und sich Gedanken darüber machte, wie dieses Gebäck so umgetauft werden konnte, dass der Name nicht mehr diskriminierend war. Seit Jahren erwies sich der Name als eine Hypothek für das Gebäck; sein Ruf litt. Obwohl es eine der vollendetsten Leckereien war, wurde es aufgrund dieses Namens aussortiert, war es an immer weniger Orten erhältlich; es wurde selber diskriminiert aufgrund seines

Namens, der als diskriminierend galt, ein Name, den das Gebäck sich nicht selbst gegeben, sondern den es von Menschen, vermutlich Rassisten, erhalten hatte. Armes Gebäck, das diesen Namen tragen musste, der wie ein Fluch sein Schicksal bestimmte. Wo war der Mensch, der einen neuen Namen für den Mohrenkopf suchte?

Hellmut dachte, dass er dieser Mensch sein konnte. Er konnte einen Verein zur Rettung des Mohrenkopfs gründen, eine Gruppe mit Experten zusammenstellen, die über mögliche neue Namen beriet und den auserwählten mit viel Medienaufmerksamkeit in die Welt hinaus trug. Auch Hellmut wollte einen Vorschlag machen: Schokogenie. Aus dem schwerfälligen Mohrenkopf sollte ein schnelles Schokogenie werden.

Der Mohrenkopf, der Name Tête de Nègre, der suggerierte, dass im Kopf eines dunkelhäutigen Menschen nicht viel mehr drin war als Vanillepudding, verschwand, nicht jedoch das leckere Gebäck, das neu den Namen Schokogenie trug, der nichts mehr mit Menschen aus Afrika zu tun hatte und doch korrektiv auf den alten Namen anspielte: Im Kopf eines jeden Menschen schlummerte etwas Geniales. Kinder und Jugendliche, so stellte Hellmut sich vor, würden vor einer Matheprüfung ein Schokogenie essen, um bei der Prüfung besser abzuschneiden, und wenn das Schokogenie einmal ein Gesicht aus Marzipan besaß, dann war es egal, welche Hautfarbe der Kinderkopf je nach Art der Glasur hatte, denn er war so oder so der Kopf eines genialen Kindes.

Diese Ideen, vielleicht waren es Phantasien, die Hellmut besaß, erinnerten Sergio an eine andere Figur Cottis, Roland Erbe, jedoch neigte Hellmut nicht zu einer solchen Radikalität, geschweige denn einer auch nur annähernd vergleichbaren Verrücktheit. Im Vergleich zu Roland Erbe war Hellmut geradezu zahm, er war keine Karikatur, sondern ein Charakter, dessen Menschsein so überzeugend und natürlich wirkte, als existierte er tatsächlich. Hellmut als Figur gab man sich als Leser, wie Sergio fand, so gerne hin wie einer kuscheligen Decke; beim

Lesen versank man in Hellmut, man wurde zu ihm, und diese Einswerdung fühlte sich angenehm wohlig an.

Obwohl Hellmut sah, dass in seinen letzten Lebensjahren nicht viel geschehen war, wirkte er mit dem Leben versöhnt; man spürte, dass Hellmuts Leben in den letzten fünfzehn Jahren doch eine neue Dimension erreicht hatte.

Dieser stille, unaufgeregte Roman hatte das Zeug zum Klassiker, dachte Sergio. Es schien, als hätte Cotti bewusst auf viele der früher oft verwendeten literarischen Mittel verzichtet, alles beiseite gelassen, was nicht notwendig war, und sich auf das Wesentliche konzentriert. Gerade diese Einfachheit verlieh dem Text eine besondere Überzeugungskraft, auch einen Zauber; Sergio fragte sich beim Lesen immer wieder, wie es sein konnte, dass ihn diese bescheiden erzählte Geschichte nicht langweilte, worin der Trick lag. Er fand sein eigenes Leben auf einen Nenner gebracht vor, obwohl Hellmuts Geschichte, seine Neigungen und Gedanken kaum etwas mit ihm, Sergio, zu tun hatten. War es die Atmosphäre?

Bianca schrieb, dass sie sich beeile. Er schrieb zurück, sie möge in ruhiger Gelassenheit zu ihm kommen. Es half doch nicht, wenn sie gestresst war. Und wie wollte sie sich beeilen? Wollte sie in der U-Bahn stehen statt sitzen oder im Waggon schon einmal in Fahrtrichtung nach vorne gehen, bevor sie ausstieg? Wollte sie nach Verlassen der U-Bahn-Station den nicht eben kurzen Fußweg laufen, statt nervös auf den Bus zu warten? Nein, es war besser, wenn sie so entspannt reiste, als wäre sie pünktlich, während er sich vor den Pforten des Botanischen Gartens ausruhte.

»Gehe ruhig schon mal rein und schaue dir die Pflanzen an oder trinke einen Kaffee«, schrieb sie.

Das war eine gute Idee. So hatte sie weniger das Gefühl, sich beeilen zu müssen.

»Ich werde es mir überlegen«, schrieb er zurück.

Die Sonne schien noch immer wie zuvor, keine Wolke hing am Winterhimmel; Sergio genoss es, zwischen dem Botanischen Garten und dem Straßenverkehr zu stehen, den Lärm der Wagen zu hören und gleichzeitig die Ruhe des Gartens zu spüren, die ihn selbst hier vor den Pforten erreichte. Er wollte gemeinsam mit Bianca hineingehen. Er wollte sie zwischen den anderen Menschen entdecken, sie küssen und mit ihr zusammen die Eintrittskarten kaufen.

Vor zwei Monaten hatte er in ihrer Küche gesessen, in einer zu kurzen Jogginghose und einem Wollpullover, die ihr gehörten, farblich eine unmögliche Kombination, doch sobald man die Bettdecke zurückgeschlagen hatte, war es kalt gewesen; sie hatte ihm angeboten, sich etwas Bequemeres als seine Jeans überzuziehen, und auf einen Kleiderhaufen gezeigt, der auf einem Sessel lag. In der Küche fragte er, weshalb sie ihn nicht einmal im Wohnwagen besuchen komme; im selben Moment merkte er, dass die Frage so vermessen wie ein Heiratsantrag geklungen hatte, und fügte an: »Falls du mit dem Gedanken spielen solltest. Ich würde mich freuen, erwarte es jedoch nicht von dir. Wir können uns auch hier in Berlin treffen.« Sie hatte sanft gelächelt und genickt. Vielleicht hatte sie in diesem Moment gedacht, dass sie sich auch in seiner Stadt an einem neutralen Ort treffen sollten und sie ein Hotelzimmer nehmen musste, so wie er in Berlin eines nahm. Sie trafen sich zwar nur alle zwei Monate, doch sie schrieben sich täglich und telefonierten oft. Sie führten eine Beziehung. Sie blieben sich treu.

»Manchmal denke ich«, hatte sie in der Küche gesagt, »dass ich nach Rom zurückgehen sollte.«

Sergio entdeckte eine kleine Frau mit dunklem Haarschopf, die sich in einiger Entfernung auf ihn zu bewegte, jedoch, wie er sogleich feststellte, nicht Bianca sein konnte. Sie hatte nun fünfzig Minuten Verspätung. Er stand gerne hier in der Sonne, diese Minuten vor dem Wiedersehen konnten noch lange andauern, ohne dass er ungeduldig wurde, es war wie das Warten auf eine Sternschnuppe, Bianca würde plötzlich auftauchen, für einen kurzen Moment sähe er ihre Bewegungen, ihr Lächeln, den Ausdruck auf ihrem Gesicht und dann wäre sie bei ihm. Sie würden sich küssen, sich gegenseitig in den Armen liegen und die Eintrittskarten kaufen, der Moment jedoch, in dem er sie aus dem Nichts, aus der Sonne oder schlicht aus einer Gruppe von Leuten auf ihn zu kommen sah, wäre vorbei.

Hellmut führte eine Beziehung mit Marie, zu der er bequem mit der U-Bahn fahren konnte. Dass sie in getrennten Wohnungen lebten, war gut so; sie verbrachten die Urlaube gemeinsam, im Alltag kam er an den Wochenenden zu ihr, selten trafen sie sich bei ihm; oft nahmen sie das Frühstück in einem Café ein. Sie hatten eine Balance zwischen Nähe und Distanz gefunden, die für andere Figuren und für die Leser des Romans nicht leicht zu durchschauen war. An Geburtstagen und Weihnachten machten sie sich gegenseitig eine Freude, jedoch keine Geschenke. Worin lag der Unterschied? Bloß in der Bezeichnung? Auffallendes Merkmal ihrer Beziehung war, dass sie sich oft einige Tage lang nicht sahen und, wenn sie sich trafen, sogleich ein Gespräch begannen, das kein Ende zu nehmen schien. Dass sie wie manche im selben Haushalt lebenden Paare Abende oder ganze Tage damit verbrachten, im selben Raum zu sein, ohne miteinander zu sprechen, kam bei ihnen nicht vor. Beim Lesen stellte Sergio sich die Frage, ob Roberto Cotti sich eine solche Beziehung wünschte, er mit dem Roman also das erschuf, was ihm selber fehlte, oder ob er in genau einer solchen Beziehung lebte.

Bianca hatte nun eine Stunde und fünfzehn Minuten Verspätung, weit mehr als üblich. Sergio lehnte mit der Schulter gegen die Pforte des Botanischen Gartens. Früher war beim Warten manchmal leiser Ärger in ihm hochgestiegen; wenn sie ankam und zu erzählen begann, verflog der Ärger jedoch in wenigen Sekunden. Wie konnte man seinen Schuh nicht mehr finden? Oft fand sie den Wohnungsschlüssel nicht (wenn sie noch in der Wohnung war; sie konnte also nicht hinaus, ohne die Tür weit offen stehen zu lassen) oder merkte auf der Straße bei ihrem Wagen, dass sie den Autoschlüssel nicht bei sich hatte. Es kam vor, dass das Portemonnaie zwar in ihrer Tasche lag, aber kein Geld mehr darin steckte. Sie war davon überzeugt, so chaotisch zu sein, dass es für sie im Grunde unmöglich blieb, in Deutschland, wo alle pünktlich und gut organisiert schienen, eine Beziehung zu führen. Heute ärgerte er sich nicht mehr über ihre Verspätungen; sie amüsierten sich gemeinsam und er war froh, dass sie ihn mit Vorfällen, die sich bei ihm niemals ereigneten, aus seiner Routine riss und ihm den Witz und die Schönheit eines Lebens zeigte, das nicht in festgelegten Spuren verlief.

Auch Sido brachte Abwechslung in sein Leben, ein Kind entwickelte sich unaufhörlich, wurde selbstständiger, Anpassungen mussten vorgenommen werden, Sido brachte eigene Ideen ein, sein Charakter formte sich, und doch war unübersehbar, dass auch Sido eine Neigung besaß, ordentlich zu sein; ihr Zusammenleben war unkompliziert. Insgeheim hoffte Sergio, dass Bianca und Sido sich kennenlernten, sie Wochenenden zusammen verbrachten, gemeinsam in den Urlaub fuhren – und Sido ebenso verzaubert reagierte, wenn Bianca durch eine Vergesslichkeit oder ein Missgeschick dem Tag eine unerwartete Wendung gab.

Auch Daheim saßen Hellmut und Marie gerne an einem Tisch und redeten. Sie saßen in Maries Erker, der an allen drei Seiten Fenster hatte, tranken Kräutertee und aßen Kekse. Niemand wusste, worüber sie die ganze Zeit sprachen, das sparte Cottis Roman aus, vielleicht war dies sein Geheimnis oder trug zumindest zu jenem bei, ebenso wie die nicht geschilderte körperliche Nähe. An keiner Stelle des Manuskripts wurde bis jetzt (Sergio war mit der Lektüre noch nicht ganz durch) auch nur erwähnt, dass sie sich küssten oder Händchen hielten, geschweige denn verraten, ob und wie die beiden Sex hatten. Manchmal gingen Hellmut und Marie zu Heinemann, er bestellte einen Mohrenkopf (ein Schokogenie, wie er ihr zuflüsterte, worauf sie beide lächelten), dann sah man sie, wie sie an einem kleinen Tisch saßen, Sekt tranken und wie Hellmut den Mohrenkopf aß, während Marie sich mit einer Praline begnügte.

Mohrenkopf mit Sekt, nüchtern geschildert. Was kam noch? Trat eine unerwartete Wendung ein? Machte Marie einen sonderbaren Vorschlag, hatte sie vielleicht perverse Phantasien? Hellmut nackt an einen Küchenschrank gefesselt, während Marie mit einem hölzernen Kochlöffel seinen Penis traktierte? Es war unwahrscheinlich. Das Spektakuläre an diesem Roman bestand darin, dass er ohne jedes Spektakel auskam. Es geschah nichts, und wenn Sergio dachte, dass bald etwas geschähe, geschah wieder nichts, und obwohl nichts geschah, lag eine Spannung in der Luft, die Idylle war so vollkommen, dass der Leser die Bedrohung automatisch heraufbeschwor. Kräutertee im Erker. Kekse. Was hatten die beiden die ganze Zeit zu besprechen?

Die Sonne wanderte am Himmel, doch ihr Wandern war nicht auszumachen. Sie blendete Sergio und erleuchtete die Pforte des Botanischen Gartens. Die Autos fuhren weiterhin vorbei, der Verkehr hatte weder zu- noch abgenommen, auch Passanten eilten vorbei, manchmal gingen Leute zum Eingang und kauften sich eine Eintrittskarte. Sergio wandte den Blick nach rechts, sah auf dem Gehsteig Menschen, die sich auf ihn zu oder sich von ihm fort bewegten, er konnte sie nicht zählen, da sie in weiter Ferne zu einer Masse verschmolzen, hinter einer kleinen Gestalt mit dunklem Haar, die sich in eiligen Schritten näherte.

Dor

Norden

Ich hörte ein Scheppern, da stellte ich die Bratpfanne auf den Herd. Sili besaß ein altes Rennrad, das schepperte. Alle Fenster und die Tür des Wohnwagens waren geöffnet, und dennoch wurde es nicht kühler. Draußen betrug die Temperatur einundvierzig Grad.

Ich hatte lediglich eine Unterhose an. Im Kühlschrank stand eine Flasche Wasser, mit der ich in der vergangenen halben Stunde zwei- oder dreimal ein Glas gefüllt hatte. Ich trank in diesen Tagen Unmengen. Mehrmals am Tag ging ich hinüber zum Plötzensee und sprang ins Wasser, das jedoch von Tag zu Tag weniger Abkühlung bot.

»Wie hältst du es hier drinnen aus?«, fragte Sili. »Was machst du da?«

Sie stand im Eingang. Der Kopf war gerötet, das Gesicht war verschwitzt und hatte einen Abdruck vom Fahrradhelm. Sie trug ein leichtes, safranfarbenes Kleid.

»In Unterhose geht es«, sagte ich.

Sie zog ihr Kleid aus. Einen BH trug sie selten, auch heute nicht.

Sie kam zu mir und küsste mich, dabei schob sie ihre Hand in meine Unterhose.

»Was kochst du?«

Sie hob das Kleid vom Boden auf und legte es auf das Bett. Der weiße Slip, den sie noch trug, war aus reiner Biobaumwolle. Ich kannte ihn, ich hatte einmal das Etikett studiert.

»Pfannkuchen.«

»Bei dieser Hitze?«

»Wenn man hier ankommt, gibt es Pfannkuchen. Mein Papi hat immer Pfannkuchen für mich gemacht, und deshalb kriegst auch du Pfannkuchen. Für dich ist nur das Beste gut genug. Was hast du denn erwartet?«

»Einen Blattsalat.«

Ich verzog das Gesicht. Sie kam zu mir und sagte: »Vom Herd wird es hier drinnen noch wärmer.«

»Ich habe Hunger«, entgegnete ich, doch sie begann mich wieder zu kraulen. Ich schaltete den Herd ab. Wir warfen uns auf das Bett und schliefen miteinander, ich war hungrig und unterzuckert und im Wohnwagen lag die Temperatur sicherlich bei dreiundvierzig oder gar fünfundvierzig Grad. Als wir erschöpft nebeneinander dalagen, war uns beiden schwindelig.

»Jetzt habe ich Lust auf Pfannkuchen!«, sagte Sili. »Ich setze mich draußen schon mal hin, ja?«

Ich kannte Sili seit fünf Jahren, doch erst seit zwei Jahren waren wir ein Paar.

Mein Urgroßvater war ein Nazi, meine Urgroßmutter, die bereits mit siebzehn nichts mehr mit ihm zu tun haben wollte, eine unbekannte Berühmtheit, auf zahlreichen Kalendern und Prospekten für Touristen abgebildet, fast immer im Skianzug in einer Reihe von Männern, mit Sonnenbrille und Mütze, sodass weder ich noch mein Vater sie sogleich erkannt hätten. Doch wenn man eines wusste, war es einfach: Sie war auf den Skitouren im Schweizer Hochgebirge stets die einzige Frau gewesen und daher leicht zu erkennen, etwa auf dem Bild mit der kleinen Menschenreihe, die sich auf einem weißen Bergkamm fortbewegte, umgeben von Schnee, unter blauem Himmel und blendender Sonne. Bereits Großmutter, brachte sie meinem Vater noch das Skifahren bei, ein Sport, der für meine Generation keinen Sinn mehr ergab, wie Vater immer gesagt hatte, weil nicht mehr genug Schnee lag. Obwohl meine Urgroßmutter erst mit achtzehn in die Schweiz gekommen war, soll ihr Schweizerdeutsch akzentfrei gewesen sein. Ihr Sohn, mein Großvater, soll besonders gut darin gewesen sein, Dinge zu vermasseln; er verließ Vater, als dieser noch ein Kleinkind war, und wanderte nach Amerika aus, wo er sich mit Jobs über Wasser hielt und auf diese Weise jahrzehntelang überlebte.

Den Wohnwagen, ein rot-weißer Hymer Eriba, hatte ich von Vater. Wir hatten früher in diesem und in einem anderen Wohnwagen gelebt, bevor ich auszog und Vater sich eine kleine Eigentumswohnung kaufte, die nun mir gehörte. Kurz nach meinem Auszug, ein Jahr nach Studiumsbeginn, hatte Mutter mir bereits eine Wohnung gekauft, in die ich jedoch nie gezogen war. Ich vermietete die Wohnung und blieb in der WG, in der ich lebte. Die Mieteinnahmen, die ich jeden Monat hatte, benötigte ich nicht; bei meiner Geburt war so viel Geld angelegt worden, dass ich später einmal ohne finanzielle Sorgen mindestens zehn Jahre lang studieren konnte.

Als Vater in seine neue Wohnung zog – die erste Wohnung nach achtzehn Jahren im Wohnwagen –, behielt er den Hymer, um die Wochenenden darin zu verbringen. Er hatte ihn auch behalten wollen, um wieder in ihm leben zu können, falls er es in der Wohnung nicht aushielt. An den Wochenenden hatten wir uns oft beim Wohnwagen getroffen. Es war wie früher gewesen.

Um seine Einnahmen aufzustocken, hatte Vater bis zuletzt als Bestäuber gearbeitet. Jeweils ab Vorfrühling kletterte er auf die Bäume. Mit einem Pinsel oder etwas Ähnlichem. Als ich ihm erzählte, dass es mein Ziel sei, die Cottimotte zu erschaffen, ein Insekt, das unermüdlich Obstbäume und andere Pflanzen bestäubte, sich wie wild fortpflanzte und selber Nahrung für Vögel bot, sagte er, das sei eine gute Idee, allerdings hätten dann Menschen wie er keine Arbeit mehr.

»Für diese Menschen gibt es dann das bedingungslose Grundeinkommen«, sagte ich.

Vater lächelte.

»Die Arbeit als Bestäuber ist zudem menschenunwürdig«, fügte ich an.

Vater erwiderte, er mache das gerne. Man sei an der frischen Luft, oben, wo ein leichter Wind wehe, und habe einen tollen

Ausblick. Außerdem fühle er sich im Baum an seine Kindheit erinnert.

»Du kannst hinunterfallen«, entgegnete ich. »Es gibt oft Unfälle.«

Einige Monate später war Vater tot. Sein Tod hatte nichts mit dieser Arbeit zu tun. Er war krank gewesen.

Ich erhielt den Wohnwagen und beschloss, die WG zu verlassen und in den Wohnwagen zu ziehen, in dem Vater und ich lange Jahre gelebt hatten.

In diesen ersten Wochen im Wohnwagen litt ich an einer Art Sprachlosigkeit. Ich sprach wenig und fasste mich kurz. Auch meine Gedanken schienen seltsam reduziert, archaisch beinahe. Und ich war müde. Ich fühlte mich alt, obwohl ich erst fünfundzwanzig war.

Sili war für mich da. Wir vögelten so oft wie früher, als Vater noch gelebt hatte. Sili verhütete mit der grünen Spirale, ein reines Naturprodukt, das sich nach neun Monaten von selbst auflöste und eine Zuverlässigkeit von siebenundneunzig Prozent bot.

»Suche dir etwas«, hatte Vater gesagt, »wofür du wirklich brennst, und mache das zu deinem Lebensinhalt. Es gibt nichts Schöneres.«

Kurz vor dem Abitur hatte ich damit angefangen, die Bücher von Roberto Cotti zu lesen. Ich hatte bereits mit fünfzehn einige Bücher von ihm gelesen, *Antons Wünsche*, *Liebe Grüße aus dem Jenseits* und das umfangreiche Werk *Im Schatten des Windhunds*, doch erst in der Zeit des Abiturs und danach begann ich, ihn exzessiv zu lesen. Ich las sein Gesamtwerk, den monumentalen Roman *999* sogar zwei Mal. Dennoch studierte ich zweigleisig, ich liebte die Literatur und interessierte mich für Insekten, vielleicht, weil ich ihnen im Wohnwagen immer nah gewesen war. Auf jeden Fall wollte ich die Welt retten oder dazu beitragen, indem ich ein Insekt erschuf, das möglichst viele Pflanzenarten bestäubte und unter widrigsten Lebensumständen überlebte.

Die Cottimotte war weder eine Motte, noch hatte sie etwas mit Roberto Cotti zu tun. Der Name war Zeugnis der Verspieltheit ihres Erfinders. Um Cotti zu ehren, wollte ich ihr diesen Namen geben. Und ich wollte mit dem Namen andeuten, dass sie, was ihre Überlebensfähigkeit betraf, so hartnäckig war wie Motten.

Mit der Cottimotte hätte ich Geld verdienen, wahrscheinlich sogar ein Vermögen machen können. Ich hatte jedoch nicht vor, sie patentieren zu lassen. Sie war ein Insekt, das auf so gut wie allen Teilen der Erde leben konnte, auch in den ärmsten Ländern; deshalb wollte ich, dass sie günstig, wenn nicht gratis zu beschaffen war. Ihre Vermehrung war einfach und effizient: Sie blieb geschlechtslos; wenn zwei Cottimotten miteinander vögelten, legten anschließend beide Eier, etwa dreißig bis fünfzig Stück, wobei aus neunzig Prozent der Eier gesunde Cottimotten schlüpften. Sie vermehrte sich also rasch, ich hatte dazu auf meinem Computer Modelle erarbeitet, verschiedene Szenarien.

»Du verursachst noch eine Plage«, witzelte Sili. »Deine Cottimotte wird die letzten noch lebenden natürlichen Insekten verdrängen.«

Das ärgerte mich. Vielleicht, weil ich tatsächlich Zweifel hatte, etwas übersehen zu haben. Ich hatte die Cottimotte genetisch so programmiert, dass sie andere Insekten aufstöberte, ihnen Nahrung brachte und dafür unter Umständen sogar ihren eigenen Tod in Kauf nahm.

Ich wollte mit der Cottimotte promovieren.

Nun jedoch fühlte ich mich müde und alt. Jetzt schon hatte ich Geld genug, um nicht arbeiten zu müssen, und ich sollte einmal von Mutter so viel erben, dass jede Lohnarbeit ihren Sinn verlor.

»Zu viel Geld kann eine Last sein«, hatte Vater gesagt, »und Familien zerstören. Geld vergiftet nur die Beziehungen von Menschen.«

Einmal war ich der Meinung gewesen, mein Geld und mein zukünftiges Erbe verschenken zu müssen, um mich zu befreien.

»Das solltest du dir gut überlegen«, hatte Vater gesagt. »Man darf nicht naiv sein. Sobald das Geld weg ist, fallen dir möglicherweise die Vorteile ein, die es dir gebracht hat, und du wünschst es dir zurück. Doch dann ist es weg.«

»Vielleicht kannst du es als deine Aufgabe sehen«, hatte Vater gesagt, »einen entspannten Umgang mit diesem Teil deines Lebens zu erreichen?«

»Das Geld kann irgendwo sein«, hatte Vater gesagt, »in Wohnungen, in einem Fonds; du kannst einen Abstand zwischen dir und dem Geld schaffen und ein normales Leben führen.«

»Ich finde es gut, wenn man geerdet ist«, hatte Vater gesagt. »In einem einfachen Leben bleiben die alltäglichen Dinge greifbar. Ich will nicht in einem Paradies oder einer anderen Scheinwelt leben.«

»Man braucht lediglich ein warmes kleines Zuhause, ein Bett, zu essen, ein bisschen Geld für Kleider und Kaffee und eine Tätigkeit, für die man brennt. Mehr braucht man nicht«, hatte Vater gesagt.

Seitdem ich wieder im Wohnwagen lebte, war das Leben tatsächlich einfacher geworden. Das Bett, die Küche, das Bad, der Tisch. Alles überschaubar. Ich hatte keine Angst vor langen Regentagen. Der Regen klöppelte dann auf das Dach, und ich konnte nichts anderes tun als arbeiten oder lesen. Ungestört.

Seit meinem Einzug war jedoch erst ein Mal Regen gefallen. Es war Dürrezeit. Oft saß ich draußen unter dem Sonnensegel, trank einen Espresso und dachte vor mich hin.

Sili schlug vor, an die Ostsee zu fahren, wo es nicht ganz so heiß war. Ich fand die Idee gut oder anders formuliert: Ich hatte nichts dagegen.

Wir fuhren mit dem Zug nach Warnemünde; ich hatte drei Bücher von Roberto Cotti im Rucksack, Sili zwei große Schläger aus Holz und mehrere Bälle. Sie wollte mit mir Beachtennis spielen.

In Warnemünde war es unwesentlich kühler, achtunddreißig Grad. Glücklicherweise befand sich unsere Unterkunft im Souterrain, eine winzige Ferienwohnung, vergleichbar mit einem Hotelzimmer, das eine Küchenzeile besaß. Die Fenster waren groß genug, dass in der Nacht kühle Luft hereinkam. Hier konnten wir vögeln, ohne dass uns schwindelig wurde.

Am Strand gab es kaum Schatten. Wir spielten morgens um sechs Beachtennis, bevor wir frühstückten. Ab acht wurde es so heiß, dass wir unnötige Bewegungen vermieden. Ich lag auf einem Liegestuhl im Schatten und las *Formen der Neuzeit*. Die anderen beiden Bücher, *Reiters Erbe* und *Das neue Leben*, lagen auf meinem Nachttisch. Ich spürte, dass ich im Urlaub und vermutlich auch danach nicht in der Stimmung für *Reiters Erbe* sein würde, *Formen der Neuzeit* und *Das neue Leben* hingegen zogen mich an. Obwohl ich die Bücher bereits kannte, glaubte ich, dass ich bei der erneuten Lektüre Entdeckungen machen konnte, die für mein weiteres Leben wichtig waren.

Sili und ich unternahmen Nachtspaziergänge. Der Himmel war jeweils sternenklar. Da die Temperatur in keiner Nacht unter zwanzig Grad sank, begannen wir nicht zu frieren, wenn wir uns nach Mitternacht irgendwo hinsetzten und eine oder zwei Stunden verstreichen ließen.

Es kam vor, dass wir die ganze Nacht wach blieben, in der Morgensonne Beachtennis spielten, frühstückten und uns danach schlafen legten. An den Nachmittagen schauten wir uns oft alte Filme aus dem letzten Jahrhundert an, manchmal auch vormittags, wenn wir in der Nacht geschlafen hatten.

Ich konnte keine Anzeichen erkennen, dass sich meine Sprachlosigkeit aufzulösen begann. Ich war keineswegs stumm, vielmehr redete ich nun, ohne das Gesagte zu spüren. Als würde ich bloß wiederholen, was ich in meinem früheren Leben bereits gesagt hatte. Einige Male dachte ich, dass Sili gleich genervt den Kopf heben und mir vorwerfen würde, wie ein alter Mann die immergleichen Sätze zu dreschen. Ich fürchtete gar, dass ihre Kritik noch vernichtender wäre: »Genau diesen Satz hast du im März gesagt, als wir selbst gemachte Pizza gegessen haben.« Doch nichts dergleichen geschah.

Sili blieb mir zugewandt. Sie war da, ohne etwas zu fordern. Wenn sie vögeln wollte, ging sie nun behutsam vor. Sie blickte mich kurz auf eine bestimmte Weise an, mehr nicht. Wenn ich den Blick erwiderte, kam sie zu mir oder zog mich auf das Bett. Wenn ich den Blick nicht erwiderte, ging sie in die Küche und bereitete uns einen frischen Saft zu oder begann, in einem ihrer Bücher über Städtebau der Zukunft zu lesen.

Meistens jedoch erwiderte ich ihren Blick.

Die Filme, die wir uns ansahen und von denen wir nicht genug kriegen konnten, waren fünfzig, sechzig oder gar über achtzig Jahre alt. Sie zeigten uns eine Welt, in der es noch Hoffnung gab. Die Menschen in diesen Filmen erlebten meistens eine Tragödie, dennoch erschienen sie uns gut gelaunt und positiv. In ihrem tiefen Innern wussten sie, dass alles besser wurde. Wenn sie etwa die Tür eines Autos öffneten, lächelten sie, als wären sie froh, ein Auto zu besitzen, ein knallrotes oder ein knallgelbes, weil sie früher keines gehabt hatten oder das neue besser als das alte war. Die Menschen saßen in Flugzeugen und flogen auf tropische Inseln, wo sie ein romantisches und zuweilen gefährliches Abenteuer erwartete. Oder sie hatten einen Telefonhörer in Form einer Banane in der Hand. Oder sie verbrachten den Urlaub in einem Haus mit Swimmingpool in der Provence, wo heute im Sommer der Hitze wegen kein Mensch mehr hinfuhr. Die Gesichter schienen unaufhörlich zu sagen: Schaut her, nichts geht über einen solchen Urlaub; schaut her, wie modern und fortschrittlich wir in unseren Badeanzügen sind.

Die Menschen in den Filmen lebten wie Kinder. Sie nahmen,

was sie kriegen konnten, und besaßen kein Bewusstsein dafür, dass sie den Planeten zerstörten. Ihre Naivität hatte eine Leichtigkeit, die ansteckend war. Das war vielleicht der Grund, weshalb Sili und ich diese Filme liebten. Die Leichtigkeit war wie eine Erlösung, ein Lichtblick. Dabei blieb es uns unmöglich, einmal ein Leben im Wissen oder im Glauben zu führen, dass alles besser wurde.

Es wurde schlechter.

Ich machte mir keine Illusionen: Sili und ich und alle anderen in unserem Alter leisteten Aufräumarbeit. Die Party war vorbei, und wir mussten aufräumen.

Ich allerdings war müde. Den Sternenhimmel, unter dem Sili und ich am Strand bei angenehmen dreiundzwanzig Grad saßen, hatte ich schon tausende Male gesehen. Die letzten Herausforderungen bei der Entwicklung der Cottimotte reizten mich nur halb. Roberto Cottis Gesamtwerk kannte ich. Sogar gevögelt hatte ich genug; genug für ein ganzes Leben, glaubte ich.

Dennoch las ich weiter in *Formen der Neuzeit*. Ich hatte noch die Hoffnung, etwas zu entdecken. Eine Entdeckung oder vielmehr eine Einsicht war, dass ich bei der Lektüre Glücksgefühle empfand. Wie früher schon begann ich, mit dem Gedanken zu spielen, eine wissenschaftliche Laufbahn als Cotti-Spezialist einzuschlagen. Dann konnte ich mich ein Leben lang mit seinen Büchern beschäftigen, Texte über seine Bücher lesen und selber schreiben. In diesem Moment aber dachte ich vor allem daran, dass alles gut wurde, wenn ich nur weiter in *Formen der Neuzeit* las. Wenn ich mich an diese Welt festklammerte, in ihr versank und nicht wieder herauskam.

Doch dann geschah etwas. Beim Esstisch in unserer kleinen Ferienwohnung blickte Sili mich kurz auf die bestimmte Weise an. Und ich erwiderte ihren Blick nicht, was in diesem Urlaub nicht oft vorgekommen war, oft jedoch in den vergangenen drei Tagen. Ich nahm das Buch und ging nach draußen in die Hitze, wo ich mich im Schatten auf den Liegestuhl legte.

Eine halbe Stunde später kam Sili zu mir. Sie setzte sich

neben meine Beine auf den Liegestuhl und fing an, meinen Nacken zu streicheln.

»Ich frage mich«, sagte sie, »ob ich nach Hause fahren sollte.«

Ich wusste nicht, was antworten, und schwieg.

»Denkst du«, fuhr sie fort, »wir brauchen eine Pause?«

»Vielleicht.«

Meine Antwort war schnell gekommen, ohne dass ich sie vorher überdacht hatte. In diesem Moment erinnerte ich mich, wie ich mir zu meinem zwölften Geburtstag gewünscht hatte, dass Mutter und Vater sich umarmten. Ich hatte keinen anderen Wunsch gehabt. Nur diesen einen. Und sie taten es. Vor meinen Augen lagen sie sich in den Armen, dann, noch Hand in Hand, blickten sie sich gegenseitig an. In diesem Moment war mir klar geworden, dass sie sich vermutlich seit über zehn Jahren, auf jeden Fall so lange ich mich zurückerinnern konnte, nicht mehr angesehen hatten. Sie waren sich nur noch begegnet, wenn es um mich gegangen war, bei einer »Übergabe«, wie es hieß, oder an einem meiner Geburtstage oder bei einem Besuchstag in der Schule, dabei grüßten und verabschiedeten sie sich flüchtig. Beide wandten sich stets mir zu, dies mit Hingabe, sie selbst jedoch behandelten sich wie Fremde oder lose Bekannte. Vor meinem zwölften Geburtstag hatte ich es satt gehabt.

Als ich mich im Liegestuhl daran zurückerinnerte, hatte ich das Bedürfnis, Sili zu umarmen. Doch ich konnte nicht. Ich blieb liegen. Ich drehte nicht einmal den Kopf zu ihr, stattdessen schweiften meine Augen über die Buchseite. Ich versuchte, mich an einem Wort oder wenigstens an einem Buchstaben festzuhalten. Nicht einmal das wollte mir gelingen.

Schließlich fragte ich nüchtern, in einem unangemessenen Tonfall, nüchtern nicht aus Kälte gegenüber Sili, sondern um meine Gefühle zu bändigen:

»Ist das die Trennung?«

»Lass uns nicht jetzt darüber sprechen.«

Sili übte einen sanften, zärtlichen Druck auf meinen Nacken aus und ging.

Wir fuhren gemeinsam nach Berlin zurück. Nebeneinander saßen wir im Zug, ohne ein Wort zu sprechen. Unsere Schultern und Oberschenkel berührten sich manchmal, doch unsere Hände fanden nicht zueinander.

Vor dem Hauptbahnhof, wo unsere Rennräder standen, verabschiedeten wir uns. Sili sah mich mit verweinten Augen an. Mein Blick war müde und entgeistert. Ich blieb stumm. Ich wollte nicht reden, ohne zu fühlen, wollte nicht reden wie ein Papagei, der nichts begriff von dem, was er sagte. Ich stand da wie aus Pappe, in mir drin klaffte ein riesiges schwarzes Loch.

Auch jetzt war ich nicht in der Lage, Sili zu umarmen. Ich sackte ein wenig zusammen und wandte mich ab.

Ich erreichte den Wohnwagen rechtzeitig. Nach den Monaten der Dürre war nun anhaltender Starkregen vorausgesagt, vier oder fünf Tage, vielleicht eine Woche lang. Ich hatte noch Zeit, in aller Ruhe das Sonnensegel zu verstauen und das große Vorzelt aufzubauen, das meine Wohnfläche verdreifachte; starker Wind war zum Glück nicht zu erwarten.

Kaum hatte ich mich im Wohnwagen auf das Bett gelegt, um einen Moment auszuruhen, begann der Regen auf das Dach zu klöppeln. Ich kochte einen Espresso, mit dem uralten Kocher von Bialetti, den Vater mir bei meinem Auszug mitgegeben hatte. Ich mochte es, am Tisch zu sitzen und einen Espresso zu trinken, und ebenso mochte ich den Duft nach Kaffee, der nach dem Kochen im Wohnwagen war.

Ich nahm *999*, das umfangreichste Buch von Cotti, und fing mit Lesen an. Es tat mir gut, allein zu sein.

Einige Tage später erhielt ich einen Brief von Mutter. Es war der 18. Juli 2044, ihr fünfundsechzigster Geburtstag. Sie schrieb, dass sie heute bereue, damals, noch vor meinem zweiten Geburtstag, den Streit um das Sorgerecht und um die Frage, bei wem ich wie oft sei, losgetreten zu haben, statt dankbar zu sein, dass ich einen guten Vater habe, der sich kümmere. Sie schrieb, dass ich durch diesen Streit und die jahrelange angespannte Situation zweifelsfrei Schäden davongetragen habe und dass das ihre Schuld sei. Es tue ihr leid. Sie bitte mich um Verzeihung.

Sie war im Laufe meiner Kindheit immer wieder vor Gericht gegangen. Sie wollte nicht, dass ich die Hälfte der Zeit bei Vater verbrachte. Damit hatte sie zwar das Wechselmodell unmöglich gemacht, jedoch auch bewirkt, dass ich meinen Lebensmittelpunkt nicht bei ihr, sondern bei Vater einnahm.

Ich konnte mich nicht erinnern, dass Mutter sich jemals für etwas entschuldigt oder dass ihr etwas leid getan hatte. Daher war ich von ihrem Brief gerührt. Gleichzeitig war ich verärgert, weil sie diese Dinge erst jetzt, da Vater gestorben war, geschrieben hatte. Ich war der Meinung, sie hätte das nicht nur mir, sondern auch ihm schreiben müssen.

Ich schrieb an Mutter, dass ich ihre Entschuldigung annehme und es mir heute gut gehe.

Der Starkregen hielt noch immer an. Mich störte das nicht. Ich musste nun allerdings die Gummistiefel anziehen, wenn ich das Treppchen des Wohnwagens hinunterstieg; Wasser war unter den Wänden des Vorzelts hindurch gelaufen und hatte den Boden durchnässt.

Manchmal saß ich im Vorzelt am Klapptisch, bekleidet bloß mit Gummistiefeln, Unterhose und T-Shirt. Ich trank einen Espresso und las. Die Temperatur war auf dreißig Grad gesunken. Das Geräusch des Starkregens war inzwischen so vertraut, dass es mir nicht mehr auffiel, jedoch sofort gefehlt hätte, wenn es abgebrochen wäre.

Ich beschloss, endlich das eine Fach rechts über dem Bett durchzugehen. In einer Tüte entdeckte ich eine Piratenflagge. Sie musste etwa zwanzig Jahre alt sein. Wir hatten sie damals an einem Stab am Wohnwagen befestigt.

Vater hatte sie nicht weggeworfen.

Osten

Nach zehn Tagen war der Regen vorbei. Obwohl ich langsam las und Pausen einlegte, war ich mit *999* schon ziemlich weit. Ich hatte in diesen Tagen kaum etwas anderes getan als zu lesen. Dies war nun meine dritte Lektüre von *999*, und sie war die beste. Die darin geschaffene Welt schien mir noch mehr Tiefe und Wärme zu haben, als ich es beim ersten und zweiten Lesen empfunden hatte. Traurig machte mich nur, dass ich bereits so weit war. Ich konnte nach dem Ende gleich wieder von vorn beginnen. Oder von hier nach dort springen, das Buch irgendwo aufklappen und lesen. Die Vorstellung gefiel mir. Auf diese Weise wäre das Buch nie zu Ende. Noch besser war nur, ein Buch zu schreiben; dann war man jahrelang beschäftigt und in einer Welt, die man selber erschuf.

Während der Regentage hatte ich einmal einkaufen gehen müssen. Ich zog eine kurze Hose und ein T-Shirt an, nahm den großen Rucksack und dessen Regenhülle und fuhr mit dem Rennrad los. Vater hatte gesagt, es sei aus den Achtzigerjahren des letzten Jahrhunderts, ein gutes Rad.

Das Wasser lag auf der Straße. Der Regen fiel noch immer so heftig, dass ich nach wenigen Sekunden bis auf die Haut nass war. Aus diesem Grund trug ich die kurze Hose und das T-Shirt. Es war an diesem Tag zweiunddreißig Grad warm.

Ich kaufte Insektenfleisch, Heuschreckenmehl, drei Liter Haferdrink, Haferflocken, Obst, Gemüse und meine Lieblingskekse. Dann fuhr ich nach Hause.

Im Wohnwagen hängte ich die nassen Kleider in der Dusche auf. Im Vorzelt dauerte es bei Regen oft Tage, bis die Sachen trockneten.

Als der Regen vorbei war, konnte ich die noch immer feuchten Kleider draußen aufhängen. Die Sonne schien bereits wieder. Für die nächsten zwei Wochen waren Sonne und Temperaturen um die achtunddreißig Grad angekündigt.

Ich dachte manchmal an Sili. Nicht oft und nicht lange, eher zwischendurch. Dann fragte ich mich, ob sie an mich dachte, wir uns bald sprächen, ob ich überhaupt noch einmal von ihr hören würde. Diese Gedanken waren wie Blitze, wenn ich das Buch weglegte oder mir etwas zu essen zubereitete. Ich blieb ruhig und im Vertrauen, dass sich alles irgendwie fügen würde.

Ich war nicht traurig. Ich fühlte keinen Schmerz. Ich fühlte nichts. In diesen Tagen war das Leben leicht und ohne Widerstand. Vater war bei mir, er war mir ganz nah, das spürte ich. Am stärksten spürte ich es im Wohnwagen.

Ich holte aus dem Baumarkt einen langen Bambusstab und hängte die Piratenflagge auf. Dann kochte ich einen Espresso, setzte mich draußen in den Schatten und las weiter.

Kaum jemand kam vorbei, weder Spaziergänger noch Leute mit Hunden, noch Jogger. Es war ihnen allen zu heiß.

Ich nahm den Regenschirm, den ich als Sonnenschirm verwendete, und ging hinüber zum Plötzensee, der kaum noch Abkühlung bot, mich aber vom Schweiß befreite.

Am nächsten Tag fuhr ich mit dem Rennrad zu Jean, meinem Paten. Er war der beste Freund meines Vaters und Schriftsteller. Sein vollständiger Name lautete Jean Mason. Ich mochte seine Bücher, die eine fein ziselierte, artistische Fortsetzung, Erwiderung oder Spiegelung von Roberto Cottis Werk waren.

»Hallo Dor«, sagte Jean und nahm mich in die Arme, so wie früher, als ich ein Kind gewesen war. Um mir Trost zu spenden, musste er kein Wort über Vater verlieren. Er musste mich nur in den Armen halten.

Jean war nicht nur mein Pate. Er war auch ein Freund.

Seit einigen Jahren lebte er in einer kleinen Dachgeschosswohnung, eine jener Wohnungen, die der Hitze wegen weniger beliebt und nicht so teuer waren wie jene darunter. Seine besaß auf beiden Dachseiten eine Gaube mit einem großen Balkon, weshalb sie an einen Wohnwagen oder einen geschlossenen Pavillon erinnerte. Ich fühlte mich hier wohl. Jedes Mal fiel mir das von neuem auf, auch jetzt.

Die Wohnung war länglich und schmal und bestand lediglich aus einem Raum. Kam man zur Tür herein, befand man sich bereits im Wohnzimmer, genauer, bei der Küchenzeile, die sich wie ein Gebirgszug erhob und als Raumteiler fungierte. An sie schloss eine winzige Kabine an, in der ein Waschbecken der kleinsten Größe und eine Toilette waren. Außerdem hing darin ein Duschschlauch. Es war unmöglich zu duschen, ohne direkt bei der Toilette zu stehen oder gar auf ihr zu sitzen. Da beim Duschen der ganze Raum nass wurde, befanden sich keine Gegenstände in ihm. Die Toilettenpapierrolle stand in einem liebevoll mit Blumen bemalten Behälter, der wie ein kleiner Briefkasten aussah und an der Außenseite der Kabine neben der Tür angebracht war. Zahnbürste und Zahnpasta hatte Jean auf der Küchenzeile stehen, wo er sich die Zähne putzte. Ein Spiegel hing neben der Eingangstür, an einem Haken baumelte eine Haarbürste.

In der Wohnung gab es kein Sofa, jedoch drei Betten, die mit bemusterten Tagesdecken und Kissen wie Sofas aussahen und um einen Salontisch herum ein Quadrat bildeten, dessen eine Seite offen war. Eines der zum Sofa umfunktionierten Betten stand an der Wand der Gaube, die beinahe bodentiefe Fenster aufwies; öffnete man die Fenster, saß man so gut wie im Freien. Das Gitter des Balkongeländers ließ den Blick frei zu den Dächern der anderen Häuser und in den großen Innenhof, in dem mehrere Bäume standen und an dessen Seiten Kletterpflanzen die Hausfassaden begrünten.

Wie immer setzte ich mich auf das Sofa bei der Gaube, deren Fenster und Tür zum Balkon heute offen standen.

»Trinkst du einen Kakao?«, fragte Jean.

Ich bejahte. Seit meiner Kindheit machte Jean einen Kakao für mich, wenn ich ihn besuchen kam.

»Kalt oder warm?«

Ich wollte ihn warm haben.

»Als du auf die Welt gekommen bist«, sagte Jean, »bin ich davon ausgegangen, dass es in zwanzig oder dreißig Jahren keinen Kakao mehr geben wird. Aus ökologischen Gründen.«

Ich sah ihm dabei zu, wie er hinter der Küchenzeile stand und in einem Topf den Haferdrink erhitzte. Seit einigen Jahren war sein Haar ergraut; er trug es noch immer schulterlang. Der Bart war weiß. Er hatte eine locker sitzende Leinenhose und ein kurzärmeliges Hemd an. Er wirkte auf mich wie eine freundliche und kluge, etwas faltige Schildkröte.

Ich lächelte und sagte: »Das war ein Denkfehler. Natürlich gibt es noch Kakao, Autos und Flugzeuge. Was es fast nicht mehr gibt, sind Insekten.«

Jean kam mit zwei schmalen, hohen Gläsern, in denen der Kakao und je ein langstieliger Löffel war. Genau so mochte ich es: mit einem langstieligen Löffel und einer dünnen Schicht Schaum über dem Kakao. Jean merkte sich solche Dinge.

»Schau mal«, sagte er, »was ich heute Morgen gebacken habe.« Er ging zur Küchenzeile und holte einen großen flachen Teller.

»Brownies?«, fragte ich. »Ich liebe sie!«

»Dann greif zu.« Er nahm einen Brownie und aß ihn. Auch ich nahm einen.

»Zurück zum Kakao«, sagte er. »Das war tatsächlich ein Denkfehler. Dabei kannte ich schon damals die Menschheit gut genug, um es besser zu wissen. Doch in mir drin steckt einfach ein Optimist. Ich kann nicht anders als zu glauben, dass wichtige Dinge kommen werden, spät vielleicht, aber dass sie kommen. Dass der Lauf der Welt sich zum Guten wendet. Hätte ich diesen Glauben nicht, wäre das Leben furchtbar, oder? Wie ist es bei dir?«

Ich nippte am Kakao, der noch zu heiß war.

»Das bedingungslose Grundeinkommen«, sagte ich, stellte den zu heißen Kakao auf den Salontisch und nahm noch einen Brownie. Jean ließ mich in Ruhe essen. Dann fuhr ich fort:

»Man wartet auf Dinge, die längst hätten geschehen müssen, und wenn sie dann geschehen, ist es zu spät. Es ist, wie wenn ein Zehnjähriger eine Hose bekommt, die einem Fünfjährigen passt.«

»Du bist nicht optimistisch? Kein bisschen?«

»Es ist noch nicht lange her, da betrug die durchschnittliche Lebenserwartung eines Menschen wenige Jahrzehnte. Der Mensch denkt an die kommenden fünf, vielleicht zehn Jahre. Er ist nicht dazu gemacht, daran zu denken, was in einhundert oder zweihundert Jahren sein wird. Ich glaube, es wird alles geschehen, alle Maßnahmen werden ergriffen werden – etwa hundert Jahre zu spät. Der Mensch wird erst reagieren, wenn die Katastrophen ihn erfassen, und er wird immer nur das Allernötigste tun. Das sieht man doch. Seit meiner Geburt reiht sich eine Katastrophe an die nächste. Dabei weiß der Mensch, was in dreißig oder fünfzig Jahren vermutlich geschehen wird, doch er handelt nicht. Er denkt nur an die nächsten fünf oder zehn Jahre. Oder an die kommenden Wahlen.«

Das alles sagte ich im vollen Ernst.

Jean rührte mit dem Löffel im Kakao. Dann nahm er einen Löffel voll und probierte davon.

»Lecker! Denkst du nicht, dass viele Menschen sehr wohl mit Blick auf die kommenden Jahrhunderte entscheiden würden, wenn sie könnten? Wie erklärst du dir, dass ganze Politikergenerationen scheitern und nur einen kleinen Bruchteil ihrer Ideen umsetzen können?«

Ich schwieg.

»Ich glaube«, sagte Jean, »dass nicht wenige Politiker viel Richtiges tun würden, wenn sie könnten. Zu sagen, dass dies und das geschehen muss und alle Menschen an einem Strang ziehen müssen, ist im Grunde banal. Die Frage ist doch, wie man das auf diplomatischer Ebene hinkriegt.«

Ich schwieg noch immer. Ich nahm das Glas mit dem Kakao in die Hand.

»Dein Vater hat mir vor langer Zeit einmal gesagt, dass die Verhandlungen und der Umgang mit deiner Mutter ihm eine Ahnung davon vermittelt hätten, was Diplomatie sei.«

»Ich verstehe. Aber weshalb hast du dann deine *21 Forderungen für die nächsten 20 Jahre* veröffentlicht?«

Jean rutschte auf dem Sofa nach hinten und setzte sich in den Schneidersitz. Er sagte, er sei kein Politiker und auch kein Diplomat, sondern Schriftsteller. Er habe diese Forderungen in die Öffentlichkeit geworfen, um Debatten anzustoßen. Es sei ihm immer klar gewesen, dass nichts davon in absehbarer Zeit umgesetzt werde, nicht einmal das Tempolimit auf Autobahnen.

»Du bist ja ein knochentrockener Realist!«, sagte ich und griff nach einem Brownie.

»Weshalb auch nicht? Ich glaube, in keinem Beruf wird man so sehr zum Realisten wie in den miserabel bezahlten Künstlerberufen. In Wahrheit sind doch die Menschen mit guten Löhnen die größten Träumer. Sie kaufen sich Sportwagen, erfüllen sich absurde Urlaubswünsche; sie sind erwachsene Kinder, die in einer Märchenwelt leben und daran glauben, dass diese Welt echt ist. Womit sie nicht einmal falsch liegen. Solange ihnen das Geld nicht ausgeht …«

»Bist du nun Optimist oder Realist?«

»Vielleicht beides. Man darf sich keine Illusionen machen und gleichzeitig sollte man die Hoffnung nicht aufgeben. Ich glaube, das ist am gesündesten.«

Ich aß noch einen Brownie. Ich warf einen Blick zu Jean, der auf dem Sofa saß, das links an meines grenzte.

»Auf welchem dieser Betten schläfst du eigentlich?«

Er zeigte auf das Bett, auf dem er saß und das gegenüber der offenen Seite des Quadrats lag. Der Salontisch war auch der Nachttisch. Auf ihm befand sich eine kleine Stehlampe mit Schirm, die bestimmt eine angenehme Atmosphäre schuf, wenn man hier bei Dunkelheit saß oder im Bett lag.

Wenn Jean im Bett den Kopf in Richtung Nachttisch und Lampe drehte, blickte er dahinter auf die Farblithographie *Rilkes Schatten* von Reiner Schwarz, die eingerahmt an der Wand hing: eine lädierte Hausmauer, auf der ein großer Schatten lag, ein Kopf im Profil.

Jean hatte in seiner Wohnung drei weitere Werke von Reiner Schwarz hängen, deren Bildtitel ich seit langem kannte. *Beckett III* an der Außenwand der Toilettenkabine zeigte den Kopf eines menschenähnlichen Wesens, das einen Rüssel wie ein Elefant besaß und den Betrachter zwischen zwei Gitterstäbe hindurch anblickte. Auf *Der Letzte Schultag*, ebenfalls an der Kabine, war eine rote Tasche zu sehen, die wie hingeworfen oder verloren auf dem Boden lag. *Lebenszyklus – Ledersessel II* stellte einen alten, wuchtigen Sessel dar, dessen Leder an mehreren Stellen eingerissen und von dem nur ein Teil der Rücken- und Seitenlehnen zu sehen war.

»Was hat es eigentlich mit dem Sessel auf sich?«

Ich zeigte auf das quadratische Stück Packpapier mit dem Sessel darauf, das an der Wand hinter Jean hing.

»Früher ging ich fast jeden Tag in ein Café, um zu arbeiten und zu lesen. Die meiste Zeit saß ich dabei in einem breiten Sessel, der jenem von Reiner Schwarz zum Verwechseln ähnlich sah. In diesen Jahren wurde ich schriftstellerisch zu dem, was ich heute bin. Eines Tages war der Sessel weg, an seiner Stelle standen nun zwei Stühle, die einer Person mehr Platz boten und für das Café ein zusätzlich verkauftes Getränk bedeuteten. Jahre später lernte ich Reiner kennen; er gab mir den Ledersessel, der mich an früher erinnerte, und die anderen Werke zu einem Preis, der mehr als freundschaftlich war. Es war eher eine Sache zwischen einem Künstler und einem Schriftsteller. Ich glaube, *Rilkes Schatten* erhielt ich sogar gegen ein Abendessen und ein signiertes und mit einer Widmung versehenes Buch von mir. Reiner fand, dass *Rilkes Schatten* gut zu mir passte und ich es haben musste.«

Jeans Vergangenheit kam mir wie jene Vaters schillernd, melancholisch und geheimnisvoll vor. Ich wusste nicht, wie oft ihn seine beiden längst erwachsenen Kinder besuchten; sie schliefen dann zu dritt hier, jeder auf einem Bett, den Nachttisch teilten sie sich. Jean zeigte auf die Brownies.

»Es gibt kein Abendessen, also schau zu, dass du satt wirst. Ich habe sie nur für dich gebacken.«

Ich nahm noch einen.

»Und nun lebst du wieder in Vaters Wohnwagen?«

»Ja. Stell dir vor, ich habe unsere alte Piratenflagge gefunden. Ich habe sie wieder aufgehängt.«

»Die Piratenflagge? Stimmt! Ich kann mich an sie erinnern.«

Er rieb die Hände aneinander, dann zeigte er auf die Brownies. Ich nahm noch einen. Jean hielt inne, während ich aß, als dächte er über etwas nach, dann sagte er:

»Es ist schön, dass du mich besuchen kommst. Du weißt doch, dass du immer zu mir kommen kannst, ja?«

Ich nickte.

»Dor … Wie geht es dir?«

Sili schrieb mir eine Nachricht. Sie fragte, ob sie mich zur internationalen Roberto-Cotti-Tagung in Breslau begleiten dürfe.

Ich wusste an jenem Abend nicht, was antworten, legte mich auf das Bett und begann zu lesen. Die kleinen Wohnwagenfenster mit den Miniaturvorhängen boten mir seit Kindertagen Trost und ein Gefühl der Geborgenheit. Ich lag einfach nur da, die Vorhänge zugezogen, las im Buch und fühlte mich von der Außenwelt abgeschnitten, wie es in einer Wohnung niemals der Fall gewesen wäre.

Sili schrieb mir eine weitere Nachricht. Sie würde für uns beide etwas mitbringen.

»Womit willst du mich ködern?«, schrieb ich frech zurück.

Das Bild, das sie mir schickte, zeigte zwei orange Jogginganzüge. Ich kannte das Modell. Es handelte sich um jenen unter Cotti-Kennern zum Kult gewordenen orangen Jogginganzug aus den Achtzigerjahren des letzten Jahrhunderts, in dem Cotti einige seiner wichtigsten Werke wie *Reiters Erbe* und sogar *999* geschrieben haben soll.

Ich bekam spontan Lust, mit Sili in diesen Jogginganzügen zu vögeln. Die Hosen gerade so weit wie nötig heruntergezogen, im Hotelzimmer oder draußen hinter einem Busch.

Noch besser gefiel mir jedoch die Vorstellung, mit ihr im Zug nach Breslau zu sitzen. Einfach nur neben ihr sitzen. Stundenlang. Ich antwortete, dass ich es mir überlege, und fragte, wie sie zu den Jogginganzügen gekommen sei.

»Verrate ich nicht«, schrieb sie.

Wenn sie es sich in den Kopf gesetzt hatte, war sie ziemlich gut darin, etwas zu erledigen, zu finden oder zu beschaffen. Sie war schlau und beharrlich; das gefiel mir. Ich wollte ihr erzählen, dass auch Jean bei der Arbeit eine Jogginghose trug und manchmal sogar mit ihr öffentlich auftrat.

Seit meinem Besuch bei ihm war es unmerklich kühler geworden, die Temperatur lag jeweils zwischen vierunddreißig und siebenunddreißig Grad. In einer Papiertüte hatte Jean mir noch einige Brownies mitgegeben; auf dem Rennrad war mir klar geworden, dass mir der Abschied schwer fiel und ich am liebsten ein paar Tage bei ihm geblieben oder gleich bei ihm eingezogen wäre. Ich wusste, dass das nicht ging und mir nicht dabei half, mein Leben auf den Weg zu bringen. So hatte ich es in Gedanken formuliert: Mein Leben auf den Weg bringen.

Ich las noch den ganzen Abend in *999*.

Am nächsten Morgen stand ich am Herd und kochte Espresso. Mit der Tasse, einem Glas Wasser und dem letzten Brownie ging ich nach draußen und setzte mich an den Klapptisch, der im Schatten des Sonnensegels stand.

»Guten Morgen«, schrieb ich an Sili, »dann melde ich dich jetzt beim Hotel an.« Und um sie zu ärgern, fügte ich hinzu:

»Jean hat leckere Brownies für mich gebacken. Ich habe gerade den letzten gegessen.«

Ich trank vom Wasser, das neben der inzwischen leeren Espressotasse stand.

»Tut mir leid für dich«, schrieb Sili. »Aber was für ein Zufall: Ich habe soeben Brownies gebacken, über die ich mich nun hermache.«

Auf einmal wurde ich traurig. In meinen Gedanken sah ich sie in ihrem Zimmer sitzen und mir diese Nachricht tippen, ohne dass aus der Küche der Duft nach Brownies zu ihr drang. Dann stellte ich mir vor, dass sie tatsächlich welche gebacken hatte und sie alleine aß oder mit den anderen der WG teilte, nicht jedoch mit mir.

»Du kannst sie alle aufessen«, schrieb ich. »Die Brownies von Jean waren vollkommen; ich möchte keine anderen mehr haben.«

Keine Minute später erhielt ich ein Bild, das einen perfekten Brownie zeigte. Es war nicht zu erkennen, ob sie das Bild selbst geschossen hatte.

Tage danach saßen wir nebeneinander im Zug nach Breslau. Wir hatten uns beim Bahnhof getroffen, uns aus Verlegenheit flüchtig auf den Mund geküsst und waren gleich zum Bahnsteig gegangen.

Die Sache mit den Brownies hatte sich noch nicht aufgeklärt. Es war eine alberne Nebensächlichkeit, die eine abgründige Bedeutung bekommen hatte. Ich wollte wissen, ob sie an jenem Tag tatsächlich Brownies gebacken hatte, ohne mir die Blöße geben zu müssen, danach zu fragen. Sili wiederum schwieg.

Ich wusste nicht, was ich sagen oder erzählen sollte, und fing an zu lesen. Auch sie zog ein Buch aus der Tasche.

Im Hotelzimmer zeigte sie mir die orangen Jogginganzüge. Wir zogen sie probehalber an. Sie waren uns viel zu groß, sodass wir darin aussahen wie Clowns. Ich fragte, weshalb sie nicht welche in unseren Größen genommen habe. Es habe nur diese gegeben, antwortete sie.

Sili trat vor den Spiegel. Mit einem Ernst, den ich sonst von ihr nicht kannte, richtete sie ihr Haar. Ich erinnerte mich, dass ich in den Jogginganzügen mit ihr hatte vögeln wollen, doch nichts erschien mir unpassender, als jetzt mit ihr zu vögeln.

Die Nacht verbrachten wir nebeneinander im großen Doppelbett. Nichts geschah, wir hielten beim Einschlafen nicht einmal unsere Hände. Ich wartete darauf, dass Sili wie neulich beim Bahnhof zu weinen beginnen würde; dass sie sich zu mir drehte und ihr von den Tränen feuchtes Gesicht auf meines drückte, wir uns küssten und miteinander schliefen. Stattdessen hörte ich nach erschreckend kurzer Zeit ihren gleichmäßigen Atem. Sie war eingeschlafen.

Am nächsten Morgen stand sie mit einer Gleichgültigkeit auf und verschwand im Bad, die mich wütend machte. Wir zogen die Jogginganzüge an, gingen frühstücken und wie traurige Clowns zur Tagung.

Sie war nicht öffentlich, jedoch frei zugänglich für alle, die einen Studentenausweis besaßen. Wir sahen gleich, dass nicht viele von dieser Möglichkeit Gebrauch gemacht hatten, bloß einige Polnisch sprechende Germanistikstudenten der Universität Breslau, wie wir vermuteten. Es waren fast nur Frauen und Männer in seltsam biederen Anzügen zu sehen; auf die Idee, Cottis orangen Jogginganzug anzuziehen, war außer uns niemand gekommen.

Ein Mann in einem grauen Anzug trat an das Mikrofon, das zwei Meter neben einem Tisch stand, und begann zu sprechen. Er hielt eine lange und langweilige Rede. Dann sagte er, er lasse nun einen ganz besonderen Menschen sprechen. Er sei stolz, dass es ihnen gelungen sei, diesen Menschen dazu zu bewegen, die Einladung anzunehmen. Hiermit begrüße und übergebe er das Wort an Desiderio Cotti, Roberto Cottis Sohn.

Jemand in unserem Alter mit einer locker sitzenden Stoffhose und einem weit aufgeknöpften weißen Leinenhemd betrat die

Bühne, einen Beutel in der Hand, und setzte sich an den Tisch. Desiderio Cotti hatte ein rundliches Gesicht und schwarzes, stark gelocktes Haar, das ihm weit über die Schultern reichte.

Er saß vor uns, blickte über die Zuhörerreihen hinweg und gähnte. Er gähnte lange und schamlos, ohne die Hand vor den Mund zu halten. Räuspern im Publikum, vereinzeltes Kichern. Als er zu Ende gegähnt hatte, blieb er reglos sitzen. Einige Zeit verstrich. Dann bückte er sich zum Beutel hinunter, den er vorher neben das Tischbein gestellt hatte, zog einen großen, noch verpackten Osterhasen aus Milchschokolade heraus und stellte ihn auf den Tisch. Der Osterhase musste etwa vierzig oder fünfzig Zentimeter hoch sein und vom vergangenen Frühling stammen. Er hatte ihn so gedreht, dass der Hase ihn ansah.

Desiderio Cotti saß da und schwieg. Schließlich sagte er beiläufig, mit monotoner, leiser Stimme, als hätte er kein Interesse daran, auch in den hinteren Reihen verstanden zu werden: »Fragen?«

Als sich niemand meldete, nahm er den Osterhasen und legte ihn auf den Tisch, als würde der Hase nun schlafen. Mit einem Fausthieb zerschlug er ihn in Stücke, dann öffnete er die Verpackung und begann zu essen. Den Mund voll Schokolade, sagte er, wie viel Honorar er für die Dreiviertelstunde erhalte und dass Reise- und Hotelkosten übernommen worden seien. Er aß weiter. Nach einer Weile fragte er, ob jemand ein Stück abhaben wolle.

»Ich!«, sagte ich und ging nach vorn.

Am Abend saßen Desiderio und ich in einer Kneipe. Sili hatte mit uns gegessen und nach dem Zahlen gesagt, sie lasse uns allein. Ihr war aufgefallen, dass Desiderio und ich dabei waren, uns anzufreunden.

Wir tranken einen gut gekühlten Weißwein. Obwohl die Abenddämmerung begonnen hatte, lag die Temperatur bei über dreißig Grad, und wir waren auch noch, da draußen alle Tische besetzt gewesen waren, hineingegangen, in das rustikale, dunkle Lokal, in dem es stickig war und die warme Luft stillstand.

»Komm, wir setzen uns an die Oder«, schlug Desiderio vor.

Als wir am Fluss saßen, wo ein leichter Wind wehte und vor uns das dunkle Wasser vorbeiglitt, erzählte er mir, dass er sich wie ein Vollwaise fühle. Die Mutter war kurz nach seinem zweiten Geburtstag gestorben, worauf der Vater ihn allein großgezogen hatte. Er war volljährig, aber noch vor dem Abitur gewesen, als er den Vater verlor.

Ich erzählte ihm von meiner Kindheit, dem wöchentlichen Pendeln zwischen Mutters Villa und Vaters Wohnwagen, dem anschließenden Leben bei Vater und dass ich seit dessen Tod wieder im Wohnwagen war.

Es war dunkler geworden, doch der Mond schien hell. Vögel flogen über die Oder, manchmal hörten wir sie auf dem Wasser landen.

Desiderio sagte, er wolle für den Rest seines Lebens nur noch Gedichte schreiben.

Ich fand die Idee gut und bestärkte ihn, sie umzusetzen.

Als ich klein gewesen war, drei-vier-fünf Jahre alt, hatte Vater Kindergedichte für mich geschrieben, die er mir im Wohnwagen, am Esstisch oder auf meinem Bett vorlas. Er erklärte mir, was ein Reim war, und ich begann nach Worten zu suchen, die sich reimten. Er brachte mir die Buchstaben bei. Ich konnte mich daran erinnern, wie wir am Esstisch vor einem Gedicht saßen und Vater ein Wort durch ein anderes ersetzte. Über die Veränderung, die dadurch entstanden war, hatte ich lachen müssen. Das Gedicht jedoch und selbst das neue Wort erinnerte ich nicht mehr.

Auf einmal sagte Desiderio, dass er sich heute noch manchmal vor den Nächten fürchte. »Heute Nacht wird es so sein. Ich weiß es.«

Ich fragte, weshalb er sich fürchten werde. Er antwortete, weil er allein in einem fremden Hotelzimmer sei, und fragte, ob ich das albern finde.

Ohne zu antworten legte ich den Arm um seine Schulter und drückte ihn an mich, wie Vater es bei mir getan hätte. Dann rief ich Sili an und sagte, dass ich noch ein wenig bei Desiderio bleibe. Er sei nicht gerne allein in fremden Hotelzimmern und sorge sich, nicht einschlafen zu können.

Sili schlug vor, dass er bei uns schlief.

Wir brachen auf. Die Rezeption war nicht mehr besetzt, so war es leicht, Desiderio ins Hotel zu schmuggeln.

Sili trug bereits ihr leichtes Nachthemd für tropische Sommernächte. Desiderio war höflich und scheu, er fragte, ob er auch wirklich nicht störe. Er ging ins Bad und duschte sich ab, um unser Bettzeug nicht zu verschmutzen, dann legte er sich zu uns.

»Wollen wir ein Gutenachtlied singen?« Desiderio blickte uns fragend und etwas unsicher an. »Ich kenne ein italienisches, das mein Papi immer für mich gesungen hat. Es geht so: Buona notte bambino …«

Er sang laut und schief, als hätte ihn das Lied von der Unsicherheit befreit. Sili und ich sangen und summten mit.

In dieser Nacht fanden unsere Hände wieder zueinander.

Süden

Als ich nach der Tagung zum Wohnwagen zurückkehrte, sah ich, dass der Spätsommer begonnen hatte. Ich erkannte ihn an den Bäumen, die auf unnatürliche Weise schlaff dastanden, mit kraftlosen, hängenden Blättern.

In meiner Kindheit hatte ich noch Jahre erlebt, in denen die Bäume im Herbst mit gelben, roten und orangen Blättern leuchteten. Trotz der Verfärbung hatten die Blätter nicht müde ausgesehen. Sie hatten von ihrer Größe nichts eingebüßt, waren vital gewesen, wie der Körper eines Sportlers. Nachdem sie heruntergefallen waren, leuchteten sie am Boden weiter; sie raschelten; es machte Freude, sie aufzusammeln und zu Hause in einen Becher zu stellen.

Heute gab es bei den alten, einheimischen Baumarten keine solchen Blätter mehr. Um wegen des Wassermangels zu überleben, begannen die Bäume mit dem Abwurf bereits am Anfang des Sommers. Jenen Blättern, die jetzt, im August, noch hingen, war der Wassermangel deutlich anzusehen. Nur die speziellen, dürreverträglichen Baumarten wie der Ginkgo und einige Ahornarten besaßen frisch leuchtende Kronen.

Ich stieg auf das Dach des Wohnwagens und befreite mit einem Besen die dort angebrachte Solaranlage von den Blättern. Über mangelnden Sonnenschein konnte ich mich nicht beklagen. Die Temperatur erreichte noch immer oft fünfunddreißig Grad.

Inzwischen las ich *Der Triumph des Doppelgängers*, Roberto Cottis letzten zu Lebzeiten veröffentlichten Roman. Es ging darin um eine seltsame Vierecksgeschichte: Einem Mann Anfang fünfzig kam sein erwachsener Sohn zunehmend wie sein jüngeres Selbst vor. Der Sohn war zweiundzwanzig Jahre alt und vor zwei Jahren für das Studium nach Berlin gezogen. Der Vater erkannte in ihm nicht nur vieles von sich selbst wieder, er stellte auch fest, dass der Sohn fast alles ein wenig oder sogar deutlich besser machte, als er es in diesem Alter getan hatte, etwa in seiner Beziehung zu Judith. Dass der Sohn eine bessere Version seiner selbst war, gefiel dem Vater. Dann jedoch begegnete der Sohn nur wenige Schritte von der Haustür entfernt seinem Doppelgänger, und Judith stattete dem Vater einen verhängnisvollen Besuch ab. Zum Erstaunen Judiths und des Vaters reagierte der Sohn gelassen, beinahe desinteressiert, als er erfuhr, dass sie miteinander geschlafen und sich ineinander verliebt hatten. Er war zu sehr fasziniert von seinem Doppelgänger, den er heimlich beobachtete und dem er auf der Straße folgte, wenige Schritte zur nächsten Straße, bis er damit anfing, ihm von Mal zu Mal weiter zu folgen, in der U-Bahn durch Berlin. Er stieg an U-Bahn-Stationen aus, bei denen er noch nie gewesen war, und eilte dem Doppelgänger durch unbekannte Viertel nach, gelangte in immer wieder neue unerforschte Bereiche der Stadt, in denen der Doppelgänger zu tun hatte. Was? Weshalb? Das blieb unklar; er betrat weder ein Geschäft noch ein Café, noch ein Wohnhaus. Auf einmal war er verschwunden. Hinter einer Hausecke. Im Menschengewühl.

Sili und ich hatten in jener Nacht mit Desiderio zwar unsere Hände gehalten und uns durch sanftes Drücken Zeichen gegeben, mehr war seither jedoch nicht geschehen. Beim Bahnhof hatten wir uns zum Abschied wieder flüchtig geküsst. Ich ertappte mich dabei, wie ich mithilfe des Terminkalenders herauszufinden versuchte, wann wir das letzte Mal miteinander geschlafen hatten.

Wenige Tage nach Breslau schrieb Sili mir, dass sie ihren Sommerjob beendet habe. Sie hatte zu Beginn der warmen Monate in einem Café mit einem großen Außenbereich zu kellnern begonnen, nicht, weil sie das Geld benötigte, sondern um es zu sparen. Ich wusste nicht, was sie damit im Sinn hatte, und ahnte, dass nicht einmal sie selbst es wusste.

»Hast du eine Idee, was ich mit der Kohle machen soll?«, schrieb sie. Ich antwortete, nein. »Wie wäre es damit?«, fragte sie und sandte ein Bild von einem Wohnwagen.

In diesem Moment spürte ich wieder die Sprachlosigkeit. Sie zeigte sich nun als etwas Schweres, das auf mir lag. Dieses unsichtbare, ungreifbare Gewicht drückte auch in meinem Innern auf mich und fühlte sich an, als würde es meine Gedanken wegdrücken oder zerdrücken. Ich wusste nicht, was ich auf das Wohnwagenbild antworten sollte, gleichzeitig dachte ich, dass eine rasche Antwort angebracht war. Ich musste rasch und richtig reagieren und spürte nur diese Schwere. Meine Ratlosigkeit kam mir besorgniserregend vor und steigerte meine Unruhe noch.

Ich zögerte die Antwort hinaus. Ich fürchtete, etwas Unpassendes, Verletzendes zu schreiben.

Am nächsten Tag hörte ich nichts von Sili. Mehrmals versuchte ich, eine Antwort zu verfassen, und gab jeweils nach kurzer Zeit auf. Ich ahnte, worauf sie mit dem Wohnwagenbild anspielte: Dass sie bereit war, sich auf mein Leben einzulassen. Sie wollte mit dem verdienten Geld einen Wohnwagen kaufen und ihn neben den meinen stellen. Ich hatte ihr oft davon erzählt, dass Vater und ich so gelebt hatten, in zwei Wohnwagen.

Ich wusste nicht, ob das eine gute Idee war. Ich konnte nicht einmal sagen, ob ich selbst in zwei Monaten noch im Wohnwagen sein wollte oder ob diese Sommermonate im alten Hymer Eriba meine Art waren, von Vater Abschied zu nehmen. Ich hatte zwei Eigentumswohnungen, jene von Mutter, die vermietet war, und jene von Vater, die ich nicht vermietet hatte. Sie stand leer, genauer: Vaters Sachen waren noch darin. Ich hatte Geld genug, eine Wohnung zu mieten, wenn ich nicht in jener von Vater leben wollte. Mir standen alle Möglichkeiten offen, was eine Entscheidung nicht leichter machte.

Während des Tages dachte ich immer wieder daran, Sili zu antworten, bis es Abend war, ich müde und wütend wurde. Ich war wütend, weil diese Sache schwer auf mir lag, ich jedoch frei und leicht sein wollte.

Ich wollte jetzt frei und leicht sein und es Sili schreiben. Ich möchte jetzt frei und leicht sein. Oder: Ich bin im Wohnwagen, um frei und leicht zu sein. Oder: Ich möchte im Moment frei und leicht bleiben. Alle drei Varianten gefielen mir nicht. Sili konnte jeden dieser Sätze als Ablehnung verstehen.

Ich schwieg einige Tage lang. Das Gewicht löste sich auf. Die Ruhe, die ich so sehr mochte, war wieder da.

Zweimal am Tag kochte ich Espresso, den ich am Klapptisch unter dem Sonnensegel in kleinen Schlucken trank. Ich las *Der Triumph des Doppelgängers*, diesen für Cotti nicht besonders umfangreichen Roman – zweihundert Seiten –, zum zweiten Mal in diesem Sommer: Nach Beendigung der ersten Lektüre hatte ich gleich wieder mit Lesen begonnen. Obwohl Cotti ihn in hohem Alter geschrieben hatte, wirkte der Roman frisch und jugendlich, er war einfacher und handlungsreicher als seine anderen Romane. Die Atmosphäre darin besaß etwas Magisches, das mich faszinierte und dem ich auf die Spur kommen wollte.

Je öfter sich die stillen, gemächlichen Verfolgungsjagden durch unbekannte Viertel Berlins wiederholten, desto mehr schien sich die Stadt in einen geheimnisvollen Irrgarten zu verwandeln. Es kam mir so vor, als ginge der Sohn auf der Ebene der Handlung durch die Wirrnis der Stadt und gleichzeitig auf einer symbolischen Ebene durch die Wirrnis des Lebens. Die zu nichts führenden Verfolgungen, die viele Seiten lang eine in ihrer Sinnlosigkeit komische Komponente besaßen, bauten nach und nach eine Erwartung, eine Spannung auf, die an einem bestimmten Punkt, eine Art Kipppunkt, etwas Gefährliches erhielt, bis sichtbar und immer deutlicher wurde, dass der Sohn verloren war. Er war ein im Leben hoffnungslos Verlorener, so endgültig hoffnungslos, dass ich auf eine Weise berührt war, die mich davon abhielt, das Buch wegzulegen oder gar mit ihm abzuschließen. Ich wollte es gleich ein drittes Mal lesen.

An einem Morgen klebte an der Außenseite der Wohnwagentür ein Zettel:

Ich liebe Dich, Dor.
Sili

Sie musste in der Nacht mit dem Rennrad vorbeigekommen sein und den Zettel angeklebt haben. Vielleicht hatte sie nicht schlafen können und die Liebeserklärung geschrieben oder sie hatte den Wecker auf zwei Uhr morgens gestellt und war mit dem bereits am Vorabend beschriebenen Zettel losgefahren. Sie hatte darauf geachtet, dass das alte Rennrad in der Nähe des Wohnwagens nicht schepperte. Des Mondes wegen, der noch voll genug war, um hell zu leuchten, hatte sie keine Lampe benötigt, mit der sie aus Unachtsamkeit auf ein Fenster zielen und mich hätte wecken können. Im Mondlicht hatte sie die Tür deutlich gesehen. Sie hatte beim Ankleben des Zettels aufgepasst, dass keine Geräusche entstanden. Vielleicht war ihr der Gedanke gekommen, an die Tür zu klopfen oder die Tür gleich zu öffnen und unter meine Bettdecke zu kriechen. Sie war jedoch wieder losgefahren, vorsichtig, damit das Rad nicht schepperte.

Ich empfand eine große, innige Freude, ein durchdringendes Gefühl des Glücks. Mit diesem Glücksgefühl ging ich hinüber zum Plötzensee, wo ich ein längeres, lauwarmes Bad nahm und meinen von der Tropennacht verschwitzten Körper reinigte; mit demselben Glücksgefühl frühstückte ich und setzte mich danach mit einem frisch gekochten Espresso an den Klapptisch. Eine Weile hörte ich den Vögeln beim Pfeifen zu. Ich hätte Sili zurückschreiben können, doch ich wollte diesen Moment, der inzwischen bereits über eine Stunde andauerte, nicht zerstören.

Ich ahnte: Sobald ich Sili schrieb, sie mir antwortete und ich wieder antwortete, würde der Zauber dieses Moments einer Alltäglichkeit weichen.

Silis Worte trug ich noch tagelang in mir. Jeder Gedanke, jede Bewegung erschien mir bedeutsam. Ich spürte das Glück, es lag vor mir, ohne dass ich es anfasste.

Einige Tage nach Vaters Tod war ich zu Mutter gefahren. Ich hatte mich angekündigt und wie immer hatte sie mich beim

Hauptbahnhof abholen wollen. Ich bestand darauf, dass sie mich nirgends abholte, weder beim Hauptbahnhof noch bei der Tramhaltestelle. Sie wollte ein Abendessen für mich kochen und fragte, wann ich bei ihr sei. Ich sagte, sie müsse nicht kochen. Ich hätte vorher noch einiges zu erledigen und wisse nicht, wann ich ankomme, vermutlich erst spät am Abend; zudem sei unklar, ob ich überhaupt komme, vielleicht schaffe ich es auch nicht.

Ich fuhr mit dem Zug nach München. Es war ein diffuses Gefühl, das mich veranlasste, Mutter zu besuchen. Vielleicht fuhr ich nur der Sorge wegen, es allein nicht auszuhalten. Dabei hatte Sili mir angeboten, bei mir zu sein, so oft und so lange ich wollte, und mich notfalls keine Sekunde aus den Augen zu lassen.

Zum diffusen Gefühl gehörte eine Erwartung, die ebenso diffus war: dass ich bei Mutter etwas erhielt; ich wusste nicht, was es war, nur, dass ich es brauchte. Oder dass ich bei Mutter etwas zu verstehen begann. Dass etwas vollständig und heil wurde. Dass ich wieder Boden unter die Füße bekam. Oder ich fuhr einfach deswegen, weil sie meine Mutter war.

Ich wollte unterwegs sein. Ich wollte aufbrechen und nicht ankommen. Aus diesem Grund war ich unsicher, ob ich an Mutters Haustür klingeln sollte; war ich erst einmal im Haus, konnte ich nicht mehr weg. Ich musste den Abend, die Nacht und den Morgen im Haus verbringen, bevor ich wieder gehen konnte.

Mutter liebte es, ausgiebig zu frühstücken. Sie holte beim Bäcker frisches Brot, kochte Eier, tischte Schinken, Käse, Kiwi und Melone auf; sie befüllte eine ihrer zahlreichen Küchenmaschinen mit Orangen und servierte mir einen Orangensaft oder sie machte eine andere Maschine an und bereitete für mich einen anderen Saft zu, einen aus Gurke, Karotte, Melone und allem, was ich haben wollte. Sie hatte immer Toastbrot zu Hause und einen Toaster, der das Brot perfekt bräunte. Wenn ich zu Besuch kam, war für Mutter ein Glas

Sekt zum Frühstück ein Muss; sie bestand darauf, mit mir anzustoßen.

Ich fuhr im Zug durch Deutschland, von Norden nach Süden. Wenn ich durch das Fenster blickte, sah ich den Mai und das unermüdliche Blühen der Pflanzen. Es war der traurigste Frühling meines Lebens. In diesem Jahr war in Berlin seit Anfang Februar kein Regen mehr gefallen. Der Himmel bestand aus einem vollkommenen Blau, das wie für die Ewigkeit gemacht schien. Ich dachte an Vaters Wohnung, seine Sachen, den Wohnwagen, in dem wir bis vor kurzem die Wochenenden verbracht hatten, und daran, was alles für mich zu tun war. Ich wollte nichts davon tun. Nicht ausmisten, entsorgen, Spuren verwischen. Nicht abschließen.

Sili rief mich an und fragte, ob alles in Ordnung sei. Wir telefonierten eine halbe Stunde lang, danach sah ich, dass ich eine Nachricht von Mutter erhalten hatte:

»Lieber Dor, du machst gerade eine schwere Zeit durch. Ich würde dir gerne ein Auto schenken, eines, das Spaß macht, ein Sportwagen, vielleicht ein Cabriolet. Anbei sende ich dir einige Vorschläge. Alternativ könnte ich dir und deiner Freundin auch eine Reise desselben Werts schenken. Mache dir bitte Gedanken dazu, damit wir heute Abend darüber sprechen können. Mama.«

Als ich in München ankam, war es bereits dunkel. Ich musste mit der Tram fahren, um zu Mutters Villa zu gelangen. Kaum saß ich in der Tram, erinnerte ich mich, wie Sili und ich vor längerer Zeit einmal herumgealbert hatten. Ich hatte ihr von den Babysitterinnen erzählt, die ich bei Mutter gehabt hatte, ohne dass ich alle Namen aufzählen konnte, ich wusste nicht einmal, wie viele es insgesamt gewesen waren. Da fragte Sili mich, ob ich denn wenigstens mit Sicherheit wisse, ob ich bis jetzt mehr Babysitterinnen oder mehr Liebhaberinnen gehabt habe.

»Es waren viele Babysitterinnen; aber so viele nun auch wieder nicht.«

»Angeber!«

»Ich erinnere mich an Claire, die aus England war und mit mir Englisch sprechen sollte. Und an Susanne, eine Studentin. Beide sahen ziemlich gut aus.«

»Hast du sie angefasst?«

»Klar! Oberschenkel, Hintern, Brüste – beim Spielen geht das leicht.«

Sili und ich hatten es noch lange so weiter getrieben und dabei eine Menge gelacht. Wenige Monate später war Vater erkrankt.

Die Tram war nun auf einer Strecke, die ich gut kannte. Mutter wohnte ruhig, in einem Villenviertel. Beim Pendeln zwischen den Extremen Villa und Wohnwagen hatte ich mich oft gefragt, wie das Leben in einem Wohnblock war. Ich sehnte ihn mir herbei, den stinknormalen Wohnblock. Den Balkon aus Beton und in einer Größe, die das Notwendige ermöglichte, ohne Zusätzliches zuzulassen: der Platz bot für einen kleinen Tisch, zwei oder drei Stühle und eine Pflanze, jedoch nicht annähernd vergleichbar war mit der Unendlichkeit von Mutters Garten und der großzügigen Fläche vor dem Wohnwagen, deren Grenze unklar war und die in Wiese, Feld, Wald und Stadt mündete, in gewisser Weise im Gegensatz zu Mutters Garten tatsächlich unendlich war.

Damals, gegen Ende meiner Grundschulzeit, war Mutter wieder vor Gericht gegangen. Sie ließ die bisherige Verfahrensbeiständin auswechseln, die ihr vor Gericht widersprochen hatte, mit der Begründung, sie sei befangen. Als mich die neue Verfahrensbeiständin befragte, sagte ich, dass ich mich bei Mutter wohl fühle und bei ihr leben wolle, Vater hingegen tue mir nicht gut. Ich wusste, dass Mutter sich das wünschte und sie unglücklich war, wenn ich nicht bei ihr war. Ich sah, dass sie litt, und wollte nicht schuld sein. Nach meiner Aussage schlugen sich die Verfahrensbeiständin und das Jugendamt auf die Seite von Mutter.

Vater war drauf und dran, den Prozess zu verlieren. Doch dann sah er im Fernsehen einen Experten für Kindeswohl und Umgangsrecht, einer, der regelmäßig im Fernsehen auftrat und über Kinderschutz sprach, der Vorträge hielt und Fortbildungen für Fachkräfte bei Gerichten und Jugendämtern durchführte. Vater kontaktierte ihn. Um ihn engagieren und bezahlen zu können, gab er einen Teil seiner Altersvorsorge her. Vater hatte in der Schweiz noch ein Säule-3a-Vorsorgekonto, das er nun auflöste.

Nach Sichtung aller Unterlagen schrieb der Experte in einer fachlichen Stellungnahme, dass eine »mütterlich induzierte konsekutive Entfremdung« zwischen Vater und mir drohe. Er hielt fest, dass ich wahrscheinlich in einem im mütterlichen Haushalt erzeugten tiefen Loyalitätskonflikt sei. Er schrieb, dass Eltern-Kind-Entfremdung eine spezifische Form von psychischer Kindesmisshandlung sei und zählte die möglichen entwicklungspsychologischen Folgen auf. Er sprach von einer Kindeswohlgefährdung im mütterlichen Haushalt.

Diese Stellungnahme brachte für Vater und mich die Wende. Da Mutter nicht einsichtig war, entschied der Richter, dass ich fortan bei Vater leben und Mutter nur noch jedes zweite Wochenende sehen sollte. Neben der möglichen Kindeswohlgefährdung bei Mutter sah der Richter, dass Vater einen größeren Förderungswillen als Mutter zeigte und er mich beim Aufbau meiner Persönlichkeit mehr unterstützen konnte.

Meine ganze Wut, weil Mutter aus meinem Alltag verschwunden war, hatte sich auf Vater gerichtet, bis er mir erklärte, dass Mutter es war, die das Wechselmodell nicht mehr gewollt hatte.

Ich stieg aus der Tram und folgte dem Weg durch die warme Dunkelheit. Vor einigen Jahren hatte ich bei einem Besuch einen Blick in die Kellerräume geworfen, von denen es etliche gab, da die Villa vollständig unterkellert war, und einige meiner alten Sachen gefunden, das große Bällebad, die Hüpfburg, die Trampoline in verschiedenen Größen, für drinnen und draußen, den Kinder-Swimmingpool und vieles mehr, von dem ich nicht mehr wusste, dass ich es jemals besessen hatte. Ich öffnete einen Schrank, eineinhalb Meter breit und zwei Meter hoch, der voller Kuscheltiere war. Ich sah den Kindertisch, der für meine Geburtstage und andere Feste verwendet worden war und den ich nie gemocht hatte, weil ich nicht an einem anderen Tisch als Mutter essen wollte. Mir fielen Vaters Worte dazu ein: Solche Kindertische seien ein Zeichen, dass man einer bestimmten Klasse angehöre, einer nämlich, die Platz und Geld genug dafür habe, Kinder an einem eigenen Tisch zu separieren, während es in anderen Familien üblich sei, dass alle an einem Tisch aßen. Im einen Kellerraum stand der Tischtennistisch noch immer an der Wand, bereit, in die Mitte des Raumes geschoben und mit wenigen Handgriffen auseinandergeklappt zu werden. Auch mein Zimmer war noch so, wie ich es verlassen hatte, mit den Bildern an der Wand, dem einen Meter vierzig breiten Doppelbett mit Kasten aus himmelblauem Plüsch, dem Schreibtisch, der Musikanlage und dem Klavier. Es war Mutters Wunsch gewesen, dass ich Klavierunterricht nahm, also ein Instrument spielte, das in Vaters Wohnwagen keinen Platz fand, weshalb ich fast täglich Unterricht in der Musikschule hatte.

Dinge wie den Tischtennistisch hatte Mutter gekauft, obwohl ich kaum noch bei ihr war. Für sie war ich bei ihr. Gegenüber Dritten tat sie so, als würde ich bei ihr leben.

Mein Kinderzimmer besaß ein eigenes Bad mit Badewanne, Doppelwaschbecken und großem Spiegel. Auch Mutters Zimmer hatte ein Bad, ein noch größeres, luxuriöseres. Zwischen unseren Zimmern befand sich ein weiteres Bad, das Gästebad.

Deshalb kannte ich Mutters Badezimmer nicht. Ich konnte mich lediglich vage erinnern, dass ich als Kind ein- oder zweimal hineingestürmt war, unerlaubterweise, denn Mutters Schlafzimmer war für mich tabu. Mutter wiederum kannte mein Badezimmer nicht. Die Reinigung der Villa besorgte eine Haushaltshilfe, und Mutter respektierte meine Privatsphäre, auch Jahre nach meinem Auszug.

Zur Villa gehörte ein großes Grundstück mit altem Baumbestand. Ich erhielt immer den Eindruck, das Haus stehe auf einer Lichtung im Wald, obwohl dem nicht so war. Auch jetzt in der Dunkelheit kam ich mir wie im Wald oder am Waldrand vor; die Bäume blickten wie schattige Riesen zu mir herunter. Vor dem Weg, der, ohne Tor, einladend zur Villa führte, blieb ich stehen.

Die Außenbeleuchtung, die Hausmauer, Bäume und Büsche erhellte, bot das gewohnte Spektakel. Vor drei-vier Jahren hatte ich Mutter erklärt, wie viele Insekten jede Nacht durch das Licht starben und dass sie für den Tod von Milliarden Insekten verantwortlich war.

Als Universitätsprofessorin fiel es Mutter leicht, rhetorisch geschickt zu reagieren. Ich glaubte jedoch, bei ihren Antworten ein Muster zu erkennen; im Grunde sagte sie nichts anderes als »Ja, aber …«. Wenn ich Glück hatte und sie ein Minimum an Zustimmung durchscheinen ließ, sagte sie: »Ich verstehe das, sehr gut sogar. Aber …«

Bei der Sache mit den Insekten und der Außenbeleuchtung hatte ich jedoch nicht aufgegeben. Nach kurzer Diskussion hatte Mutter schließlich gesagt, sie verfolge als Wissenschaftlerin nun einmal einen anthropozentrischen Ansatz, und wenn man das nicht akzeptiere, verfolge man eben einen anderen Ansatz und werde dem ihren nicht gerecht.

Ich hatte Vater davon erzählt. Ein Lächeln huschte über seinen Mund. »Weshalb legst du dich mit Mutter an, wenn du bei ihr bist, statt eine schöne Zeit mit ihr zu verbringen? Weißt du, sie ist eine intelligente Frau, die ich einmal sehr geliebt habe und deren Ansichten ich nicht immer teile. In einem bin ich mir jedoch sicher: Wenn die Erde zerstört ist, werden die letzten Überlebenden auf einem fernen Planeten deiner Mutter recht geben und sagen, es sei doch besser gewesen, die Menschen statt die Insekten zu retten.«

Wir hatten beide gelächelt und Pfannkuchen gebacken.

Ich stand noch immer unter den dunklen Bäumen. Nicht

nur die Außenbeleuchtung war an, auch im Haus brannten alle Lichter. Mutter wusste, dass dies unnötig Strom verbrauchte, die Kosten dafür spielten für sie jedoch keine Rolle. Für Mutter waren die Lichter wie eine Therapie. Sie hatte mir einmal erklärt, dass ein Leben in einem so großen Haus ohnehin nicht einfach sei, wenn man es allein bewohne, völlig unmöglich sei es für sie jedoch, das Licht in jeweils nur einem Raum anzumachen. Dann sei es ihr unangenehm, sagte sie. Schon die Vorstellung, in einem Raum mit Licht zu sein, während alle anderen Zimmer dunkel waren, fand sie trostlos.

Meiner Meinung nach war der wahre Grund ein anderer: Mutter fühlte sich verarmt, wenn nicht im ganzen Haus Licht brannte. Das Penible, Kleinkarierte, Neurotische, das untergründig das unaufhörliche Betätigen der Lichtschalter begleitete, wenn man von hier nach dort ging, etwas holte oder ins Bad musste, gehörte für Mutter einer gesellschaftlichen Klasse an, die nicht die ihre war. Sie glaubte, für Passanten und Nachbarn sähe es aus, als wäre sie allein und verlassen, wenn nur ein Licht brannte, als hätte sie sich aufgegeben und würde nun zurückgezogen, still und bescheiden leben.

Obwohl Mutter oft allein war, musste die Villa von außen wie ein rege bewohntes Haus oder gar wie ein öffentliches Gebäude wirken. Vor Jahren schon hatte sie im Eingangsraum einen speziellen Schalter anbringen lassen. Wenn sie ihn anmachte, gingen in fast allen Räumen der Villa die Lichter an. Die Villa hatte elf Zimmer. Bäder und Kellerräume nicht hinzugerechnet.

Ich blieb noch eine Weile unter dem Baum stehen und sah mir die hell erleuchteten Fenster an. Der Anblick kam mir vertraut und fremd zugleich vor.

Auf einmal tauchte Mutter in einem der Fenster auf, es war die große Balkontür in der ersten Etage, die zur Seite geschoben werden konnte und auf die Terrasse führte, die sich auf dem Dach des riesigen Erkers befand. Mutter trug eine eng anliegende Hose, vielleicht eine Leggins, breitete mit einer Bewegung, als würde sie die Bettdecke ausschütteln, etwas auf dem Boden aus und begann mit seltsamen Turnübungen. Mir fiel ein, dass sie seit vielen Jahren Yoga praktizierte.

Ich versuchte mir in Erinnerung zu rufen, wie das Zimmer, in dem sie sich befand, genau aussah, und welche der Treppen, die nach oben führten, und welchen der schmalen Flure man am besten nahm, um dahin zu gelangen. Die Villa war sehr verwinkelt, mit mehreren Treppen, Durchgangszimmern, Fluren, sodass Fremde sich leicht verirrten. Und sogar ich selbst hatte nun, als ich mich gedanklich in die Villa hineinbegab und mir vorzustellen versuchte, wie ich am besten hierhin und dorthin gelänge, Schwierigkeiten, mich zurechtzufinden.

Ich gab die Vorstellung auf und blickte wieder auf die Außenwand mit den erleuchteten Fenstern. Welches war mein Zimmer? Ich konnte es nicht sogleich sagen. Es war lächerlich, ich wusste sonst immer, welches mein Zimmer war, doch nun war ich so verwirrt, dass ich es nicht sagen konnte. Es war, wie wenn man mit den Zahlen durcheinanderkam und in einem kurzen Moment nicht mehr sicher wusste, ob sieben plus sechs wirklich dreizehn ergab.

Ich schüttelte langsam den Kopf. Auf einmal wurde mir klar, dass ich hierher hatte fahren wollen, ohne Mutter zu besuchen. Ich wollte fünf oder zehn Minuten lang unter einem Baum stehen und die Villa betrachten. Mehr nicht.

Auf der anderen Straßenseite nahte eine Tram heran. Ich lief über die Straße und stieg ein.

Ich buchte einen Platz im Nachtzug und teilte Mutter mit, dass ich es heute doch nicht geschafft habe. Beim Hauptbahnhof kaufte ich eine Pizza, die ich an einem der Stehtische aß. Dann bestieg ich den Zug. Ich schrieb Sili, dass ich mit dem Nachtzug zurückfahre; sie antwortete umgehend, dass ich zu ihr kommen solle, egal, welche Zeit es sei.

Da ich ungerne in einem kleinen Schlafabteil mit fremden Leuten war, hatte ich mich für einen Sitz im Großraumwagen entschieden. In einer halb sitzenden, halb liegenden Position versuchte ich, einzuschlafen. Ich dachte an Mutter und ihre Beziehung mit Hannes, der Inhaber einer der führenden Kunstgalerien Münchens war. Die Beziehung dauerte inzwischen sechs oder sieben Jahre, und dennoch hatte ich Hannes kaum je gesehen.

Sie war oft allein im Haus, weil er selten bei ihr war. So viel ich wusste, kam er manchmal abends oder am Wochenende. Ich war mir jedoch unsicher, ob er bei ihr übernachtete; falls er es tat, ging er nach dem ausgiebigen Frühstück wieder. Oder sie zogen zusammen los, gingen in eines der gehobenen Cafés und brunchten oder, wenn sie schon gefrühstückt hatten, besuchten ein Museum oder trafen bei einem öffentlichen Empfang wichtige Leute.

Mutter sprach von einer Partnerschaft mit Hannes. Für mich klang es wie Geschäftspartner. Einmal hatte sie mir gesagt, Hannes und sie würden sich gut ergänzen und sich entsprechen. Ich fragte, was sie mit »entsprechen« meine. Zuerst dachte ich, sie hätte meine Frage falsch verstanden, denn sie begann, von seinen Erfolgen als Inhaber der Kunstgalerie und ihrer Position als Universitätsprofessorin und ihrem Ruf als Wissenschaftlerin zu sprechen, dann begriff ich, dass dies ihre Antwort auf meine Frage war.

Sie sagte, bei einer Partnerschaft sei es vor allem wichtig, dass sie im Gleichgewicht bleibe.

Ich glaubte, dass die beiden aus diesem Grund nie zusammengezogen waren. Hannes besaß eine große Wohnung in der Innenstadt, Mutter die Villa. Ich malte mir aus, wie keiner der beiden seine Bastion aufgeben konnte, ohne sich auf der Waage als kleineres Gewicht zu fühlen.

»Wenn das Gleichgewicht nicht mehr vorhanden ist«, hatte Mutter gesagt, »geschieht, was bei deinem Vater und mir geschehen ist.«

»Denke immer daran«, fuhr er fort, »alles Wichtige ist geschehen. Wir haben nichts verpasst. Wenn du etwas suchst, findest du es in unserer Vergangenheit. Du bist ja fünfundzwanzig Jahre alt und nun …«

Ich wischte mit dem Handrücken eine Träne weg.

»… nun würden nur noch lange Jahrzehnte folgen, in denen ich dir auf die Nerven ginge.«

Wir mussten beide lachen.

Später gingen wir in den Speisewagen und aßen etwas.

In Winterthur hatte Vater eine seltsame Idee. Er sagte, wir seien noch nie teuer essen gewesen, und schlug ein gehobenes Restaurant vor.

Er wusste, dass Mutter mit mir oft auswärts essen gegangen war. Als ich noch klein gewesen war, gingen wir zum Italiener und aßen Pizza oder Spaghetti, kaum war ich jedoch zehn-elf Jahre alt, nahm sie mich mit in teure Restaurants. Ich hatte mich schick anzuziehen und mich geärgert, dass alles weiß und glänzend sein musste. Die Stoffservietten. Die Tischtücher. Die perfekt polierten Weingläser.

Vater und ich waren selten auswärts essen gegangen, manchmal im Urlaub, in Cafés, Kneipen oder normalen Restaurants, beim Italiener oder Inder, preiswert und dennoch gut. Oder wir waren zu einer Imbissbude gegangen und hatten uns irgendwo hingesetzt.

Nun sagte Vater, dass Geld keine Rolle mehr spiele und wir, falls ich mir das wünsche, teuer essen gehen könnten, mit mehreren Gängen, unbezahlbarem Wein und Champagner, was immer es gebe.

Ich fand das keine gute Idee. Und sagte es ihm. Ich sagte, mir würden auch Pommes reichen. Wir könnten uns irgendwo hinsetzen.

Vater blickte mich bedrückt an.

»Deine Mutter ist mit dir immer teuer essen gegangen, und ich habe dir das nie bieten können.«

Ich war sprachlos.

»Und in der Villa hast du Platz und eine Menge Spielsachen gehabt, während ich dir kaum einen Bruchteil davon habe geben können.«

»Hast du ein schlechtes Gewissen?«

»Vielleicht … ja.«

Ich nahm seinen Arm.

»Du bist auf dem falschen Dampfer. Völlig. Das muss dir doch klar sein, oder?«

Er zuckte mit der Schulter.

Ich erklärte ihm, dass mir der ganze Kram nie etwas bedeutet habe und wie sehr mir die teuren Restaurants zuwider gewesen seien. Meine schönsten Erinnerungen waren das gemeinsame Zubereiten des Teigs und das Braten der Pfannkuchen, das Grillen im Freien, das Leben in den Wohnwagen, wo wir uns stets nah gewesen waren, das Essen und Spielen am kleinen Tisch.

»Und wenn ich zu dir kam«, sagte ich, »warst du immer für mich da.«

»Klar. Ich gehe doch nicht aus, wenn du kommst.«

»Du hättest auch zum Yoga gehen können.«

Vater lächelte kaum sichtbar.

»Außerdem hast du mir an Weihnachten und zum Geburtstag nie Geld geschenkt.«

»Ja, habe ich nicht«, sagte er bedauernd.

»Ich hasse es, wenn ich statt eines richtigen Geschenks Geld erhalte. Ich habe es schon als Kind gehasst.«

»Na … bist du jetzt vielleicht etwas zu streng?«

Tatsächlich hatte Vater mir auch Geld gegeben, jedoch nicht an Weihnachten oder zum Geburtstag, sondern Taschengeld. Ein außergewöhnlich hohes Taschengeld, von dem ich jedoch das Ticket für den öffentlichen Verkehr, meine Kleider und anderes selber kaufen musste, damit ich mit Geld umgehen lernte.

»Weißt du, worauf ich Lust habe?«, fragte Vater.

Ich dachte, dass er nicht Pommes essen gehen wollte. Nicht

an seinem letzten Abend. Mein Vorschlag war nicht nur schlecht, sondern eine Unverschämtheit gewesen; doch ich fand es wichtig, zu sagen, dass es mir um die Zeit mit ihm und nicht um das Essen ging.

»Es gibt doch diese einfache, aber gute Pizzeria am Anfang der Steinberggasse. Erinnerst du dich? Wir saßen direkt beim Ofen und sahen das Feuer.«

Allmählich senkte sich die Sonne. Ich dachte daran, wie er früher gesagt hatte, »Im Osten geht die Sonne auf, im Westen geht sie unter«. Er hatte mir die Himmelsrichtungen beibringen wollen; wie ich von ihm wusste, hatte ich danach jedoch gesagt, im Osten würden die Tage geboren, im Westen würden sie sterben.

Wir gingen in die Pizzeria. Vater nahm eine Pizza mit Gemüse und ich eine mit Büffelmozzarella, die wir miteinander teilten.

Da Vater in Winterthur keine Verwandten und auch keine Freunde mehr hatte, bei denen wir hätten übernachten können, benötigten wir ein Hotel oder eine Ferienwohnung. Wir waren uns in Berlin schnell einig gewesen, dass ein Hotelzimmer mit zwei getrennten Betten am ehesten der Situation im Wohnwagen glich und wir seine letzte Nacht so verbringen wollten, nah beieinander, im selben Raum.

Vater schlief in einem Doppelbett, ich in einem Einzelbett, das wohl für ein mit seinen Eltern reisendes Kind gedacht war. Wir wünschten uns eine gute Nacht und machten das Licht aus.

Es war still.

Ich musste daran denken, dass Vater morgen sterben würde. Ich wollte nicht mehr daran denken, nachdem ich zwei- oder dreimal daran gedacht hatte, doch der Gedanke kam immer wieder.

Wenn ich nicht einschlafen konnte, was nicht oft vorkam, wälzte ich mich im Bett hin und her auf der Suche nach der richtigen Position. Nicht so an jenem Abend: Ich war traurig, verzweifelt, rastlos, doch ich lag vollkommen still da, um Vater nicht aufzuwecken.

Nach einiger Zeit fragte er, ob ich schlafe.

»Nein. Und du?«

»Ich bin hellwach.«

»Ich auch.«

»Was machen wir?«

Ich fragte, ob wir noch ein bisschen reden wollten, und er sagte Ja. Ich nahm meine Bettdecke und ging zu ihm hinüber. Wir lagen nebeneinander wie früher im Wohnwagen, als ich noch klein gewesen war, oder in unserem Zelt. Ich war zwei Jahre alt, als Vater damit begonnen hatte, mit mir zelten zu gehen. Danach hatten wir jedes Jahr mindestens einmal gezeltet; oft hatten wir unseren Urlaub so verbracht.

Vater sagte, er wisse nicht, ob er morgen aus dem Becher werde trinken können.

An diese Möglichkeit hatte ich auch schon gedacht, sie jedoch nicht angesprochen.

»Ich kannte jemanden, der sein ganzes Leben lang kontrolliert und diszipliniert gewesen war, ein Sportler, einer mit Willen und klarem Verstand. Mit Mut zu deutlichen Entscheidungen. Er wusste bereits früh, dass er einmal so sterben wollte, doch dann gelang es ihm zwei Mal nicht, aus dem Becher zu trinken. Die Monate, bevor er starb, waren grausam.«

Ich schwieg.

»Und andere«, fuhr Vater fort, »ließen sich im Leben gehen, sie konnten mit dem Rauchen nicht aufhören oder konnten sich nicht überwinden, Sport zu machen, waren nette, harmlose Menschen, die keiner Fliege etwas antaten, doch am Ende brachten sie den Willen auf, aus dem Becher zu trinken. Verstehst du das?«

»Vielleicht waren sie mit sich im Reinen?«

»Vielleicht.«

Eine Weile blieb es still, dann sagte er:

»Es gibt auch welche, die nicht mit sich im Reinen sind und

es trotzdem können. Ich glaube, man kann es vorher nicht wissen, nicht einmal erahnen.«

»Und wenn die Frage lautet, ob man bereit ist, zu sterben?«

Damit habe es nichts zu tun, sagte Vater. Und was das denn heiße, ob man bereit sei? »Nein, es kommt vor allem darauf an, ob der Arm mit dem Becher in der Hand gehorcht oder ob er nicht gehorcht.«

Ich schwieg erneut.

»Weißt du, wenn man denkt, dass man am nächsten Tag noch einmal die Wärme eines Sonnenstrahls auf dem Arm spüren könnte, dann wird man es nicht tun.«

»Das verstehe ich«, sagte ich. »Vielleicht ist morgen nicht der richtige Zeitpunkt? Wenn es nötig ist, fahre ich mit dir zehnmal in die Schweiz.«

»Auch hundertmal?«

»Auch hundertmal!«

Vater lachte und scherzte, so viele Urlaube werde es nicht geben.

Am nächsten Tag begleitete ich Vater zu einem alten Gebäude in der Innenstadt. Er war seit längerer Zeit mit den Leuten in Kontakt; alles war vorbereitet.

Ich fühlte mich wie betäubt. Der fehlende Schlaf und der bevorstehende Tod Vaters, der sich gleichzeitig real und irreal anfühlte, setzten mir so sehr zu, dass ich kaum wahrnahm, wie Vater mit jemandem sprach und ob er noch etwas tun musste, ein Formular ausfüllen und seine Einwilligung geben. Bestimmt leistete er eine Unterschrift, eine letzte Unterschrift, wie ich annahm, doch ich war in einer anderen Welt, in der es nur Vater und mich gab, und wollte davon nichts wissen. Ich wollte keine anderen Menschen sehen, geschweige denn mit ihnen sprechen, nur Vater bei mir haben.

Dann befanden wir uns in einem Zimmer. Es war in der zweiten Etage, seltsamerweise wusste ich das. Das Fenster stand offen, Vater wollte es so, und direkt hinter dem Fenster erhob sich die Krone eines Baumes.

Vater lag auf einem Bett, der oberer Teil angehoben, damit er halb saß und imstande war, aus einem Becher zu trinken. Meine Augen suchten ihn, den Becher. Ich wusste nicht, was ich täte, wenn ich ihn erblickte, ob ich ihn wie im Affekt nehmen und gegen die Tür werfen würde. Oder Vater aus der Hand schlagen, bevor er aus ihm trinken konnte.

Ich saß auf einem Stuhl, der ans Bett geschoben war. Wir hatten bereits am Morgen Abschied genommen, in aller Ruhe, und uns alles gesagt, was wir uns noch hatten sagen wollen.

Es klopfte. Eine Frau trat zur Tür herein, einen Becher in der Hand. Sie stellte ihn auf einen kleinen Tisch, der sich neben dem Bett befand, auf der mir gegenüberliegenden Seite, sodass ich ihn nur schwer hätte erreichen können.

Durch das Fenster waren die Geräusche der Stadt zu hören. Ein Vogel pfiff seinen unfassbar banalen Ruf.

»Schau mal«, sagte Vater und zeigte zum Fenster, »eine Kohlmeise!«

Ich drehte den Kopf und sah die Kohlmeise, die unfassbar banal gepfiffen hatte, die auf dem Ast hüpfte und davonflog. Ich wandte mich wieder Vater zu, der soeben den Becher ansetzte und ihn leer trank. Ich erschrak.

Vater lächelte.

»Die ältesten Tricks sind immer die besten«, sagte er. »Diese Kohlmeise werden wir beide nie vergessen.«

Ich griff mit beiden Händen nach seiner Hand.

»Ich liebe dich«, sagte er.

»Ich liebe dich auch.«

Ich legte mich zu ihm. Wie früher gaben wir uns einen Abschiedskuss. Dann umarmte ich ihn und blieb lange so liegen.

Vaters Sterben fühlte sich für mich an, als würde die ganze Welt sterben, nur ich nicht. Als würde der Planet Erde vernichtet und ich säße als Einziger in einem Miniraumschiff. Ich flöge als letzter überlebender Mensch davon, in das Dunkel des Weltalls, bis irgendwann meine Vorräte erschöpft, der Sauerstoff aufgebraucht, der Treibstofftank leer wäre. Doch bis es soweit war, dauerte es Jahre, vielleicht Jahrzehnte, die ich in völliger Einsamkeit zubrachte, einer totalen Einsamkeit, die kein Mensch vor mir erlebt hatte.

So fühlte ich mich.

Später fand ich mich auf der Straße, in der Nähe des Bahnhofs wieder. Ich blickte starr vor mich hin, war unterzuckert, hungrig. In der Hand hielt ich Vaters Tasche, darin war auch die Brille, die man ihm abgenommen hatte.

Ich rief Sili an. Verstört fragte ich, was ich tun solle.

Sili konnte nicht kommen und mich abholen. Das hätte zu lange gedauert. Ich hatte zwar ein Ticket für die Rückfahrt gebucht, ansonsten meine Rückreise jedoch nicht geplant. Ich hatte nicht daran gedacht, dass mich jemand begleiten sollte. Sili fragte, ob ich eine direkte Verbindung habe. Ich bejahte.

»Dann steig einfach in den Zug, hörst du? Steig in den Zug!«

Der Zug fuhr erst in drei Stunden.

Unsere Sachen waren noch im Hotel. Vater und ich hatten uns einen Koffer geteilt. Am Morgen hatte er seine Dinge in den Koffer gelegt.

»Geh etwas essen!«, rief Sili.

In diesem Moment fiel mir die Pizzeria in der Steinberggasse ein, in der Vater und ich am Abend gewesen waren. Dorthin ging ich.

Nach dem Gewitter war es kühler geworden. Das Thermometer zeigte nur noch siebenundzwanzig Grad. Doch die Sonne schien, und es kamen wieder mehr Leute, die am Plötzensee und im Rehbergepark spazierten, Jogger und Menschen mit Hunden. Ich mochte es nicht, wenn sie so nah beim Wohnwagen vorbeikamen, dass sie ihn sehen konnten, oder wenn sie mich sahen, wie ich am frühen Morgen im See baden ging. Ich fühlte mich dann ausgestellt. Obwohl ich nicht der Einzige war. Es gab hier einige Wohnwagen; meiner jedoch stand am Rand, etwas abseits.

Ich kochte Espresso und setzte mich draußen an den Klapptisch. Mir fiel auf, dass ich, wenn ich unter dem Sonnensegel saß, zum ersten Mal seit langem nicht schwitzte. Die Vorstellung des nahenden Herbstes und des Winters betrübte mich. Seit meiner tiefsten Kindheit hatte ich noch keinen Winter mit Schnee erlebt, der sich länger als ein paar Tage hielt. Ich kannte Winter mit Schneemännern, Schneehütten und Schneeballschlachten nur von Urlauben mit Mutter und aus Kinderbüchern. Der Unterschied zwischen Buch und Wirklichkeit hatte mich verwirrt und traurig gemacht, bis Vater eines Tages ein neues Buch nach Hause brachte, das den Winter so zeigte, wie er wirklich war, als Regenzeit.

Die Winter waren mild, grau und regenreich. Oft war es so warm, dass ich glaubte, die Heizung abstellen zu können, doch dann begann ich zu frieren. Diese Zeit war unentschieden. Da der Himmel oft bewölkt war und es keinen Schnee gab, der das Licht reflektierte, waren die Tage selten richtig hell.

Die Solaranlage auf dem Dach brachte dann nur wenig Strom. Dafür drehte sich das Windrad, das an einer Stange war, die am Heck des Wohnwagens nach oben führte. Die Herbststürme. Die Winterstürme. Selten hatten wir Strom hinzukaufen müssen.

Was wollte ich aus meinem Leben machen? Ich war fünfundzwanzig Jahre alt und fürchtete mich vor Wiederholung.

Ich erhielt eine Nachricht von Mutter:

»PS: Vielleicht passen Auto und Reise nicht in dein aktuelles Leben? Ich habe mir einige neue Wohnwagen- und Wohnmobilmodelle angesehen, die eine annehmbare Größe haben, mit Erkern und allem Komfort wie Kinoleinwand. Das wäre natürlich ein Geschenk anderer Größenordnung. Falls du interessiert bist, können wir jedoch darüber sprechen. Mama.«

Ich blickte zu den Bäumen hinüber, die Tag für Tag mehr Laub verloren.

Vielleicht war das Angebot mit der Reise gar nicht so schlecht? Ich dachte daran, wegzugehen, alles hinter mir zu lassen und an einem fernen Ort nach meinem zukünftigen Leben zu suchen. Es würde sich als ein Zipfel zeigen, an dem ich ziehen musste, bis ein ganzes Leben zum Vorschein kam.

Ich brach auf zu einem Spaziergang um den Plötzensee.

Am nächsten Tag schrieb mir Sili. Sie wolle mit mir reden und könne nicht länger warten.

Augenblicklich wusste ich, dass ich verlassen wurde.

Nicht Sili bot mir Grund zu dieser Annahme, sondern mein eigenes Verhalten. Ohne es zu wollen, hatte ich alles getan, um ihr diesen Schritt zu erleichtern oder ihn ihr sogar nahezulegen. Ich war unfähig gewesen und war es noch jetzt, ihr die Aufmerksamkeit und Zuwendung zu geben, die ihr zustanden und für eine Beziehung notwendig waren. Das sah ich ein. Ich hatte keinen Grund, mich zu verteidigen oder etwas schönzureden.

Sili kam am späten Nachmittag. Ich saß mit einem Buch vor dem Wohnwagen, ohne darin zu lesen. Es war ein klarer Tag, an dem es nichts auszusetzen gab, die Sonne, die Wärme, die Ruhe, und der mich gerade deswegen beunruhigte. Ich stellte mir die unzähligen Möglichkeiten vor, die das Leben bot, und sagte mir, dass ich mich entscheiden sollte. Ich wusste, dass ich dazu tendierte, Tag für Tag vor mich hin zu leben und abzuwarten, mich nicht für einen Weg zu entscheiden, um alle anderen Wege nicht zu verpassen, und folglich gar keinen Weg zu betreten. Ich blieb einfach stehen. Doch das traf es nicht ganz. Schließlich beförderte einen die Zeit, ohne dass man es merkte.

Ich dachte kaum noch an die Cottimotte oder an eine Laufbahn als Cotti-Spezialist. Ich war in Begriff, mein Studium aufzugeben.

Es erschien mir wahrscheinlich, dass Sili jemanden kennengelernt hatte. Sie würde sagen, sie hätte sich verliebt, in einen anderen Mann oder in eine Frau, und müsse sich von mir trennen. Ich konnte ihr keine Vorwürfe machen.

Ich sah sie nicht kommen. Auf einmal hörte ich das Scheppern des Rennrads, sah sie absteigen und das Rennrad gegen die Wand des Wohnwagens kippen.

Zögernd näherte sie sich mir. Ich stand auf. Sie trug eine halblange Leinenhose und ein helles Hemd mit Streifen, das ebenfalls aus Leinen war. Sie kam noch näher. Dann stand sie dicht vor mir und sah mich an.

Ihr Blick war tief und ruhig.

Sie gab mir einen Kuss und ging in den Wohnwagen hinein. Ich folgte ihr. Sie warf ihre Tasche auf das Bett und öffnete den Kühlschrank.

»Wo ist der Teig für die Pfannkuchen?«

Ich sagte, ich hätte keinen zubereitet.

Sie stand vor der Küchenzeile, ratlos oder als dächte sie darüber nach, was das bedeute.

»Aber die Zutaten sind hier.«

»Ich habe mein WG-Zimmer aufgegeben«, sagte sie.

»Wo wirst du wohnen?«

Sie zuckte mit der Schulter. Dann zeigte sie zum Bett hinüber, wo die Tasche lag, und sagte, da sei etwas drin.

»Leer sie einfach aus«, sagte sie.

Ich wusste: In ihrer Tasche war so vieles, dass ich – manchmal sogar sie selbst – nichts fand. Ich drehte die Tasche um, und der Inhalt fiel auf das Bett.

Sili stand bei der Küchenzeile, ohne mit dem Teig zu beginnen. Ich ahnte, dass sie das Rezept brauchte; es war im einzigen Kochbuch, das ich besaß, Vater hatte das Rezept mit Bleistift auf die Innenseite des Buchdeckels geschrieben. Vielleicht aber würden wir nachher gemeinsam den Teig zubereiten. In diesem Moment merkte ich, dass ich mir das wünschte; gleichzeitig dachte ich, dass Sili sich nun von mir trennte und auf dem Bett etwas liegen musste, das die Trennung erklärte, vielleicht der Brief einer Universität in Amerika oder an einem anderen fernen Ort, die Bestätigung, dass sie dort zum Studium zugelassen worden war.

»Ein Foto?«, fragte ich.

»Ein Ultraschallbild«, sagte sie.

Mit einem Schlag begriff ich, dass Sili krank war. Dass ihr Körper von einer grausamen Krankheit befallen war und ich sie verlieren würde, wie Vater. Dabei sah sie gut aus, munter, sie schien sogar zu glühen, als wäre viel Energie in ihr.

Das Ultraschallbild war verschwommen, wie wenn hinter einem Zugfenster im Halbdunkel Bäume und Büsche vorbeiflitzten. In der Mitte des Bildes war ein schwarzes Loch, in dem – eigentlich zu schwach, um wahr zu sein – hell etwas schwebte.

Hinweis des Verfassers

Teile dieses Romans bilden einen Gegenentwurf zur Wirklichkeit. Leider werden in Deutschland Kinder und deren Elternteile, die vom anderen Elternteil aus dem Leben der Kinder gedrängt werden, durch das Familienrecht oftmals nicht geschützt. In vielen Fällen entscheiden Familiengerichte sogar zugunsten des ausgrenzenden Elternteils. Weitere Informationen: www.papa-mama-auch.de

Roman Graf
23. Januar 2024

Mein besonderer Dank gilt:

Emanuel Maeß
Luise Maier
Patrick Maisano
und – Marc Koralnik

In Gedenken an Christiane Thier-Rostaing

Die Arbeit des Autors wurde gefördert von der Kunststiftung NRW, dem Land Nordrhein-Westfalen, der Schweizer Kulturstiftung Pro Helvetia und der Stadt Winterthur.

Kunststiftung
NRW

Bibliografische Information der Deutschen Nationalbibliothek
Die Deutsche Nationalbibliothek verzeichnet diese
Publikation in der Deutschen Nationalbibliografie;
detaillierte bibliografische Daten sind im Internet über
http://dnb.d-nb.de abrufbar.

www.wallstein-verlag.de
Vom Verlag gesetzt aus der Stempel Garamond
Umschlaggestaltung: Eva Mutter (evamutter.com)
Umschlagabbildung: © Jorge Bermudez, Unsplash
Druck und Verarbeitung: Pustet, Regensburg
ISBN 978-3-8353-5759-4